天才小毒妃

천재소독비 27

ⓒ지에모 2020

초판1쇄 인쇄	2020년 4월 8일
초판1쇄 발행	2020년 4월 21일

지은이	지에모 芥沫
옮긴이	전정은 · 홍지연

펴낸이	박대일
편집	이문영 · 임유리 · 신지연 · 박지해 · 전보라 · 곽현주
마케팅	임유미 · 손태석
디자인	박현주
일러스트레이션	우나영

펴낸곳	파란미디어
출판등록	2004년 9월 14일 제313-2004-00214호

주소	03992 서울시 마포구 동교로23길 14 국제빌딩 6층
전화	02.3141.5589 영업부 070.4616.2012 편집부
팩스	02.3141.5590
전자우편	paranbook@gmail.com
카페	http://cafe.naver.com/paranmedia
페이스북	http://www.facebook.com/paranbook

ISBN	978-89-6371-748-7(04820)
	978-89-6371-656-5(전28권)

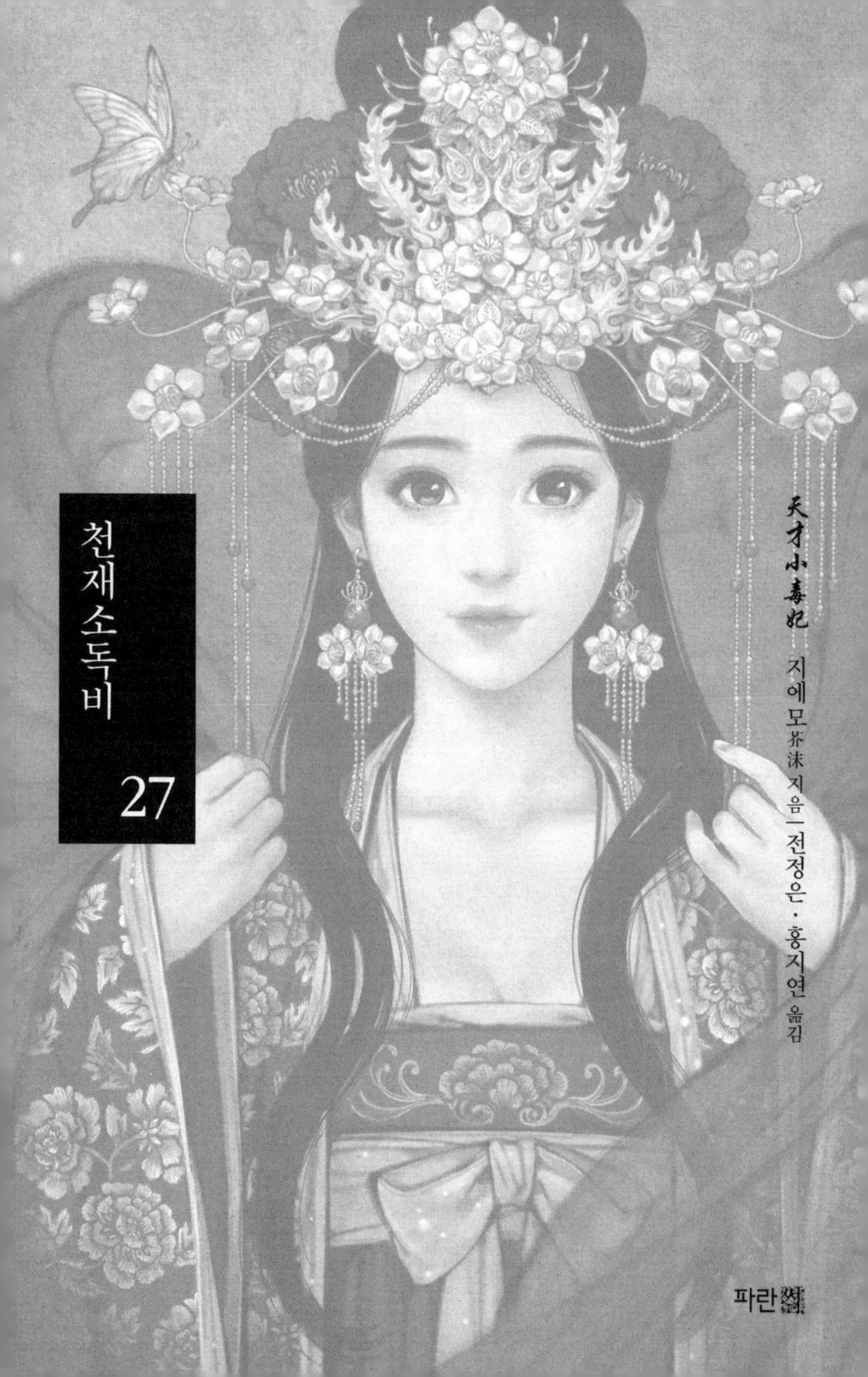
천재소독비
27
天才小毒妃
지에모 芥沫 지음 | 전정은 · 홍지연 옮김
파란

차례

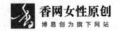

북월편 가십시오

    사람들이 보는 가운데 마차는 천천히 의학원 쪽으로 이동했다.

    마차 안에서 고북월은 왼쪽에, 진민은 오른쪽에 앉아 있었다. 두 사람은 서로 마주 앉아 있었지만 고개를 숙인 채 침묵했다.

    고북월은 몰래 탄식하다가 결국 입을 열었다.

    "진 대소저, 이 일은 제가 누를 끼쳤습니다."

    "원장 부인으로서 당연히 감당해야 하는 부분입니다. 누를 끼쳤다고 생각하지 않으니, 원장 어른께서 가책을 느끼실 필요 없습니다."

    진민이 대답했다.

    '원장 부인'이라는 이름은 그녀에게, 그리고 두 사람에게는 그저 권세를 가진 신분일 뿐, 감정이나 두 사람의 관계와는 무관한 듯했다.

    "다행히 작약이 아주 빨랐습니다."

    고북월이 담담하게 말했다.

    "예."

    진민은 고개만 끄덕였다.

    두 사람은 다시 침묵했다. 마차가 의학원 입구에 이르기 전, 진민은 저 멀리 입구에서 기다리고 있는 작약을 발견했다.

작약은 두 사람이 돌아온 것을 보자마자 나는 듯이 달려왔다. 그 속도와 기세에 말도 놀라서 앞발을 높이 들며 계속 울어 댔다. 다행히 경험 있는 임월이 얼른 말을 진정시켰다.

"아가씨, 괜찮으시죠? 나리? 나리는요?"

작약이 다급하게 물었다. 진민은 창밖을 바라보며 언짢은 말투로 말했다.

"뭘 그리 호들갑이니? 돌아오지 않았니!"

작약은 순간 멍해졌다가 금세 그 작은 얼굴에 환한 웃음꽃을 피웠다.

"그럼요, 그럼요! 소인이 너무 호들갑을 떨었습니다. 나리께서 나서셨으니, 아무리 큰일도 다 해결하실 수 있지요! 아가씨, 앞으로 외출하실 때는 나리와 함께 다니세요. 나리가 함께 계시면, 길에 다니는 사람들이 감히 아가씨를 쳐다보지도 못할 겁니다."

진민은 작약을 상대하기도 귀찮아하는데 오히려 고북월이 그쪽을 바라보았다. 예상치 못한 상황에 놀란 작약은 얼른 고개를 숙이며 입을 다물었다.

사실 고북월은 다른 뜻은 없었다. 솔직히 무심결에 돌아본 것뿐이었다.

그가 말했다.

"임월, 바퀴 달린 의자를 가져오너라."

그가 진민에게 말하려는 순간 진민이 선수를 쳤다.

"원장 어른, 그러실 필요 없습니다. 저는 진씨 집안에 돌아가 며칠 머물고자 합니다. 임월에게 절 그곳으로 데려가게 해

8

주십시오. 저는 내리지 않겠습니다."

고북월은 잠시 생각했다가 낮게 말했다.

"그것도 좋습니다. 진씨 집안일도 처리해야 하니까요."

"예."

진민은 여전히 고개를 끄덕였다.

고북월은 잠시 주저하다가 결국 마음을 모질게 먹었다.

"진 대소저, 얼마 후에 의성이 혼란스러워질 듯합니다. 진씨 집안의 흉수를 잡아낸 후에는……."

고북월의 모진 말이 나오기도 전에 진민이 말을 잘랐다.

"원장 어른, 흉수를 잡고 나면 저는 영주로 돌아가겠습니다. 어젯밤에 이미 운녕으로 사람을 보내 영자를 영주로 데려가게 했습니다. 저희 두 사람은 공을 방해치 않을 것입니다."

그녀가…… 이미 계획을 세워 둔 것인가?

그녀가…… '공'이라는 표현을 쓰다니.

고북월은 울 수도 웃을 수도 없는 감정을 느꼈다. 그가 주저함 없이 고개를 끄덕이며 말했다.

"좋습니다. 그때가 되면 제가 대소저를 데려다줄 사람을 보내겠습니다."

"감사합니다, 원장 어른."

진민은 기쁜 표정을 지었다.

고북월도 속으로 크게 한숨을 돌렸다. 그는 일이 예상보다 더 빠르고 쉽게 진행될 줄은 몰랐다. 사실 그는 이 일로 벌써 며칠이나 주저하고 있었다.

작약이 부름을 받고 마차에 올라탄 후 세 사람이 함께 진씨 집안 저택으로 향했다.

작약은 방금 무슨 일이 있었는지 전혀 몰랐다. 하지만 아가씨와 나리 모두 침묵하고 있으니, 그녀 역시 감히 경솔하게 굴 수 없었다. 어쨌든 좀 전에 나리가 한 번 본 것만으로도 그녀는 지금까지 심장이 벌렁거렸다.

진씨 집안에 거의 도착할 때가 되어서야 고북월은 범인을 어떻게 잡아낼지에 대해 진민에게 이야기했다. 그런데 뜻밖에도 진민은 거절했다. 그녀는 진씨 집안일이니 자신이 남들 모르게 처리하고 싶다고 했다.

이렇게까지 말하니 고북월도 강요하기 어려워 그저 진민에게 안전에 주의하라고만 당부했다.

진씨 집안에 도착하자 고북월이 또 직접 진민을 안고 마차에서 내렸다. 고북월이 진민을 바퀴 달린 의자에 앉혔을 때, 진민이 담담하게 말했다.

"원장 어른, 당신을 번거롭게 해 드리는 일은 이번이 마지막일 것입니다."

고북월은 움직임을 멈추지 않았지만 그의 마음은 그 순간 살짝 멈칫했다. 그는 몸을 일으킨 후 또 자신도 모르게 한숨을 쉬었다. 언제부터 진민을 마주칠 때마다 그가 한숨을 쉬었는지 몰랐다. 지금까지 그녀 때문에 얼마나 많이 한숨을 쉬었는지는 더 알 수 없었다.

사랑할 수 없지만 미워할 수도 없는 사람이었다. 받아 줄 수 없지만 그렇다고 거절할 수도 없었다. 채워 줄 수 없으나 그렇다고 상처 줄 수도 없었다. ……그저 어쩔 도리 없는 마음뿐이었다.

고북월은 눈을 들어 진민을 바라보며 담담하게 말했다.

"진 대소저, 그렇게 예의를 차리실 필요는 없습니다."

진씨 집안사람 모두 고북월이 직접 진민을 데려올 줄은 생각도 못 했다. 진민이 진씨 집안에 며칠 머무는 것은 더 생각지 못한 일이었다.

이들 부부가 진민이 출가 전 쓰던 규방에 막 들어왔을 때 진씨 집안사람이 모두 몰려왔다. 또 잠시 후, 시집간 진민의 여동생들도 식솔을 거느리고 서둘러 이곳으로 왔다.

사실 진민은 두 다리가 불구가 된 후 집안의 가장 큰 비웃음거리가 되었다. 둘째 숙부 사람들은 물론 그녀의 여동생들까지도 모두 그녀를 업신여겼다.

그녀는 작약에게 입구에서 사람들을 막고 누구도 들여보내지 못하게 했다.

"아가씨, 소인이 저 사람들에게 아가씨가 피곤하셔서 쉬어야 한다고 말했는데도 가지 않습니다. 도련님은…… 나리께 어르신을 풀어 달라고 하겠다면서 나리를 뵙겠다고 하시고요."

작약이 어쩔 수 없다는 듯 말했다.

"밖에 나가서 지키고 있도록 해. 그리고 저들에게 나리도 쉬셔야 하니 모두 흩어지라고 일러둬. 나리를 방해했다가는 그 뒷감당은 알아서 하라고!"

진민이 모진 말을 내뱉었다.

작약은 깜짝 놀랐다. 하지만 생각해 보니 아가씨의 지금 신분으로 바깥에 있는 사람들에게 이런 말을 하는 것은 별일 아니었다. 작약은 기뻐하며 밖으로 나갔다.

"나리, 아가씨, 안심하고 쉬세요. 소인이 밖에서 지키고 있으면 아무도 못 들어옵니다!"

작약이 문을 닫고 나가자 방 안 가득 어색함이 감돌았다. 한쪽에 앉아 있던 고북월은 그제야 이곳이 진민의 규방임을 깨달았다.

그가 일어나 바깥 소리를 듣고 입을 떼려는데, 진민이 말했다.

"지금은 나갈 수 없습니다. 모처럼 진씨 집안에 오셨는데 그래도 차 한잔은 하고 가셔야지요. 원장 어른, 절 따라오세요."

진민은 말하면서 내실로 걸어갔다. 고북월은 제자리에 서서 꼼짝도 않은 채 주저하고 있었다.

이 규방은 내실과 외실, 두 공간으로 나뉘었다. 내실은 침소였고 외실은 서재였는데, 두꺼운 가리개로 그 사이를 갈라놓았다.

고북월은 혼인 전 사적으로 진민을 찾아온 적이 있었기에 이 규방에 처음 들어온 것은 아니었다. 하지만 늘 외실까지만 들어왔을 뿐 내실까지 간 적은 없었다. 게다가 진민은 그에게 차를 대접하겠다고 했지만 차 탁자는 그의 오른편에 있지 내실에 있지 않았다.

진민은 한참 기다려도 고북월이 따라 들어오지 않자 나와서 재촉했다. 그녀가 놀리듯 말했다.

"원장 어른, 호랑이 굴이라 못 들어가시는 것입니까? 저는 원장 어른을 잡아먹는 호랑이가 아닙니다."

고북월은 그제야 진민에게 다른 뜻이 있음을 깨닫고 웃음을 짓고는 따라 들어갔다.

크지 않은 내실에는 침상 하나만 놓여 있었다. 차 탁자도 없고, 여분의 의자도 없었다. 이런 상황이 퍽 거북한 그는 그저 서 있을 수밖에 없었다.

진민이 직접 가리개를 내렸다. 가리개를 내리니 방이 더 작게 느껴졌다. 남녀가 한방에 같이 있으니 야릇하면서도 어색했다. 어쨌든 고북월은 점점 불편해지기 시작했다.

그가 담담하게 말했다.

"진 대소저, 할 말이 있으시면 지금 하시면 됩니다."

진민은 대답하지 않고 침상에 앉았다. 그녀는 한 손으로 침상을 짚으면서 다른 한 손으로 그를 향해 손가락을 까딱이며 가까이 오게 했다.

그녀의 한들거리는 몸짓은 물론 유혹적인 미소는 많은 남자의 마음을 들뜨게 하기에 충분했다. 하지만 지금 이 장면에 고북월은 그저 놀랄 뿐이었다.

그는 평생 여자 때문에 이렇게 놀란 적이 없었다.

멍해져 버렸다!

어안이 벙벙했고, 순간 머릿속이 텅 빈 듯했으며 사고가 멈추었다.

진민이 어찌……, 어떻게 갑자기…….

고북월의 멍한 모습을 보자 진민은 마침내 참지 못하고 풉

하며 웃음을 터뜨렸다. 그녀의 손이 침상 머리맡 쪽을 가볍게 누르자 침대 판자가 좌우로 갈라지면서 아래로 비밀 통로가 나타났다.

고북월은 그제야 정신을 차리고 무의식적으로 앞으로 걸어갔다.

그런데 진민이 일어나 그를 막더니 엄숙한 표정으로 물었다.

"고북월, 솔직히 말해 봐요. 방금 나를 그런 여자로 생각했나요?"

고북월은 또 멍해졌다.

진민이 그를 이름으로 부른 것은 처음이었다. 왜인지 진민이 이렇게 그를 부르자, 그는 진민이 딴사람이 된 것 같은 느낌이었다. 분명 익숙한 사람인데도 아주 낯설었다.

순간 그는 어떻게 대답해야 할지 몰랐다.

진민은 엄숙하게 그를 바라보았다. 하지만 잠시 후 웃음을 터뜨리며 말했다.

"원장 어른, 농담한 것뿐이니 개의치 않으셔도 됩니다. 이곳은 비밀 통로로 진씨 저택 후문으로 통합니다. 이곳을 통해 가십시오. 바깥의 일은 제가 대처하면 됩니다."

그녀가 비켜 주었지만 고북월은 꼼짝도 하지 않았다. 아직 정신이 다 돌아오지 못한 듯했다.

"원장 어른, 가십시오."

진민이 또 말했다.

고북월은 끝까지 그녀가 방금 한 질문에 대답하지 않았고,

다른 말도 하지 않았다. 비밀 통로로 내려간 그는 진민이 입구를 닫을 때 한마디 했다.

"진민, 만사에 조심하십시오."

침상 판자가 천천히 닫히면서 고북월의 모습도 점차 사라졌다. 그는 진민이 침상에 멍하니 앉아 있는 모습을 보지 못했고, 진민이 혼잣말로 이렇게 중얼거리는 소리는 더 듣지 못했다.

"고북월, 날 진민이라고 불러 주니 좋잖아요?"

고북월은 그렇게 떠났다. 침상에 누워 눈을 감고 있는 진민은 잠든 것인지 아니면 깨어 있는 것인지 알 수 없었다.

바깥에 있던 사람들은 다 흩어졌으나, 작약은 여전히 우두커니 밖을 지키고 있었다. 그녀는 아주 흐뭇한 생각에 빠져 있었다. 나리와 아가씨가 방에 있고, 외로운 남녀가 함께 있으니 무슨 일이라도 벌어지겠지?

사실 그녀는 진씨 집안사람이 계속 에워싸고 있기를 바랐다. 나리가 오늘 밤 이 방에서 지낼 수밖에 없다면 가장 좋았다.

하지만 안타깝게도 일은 뜻대로 되지 않았다.

잠시 후, 진민이 그녀를 불렀다. 작약은 방 어느 곳에서도 나리를 찾을 수 없자 마침내 상황을 이해했다.

"아가씨, 어떻게……, 어떻게 나리를 보낼 수 있으세요? 어쩜 그리 어리석으세요?"

진민이 담담하게 말했다.

"작약, 내 생각에…… 그분은 마음에 둔 사람이 있는 것 같아!"

"예?"

작약은 멍해졌다가 곧 그녀를 설득했다.

"아가씨, 쓸데없는 생각 마세요. 나리 능력에 진짜 마음에 둔 사람이 있다면 신부로 맞이하지 못하시겠어요? 나리는 그런 쪽으로는 머리가 둔하고 생각이 안 트이신 분이에요!"

진민은 작약을 보며 더 말을 하려다가 말고 한마디만 했다.

"넌 몰라."

"아가씨, 제가 어찌 모르겠어요! 나리가 아가씨를 보는 눈빛은 다른 사람을 볼 때와 달라요. 나리는 아가씨를 분명 좋아하신다고요!"

작약이 진지하게 말했다.

그러자 진민이 손을 내두르며 말했다.

"이 이야기는 그만하자. 사람들에게 내가 저녁에 다 같이 식사하고 싶어 한다고 전해."

작약은 고개를 끄덕인 후 밖으로 나갔지만 속으로는 망설이고 있었다. 기회를 봐서 몰래 나리를 찾아가 이야기를 해야 하는 게 아닐까?

진민의 어머니는 이미 세상을 떠났고, 남동생은 아직 어리고 능력이 부족했다. 자연스레 진씨 집안 둘째 어른이 집안의 주도권을 잡았다.

이날 밤, 과연 진씨 집안 둘째 어른은 진민에게 위세를 부렸다.

북월편 **전술**

진민이 다 같이 식사하고 싶어 한다는 이야기를 작약이 전하자, 진씨 집안 장남 가족과 차남 가족 사람들 모두 긴장했다. 원래 일을 보러 나가려던 사람들도 혹 저녁의 가족 연회를 놓치게 될까 두려워 바로 계획을 취소했다.

하지만 모두 자리에 막 앉았을 때 원래 저택에 없던 진씨 집안 둘째 어른이 갑자기 나타날 줄은 생각도 못 했다.

"허허, 난 또 형님이 감옥에서 나오신 줄 알았지. 원장 부인께서 오셨을 줄은 몰랐소."

진 둘째 어른이 이상하게 말했다.

그는 이 원장 부인을 두려워하는 마음이 있긴 했지만, 그녀가 동생의 권력 다툼을 돕기 위해 왔을 가능성이 크다는 생각이 들자 많은 것을 신경 쓸 수 없었다.

무슨 일이 있어도 진씨 집안 가주 자리를 놓치고 싶지 않았다! 시집간 딸인 진민이 뭘 그리 많이 상관할 수 있겠는가?

원장 부인이면 또 뭐 어떤가. 그녀가 아니라 고북월이 와도, 진씨 집안일에 개입할 생각은 말아야 했다.

신분으로 따지면 자리한 사람들 중 진민이 가장 높았다. 하지만 항렬로 따지면 진 둘째 어른이 가장 높았다.

진 둘째 어른이 들어오자 안팎에 있던 모든 사람이 자리에서 일어나 인사했다. 진민 한 사람만 앉아 있었다. 모든 사람이 인사한 후에야 진민이 담담하게 말했다.

"숙부, 민아가 움직이기 불편하여 실례하였습니다."

진 둘째 어른도 예의를 차리지 않고 딱 세 글자로만 답했다.

"괜찮소."

작약은 화가 나서 발을 동동 굴렀지만, 안타깝게도 진씨 집안에서는 그녀도 함부로 방자하게 굴 수 없었다. 그녀 역시 어려서부터 진씨 집안에서 자란 사람이라 진씨 집안의 규율을 잘 알았고, 이 둘째 어른의 성질머리도 잘 알았다.

진민은 그저 웃기만 할 뿐 별말이 없었다.

그녀는 저녁에 다 같이 식사하자고 했지만 사실 무슨 말을 할 계획은 없었다. 말이 많아지면 실수가 생겼다. 오히려 말을 하지 않으면 사람들이 갈피를 잡을 수 없었다.

그녀가 지금 신분으로 말 한마디 없이 식사만 하면, 자리한 사람들을 밤새도록 잠을 이루지 못하고 그녀의 속내를 고민하게 만들 수 있었다.

그녀는 고북월에게 내부 흉수를 잡아낼 수 있는 완벽한 계획이 있음을 알고 있었다. 하지만 그래도 한번 위험을 무릅쓰고 스스로 이 일을 완수하기로 결정했다.

어쨌든 10년 넘게 억울하게 지내 왔으니 이 원한을 직접 풀어야 했다. 게다가 그녀는…… 그에게 너무 많은 빚을 지고 싶지 않았다.

진민은 진 둘째 어른이 자리에 앉아 모두와 함께 식사할 줄 알았다. 그런데 진 둘째 어른이 탄식하기 시작하는 게 아닌가.

"아아……, 요 며칠 밖에서 분주하게 다녀 보았지만 형님을 풀어 드릴 방법은 없고, 얼굴 한 번 뵙는 것도 힘들었다. 숙부도 나이가 들어 도움이 못 되는구나. 모두에게 몇 가지 이야기할 게 있다."

"아버지, 무슨 일이 있으셨습니까?"

진쟁원이 다급하게 물었다.

진 둘째 어른은 대답하지 않고 진민 곁으로 가서 낮게 말했다.

"원장 부인, 이 일은 형님의 수감과 관련된 일이니 아무래도 자리를 피하는 게 좋겠소."

그 말에 사람들이 모두 돌아보았다. 진민의 여동생과 매부들은 아무 말 못 하는데, 남동생인 진상청秦常靑이 씩씩거리며 입을 뗐다.

"숙부, 누님을 남 취급하시는 겁니까?"

"허허, 원장 부인은 원장과 마찬가지로 치우침 없이 공정하고 대의멸친하는 분이시다. 상청, 네 누님을 곤란하게 만들지 마라."

진 둘째 어른이 냉소를 지으며 말했다.

"아버지, 원장 부인은 거동이 불편하시니 우리가 옆방에 가서 말하는 게 어떻습니까?"

진쟁원이 물었다.

"그것도 좋지."

진 둘째 어른이 예의를 차리며 말했다.

"그럼 실례지만 원장 부인은 잠시 기다리시오."

그는 말을 마치고 아들과 함께 옆방으로 갔다.

그들이 가자, 둘째 어른 가족들도 바로 따라갔다. 진민의 세 여동생은 서로 얼굴을 마주 보는 모습이, 동요된 게 분명했다. 그녀의 남동생만은 씩씩거리며 앉아 전혀 움직이지 않았다.

진민은 한마디도 하지 않고 그저 국을 떠서 마시기만 했다.

이 둘째 숙부는 정말 그녀에게 엄청난 위세를 부렸다. 이런 행동은 그녀를 난감하게 하는 것처럼 보였지만, 실은 그녀를 떠보고 괴롭히며 강요하는 것이었다! 더 노골적으로 말하면, 그녀와 형제자매의 관계를 이간질하고 있었다.

진상청이 마침내 참지 못하고 큰 소리로 물었다.

"누님, 저 사람들이 괴롭게 놔두실 겁니까?"

그 말에 세 여동생과 매부가 모두 진민 쪽을 바라보며 대답을 기다렸다.

둘째 숙부가 이렇게까지 하는데 진민은 반박하지 않는 것인가? 가만히 있는다고?

설마 모두와 함께 아버지를 어떻게 구출할지 상의하러 온 게 아니란 말인가? 설마 정말 이렇게 둘째 숙부에게 괴롭힘을 당하겠다고?

진민은 짧게 대답했다.

"식사하자."

"누님!"

진상청이 화내며 탁자를 쳤다.

진민은 여전히 전혀 동요하지 않았고, 세 여동생은 다시 서로 눈빛을 교환하기 시작했다. 결국 진 둘째 소저 진결秦潔이 입을 열었다.

"언니, 아무 말씀도 하지 않는 것은 무슨 뜻인가요? 흥, 아버지가 언니를 가르치지 않은 일로 아직도 앙심을 품고 있는 건가요?"

둘째 소저가 말을 시작하자 다른 두 사람도 바로 거들었다.

"언니, 모두를 비웃으려고 돌아온 건 아니겠죠? 그래요, 지금 둘째 숙부 부자 두 사람이 아주 득의양양해하니 언니도 기쁘겠어요!"

"언니, 언니가 이렇게 무정할 줄은 몰랐어요. 아버지를 구하지 않는 것은 둘째 치고, 남동생마저 도와주지 않다니. 정말 실망스럽군요!"

진민은 우선 아버지를 구할 생각이 없었고, 남동생의 자리다툼을 도울 마음도 없었다. 얼마 후면 의약계에서 집안의 힘은 사라지고, 진정한 학식과 재능이 그 자리를 대신할 것을 알기 때문이었다. 지금 머리 터지게 싸워 봤자 다 헛수고였다.

진씨 집안과 그 진영에 속한 여러 집안을 어떻게 견제하여 개혁을 방해하지 못하게 할 것인지는 고북월의 일이었다.

그녀는 다만 흉수를 잡으러 온 것뿐이었다.

세 여동생이 질문을 던지든 말든, 남동생이 원망의 눈길로 그녀를 쳐다보든 말든, 진민은 상관하지 않고 편안하게 밥을 먹고 국을 마셨다.

그녀는 침묵으로 과거의 그 홍수가 인내심을 잃기를 기다리고 있었다.

과거에 그녀는 재능을 드러냈을 뿐인데 홍수는 그녀의 두 다리를 망가뜨렸다. 이제 그녀는 원장 부인이 되어 세상이 놀랄 만한 재능을 드러냈다. 그런 그녀가 진씨 집안으로 돌아왔는데, 홍수가 가만히 앉아 있을 수 있을까?

그 시절 홍수에게 그녀를 해칠 이유가 있었다면, 오늘 그녀를 해칠 이유는 더 충분했다.

그녀가 침묵할수록 홍수는 그녀가 이번에 온 목적을 더욱 헤아릴 수 없을 테고, 갈수록 마음을 다스릴 수 없어 안절부절못할 것이었다.

그녀는 홍수가 둘째 숙부 세력일 거라 생각했기에, 둘째 숙부의 도발 앞에서 더욱 마음을 가라앉혀야 했다.

배불리 식사를 마친 후 진민이 담담하게 말했다.

"천천히 식사해. 난 먼저 들어갈게. 너희도 다 먹고 나면 흩어지렴."

모두 기가 막혀서 말도 나오지 않았다. 진민이 밖으로 나가자, 진결이 갑자기 쫓아 나와서 큰 소리로 물었다.

"진민, 대체 뭘 하러 돌아온 거야? 가 버려, 진씨 집안은 널 환영하지 않아!"

진민이 고개를 돌려 진결을 바라봤다. 과거 그녀의 것이어야 했던 기회를 모두 이 여동생에게 주었건만, 이 여동생은 여전히 그녀를 저리도 비웃었다.

진민은 그때 일을 잊지 않았다. 다만 시간이 오래 흘렀으니 과거 잘못을 들추지 않으려 한 것뿐이었다.

반드시 상대에게 어떤 행동을 하고 보복하는 것만이 복수가 아닌 경우가 많았다. 자신이 더 높은 자리에 올라 더 멀리 보게 되는 것도 또 다른 복수 방식이었다.

아주 높은 곳, 복수의 대상이 올려다보아야만 겨우 볼 수 있는 곳에 올랐을 때, 아주 우아하게 승리할 수 있었다.

진민은 자신이 이름만 원장 부인이고 진짜 아주 높은 자리에 오른 것은 아님을 알고 있었다. 하지만 '원장 부인'이라는 이 네 글자의 높은 지위와 우아함 앞에 부끄럽고 싶지 않았다.

진민은 누구도 상대해 주지 않으며 작약과 함께 조용히 돌아갔다.

둘째 소저는 약이 바짝 올라 자리로 달려온 후 진상청에게 말했다.

"큰언니는 비웃으러 온 거야. 쫓아내 버려! 당장 가서 쫓아내!"

줄곧 아버지가 감싸고돌았던 진상청은 지금 이런 지경이 되어도 아무 생각이 없었다. 그저 아버지가 잡혀갈 때 그에게 했던 마지막 말만 기억했다.

'큰누님의 말을 들어라. 모든 것을 그 뜻대로 따라라!'

큰누님은 오늘 아무 말도 하지 않았지만, 그는 감히 미움을 살 수 없었다.

"가라니까!"

진결이 진상청의 옷을 마구 잡아끄는데, 진상청이 갑자기 손을 뿌리치며 말했다.

"큰누님이 돌아와서 며칠 머무는 게 누님과 무슨 상관이에요?"

"이미 시집갔잖아! 누가 와서 지내도 된다고 허락했어?"

진결은 진민이 얼마나 싫은 것인지, 씩씩거리며 반박했다.

"그러는 누님도…… 날마다 오잖아요?"

진상청이 중얼거리며 말했다.

"감히!"

진결은 화가 치밀어 발을 동동 구르더니, 자신의 지아비를 잡아당기며 씩씩대며 말했다.

"그래! 나도 오늘 여기서 지내야겠다! 저 여자가 머무는 만큼, 나도 이곳에 있겠어!"

그녀가 가자 다른 두 여동생은 말은 하지 않았지만 바로 그녀를 쫓아갔다. 세 자매가 한패인 것이 분명했다.

널찍한 대청 안, 산해진미가 가득한 탁자 앞에 진상청 한 사람만 남았다. 입맛이 뚝 떨어져 버린 그는 잠시 앉았다가 역시 자리를 떠났다.

그들이 나간 후, 진봉현과 진쟁원 무리가 나왔다.

진쟁원이 나오자마자 냉소를 지으며 입을 떼려는데, 진봉현이 막았다. 그는 다른 사람들이 식사하게 두고는 진쟁원을 데리고 밖으로 나왔다.

나오자마자 진쟁원이 다급하게 말했다.

"아버지, 진민은 대체 무슨 생각인 걸까요?"

진봉현이 냉소를 지으며 말했다.

"우선 며칠이나 머물 수 있는지 두고 보자!"

"아버지, 진민은 진상청을 도와주지 않을 리 없습니다. 우리는…… 어쩌면 좋습니까?"

진쟁원이 가장 걱정되는 것은 이 부분이었다.

진봉현이 언짢아하며 말했다.

"대체 몇 번이나 말했느냐. 마음을 다스려야 큰일을 할 수 있다고!"

진봉례가 의성에서 쫓겨나 진짜 의노가 되면, 사람들은 바로 새 가주를 세우는 이야기를 꺼낼 터였다. 진상청의 의품으로는 아예 자격이 안 되었다. 진봉현은 진민이 짧은 시간 안에 진상청을 쓸모 있게 만들 수 있을 거라고 믿지 않았다!

지금 그가 해야 할 일은 진민이 직접 그에게 맞서도록 내버려 두는 것이었다. 지난 몇 년 동안 그는 의술에 많은 공헌을 했고, 의원으로서 사람 살리는 데 전심전력을 다했으며 어떤 약점도 남기지 않았다.

그는 진민이 자신에게 맞서는 일이 정말 두렵지 않았다. 집안 내부 암투에서는 수작 부린 적이 많았지만, 그런 일들은 그가 가주 자리를 잃게 하기에는 부족했다. 그는 '불변'으로 '동요하지 않는' 진민을 상대하여 이길 자신이 있었다.

진봉현은 '불변'의 전략으로 진민을 상대하기로 했다. 진민도 '동요하지 않음'으로 진봉현이 걸려들기를 기다리고 있었다.

하지만 사흘 후 갑작스럽게 상황이 뒤집히면서 진민은 손쓸 틈이 없게 되었다.

사흘간 진민은 자신의 원락에서 나가지 않았다. 진상청이 매일 그녀를 몇 번이나 찾아왔지만, 그녀는 한마디도 하지 않았다. 셋째와 넷째 여동생도 그녀를 찾아와 여러 차례 떠보았지만, 그녀는 침묵했다.

넷째 날, 진상청이 막 두 누님과 그곳에서 나왔을 때, 진결 홀로 그녀를 찾아왔다. 오만방자하고 건방지기 그지없던 예전 모습과 달리 그녀가 간절한 표정으로 진민에게 말했다.

"언니, 우리…… 솔직해져요! 10여 년 전, 언니가 했던 말을 기억해요?"

진민은 작약에게 차를 내오라고 시킨 후 담담하게 물었다.

"무슨 말?"

진결은 유감스러운 웃음을 지으며 말했다.

"언니, 언니가 크면 계일봉李一峰에게 시집가고 싶다고 했었 잖아요. 기억해요?"

계일봉?

진민은 진결이 이런 케케묵은 옛날 일을 꺼낼 줄은 생각도 못 했다.

계일봉이 누군가?

계일봉은 계씨 집안 정실 소생의 장자로, 계씨 집안 가주 자리를 이을 유일한 후계자였다. 계씨 집안은 진씨와 임씨 집안보다는 못하지만 무시할 수 없는 세력이었다. 아버지는 과거 계씨 집안과 혼인 관계를 맺기 위해 적잖이 마음을 썼었다.

아버지는 원래 그녀가 계일봉에게 시집가길 바랐지만, 나중에 그녀는 두 다리가 불구가 되어 버렸다. 아버지가 온 힘을 다해 추진한 끝에 계일봉은 그녀의 여동생을 신부로 맞았고, 그 사람이 바로 눈앞에 있는 진결이었다.

어린 시절, 계씨 집안 아이가 진씨 집안에 자주 놀러 왔었다. 농담이든 진담이든, 모두 어린 시절 세상 물정 모를 때 한 유치한 말들이었다. 진결이 이야기를 꺼내지 않았으면, 진민은 자신이 계일봉에게 시집가겠다고 말한 사실도 기억하지 못했을 것이었다.

진결이 그 말을 기억한다고? 진결이 오늘 갑자기 그녀를 찾아와 이 이야기를 꺼내는 목적은 무엇일까?

"기억하고말고."

진민은 여전히 평온하게 대답했다.

"그리고 임씨 집안 도령에게 시집가겠다고 했고, 고소칠에게도 시집가고 싶다고 말했었지. 기억나?"

"하하, 난 왜 기억이 안 날까요?"

진결이 웃으며 물었다. 진심인지 농담인지 알 수 없었다.

"그건 네 기억력이 좋지 못한 거야."

진민이 놀리듯 대답했다. 진결이 나쁜 마음으로 온 것을 감지한 그녀는 속으로 경계하고 있었다.

이때 작약이 차 두 잔을 들고 들어오자, 진결이 얼른 일어나서 받았다.

"아이고, 둘째 아가씨, 얼른 앉으세요. 소인이 시중들면 됩니다."

작약이 황급히 말했다.

진결이 직접 차 한 잔을 들어 진민에게 올리며 말했다.

"누구나 원장 부인께 차를 올릴 기회가 있는 것은 아니지. 작약, 넌 나가 보거라. 내가 이곳에서 시중을 들면 된다."

"왜 이리 예의를 차리는 거니?"

진민이 물었다.

진결은 다른 찻잔을 자신의 탁자에 놓은 후 자리에 앉지 않고 갑자기 무릎을 꿇었다.

"언니, 계일봉을 원하시면 돌려 드릴게요. 남동생을 도와주시기만 하면, 계일봉이 아니라 내 목숨을 원한다고 하셔도 드릴게요!"

진결이 목멘 소리로 말했다.

진민은 정말 너무 깜짝 놀란 나머지 제일 먼저 이런 생각이 들었다. 진결이…… 정신이 어떻게 된 건가?

이 여동생이 얼마나 이기적이고 이익을 탐하는지 그녀는 너무도 잘 알았다. 남동생이 가주 자리를 차지하면 그녀에게 일절 손해는 없고 이익만 가득할 것이었다. 어쨌든 그녀는 계씨 집안에서 입지를 굳히고 싶어 했고, 훗날 계씨 집안의 가주가 되는 데도 강력한 친정의 힘이 뒷받침되어야 했다.

하지만 그렇다고 하더라도 이렇게까지 희생할 필요는 없는데?

진민은 진결이 트집을 잡으러 왔다고 알고 있었는데, 진결이 이런 짓을 벌이자 정말 어찌 된 영문인지 종잡을 수가 없었다.

그녀가 진지하게 말했다.

"진결, 내가 네 남편을 받아서 뭐 하게? 네 남편을 너무 높이 평가하는구나! 오늘 내게 제대로 설명하지 않으면, 이곳에서 나갈 생각 마!"

그 말을 하면서도 진민은 우습다고 생각했다. 오늘 이 이야기가 밖에 전해지면, 모르는 사람은 그녀가 남자를 얻지 못한 일에 앙심을 품고 아버지를 원망하여 남동생을 도와주지 않는다고 생각할 것이었다!

정말 뒷목 잡게 만들 말이었다!

"언니……."

진결은 손수건을 꺼내 눈물을 닦는 척하며, 몰래 탁자 위 찻잔을 흘끗 쳐다보고는 홀짝이며 말했다.

"언니, 많은 말을 해 봤자 다 쓸데없지요. 어떻게 해야 아버지와 나를 용서하겠어요? 그때 언니의 것이어야 했던 모든 것을 아버지가 내게 주셔서 언니가 내내 원망한 것을 알고 있어요. 이 빚은 제가 다 돌려 드릴 수 있어요. 하지만 남동생은 죄가 없잖아요! 우리 진씨 집안도 죄가 없고요! 둘째 숙부가 가주자리를 차지하고 선조로부터 내려온 의서를 맡게 된다면, 그럼…… 남동생은 어쩌나요? 아버지가 감옥에 계신 일은 또 어찌하나요? 언니……."

진결이 끊임없이 늘어놓는 말을 듣고 있자니 진민은 짜증이 치솟았다. 그녀는 찻잔을 들고 찻물 위에 떠 있는 찻잎을 살짝 불어 냈다. 상대할 생각이 없는 그녀는 진결이 계속 말하게 내버려 두었다. 진결이 얼마나 오래 이야기할 수 있을지 들어 볼 생각이었다!

진민이 찻잔을 들자 진결은 기쁨의 눈빛을 번뜩였다. 그런데 진민이 입을 대려는 순간, 옆에서 갑자기 아주 날카로운 소리가 들려왔다.

"찍!"

음?

꼬맹이?

진민은 찻잔을 내려놓고 소리 나는 쪽을 돌아보았다.

진결은 어리둥절해졌다가, 진민이 그 차를 마셨는지 아닌지 신경 쓸 틈도 없이 갑자기 비명을 질렀다.

"악! 쥐가 있어!"

쥐라면 미칠 듯이 기겁하는 사람이 많은데, 진결이 그중 하나였다.

진결이 비명을 지르는 가운데, 꼬맹이가 창문에서 안으로 날아들었다. 꼬맹이는 바로 차 탁자 위로 뛰어올라 진민의 찻잔 앞에 서더니, 두 앞발로 찻잔을 가리키며 다급하게 진민을 향해 '찍찍찍' 하고 소리를 질렀다.

사실 진민은 꼬맹이와 그리 친하지 않았다. 하지만 그녀가 아무리 어리석어도 알아챌 수 있었다. 꼬맹이는 지금 그녀에게 이 찻잔에 문제가 있다고 알려 주고 있었다!

"차?"

작약이 중얼거리며 혼잣말을 했다.

진민은 바로 진결을 돌아보았다. 이때 진결은 꼬맹이를 보며 방금 그 소리가 쥐가 아니라 다람쥐였음을 깨달았다.

그렇게 진민은 진결을, 진결은 꼬맹이를 바라보았다. 꼬맹이의 시선은 진민과 진결 사이를 오가고 있었다. 꼬맹이도 소리를 내지 않자, 넓은 방 안이 갑자기 조용해졌다.

시간이 아주 느릿느릿 흘러갔다. 사람들의 심장 고동보다 더 느린 듯했다.

점차 진결은 겁에 질린 얼굴이 되었고, 진민은 눈을 천천히 가늘게 떴다. 이 차에 문제가 있음을 두 사람은 말하지 않아도 알고 있었다.

그제야 깨달은 작약이 갑자기 고함을 질렀다.

"아가씨, 저 차에 문제가 있어요!"

진결이 바로 달려들어 차를 뺏으려 했다. 진민은 순간 멍해졌다가 곧 손을 뻗었다. 하지만 두 사람은 꼬맹이만큼 빠르지 못했다. 꼬맹이가 갑자기 찻잔을 안고 한쪽으로 뛰어갔다.

꼬맹이는 찻잔 가장자리에 두 손을 얹고 기댄 채 진민과 진결을 향해 눈을 부라렸다. 얼마나 흉악한 눈빛으로 노려보는지, 빼앗지 말라고 경고하는 게 분명했다!

진민과 진결이 모두 움직이지 않자 꼬맹이는 얼른 고개를 숙이고 차를 꿀꺽 마셨다. 하지만 차가 너무 뜨거워 바로 다 뱉어 냈다. 녀석은 입으로 후후 불면서 진민과 진결을 경계했다. 그 사나우면서도 신중한 모습이 아주 우스웠다.

하지만 진민, 진결, 그리고 작약 모두 웃음이 나오지 않았다. 진민과 작약은 꼬맹이가 가장 좋아하는 음식이 독약임을 알기 때문이었다! 정말 아주아주 맛있는 음식이 아닌 이상, 꼬맹이는 거들떠보지도 않았다.

작약이 우려낸 이 차는 평범한 홍차일 뿐인데, 어찌 꼬맹이가 이렇게 뺏으려고 난리를 치겠는가? 이 차에 독이 있는 게 분명했다! 그것도 극독이!

진결은 그제야 눈앞에 있는 이 조그만 다람쥐가 전에 온종일 원장 어른의 어깨에 앉아 있던 독짐승이라는 사실을 깨달았다!

"차에 독이 있구나! 네가 독을 탔어!"

이번에 말한 사람은 진민이었다. 작약이 독을 탔을 리 없었다. 방금 진결이 저 찻잔을 들었으니, 독을 쓴 사람은 그녀였다!

"아니에요!"

진결이 바로 부인했다.

"네가 쓴 것은 극독이야! 어디서 난 거야!"

진민이 노한 목소리로 물었다.

꼬맹이를 이렇게 다급하게 만들 수 있는 것은 극독, 아주 보기 드문 극독뿐이었다. 평범한 독이었다면 꼬맹이가 일찌감치 발로 걷어찼을 것이었다.

독종이 누명을 벗고 백독문이 황후마마 손에 들어간 후, 일반 독약도 구하기 힘들어졌으니 이런 극독은 말할 것도 없었다. 삼도 암시장에서 판매하는 것도 일반 독약일 뿐이었다.

진민은 아주 불길한 예감이 들었지만, 감히 짐작할 수 없었다.

진결은 아주 당황해하더니 벌떡 일어나 작약을 가리켰다.

"저 여자예요. 차는 저 여자가 탔어요! 저 여자가 쓴 독이에요! 난 아무것도 몰라요."

진민은 그 자리에서 결단을 내렸다.

"작약, 가서 나리를 모셔 와!"

작약은 즉시 밖으로 뛰어나갔다. 제 발 저린 진결은 참지 못하고 다급하게 작약을 붙들었다.

"못 간다!"

작약이 돌연 손을 뿌리쳤다. 시녀인 그녀의 힘은 당연히 귀하게 자란 아가씨보다 셌다. 그녀는 단번에 진결의 손을 뿌리치고 밖으로 달려갔다.

바로 쫓아 나가던 진결이 입구에 이르자 갑자기 멈췄다. 순간 그녀는 뒤돌아 방으로 돌아오더니 문을 닫아 버렸다.

진민은 바퀴 달린 의자에 앉아서 잔혹한 표정을 드러낸 진결을 차갑게 바라보았다.

"진민, 네가 모진 것이니, 내가 언니로 대접하지 않는다고 원망 마라!"

진결은 한 걸음씩 진민을 향해 걸어왔다. 진민은 놀라움을 금할 수 없었다. 자신의 친여동생이 이렇게까지 악독할 줄은 생각도 못 했다.

진민은 무의식적으로 바퀴 달린 의자를 밀려고 했다. 그 모습을 본 진결이 달려들며 일말의 주저함도 없이 두 손으로 진민의 목을 조르려 했다. 하지만 거의 동시에 꼬맹이가 진민의 머리로 뛰어올라 진결을 노려보았다.

막다른 길에 몰린 진결은 그제야 꼬맹이가 가까이 있다는 사실을 깨달았다. 그녀는 멍해졌고, 두 손은 허공에 멈춰 있었다.

"찍!"

꼬맹이가 돌연 진결의 얼굴로 달려들어 미친 듯이 할퀴었다!

감히 공자의 동료에게 독을 써?

감히 공자의 동료에게 살의를 보여?

절대 용서할 수 없는 죄였다!

꼬맹이가 운석 엄마 외에 공자 곁에 있도록 허락한 사람은 진민뿐이었다!

꼬맹이는 이 여자가 진씨 집안의 누구인지, 진민과 어떤 관계인지 몰랐다. 어쨌든 용서할 수 없었다.

"아악……! 악……! 살려 줘! 살려 줘!"

진결이 놀라 고함을 지르며 온 힘을 다해 꼬맹이를 잡으려 했으나, 아무리 해도 꼬맹이를 떼어 낼 수 없었다. 꼬맹이의 날카로운 발톱이 그녀의 살을 찔러 댔기 때문이었다.

'쾅' 하는 소리와 함께 방문이 열렸다.

그저 바람이 스쳐 지난 것 같더니, 어느새 고북월이 진민 앞에 와 있었다.

"진민, 괜찮습니까?"

진민은 멍해졌다. 왜인지 모르지만 이 순간, 그가 갑자기 나타난 이 순간이 그녀는 꿈꾸는 것 같았고 실제처럼 느껴지지 않았다.

이 사람이 어떻게 이렇게 빨리 올 수 있지? 작약이 나간 지 얼마나 되었다고, 아무리 그가 빨라도 작약이 소식을 전해야만 올 수 있는데!

진씨 저택과 의학원은 그래도 거리가 꽤 있었다. 작약은 이렇게 짧은 시간 안에 의학원까지 뛰어갈 수 없었다.

곧 작약도 쫓아 들어왔다. 그녀는 입을 떼려다가 나리가 아가씨 앞에 있는 모습을 보고는 안심했다.

그녀가 방금 원락 밖으로 나갔을 때 갑자기 나리가 나타나 무슨 일이 생겼는지 물었다. 그녀의 생각이 맞는다면, 나리는 줄곧 떠나지 않고 진씨 저택 근처에 있었던 게 분명했다.

제가 그랬잖아요. 나리가 어찌 아가씨를 혼자 이곳에 두실 수 있겠어요?

"괜찮습니까?"

고북월이 진지하게 물었다.

진민은 작약을 봤다가 다시 고북월의 얼굴로 시선을 돌렸다. 그녀는 자신도 모르게 나직이 말했다.

"고북월……, 가지 않았어요?"

고북월은 순간 복잡한 눈빛을 보였다가 자신도 모르게 뒤로 물러섰다. 그는 진민의 질문에는 대답하지 않고 한쪽에 쓰러져서 발버둥 치고 있는 진결을 바라보며 눈살을 찌푸린 채 말했다.

"꼬맹아, 방자하게 굴어선 안 된다!"

꼬맹이는 그제야 진결을 놔주고 차 탁자로 뛰어올랐다. 그러고는 아까 그 찻잔을 가리키며 고북월을 향해 찍찍 소리를 냈다.

고북월은 진지한 얼굴로 말했다.

"진……."

그는 한 글자만 말했을 뿐인데, 진민이 말을 잘랐다.

"서방님!"

북월편 **행복감**

'서방님'이라는 말을 듣는 순간, 고북월은 진결이 있으니 호칭에 주의하라고 진민이 알려 주고 있음을 깨달았다.

"부인, 조급해 마십시오."

그가 담담하게 말했다.

"우선 말씀해 보십시오. 대체 어찌 된 일입니까?"

진민은 그제야 상황의 전말을 고북월에게 알려 주었다.

진결은 엉망이 된 얼굴로 한마디도 하지 않고 한쪽에 옹송그리고 앉아 계속 눈물을 흘렸다. 고북월까지 왔으니 그녀는 자신이 빠져나갈 수 없음을 알고 있었다.

고북월은 진결은 신경 쓰지 않고 꼬맹이가 그 차를 거의 다 마시려는 것을 보고 얼른 막았다.

진민의 분석은 틀리지 않았다. 꼬맹이가 이렇게 탐내는 걸 보면 이 차에 든 독은 분명 평범한 독이 아니었다. 진결은 대체 어디서 이런 희귀한 극독을 찾아냈을까?

고북월은 비록 말을 꺼내지 않았지만 진민과 마찬가지로 불길한 예감이 들었다.

그는 조심스레 찻잔을 가져왔다. 잔 바닥에 찻물이 좀 남아 있는 것을 보고 그가 말했다.

"작약, 병을 가져오너라."

"예!"

작약은 아주 기뻐하면서 잠시 후 깨끗한 작은 약병 하나를 가져왔다. 고북월은 조심스럽게 찻물을 자기 병에 넣은 후 마개를 단단히 막아 소매에 집어넣고 더 말하지 않았다.

옆에 서 있는 꼬맹이는 먹고 싶어 죽을 것 같았지만 감히 원망할 수 없었다. 공자가 원하는 물건이라면, 아무리 탐나는 음식이라도 빼앗지 않았다!

물건을 집어넣은 후에야 고북월은 자리에 앉아 담담한 말투로 물었다.

"부인, 이 일을 어떻게 처리할 생각입니까?"

진민이 입을 열기도 전에 갑자기 진결이 고개를 들고 노한 목소리로 말했다.

"무슨 증거로 내가 독을 넣었다는 거죠? 내가 독 넣는 것을 보기라도 했나요? 대체 무슨 근거로 찻물에 독이 있다고 하는 거죠? 이건 중상모략이에요!"

"그래, 충분한 증거가 없으면 계씨 집안도 설득할 수 없겠지. 서방님, 저 아이는 진씨 집안의 딸이면서 동시에 계씨 집안의 며느리입니다."

진민은 아주 진지하게 말했다.

고북월에게 이 일을 이용해 계씨 집안에 압박을 가할 수 있다고 귀띔해 주는 말이었다. 동시에 진결에게 계씨 집안에서 이 일을 알면 그녀는 끝장이라고 알려 주고 있었다.

진결의 눈에 두려운 빛이 스쳤지만, 그녀는 끝까지 강경한 자세를 유지했다.

"난 독을 쓰지 않았어요! 증거 없이는 난 죽어도 인정하지 않겠어요!"

진민이 비웃으며 말했다.

"진결, 네가 물러나지 않고 바로 내 목을 졸라 죽였다면, 이 많은 일도 일어나지 않았겠지. 기다려, 반드시 네가 완전히 굴복하게 만들어 줄 테니! 운녕성에 계신 여주인께서 직접 그 차를 감정해 주실 것이다!"

"난 하지 않았으니 두렵지 않아!"

진결이 주저하지 않고 대답했다.

그 말에 진민과 고북월은 모두 충격을 받았다. 전에는 의심스럽기만 했다면, 지금은 아주 확신이 들었다. 과거에 진민에게 독을 쓴 사람은 바로 진결이었다!

진민이 놀란 나머지 자리에서 벌떡 일어났고, 진결은 진민이 일어나는 모습을 본 순간 바로 눈이 휘둥그레졌다.

"어떻게……. 아니야! 말도 안 돼! 아니야!"

진결은 비명을 지르며 뒤로 물러서다가 벽에 부딪힌 후에야 멈췄다. 그녀는 어안이 벙벙해졌고, 도저히 자신의 두 눈을 믿을 수 없었다.

"그때 내게 독을 쓴 사람이 바로 너였구나!"

분노한 진민이 쏜살같이 그녀 앞으로 달려가 뺨을 세차게 후려쳤다.

"과연 내 친동생답구나!"

"어……, 언제부터……."

진결은 놀라서 말도 나오지 않았다.

그녀가 이토록 자신만만하게 이 독을 쓸 수 있는 것은 이미 써 본 적이 있기 때문이었다.

오래전, 그녀는 독약 장수에게 아주 비싼 값을 주고 이 독약을 산 후 진민에게 쓰기 시작했고, 진민의 두 다리를 못 쓰게 만들었다.

아버지는 의학원 장로들을 다 찾아다녔고 심지어 당시 고 원장에게까지 갔으나 아무도 고치지 못했다. 아버지도 중독이 아닐까 의심했지만 독의를 다 찾아다녀도 아무 성과가 없었다. 모든 독의는 다 하나같이 진민은 중독이 아니라고 진단했다. 그 후 진민은 괴병이라는 진단을 받았고, 아버지는 진민을 포기했다.

진결은 원래 진민의 것이었던 모든 것을 차지했다. 그녀는 모든 것이 순조롭게 진행될 줄 알았다. 그런데 어느 날 갑자기 고북월이 진민을 신부로 맞을 줄은 몰랐다.

그녀는 두려워지기 시작했다. 진민이 고북월에게 시집가서 한운석을 만나 중독이라는 진단을 받을까 봐 두려웠다.

고북월이 사람을 보내 혼담을 넣었을 때부터 진민이 고북월에게 시집가기까지, 그녀는 매일 방 안에 틀어박혀 아무도 만나지 않고 아무것도 먹지 않았다.

두려움에 시달려 잠도 잘 수 없었다. 그때를 생각하면 그녀는 아직도 심장이 벌렁거렸다. 그녀는 종종 그 기간이 더 길어졌다면 자신은 완전히 무너졌을 거라고 생각했다.

혼례가 끝날 때까지, 폐하와 황후마마의 마차가 의성을 떠날 때까지, 진민이 나중에 친정에 인사하러 왔을 때 여전히 바퀴 달린 의자에 앉아 있는 것을 보았을 때까지, 그녀는 벌벌 떨면서 기다렸다.

그녀는 아주 기뻐 죽을 것 같았고, 한운석도 진민의 다리 중독을 감정해 낼 수 없음을 깨달았다. 당시 그녀가 우연히 그 독약을 샀을 때, 약을 판 자는 그녀에게 이 독약은 아주 희귀해서 아는 사람이 아니면 절대 감정해 낼 수 없다고 말했었다. 그녀는 자신이 화를 면했음을 깨달은 후에야 마음이 편안해질 수 있었다.

그런데 진씨 집안에 이런 큰 변고가 생기고, 진민이 그토록 훌륭한 의술 실력을 갖고 있어 의성에 오자마자 이름을 날릴 줄이야.

진민이 그 노인을 살린 그날 밤, 진결의 지아비인 계씨 집안 큰 도련님 계일봉은 아주 엉망으로 취해 그녀가 아무리 권해도 집으로 돌아오지 않았고, 심지어 그녀의 머리카락을 움켜쥔 채 그녀를 부인으로 맞은 것을 후회한다고 말했다. 진민의 두 다리가 불구여도 그는 개의치 않는다며, 그때는 진결이 자신을 꼬드기는 바람에 그렇게 되었다고 떠들어 댔다.

어쩌면 그 순간부터 그녀는 정신이 나간 게 아닐까?

계일봉이 곤드레만드레 침상에 쓰러졌을 때, 그녀는 미친 듯이 과거에 쓰다 남은 독약을 찾아냈다. 그녀에게는 한 가지 생각뿐이었다. 진민을 죽이겠다는 생각!

　이미 독이 있는 상태인 진민의 몸에 남은 독약을 다 써 버리면, 독성이 일정량에 도달하여 진민은 틀림없이 죽을 것이었다!

　"진결, 정말 내 다리의 독을 황후마마가 알아보지 못하실 줄 알았느냐? 잘 들어라, 나는 혼렛날에 일어났다. 해독해 주신 분은 바로 황후마마시다!"

　진민이 차갑게 말을 이었다.

　"진결, 정말 너무 실망스럽구나!"

　진결은 순간 말문이 막혔고, 진민도 더 추궁하고 싶지 않았다. 그녀는 고북월에게 담담한 어조로 말했다.

　"서방님, 저 찻물을 황후마마께 보내시지요. 계씨 집안 며느리가 조정 관리의 부인을 살해하려 했으니, 이는 중죄입니다!"

　이는 의성 안에서 처리해도 아주 큰일이었다. 이 일을 조정의 관료 부인을 살해하려 한 일로 확대하여 황후마마께서 직접 나서면, 그때는 만회할 여지가 전혀 없었다.

　진결은 그제야 이 일로 자신이 대가를 치러야 할 뿐 아니라 계씨 집안, 심지어 진씨 집안까지 피할 수 없음을 깨달았다.

　가장 먼저 연루될 사람은 바로 그녀의 지아비인 계일봉이었다! 그녀가 어려서부터 깊이 좋아했던 그 사람!

　"안 돼!"

　그녀가 고함을 지르기 시작했다.

　"진민, 내가 인정한다! 다 인정하겠다! 진민, 제발 부탁이다! 이 일을 계씨 집안까지 연관시키지 말아 줘, 제발!"

진민은 정말 이 여동생의 속을 알 수가 없었다. 방금 전까지는 신랑을 순순히 내준다고 하더니, 이번에는 모든 죄를 지겠다며 계씨 집안을 보호해?

진민이 말이 없자 진결은 더 다급해졌다. 피범벅이 된 얼굴은 이미 꼴이 아주 흉했으나, 눈물까지 흘러내리자 더 끔찍해졌다.

"진민, 너도 그 사람에게 시집가고 싶어 했던 걸 생각해서 계씨 집안은 놔주면 안 되겠어?"

진결이 울기 시작했다.

그 말에 진민은 무의식적으로 고북월을 쳐다봤고, 고북월도 마침 그녀 쪽을 돌아보았다.

"진민, 네가 그 사람을 좋아한 적 있는지 없는지는 자기 자신이 가장 잘 알겠지! 계일봉은 죄가 없어! 이제 막 신의로 품계가 오른 사람이야, 몇 년만 지나면 집안의 가주가 될 거야! 네가 그 사람을 망치는 거야!"

진결은 눈물범벅이 되도록 울면서 모든 존엄을 버리고 애걸하기 시작했다.

"진민, 내가 애원할게! 그, 그 사람……, 진민, 그 사람도 널 좋아해! 지금까지도 계속 널 좋아한단 말이야! 그 사람은……, 흑흑, 나와 혼인한 걸 후회한다고……."

고북월과 진민 모두 거북해졌다. 진민은 말을 하려다 말았고, 고북월은 천천히 고개를 돌려 다른 곳을 바라보았다.

작약도 멍해졌지만, 곧 정신을 차리고 씩씩거리며 말했다.

"둘째 아가씨, 어쩜 이렇게 우리 아가씨를 비방할 수 있어요? 아가씨를 오랫동안 모셔 온 소인이 장담하는데, 아가씨는 이번 생에 오직 우리 나리 한 분만 좋아하셨어요! 영원히 나리 한 분만 좋아하실 거라고요!"

진결은 정말 정신이 나가고 바보가 된 게 아닐까? 그녀는 그제야 진민의 지아비인 고북월도 함께 있음을 깨달았다. 이렇게 애원하면 고북월이 어찌 계일봉을 놔줄 수 있겠는가?

그녀는 진민과 고북월을 바라보며 말문이 막힌 채 눈물만 흘렸다. 그저 이것이 악몽이기를, 깨어나면 아무 일도 일어나지 않은 채 계일봉 옆에 누워 있기만을 바랐다.

고북월이 고개 돌리는 모습을 본 작약은 더 다급해졌다.

"나리, 제발 아가씨를 믿으셔야 합니다! 소인은 어려서부터 아가씨와 함께 자랐어요. 아가씨의 일이라면 소인이 다 알고 있습니다! 아가씨 마음속에는 나리 한 분뿐이에요! 다른 사람이 있었던 적은 없어요! 속으시면 안 돼요! 나리, 아가씨는 나리를 위해……."

진민의 얼굴이…… 붉어졌다!

그녀가 작약의 말을 자르려는 순간, 고북월이 돌아보며 말했다.

"부인의 마음은 내 당연히 알고 있습니다. 이 일은 어쨌든 진씨 집안의 내부 일이니, 어찌 처리할지는 부인께서 결정하시면 됩니다. 나는 밖에서 부인을 기다리겠습니다."

그는 말을 마치고 그 자리를 떠났다.

작약이 계속 쫓아가려는데 진민이 매서운 눈빛으로 그녀를 막았다. 작약은 주눅이 들어 한쪽으로 물러섰다.

꼬맹이는 전혀 상황을 모른 채로 발을 아주 깨끗이 정리했다. 그리고 기분이 아주 좋은 듯, 깡충거리며 공자 뒤를 쫓아나갔다.

진민은 진결을 계속 바라보고 있었다. 미움도, 복수의 쾌감도 전혀 없었다. 한참 후에야 그녀가 담담하게 말했다.

"진결, 돌아가거라. 네 지아비와 잘 의논하여 이 일을 관아에 넘길 것인지, 아니면…… 계일봉이 자기 아버지를 설득하여 한동안 문제를 일으키지 않게 할 것인지 결정하도록 해라."

진민은 원래 설명을 더 해 주려고 했지만, 생각해 보니 진결은 그녀의 경고를 알아듣지 못해도 계씨 집안의 노가주는 분명 알아들을 거라 생각했다.

고북월은 이미 소문을 퍼뜨려 놓았고, 며칠 후면 개혁이 시작되었다. 계씨 집안도 큰 방해 세력이었다!

"사흘의 시간을 주겠다. 잘 생각해 본 후 대답하거라."

진민은 평온한 표정으로 말을 마치고 나가려 했다. 그런데 진결이 그녀를 불러 세웠다.

"진민, 내가 원망스럽지 않아?"

어째서?

어째서 그녀는 진민의 눈빛에서 분노와 원한을 볼 수 없을까? 어째서 진민은 이토록 평온할 수 있는 거지?

"원망?"

진민은 눈살을 찌푸린 채 생각해 보았다. 정말 원망스럽지 않았다. 눈앞에 있는 이 여동생이 한 모든 짓이 그녀의 일생을 망쳤어도 그저 실망스러울 뿐이었다. 그녀는 정말 진결이 흉수일 줄은 몰랐고, 줄곧 둘째 숙부 쪽 사람을 의심하고 있었다.

진민은 돌아보며 담담하게 웃었다.

"널 원망하지 않는다. 네가 그런 짓을 하지 않았다면 계일봉에게 시집간 사람은 정말 나였을지도 몰라. 그럼 만나지 못했겠지……, 그 사람을!"

그 사람은 물론 고북월이었다.

진민은 복수의 느낌이 없을 줄 알았다. 그런데 무심결에 이 말을 하는 순간, 말할 수 없이 통쾌한 느낌이 들었다!

그렇다. 복수를 했다!

만족스러웠다! 심지어 신비로운 행복감마저 느껴졌다!

그녀가 문을 열고 나왔을 때, 고북월은 원락에 서서 하늘에 뜬 달을 우러러보고 있었다. 잔뜩 찌푸린 그의 미간이 영원히 펴지지 않을 것만 같았다.

북월편 **개혁**

무엇이 오랫동안 평온했던 고북월 마음의 호수를 건드렸을까? 무슨 근심이 있어 저 잘생긴 미간을 찌푸리는 것일까?

그 스스로도 마음을 다스릴 수 없다면, 누가 할 수 있을까?

진민은 한참 동안 조용히 바라보았다. 처음에는 고북월을 보던 그녀의 시선이 결국 자신도 모르게 하늘에 떠 있는 하얀 달로 옮겨졌다.

분명 여름날인데 무수한 별은 보이지 않고, 드넓은 밤하늘에는 밝은 달뿐이었다.

달빛이 너무 밝으면 별빛을 가릴 때가 많았다. 절대적인 빛 속에서는 다른 반짝임을 볼 수 없었다.

그토록 경계심이 강한 고북월이 진민이 다가간 것을 알아차리지 못했다. 진민이 그의 뒤에 섰을 때, 그는 그제야 정신을 차리며 진민을 돌아보았고, 순간 마음이 쿵 하고 내려앉았다.

이렇게…… 정신을 못 차린 적은 정말 오랜만이었다.

너무 놀라 마음이 요동쳤지만, 그의 얼굴은 늘 그렇듯 온화하고 평온했다. 그가 담담하게 말했다.

"진 대소저, 안에서 있었던 일을 다 처리하셨습니까?"

진민은 달을 우러러보며 담담하게 물었다.

"방금 무엇을 보고 계셨습니까?"

그녀는 그를 태부라고도, 고북월이라고도 부르지 않았다. 아무 호칭 없이 그와 대화하는 것은 처음이었다.

고북월이 적응을 못 하고 있는데 진민이 또 물었다.

"줄곧 진씨 저택에 계셨습니까? 아니면 어떻게 이토록 빨리 오실 수 있었습니까?"

진민은 고개를 돌려 그의 눈을 뚫어지게 바라보며 말을 이어 갔다.

"바쁘지…… 않으셨습니까?"

진민은 연이어 세 가지 질문을 던졌다. 사실 그녀는 그가 대답할까 봐 너무 무서웠다. 하지만 그녀의 질문도 한계가 있고, 결국에는 끝나기 마련이었다.

그녀는 기다렸고, 웃으며 그를 바라보았다.

고북월, 기왕 떠나지 않았으니 내게 이유를 말해 줘요. 의성에 남아 있을 이유를 말이에요.

고북월의 미간은 펴지지 않았을 뿐 아니라 진민이 연달아 질문을 던질수록 더 찌푸려졌다. 진민은 손을 뻗어 그 찌푸린 미간을 펴 주고 싶은 충동이 일었다.

하지만 결국에는 참았다.

그녀는 자신이 그의 미간을 펴 줄 수 없음을 알고 있었다. 그의 우려, 망설임, 근심은 오직 그 스스로만 잠잠케 할 수 있다는 것은 더 잘 알았다.

고북월은 아주 오래 망설였다.

진민은 기다리고 싶었다. 그가 하루, 한 달, 1년을 주저한다고 해도 진민은 기다릴 수 있었다.

그의 과감함이 두려웠다.

하지만 안타깝게도, 고북월의 주저함은 하룻밤도 채 되지 않았다.

그가 말했다.

"진 대소저, 그날 밤부터 지금까지 저는 줄곧 떠나지 않았습니다. 진씨 집안일은 제가 약속한 것이니, 무슨 일이 있어도 당신을 완벽하게 지켜야 했습니다. 이번 개혁은 진씨 집안과 계씨 집안이 아주 많이 연관되어 있습니다. 오늘 밤 일로 틀림없이 계씨 집안을 위협할 수 있을 테니, 진 대소저께서 도와주셨으면 합니다."

그 말에 진민의 심장은 싸늘하게 식었다.

그는 지금 이런 순간에도 그녀의 도움을 구하는 것인가?

의성에서 당신이 못 할 일이 있어?

그는 이렇게 '부탁'함으로써 그가 진씨 집안에 와서 그녀를 보호한 것은 다른 목적이 있어서지, 그녀만을 위해 온 것이 아님을 분명히 알려 주고 있었다.

"고 태부!"

진민은 소리쳤지만, 바로 말을 이어 가지 않았다. 그녀도 망설였으나, 그녀의 망설이는 시간은 고북월만큼 길지 않았다.

그녀가 담담하게 말했다.

"나는 돕고 싶지 않습니다!"

그녀는 이렇게 간단하고 솔직하게 '돕고 싶지 않다'고만 하고, 어떤 이유도 말해 주지 않았다.

하지만 '돕고 싶지 않다'는 데는 이유가 있을 터였다. 전에 시집가고 싶었던 대상인 계일봉을 연루시키고 싶지 않아서일까, 아니면 그가 목적을 갖고 온 게 싫어서일까?

뒤돌아 방 안으로 걸어가던 진민은 안으로 들어가려다 고개를 돌려 고북월을 바라보며 말했다.

"진씨 집안의 일은 끝났습니다. 고 태부, 돌아가셔도 됩니다. 저는 내일 떠나겠습니다. 당신은 바쁘니 방해하지 않겠습니다."

진민의 표정은 그보다 더 평온했고, 진민의 말투는 그보다 더 담담했다. 문을 닫는 동작조차 저렇게 가벼운 것을 보면, 그녀에게는 이 일이 아주 예삿일인 듯했다.

문이 닫혔다.

고북월은 여전히 서서 그곳을 바라보고 있었다. 그는 무의식적으로 손을 뻗어 아프도록 찌푸리고 있던 미간을 펴다가 결국 얼굴을 쓸어내렸다.

그가 몸을 돌린 순간, 이미 그 모습은 사라지고 없었다.

그날 밤, 심 부원장은 의학원 곳곳에서 고북월을 찾아다녔지만 아무리 해도 찾을 수가 없었다. 창가에 앉아 있던 진민도 내내 고북월의 모습을 보지 못했다.

그가 이날 밤 어디로 갔는지 아는 사람은 없었다.

그날 밤, 진민은 진결의 얼굴 상처를 치료해 주었다. 상처를 잘 처치하긴 했으나, 흉터가 남는 것은 어쩔 수 없었다.

진민이 뭘 하려는지 전혀 모르는 진결은 겁이 나서 감히 소리도 낼 수 없었다.

날이 밝은 후, 진민이 그녀를 향해 담담하게 말했다.

"이 일은 여기까지야. 계씨 집안을 연루시키고 싶지 않다면, 입을 다무는 게 좋을 거야! 네 얼굴 상처는 네가 알아서 변명을 찾도록 해!"

진결은 고개를 끄덕였다. 하지만 곰곰이 생각하다가 결국 참지 못하고 물었다.

"진민, 내, 내가 어떻게 너를 믿지? 원장 어른이…… 이번 기회를 포기할 수 있단 말이야?"

진민은 유난히 눈부신 미소를 지으며 말했다.

"원장 어른은 공처가라서 내 말대로 하셔!"

진결은 더 멍해졌다. 진민의 미소를 보는 그녀는 왜인지 모르게 아주 서글픈 느낌이 들었다. 진민의 이 미소는 분명 눈부셨지만, 보기 좋은 웃음은 아니었다.

"진민, 한 번은 믿어 보겠어!"

진결은 말을 마친 후 뛰다시피 그 자리를 떠났다.

그녀가 나간 후 진민은 내내 옆에 서 있던 작약을 돌아보며 담담하게 말했다.

"짐은 다 챙겼니?"

"예."

작약은 고개를 숙인 채 곧 울 것처럼 말했다.

"마차는?"

진민이 또 물었다.

"비밀 통로 입구에서 기다리고 있어요."

작약이 사실대로 대답했다.

"그런데 거기 서서 뭘 하고 있어? 가지 않고?"

진민이 직접 침상의 기관을 가동하여 비밀 통로를 열었다. 작약이 쫓아와 목멘 소리로 말했다.

"아가씨, 나리께 화내지 마세요, 네? 나리 성격을 모르시는 것도 아니잖아요? 아가씨, 나리 성격이 좀 그래서 그렇지, 나리 마음에는 아가씨가 있어요. 그렇지 않았다면 오시지도 않았어요. 나리가 수하에 사람이 얼마나 많은데, 아무나 한 명 보내셨어도 우리를 지킬 수 있었어요! 아가씨, 나리께 조금만 양보하세요."

작약은 힘들지도 않은지 계속 말을 이었다.

"아가씨, 아가씨께서 나리 곁에 안 계시다가 나리가 편찮으시면 어째요? 누가 나리께 약욕을 하라고 재촉하겠어요?"

진민이 눈살을 찌푸리며 물었다.

"갈 거야, 말 거야?"

작약은 코를 훌쩍이고 눈시울을 붉히며 말했다.

"아가씨, 나리를 원하지 않으시는 거예요?"

진민은 말없이 짐을 지고 등롱을 든 채 한 걸음씩 비밀 통로로 걸어 들어갔다. 작약이 뭘 어쩔 수 있겠는가? 그저 짐을 들고 쫓아갈 수밖에 없었다.

주인과 종 두 사람이 내려온 후 진민은 기관을 가동하여 비밀 통로를 막았다. 그녀는 다시는 이곳으로 돌아오지 않을 것을 알았다. 진씨 집안의 내부 싸움은 원래부터 상관하고 싶지 않았다. 얼마 후 개혁이 시작되면 진씨 집안에서 얻어 낼 만한 것도 없었다.

그녀는 조용히 비밀 통로를 따라 앞으로 걸어갔다. 그런데 그녀가 출구에 거의 도착했을 때, 멀리서 한 사람이 출구 벽 쪽에 기대앉은 모습이 보였다. 잠든 것 같았다.

그녀는 깜짝 놀라 우뚝 걸음을 멈췄다.

작약이 더 놀라서 엉겁결에 말했다.

"나리!"

잠에서 깨어난 고북월도 진민 일행을 본 것이 뜻밖인 듯했다. 그는 일어나 옷에 묻은 먼지를 털어 냈다.

진민이 갑자기 그의 앞으로 쏜살같이 달려갔다.

그녀는 분명 아주 감격했다. 하지만 막상 그의 앞에 와서 그를 보고 있으니, 뭐라고 해야 좋을지 몰랐다.

떠오르는 수많은 말들은 결국 한마디가 되었다.

"어떻게…… 이곳에?"

"나는…….."

고북월이 그녀의 호칭을 부르지 않은 것 또한 처음이었다. 그는 진 대소저라고도 하지 않고, 그녀의 이름도 부르지 않았다.

"배웅하러 왔습니다."

그는 말을 마치고 살짝 미소 지었다.

진민은 멍해진 게 분명했지만, 곧 그를 따라 미소 짓기 시작했다.

"그렇다면 감사합니다."

그는 정말 그녀를 배웅했다. 사실 비밀 통로에서 나오면 열 걸음도 안 되는 거리였다.

마차는 밖에서 기다리고 있었다. 그녀는 이제 그에게 수고를 끼칠 필요 없이 직접 돌을 밟고 마차에 올라탔다.

마차에 앉은 그녀는 창문을 통해 내다보며 여전히 미소를 지어 보였다.

"약욕을 열심히 해야 하는 것을 잊지 마세요."

그는 조용히 고개를 끄덕였다.

그런데 그녀의 말은 거기서 끝이 아니었다.

"안 그러면 그 약방문을 운녕성의 두 주인께 바치겠습니다."

그녀는 말을 마치고 일말의 망설임 없이 창 가리개를 내리며 마부에게 말했다.

"출발해라!"

마차가 천천히 움직이자 작약은 마차 안에서 참지 못하고 울기 시작했다. 이제는 아가씨가 나리를 원치 않는 것인지, 아니면 나리가 아가씨를 원치 않는 것인지 분간이 가지 않았다. 진민은 창가에 기댄 채 눈을 감았다.

누구도 돌아보지 않았기에, 고북월이 아직 제자리에 서 있는지 아니면 뒤돌아 가 버렸는지 알지 못했다.

진민이 영주성으로 내려간 일에 대해서는 고북월이 알아서 이유를 대 줄 수 있었다. 사실 진씨 집안을 제외하면 진민의 행방을 주시하는 사람은 아주 적었다.

고북월은 의성에 돌아온 둘째 날 바로 오랫동안 계획해 온 개혁을 시작했다.

이미 진씨와 임씨 두 집안과 더불어 두 진영에 속한 많은 세가를 통제했으나, 여전히 반대의 목소리가 많았다. 반대 목소리는 의성에만 있지 않았다. 사실 조정과 민간에도 반대하는 소리가 있었다. 의성의 많은 집안이 외부 세력과 서로 이익으로 연관되어 있었기 때문이었다.

고북월은 전에 늘 온화한 풍모를 보이던 것과 달리, 이번에는 고압적이고 강력한 정책을 펼쳤다. 심지어 음험하다고 할 만한 수단도 많이 써서 심 부원장마저 그의 이런 모습에 깜짝 놀랐다.

일례로 의성의 침술 세가인 고古씨 집안을 상대할 때였다. 고북월은 고 가주에게 망설일 시간도 주지 않고 바로 고씨 집안사람이 지난 3년간 벌인 온갖 추악한 일을 다 끄집어냈다. 오진으로 환자를 죽음에 이르게 한 것, 진찰비를 올린 것 등이었다.

또 하나의 예는 의성의 약욕藥浴 세가인 악岳씨 집안을 상대할 때였다. 고북월은 아주 두꺼운 장부 하나를 던져 주었는데, 거기에 악씨 집안과 약성의 이李씨 집안 간의 거래 장부 항목이 기록되어 있었다. 거의 모든 장부 항목마다 문제가 있어 고북월이 직접 다 표시해 두었다.

또 의성의 추나 세가인 장張씨 집안을 상대할 때도 그랬다. 고북월은 장씨 집안 부인의 불륜을 갖고 장 가주를 위협했다. 장 가주가 개혁을 지지하지 않으면, 의성 전체에 부인의 불륜 사실을 알리겠다고 협박했다. 장 가주는 피를 토할 듯이 분노했으나 어찌할 도리가 없었다.

계씨 집안 역시 피할 수 없었다. 고북월은 진결 일을 이용하지 않고도 계씨 집안의 다른 약점을 찾아냈다. 이 일에 대해 그는 진민에게 더 말하지 않았고, 진민 역시 묻지 않았다.

모든 사람이 의학원 개혁은 고북월이 용비야의 비위를 맞추려고 하는 것이라고 생각했다. 그러나 용비야는 가만히 앉아서 남의 성과를 누리는 사람이 아니었다.

고북월이 개혁을 시작한 지 닷새째 되는 날, 용비야가 예고도 없이 나섰다. 그는 조정에서 의성의 세가와 몰래 거래하며 결탁한 대신들을 모조리 잡아냈다! 그의 수단은 고북월보다 훨씬 직접적이었고, 심지어 잔인했다!

이들은 반년 후 마침내 의성의 각종 특권을 모두 조정에 귀속시켰다.

고북월은 의성을 개혁했고, 용비야는 한운석의 도움을 받으며 고질적인 의약 제도를 개혁했다.

북월편 **달이 있으면 그도 있다**

원래 태의원은 황족, 귀족, 관리들을 위해서만 일했고, 태의원 소속 의원은 의원일 뿐 아니라 의관醫官이기도 했다. 이제 용비야는 태의원을 남겨 두고 따로 의사醫司를 설립하여 대진의 의료를 전문적으로 관리했다.

의사는 태의원보다 상급 기관으로, 대진 최고의 의료 기관이었다. 의사는 각 지역 의학당과 의관 개설, 태의원 의관의 선발과 임명을 포함한 의원 자격 심사를 관리했다.

의사가 당면한 가장 큰 문제는 의원 부족이었다. 이 때문에 의사를 세운 후 가장 중요한 부분이 의학당 개설과 입학 기준을 낮추는 일이었다. 알다시피 의술을 배우기란 정말 쉽지 않았다. 우선 아주 비싼 학비를 낼 수 있어야 하고, 훌륭한 스승을 모실 수 있어야 했다.

한운석이 여러 차례 간언한 끝에 용비야는 고북월과 상의하여 재정적인 압박을 감당하면서 의학당의 입학 기준을 낮추었다.

의학당의 입학 문을 넓힘과 동시에 고북월은 또 큰일 하나를 해냈다. 그는 직접 대진의 모든 성, 군, 현, 진을 돌아다니며 중급 수준 이상의 의관을 모두 파악한 후 추가로 많은 의관醫館을 개설했다. 동시에 모든 대형 군에 대의당大醫堂을 설치하여 사품 대의사 이상의 의원을 파견했고, 오직 중병과 난치병 환자만 받았으며 빈부를 막론하고 진료비는 단돈 열 냥만 받았다.

고북월은 3년을 쏟은 끝에 대진의 의료 개혁을 끝냈다. 이 개혁이 성공할 수 있었던 데는 국고의 대대적인 지원을 받아 삼품 이상의 의원은 모두 조정에서 양성했기 때문이었다. 이는 물론 한운석이 내놓은 생각이었고, 이 때문에 용비야는 또 재정 압박이 늘어났다.

의술과 약은 영원히 떼어 놓을 수 없었다. 백성들이 의원을 찾아 진료를 볼 수 있다고 해도, 약을 찾거나 사지 못하면 모든 것이 헛수고였다.

용비야와 고북월은 의료 개혁을 시작했고, 한운석은 부른 배를 안고 목령아와 함께 약성에서 약학계의 개혁을 시작했다. 의성 개혁과 달리 약성의 개혁은 그리 어렵지 않았다. 어쨌든 약성 세가들은 이미 한운석이 장악하고 있었고, 약왕 노인도 한운석 사람이기 때문이었다. 한운석과 목령아는 약품을 관리 감독하는 약사藥司 설립에 더 많은 시간을 쏟았다.

목령아는 줄곧 약사가 중요하게 관리 감독할 부분은 약의 진위 판별과 치료라고 생각해 왔다. 그런데 한운석은 약사의 가장 중요한 임무는 약재 가격의 관리 감독이라고 했다.

한운석은 약사를 통해, 조정이 각종 보조금을 대 주는 상황에서 누구든 감히 가격을 비싸게 책정하고 사재기하며 저렴한 약재는 심지 않고 진귀한 약재만 심으면 절대 가만두지 않겠다고 으름장을 놓았다.

한운석이 황후 신분으로 한 말이든 약성에서의 자기 권세를 가지고 한 말이든 간에, 꿍꿍이 있는 사람을 벌벌 떨게 할 수 있었다.

고북월은 의성을 떠나 의사를 세운 후 동분서주하는 날들을 보냈다. 용비야는 운녕에서 재정 압박과 적잖은 대신들의 반대를 감당했다. 한운석은 의약 개혁이 시작되고 반년 후, 운녕 행궁에서 용비야에게 공주를 낳아 주었다. 아이를 받은 사람은 임 넷째 소저였다. 고북월은 밖에서 바쁘게 다니느라 운녕에 있지 않았다. 의성 각 품계 의원들은 의사와 태의원에 들어가든지 아니면 각 지역으로 흩어졌다. 임 넷째 소저는 임씨 집안을 떠나 태의원의 태의가 되었다.

공주가 탄생하던 날 새벽, 운녕궁에 아주 엄청나고 기이한 광경이 벌어졌다. 수많은 새가 운녕궁 상공으로 몰려와 뱅뱅 돌면서 배회하며 아주 오랫동안 떠나지 않은 것이었다.

멀리서 보면 마치 수많은 새가 봉황의 뒤를 따르는 광경 같았다.

궁 안 사람은 물론 운녕의 온 백성이 이 기이한 광경을 목격했다. 용비야조차 이 광경에 충격받았다. 새들은 산방에서 아기 울음소리가 울려 퍼진 후에야 점차 흩어졌다.

이때가 초겨울이라 북쪽 제비 무리가 남쪽으로 이동하면서 때마침 운공대륙 중부 지역에 이르렀기에, 새들 중 제비가 많았다. 더 신기한 것은 집 제비가 많았다는 점이었다. 집 제비는 남쪽으로 날아갈 때 밤에 이동하는 괴이한 습성이 있었다. 그림자처럼 아주 조용히 날아가 사람들 눈에 띄지 않았고, 낮에 무리 지어 나타나는 일은 아주 드물었다.

누구도 이 기이한 광경을 설명할 수 없었다. 하지만 누구나 이것이 상서로운 징조임을, 그리고 이 공주가 결코 평범하지 않음을 알았다.

바로 이 기이한 광경 때문에 용비야는 '제비 연燕' 자를 써서 공주 이름을 헌원연이라고 지어 주었다.

딸이 태어나자 용비야는 아들을 얻었을 때보다 더 기뻐했다. 그는 당일 바로 천하에 대사면령을 내리고 죽을죄를 모두 사해 주었다. 그는 이 공주를 얼마나 좋아했던지, 심지어 봉호도 국명을 써서 '대진 공주'로 책봉했다.

예아가 어머니 배 속에서부터 용비야를 두려워한 것과 달리 이 공주는 용비야와 아주 사이가 좋았다. 놀라서 울든, 배고파서 울든, 아니면 다른 일 때문에 울든 간에 용비야가 안아 주기만 하면 바로 잠잠해졌다. 심지어 한운석과 조 할멈, 유모들, 시녀들까지 재우지 못하는데 용비야가 안고 몇 번 달래니 고이 잠들어 버린 때도 있었다.

예아는 전혀 개의치 않고 기꺼이 누이동생에게 양보했다. 오히려 한운석의 속이 얼마나 시큼했는지 몰랐다.

한운석이 딸을 낳았으니, 진민의 판단이 옳았음이 증명되었다. 한운석은 내기에 졌지만, 아주 기꺼운 마음으로 졌다.

사실 그녀는 이미 용비야에게 몇 번이나 고북월에게 휴가를 주라고 이야기를 했었다. 하지만 고북월이 매번 바쁜 일이 끝나면 쉬겠다며 거절했다. 또 의료 개혁과 맞물리면서 고북월은 바쁘게 이리저리 뛰어다녔고 정말 쉴 틈이 없었다.

한운석은 산후조리 중 진민에게 서신을 써서, 의료 개혁이 끝나면 반드시 방법을 생각해 내 고북월에게 긴 휴가를 내리겠다고 했다. 또 고북월을 영주로 보내 그녀와 영자와 함께 지내게 해 주겠다고 약속했다.

하지만 유감스럽게도 의학 개혁은 3년 반 동안 이어졌고, 고북월은 그 후에야 쉴 수 있었다.

진민은 의성을 떠난 후 다시는 의성 일도, 고북월에 대한 것도 묻지 않았다. 하지만 한 가지 일만은 내내 관여하고 있었다.

매달 그녀는 약욕에 쓰일 약포를 보내며, 고북월에게 약욕에 쓰인 약탕의 약 찌꺼기를 그녀에게 보내라고 당부했다. 약포에 무슨 수를 쓴 것인지 모르지만, 그녀는 약 찌꺼기를 통해 고북월이 진짜 약욕을 했는지 알 수 있었다.

매달 월초와 월말에 그녀는 고북월에게 약포를 보냈고, 고북월은 거절하지 않고 그녀가 시키는 대로 했다. 그러면서 진민은 고북월이 매달 두 번씩 약욕을 하는지 감독했고, 그 때문에 고북월의 행적을 줄곧 알고 있었다.

처음에 고북월은 약 찌꺼기만 보냈다. 그러다 진민이 약포와 함께 영자가 자라나는 이야기를 쓴 서신을 보내자 고북월도 그녀에게 답신을 보내기 시작했다. 영자 이야기 외에 다른 내용은 언급하지 않았다.

어느 날, 고북월은 진민의 서신에서 삐뚤빼뚤한 글자를 발견하고 기뻐서 웃음을 터트렸다. 그는 며칠 동안 아주 기분이 좋았다. 그 글자는 바로 영자가 쓴 것이었고, 그는 진민이 영자에게 글자를 가르치기 시작했음을 알았다.

그 후 진민은 서신에서 고북월에게 한 가지를 물었다.

고 태부, 연극을 하는 김에 아이 하나 더 속인들 어떻겠어요?

그 말을 본 고북월은 이마를 찌푸렸다. 진씨 집안의 그날 밤처럼 잔뜩 찌푸린 그의 이마는 반나절이 지나도 펴지지 않았다.

처음 영자를 입양할 때 당연히 친자식처럼 아낄 생각이었다. 하지만 진민이 비밀을 들키는 바람에 영자는 양자가 될 수밖에 없었다.

그와 진민은 많은 사람을 속였다. 아이 하나 더 속인들 어떻겠는가? 영자는 이미 양자였다. 거기에 자신의 양부모가 실은 진정한 부부가 아니라는 사실까지 알면, 얼마나 괴로울까?

다음 날, 고북월은 답신을 써서 보냈다.

좋습니다. 평생 속이도록 합시다. 나 고북월의 이번 생에 자식은 그 아이 하나뿐입니다.

답신을 받은 후 진민은 기뻐하며 웃었다. 하지만 계속 웃고 있던 그녀의 눈시울이 붉어지는 바람에 작약이 깜짝 놀랐다.

"아가씨, 이러지 마세요! 울고 싶으면 우세요! 소인을 놀라게 하지 마시고요! 아가씨, 우세요! 울음을 터뜨리시라고요! 소인이 나가 있으면 되잖아요. 절대 말하지 않을게요! 그러니 우세요!"

진민은 결국 울지 않고 웃으며 말했다.

"어미 된 사람은 함부로 우는 게 아니야. 난 영자의 식사를 준비하러 갈게."

그 후 진민은 고북월에게 보내는 약포에 또 서신을 넣어 놨다. 답신에는 '좋습니다'라는 말만 적혀 있었다.

공주의 만월례와 돌잔치는 성대하게 치르지 않았다. 고북월은 내내 북쪽에서 의약 개혁으로 바빠 참석하지 못했다. 고북월이 운녕으로 돌아가지 않았기에 진민도 혼자서 가지 않았다. 그리하여 진민은 3년 내내 영주를 떠나지 않았다.

다들 시간이 약이라고 했지만, 어쩌면 3년은 짧은 시간일지도 몰랐다.

3년이라는 시간은 흔들린 진민의 마음을 잠잠케 하지 못했다. 어쩌면 그녀는 이번 생에 이 마음을 해결할 수 없는 운명일지도 몰랐다. 설사 감정은 거짓일지라도 신분은 진짜였기 때문이었다!

아주 멀리 떨어져 있어도 아예 왕래가 없을 수는 없었다. 하지만 유감스럽게도 딱 거기까지였다.

진민은 자주 진씨 저택의 그날 밤을 생각했다. 고북월은 왜 눈살을 찌푸리고 있었을까? 3년이면 그날 밤 잔뜩 찌푸린 그의 미간이 풀어질 수 있을까?

그녀는 그 때문에 밤에 잠들기 전 항상 하늘에 뜬 달을 바라보는 습관이 생겼다.

하늘 끝에 있든 가까운 곳에 있든, 그 누구라도 고개 들어 바라보는 달은 모두 같은 달이었다. 그녀에게는 달이 있으면, 그도 있는 것이었다.

3년 후 늦여름, 진민은 정원의 오래된 나무에 앉아 하늘에 뜬 밝은 달을 바라보고 있었다. 방금 도착한 고북월이 보낸 약 찌꺼기와 서신을 손에 든 채 그녀는 멍하니 앉아 있었다.

이때 작은 그림자가 지붕 위에서부터 빠르게 스쳐 지나가더니 순식간에 사라졌다.

곧 새옥백의 목소리가 들렸다.

"어서! 작은 주인님을 잡아라! 빨리!"

진민은 그제야 정신을 차리고 지붕 위를 바라보았다. 검은 그림자들이 어지러이 날아다니는 것만 보일 뿐, 그녀에게 가장 익숙한 그 작은 그림자는 보이지 않았다.

그녀는 웃기만 할 뿐 상관하지 않았다.

영자는 고북월의 양자이긴 하지만 무예 재능이 아주 뛰어났는데, 그중에서도 경공이 가장 뛰어났다. 영자가 세 살이 된 후 고북월은 사람을 보내 영자에게 무예를 가르쳤다. 이제 영자는 다섯 살밖에 되지 않았는데 시위들을 따돌릴 수 있게 되었다.

진민을 더욱 놀라게 한 것은 영자의 성격이 고북월과 비슷하여 부드러운 옥처럼 아주 온화하다는 점이었다. 하지만 영자는 고북월보다는 훨씬 잘 웃었다.

시위들이 곳곳을 다니며 찾고 있는데, 영자는 이미 소리 없이 진민의 등 뒤에 착지하여 낮은 목소리로 그녀를 불렀다.

"어머니!"

진민은 전혀 놀라지 않았다. 영자가 자신 쪽으로 숨을 것을 알았기 때문이었다.

그녀가 고개를 돌리니 나뭇가지 속에 서서 그녀를 향해 미소 짓는 영자가 보였다. 달빛이 그의 앳되고도 맑은 얼굴을 비추어 따스한 미소를 빛나게 했다.

그 순간, 진민은 영자가 마치 백옥 같다고만 느꼈다. 부드럽고 흠이 없으며 맑고 깨끗한 가운데 잠잠한 모습이었다.

너무, 너무나도 고북월과 닮은 모습이었다.

"아니, 새 아저씨가 또 연습을 시키셨니? 네가 이미 다 할 줄 아는 것들이잖니? 벌써 밤이 되었건만, 그 사람은 왜 그리 귀찮게 군다니?"

진민은 기분이 나빠졌고, 새옥백이 아주 얄미웠다.

영자가 앉으며 말했다.

"어머니, 화내지 마세요. 새 아저씨는 연세가 많으시니 양보해 드리고, 저는 도망치면 돼요."

이토록 온화한 영자를 보고 있으면 마치 고북월을 대하는 것 같았다. 하지만 진민은 고북월은 거절할 수 있어도 영자는 영원히 거절할 수 없었다.

그녀가 말했다.

"그래, 그 사람과 따지지 말자꾸나."

그녀는 영자를 안아서 다리 위에 앉힌 후 품 안에 기대게 했다.

그녀는 처음 만났을 때 두려워하고 낯설어하던 영자를 내내 잊을 수 없었다. 그리고 그녀가 의성에서 돌아왔을 때, 대문 앞에 앉아 그녀를 기다리던 영자의 모습을 잊을 수 없었다.

유모가 말하길, 이 아이는 운녕에서 돌아온 후 매일 저녁 대문 앞에 앉아 그녀가 돌아오길 기다렸다고 했다.

그날 그녀가 마차에서 내리자마자 영자가 달려와 그녀를 '의모님'이라고 불렀다.

어머니가 되어 본 적은 없지만 그 순간 그녀는 정말 영자가 자신의 친자식 같았고, 자신이 이 아이가 기댈 전부라는 느낌이 들었다.

그녀는 이렇게 말했다.

'의모님이 아니라 어머니야. 앞으로는 어머니라고 부르렴.'

두 살이지만 철든 아이였던 영자는 한 달 후에야 겨우 바꿔서 불렀고, 가끔은 무심결에 '의모님'이라는 말이 튀어나오기도 했다.

하지만 이제 다섯 살이 된 그는 다시는 그녀를 '의모님'이라고 부르지 않았다. 늘 부드럽고 달콤한 목소리로 '어머니'라고 불렀다. 진지할 때는 '모친'이라고 부르기도 했다.

어머니 손에 든 서신을 보고 영자가 물었다.

"어머니, 아버지께서 또 서신을 보내셨어요?"

"그래."

진민이 담담하게 대답했다.

영자는 잠시 생각하다가 물었다.

"어머니, 아버지는 어떻게 생기셨어요?"

영자가 고북월을 직접 본 적은 손에 꼽을 정도였다. 두 살 이후에는 얼굴을 보지 못해 기억이 희미했다. 그저 자신이 부모님의 친아들이 아니라는 것만 알 뿐이었다.

진민은 한참 생각하다가 하늘에 뜬 달을 가리키며 말했다.

"저렇게 생기셨단다."

영자는 고개를 들어 보았지만, 아무리 보아도 이해가 되지 않았다.

"어딜 봐야 해요?"

"달을 보렴."

진민이 진지하게 말했다.

영자는 멍해졌다.

"달처럼 생기셨다고요?"

"달이 아름답니?"

진민이 물었다.

"아름다워요."

영자는 망설임 없이 대답했다.

"네 아버지도 달처럼 아주 아름다우시단다."

진민은 말하면서도 웃음이 났다.

두 모자가 이야기를 나누고 있는데 새옥백이 찾아왔다.

"부인, 작은 주인께서 주무실 시간입니다. 내일 아침 일찍 일어나 수련을 하셔야 합니다."

고북월이 떠난 직후 새옥백에게 경고한 덕에, 이제 새옥백은 진민을 볼 때 고북월을 대하듯 늘 공손한 태도로 함부로 방자하게 굴지 않았다.

"영자는 다 할 줄 알지 않는가? 다들 함께 나서도 영자를 잡지 못하는 것을 보면, 저 사람들을 다 내보내고 영자만 있어도 충분하겠네."

진민의 농담 반 진담 반 어조에 새옥백은 그녀의 진짜 뜻을 알아차릴 수 없었다. 새옥백은 그저 바보처럼 웃을 뿐이었다.

"부인, 작은 주인께서는 타고난 재능이 훌륭하여 빠르게 배우시는 것입니다."

"알면 됐네. 나중에 북월에게 사람을 바꿔 가르치게 하고, 지금은 영자를 좀 쉬게 해 주게."

진민이 또 말했다.

새옥백은 난감해졌다. 영자가 잘 훈련받지 못해 보고하기 어려워질까 두려웠다.

"예, 예!"

그는 우선 대답부터 하고 속으로는 주인에게 어떻게 보고할지 고민했다.

그런데 이때, 영자가 갑자기 진민의 품에서 단숨에 땅 위로 뛰어내렸다.

그는 아주 진지하고 큰 목소리로 말했다.

"여봐라, 부인을 보호해라, 침입자가 있다!"

그는 말하면서 스치듯 빠르게 움직여 오른쪽으로 이동했다.

진민과 새옥백 모두 깜짝 놀랐다. 이 집에는 많은 호위병이 사방에 매복하고 있었다. 이렇게 소리 없이 침입해 들어올 수 있는 자라면 절대 보통 실력이 아니었다.

그런데 진민과 새옥백이 한참을 기다려도 시위들이 보호하러 오지 않았다. 오히려 크고 작은 두 그림자가 지붕 위에서 쫓고 쫓기는 모습이 보였다.

키 크고 늘씬한 모습을 본 진민은 두 눈이 휘둥그레져서, 자신이 잘못 본 줄 알고 무의식적으로 눈을 비볐다.

하지만 곧 새옥백이 말했다.

"주인이십니다. 주인께서 돌아오셨습니다."

그랬다. 고북월이었다!

달 아래 있는 그 모습을 진민은 평생 잊을 수 없을 듯했다. 그의 서신과 약 찌꺼기를 오늘 받았는데, 저 사람이 어떻게 온 거지?

멍하니 그 익숙한 모습을 바라보는 진민은 생각을 할 수 없었다. 그저 바라보기만 할 뿐이었다.

고북월은 확실히 속도를 늦춰서 영자가 쫓아오게 했다. 처음에 영자와 그의 거리는 꽤 벌어져 있었다. 하지만 점점 고북월이 더 속도를 늦추면서 영자와 더 가까워졌다.

원래는 영자와 한 걸음 정도 거리를 계속 유지하며 이 아이를 자극할 생각이었다. 그런데 거리가 좁혀지자 영자는 계속 쫓지 않고 도리어 방향을 돌려 진민 곁으로 갔다.

퍽 의외였던 고북월이 그쪽을 돌아보았다.

나무 아래에 서서 달빛을 받으며 그를 바라보고 있는 진민과 영자가 보였다. 3년이 지나 영자는 많이 자랐지만, 진민은 좀 여윈 것 빼고는 별로 달라진 게 없었다.

그는 지붕 위에 서 있었다. 그의 위로 쏟아지는 달빛이 마치 온몸의 먼지를 깨끗이 씻어 낸 듯, 그의 하얀 옷이 유독 깨끗해 보였다. 그는 진민과 영자, 두 모자를 계속 바라만 볼 뿐……, 무슨 이유에서인지 다가가지 않았다.

영자가 어머니의 손을 잡고 나직이 말했다.

"어머니."

진민은 그제야 정신을 차리며 말했다.

"응?"

영자는 잠시 침묵했다가 또 나직이 말했다.

"어머니, 달이 떨어졌어요."

진민은 무의식적으로 고개를 들어 하늘을 보았다. 여전히 높이 떠 있는 달이 밤하늘을 조용히 밝히고 있었다.

그녀가 나직하게 말했다.

"아니다, 달은 아직⋯⋯."

말을 하다가 그녀는 마침내 정신을 차렸다. 지금 이게 뭐 하는 짓이지?

그녀가 진지하게 말했다.

"영자, 아버지가 돌아오셨다."

"어머니, 아버지가 일부러 날 놀리고 계세요."

영자는 다른 아이들처럼 어려서부터 뛰어나지는 않았지만, 3년간 진민이 직접 가르친 덕에 똑똑하고 속이 깊어졌다.

"아니야, 네 경공을 시험하고 계시는 거란다."

진민이 또 말했다.

영자가 아무리 차분한 성격이라 해도 결국에는 어린아이였다. 그는 긴장되었다.

"어머니, 저는 따라잡지 못했어요."

진민은 또 멍해져서 중얼거리듯 말했다.

"나도 따라잡을 수 없단다."

"하지만 어머니는 무공을 할 줄 모르시잖아요."

영자가 고개를 들고 진민을 바라보았다. 앳된 얼굴이 온통 막막한 표정으로 가득했다.

진민은 다시금 정신을 차리고 얼른 위로했다.

"넌 아직 어리잖니. 앞으로 분명 따라잡을 수 있을 거야."

어머니의 말을 가장 믿는 영자는 순식간에 자신감이 생겨 진지하게 말했다.

"어머니, 나중에 아버지께서 도망치시면, 제가 어머니 대신 쫓아가서 데려올게요. 알았죠?"

진민은 한참 후에야 뚱딴지같은 대답을 내놓았다.

"많이 여위셨구나."

"어머니, 아버지는 왜 이리로 오시지 않는 거죠?"

영자가 또 물었다.

진민은 생각도 하지 않고 나오는 대로 말했다.

"나도 모르겠구나. 네가 가서 물어보렴."

그러자 영자는 정말 스치듯 움직이더니 금세 고북월 앞에 나타났다. 너무 빨라서 진민이 막을 새도 없었다. 그녀가 쫓아가려 하는데, 고북월이 영자 앞에 웅크려 앉았다.

그녀는 걸음을 멈추었다. 그 광경을 보자 그녀의 마음이 부드럽고 잠잠해졌다. 이 사람은 마음이 얼음장처럼 차갑지만, 아이에게는 절대 상처 주지 않을 것이라고 믿었다.

고북월은 진지하게 영자의 얼굴을 자세히 들여다보았다. 그 겁 많던 아이가 이렇게 대담하게 그의 앞에 서서 그를 바라볼 줄은 생각도 못 했었다.

그는 부드럽게 웃으며 말했다.

"영자, 내가 누구인지 아느냐?"

영자는 진지하게 고개를 끄덕였다. 영자도 아버지의 모습을 자세히 살펴보고 있었지만, 말은 하지 않았다.

"내가 누구냐?"

고북월이 또 물었다.

영자는 생각에 잠긴 듯한 표정이 되었다. 무슨 생각을 하는지 알 수 없었다. 고북월도 재촉하지 않고 인내심을 갖고 기다렸다.

하지만 영자가 너무 오랫동안 생각하자 그는 참지 못하고 물었다.

"알고 있으면서 왜 또 생각하는 것이냐?"

영자는 그제야 대답했다.

"영족의 족장이시고, 태자의 스승이시고, 의사의 수장이세요."

아버지가 누구이고 어떤 사람인지는 어머니가 그에게 다 말해 주었다.

고북월은 뜻밖이었고, 마음속 어딘가가 아슴푸레 아팠다. 그는 자신도 모르게 영자를 끌어당겨 품에 안았다.

영자는 이미 낯가림을 하지 않았다. 이 '아버지'는 더 낯설지 않았다. 지난 3년 동안 어머니는 그에게 아버지에 관한 이야기를 아주 많이 들려주었다. 그는 몇 번이나 어머니의 서신을 통해 이 '아버지'와 몇 마디 이야기를 나누었다.

고북월이 진지하게 물었다.

"그리고?"

고북월이 원하는 것은 '아버지'라는 한마디였다. 하지만 영자는 이렇게 말했다.

"그리고 어머니의 달이세요."

고북월은 멍해졌다가 무의식적으로 진민 쪽을 보았고, 진민은 바로 시선을 피했다. 고북월도 바로 시선을 거둔 후 부드럽게 다시 물었다.

"그리고?"

영자는 한참을 생각한 끝에 고개를 가로저으며 말했다.

"제가 아는 것은 이 정도예요."

고북월은 영자를 안아 올린 후 그를 바라보며 진지하게 말했다.

"그리고 나는 고남신顧南辰의 아버지다."

진민은 원래 그에게 영자의 이름을 지어 달라고 했지만 그는 내내 생각만 하고 있었다. 그녀는 의성에서 돌아온 후 그에게 이름을 부탁하지 않고 자신이 영자에게 '남신'이라는 이름을 지어 주었다.

남신. 글자로만 보면 남쪽의 별이라는 뜻이었다. 그 속에 내포된 의미가 무엇인지, 그녀는 말하지 않았고 그도 묻지 않았다.

북쪽의 달인 북월, 남쪽의 별인 남신. 그의 이름을 아는 사람은 영자의 이름을 들으면 그 신분을 쉽게 짐작할 수 있었다.

그는 당시 진민에게 이렇게 답신을 보냈다.

좋습니다!

아버지의 아주 진지한 모습에 영자는 갑자기 입을 헤벌리며 웃었다. 고북월은 그제야 영자의 웃음이 이토록 찬란함을 깨달았다.

영자가 말했다.

"원래부터 아버지시잖아요! 그걸 말할 필요가 있나요?"

고북월은 대답할 말이 없어 참지 못하고 크게 웃기 시작했다. 갑자기 모든 것이 아주 단순하게 변한 것 같은 느낌이 들었다. 마치 모든 복잡한 일이 이 아이의 순진한 한마디에 정리되고 해결되는 것 같았다.

영자는 웃지 않고 진지하게 말했다.

"아버지, 드디어 뵙게 됐군요. 정말 보고 싶었어요."

고북월의 마음에는 죄책감이 가득했다. 서신으로 왕래하긴 했지만, 바쁘게 지낸 지난 3년 동안 그는 이 아이에게 너무 많은 빚을 졌다.

친자식이든 아니든 간에 그는 아이의 아버지였다.

그는 영자를 꽉 끌어안고 부드럽게 말했다.

"아버지도 네가 보고 싶었다."

"아버지, 어머니가 보고 싶었나요?"

영자가 또 물었다.

고북월은 멈칫했지만 곧 대답했다.

"그래, 보고 싶었다."

"아버지, 왜 내려가지 않으세요? 어머니가 이미 오래 기다리셨어요. 어머니를 기다리게 하면 안 돼요. 다리가 아프실 수 있어요."

"그래."

고북월은 더 말하지 않고 담담하게 대답했다.

그는 영자를 안고 날아서 천천히 진민 앞으로 내려왔다.

비슷한 두 사람은 약속이라도 한 듯 미소를 지었다. 하지만 웃은 후 둘 다 약속이라도 한 듯 서로의 시선을 피했다.

영자는 어머니를 봤다가 다시 아버지를 보고는 얼른 아버지 귓가에 대고 작게 속삭였다.

"아버지, 어머니는 날마다 달을 보면서 아버지를 생각했어요."

고북월은 다시 진민을 바라보았다. 그의 시선이 자신도 모르게 그녀의 옆얼굴에서 천천히 아래로 내려왔다. 가까이서 살펴보니 그녀는 더 여위어 있었다.

"아버지, 어머니는 방금도 달을 보고 있었어요. 거짓말이 아니에요."

영자가 낮은 목소리로 강조했다.

북월편 **이해할 수 없어**

고북월이 또 낮은 목소리로 영자에게 대답했다.

"그래."

영자는 궁금해졌다. 아버지와 어머니 사이로 시선을 왔다 갔다 하던 그는 볼수록 막막했고, 기다릴수록 불안해졌다.

그는 내내 이해하지 못했다. 왜 어머니와 자신은 영주에 살고, 아버지는 3년간 한 번도 오지 않았을까.

설을 쇨 때조차 아버지는 오지 않았다. 어머니만 그를 데리고 눈밭에서 불꽃놀이를 했을 뿐이었다.

어머니는 아버지가 바쁘다고 했다. 아주 큰일로 바쁘시기 때문에 일을 다 마친 후에야 올 수 있다고 했다.

하지만 그는 여전히 이해가 되지 않았다. 폐하는 아버지보다 더 바쁘실 텐데, 작약 아줌마 말을 들어 보니 폐하는 황후마마, 태자, 공주를 데리고 남쪽으로 내려가 강남 매해에서 겨울을 보냈다고 했다.

그는 줄곧 아버지와 어머니가 싸우신 게 아닐까 의심해 왔다. 지금 모습을 보니 그의 의심은 더욱 짙어졌다.

영자는 잠시 생각했다가 얼른 또 아버지 귀에 가까이 가서 진지하게 말했다.

"아버지, 어머니와 싸우지 마세요. 어머니는 여자인데 양보해 주셔야죠."

고북월은 그제야 영자가 그와 진민 사이의 이상한 분위기를 알아챘음을 깨달았다.

그가 얼른 말했다.

"부인, 3년 동안 떨어져 있느라 당신과 아이 모두 힘들게 했습니다."

진민도 정신을 차리고 담담하게 말했다.

"서방님께서 나랏일로 애쓰시는데, 제가 도움도 드리지 못하고 걱정도 나누지 못하니, 어찌 감히 원망하겠어요?"

두 사람은 각자 이렇게 말한 후 또 침묵에 빠졌다.

영자는 갈수록 뭔가 이상하다고 느꼈고, 두 사람의 싸움을 더욱 확신했다. 그는 두 사람을 보며 한참 생각하다가 또 아버지 귀에 속삭였다.

"아버지, 어머니를 안아 주세요, 안아 주면 괜찮아져요."

그가 간혹 성질을 부릴 때 어머니가 안아 주시기만 하면, 어떤 말도 할 필요가 없어졌다. 화도, 짜증도 나지 않았고 괴롭지도 않았다. 그는 어머니도 분명 그럴 거라 생각했다.

고북월이 입을 떼려는데, 진민이 갑자기 앞으로 성큼 다가오더니 두 팔을 벌려 고북월을 안고 동시에 영자도 안아 주었다.

그녀가 말했다.

"서방님께 도움은 못 되고 그저…… 그리워하며, 밤낮으로 서방님께서 별 탈 없이 건강하시기만을 바랐습니다."

고북월은 몸이 굳어진 게 분명했다. 살면서 두 번째로 여자에게 안긴 순간이었다. 첫 번째도 역시 영주에서였고, 상대 또한 진민이었다.

영자는 알아챘을까? 처음 그때처럼 진민은 고북월이 뻣뻣해진 것을 확실히 느낄 수 있었다.

순간 그녀는 화난 눈빛을 번뜩이더니 고북월의 등을 세게 꼬집었다.

뻣뻣하게 있기만 해 봐!

멍하니 있기만 해 봐!

평생 영자를 속이자고 약속한 후 처음 만나는 것인데, 다 탄로 나게 생겼다.

그녀의 아들을 놀라게 했다간 정말 가만두지 않을 것이었다!

진민은 정말 세게 꼬집었다. 고북월은 아파서 정신이 번쩍났고, 진민의 뜻도 알아챘다.

그가 마침내 손을 뻗어 그녀를 꼭 안아 주며 말했다.

"지아비인 나도 당신과 아이가 그리웠습니다."

진민은 영자의 어깨에 얼굴을 묻었고, 고북월이 고개를 숙이니 매끈한 그의 턱이 영자의 머리에 닿았다. 두 사람 사이에 꼭 안겨 있는 영자의 마음속에는 기쁨의 꽃이 피어났다.

그는 자신이 양자인 것을 알고 있었다. 어머니의 사랑을 받았지만 아버지는 3년 동안 한 번도 오지 않았다. 그 때문에 그는 불안했고 의심이 생겼다.

이제 힘주어 안아 주는 아버지와 어머니 사이에 있으니 안심할 수 있었고, 자신이 행운아라고 느껴졌으며, 행복하다고 생각했다.

그가 말했다.

"아버지, 더는 바쁘지 마세요, 네? 우리와 함께 이곳에서 살아요, 네?"

고북월이 바로 대답하지 못하자 진민이 또 그를 꼬집었다. 진민은 그래도 그를 아꼈기에, 아까와 같은 위치가 아니라 다른 쪽을 꼬집었다.

"그래, 한 달간 있다가 어머니와 너를 데리고 도성에 갈 것이다. 태부부가 이미 완공되었단다."

고북월의 이 말은 진짜였다.

황궁은 반년 전에 완공되었고, 지난달 도성 전체의 외성 성벽도 완성되었다. 폐하는 예전에 고북월의 저택이 있던 땅을 그에게 상으로 내렸는데, 그가 사람을 써서 재건한 집이 이제 완공되었다.

영자가 크게 기뻐하며 말했다.

"어머니, 우리 이제 아버지와 다시는 떨어지지 않아요!"

"그래, 떨어지지 않는구나!"

진민이 웃음기 어린 목소리로 말했다. 하지만 그녀의 눈빛은 복잡했다. 그녀는 고북월을 놔주고 영자를 안으며 말했다.

"영자, 아버지는 먼 길 오시느라 고생하셨으니, 이제 짐을 정리하고 오늘은 일찍 쉬셔야 한단다."

영자가 바로 말했다.

"아버지, 어머니께서 정원 뒤편에 샘구멍을 발견하고 온천

못을 만드셨어요. 제가 모시고 갈 테니 목욕하세요, 아주 편안해요!"

진민이 황급히 말했다.

"영자, 벌써 시간이 이렇게 되었구나. 잘 시간이야! 가자, 어머니와 함께 자러 가자."

고북월은 영자의 머리를 쓰다듬으며 부드럽게 말했다.

"착하지, 내일 아버지가 직접 네게 무공을 가르쳐 주마. 네 발 기술에 틀린 부분이 있구나."

자신의 발 기술에 문제가 있다는 이야기를 듣자 영자는 긴장했다.

"어디가 틀렸어요?"

"우선 자러 가거라. 안 그러면 말해 주지 않겠다."

고북월이 으름장을 놓았다.

영자는 그제야 풀이 죽어 고개를 끄덕이며 말했다.

"알겠어요."

진민은 속으로 한숨을 돌렸다. 영자가 고북월을 끌고 탕에 몸을 담그고 그녀에게 시중들라고 할까 봐 정말 무서웠다.

이 녀석은 부끄러움이 많아 세 살부터 유모와 작약이 목욕 시중을 들지 못하게 하고 그녀가 도와주는 것만 허락했다. 이제 다섯 살이 된 그는 목욕할 때 그녀의 도움도 원치 않았다. 하지만 그래도 탕에 몸을 담글 때는 그녀가 물가에 함께 있어 줘야 했다.

진민이 영자를 안고 가자 고북월도 한숨을 돌렸다.

이때, 내내 옆에 있던 새옥백이 그제야 앞으로 나왔다.

"주인님, 오실 거였으면 왜 말씀해 주시지 않으셨습니까?"

새옥백도 정말 이상하다고 생각했다. 서신이 분명 오늘 도착했는데, 어떻게 주인은 밤에 도착할 수 있지?

운녕에서 매를 통해 영주까지 서신을 전달하는 데 이틀은 걸렸다. 겨우 하루 만에 주인이 운녕에서 영주로 오는 것은 불가능했다.

고북월은 눈살을 찌푸린 채 말없이 방 안으로 들어갔다.

이때 작약이 와서 깨끗한 옷을 올리며 웃으면서 말했다.

"나리, 드디어 돌아오셨군요. 아가씨께서 깨끗한 옷을 가져다 드리라고 하셨습니다. 지난번에 갈아입으셨던 옷입니다."

지난번이라면 3년도 넘었을 텐데.

그런데 이 옷은 마치 새것인 양 깨끗했고, 아주 반듯하게 개어 구김 하나 보이지 않았다.

"감사하다고 전하거라."

고북월이 담담하게 말했다.

"나리, 아가씨께 그리 깍듯하실 필요 없습니다. 아가씨께서 또 아침 식사로 무엇이 드시고 싶은지 여쭤보라 하셨습니다."

작약이 또 말했다.

"아무것이나 괜찮다."

고북월이 대답했다.

"그럼 나리, 일찍 쉬십시오."

작약은 아주 흐뭇해하며 돌아갔다.

새옥백은 고북월을 따라 들어왔다. 주인의 피곤한 모습을 보자, 그도 참지 못하고 권했다.

"주인님, 후원의 온천은 아주 훌륭합니다. 부인께서 정기적으로 안에 약재를 넣어 자주 목욕을 하십니다. 한번 가 보시지요."

그 말을 듣고 고북월은 바로 눈살을 찌푸리며 돌아보았다. 새옥백은 정신을 못 차리고 있다가 주인의 매서운 눈빛을 발견한 후에야 자신이 말실수했음을 깨달았다.

그가 얼른 해명했다.

"주인님, 소인은 절대 감히 몰래 훔쳐본 일이 없습니다. 다 작약이 한 말입니다. 부인께서 직접 약을 시험하시면서 그곳을 약욕 온천 못으로 만들려고 하시기 때문에, 자주 목욕을 하신다고 했습니다."

고북월은 더 말하지 않고 길고 긴 한숨으로 새옥백에게 물러가라는 뜻을 전했다.

새옥백은 방금 그 눈빛에 깜짝 놀랐다. 그가 기억하기로 주인이 지난번 그에게 이런 눈빛을 보인 것은 의성에서의 그때였다. 그때 주인은 그를 죽이려 했었다.

새옥백이 황급히 나가려 했다. 그런데 그가 입구에 이르렀을 때, 고북월이 그를 불러 세워 차갑게 말했다.

"명령이다. 모든 호위병을 이 원락에서 백 걸음 떨어져 있게 하라!"

"예, 예!"

명을 받들고 나간 새옥백은 속으로 끙끙 앓았다.

호위병들은 보이지 않는 곳에서 이 원락을 지키고 있었다. 백 걸음 떨어진 곳에서 이 원락을 안전하게 지키려면, 주변에 있는 집을 몽땅 비워야 했다. 이 일을 또 부인이 알게 해서는 안 되니 정말 처리하기 힘들었다.

고북월은 홀로 앉아 머리를 받친 채 아주 고요하게 있었다. 무슨 생각을 하는 것인지 알 수 없었다.

한참 후, 문 두드리는 소리가 정적을 깨뜨렸고, 곧이어 익숙한 목소리가 들렸다.

"고 태부, 주무십니까?"

이 원락에서 그를 이렇게 부를 수 있는 사람이 또 누가 있겠는가?

그는 미간을 찌푸린 채 말이 없었다.

"고 태부, 영자가 잠들었습니다. 원래는 방해하고 싶지 않았지만, 이해되지 않는 일이 있어 특별히 여쭤보러 왔습니다. 괜찮으시면 대답해 주십시오."

진민이 다시 말했다.

"들어오십시오."

고북월이 담담하게 말했다.

진민은 들어온 후 신경 써서 문을 잠근 후에야 그의 곁에 앉았다. 그녀는 심호흡을 한 후 웃으며 말했다.

"오랜만입니다."

그녀를 돌아보는 그는 무슨 이유에서인지 웃음이 나오지 않았다. 그가 담담하게 말했다.

"오랜만입니다."

"방금 실례했습니다. 많이 아프셨지요?"

진민이 어쩔 수 없었다는 듯 말했다.

"알려 주셔서 다행이었습니다. 영자는 아주 똑똑한 아이지요."

고북월이 말했다.

"똑똑할 뿐일까요, 무공 재능도 아주 뛰어납니다. 그 아이를 입양하실 때, 아주 신중하게 고르셨을 테지요?"

진민이 갑자기 진지하게 말했다.

"그랬습니다."

고북월은 시원스럽게 인정했지만, 설명할 생각은 없었다.

"당신은 일찌감치 혼인하지 않고 아이를 갖지 않기로 굳게 결심하셨습니다. 저와 혼인하여 영자에게 영족 후계자 자격을 주실 생각이셨지요?"

진민이 다시 물었다.

이것은 지난 3년 동안 그녀가 영자의 몸에서 얻은 깨달음이었다. 그녀는 진작부터 묻고 싶었다. 직접 얼굴을 보며 묻고 싶었다.

고북월은 말이 없었다.

진민은 일부러 일어나서 그의 앞까지 걸어가 그 눈을 바라보며 진지하게 물었다.

"고북월, 당신은 좋아하는 사람이 있습니다. 그렇지요?"

고북월은 그녀의 시선을 피했다. 하지만 진민은 고집스레 그의 눈을 쫓으며 가까이 다가가 응시했다.

고북월이 고개를 숙이자, 진민은 그의 앞에 웅크리고 앉았다. 고북월이 눈을 감자 진민은 벌떡 일어났다.

그녀는 조용히 한참 서 있다가 결국 자리에 앉았다. 말할 필요도 없이 고북월은 침묵으로 인정했다. 한참 동안 고북월은 말이 없었다.

진민이 담담하게 말했다.

"미안해요, 실례했습니다. 이것은 당신 일인데, 제가 함부로 말해서는 안 되는 것이었습니다."

그가 그녀를 신부로 맞을 때 이름뿐인 부부로 지내기로 약속했었다. 서로 원한 일이었다. 그는 그녀에게 강요한 적 없었고, 그녀를 속인 적도 없었다. 그가 좋아하는 사람이 있다는 게 무슨 잘못인가? 그녀와 무슨 상관인가?

하지만……, 하지만 왜 마음이 이렇게 아플까? 일관되게 유지하던 이성을 잃을 만큼 아픈 것은 왜일까?

두 사람은 이렇게 우두커니 앉아 있었다.

시간이 얼마나 흘렀을까, 고북월이 입을 뗐다.

"진 대소저, 이해되지 않는 일을 이제 이해했습니까?"

진민은 그제야 자신이 이곳에 온 목적을 떠올리고 말했다.

"이해하지 못했습니다. 고 태부, 오늘 저녁 운녕에서 온 서신과 약 찌꺼기는 어찌 된 일입니까? 지난 3년 동안 당신의 경공이 또 정진하여 하루 만에 천 리를 간다고 말할 생각은 마시지요."

어제 운녕에서 서신을 부쳤는데 그는 오늘 이곳에 도착했다,

그는 거의 서신과 동시에 도착했다!

발로 생각해도 알 수 있었다. 서신과 약 찌꺼기는 그가 아니라 다른 사람이 대신 보낸 것이었다!

서신은 둘째 치고 약 찌꺼기를 어떻게 대신 보낼 수 있지?

어떻게 그럴 수 있지?

고북월이 방에서 이렇게 오래 앉아 있었던 것도 바로 이 문제를 고민하고 있었기 때문이었다.

사실 그는 영주에 온 지 벌써 한 달이 되었다. 약사 일이 끝난 후 폐하와 황후마마는 그에게 세 달의 휴가를 주었다.

그가 스스로 떠났다기보다 쫓겨났다고 하는 편이 맞았다. 황후마마는 그에게 농담처럼 말하길, 부인과 자식을 버려 두고 온종일 바쁘게 지내는 남자는 절대 태자의 스승이 될 수 없고, 폐하 곁에는 더더욱 오래 있게 할 수 없다고 했다. 폐하와 태자가 영향을 받게 할 수 없다는 것이었다.

그는 영주에 온 후, 한 달간 이곳에서 큰길 세 개 정도 떨어진 곳에 머물렀다. 새옥백조차 그가 온 줄 몰랐다.

오늘 밤 왜 아무도 모르게 이곳에 온 것인지 그 자신도 도통 알 수 없었다.

북월편 **얼마 남지 않았다**

고북월은 늘 그렇듯 침묵했지만, 진민은 이번엔 침묵할 생각이 없었다.

방금 고북월이 돌아온 것을 봤을 때는 멍해져서 정신을 차리지 못했었다. 하지만 영자를 재운 후 뭔가 이상함을 깨닫고 바로 찾아온 것이었다.

그녀는 그의 약욕을 3년 내내 관리해 왔다. 만약 이 3년 동안 늘 대충 둘러대며 속여 온 것이라면 그녀는 정말 어찌해야 좋을지 몰랐다.

"고북월!"

진민이 큰 소리로 말했다.

"난 이해가 가지 않아요. 내 질문에 대답해 주세요."

사실 고북월은 지난 3년 동안 성실하게 진민이 지어 준 약포를 써서 약욕을 해 왔다. 다만 비밀리에 영주로 돌아온 후, 자신의 행방을 들키지 않기 위해 약 찌꺼기와 서신을 운녕으로 보냈다가 다시 사람을 시켜 운녕에서 진민에게 전달했다. 이렇게 오가면 매를 통해 전해도 2, 3일도 차이가 나지 않았다.

그는 원래 오늘 밤 올 생각이 아니었다. 영자가 그렇게 민감할 줄은 더더욱 생각지 못했다. 고북월은 모습을 드러낸 순간 바로 서신 일을 깨닫고 후회했다.

그는 이곳에 앉아 그녀가 오길 기다리면서 그녀의 질문에 어떻게 대답할 것인지 생각하고 있었다.

하지만 생각해 보아도 결국 두 가지 선택뿐이었다. 하나는 사실대로 솔직하게 말하는 것이요, 다른 하나는 자신이 약욕을 하지 않고 줄곧 그녀에게 대충 얼버무리며 넘겼다고 인정하는 것이었다.

그는 주저했다. 두 가지 다 선택하고 싶지 않았기 때문이었다. 그는 지금 어쩔 도리가 없었다.

"고북월, 날 속였나요?"

진민이 목이 멘 소리로 말했다.

지난 3년간 두 사람의 유일한 연결 고리였고, 그녀가 그에게 바란 단 한 가지였건만…… 온통 거짓말이었고, 대충 얼버무린 것이라니.

그녀는 심지어 그가 돌아오거나 영자를 한번 보러 오는 것도 기대하지 않았다. 그저 그가 몸조리를 잘할 수 있기만 바랐을 뿐이었다! 그의 몸에 있는 병은 결코 사소하지 않았고 아주 심각했다!

고북월은 고개를 숙인 채 여전히 침묵했다.

진민이 갑자기 그의 손을 잡아당기자 고북월은 본능적으로 피했다. 그런데 진민이 이렇게 말했다.

"내가 의성을 떠날 때 했던 말을 잊지 말아요!"

그는 피하지는 않았지만 한껏 힘을 주었다. 그녀는 그의 팔목을 끌어당겨 진맥하려 했으나, 아무리 해도 끌려오지 않았다.

두 사람은 이렇게 대치 중이었다.

진민이 곧 그를 놔주며 말했다.

"폐하와 황후마마께 말씀드리러 가겠어요!"

그녀가 일어나 나가려 하자, 고북월이 마침내 고개를 들었다.

"진민!"

진민은 걸음을 멈추었으나 돌아보지 않고 그를 등진 채 서 있었다.

고북월은 아주 힘을 잔뜩 주어 미간을 찌푸리며 말했다.

"진민, 내 사적인 일에 당신이 간섭할 권리는 없습니다. 처음부터 약속한 일입니다. 그리고 지난번에 말했다시피 당신이 떠나고 싶다면 내게 이혼장을 써 주면 됩니다. 당신 일도 내게 많이 이야기할 필요 없습니다."

진민은 멍해졌다.

그녀는 문득 여자의 직감이 정말 정확함을 깨달았다. 지난 3년간, 해가 지나고 시간이 갈수록 그녀는 그가 돌아오는 것이, 그가 나타나는 것이 점점 더 두려워졌다. 그가 영원히 나타나지 않고 매달 그녀에게 두 통의 서신을 보낼지언정, 그가 그녀 앞에 나타나 모든 것을 솔직하게 다 털어놓는 것은 원하지 않았다.

하지만 그가 나타났을 때 그녀는 그래도 주저함 없이 그를 향해 그 질문, 마음에 품은 사람에 관한 질문을 던졌다. 이 질문을 던지면 두 사람 사이 가식적인 연극조차 불가능해진다는 사실을, 그녀는 누구보다 잘 알고 있었다.

그래도 그녀는 물었고, 고집스레 끝까지 질문을 던졌다.

진민은 숨을 깊이 들이마신 후에야 뒤돌아보았다. 보는 사람이 놀랄 정도로 눈가가 빨개졌음에도 그녀는 담담하게 웃었다.

"고 태부, 제가 또 실례를 범했습니다……. 무슨……, 무슨 일이 있어도, 몸을 살피시고 건강하시기를 바랍니다."

그녀는 잠시 멈추었다가 말을 이어 갔다.

"처소 뒤편에 있는 온천 못은 2년 전에 파 둔 것입니다. 당신의 그 약방문으로 2년간 시험하다 며칠 전에야 가장 좋은 처방전을 만들어 냈습니다. 그 처방전은 저 탁자에 두었습니다. 그 약방문대로 약 열 첩을 온천 못에 넣고, 한 달에 한 번 갈아 주면 됩니다. 매일 약욕을 하실 수 있고, 한 시진 정도가 가장 좋습니다."

그녀는 시종일관 담담하게 웃었다. 그 미소에 고통이 삼 할, 어찌할 수 없음이 삼 할, 자조가 삼 할이라면 남은 일 할은 바로 그녀가 영원히 잃을 수 없는 거침없음이었다.

그녀는 몸을 숙였다가, 서탁 쪽으로 가서 직접 먹을 갈았다. 고북월이 너무 오랫동안 오지 않아 이곳 먹은 진작 말라 버렸다.

그녀는 눈을 내리깔고 태연하게 먹을 갈았다. 당황하거나 서두르지도 않고, 조급하거나 너무 느리지도 않은, 평소 혼자 생활하던 것처럼 아주 여유롭고 한가한 모습이었다. 모르는 사람이 보면 필시 그녀가 글씨를 쓰거나 산수화 한 폭을 그릴 준비를 하느라 먹을 간다고 여길 정도였다.

마치 지금이 한밤중이 아니라 오후의 평온한 시간인 듯했다.

그런데 그녀는 대체 뭘 하려는 것일까?

조용히 그녀를 지켜보는 고북월은 또 자신도 모르게 미간을 찌푸렸다. 그는 짐작이 가지 않았다. 그녀는 지금 뭘 하려는 것일까?

그녀가 방금 약방문을 이미 탁자 위에 두었다고 말했으니, 약방문을 쓰는 것은 아닐 터였다.

시간이 아무리 느리게 흐른다 해도 결국에는 흘러가기 마련이었다. 그녀가 아무리 느리게 움직여도, 말라붙은 먹과 벼루를 갈아 먹물이 나오게 할 수 있었다.

그녀는 하얀 종이를 펴고 붓에 먹물을 묻힌 후, 안정되면서도 힘 있게 손을 움직였다. 종이에 닿은 붓이 한 획 한 획 그리는 움직임은 여유로우면서 침착했고, 확고했다.

그녀는 지금…… 지아비를 버리고 있었다!

금세 이혼장을 다 작성한 그녀는 고북월 앞으로 걸어갔다.

"고 태부, 당신은 나를 구해 주셨습니다. 그런데 나는…… 당신을 끝까지 도와드릴 수 없군요. 용서를 바라지 않겠습니다. 앞으로 필요한 것이 있으시면……."

그녀가 웃기 시작했다.

"혼사 외에 앞으로 필요한 것이 있으시면 얼마든지 말씀하십시오. 진민은 당신께 은혜의 빚을 졌습니다."

이혼장을 내밀자 고북월은 그제야 그녀가 뭘 하려는지 깨닫고 멍해졌다.

지난번 영주에 왔을 때 그녀의 마음을 알아차린 그는 그녀를 멀리하며 피하기 시작했고, 심지어 거절의 뜻을 암시하기까지 했다.

그는 이미 그녀의 신세를 망쳐 놓았다. 그녀의 마음까지 망치고 싶지 않았다.

3년 동안 그는 확실히 바빴다. 하지만 3년 동안 얼굴을 보이지 않을 정도는 아니었다. 이는 확실히 고의였고, 심지어 영자까지 힘들게 했다.

이것은 분명 그가 가장 원했던 결과였다. 그런데 어째서, 예상치 못한 일인 것 같은 느낌이 들까. 미소 짓는 진민을 바라보던 그는 심지어 낯선 느낌마저 받았다.

"고 태부, 이번에 오신 것도 이것 때문이겠지요. 받아 주시지요."

진민이 담담하게 말했다.

만약……, 만약 그녀의 마음이 그의 부드러움 속으로 빠져들지 않았다면, 그녀는 약속한 대로 이름뿐인 부인의 본분을 지키며 필요할 때 그와 함께 열심히 연극했을 게 틀림없었다.

하지만 그녀는 빠져들었고, 발버둥 치며 나와야 했다!

안 그러면 뭘 어쩔 수 있겠는가?

모든 고의는 다 이해에서 비롯되었다. 그는 일찌감치 그녀의 마음을 꿰뚫어 보았다.

3년 동안 그의 고의와 거절을 알아채지 못했다면, 그녀는 정말 지극히 어리석은 사람일 터였다.

고북월은 움직이지 않았다. 하지만 진민은 이혼장을 그의 손에 내려놓고 담담하게 말했다.

"그럼 앞으로 서로 누구를 연모하든지 상관하지 않는 겁니다. 죄송하지만 영자는 제가 꼭 데려가야겠습니다!"

고북월은 지금까지 한마디도 하지 않고 조용히 손에 든 이혼장을 바라보고 있었다. 진민은 주저하지 않았다. 눈시울이 벌게져서 눈물이 바로 흘러내릴 듯했지만, 그래도 고집스레 꾹 참으며 뒤돌아섰다.

진민이 문을 열었을 때, 갑자기 고북월이 심하게 기침을 하기 시작했다. 지난번 진민 앞에서 기침했을 때와 아주 비슷했다. 한번 시작한 기침은 너무도 격렬하여, 듣는 사람이 오히려 숨이 가쁠 정도였다.

진민은 걸음을 멈추고 눈살을 잔뜩 찌푸렸지만 돌아보지 않았다. 그는 그녀를 3년이나 속였다. 그녀가 그를 어찌할 수 있겠는가?

스스로에게 좋은 의원은 자기 자신이었다. 스스로 병을 고칠 마음이 없으면, 아무리 좋은 의원을 데려와도 소용없었다.

진민은 기침 소리를 들을수록 화가 부글부글 끓어올랐다. 문밖으로 발까지 내디뎠지만, 어쩔 수 없었다. 그녀는 마음이 약한 사람이었다.

결국 그녀는 돌아갔다. 그런데 뒤돌아서 등 뒤의 장면을 목격한 순간, 그녀는 완전히 얼어붙었고 심장이 멈출 듯했다!

"고북월!"

진민이 쏜살같이 달려와 차 탁자 위에 엎드려 기침하고 있는 고북월을 부축했다. 고북월의 입과 손이 온통 피로 가득했다!

각혈이었다!

그 순간 진민의 눈물이 떨어졌다. 끈이 떨어진 구슬처럼 눈물방울이 끊임없이 뚝뚝 흘러내렸다.

"고북월, 난 당신이 미워요!"

사랑한다고 말하지 않았고, 하고 싶지도 않았다. 오히려 그녀 입에서는 '밉다'는 말이 튀어나왔다.

3년 동안 속인 그가 미웠다.

오랜 세월 무리했던 그가 미웠다.

천하제일의 의존인 그가 지금까지 줄곧 자기 자신은 고치지 않은 게 미웠다!

고북월의 기침은 멈추지 않았다. 그는 힘도 없어서 눈을 감고 있었다. 그 모습에 진민은 그가 의식이 있는 것인지조차 알 수 없었다.

일반적인 기침은 얕은 기침에서 시작해서 심해지는데, 고북월의 상황은 완전히 달랐다. 그는 아예 기침을 안 하면 안 했지, 일단 발작하면 아주 심각했다.

운녕성에서 그렇게 오래 그와 함께 지낼 때는 기침하는 모습을 본 적이 없다가 지난번 그가 영주로 돌아왔을 때 그녀가 깜짝 놀랐던 상황과 비슷했다. 또 그와 함께 운녕에서 북려로, 다시 북려에서 의성으로 이동한 후 다시 의성에서 꽤 오래 머물렀을 때도 그는 멀쩡했다.

그런데 오늘 밤에 보니 그는 전과 전혀 달라지지 않았다. 이

짧은 시간 만에 그는 이런 모습이 되어 버렸다.

고북월은 여전히 기침이 멈추지 않았고, 그 소리에 진민은 거의 미칠 것 같았다.

이 기침 소리는 너무 이상했다!

만약 그녀의 생각이 맞는다면, 지난 3년 동안 그의 병은 전혀 나아지지 않았다. 도리어 심각해지고 악화되었다.

진민은 얼른 금침을 꺼내 고북월을 시침하여 기침을 멎게 했다. 그 후 시종을 불러 고북월을 침상으로 부축했다.

진민은 깊은 한숨을 내쉰 후에야 그를 진맥했다. 그런데 진맥을 하자 진민은 얼굴이 하얗게 질려 버렸다.

고북월의 맥상이 아주 어지러웠다!

인정하고 싶지 않았지만, 현실을 직시해야 했다. 이 맥상으로 볼 때, 고북월의 목숨은 얼마 남지 않았다!

진민은 완전히 낙심하여 한쪽에 주저앉은 채 멍하니 침상에 있는 사람을 바라보았다. 머릿속이 텅 빈 듯했다.

소식을 듣고 달려온 새옥백은 인사불성이 된 주인의 모습을 보자마자 놀라서 제자리에 얼어붙었다.

진민은 갑자기 벌떡 일어나 그의 앞으로 달려가더니 차가운 목소리로 말했다.

"말하게. 대체 어떻게 된 일인가?"

그녀가 지난번 그를 진맥했을 때, 어려서부터 오랫동안 앓아온 병이 있다는 것만 알아챌 수 있었다. 그리고 그 역시 낫지도 않지만 죽지도 않는다며, 몸조리하는 수밖에 없다고 했었다.

그녀는 줄곧 그저 고질병일 뿐이라고, 뿌리 뽑을 수는 없어도 요양만 잘하고 관리만 잘하면 목숨이 위험하지는 않을 거라고 생각했었다.

그런데…….

정신이 든 새옥백은 분노한 진민 때문에 깜짝 놀랐다.

"말하게!"

진민이 노성을 질렀다!

새옥백은 시선을 피했고 감히 말하지 못했다. 이것은 주인의 비밀이자 영족의 비밀이었다.

새옥백이 피하는 모습에 당황한 진민이 나직이 물었다.

"고북월이…… 자신은 고칠 수 없는 것인가?"

그제야 돌아보는 새옥백의 눈가가 촉촉이 젖어 있었다. 그는 말없이 고개만 끄덕일 뿐이었다.

진민은 눈을 질끈 감았다. 새옥백이 고개를 끄덕이는 모습을 못 본 척하고 싶었지만, 그녀는 보고 말았다.

그랬다!

천하 모든 사람은 살릴 수 있는 고북월이 오직 자기 자신만은 구할 수 없었다.

북월편 진 의원

고북월은 침상에 누워 있었으나 사실 의식은 또렷했다. 다만 힘이 없어 말을 할 수 없었을 뿐이었다. 말하려고만 하면 기침이 쏟아질 것 같았다.

지난 3년간 진민의 침술 실력은 얼마나 정진한 것일까. 고작 침 몇 번 놓은 것으로 그의 기침을 진정시켰다.

그녀가 아니었으면 그는 이번에 얼마나 많은 고통을 감내해야 했을지 몰랐다.

의료 개혁 후 그는 기다렸다. 아금이 동오국에서 승리하고 돌아오기를, 폐하와 황후마마가 정식으로 도성에 입성하여 황궁에 들어가시기를 기다렸다. 그런 후에 그는 떠날 것이었다.

사실 황후마마가 그를 쫓아낼 필요 없이 그는 원래 쉴 생각이었다. 정확하게 말하자면 은거할 생각이었다. 아는 사람이 없는 곳에 숨어 살면서 직접 영자에게 경공을 가르치려 했었다.

그는 자기 자신을 고칠 수 없지만 병세를 확실히 알았고, 심지어 자신에게 남은 시간까지 계산할 수 있었다.

영자의 재능이 아주 뛰어나니, 자신이 충분히 영자를 가르칠 수 있을 것이라고 자신했다.

모든 것은 계획 속에 있었다. 심지어 자신의 생명까지도.

진민 역시 계획 안에 포함된 사람이었다. 그런데 하필 그에게 계획하지 않았던 '안타까운 마음'이 생겼다.

그는 줄곧 이해되지 않았고 지금까지 고민하고 있었다. 어쩌면 오늘 밤 갑작스레 돌아온 것 역시 이 '안타까운 마음' 때문이었을지도 몰랐다.

진민의 압박에 새옥백이 영족의 진상을 털어놓으려는 순간, 고북월이 겨우 손을 들어 새옥백을 막았다.

"주인님께서 깨어나셨습니다!"

새옥백이 크게 기뻐했다.

진민이 황급히 다가와 물었다.

"고북월, 어때요? 또 불편한 곳이 있어요?"

고북월은 내내 손에 쥐고 있던 이혼장을 진민에게 건네주었다.

순간 어리둥절해진 진민은 그가 이 이혼장을 원치 않는다고 생각했다. 그런데 이혼장을 받아 자세히 살펴보니 이혼장에 지장이 찍혀 있었다. 피로 찍은 지장은 아주 선명했다.

그의 왼손에는 기침하며 쏟은 피가 묻어 있었지만, 내내 이혼장을 쥐고 있던 오른손은 깨끗했다!

이 지장을 언제 찍었을까?

이 사람은 곧 죽을 것 같은 와중에도 이혼장에 지장을 찍을 정신이 있었단 말인가?

진민은 자신이 화가 난 것인지 아니면 괴로운 것인지 알 수 없었다. 그녀는 망설이지 않고 이혼장을 갈기갈기 찢으며 노한 목소리로 말했다.

"고북월, 이건 취소예요! 당신 병이 낫지 않으면 난 평생 당신을 버리지 않고 떠나지 않을 거예요! 날 떠나게 하고 싶으면 빨리 낫도록 해요!"

고북월은 천천히 눈을 떴다. 씩씩거리는 진민을 바라보며 그는 어쩔 수 없다는 듯 고개를 저었다.

진민은 폭발할 듯 화를 냈다. 어쩌면 화를 내야만 마음 깊은 곳의 괴로움을 잠재울 수 있을지도 몰랐다. 그녀가 노한 목소리로 경고했다.

"한 번 더 고개를 젓기만 해 봐요, 지금 당장 서신을 써서 폐하와 황후마마, 그리고 목령아와 다른 사람들에게 알리겠어요. 모든 사람에게 다 알릴 거예요!"

그 말이 떨어지자 고북월은 멈칫하며 감히 더는 고개를 젓지 못했다.

이 위협은 그에게 아주 잘 먹혔다.

오랜 세월 혈혈단신으로 지내 온 그에게는 종족도, 가족도 없었다. 그에게는 오직 그 벗들뿐이었다. 거센 풍랑은 다 지나갔고, 고통과 시련도 다 지나갔다. 그는 어렵게 얻은 이 평온한 시간을 깨뜨리고 싶지 않았다.

고북월이 가만히 있자 진민의 화가 그제야 조금 가라앉았다. 하지만 화가 가라앉으니 마음이 점점 고통스러워지기 시작했다. 심장을 아프게 꽉 동여맨 것처럼 숨쉬기 힘들었다.

사실 진짜 마음은 분노가 아닌 괴로움일 때가 많았다.

분노는 위장이요, 자신을 보호하는 장치였다.

분노는 밖으로 드러나지만, 괴로움은 마음속에 숨겨졌다. 분노가 잠잠해진 후 자신에게 남는 것은 극도로 견디기 힘든 고통이었다.

진민이 담담하게 말했다.

"새옥백, 먼저 나가 있게. 자네 주인과 내가 따로 할 이야기가 있네."

새옥백은 그래도 함부로 굴 수 없어 주인에게 물어보는 눈빛을 보냈다. 고북월이 침묵으로 허락한 후에야 새옥백은 문을 닫고 밖으로 나갔다.

진민과 고북월이 무슨 이야기를 했는지는 모르나 결국 다음 날 새벽, 첫 번째 햇빛 줄기가 원락을 비춘 후에야 진민이 문을 열고 나왔다.

그녀는 원락으로 가서 두 손을 들고 기지개를 켜며 신선한 공기를 깊이 들이마셨다. 눈가에 눈물 흔적이 아주 선명했지만, 그녀의 눈동자는 어젯밤처럼 어둡지 않았다. 햇빛은 여전히 그녀의 눈동자를 비추고 그녀 전체를 환하게 밝혀 주었다.

잠시 후 그녀는 직접 아침 식사를 준비하여 따로 영자의 몫을 챙겨 놓은 후 나머지는 고북월의 처소로 가져갔다.

고북월은 이미 침상에서 내려올 수 있었다. 늘 그렇듯 그는 건강이 나빠 보이기는 하지만 아주 심한 중병에 걸려 목숨이 얼마 남지 않은 것처럼 보이지는 않았다.

진민이 들어왔을 때, 그는 마침 책상 앞에 서서 벼루 옆의 공기봉리를 들고 있었다. 예전에 진민이 그에게 준 선물이었는데, 그는 이곳에 놔두고 내내 돌보지 않았다.

공기봉리는 뿌리가 없어 특별히 관리할 필요 없이 가끔 물만 뿌려 주면 된다지만, 그래도 돌보기는 해야 했다. 4년 가까이 지나고 나니 처음에는 어린아이 손바닥만 했던 공기봉리가 많이 자라 그의 손바닥만 해졌다. 꽃술이 있는 곳에 노란색 꽃이 피어났는데, 뛰어나게 아름답지는 않지만 그만의 특별한 매력이 있어 오래 보고 있어도 싫증이 나지 않았다. 또 꽃대 아랫부분에 얼굴을 내민 새싹 두 개는 마치 아기 둘을 낳은 것처럼 보였다.

4년 가까운 시간 동안 진민이 내내 돌본 것이 틀림없었다. 그렇지 않았다면 아무리 생명력 강한 꽃이라 해도 말라 죽었을 것이었다.

아침 식사를 들고 들어오던 진민이 웃으며 말했다.

"옆에 있는 새싹을 떨어뜨리지 않게 조심하세요, 그 두 새싹은 며칠 후면 스스로 떨어져 혼자 살 수 있게 된답니다. 와서 식사하세요. 오늘부터 삼시 세끼 식사도 제가 챙겨 드리겠습니다. 하지만 식비에 대한 성의는 보여 주셔야 합니다."

"좋습니다."

고북월은 조심스레 공기봉리를 내려놓고 그쪽으로 향했다. 그리고 진민이 준비한 아침 식사를 보고 살짝 놀랐다.

진민은 탁자 위로 미색의 깔개를 깔고 옅은 분홍색 그릇을 올려놓았다. 식기도 세심하게 준비하여 젓가락 받침까지 빠짐없이 놓여 있었다. 작은 솥에 흰 쌀죽을 끓여 왔는데, 좁쌀도 조금 넣었는지 죽에 드문드문 노란색이 보였다. 반찬은 생선, 계란, 두 가지 채소, 이렇게 총 네 가지였다.

여름날 아침, 이렇게 담백하면서도 단순하지 않은 아침 식사에 맑고 담아한 식기까지 갖춰지니 아주 식욕이 돌았다.

적어도 고북월은 편안한 마음으로 천천히 아침 식사를 즐기지 못한 지 너무 오래되었다. 그는 보통 물 한 잔과 찐빵 하나로 식사를 해결하곤 했었다.

두 사람이 자리에 앉았을 때 고북월은 여전히 살짝 눈살을 찌푸리고 있었다. 그 모습을 본 진민이 진지하게 말했다.

"고 태부, 계속 그 얼굴을 하고 있으면, 우리 협상은 없던 거로 하겠어요!"

어젯밤, 그녀는 영족의 비밀을 알았고, 그의 병에 관한 진실도 알게 되었다.

영족의 직계 자손이 지금까지 이어지는 동안, 그의 할아버지는 특별한 경우였음에도 불구하고 마흔 살 정도까지만 살았고, 그의 아버지는 스물다섯 살까지밖에 살지 못했다. 조상의 괴병이 대대손손 이어졌고, 거의 모든 사람이 그 불행에서 벗어나지 못했다. 약욕으로 몸을 관리하여 최대한 시간을 늦추는 수밖에 없었다.

마지막 때에 이르면 기침이 멈추지 않고, 기침하다가 죽음을 맞았다. 그는 줄곧 아버지가 기침으로 죽은 게 아니라 할아버지가 마지막 고통을 없애 주기 위해 직접 그 목숨을 끝낸 것으로 의심해 왔다.

어젯밤 진민은 고집을 부리며 말했다.

'당신의 병이 나으면 떠나겠어요.'

그제야 그는 모든 진실을 말해 주었다.

'내 병이 나을 때까지 기다릴 수 없을 겁니다. 우리 관계는 병이나 생사와 무관합니다. 당신은 떠나십시오, 그러면 됩니다.'

그 순간 그녀는 울음을 터뜨렸다. 그를 보면서 울었다.

그녀가 말했다.

'고북월, 내가 당신 곁에 있으면 안 될까요? 너무 오래 있지 않을게요, 5년만요. 정말 병이 낫지 않으면 떠날게요. 당신 병이 나아도 떠날게요.'

그는 거절했다.

'안 됩니다.'

그러자 그녀가 위협했다.

'날 죽여 입을 막지 않는 한 반드시 후회하게 될 거예요.'

그는 한 시진 내내 침묵했고, 그녀는 재촉하는 말 한마디 하지 않은 채 기다렸다.

결국 그는 타협했다. 그는 작은 금빛 비도를 그녀에게 건네며 아주 진지하게 말했다.

'날 죽일 준비가 되어 있다면 허락하겠습니다.'

그녀는 일말의 주저함 없이 금빛 비도를 받아 들고 말했다.

'좋아요. 고북월, 이제부터 당신은 내 환자예요. 당신의 생사는 나와 상관이 있어요.'

이렇게 5년의 약속이 맺어졌다.

사랑과는 상관없어, 생사만 관여하는 거야.

진민은 이렇게 자신을 설득했다.

고북월이 젓가락을 들지 않자 그녀가 직접 건네며 말했다.

"고 태부, 마음 치료가 약물 치료보다 우선인 것을 알고 계시겠지요. 즐겁게 지내세요. 내가 정말 당신 옆에 들러붙어 있는 것도 아닌데 뭘 걱정하나요? 하루 세 끼에 때맞춰 오는 것과 오전 한 시진의 약욕을 제외하면 나머지 시간은 다 당신 거예요. 그리고 앞으로는 날 진 의원이라고 부르시면 돼요."

진민의 웃는 얼굴을 보면서 고북월의 입가에 마침내 엷은 미소가 번져 왔고, 그는 젓가락을 들었다.

죽 한 입 먹었을 뿐인데, 그의 담담하던 표정이 달라졌다. 기쁘면서도 뜻밖이라는 표정이었다. 그는 진민의 솜씨가 이렇게 좋을 줄은 생각도 못 했다. 흰 쌀죽마저 이렇게 맛있게 만들 수 있다니.

"반찬이 입에 맞는지 한번 맛보세요."

진민이 말했다.

고북월은 그녀의 체면을 잘 세워 주며 하나씩 다 맛을 보았다.

"진 의원의 솜씨가 아주 훌륭합니다. 앞으로 제게 먹을 복이 있겠군요."

진민이 웃으며 말했다.

"그럼 많이 드세요."

고북월은 그녀가 무슨 말을 더 할 줄 알았으나, 진민은 더 말하지 않고 조용히 밥만 먹었다.

식사 후 진민은 약욕을 준비하러 갔고, 고북월은 영자를 찾아갔다. 영자는 다섯 살이고 이제 중요한 시기가 되었으니 그가 직접 영자에게 무공을 가르쳐야 했다.

진민의 평소 가르침 때문일까, 아니면 매달 두 통의 서신으로 왕래했기 때문일까. 영자는 3년 넘게 아버지를 만나지 못했음에도 낯설어하지 않았다. 더욱이 고북월은 온화하고 참을성이 많았기에, 며칠 만에 두 사람은 금세 친부자지간처럼 격의없이 친밀한 사이가 되었다.

시간은 이렇게 흘러갔다.

고북월은 하루 세끼를 진민과 식사하고 오전에 한 시진 약욕하는 것 외에 다른 시간은 모두 영자에게 쏟았다.

진민은 직접 음식을 만들고 고북월을 위한 식이요법을 준비하는 것 외에 남은 시간은 모두 약욕과 침술에 쏟았다. 그녀는 고북월의 병세가 어려서부터 지금까지 어떻게 진행되었는지 등 그의 병세에 관해 자세히 물으면서 약욕과 침술을 결합한 방법을 찾아낼 수 있길 바랐다. 그녀는 식사 시간을 이용해 고북월과 토론했고, 그의 다른 시간은 전혀 방해하지 않았다.

고북월이 3년 동안 약욕을 했다는 사실에 대해 고북월은 다시 언급하지 않았고, 진민도 그냥 그렇게 오해해 버렸다.

가을이 될 무렵, 북쪽에서 몇 가지 좋은 소식이 들려왔다.

아금은 동오국에 마지막 남은 석두성石頭城을 함락하여 동오국 전체를 손에 넣었다. 또 변경 요새에 군대를 주둔시켜 목령아와 동오국에서 겨울을 보낸 후, 개선하여 남쪽으로 내려올 계획이었다!

한 가지 아쉬움은 아금이 동오국 최대 노예상 낙정을 잡지 못했다는 것이었다. 낙정 무리는 모두 현공대륙으로 도망쳤다.

작년 겨울 목령아가 아금에게 딸을 낳아 줬다는 소식도 빠질 수 없었다. 아금은 아주 제멋대로 자신 이름의 '금金'과 목령아 이름의 '령靈' 자를 써서 딸의 이름을 '금령金靈'으로 지었다.

한운석은 그걸 듣고 이렇게 말했다.

'목령아와 자기 사이에서 나온 딸인 걸 세상 사람들이 모를까 봐 저러나.'

그리하여 목령아는 '큰 령아', 아기 금령은 '작은 령아'로 불리게 되었다.

또 하나의 좋은 소식은 바로 도성 준공이었다. 조정 대신들은 많은 점술가를 추천하며 길일을 점쳐 그때 황제와 황후가 정식으로 도성에 입성하고 황궁에 들어갈 수 있기를 바랐다. 하지만 용비야는 직접 날짜를 골랐다. 바로 중추절이었다!

중추절까지 보름 넘게 남았던 어느 날, 고북월이 아침 식사를 마치고 진민에게 말했다.

"짐을 챙기십시오. 내일 우리는 북쪽으로 올라가 도성으로 돌아갑니다."

대진의 도성은 천녕국 도성 기초 위에 건설되었다. 옛 황궁 중에는 용비야가 어린 시절 살았던 장정궁長定宮만 남겨 두고 다른 것들은 대부분 무너뜨렸다.

장정궁은 남겨지기만 한 게 아니라 상당한 규모의 저택으로 증축되었다. 도성 건설 책임자인 당자진도 폐하가 왜 장정궁을 남겨 둔 것인지 알지 못했다.

연 공주가 태어나기 전에는 도성 백성들 사이에서 이 궁전은 폐하가 둘째 황자에게 주려는 것이라는 소문이 돌았다. 어쨌든 태자를 제외한 황자는 성년이 된 후 궁 안에 살 수 없었다.

하지만 연 공주가 태어나자 도성 백성들의 소문은 달라졌다. 다들 이 궁전은 폐하가 공주를 위해 미리 준비한 것이라며, 훗날 공주부가 될 것이라 떠들었다.

대진의 황궁은 진왕부의 옛터에서 확장하여 짓다 보니 새 황궁이 옛 황궁의 땅을 적잖이 차지했다. 남북으로 이어진 황궁은 남향으로 지어졌으며, 중간에 '영화문永和門'을 두고 둘로 나누어졌다. 영화문 북쪽은 '후궁後宮'이고 영화문 남쪽은 '외정外廷'이었다.

외정의 중심인 '천현전天玄殿'은 조정 회의가 이루어지고 국정을 처리하는 곳이었다. 천현전 양쪽으로는 국내 정무를 돌보는 내무부, 황실의 장서를 관리하는 문연각 등 각종 직무 기관이 있는데 태의원도 그중 하나였다.

후궁은 황실이 생활하고 거주하는 곳이었다. 진왕부 옛터가 바로 후궁으로, 원래 기초 위에 '운한궁雲閑宮'을 세웠다. 진왕부의 다른 곳은 모두 개조되었지만, 용비야와 한운석이 살았던 부용원은 기와 한 조각도 옮기지 않았다.

용비야의 침궁과 한운석의 운한각은 원래 모습 그대로였다. 한운석이 정원에 심은 그 독초들도 잘 살아 있었다.

후궁에는 운한궁 외에 궁전이 몇 개 더 있었지만 지금은 다 빈 곳이었다. 훗날 이 궁전들의 주인이 누가 될지에 관해 밖에 떠도는 말은 많았다. 하지만 똑똑한 사람들은 모두 이 궁전들이 비어 있을 것임을 알고 있었다.

초반에 용비야에게 후궁을 간택하여 황족 자손을 번성케 해야 한다고 간언한 사람이 있긴 했으나, 지난 2년 동안 감히 이 이야기를 다시 꺼낸 사람은 없었다. 전에 간언한 사람들 대부분 끝이 좋지 못했기 때문이었다.

더 똑똑한 사람들은 일찌감치 귀비 자리에 대한 생각은 접고 태자비와 부마 자리를 노리기 시작했다. 하지만 이 일은 폐하가 후궁을 들이게 하는 것보다 더 어려운 듯했다.

곧 다섯 살이 되는 태자 전하는 폐하와 황후마마의 가르침과 태부 고북월의 보좌를 받으며, 동갑내기 아이들보다 그 지혜가 훨씬 뛰어났다. 무엇보다도 부황의 성격을 이어받아 진중하고 과묵해서, 속내를 알 수 없음은 물론 대면했을 때도 말 한마디

걸기 힘들었다.

그래서 나랏일 걱정은 않고 황실에 대한 소문 떠들기를 좋아하는 도성 백성들은 또 새로운 추측을 내놓았다. 앞으로 이 태자 전하도 과거 진왕 전하가 그러했듯이 정해진 상대와 억지로 혼인해야 할 것이라며, 그렇지 않으면 어느 집안 아가씨도 그의 눈에 들지 못할 것이라고 떠들었다.

그리하여 고관대작과 문무 대신들은 '부마' 자리에 눈독을 들였다. 하지만 유감스럽게도 이들은 금방 포기해 버렸다.

폐하는 정말이지 어이없을 정도로 공주를 철저히 보호했다. 지금까지 공주의 실제 얼굴을 본 사람은 정말 손에 꼽을 정도였다!

그렇다면 태자비든 부마 간택이든 간에 최후의 결정권은 폐하에게 있었다. 다들 이리 뛰고 저리 뛰며 분주하게 다니다가 결국 폐하의 비위를 맞추는 것이 가장 쓸모 있음을 깨달았다.

후궁은 아주 컸지만 지금까지 네 명의 주인만 살고 있었다. 시중드는 궁녀와 공공도 많지 않고, 시위도 잘 보이지 않았다. 하지만 함부로 들어간 자에게는 죽음뿐이라는 사실은 누구나 알고 있었다.

도성은 외성과 내성 두 부분으로 나뉘었다. 내성에는 모두 고관대작과 고위 관료들만 살았다. 고칠소의 예왕부, 고북월의 태부부, 당리의 저택, 아금의 저택 모두 내성에 있었다. 외성에는 평민들이 살았다.

용비야와 한운석은 음력 8월 15일에 정식으로 황궁에 들어

갔다. 하지만 이들은 며칠 전에 미리 도성에 도착해 있었다. 입궁 전, 용비야와 한운석이 많은 전례典禮에 참석해야 했기 때문이었다.

8월 15일 당일 아침, 용비야는 천현전에서 첫 번째 조례를 주재했다. 조례 후, 그는 그날의 정무를 다 처리하고 바로 후궁으로 향했다. 황후마마와 함께 있기 위해서인지, 아니면 공주와 함께 있기 위해서인지, 그 서두르는 걸음의 목적은 황후마마만 알 듯했다.

고북월과 진민은 당일 오후에 도성에 도착했다. 진민과 영자 모두 깜짝 놀랐다. 태부부가 이렇게 큰 저택일 줄은 생각도 못 했다.

안에 들어온 후 그들은 또 한 번 놀랐다. 이 저택이 차지하는 면적은 아주 넓었으나 그 안에 원락은 큰 원락과 작은 원락, 두 개뿐이었다. 큰 원락은 생활하고 거주하는 곳이고, 작은 원락은 서재와 서적을 보관하는 곳이었다. 나머지 공간은 아무것도 없었다.

"두 사람은 쉬고 계시오. 나는 궁에 다녀오겠소."

고북월이 담담하게 말했다.

"저녁 식사는 편하게 하세요. 너무 늦지만 않으시면 돼요."

진민이 진지하게 말했다.

그녀는 도성에 오면 그의 휴가도 끝나고 바쁘게 지내야 함을 알고 있었다. 삼시 세끼를 먹으러 반드시 돌아오라고 하는 것은 적절치 못했다. 하지만 약욕은 중단할 수 없었다.

영주에서 이곳까지는 원래 열흘 전에 도착할 수 있는 거리였다. 하지만 그녀가 자신이 선택한 노정을 따라 움직여야 한다고 고집해, 매일 밤 객잔에서 묵었다. 그리하여 영자는 매일 한 끼 따뜻한 음식을 먹을 수 있었고, 고북월은 매일 밤 약욕을 할 수 있었다. 고북월은 반대하지 않고 그녀의 뜻을 따랐다.

예전에 비해 두 사람 간 깍듯하고 소원하던 분위기는 줄었지만, 그렇다고 친밀하지도 않았다. 그저 전보다 의사소통이 더 줄어들었다. 하지만 그녀가 말만 하면 고북월은 다 고개를 끄덕였다.

"알겠소."

고북월은 고개를 끄덕이고 가려다가 갑자기 고개를 돌려 오른쪽을 바라보았다. 곧 영자도 오른쪽 지붕 위의 움직임을 알아차렸다.

"아버지, 누가 있어요!"

영자가 낮게 말했다.

"가 보거라."

고북월의 말이 떨어지자마자 영자가 지붕 위로 휙 날아갔다. 최근 고북월이 직접 가르치면서 영자의 경공 실력이 아주 빠르게 늘었다.

영자의 재능이 뛰어나다는 것을 알고는 있었지만, 영자가 끊임없이 보여 주는 천부적 재능은 여전히 고북월을 놀라게 했다. 무엇보다 영자가 재능만 훌륭한 게 아니라 아주 부지런하여 자만하지 않는다는 점이 가장 기특했다.

영자가 쫓아가자 주변에 잠복해 있던 시위들도 사방에서 쫓아갔다. 하지만 고북월은 내내 진민 곁에 서서 움직이지 않았다.

영자의 모습이 지붕 한쪽으로 사라지자 진민은 걱정이 되었다.

"위험하지 않을까요?"

"안심하시오."

고북월이 진지하게 말했다. 저택 안이고, 이 정도 거리라면 누가 왔든지 그가 영자의 안전을 지킬 수 있었다.

영자는 어려서부터 무예를 연마했지만 다섯 살이 될 때까지 다른 사람과 겨뤄 본 적이 없었고, 사람의 사악한 마음은 더 알지 못했다. 고북월은 이미 내년에 영자를 강호로 보내 직접 경험을 쌓게 할 마음을 먹고 있었다.

곧 한 시위가 제자리로 돌아와 낮은 목소리로 보고했다.

"주인님, 태자 전하께서 오셨습니다."

'태자 전하'라는 칭호든, '용비야의 아들'이라는 신분이든, 모두 긴장감을 불러올 수 있었다.

그 아이는 너무도 존귀했다!

진민은 긴장했다. 자신이 아니라 영자 때문이었다. 영자가 태자 전하에게 폐를 끼칠까 봐 두려웠다.

갑자기 영자가 지붕 위로 모습을 드러내며 하늘로 솟아올랐다. 곧 검은 그림자 하나가 그를 쫓아갔다. 속도는 영자만큼 빠르지 못했지만, 그 기세는 사람의 눈길을 끌었다.

영자가 한쪽 지붕에 착지해 제대로 서기도 전에 검은 옷을 입은 아이가 쫓아와 역시 지붕 위에 착지했다.

영자가 입을 떼려는 순간, 검은 옷의 아이가 일장을 휘둘렀다. 강력한 장풍이 영자 앞으로 날아가 영자의 머리카락을 휘날렸다.

"영자!"

진민이 있는 자리에서는 검은 옷을 입은 아이의 뒷모습과 그가 손을 휘두르는 모습만 보일 뿐, 영자의 상황은 볼 수 없었다. 진민은 놀라서 심장이 멎는 듯했다.

그런데 이럴 수가, 영자가 고개를 기울이더니 검은 옷 아이 너머로 진민을 향해 미소 지었다.

"어머니, 무서워하지 마세요. 태자 전하께서 사정을 봐주셨습니다."

이 검은 옷의 아이는 물론 지금의 태자인 헌원예였다.

겨우 네 살 반밖에 안 되어 영자보다 반년 어린 나이임에도 키는 영자보다 컸다. 경공은 영자만 못했지만 무공은 훨씬 뛰어났다. 사실 그는 세 살부터 매년 외할아버지인 한진에게 가서 세 달 정도 무예를 배웠다. 지금까지 총 세 번 배웠는데, 그 역시 며칠 전에 풍명산 지하 궁전에서 돌아온 참이었다.

영자는 어머니에게 미소를 지은 후 곧 똑바로 서서 그럴듯한 자세로 손을 들고 읍을 하며 인사를 올렸다.

"고남신, 태자 전하를 뵙습니다."

"내가 누구인지 어떻게 알았지?"

헌원예가 물었다.

그는 방금 무예를 수련하다가 태부가 왔다는 소리를 듣고 옷도 갈아입지 않고 서둘러 왔다. 이 간편한 흑의 경장은 바로 수련 복장이었다.

"방금 옆에 있던 시위들이 모두 도망쳤기 때문입니다."

영자가 진지하게 대답했다.

헌원예는 위아래로 영자를 한 번 훑어본 후 칭찬했다.

"경공이 아주 훌륭하구나."

영자는 바로 또 읍을 하며 미소를 지었다.

"전하, 과찬이십니다."

헌원예는 눈썹을 치키고 의아한 눈빛으로 영자를 훑어보며 더 말하지 않았다. 영자는 당황하지 않고 궁금해하지도 않은 채, 태자 전하가 훑어보게 놔두었다. 미소를 띤 그는 동자승처럼 담담한 모습이었다.

지금 헌원예는 속으로 한 가지를 곰곰이 생각하고 있었다.

'이 녀석이 어떻게 입양한 아이일 수 있지? 고 태부와 성격이 저렇게 비슷한데!'

영자는 내내 웃고 있었다. 살며시 미소 짓는 그 모습은 따스하고도 아름다웠다.

도리어 불편해진 사람은 헌원예였다. 동갑내기 중에서 감히 이렇게 그의 주시하는 눈빛을 마주하며, 이토록 오래 그를 향해 미소 지을 수 있는 아이는 없었다. 결국 그가 먼저 영자의 시선을 피해 돌아섰다.

헌원예가 돌아서자 진민과 옆에 있던 작약, 유모 모두 깜짝 놀랐다.

마치 천상에서 내려온 사람 같은 얼굴이었다!

절반은 폐하를 닮았지만 자신만의 예리함과 풍채, 고귀함이 있었다. 겨우 네 살 넘은 나이라 아직 앳된 모습이 남아 있지만, 미간에 드리워진 뛰어난 재기를 볼 수 있었다. 또 그 새까만 눈동자에는 타고난 냉담함과 신비로움을 머금고 있어, 보는 사람으로 하여금 시간과 세월을 뛰어넘어 어른이 된 그의 모습은 어떨지, 그 눈동자가 얼마나 깊고 얼마나 매력적일지 알고 싶게 만들었다.

헌원예는 지붕에서 날아 내려와 고북월 앞에 착지한 후 공손하게 그를 향해 읍을 했다.

"태부님."

신분으로 따지면 헌원예가 주인이요, 고북월이 신하였다. 그러나 태부로서 고북월은 헌원예의 스승이니 고북월도 이런 인사는 받을 수 있었다. 대진의 태자인 헌원예가 이토록 기꺼운 마음으로 공손히 인사하는 것은 아주 드문 일이었다.

"전하."

고북월도 읍을 했다.

과거에 폐하께 올렸던 이 '전하'라는 호칭을 이제는 어린 주인에게 올렸다.

두 사람 모두 일어나자, 진민이 인사를 올리려 했다. 그런데 헌원예가 그녀를 돌아보며 마찬가지로 읍을 했다.

"진 부인."

진민은 태부의 지어미요, 스승의 지어미이니 진지하게 따지면 사모인 셈이었다.

헌원예의 이 인사는 아주 공손하진 않지만 그렇다고 겉치레도 아니었다. 인사는 했지만 여전히 도도하고 존귀한 느낌을 주었다.

지금 이 인사는 교양의 표현이었다.

진민이 황급히 답례를 올렸다. 태자라는 신분 때문일까, 다섯 살도 안 된 아이 앞에서 그녀는 그를 아이처럼 대할 수 없었다.

사람이 너무 많아서인지, 아니면 예아가 자랐기 때문인지, 어린 시절 그토록 고북월과 가까이 지내며 친밀하게 굴던 아이가 지금은 전혀 달라붙지 않았다.

그가 말했다.

"부황과 모후께서 태부님 가족이 돌아온 것을 아시고, 저녁에 궁에서 환영 연회를 준비하셨습니다."

"폐하와 황후마마께 소신의 감사 인사를 전해 주십시오."

고북월이 진지하게 말했다.

예아는 잠시 망설이다가 옆에 있는 영자를 흘끗 보며 물었다.

"태부님, 저 어린아이를…… 좀 빌려도 될까요?"

저 어린아이?

영자보다 자신이 더 어리건만!

뭘 하려는 것일까?

진민은 또 긴장되었다. 영자는 태자가 자기 이야기를 하는 것을 들은 듯, 막막한 얼굴로 착지했다.

"전하, 무슨 일로 영자가 필요하십니까?"

고북월이 물었다.

"데리고 수련하고 싶습니다. 저 아이가 달리면 내가 쫓아가고, 내가 달리면 저 아이가 쫓아오고요!"

예아가 진지하게 말했다.

진민은 그제야 조마조마하던 마음을 내려놓을 수 있었다. 동시에 태자 전하가 고북월을 대할 때 깍듯이 대하는 것처럼 보이지만 실은 아주 친근함을 깨달았다. 그렇지 않다면 이렇게 의논하는 어조일 리 없었다.

고북월은 태자를 대할 때 아주 예의를 갖추는 것처럼 보이지만, 그 역시 실은 아주 친근하게 굴었다. 그는 태자를 작은 주인이면서도 어린아이로 대하는 게 분명했다.

그는 영자에게 강하게 명령하지 않고 부드럽게 물어보았다.

"영자, 전하를 모시고 수련하고 싶으냐?"

영자는 입을 벌리며 웃었다.

"예."

"전하, 영자가 경공은 훌륭하나 무예는 그리 뛰어나지 못……."

고북월의 말이 끝나기도 전에 예아가 말을 잘랐다.

"안심하세요. 다치게 하지 않겠습니다!"

영자는 그저 행복하게 웃기만 했다. 태자가 뒤돌아 가자, 그는 얼른 아버지를 잡아당겨 귀에 대고 말했다.

"아버지, 안심하세요. 방금 태자 전하께 양보해 드린 것이지, 더 빠르게 달릴 수 있어요. 앞으로 전하를 지켜 드려야 하니, 전하께서 따라잡지 못하게 해야지요."

고북월은 뜻밖이었지만, 그래도 조그만 머리를 어루만지며 부드럽게 말했다.

"가거라."

두 아이가 멀어지자 그제야 진민이 입을 뗐다.

"고 태부, 며칠 전 영자가 제게 영족의 수호가 무슨 뜻인지 묻더군요. 전 영자에게 이미 말씀해 주신 줄 알았어요."

영족의 수호는 누구나 알고 있었다. 그것은 목숨을 다해 주인을 지키는 것이었다.

그녀는 줄곧 고북월이 영자에게 직접 경공을 가르치기 전에 모든 것을 말하고, 영자에게 그가 맡은 중임을 잇게 할 것으로 생각하고 있었다.

하지만 고북월은 지금까지 말해 주지 않았다.

진작 했어야 하는 이야기를 왜 지금까지 하지 않았을까?

그도 차마 그럴 수 없었던 것일까?

진민이 담담하게 말했다.

"제가 영자에게 말해 주었어요. 영족의 사명은 황족을 지키는 것이라고요……. 맞지요?"

"그렇소."

고북월은 고개를 끄덕이고 더 설명하지 않았다. 진민도 이 일을 더 이야기하지 않았다.

고북월은 원래 입궁하여 폐하를 찾아가 보고할 생각이었으나, 저녁에 연회가 있다는 이야기를 듣자 저택에 남아 있었다.

진민은 하인들에게 약탕을 끓이게 하여 고북월이 약욕을 하게 했다. 그녀는 작약을 데리고 저택을 한 바퀴 돌아본 후 여러 종류의 화초 씨앗 목록을 작성하여 작약에게 사 오게 했다. 이 커다란 원락을 이렇게 묵히기는 너무 아까우니 당연히 잘 이용해야 했다.

그날 밤, 영자는 예아와 함께 미리 궁으로 들어갔고, 고북월과 진민은 따로 입궁했다.

음력 8월 15일 중추절은 가족이 다 모여 달을 감상하며 술을 마시고 시를 짓는 명절이었다. 도성의 집집이 아주 시끌벅적했다.

진민이 마차에서 내려 고개를 들어 보니 하늘에 뜬 밝은 달이 보였다. 휘영청 밝은 달이 어찌나 환하게 빛나는지, 세상 모든 밤길을 밝히기에 충분했다.

하지만 그 환한 빛이 별빛을 가려 버리니, 달은 고독할 수밖에 없는 운명이었다.

"고 태부, 음력 8월 15일에는 별을 볼 수 없다는 걸 아시나요."

진민은 자신도 모르게 중얼거렸다. 그녀는 지금까지도 고북월의 생일이 음력 8월 15일이라는 것을 몰랐고, 고북월의 진짜 이름이 고월孤月인 것은 더더욱 몰랐다.

고북월은 고개 들어 한 번 바라본 후 다른 말은 하지 않고 그저 담담하게 말했다.

"갑시다. 폐하와 황후마마를 오래 기다리시게 할 수는 없소."

그를 따라서 궁 안으로 깊이 들어가던 중 그녀는 이렇게 말했다.

"하지만 그래도 15일, 16일 이틀만 보름달이라 다행이지요.

달은 차면 기울기 마련이니, 별도 눈부시게 빛날 수 있겠지요."

고북월은 그저 '그렇소'라고만 말할 뿐 고개를 숙인 채 길을 안내하는 궁녀를 따라 빠르게 걸었다.

중추절 연회는 어서방의 정자에서 열렸다. 고북월과 진민이 도착했을 때, 용비야와 한운석 모두 기다리고 있었다. 태자 전하와 영자는 물론 연 공주도 보이지 않았다.

부부 두 사람만 그곳에 있는데 무슨 이야기를 하는지 한운석은 이야기를 하면서 웃었고, 용비야도 얼굴에 미소를 띠고 있었다.

도착하자마자 고북월이 인사를 올리려는데 한운석이 먼저 막았다.

"고북월, 이 식사는 중추절 가족 연회예요. 그렇게 거창하게 예의를 갖출 생각이라면 진민은 남겨 두고 혼자 출궁하세요. 진민, 앉아요."

고북월의 허락 없이는 진민도 예의에 어긋나게 굴 수 없었다.

"폐하, 황후마마, 감사드립니다."

고북월은 그래도 읍을 했다. 이 습관은 고칠 수 없는 것인지, 아니면 고칠 생각이 없는 것인지 알 수 없었다. 진민도 당연히 그를 따라 감사 인사를 올렸다.

한운석은 고북월에게 눈을 흘겼고, 용비야는 그저 그를 흘끔 보기만 하고는 고개를 돌려 궁녀에게 낮은 목소리로 물었다.

"공주는 깨어났느냐?"

"아직 깨어나지 않으셨습니다. 조 할멈이 지키고 있습니다. 조 할멈에게 공주께서 깨어나시면 바로 안고 오라고 일러 두었습니다."

궁녀가 낮은 목소리로 말했다.

"바깥에 바람이 많이 분다. 조 할멈에게 공주가 한기 들지 않게 옷을 많이 입히라고 해라."

용비야가 진지하게 말했다.

"예."

궁녀가 나가려는데 용비야가 또 한마디 덧붙였다.

"공주는 지금 이때쯤 죽 먹는 것을 좋아하는데, 준비되었느냐?"

"준비되었습니다. 생선죽으로 준비하였습니다."

궁녀가 대답했다.

용비야는 또 사소한 몇 가지 일을 더 물어본 후에야 궁녀를 보냈다.

용비야는 아주 작은 목소리로 말했고 궁녀도 아주 작게 대답했지만, 그 자리에 있는 사람의 귀에는 다 들렸다.

진민은 아주 뜻밖이었다. 폐하가 딸을 좋아하는 것은 알았지만, 그래도 이 정도로 아낄 줄은 몰랐다. 사소한 부분에 이르기까지 모든 일에 다 마음을 쓸 줄이야.

진민은 자신도 모르게 한운석을 바라보았다. 고개를 푹 숙이고 있는 한운석은 아주 낙심한 듯 보였다.

고북월은 전혀 뜻밖이 아닌 듯 웃으며 말했다.

"폐하, 공주마마께서는 잘 지내십니까?"

예아가 어렸을 때 그런 일이 있은 후, 공주에 대해 용비야는 내내 주의를 기울였고 고북월과 몇 번이나 이야기를 나누었다.

공주는 이제 두 살 정도 되었다. 태어날 때 수많은 새가 궁중에 몰려든 기이한 현상 빼고는 모든 것이 정상이었다.

한진도 수많은 새가 궁중에 날아든 소식을 듣고 아주 의외라고 생각했다. 아마도 봉황력과 관련이 있을 거라고 추측했지만, 그저 추측일 뿐이었다. 어쨌든 한진은 봉황력에 대해 완벽하게 알지 못했다.

한운석은 예아를 낳고도 쉬지 않았고 내내 수련을 멈추지 않았다. 공주를 임신했을 때 그녀의 몸속 봉황력은 모두 발현되었고, 그 힘을 통제할 수 있었다.

이들은 공주의 몸에서 어떤 힘도 발견하지 못했기에, 한운석이 출산할 때 몸속 봉황력이 통제되지 못하고 모두 표출되면서 수많은 새를 불러들였다고 생각했다.

물론 용비야의 공주를 향한 총애는 수많은 새가 몰려든 기이한 현상 때문만은 아니었다. 공주가 지극히 평범했어도 그는 손안의 보물처럼 아꼈을 것이었다. 그가 얼마나 오랫동안 딸을 바라 왔는지는 하늘만이 알 일이었다.

평소 아주 엄숙한 사람이 딸 이야기가 나오자 바로 입가에 미소를 띠며 대답했다.

"잘 지낸다."

고북월과 용비야는 대화를 하다가 곧 공무에 관해 이야기하기 시작했다. 한운석은 진민을 붙들고 한담을 나누다가 낮은 목소리로 고북월이 순순히 몸조리를 하는지 물어보았다.

대화하던 중 진민은 고북월이 도성을 떠난 것은 한운석이 쫓아 보냈기 때문임을 알게 되었다.

"예, 아주 잘하고 있습니다. 요즘에는 안색이 많이 좋아졌습니다."

진민이 낮은 목소리로 대답했다. 그녀가 계속 자세히 물어보았다면 고북월이 실은 일찌감치 영주에 와 있었다는 것을 알 수 있었을 테지만, 안타깝게도 그녀는 더 묻지 않았다.

음식이 계속 올라오자 한운석은 서동림을 불러 말했다.

"가서 예아와 영자를 데려오너라. 온종일 뛰어다녔으니, 이제 식사해야지!"

예아와 영자가 돌아오기 전에 공주가 먼저 도착했다.

아주 조심스레 걸어오는 공주는 작은 인형을 안고 있었고, 보라색 여우 털 장포를 꽁꽁 두르고 두건까지 눌러쓰고 있었다.

얼굴이 안 보이는 것은 물론, 안고 있는 인형이 남자 인형인지 여자 인형인지도 알아볼 수 없었다.

한운석은 고개를 숙인 채 보는 것도 귀찮아했다. 고북월과 진민은 모두 궁금한 눈빛으로 바라보았다. 두 사람 모두 아주 의아했다. 이제 겨우 중추절이니 이렇게 꽁꽁 싸맬 필요는 없을 텐데?

조 할멈은 공주를 황제의 품에 안겨 드린 후 웃으며 물러갔다.

용비야는 딸을 안고 웃으며 말했다.

"연아, 태부와 진 부인이 오셨다, 보거라."

아기는 꼼짝도 하지 않았고 소리도 내지 않았다.

용비야는 입가에 미소를 띤 채 겨드랑이를 간지럽혔다. 그런데 아기는 여전히 전혀 움직이지 않았다.

그러자 용비야도 깜짝 놀랐다.

용비야가 여우 털로 된 커다란 두건을 벗기자 공주는 두 눈을 꼭 감고 있었다. 마치 의식을 잃은 듯했다.

"연아!"

깜짝 놀란 용비야는 순간 당황하기까지 했다.

고북월과 진민은 거의 동시에 일어나 쏜살같이 달려갔지만, 진민이 곧 비켜 주었다. 고북월이 다급하게 공주의 맥을 짚었다. 하지만 맥을 짚자마자 고북월은 바로 눈살을 찌푸렸다.

"어찌 된 일이냐?"

용비야는 다급한 마음에 얼굴이 하얗게 질려서, 한운석이 옆에 앉아서 아주 한가하게 국을 마시고 있는 것도 알아차리지 못했다.

"맥상은 정상입니다. 어찌 이런 일이?"

고북월도 순간 원인을 말할 수 없었다. 그는 공주의 맥을 짚으면서 진지하게 고민했다.

그런데 공주가 갑자기 입을 떼며 진지하게 물었다.

"고 의원, 내 맥상을 보니 내가 숨 막혀 죽을 것 같지 않나요?"

공주는 일찍부터 말을 배우기 시작해 두 살인데도 발음이 분명했고, 맑고 낭랑한 목소리에는 앳된 느낌도 있었다. 이 목소리로 진지하게 농담을 던지니, 아주 장난꾸러기 같은 느낌이었다.

고북월은 순간 멍해져서 자세히 들여다보았다. 그제야 공주가 두꺼운 솜저고리를 입고 있는 것을 발견하고는 별안간 소리내어 웃었다.

진민도 곧 어찌 된 상황인지 알고는 픕 하고 웃음을 터뜨렸다. 그녀는 공주의 얼굴을 자세히 들여다보았다. 옥으로 빚은 인형처럼 정교한 생김새에 하얗고 보드라운 피부를 가진 공주는 정말 귀엽고 아름다웠다. 눈을 꼭 감고 있는 모습을 보고 있자니, 건드리면 깨질 것만 같아 차마 손도 댈 수 없었다.

용비야는 그제야 자신이 너무 쉽게 딸의 놀림감이 되었음을 깨달았다. 그는 아직도 눈을 뜨지 않는 딸을 보면서, 웃기면서도 화가 나 정말 말 그대로 울 수도 웃을 수도 없었다.

그는 한운석을 정말 어찌하지 못할 때가 많았다.

하지만 딸에게는 어찌할 수 있으면서도 기꺼이 속수무책이 될 때가 많았다.

"고 의원, 부탁이니 내게 약을 지어 주세요. 안 그러면 깨어나지 못할 것 같아요."

공주가 또 진지하게 말했다.

고북월이 웃으며 물었다.

"공주마마, 어떤 약이 필요하십니까?"

"부황을 설득할 수 있는 약이 필요해요. 나를 만두처럼 싸매지 않고, 나를 만두로 생각하지 않게 하는 약이요."

공주는 말하면서 커다란 눈을 번쩍 뜨고는 아주 불쌍하게 용
비야를 바라봤다.

　"부황, 저 또 땀띠가 났다고요!"

북월편 **화나 죽겠네**

도성은 운공대륙 중남부에 자리 잡고 있었다. 중추절이 되면 날이 서늘해지긴 하지만, 그래도 솜저고리를 입을 정도는 아니었다. 연 공주는 솜저고리에다가 여우 털 장포까지 두르고 있으니, 땀띠가 나지 않는 게 도리어 이상했다!

용비야가 이토록 연 공주가 한기 드는 것을 염려하는 까닭은 연 공주가 한 살 때 너무 얇게 입었다 한기가 들어 심한 풍한을 앓은 적이 있기 때문이었다.

그때 연 공주는 태어나서 처음으로 약을 먹었다. 약을 먹을 때마다 억지로 부어 넣어 몇 번이나 사레가 들렸다. 게다가 임 넷째 소저가 아주 신중하게 약을 처방해서 낫는 속도는 느렸고 약 먹는 기간도 길었다.

그 기간에 용비야는 괴로워서 미칠 것 같았다. 처음 임 넷째 소저와 조 할멈이 연 공주에게 약을 먹였을 때는 용비야도 옆에서 지켜보았다. 하지만 나중에 몇 번은 그도 차마 볼 수 없어 아예 문밖에서 기다렸다.

오히려 그가 자리에 없으니 임 넷째 소저와 조 할멈은 거리낌이 없어지고 약을 훨씬 재빠르게 부어 넣을 수 있어 다시는 사레드는 일은 벌어지지 않았다.

그 후 용비야는 귀한 딸이 또 한기가 들까 봐 아주 걱정했다.

그의 최대 관심은 바로 연 공주가 따뜻하게 입었는가 하는 부분이었다. 다시 말해 연 공주는 이미 몇 번이나 땀띠가 났단 소리였다.

임 넷째 소저, 조 할멈을 비롯하여 경험 많은 유모들이 연 공주 곁에 있었다. 이치대로라면 그녀들이 용비야를 설득할 수 있어야 하나, 안타깝게도 다들 감히 많은 말을 할 수 없었다.

임 넷째 소저 말에 따르면 어린아이가 풍한에 걸리는 것은 자주 있는 일이었다. 그러나 그녀들이 쓸데없이 말했다가 연 공주가 또 풍한에 걸리면, 폐하의 질책을 감당할 수 없었다.

궁 밖에 있는 사람은 폐하가 얼마나 공주를 아끼는지 잘 모를 수 있었지만, 온종일 시중드는 그녀들은 아주 잘 알고 있었다. 그래서 조 할멈은 황후마마를 찾아가 상황을 설명했고, 황후마마께 폐하를 설득해 달라고 부탁했다.

조 할멈은 이렇게 말했다.

'황후마마, 폐하는 마마의 말씀을 가장 잘 들으시니, 마마께서 폐하를 말려 주십시오. 계속 이리 갑갑하게 있으시면 땀띠가 날 겁니다.'

한운석이 말했다.

'폐하는 공주의 말을 가장 잘 듣네. 땀띠가 몇 번 나면 공주 스스로 반항할 걸세.'

아니나 다를까, 연 공주는 오늘 밤 고북월 앞에서 반항했다!

좀 전에 용비야가 간지럽혀도 연아가 아무 반응이 없자 한운석은 연아가 일부러 그러는 것을 알아채고는 아예 상관도 하지 않았다.

연아가 땀띠 났다는 소리를 듣자 용비야는 초조해졌다.

"어디에 났느냐?"

"배요!"

연아는 말하면서 옷을 들어 올리려 했다.

용비야의 얼굴이 어두워졌다. 그는 연아에게 몇 번이나 함부로 옷을 들추거나 소매를 걷으면 안 된다고 말해 주었다. 하지만 아직 너무 어린 연아는 잊어버리기 일쑤였다. 놀다 보면 버선을 벗어 던지거나 소매를 아주 높이 걷어 올리곤 했다.

용비야는 얼른 연아의 손을 잡고 사람을 시켜 임 넷째 소저를 불러오게 했다.

"진민이 있는 걸요, 임 넷째 소저를 부를 필요 없어요."

한운석이 입을 뗐다.

그녀가 연아를 안고 약을 바르러 가려 했지만, 연아가 허락하지 않고 진지하게 말했다.

"모후, 고 의원에게 해야 할 아주 중요한 말이 있어요. 땀띠보다 더 중요해요."

"그럼 어서 말하렴, 말하고 나서 약을 바르러 가자."

한운석이 대답했다.

용비야는 아주 궁금했다. 그런데 연아의 입에서 나온 말은 이것이었다.

"고 의원, 지금 당장 부황을 설득해 주세요. 내가 풍한에 걸릴까 계속 걱정하지 마시라고요. 난 그렇게 약하지 않아요! 오라버니도 날 비웃어요."

연아는 손도 내밀며 말했다.

"고 의원, 아니면 나를 진맥해 주세요. 임 넷째 소저는 내가 아주 건강하다며, 쉽게 병이 나지 않는다고 했어요."

그렇게 연아는 부황의 품속에 있으면서 부황을 완전히 무시한 채 쉬지 않고 고북월에게 말했다.

용비야는 거북하고 또 거북했다.

한운석은 자리로 돌아가 여유롭게 국만 마셨다. 가끔 눈을 들어 용비야의 거북한 표정을 보고는 소리 없이 웃으며 아주 즐거워했다.

연아, 이 장난꾸러기! 정말 똑똑하구나. 하소연하려면 고북월을 붙들어야 한다는 것도 알다니.

고북월은 시종일관 미소를 지은 채 진지하게 들어 주었다.

옆에 있던 진민은 정말 궁금했다. 용비야는 말 한마디를 천금같이 여길 정도로 과묵했고, 한운석도 말이 많은 사람이 아니었다. 그런데 어떻게 이런 수다쟁이 딸을 낳았을까? 당문의 그 대소저와 견줄 만했다.

하지만 연 공주의 앳된 목소리는 아주 듣기 좋았다. 말을 할 때 애어른처럼 쉬엄쉬엄 말해서, 아무리 많이 말해도 짜증 나지 않았다.

연아가 하소연하는 사이 예아와 영자는 언제 왔는지 이미 소리 없이 정자 지붕에 내려와 있었다. 두 사람은 머리를 맞대고 지붕 위에 엎드려서 유리로 된 부분을 통해 아래쪽을 내려다보았다.

물론 예아는 시종일관 귀를 틀어막고 있었다.

그의 누이동생이 말을 할 줄 알게 된 순간부터, 당홍두는 더이상 그가 가장 무서워하는 존재가 아니었다. 누이동생이 최고였다!

영자는 도리어 연 공주가 하는 말을 주의 깊게 듣고 있었다. 한 글자도 빼놓지 않고 들으면서 웃었다.

한참 들은 후에 영자가 물었다.

"전하, 공주도 제가 지켜 드려야 할 분이 맞지요?"

예아가 고개를 들었다. 영자가 아직 엎드려 있는 것을 본 그는 영자의 머리를 들어 올리며 물었다.

"공주'도'? 또 누굴 지켜야 하지?"

영자가 헤헤 웃으며 말했다.

"전하를……."

예아는 바로 그의 머리를 놓고 일어나 오만한 태도로 영자를 흘기며 물었다.

"네가 나를 지킨다고?"

영자는 얼른 일어나 진지하게 말했다.

"그렇습니다! 영족의 사명은 바로 황족을 지켜 드리는 것입니다."

예아가 코웃음을 치며 말했다.

"도망칠 줄만 아는 네가 어떻게 나를 지킨단 말이야?"

영자가 정색하고 말했다.

"전하, 저는 전하를 모시고 도망칠 수 있습니다."

그 말에 바로 쓰러져 버린 예아는 하마터면 지붕에서 굴러 떨어질 뻔했다.

그는 일어난 후 한 손가락을 영자의 이마에 갖다 대며 또박또박 말했다.

"고남신, 누구에게도 내가 널 안다고 말하지 마라!"

그는 말을 마친 후 계속 지붕 위에 엎드려 있었다.

영자가 나직이 말했다.

"전하, 모든 사람이 우리가 아는 사이인 것을 알고 있습니다."

태부부에서 나온 두 사람은 어디에도 가지 않고 바로 궁으로 들어왔다. 오후 내내 두 사람은 궁 안에서 쫓고 쫓기며 돌아다녔다. 그가 전하를 쫓아가거나, 전하가 그를 쫓아왔다. 이들은 오후 내내 황궁 곳곳을 뛰어다녔다.

궁 안에 있는 모든 하인, 호위병, 보이지 않게 숨어 있는 비밀 시위까지 다 그가 고 태부의 아들이요, 전하의 수련 상대인 것을 알고 있었다.

게다가 전하가 직접 서동림에게 말하기까지 했다. 그것도 아주 패기 넘치게 이렇게 말했다.

'서 시위, 모두에게 알려라. 이 녀석은 앞으로 본 태자 사람이니, 이 녀석 길을 막는 사람은 바로 본 태자의 길을 막는 것이라고.'

예아는 고개를 들고 진지하게 물었다.

"고남신, 도망치는 게 무슨 능력이냐?"

영자도 엎드리며 진지하게 말했다.

"전하, 목숨을 지키면서도 다른 사람을 해치지 않으니 아주 큰 능력이지요."

예아가 또 물었다.

"적을 상대하지 못하는데 그게 무슨 소용이지?"

영자가 얼른 말했다.

"적이 화나서 죽을 지경이 되게 할 수 있지요! 전하도 오후 내내 저를 잡지 못해서 화나지 않으셨습니까?"

예아는 다시는 영자와 이야기하고 싶지 않아서 지붕에 머리를 박았다. 이 녀석은 도망칠 필요 없이 몇 마디 말로 상대를 화나 죽을 지경으로 만들 수 있었다.

영자는 미소를 지으면서 계속해서 머리를 파묻고 아래쪽을 내려다보았다.

꼬맹이는 한쪽에서 몸을 웅크린 채 느긋하게 두 사람을 보고 있었다. 꼬맹이도 예아처럼 공주가 무서웠다. 공주가 녀석을 안을 수 있게 된 순간부터, 태자 전하는 더는 가장 무서운 존재가 아니었다.

어린 태자는 기껏해야 꼬맹이를 쫓아다니며 자꾸 변신하게 만들기만 했다. 그런데 공주는…… 고양이를 길렀다!

꼬맹이는 호랑이도 무섭지 않았지만, 고양이는 너무 무서웠다. 공주가 한 손에 고양이를 안은 채 다른 한 손을 까딱이며 꼬맹이에게 오라고 할 때, 꼬맹이는 자꾸만 자신이 정말 쥐가 된 것 같은 착각이 들었다.

꼬맹이는 공자와 함께 운공대륙 전체를 돌아다녔다. 나중에 의약 개혁이 끝나자 공자는 운녕에 돌아온 지 며칠 되지 않아서 갑자기 사라졌고, 꼬맹이는 어디서도 그를 찾을 수 없었다. 꼬맹이는 또 공주에게 붙들려 내내 운녕에 머무르다가, 나중에 운석 엄마 일행을 따라 함께 도성으로 돌아왔다.

오늘 밤 드디어 공자를 만나게 되었다.

꼬맹이는 조용히 기다리고 있었다. 저녁 연회가 끝나면 몰래 공자와 함께 집으로 돌아가야지.

정자 안에서는 연아가 막 하소연을 마쳤다.

용비야는 거북해하면서도 딸이 내내 말하게 내버려 두었다. 그는 본디 말하는 것을 싫어했고, 수다쟁이도 싫어했다. 하지만 딸이 쉴 새 없이 말하는 소리를 듣는 것은 아주 좋아했다.

거북한 것도 잠시였다. 계속 이야기를 듣던 그는 거북하지 않고 도리어 웃음이 나왔다. 용비야는 결국 연아의 땀띠가 걱정스러워 연아의 말을 잘랐다.

"알았다, 알았어. 부황이 앞으로 옷을 그렇게 많이 입히지 않으마, 그럼 되겠느냐? 어서 가서 약을 바르거라."

"손가락 걸고 약속해요!"

연아가 진지하게 말했다.

용비야는 전혀 망설이지 않고 새끼손가락을 내밀었다. 그런데 연아가 이렇게 말했다.

"부황, 고 의원과 손가락을 걸어 주세요."

진민은 바로 입을 틀어막았다. 안 그랬으면 방금 마신 국을 뿜을 뻔했다. 용비야의 표정은 굳어졌고, 고북월의 웃는 얼굴도 딱딱해졌다.

한운석만 별 반응이 없었다. 딸이 어떤 성격이고 무슨 생각을 하는지, 그녀는 용비야보다 더 꿰뚫어 보고 있었다.

"어째서냐?"

용비야는 울 수도 웃을 수도 없었다.

연아는 정색을 하고 대답했다.

"어른과 아이가 손가락 걸고 하는 약속은 다 거짓말이에요. 어른과 어른이 손가락을 걸면 계약이니 어길 수 없지요."

용비야는 잠시 생각했다가 말했다.

"네 모후와 손가락을 걸면 되겠느냐?"

연아는 고개를 저으며 다시 말했다.

"남자와 여자가 손가락을 걸고 하는 약속도 다 거짓말이에요. 남자와 남자가 손가락을 걸면 사나이의 약속이니 쉽게 어길 수 없어요."

그 말에 한운석은 입 안의 국물을 뿜어 버렸다.

딸이 이런 말을 할 줄이야. 그녀는 정말 생각도 못 했다. 이 아이는 고작 두 살인데!

"누가 가르쳐 준 거지?"

한운석이 물었다.

연아는 아주 엄숙하게 말했다.

"모후, 저는 사부를 배신할 수 없어요."

한운석이 계속 물어보려는데, 연아가 부황을 재촉했다.

"부황, 전 부황이 거짓말하실 줄 알았어요."

용비야는 정말 어쩔 도리가 없었다! 그는 고북월을 보았고, 고북월도 어쩔 도리가 없다는 듯 고개를 저었다.

결국 고북월이 먼저 새끼손가락을 내밀었고, 용비야도 새끼손가락을 내밀었다. 두 사람은 닿자마자 바로 떨어졌다.

연아는 아주 만족해하며, 모후가 그녀를 안으러 오기도 전에 스스로 부황의 품에서 미끄러지듯 내려와 나는 듯이 옆에 있는 방으로 달려갔다.

가려워 죽는 줄 알았네!

방 안으로 쫓아 들어온 한운석과 진민은 눈앞에 벌어진 광경을 보고 웃음을 터뜨렸다. 연아는 기둥에 등을 대고 온 힘을 다해 긁고 있었다.

한운석은 그녀를 안고 침상에 데려가서 옷을 들춰 보았다. 등에 조그맣게 붉은 발진이 보였다.

진민이 보고 말했다.

"황후마마, 별일 아닙니다. 전에 바르셨던 약을 아직 갖고 계십니까?"

조 할멈은 일찌감치 약을 갖고 쫓아왔다. 경험 있는 사람은 이것이 모두 사소한 일임을 알고 있었다. 용비야만 지나치게 반응하며 의원을 부르려 했다.

한운석이 진민을 데리고 들어온 것도 용비야를 안심시키기 위해서일 뿐이었다.

진민은 그 약 냄새를 맡으며 말했다.

"황후마마, 이것은 차유茶油로군요."

"그래요, 전에 임 넷째 소저가 준 것이에요."

한운석이 대답했다.

진민이 작은 약병 하나를 꺼내 웃으며 말했다.

"황후마마, 이것은 야자유椰子油입니다. 차유보다 효과가 좋고 향도 좋으니, 이것을 바르시지요."

한운석도 물론 야자유를 알고 있었다. 그녀는 아주 의아해하며 말했다.

"이건 어디서 났죠?"

"남쪽에서 가져왔습니다. 제가 강남에 있을 때 얻은 것입니다. 어린아이는 피부가 약해 붉은 발진이나 습진이 생기기 쉽지요. 영자도 더위에 약해서 제가 늘 가지고 다닙니다."

진민은 설명하면서 직접 연아에게 발라 주었다. 마치 안마하는 것 같은 손놀림에 연아는 편안함을 느끼며 잠잠해졌다. 진민은 아래쪽으로 바르다가 무심결에 연아의 등 뒤 꼬리뼈 쪽에 있는 봉황 깃털 모양의 모반을 발견했다.

"정말 아름다운 모반이군요!"

진민은 절로 감탄이 흘러나왔다. 그녀는 정말 이렇게 아름다운 모양의 모반을 본 적이 없었다.

"황족의 딸에게 다 있는 거예요."

한운석은 '서진 황족'이라고 하지 않고 바로 '황족'이라고 말했다. 봉황 깃털 모양의 모반은 백언청이 사람들에게 공개했을 때부터 더는 비밀이 아니었다. 그저 진민이 천하 일에 관심이 없어서 모르는 것뿐이었다.

야자유를 바르고 나니 시원한 느낌에 아주 편안해진 연아는 모후 몸 위에 엎드려 움직이려 하지 않았다.

"연아, 방금 그 말은 조 할멈이 가르쳐 준 거지?"

한운석이 진지하게 물었다.

연아가 고개를 들어 그녀를 바라보며 입을 삐죽 내밀었다.

"모후, 모르는 척해 주시면 안 돼요?"

한운석은 즐거워하며 말했다.

"그럼 모후에게 무슨 이득이 있지?"

연아는 잠시 생각했다가 진지하게 말했다.

"밤에 아버지에게 붙어 있지 않고, 아버지와 어머니가 동생을 낳을 수 있게 해 드릴게요."

그 말에 진민의 얼굴이 붉어졌고, 한운석의 얼굴은 더 붉어졌다. 그녀가 노한 목소리로 말했다.

"그것도 조 할멈이 말해 준 거니?"

연아는 무의식적으로 고개를 끄덕이다가 바로 멈추더니 과감하게 고개를 저었다.

"아니에요!"

"그럼 누가 말해 줬어?"

한운석이 또 물었다.

연아는 모후가 이렇게 쳐다보는 것이 너무 억울했다. 이것이 야릇한 화제인지 그녀가 어찌 알겠는가. 모후가 왜 갑자기 사나워진 것인지 도무지 알 수가 없었다.

연아는 잠시 생각했다가 아주 불쌍한 말투로 말했다.

"모후, 모르는 척해 주시면 안 돼요? 다른 이득을 드릴 수도 있어요."

"어떤 이득?"

한운석이 계속 물었다.

"낮에도 아버지 옆에 붙어 있지 않을게요. 조 할멈은 낮에도 아버지가 모후와 함께 동생을 낳아 줄 수 있다고 했어요."

그 말에 한운석은 얼굴뿐 아니라 목까지 벌게졌다. 쥐구멍이라도 파서 숨고 싶은 심정이었다. 진민은 고개를 숙인 채 민망해하면서도 웃음을 참으려고 안간힘을 썼다.

모후가 말이 없자 연아는 울음이 나올 정도로 초조해졌다. 모후가 조 할멈을 어찌하기라도 할까 봐 무서웠다.

그녀가 다급하게 물었다.

"모후, 아무것도 모르는 척해 주시면 안 돼요? 정말 부황 옆에 붙어 있지 않고, 두 분이 남동생이며 여동생이며 동생을 많이 낳게 해 드릴게요, 네? 아니면, 제가……."

한운석은 바로 연아의 입을 막고 계속 말하지 못하게 했다. 이 아이가 더 말하다가는 얼마나 많은 비밀을 털어놓을지 알 수 없었다!

"연아, 모후는 아무것도 모르는 것으로 하마. 오늘 일을 너는 말한 적 없고, 모후도 들은 적 없는 거야. 알겠니?"

한운석이 진지하게 말했다.

연아는 고개를 끄덕였지만, 눈동자는 옆에 있는 진민에게로 향했다. 한운석도 천천히 고개를 돌려 바라봤다.

진민은 고개를 들자마자 자신을 주시하고 있는 두 모녀를 발견했다.

"저, 저는······."

진민은 아주 어색해하며 '저'라는 말만 반복하다가 결국 입을 뗐다.

"저는 아무것도 모릅니다! 황후마마, 공주마마, 안심하시옵소서!"

한운석이 연아를 안고 진민과 함께 정자에 돌아왔을 때, 두 어른은 여전히 어색한 상태로 침묵했지만 연아의 기분은 이미 좋아져 있었다.

"괜찮아졌느냐?"

용비야가 물었다.

연아는 부황 품으로 달려가려다 갑자기 멈추고 속으로 생각했다.

'방금 모후께 한 약속은 어떻게 되는 거지?'

모후가 방금 아무것도 못 들은 것으로 하겠다고 했으니, 그녀도 약속을 지켜야 했다. 더는 부황에게 붙어 있을 수 없었다.

그리하여 연아는 모후 품으로 돌아갔다.

영문을 모르는 용비야는 일어나서 연아를 안으려 했다. 그런데 연아가 얼른 피하며 두 손으로 모후의 목을 꽉 감싸고 놓지 않았다.

용비야는 정말 갑갑했다. 연아는 태어나서 지금까지 그가 안아 주는 것을 거절한 적이 없었다.

왜 이러는 거지?

"연아, 착하지, 이리 오너라."

용비야가 연아를 안아 한운석의 품에서 데려가려는 순간, 연아가 바로 울음을 터뜨렸다.

"싫어요! 부황이 안는 거 싫어요! 모후가 안아 줘요, 으앙……. 모후, 빨리 안아 주세요!"

용비야는 멍해져서 의아한 눈길로 한운석을 바라보았다.

한운석은 연아가 방금 일을 끄집어낼까 봐 걱정했는데, 연아가 이런 반응을 보이자 즐거워했다.

그녀는 연아를 꼭 끌어안고 달래는 척을 하며 말했다.

"연아, 착하지, 자, 모후가 안아 주마!"

"예!"

연아는 힘차게 고개를 끄덕였다.

"꽉 안아 주세요."

연아는 부황이 자신을 안고 가 버리면 모후가 조 할멈을 찾아가 혼낼까 봐 너무 두려웠다.

"그래그래! 꽉 안아 주마!"

한운석은 답답해하면서도 낙담한 용비야의 표정을 보며 정말 큰 소리로 웃고 싶었다.

어린 정인에게 버림받은 느낌은 분명 몹시 나쁘겠지.

다행히 예아는 이미 자라서 연아처럼 이리 어리석지도, 쉽게 속지도 않았다. 용비야는 어떻게 해도 한운석의 어린 정인을 뺏어갈 수 없었다.

"왜 이러는 것이냐?"

용비야가 물었다.

"호호, 어머니에게 애교를 부리는 것이지요. 어쩔 수 없는 일이니 당신은 앉아 계세요."

한운석이 진지하게 대답했다.

용비야는 아무래도 뭔가 이상한 듯했다. 하지만 고북월과 진민이 함께 있기에 그도 더 많이 캐묻지 않고 자리로 돌아갔다.

아무리 그래도 어머니인 한운석이 진짜로 딸에게 질투할 리 있겠는가?

그녀는 딸을 꼭 끌어안은 채 자신도 모르게 부드러워진 목소리로 물었다.

"연아, 착하지, 밤에 모후와 같이 자자꾸나. 알았지?"

연아가 태어난 후 용비야는 운녕성 침궁의 침상을 더 넓고 길게 만들었고, 부부와 두 아이가 한 침상에서 잤다. 하지만 이곳 운한궁 침궁의 침상은 더 넓게 만들 필요가 없었다. 침궁의 침상이 거의 방 하나를 다 차지했기 때문이었다.

예아가 용비야를 두려워하지 않게 된 후, 예아는 용비야 옆에서 잠들었다. 하지만 연아가 태어난 후 용비야의 품은 연아 전용이 되었고, 예아는 모후의 품에 안겨 있을 수밖에 없었다.

연아는 예아와 달랐다. 예아는 낮에는 아주 조용하지만, 밤에 잠버릇이 아주 고약했다. 그런데 연아는 낮에는 뛰어다녀도 밤에는 아주 조용히 잠들었고, 용비야 품에서 거의 움직이지 않아 늘 함께 잤다. 그래서 한운석은 정말 너무 오랫동안 연아를 안고 잠들지 못했다.

연아는 밤에 함께 자자는 모후의 말에 깜짝 놀랐다! 모후가 그녀와 자면 어떻게 부황과 동생을 낳아 준단 말인가?

그녀는 잠시 생각했다가 바로 모후를 놔주며 크게 외쳤다.

"난 조 할멈이랑 있을래요! 으앙……. 조 할멈이 안아 줘요! 밤에 조 할멈이랑 잘래요!"

그 말이 나온 순간, 한운석은 자신이 말실수를 했음을 깨달았다.

용비야는 갈수록 궁금해졌다. 방금 방 안에서 무슨 일이 있었던 거지?

"연아, 왜 그러느냐?"

그가 진지하게 물었다.

"조 할멈이랑 있을래요!"

연아가 정색을 하고 거듭 말했다.

"조 할멈이랑 있을래요!"

조 할멈은 공주가 자신을 배신한 줄 모르고 있었다. 황후마마만 있었다면 진작 와서 공주를 안았겠지만, 지금은 폐하가 있으니 감히 움직일 수 없었다.

용비야가 일어나자, 그 모습을 본 연아는 더 무서워져서 눈시울까지 붉혔다.

"나는 조 할멈이랑 있을래요! 부황, 움직이지 마세요!"

딸이 거의 울기 일보 직전인 상황이라 용비야는 정말 움직일 수 없었다. 그저 잠시 딸의 뜻대로 해 주다가 잠잠해지면 천천히 물어볼 수밖에 없었다. 분명 방 안에서 무슨 큰일이 있었던 게 틀림없었다!

연아는 원하는 대로 조 할멈의 품에 안겼다. 그리고 한운석은 조 할멈을 그녀 옆에 앉히고 그릇과 젓가락까지 챙겨 주었다. 놀라서 얼떨떨해진 조 할멈은 멍하니 앉아 감히 움직이지 못했다.

그제야 한운석은 한숨을 돌렸다.

용비야의 의심하는 눈빛을 보며 그녀는 살짝 미소를 짓고 말했다.

"예아, 영자, 두 사람 다 내려와서 식사하지 않으면, 한 사람당 월병 열 개씩 먹일 것이다!"

그 말에 예아는 바로 뛰어 내려왔다.

모후와 조 할멈은 그가 어린 시절 달콤한 음식을 아주 좋아했다고 하지만 그는 믿지 않았다. 지금 그는 단 음식이 너무 싫었기 때문이었다. 월병이 그중 하나였다.

아들이 오자 한운석은 더 환하게 웃으며 손짓했다.

"예아, 어서 모후에게 오너라."

모처럼 연아가 부황 옆에 붙어 있지 못하고 있으니, 당연히 아들과의 다정한 모습을 과시해야 했다!

예아가 가까이 오자 한운석은 그를 힘껏 안고는 품 안으로 꼭 끌어당겼다.

예아는 어색해하면서도 어찌할 바를 몰랐다.

난 이제 다섯 살인데, 이제 다 컸다고! 모후는 내 체면을 좀 생각해 주면 안 될까. 남들이 안 볼 때야 안고 입을 맞춰도 상관없지만, 어찌 사람들 앞에서 이렇게 안을 수 있단 말인가?

내키지는 않았지만 예아는 반항하지 않고 순순히 모후가 안게 놔두었다. 그는 모후의 기분을 나쁘게 할 수 없었다.

용비야가 흘끔 쳐다보았다. 그 눈빛이 어찌 '복잡'이라는 한마디로 설명될 수 있을까?

"영자, 안 내려오고 무엇 하느냐?"

고북월이 입을 뗐다.

진민은 참지 못하고 풉 하며 웃음을 터뜨리더니 낮게 말했다.

"영자는 단 음식을 가장 좋아한답니다. 황후마마께서 이렇게 위협하셨으니 분명 내려오지 않을 것입니다."

고북월은 순간 멍해졌다. 그제야 자신이 영자가 좋아하는 것을 하나도 모른다는 사실을 깨달았다.

그가 일어나서 살짝 움직이나 했더니, 어느새 소리 없이 지붕 위로 날아올랐다.

공교롭게도 그는 마침 영자의 등 뒤에 착지했다. 영자는 책상다리를 하고 앉아 달을 올려다보고 있었다.

그가 가볍게 기침하자 영자가 바로 뒤돌아보았다.

"아버지!"

"이리 오너라. 아버지와 함께 내려가 월병을 먹자."

고북월이 부드럽게 말했다.

영자는 바로 일어나며 말했다.

"아버지, 달이 아주 아름다워요!"

고북월도 고개를 들어 우러러보았다. 오늘은 15일, 그의 생일이었건만 그는 달도 제대로 감상하지 못했다.

영자가 그에게 다가와 두 팔을 벌렸다.

"아버지, 안아 주세요!"

고북월이 단번에 영자를 안아 올리자, 영자가 또 말했다.

"아버지, 제가 크면 아버지도 지켜 드릴게요, 네?"

고북월은 심장이 쿵 하고 내려앉았고, 갑자기 마음이 따스해졌다.

"그래! 아버지가…… 기다리고 있으마."

고북월은 영자를 안고 내려온 후에도 놔주지 않고 내내 그를 품에 안고 있었다. 예아는 한참 보고 있다가 영자가 내려올 생각이 없자 조마조마하던 마음을 내려놓을 수 있었다. 그는 영자의 비웃음을 사는 게 가장 두려웠다.

연아는 오후 내내 자느라 영자를 보지 못했었다. 그녀는 조 할멈 품에 안긴 채 호기심 어린 표정으로 영자를 살펴본 후 작게 말했다.

"조 할멈, 저 사람이 태부의 아들이야?"

"예. 영자라고 부르는데, 정식 이름은 고남신입니다."

조 할멈이 사실대로 대답했다.

"조 할멈, 저 사람 아주 잘생겼네."

연아가 또 말했다.

북월편 **선물**

준수하고 빼어난 용모를 가진 영자는 확실히 잘생긴 얼굴이었다. 무엇보다도 이 아이는 잘 웃었다. 그의 온화하고도 앳된 미소를 보면 모든 걱정이 순식간에 사라지는 듯했다.

조 할멈은 '예'라고 말하며 연 공주의 안목에 공감했다.

그런데 연 공주가 한마디 덧붙였다.

"조 할멈, 내가 본 중에 가장 잘생긴 남자아이야."

그건…….

조 할멈은 울 수도 웃을 수도 없었다. 폐하의 지나친 보호 때문에, 공주가 지금까지 본 남자아이는 태자 전하 한 명뿐이었다!

조 할멈은 잠시 생각했다가 말했다.

"공주마마, 그 말씀을 절대 태자 전하가 알게 하시면 안 됩니다."

연아는 고개를 들고 바라보며 대답했다.

"알겠어!"

조 할멈은 사실 연 공주가 알아들었는지 아닌지 알지 못했지만, 감히 더 설명할 수 없었다. 연 공주 앞에서는 설명하면 할수록 실수가 늘어나기 때문이었다!

연 공주가 조 할멈의 품에 안겨 있어 가장 답답한 것은 용비야였다. 그는 시시때때로 어린 정인을 품에 안고 있는 한운석을 보았다가 다시 조 할멈 품에 안긴 자신의 어린 정인을 바라보았다. 정말 세상 전부에게 버림받은 느낌이었다.

갑갑하긴 했지만 그래도 한운석과 예아, 연아에게 음식을 집어 주는 일은 잊지 않았다.

고북월과 진민 앞이라서가 아니라, 예아와 연아 앞에서도 그는 한운석에게 음식을 먹여 주지 않았다. 음식 먹여 주는 일은 사석에서만 해 주었다. 그는 연아를 먹여 주고 싶었지만 연아가 피했다. 예아에게 음식을 주자 너무 익숙했던 예아는 입을 벌려 음식을 받아먹었다. 하지만 음식을 넘기기도 전에 예아는 바로 후회했다.

이제 곧 다섯 살이 되는데 아직도 부황이 음식을 먹여 주다니, 너무 부끄럽지 않은가!

그는 고남신을 흘끗 쳐다보았다. 비웃음을 살까 봐 너무 두려웠다. 그런데 고남신이 입을 크게 벌리며 아버지가 입에 가져다주는 월병을 베어 먹는 모습이 보였다. 그제야 예아는 마음을 놓았다.

진민은 고북월이 직접 영자를 먹여 주는 모습을 보며 기쁜 나머지 식사하는 일도 잊고 있었다. 고북월은 그녀가 폐하, 황후마마와 한 상에서 식사하느라 긴장한 줄 알고 낮게 말했다.

"사양할 필요 없소."

그는 말하면서 직접 진민에게 국을 떠 주고, 큰 대접에 반찬을 가득 담아 주었다.

그리하여 진민의 앞에는 국, 밥, 반찬이 한 그릇씩 놓였다.

이 광경을 보는 진민은 감회가 새로웠다. 그의 첫 '보살핌'이었다. 씁쓸한 마음도 있었지만 웃고 싶은 마음이 더 컸다.

여자에게 음식을 집어 줄 때는 하나씩 천천히 집어 주고, 하나를 다 먹은 후에 다시 집어 줘야 했다. 이렇게 국, 반찬, 밥을 한 그릇씩 놔주는 것은 아이를 연회에 데리고 와서 식사할 때의 모습이었다.

이 바보!

한운석은 참지 못하고 웃으며 말했다.

"북월, 진민을 어린아이처럼 대하는군요. 먹여 주는 것만 남았어요!"

젓가락을 들려던 진민은 그 말을 듣자 민망함에 멈칫하고 말았다. 고북월은 도리어 큰 반응을 보이지 않고 그냥 웃어넘겼다.

그런데 영자가 자기 입에 갖다준 음식을 밀어내며 이렇게 말할 줄이야.

"저는 와순萬筍(줄기상추)을 먹지 않아요. 어머니에게 주세요, 어머니가 좋아하시거든요."

고북월의 손이 얼어붙었다.

진민도 아주 뜻밖이었다. 하지만 그녀는 얼른 고북월의 젓가락에 있는 와순을 집어 와 그릇에 놓은 후 영자에게 감자를 주며 말했다.

"그럼 이건 어떠니?"

영자는 겉모습은 온화했지만 속으로는 아주 눈치가 빨랐다. 그는 자신이 이러는 것을 어머니가 기뻐하지 않음을 알아채고 감자를 한 입 베어 물며 말했다.

"맛있어요!"

이렇게 진민은 따스해 보여도 실은 어색한 분위기를 풀어냈다. 그녀는 말할 때도 주의를 기울였다. 진민은 영자가 가장 좋아하는 음식인 감자 요리를 집어 '네가 제일 좋아하는 음식이니 먹어라'라고 하지 않고, '이건 어떠니?'라고 했다.

아이가 어떤 음식을 좋아하고 싫어하는지 부모가 모를 수 있을까? 하지만 고북월은 모르고 있었다. 그녀의 이런 말과 행동은 고북월을 감싸 주기 위해서였다!

하지만 안타깝게도 그녀는 자신의 반찬 그릇을 깜박했다. 그 그릇 안에는 갖가지 반찬이 다 들어 있었으나, 하필 그녀가 가장 좋아하는 와순만 빠져 있었다.

한운석은 진민 그릇에 있는 반찬을 보고 뭔가 이상함을 감지했지만 내색하지 않았다.

용비야는 고북월과 식사하면서 이야기를 나누었고, 가끔 한운석과 예아에게 반찬을 집어 주고 연아에게 국을 떠 주었다. 한운석도 진민과 대화를 나누었다. 아이 이야기부터 음식, 꽃을 가꾸는 것까지 여러 가지 이야기가 이어졌다. 진민이 고북월의 부인만 아니었다면, 한운석은 정말 진민을 궁에 남겨 두고 싶었다.

그동안 한 궁녀가 한운석 옆으로 와서 낮게 말했다.

"황후마마, 분부하신 계육권鷄肉卷이 다 준비되었습니다. 지금 올릴까요?"

용비야가 공주를 편애하는 나날 동안 한운석은 아주 많이 여유로워졌다. 그래서 이 한가한 시간을 한 가지 요리, '계육권'을 연구하는 데 쏟았다.

이 요리를 처음에는 계육권이라고 하지 않았고, '산라酸辣(시고 맵다는 뜻) 닭곰탕'이라고 불렀다. 처음에는 고추와 시큼한 짠지를 닭고기와 함께 푹 끓이는 간단한 탕 요리였다.

몇 달 동안 개선한 끝에 이제는 완전히 다른 요리가 되었지만 여전히 간단했다. 닭을 묵은 식초에 넣고 반나절을 삶으면 식초에 절인 닭이 되는데, 밀가루 피로 그 닭고기를 돌돌 만 후 오이 두 조각을 추가하면 그게 계육권이었다. 그 맛이 어떠하든 겉보기는 아주 그럴듯했다.

몇 달간 요리를 개선하는 과정에서 수많은 요리가 탄생했다. 용비야가 먹어 봤는지 아닌지는 한운석과 용비야 두 사람만 알 뿐, 주방에서 거들었던 요리사들은 모두 알지 못했다.

한운석은 잠시 생각했다가 낮게 말했다.

"그럴 필요 없다."

궁녀는 정말 폐하를 대신해서 한숨을 돌렸다. 하지만 한운석은 이렇게 말했다.

"닭고기를 시루에 넣고 따뜻하게 두었다가 저녁에 폐하의 야참으로 올려라."

궁녀는 참지 못하고 폐하 쪽을 한 번 본 후에야 명을 받들고 물러갔다.

식사 후에는 다들 화원에서 산책하며 달을 감상했다. 고북월은 여전히 자신의 생일 이야기를 꺼내지 않았다. 한 바퀴를 쭉 돈 후, 시간이 아직 이른데도 한운석은 예아가 졸려하니 재워야 한다고 했다. 그렇게 다들 흩어졌다.

연 공주는 일찌감치 조 할멈 품에서 쿨쿨 잠이 들었다. 그녀가 잠보라면 예아는 올빼미형이었다.

고북월 가족을 배웅한 후 용비야가 물었다.

"무슨 일이냐?"

한운석은 예아를 떼어 놓은 후에야 이렇게 말했다.

"고북월과 진민에게…… 분명 문제가 있어요!"

전에 고북월이 말한 대로라면 그와 진민은 청매죽마로 아주 오래 서로를 사랑해 왔다. 그런데 고북월이 어찌 진민이 와순을 좋아하는지 모를 수 있을까? 진민에게 그렇게 많은 요리를 집어 주었는데, 와순은 한 조각도 들어 있지 않았다!

한운석이 말하지 않았다면 용비야는 정말 주의하지 못했을 것이었다. 그는 눈썹을 치킨 후 웃으며 말했다.

"고북월의 사적인 일이니 그의 뜻대로 하게 두어라."

한운석은 속으로 이미 혼인도 했으니 그리 큰 문제는 없을 거라고 생각하며, 어깨를 으쓱하고는 더 생각하지 않았다.

연아는 조 할멈과 함께 잠이 들었고, 예아는 어디로 도망갔는지 몰랐다. 용비야와 한운석은 화원 깊은 곳을 산책하며 달을 감상하고 이야기를 나누었다. 그러다 보니 예전에 있던 곳으로, 몇 년 전으로 돌아간 것만 같았다.

한편, 황궁의 다른 쪽에서는 붉은 그림자 하나가 스치듯 지나갔다. 조 할멈은 궁녀에게 연 공주를 지키고 있으라고 분부한 후, 몰래 그 붉은 그림자를 쫓아가다가 아주 은밀한 곳까지이르렀다.

이 붉은 그림자가 고칠소가 아니면 누구겠는가?

"예왕 전하, 중추절이 되어 모두 한자리에 모이셨는데, 오셨으면서 왜 얼굴을 보이지 않으셨습니까?"

조 할멈이 유감스럽다는 듯 말했다.

3년이 지났지만 고칠소의 얼굴에서는 세월의 흔적을 찾아볼수 없었다. 돌아보며 웃는 그의 얼굴은 달빛 속에서 여전히 요염한 아름다움을 뽐냈다. 길고 좁은 두 눈을 가늘게 뜨며 웃음을 머금고 있는 그는 언제나 즐거운 듯했다.

그는 월병 한 상자를 건네더니 빙그레 웃으며 말했다.

"독누이와 연아에게 줘. 내가 왔다고는 말하지 말고."

그는 특별히 두 달 동안 운공대륙 각 지역의 유명한 가게를다 돌아다닌 끝에 가장 맛있는 월병을 골라냈다. 독누이 모녀모두 달콤한 음식을 좋아한다는 것을 그는 알고 있었다.

2년 전 그는 현공대륙에 있었고, 지난 1년간은 운공대륙에 숨어 있었다. 자주 독누이와 연아에게 좋은 물건을 보냈지만, 모두 조 할멈의 손을 빌려 아랫사람이 바친 공물이라고 둘러대며보냈다. 운공대륙 각 지역에는 황후와 연 공주의 환심을 사려는사람이 많았기 때문에, 이 변명은 지금까지 들키지 않았다.

선물을 보내는 것 외에도 그는 자주 조 할멈을 시켜 연아에게 '삼관三觀', 즉 세 가지 관점을 가르치게 했다. 바로 금전관,

권력관, 남녀관이었다.

그는 늘 조 할멈에게 말했다.

'용비야가 연아를 이렇게 궁에 숨겨 두고 있으니, 나중에 연아가 궁에서 나오면 분명 속임수에 넘어갈 거야!'

조 할멈도 그의 이 의견에 아주 동의했다. 그리하여 조 할멈은 연아의 '대리 스승'이 되었다.

고칠소는 또 몇 마디를 분부한 후 서둘러 떠났다. 그는 용비야에게 들킬까 무서워 오래 머무를 수 없었다.

고칠소는 이미 자신이 나중에 용비야의 딸을 아내로 맞겠다는 엄청난 농담을 던진 것을 잊어버렸다. 하지만 자신이 온 것을 용비야가 알면, 반드시 경계를 강화하며 그가 연아를 만나지 못하게 할 것은 확실히 알았다.

고칠소는 황궁에서 나오자마자 사라졌다. 하지만 고북월은 자신의 저택 대문에서 아주 눈에 익은 기다란 비단 상자를 발견했다!

고북월은 멈칫했고, 진민은 호기심을 보였다. 영자가 단숨에 달려가 비단 상자를 집어 들었다.

"아버지, 정말 예쁜 상자예요!"

정체불명의 물건인지라, 영자는 아주 신중하게 아버지에게 건넸다.

"예왕 전하가 오신 것일까요?"

진민이 참지 못하고 물었다.

"그런 듯합니다."

고북월은 대답하면서 비단 상자를 열었다.

비단 상자 안에는 원형 옥패 하나가 들어 있었다. 상자를 열 때만 해도 옥패는 흐릿했는데, 달빛이 비치자마자 그 달빛을 흡수한 듯 점점 밝아졌고, 순식간에 맑고 투명해져 아주 아름다운 모습이 되었다.

"월광보석月光寶石!"

진민이 놀라 소리쳤다.

고북월도 퍽 의외였다. 그는 옥패를 꺼내 달을 향해 들었다. 달빛이 비치자 옥패는 맑고 투명하게 변했을 뿐 아니라 광채를 내는 듯했다. 희미하게 빛을 발하는 모습은 달처럼 맑고 부드러웠다.

"월광보석이 확실하군요."

고북월이 확신에 차서 말했다.

월광보석은 흰 옥정석 중 가장 유명하고 진귀한 보석이었다. 유명하고 진귀한 이유는 첫째, 아주 보기 드물기 때문이요, 둘째, 아주 기묘하여서 평소에는 매우 흐릿하지만, 달빛만 비치면 달빛을 흡수하여 투명하고 환해질 뿐 아니라 심지어 빛을 발하기까지 했기 때문이었다.

"어째서 갑자기 이런 큰 선물을 주신 걸까요?"

진민이 궁금해하며 물었다.

고북월은 뭔가 생각이 난 듯했다. 그런데 영자가 갑자기 큰 소리로 외쳤다.

"아버지, 어머니, 어서 와 보세요. 상자 아래쪽에 글자가 있어요!"

고북월이 상자를 뒤집어 보니 상자 바닥에 금박으로 된 네 개의 큰 글자가 적혀 있었다.

생일 선물

비로소 모든 사실을 깨달은 진민은 놀란 목소리로 고북월에게 물었다.

"오늘이 생일이셨어요?"

고북월은 멍하니 있다가 한참 후에야 웃으며 시원스럽게 인정했다.

"그렇습니다."

고칠소가 그의 생일을 어떻게 알았을까?

설마 어린 시절 의성에서 할아버지가 생일을 챙겨 주셨을 때 고칠소가 보기라도 한 것일까? 고북월로선 이리저리 생각해 보아도 그 가능성밖에 없었다.

북월편 만수무강

"오늘이 아버지 생신이에요?"

영자도 깜짝 놀라 고개를 들어 어머니를 바라보았다.

"어머니, 어머니도 모르셨어요?"

진민은 가슴이 철렁 내려앉았고, 고북월을 바라보며 어떻게 대답해야 좋을지 몰랐다.

고북월도 순간 영자에게 대답할 말을 찾지 못했다. 한 가족인 세 사람은 이렇게 대문 앞에 서서 모두 침묵하고 있었다.

결국 영자가 먼저 입을 뗐다.

"아버지, 왜 어머니와 저에게 말씀해 주지 않으셨어요?"

고북월은 한참 동안 입을 다물고 있다가 겨우 한 가지 이유를 내놓았다.

"마침 중추절이라, 중추절을 쇠면 된다고 생각했기 때문이란다."

"왜 중추절과 생일을 함께 지내면 안 되나요?"

영자가 고개를 갸우뚱거리며 물었다.

"왜냐하면……, 왜냐하면 아버지는 생일을 지내고 싶지 않기 때문이란다."

고북월이 웅크리고 앉으며 진지하게 대답했다.

"왜요?"

영자가 계속 물어보았다.

"왜냐하면, 왜냐하면 생일이 한 번 지나면 나이를 한 살 더 먹지 않느냐. 아버지는…… 늙고 싶지 않거든."

고북월이 대답했다.

이 이유로 충분히 영자를 설득할 수 있었다. 영자가 아무리 똑똑한들, 그래도 어린아이였다! 그가 헤헤거리며 크게 웃기 시작했다.

"알고 보니 아버지도 늙는 걸 무서워하셨군요!"

고북월은 영자를 붙잡고 말없이 웃었다. 그런데 영자가 갑자기 뒤로 물러나더니 공손한 태도로 고북월에게 읍을 하며 크게 말했다.

"남신은 아버지께서 영원히 늙지 않고 만수무강하시기를 기원합니다!"

만수무강…….

순간 눈시울이 붉어진 진민은 고북월과 영자가 눈치채지 못하게 고개를 돌려 마음을 진정시키려 애썼다.

고북월은 가슴이 철렁했다. 이렇게 순하고 철이 든 영자를 보고 있으니 가슴이 에이듯 아팠다. 그는 자신이 이 아이를 힘들게 만든 것은 알고 있었다. 하지만 이 아이를 대할 때 이렇게 괴로웠던 적은 없었다.

전에는 어린아이와 지낸 적이 없어서 아이의 눈을 속이는 일은 아주 쉽다고 생각해 왔다. 하지만 영주로 돌아와 영자에게 직접 경공을 가르친 후부터 그는 아이를 속이는 일이 가장 어려움을 깨달았다.

처음에는 그저 영족의 경공과 영족의 수호를 계승할 아이 하나를 원했을 뿐이었다. 그래서 진민과 약속을 맺었고, 진민과 혼인했다.

이제야 그는 자신의 이 선택이 얼마나 황당한 것이었는지 깨달았다.

평생 살면서 그는 모든 것을 통제할 수 있었다. 심지어 자신의 마음조차 제어할 수 있었다. 해야 할 일과 하지 말아야 할 일을 그는 잘 알았고, 자신의 한계선을 넘은 적이 없었다.

한운석에 대한 마음이 사모든 흠모든 그는 여전히 본분을 지켰고, 분수에 맞지 않는 생각과 행동을 한 적이 없었다. 심지어 신분이 들통난 후에도 그는 아주 이성적으로 용비야를 보좌했다.

진민에 대해서도 그는 이성적이었다. 설사 안타깝고 아쉬운 마음이 있어도, 그는 내내 모질고 미련 없는 태도로 말하고 행동했다.

그녀는 노력하고 있었다.

하지만 그는 5년 약속의 결말을 잘 알고 있었다.

그는 말하지 않고 그녀가 노력하게 놔두었다. 노력한 후에야 아쉬움 없이 훌훌 털어 낼 수 있음을, 그는 알고 있었다.

하지만 오늘 영자 앞에서, 그는 연극을 계속 이어 가는 것이 몹시 어려움을 발견했다. 아이가 자랄수록 모든 것이 통제에서 벗어날 것이었다.

그는 웃으면서 많은 말을 하지 않고 그저 영자를 안기만 했다.

영자는 연아와 마찬가지로 잠꾸러기 아이였고, 보통 날이 저물면 바로 자려고 했다. 오늘 밤은 이례적인 경우였지만 돌아오는 길에는 여전히 아주 졸려했다. 하지만 오늘이 아버지 생일이라는 이야기를 듣자마자 그는 또 정신이 번쩍 들었다.

들어오자마자 그는 아버지 품에서 빠져나와 방으로 쪼르르 달려가더니 붉은색의 공기봉리를 찾아냈다.

"아버지, 선물이에요!"

이 공기봉리는 어머니가 그에게 준 것으로, 어린 모종에서부터 키우기 시작해 1년 만에 겨우 꽃을 피워 냈다.

고북월은 웃으며 선물을 받았다. 영자는 그의 옆에 붙어서 공기봉리를 어떻게 키워야 하는지 세세하게 설명해 주었다. 절대 물을 너무 많이 뿌리면 안 된다며, 그랬다가는 시들어 버릴 수 있다고 반복해서 당부했다.

결국에는 너무 졸린 상태가 된 영자가 물었다.

"아버지, 많이 늦었는데 주무시겠어요?"

고북월은 그를 안고 침상에 가서 함께 누웠다. 영자는 함께 들어온 진민에게 손짓했다.

"어머니, 주무세요."

영주에 있을 때 영자는 늘 일찍 잠들었고, 늘 진민이 재워 주었다. 진민은 그에게 항상 아버지는 의서를 더 보셔야 하니 밤에 와서 주무실 것이라고 말해 주었다.

영자는 일찍 일어나는 것도 아니었다. 일어날 때마다 진민은 아침 식사를 준비해 놓았고, 그에게 아버지는 이미 일어나셨다고 말했었다.

그런 상황이 여러 차례 이어지다 보니 영자도 익숙해졌다.

그런데 그들이 태부부로 돌아온 첫날밤, 잠드는 문제에 부딪힐 줄은 몰랐다. 하지만 진민은 역시나 아주 쉽게 해결했다.

그녀가 말했다.

"영자, 어머니가 함께 자마. 아버지는 오늘 약욕을 하셔야 한단다."

고북월의 약욕에 대해서는 영자도 알고 있었다. 그는 경공을 배우면서 동시에 의술도 배우고 있긴 했지만, 지금 수준에서는 그 약욕이 어떤 치료 효과가 있는지 알 수 없었다. 게다가 어머니가 자주 약탕을 준비하여 그도 목욕을 시켰기 때문에 요양 정도로만 생각할 뿐 다른 생각은 하지 않았다.

졸려서 눈도 거의 감긴 상태가 된 영자는 '예'라고만 대답했다. 그리고 나서 고북월이 일어나고 진민이 눕기도 전에 잠이 들어 버렸다.

진민이 옷을 갈아입히고 얼굴과 발을 씻겨 주어도 영자는 깨지 않았다. 고북월은 옆에서 조용히 그 모습을 지켜보며 나가지 않았다.

진민은 할 일을 다 한 후 고북월이 가지 않은 것을 보고는 낮은 목소리로 물었다.

"아직도 약욕을 하러 가지 않으셨어요?"

고북월이 말했다.

"어쩌면…… 처음부터 저 아이를 속이지 말아야 했을지도 모릅니다."

진민은 생각했다. 자신이 만약 고북월의 병세를 일찍 알았다면 모든 것이 지금과 달랐을까. 알 수 없는 일이었다.

그녀가 담담하게 말했다.

"돌이킬 수 없어요. 평생 속이자고 약속하셨잖아요."

고북월은 말없이 뒤돌아 나갔다.

약욕을 마치고 나니 이미 깊은 밤이었다. 문을 열자 진민이 장수면 한 그릇을 들고 문 앞에 서 있었다. 방금 도착했는지, 장수면에서는 김이 모락모락 나고 있었다.

그녀가 말했다.

"고 태부, 중추절 겸 생신이시니, 저를 잠시 가족으로 생각하시고 이 장수면을 드세요."

할아버지가 세상을 떠나신 후 그를 위해 장수면을 만들어 준 가족은 없었다.

고북월은 아무 말도 하지 않았지만 고개를 끄덕였다.

그는 장수면 한 그릇을 깨끗하게 비웠다. 옆에 앉아서 그 모습을 바라보던 진민은 볼수록 괴로워졌다.

고북월, 고북월. 난 당신을 사랑하지 않겠다고 모질게 마음먹을 수는 있지만…… 당신을 지키지 않고, 돌보지 않겠다는 모진 마음을 먹을 수는 없어요.

고북월이 국수를 다 먹자 진민은 그릇과 젓가락을 챙겨서 나갔다. 진민이 나간 후에야 꼬맹이가 지붕 위에서 내려와 앞발을 맞잡고 고북월을 향해 절했다.

꼬맹이도 그 장수면을 보고 나서야 오늘이 공자의 생일인 것을 알았다. 공자의 생일을 축하해 주고 싶었지만 말을 할 수 없으니 그저 절하는 수밖에 없었다.

고북월은 그 뜻을 이해하고 웃었다. 그는 꼬맹이를 손에 올려놓고는 살며시 몸을 긁어 주며 말했다.

"꼬맹아, 오랜만이구나."

꼬맹이는 친근하게 그의 손바닥 안에서 꼬물거리다가 결국 그의 어깨로 뛰어올라 하늘에 뜬 달을 가리켰다.

고북월은 고개를 들어 바라보며 담담하게 말했다.

"꼬맹아, 앞으로 날 도와서 진민과 남신을 지켜 주겠니?"

꼬맹이는 그 말을 알아듣지 못한 채, 공자가 오늘 달이 아름다운지 묻는 줄 알고 아주 열심히 고개를 끄덕였다.

그날 밤, 영자는 늘 그렇듯 편히 잠들었지만, 고북월과 진민은 밤새도록 달을 바라보았다.

다음 날, 수련을 마치고 방에 들어오려던 영자는 문 앞에 서 있는 헌원예와 마주쳤다.

영자는 스치듯 움직이더니 어느새 헌원예 앞으로 이동하여 그럴듯한 자세로 읍을 했다.

"태자 전하, 아침 인사를 올립니다."

"아침은 이미 지났다."

헌원예가 차갑게 말했다.

"태자 전하, 무슨 일이십니까?"

영자가 웃으며 물었다.

"부탁을 받고 너를 궁에 데려가려고 왔다!"

헌원예의 차가운 말투를 보니 기분이 안 좋은 듯했다. 그는 오늘 해야 할 공부가 잔뜩 쌓여 있었다. 그런데 연아가 그에게 엉겨 붙으며 그녀를 태부부로 데려가 달라고 떼를 썼다.

그에게 모후와 상대할 배포는 있어도, 세상을 어지럽히는 악당 같은 그 소녀를 데리고 출궁할 자신은 없었다. 감당할 수도 없고, 부황이 아셨다가는 금족령을 내리실 게 분명했다. 어쩔 수 없이 그가 직접 와서 영자를 궁에 데려가는 수밖에 없었다.

연아가 태부부에 오려는 이유는 고남신과 놀고 싶어서였다!

영자는 긴장했다. 궁 안에 있는 사람은 몇 명 되지 않고, 태자 전하에게 부탁할 수 있는 사람은 연 공주, 황후마마, 그리고 폐하 세 명뿐이었다.

그 세 사람 중 누가 그를 보고 싶어 하는 걸까?

영자가 묻기도 전에 헌원예가 먼저 입을 뗐다.

"가자, 내 누이동생이 널 보고 싶어 한다!"

영자는 눈이 휘둥그레져서 물었다.

"연 공주께서 왜 저를 만나려 하십니까?"

헌원예는 그를 흘겨보며 말했다.

"내가 어찌 아느냐? 갈 테냐, 안 갈 테냐?"

영자가 대답했다.

"부모님께 말씀드려야 합니다."

인내심이 바닥난 헌원예는 곁에 있는 서동림에게 분부하여 고북월과 진민에게 알리게 한 후, 영자를 홱 끌고 가 버렸다.

영자는 여자아이와 만난 적이 아주 적었고, 어젯밤 연 공주의 모든 행동을 본 후 연 공주를 두려워하는 마음이 생겼다.

그는 가는 내내 긴장했다. 그런데 연 공주를 만나자 연 공주가 그에게 월병을 건네주는 게 아닌가.

"영 오라버니, 받아요. 조 할멈이 진상되어 들어온 것이라 했는데, 아주 맛있어요."

영자는 너무 뜻밖이라 움직이지 못했다.

연아는 헤헤거리며 웃기 시작했다.

"오라버니가 달콤한 음식을 좋아한다는 것을 알고 특별히 남겨 두었으니 먹어요."

영자는 영문을 몰라 연 공주에게 어떻게 자신이 달콤한 음식 좋아하는 것을 알았는지 물으려 했다. 하지만 입을 떼기도 전에 연아가 말했다.

"내가 세어 봤어요. 오라버니는 어젯밤에 월병을 총 네 개, 나보다 하나를 더 먹었어요. 정말 잘 먹던걸요!"

영자의 얼굴은 바로 타는 듯이 붉어졌고, 어떻게 대답해야 좋을지 몰랐다.

"가져가요! 빨리 먹어요, 마지막으로 남은 거예요. 안 그러면 내가 마음을 돌릴지도 몰라요!"

연 공주가 재촉했다.

영자는 그제야 월병을 받아서 냠냠 먹었다.

연 공주는 기뻐하며 말했다.

"영 오라버니, 앞으로 나와 놀아 주면 맛있는 걸 나눠 줄게요."

영자는 먹으면서 고개를 끄덕였다. 다른 이유 때문이 아니라 이 월병이 정말 맛있었기 때문이었다. 그가 먹어 본 달콤한 음식 중 가장 맛있었다.

헌원예는 옆에서 기다리다 영자가 월병을 다 먹으면 그를 데리고 가서 함께 공부할 생각이었다. 그런데 영자가 고개를 끄덕이는 모습을 보자, 참지 못하고 눈을 흘기며 무시하듯 코웃음을 친 후 뒤돌아 가 버렸다.

그가 볼 때 맛있는 음식에 너무 쉽게 넘어가는 녀석은 모두 좋은 동료가 아니었다.

영자는 그렇게 예 태자, 연 공주와 친해지기 시작했고, 점차 궁 안에 자주 오는 손님이 되었다. 그는 태자, 공주와 함께 공부했고, 태자를 모시고 무예를 연습했다. 또 자주 공주에게 붙들려 함께 놀아 주었다. 그의 아버지가 아주 바쁜 어른이라면, 그는 아주 바쁜 아이가 되었다.

진민은 내내 두문불출하며 오로지 침술 연구에 골몰했다. 너무 피곤해서 지칠 때면 저택에 안 쓰고 버려둔 땅을 관리하며 기분을 전환했다.

이날, 진민은 영자가 잠든 후에 고북월을 찾아가 약욕의 치료 효과에 관해 토론했다.

고북월은 몇 달 연속 매일 약욕을 했지만, 진민이 보니 그의 병세는 조금도 나아지지 않았다. 더 악화되었는지는 맥상으로도 알아낼 수 없었다.

그러나 이렇게 오래 치료했음에도 조금도 호전되지 않은 것 자체가 곧 악화되었다는 뜻이었다!

북월편 **발작**

진민은 고북월의 약욕을 감독하면서 동시에 침술법을 연구해 냈다. 그녀가 고북월과 의논하고 싶었던 부분은 바로 약물 치료와 침술을 결합한 방법이 더 빠른 효과를 볼 수 있지 않을까 하는 것이었다.

5년의 약속을 한 이후 고북월은 아주 적극적으로 치료에 임했다. 진민의 감독에 협조함과 동시에 진민과 함께 병세를 연구하며 더 좋은 치료 방법을 고민했다. 어쨌든 고북월의 의술 수준은 진민보다 훨씬 뛰어났다.

진민이 침술 치료 이야기를 꺼냈을 때 고북월은 기꺼이 받아들였다. 그는 진민의 시침에 협조하면서 모든 것을 조정해 주었다. 그렇게 두 사람은 약욕과 침술을 결합한 치료를 시작했고 매일 약욕 한 번, 침술 치료 한 번이 이어졌다.

원래 고북월은 매달 두 번 병이 발작했다. 그런데 침술 치료를 시작한 후, 그달에 고북월은 한 번만 발작했다. 진민은 너무도 기뻐했지만 고북월은 잔잔히 웃을 뿐이었다.

그러나 곧 진민은 충격을 받았다. 다음 달 고북월이 세 번 발작했기 때문이었다!

진민은 눈시울을 붉혔으나 고북월은 마치 남의 일처럼 그녀를 달랬다.

"괜찮습니다. 병의 재발은 흔한 일이니 잠시 더 두고 보시지요."

그리하여 침술과 약물 치료법은 이렇게 이어졌다. 진민은 이제 버려둔 땅은 상관하지 않고 아예 침술에만 몰두한 채 매일 밤낮으로 연구에 매진했다.

고북월은 진민의 치료에 협조하고 영자에게 무공을 가르치는 일 외에는 전과 동일하게 일했다. 태자에게 경서와 역사서, 정치 평론 등을 가르쳤고, 의사 일로 바쁘게 지냈다. 또 자주 용비야의 모사들과 함께 조정에 관한 비밀회의를 진행했다.

시간은 이렇게 흘러갔고, 병세도 이리저리 변덕을 부렸다. 때로는 한 달에 세 번, 심지어 네 번 발작한 적도 있었지만 한 달 내내 병이 발작하지 않을 때도 있었다.

진민의 마음은 그의 병세에 따라 좋았다가 나빴다가 했다. 다행히 한운석은 한가할 때 진민을 궁으로 불렀고, 태부부에 와서 진민과 시간을 보내기도 했다.

한운석이 진민을 찾아올 때만 진민은 몸과 마음을 금침과 의서들 속에서 빼내 잠시 한숨을 돌릴 수 있었다. 그 모습을 보는 게 너무 마음 아팠던 작약은 아가씨가 지쳐서 쓰러질까 걱정되어 아가씨와 맞서며 거의 한 치도 양보하려 들지 않았다.

고북월이라고 마음 아프지 않겠는가?

그는 마치 과거 어머니가 아버지의 병을 위해 매일 밤 잠을 이루지 못하던 모습을 보는 것 같았다. 하지만 진민은 그의 어머니보다 훨씬 강했다.

그는 진민이 뒤에서 눈물을 쏟았는지 아닌지는 몰랐다. 하지만 적어도 최근에는 그의 앞에서 눈물을 흘린 적이 없었고, 눈시울을 붉힌 것도 그때 한 번뿐이었다.

반복되는 것 같으면서도 또 그렇지 않은 하루하루가 흘러갔다.

이렇게 시간이 흘러 어느새 2년이 지났다. 2년 동안 중추절이 되면 진민은 고북월에게 장수면을 끓여 주었고, 고북월은 그릇을 깨끗하게 비운 후 그녀에게 미소 지으며 감사 인사를 했다.

고북월의 병세가 이랬다저랬다 해도 진민은 낙심한 적이 없었다. 그녀는 내내 새로운 침술법을 연구하고 있었고, 한순간도 포기를 생각한 적이 없었다.

이날 오전에 진민은 평소처럼 고북월에게 침을 놓고 있었다. 고북월은 늘 그렇듯 조용히 그녀를 바라보며 말이 없었다. 진민은 시침 후 옆에서 기다렸다. 한 시진이 지난 후에야 침을 뽑을 수 있었다.

이때가 지난 2년 동안 지내면서, 하루 중 두 사람이 가장 오래 함께 있는 시간이었다. 그러나 병세에 관해 논의하는 것 외에 두 사람은 대부분 말을 하지 않았다. 그는 침상에 엎드려 있고, 그녀는 늘 차 탁자 쪽에 앉아 의서를 들춰 보았다.

5년의 약속을 한 이후 그녀가 내내 일부러 거리를 두고 있다는 사실을 그는 알아챌 수 있었다.

한쪽에 앉아 의서를 보던 진민은 보고 또 보다가 어느새 탁자 위에 엎어져 잠이 들었다. 고북월은 고개를 돌렸다가 그녀의 그런 모습을 보고는 눈빛이 조금 부드러워졌다.

그가 탄식하며 말했다.

"진민, 당신은 정말 바보 같은 여자로군요."

그는 만약을 생각할 때가 많았다. 만약 과거 그의 아버지가 떠날 때 어머니를 내쫓아 버릴 수 있었다면, 어머니가 아버지를 따라가는 일은 없었을까?

그는 모친이 피바다 위로 쓰러지던 광경을 영원히 잊을 수 없었다. 어렸을 때는 매년 두세 번씩 그 장면이 꿈에 나왔다. 나중에 어른이 된 후 다시는 그 꿈을 꾸지 않았다.

고북월은 시간이 다 될 때까지 그녀를 바라보았다. 침을 뽑을 때가 되자 그는 진민을 깨우지 않고 의동을 불러 침을 뽑게 했다. 그는 진민에게 옷을 덮어 준 후 밖으로 나갔다.

진민이 놀라며 잠에서 깨어났을 때는 이미 한밤중이었다.

그녀는 고개를 들자마자 바로 침상 쪽을 바라보았지만, 침상은 텅 비어 있었다.

"고북월······!"

그녀가 크게 소리쳤다.

옆에 앉아 있던 고북월이 담담하게 웃으며 말했다.

"진 의원, 어젯밤에 무슨 일이 있었던 겁니까?"

아침부터 밤이 될 때까지 자다니, 얼마나 피곤했으면 그럴까?

진민은 한숨을 돌렸다.

"왜 절 부르지 않았나요?"

"영자는 아침 일찍 태자 전하를 모시고 성 밖으로 나가 오늘 밤에 돌아오지 않을 것입니다. 할 일이 없으실 것 같아 방해하지 않았습니다."

고북월이 담담하게 말했다.

그런데 진민이 화를 내며 탁자를 탁 치고 노한 목소리로 말했다.

"난 할 일이 쌓여 있다고요! 의서도 봐야 하고, 몇 가지 침술법은 아직 연구를 끝내지 못했어요!"

고북월은 멍해져서 더 말하지 않았다. 진민이 이렇게 화내는 모습은 처음 보았다. 늘 성격 좋던 그녀가 이렇게 변한 것은 자신 때문임을, 그는 알고 있었다.

진민은 자신의 반응이 너무 과했음을 깨닫고는 고개를 숙이고 담담하게 말했다.

"늦었어요. 일찍 쉬세요."

그녀는 말하자마자 나갔지만, 자기 방으로 오자 갑자기 고북월의 약욕이 떠올랐다. 그녀는 매일 그에게 이렇게 물었다.

'약욕을 하셨나요?'

그녀는 바로 되돌아갔다. 그런데 문을 두드리기도 전에 방안에서 격렬한 기침 소리가 들렸다. 당황한 그녀가 바로 문을 열고 들어갔다.

바닥에 무릎을 꿇고 있는 고북월이 한 손으로 바닥을 짚고 다른 한 손으로 가슴을 누른 채, 숨도 못 쉴 정도로 기침을 해 댔다.

진민은 초조해서 미칠 것 같았다.

그녀는 조심스레 하루하루를 보내고 기다렸다. 고북월의 병이 발작할까 두려웠다. 고북월은 지지난달에는 네 번이나 발작을 일으켰지만, 지난달에는 한 번도 발작한 적이 없었다.

이번 달 들어 그녀는 어제까지 조심스럽게 하루하루를 보냈지만, 고북월은 발작한 적이 없었다. 이제 이틀 뒤면 이번 달이 다 지나갔다. 그녀는 어젯밤 잠들면서 속으로 기뻐하기도 했었다. 고북월의 발작 간격이 길어진다는 것은 좋은 징조 같았다.

그런데 오늘 밤에⋯⋯.

진민은 쏜살같이 달려가 고북월을 부축하여 자리에 앉힌 후, 잔에 물을 따라서 먹여 주었다. 하지만 고북월의 기침이 너무 심각해서 아예 물을 마실 수가 없었다. 진민은 과감하게 포기하고 다급하게 금침을 꺼내 그에게 시침했다.

고북월의 첫 번째 발작부터 그녀는 응급 처치 방법을 알게 되었다. 물을 마시게 해서 기침을 잠재우고, 서둘러 시침하여 억지로 그의 기침을 누르는 것이었다.

예전에는 진민이 시침하면 고북월의 기침은 가라앉았다. 그런데 이번에는 완전히 달랐다!

진민이 시침하는데 고북월의 기침은 더 심해졌고, 심지어 선혈을 토해 내기까지 했다. 진민이 시침을 끝낸 후에도 고북월의 기침은 여전히 멈추지 않았고, 연달아 세 번이나 피를 토했다.

진민은 정말 기겁했다!

그녀는 그래도 냉정함을 유지하며 다른 침술로 바꿔 보았다.

하지만 효과가 없었다. 단념하지 않고 또 다른 침술을 써 보았지만 역시 효과가 없었다!

고북월의 입과 옷은 온통 선혈로 가득했다. 그는 피를 토하면서도 계속 기침을 멈추지 못했다.

진민은 두 발까지 서늘해져 침을 놓을 수가 없었다.

"고북월, 내가 어떻게 해야 하죠? 말해 줘요! 제발 부탁이에요! 내가 어떻게 해야 하는지 말해 줘요. 당신에겐 분명 방법이 있을 거예요! 고북월, 기침을 멈춰요. 내가 갈게요, 내가 당신을 떠나고, 당신을 버릴게요. 평생 당신 눈에 띄지 않을게요. 당신이 기침만 멈춘다면, 당신이 건강해지기만 한다면!"

진민은 보다 못해 침을 다 떨어뜨렸고 완전히 무너져 내렸다.

그러나 고북월은 기침하다 힘이 다 빠져서 그녀에게 대답해 줄 수도 없었다. 그는 오장육부가 다 아팠고, 끊임없이 선혈을 토해 냈다.

버티는 것 외에 다른 방법이 없었다…….

고북월의 발작이 잠잠해졌을 무렵, 진민은 혼이 다 빠져나간 듯 멍하니 옆에 앉아서 그를 바라보았다.

고북월은 힘이 다 빠진 채 바닥에 엎드려 있었고, 흰옷에는 그의 각혈이 잔뜩 묻어 있었다. 그는 언제든 죽을 것처럼, 언제든 사라질 것처럼 쇠약해져 있었다.

고요하고 정지된 것 같은 세상에서 오직 시간만이 흐르고 있었다.

얼마나 시간이 흘렀을까. 고북월이 겨우 숨을 고르기 시작했다. 그는 희미한 어조로 잔인하게 말했다.

"진민, 아무래도 당신의 침술이 효과가 없는 듯합니다."

진민은 누가 심장을 거칠게 물어뜯기라도 한 듯 너무너무 마음이 아팠다.

그녀가 그토록 오래 애쓰고 버텨 왔건만, 어떻게 효과가 없을 수 있을까?

어떻게 이럴 수 있지?

그녀는 일어나서 힘껏 고북월을 일으켜 세운 후 침상까지 부축했다. 그리고 의동을 불러 그의 옷을 갈아입히게 하고, 자신은 바닥에 웅크리고 앉아 손수건으로 그 피를 계속해서 닦아냈다.

의동이 나간 후에야 그녀가 일어나 침상 곁으로 가서 말했다.

"고북월, 5년이 아직 되지 않았는데, 이렇게 빨리 결론을 낼 순 없잖아요? 내겐 아직 3년의 시간이 남았어요, 그렇죠?"

고북월은 대답이 없었다. 하지만 진민은 고집스레 그의 긍정적인 대답을 요구했다.

"아직 3년이 남았어요, 그렇죠?"

그녀는 그의 앞으로 다가가 대답을 강요했다.

"진민, 병세의 변화는 그 시간을 정확하게 가늠할 수 없다는 것을, 당신도 알고 있을 텐데요."

그는 그녀의 눈동자를 바라보면서 이 말을 던졌다. 담담하면서도 잔인한 눈빛이었다.

그 말인즉 그녀에게는 그를 치료할 수 있는 3년의 시간이 남앉지만, 그에게 3년이 남아 있을지는 알 수 없다는 뜻이었다.

그녀는 못 들은 척하며 그와 더는 이 문제를 붙들고 이야기 하지 않았다. 그녀는 그의 팔을 붙들고 진맥했다. 그런데 진맥을 하자마자 진민은 당황했다!

어찌 이런 일이?

분명 아침에 맥을 짚을 때만 해도 그의 맥상은 아주 멀쩡했고, 전과 별로 다르지 않았다.

겨우 하루가 지났을 뿐인데!

그의 맥상은 그녀가 이유를 알 수 없을 정도로 어지러웠다. 그녀는 믿어지지 않아 한 번 더 맥을 짚어 보았으나 여전히 마찬가지로 어지러웠다.

그녀는 연달아 몇 번이나 진맥했지만 결과는 모두 동일했다.

"고북월, 당신……."

그녀는 목이 메어 왔다.

고북월은 손을 거두며 탄식했고, 한참 후에야 말을 꺼냈다.

"진민, 의사 일은 내가 다 확실하게 인계해 두었습니다. 폐하께 휴가를 청하여 운공대륙 각 지역을 두루 다니며 각 지역 의관 상황을 살펴보려 합니다. 며칠 후에 떠날 것인데, 당신이…… 나와 함께 가 주십시오. 영자는 황후마마께 맡기면 되니 안심하십시오."

고북월은 한참 있다가 다시 말을 이어 갔다.

"내 아버지는 마지막 2, 3년 동안 매일 반나절을 약탕 속에 몸을 담근 채 지냈습니다. 마지막 1년은 거의 온종일 약탕에 몸

을 담그고 있었지요. 그 약방문은 내 할아버지께서 연구해 내
신 것입니다. 기침을 멈추게만 할 뿐, 목숨을 살릴 수는 없습니
다. 언젠가는 그 약탕도 기침을 멈추게 할 수 없…….”

“그만!”

진민은 귀를 틀어막고 고북월의 말을 막았다.

고북월도 더는 말하지 않았다. 사실 말하고 안 하고는 차이
가 없었다. 진민은 이미 알아들었기 때문이었다.

그녀가 알아듣기만 했을까. 진민은 비로소 깨달았다.

의원이 제 병은 못 고치지만, 자신의 몸 상태는 잘 안다는
것을!

북월편 **떠나다**

고북월은 줄곧 자신의 병세를 잘 알고 있었고, 그녀의 침술로 자신을 살릴 수 없음도 잘 알고 있었다.

진민은 문득 자신이 정말 어리석다는 생각이 들었다. 자신은 그저 침술이 좀 뛰어날 뿐이었다. 아무리 대단한들 어찌 고북월과 비할 수 있겠는가? 그는 운공대륙의 유일한 의존이요, 운공대륙 의술의 일인자였다. 그도 할 수 없는 일을 그녀가 어찌할 수 있겠는가?

처음에 5년을 약속하고 지난 2년간 적극적으로 협조한 것도, 이제 보니 일부러 그런 것이었다. 그녀가 직접 겪고 보게 한후, 납득시켜 포기하게 하려고!

진민은 창백하지만 여전히 온화한 고북월의 얼굴을 바라보며, 문득 그녀와 그가 지난 2년을 어떻게 보냈는지 생각이 나지 않았다.

그녀는 피 묻은 손수건을 손에 꽉 쥐고, 입술을 꽉 깨물었다. 지금 이 순간 그녀가 얼마나 그의 품에 안겨 대성통곡을 하고 싶은지 알 사람은 영원히 없을 것이었다.

그러나 그녀는 그럴 수 없었고, 그렇게 하지 않았다.

'좋아하면' 제멋대로 굴어도, '사랑하면' 자제했다.

'좋아하면' 그 사람을 자주 귀찮게 할지 몰라도, '사랑하면'

그렇지 않았다.

그녀가 담담하게 말했다.

"푹 쉬세요. 의동을 밖에 두고 지키게 할 테니, 무슨 일이 있으면 바로 저를 부르세요."

말을 마친 그녀는 아쉬워하지도, 미적거리지도 않고 바로 나갔다.

진민은 방으로 돌아오자마자 밖으로 나오던 작약과 딱 마주쳤다.

"아가씨, 이 밤에 어딜 가셨던 거예요?"

작약이 관심을 갖고 물었다.

진민이 고개를 든 순간, 작약은 깜짝 놀라 멈칫했다. 아가씨의 눈가가 또 붉어졌기 때문이었다.

아가씨가 눈시울을 붉히는 모습을 본 게 얼마 만인가. 아가씨는 눈시울을 붉히는 것은 우는 게 아니라고 하셨으니, 그녀도 감히 아가씨가 운다고 말할 수 없었다.

그녀가 조심스레 물었다.

"아가씨, 혹시…… 나리께서 또 괴롭히셨습니까?"

진민은 그녀를 한참 동안 바라보다가 마침내 또박또박 진지하게 말했다.

"작약, 난…… 절대 포기하지 않아!"

진민은 포기하지 않았다.

며칠 후, 그녀는 직접 영자를 데리고 궁으로 들어가 한운석에게 영자를 부탁했다. 그리고 자신은 고북월과 함께 도성을 떠났다.

고북월은 원래 3년 정도 운공대륙 각 현성을 돌아다니며 의약 개혁 상황을 살펴볼 생각이었다. 그래서 지금 그가 다녀 본다고 해도 용비야와 한운석은 별로 의심하지 않았다. 용비야는 원래 사람을 보내 살필 생각을 하고 있었는데, 마침 고북월이 이야기를 꺼내자 허락했다.

영자는 아버지, 어머니와 헤어지는 게 너무 아쉬워 함께 가고 싶은 마음이 굴뚝같았다. 하지만 아버지와 어머니는 공무를 처리하러 가는 것이니, 감히 더 말을 할 수 없었다.

아버지는 며칠 전 그에게 경공 비서 한 권을 주면서, 그 책을 다 익히면 두 사람을 찾아와도 좋다고 허락했다. 그리하여 아버지와 어머니가 떠난 후, 영자는 더욱 열심히 수련에 매진했다.

얼마 후 여름이 되자 예아는 독종 금지로 가 외할아버지 한진에게서 무예를 배웠다.

혼자 궁 안에 있기 지루했던 연 공주는 도저히 참을 수 없어 영자를 방해했다. 영자는 아주 진지하게 그녀에게 말했다.

"공주마마, 저는 경공을 잘 익혀야만 아버지와 어머니를 따라갈 수 있습니다. 혼자 노시면 안 되겠습니까?"

연아는 눈동자를 데굴데굴 굴리다가, 바로 달려가 자고 있는 꼬맹이를 붙들고는 진지하게 말했다.

"꼬맹이를 데리고 훈련해요. 꼬맹이가 진짜 빨리 뛰거든요!"

꼬맹이는 공자를 따라가고 싶었지만, 공자가 허락하지 않았다. 하루 몰래 쫓아갔다가 공자가 노려보는 바람에 결국 돌아와야 했다. 공자가 꼬맹이에게 사납게 군 것은 처음이었다. 꼬맹이는 세상이 무너진 것만 같아 지금까지도 의기소침한 채로 온종일 잠만 자며 절망에 빠져 있었다.

연 공주를 상대하기도 귀찮았던 꼬맹이는 붙잡게 내버려 두었다. 그런데 연 공주가 갑자기 꼬맹이를 공중에 던져 버리는 바람에 깨어날 수밖에 없었다.

연 공주가 자신을 갖고 뭘 하려는 건지 몰랐던 꼬맹이는 땅에 착지하자마자 나는 듯이 도망쳤다. 그 모습을 본 영자는 기뻐하면서 바로 쫓아갔다.

사실 아버지가 떠나신 후 그와 함께 수련해 줄 수 있는 사람이 없었다. 궁 안에 있는 비밀 시위들이 빠르긴 했지만 그만 못했다.

영자가 기뻐하는 모습을 보자 연아도 기뻤다. 연아는 서동림을 불러 그 목에 올라탄 후 큰 소리로 외쳤다.

"쫓아가라! 저 둘을 쫓으면 모든 비밀 시위에게 큰 상을 내리겠다!"

그러자 고요하던 황궁이 시끌벅적해지기 시작했다. 이후 영자가 꼬맹이를 쫓아가고, 한 무리가 연 공주를 모시고 영자를 쫓아가는 모습을 종종 볼 수 있었다.

고북월은 물론 각 지역 의관을 살피러 가지 않았다. 그는 몇몇 사람을 보내 자기 대신 비밀리에 의관을 돌아보게 했고, 가끔 의사에 서신을 보냈다.

그는 하인 한 명을, 진민은 작약을 데리고 함께 무애산無涯山으로 올라갔다. 의성 북쪽에 위치한 무애산은 의성과 멀리 떨어져 있지 않고, 아주 가파른 산세를 가진 높은 산이었다.

북월의 아버지는 바로 이 산에서 마지막 몇 년을 보냈다. 진민과 고북월이 산허리에 이르렀을 때 그곳에서 많은 약재를 발견했는데, 모두 고북월의 약욕 약방문에 쓰여 있던 것들이었다. 그들이 숲을 통과하니 폭포 하나가 보였다. 폭포 쪽에 작은 원락 하나가 있었는데 은둔처 같았다.

아주 잠깐, 진민은 자신들이 이제 이곳에서 은둔하며 유유자적한 날들을 보내는 것인가 하는 착각이 들었다. 하지만 원락에 가까이 가자 그녀는 원락 안팎으로 각종 야생 약초가 가득 자라나 있는 것을 발견했다. 이 약초들도 모두 그 약욕 약방문에 있는 것들이었다.

그녀는 일부러 약방문과 대조하며 하나하나 찾아보았고, 정말 모든 약초를 다 찾을 수 있었다. 누가 이 야생 약초들을 일부러 심어 두고 무성하게 자라도록 내버려 둔 것이 틀림없었다.

진민이 웃으며 물었다.

"고북월, 이제 보니 일찌감치 준비를 다 해 놓으셨군요."

고북월은 웃기만 할 뿐 대답하지 않았다.

아버지와 어머니가 돌아가신 후, 그와 할아버지는 이 원락을 떠났다. 하지만 할아버지는 매년 한두 번 그를 데리고 이곳으로 와서 청소하고 수리했다. 또 이 약초들이 어떻게 자라는지도 살펴보았다.

할아버지는 마지막 몇 년을 이곳에서 보내지 않았다. 할아버지는 고씨 집안 저택에서 자신의 일생을 마쳤다. 그는 심지어 할아버지의 병이 발작하는 모습도 본 적이 없었다. 할아버지는 말하지 않았지만, 그는 알고 있었다. 이 원락은 그에게, 이 약초들 역시 그에게 남겨 주는 것이었다.

고북월은 안으로 들어가 의자를 내와서 진민을 앉힌 후 말했다.

"1년간 오지 못했습니다. 우선 청소를 한 후에 들어가시지요."

진민은 그를 살짝 흘겨본 후 소매를 걷고 성큼성큼 안으로 들어갔다!

고북월은 살짝 멍해졌다. 직접 보지 않았다면, 진민이 눈을 흘기는 모습은 정말 상상도 못 했을 것이었다.

도성에서 이곳으로 오는 동안, 언제부터인지 진민은 그를 고태부라고 부르지 않았다. 그녀는 바로 그의 이름을 불렀고, 인사치레 말도 하지 않았다. 완전히 딴사람이 된 것 같았지만, 그는 낯설지 않았다.

그는 여전히 예의 바르고 깍듯한 태도를 유지했다.

작약이 따라 들어가고, 하인도 따라 들어갔다. 진민은 쫓아내지 않고 두 사람에게 이것저것 일을 시켰다. 하지만 고북월이 들어오려 하자 진민은 그를 노려봤다.

고북월은 어쩔 수 없이 그저 앉아 쉴 수밖에 없었다.

진민은 방 안에서 할 일을 당부한 후, 자신은 바깥에 있는 커다란 목욕통 두 개를 깨끗이 정리하기 시작했다. 이 두 목욕통은 돌로 만든 것인데, 오랫동안 사용하지 않아 빗물이 고여 있고 이끼와 덩굴 식물들이 잔뜩 자라 있었다.

진민은 하나를 깨끗이 정리한 후 고북월을 돌아보며 물었다.

"하나만 쓸 거죠? 다른 하나는 남겨 둬도 되나요?"

"무엇 때문입니까?"

고북월이 물었다.

"꽃을 심고 싶어요."

진민이 대답했다.

고북월은 기꺼이 허락했다. 그는 진민이 도성을 떠난 후 기분이 많이 좋아진 것을 알 수 있었다. 아마도 도성을 떠난 후 지금까지 그의 병이 발작하지 않은 것과 관련 있는 듯했다.

그가 내일부터 온종일 약탕에 몸을 담그고 있으면 꽤 오랫동안 기침을 하지 않을 테니, 그녀의 기분이 더 좋아질 수 있을 게 분명했다.

고북월처럼 성숙한 사람도 이렇게 천진난만할 때가 있었다.

진민이 바쁜 일을 마치고 와서 그를 진맥했을 때, 그는 자신이 진민을 너무 어리석게 생각했음을 깨달았다. 진민은 맥을 짚자마자 그의 맥상이 더 악화됐음을 알아챘다. 하루가 갈수록 악화되고 있었다.

진맥 후 진민의 입꼬리는 축 늘어졌다. 그녀가 말했다.

"쉬고 계세요. 저는 약탕을 끓이러 가겠어요. 오늘 아직 약욕을 하지 않았으니까요!"

그렇게 이들은 산허리에 머물렀다. 고북월은 대부분 약탕에 몸을 담근 채 시간을 보냈고, 진민은 직접 세끼 식사를 준비하는 것 외에 대부분 시간을 그들이 가져온 의서에 빠져 지냈다. 그녀는 아침, 점심, 저녁 하루에 세 번씩 매일 고북월을 진맥했다. 깨끗이 정리하지 않은 그 목욕통에 그녀는 계속 좋아하는 꽃을 심지 못했다.

두 사람 사이의 교류는 너무도 미미했으나, 따로 있는 시간은 갈수록 늘어났다.

고북월의 하인은 약을 캐고 달였고, 작약은 일상적인 일들을 맡아 했다. 진민은 직접 고북월의 곁을 지켰다. 그녀는 고북월과 창 하나 간격을 두고 방 안에서 의서를 읽거나, 아니면 고북월 옆에 앉아서 책을 읽었다. 한가하고 무료했던 고북월은 진민에게서 의서를 받아 읽었다.

진민은 약탕에 몸을 담근 채 한적하게 책 읽는 그의 모습을 보고 웃음이 나면서도 괴로웠다. 그는 꽤 오래 병이 발작하지 않기는 했지만, 지금 생명의 끝을 향해 가고 있었다!

그는 어떻게 이리도 태연하고 침착할 수 있을까? 어쩜 이리…… 잔인할 수 있을까.

허상인 평온은 진민의 마음을 달래지 못했다. 그녀는 모든 의서를 다 살펴본 후 결국 침술부터 시작하기로 결정했다. 어쨌든 그녀가 가장 잘하는 영역이요, 그녀가 유일하게 노력할 수 있는 부분이었다.

그녀는 고북월이 그녀에게 준 작은 금빛 비도를 벽에 꽂고 자신을 향해 경고하면서 일깨웠다.

또 그녀는 웃으면서 고북월에게 농담을 던졌다.

"기왕 방법이 없다면, 죽은 말을 살아 있는 말처럼 치료하듯 당신을 데리고 연습을 좀 해야겠어요!"

고북월은 한참 동안 멍하니 있었고, 자신이 갈수록 진민을 간파하지 못함을 발견했다. 그는 심지어 언젠가 자신이 세상을 떠났을 때 진민이 어떤 반응을 보일지도 상상이 되지 않았다.

하지만 어느 날, 그는 진민의 방을 지나가다가 마침 열려 있던 방문 사이로 그 금빛 비도와 탁자 위에 가득 놓인 의서들을 보고 말았다.

그는 탄식했고, 뭐라 해야 할지 몰라 그저 모른 척했다.

하루하루가 지나갔고 시간도 빠르게 흘러갔다.

고북월이 언제까지 살 수 있을지 오직 시간만이 그 답을 알 터였다…….

요 몇 년 동안 대진의 국력은 점차 강해졌고 국고도 풍성해졌으며, 각 산업도 아주 발달했다. 용비야는 점차 현공대륙을 정복하고 싶은 마음이 솟아났다.

물론 현공대륙을 정복하고자 하는 야심만 있을 뿐 당장 정복하러 갈 생각은 아니었다. 그는 그곳이 힘을 중시하는 대륙임을 아주 잘 알고 있었다. 그 대륙을 정복하려면 군대도, 재물도 쓸모없었다. 오로지 강력한 힘만이 필요했다.

최근 몇 년 동안 한진의 가르침하에 그와 한운석은 수련을 멈춘 적이 없었다. 두 사람이 완벽하게 서정력과 봉황력을 통제한 후에도 이 두 힘은 계속 단계가 상승하며 강력해질 여지가 남아 있었다. 그러나 수련하는 일은 더 어려웠다.

그와 한운석은 10년의 약속을, 랑종 종주 자리 쟁탈전을 기다리고 있었다. 두 사람은 그때가 바로 그들이 현공대륙에 들어가는 첫걸음이 될 것이라고 믿었다.

국가 대사와 무예 수련 외에 용비야가 줄곧 포기하지 못한 일이 하나 있었다. 바로 영승을 찾는 것이었다!

그러나 영승은 일찌감치 몇 년 전에 낙정을 따라 현공대륙으로 가 버렸다.

영승편 **살려 두면 안 돼**

　한창 가을 무렵이라 운공대륙 북부 지역도 날씨가 완전히 추워지지는 않았다. 하지만 운공대륙 북쪽에 있는 빙해, 그 북쪽 기슭의 현공대륙에는 이미 눈이 날리고 있었다. 현공대륙에는 사계절이 있지만 겨울이 유독 길었다. 어떤 의미에서 보면 현공대륙의 겨울은 일찌감치 시작되었다고 할 수 있었다.

　영승은 겨울을 좋아했다. 술을 즐기는 것 외에도 그에게는 사람들이 모르는 작은 취미가 있었다. 그는 겨울철 오후에 햇살을 받으며 한숨 푹 자는 것을 좋아했다. 겨울에 어디서도 그를 찾지 못할 때, 볕이 가장 좋은 곳에 가면 그를 찾을 수 있었다.

　하지만 안타깝게도 지금까지 이 사실을 아는 사람은 없었다. 늘 겨울이 되면 그는 기분이 아주 좋아졌다. 그는 낙정을 따라 현공대륙으로 도망쳤다가 한 번 겨울을 보낸 후 돌아가지 않기로 결심했다.

　아금이 동오국에 군대를 끌고 들어왔을 때 그 소식을 듣고 제일 먼저 도망친 사람은 낙정이었다. 뒤이어 수많은 노예주는 다 북려로 몰래 도망쳤다가 딱 잡히고 말았다. 오직 낙정만 주저하지 않고 현공대륙으로 도망쳤다.

　영승은 아금과 연락하여 안팎으로 일을 꾸며 낙정을 붙잡지 않고, 낙정이 아금의 눈을 피해 순조롭게 빙해 기슭에 이를 수 있게 도왔다.

진정한 의미에서 군대 수장으로서 처음 출정한 아금이 가장 아쉬워한 부분이 바로 낙정을 잡지 못한 일이었다. 이게 다 영승이 꾸민 일이라는 것을 알게 된다면 무슨 생각이 들까?

물론 영승은 그냥 낙정을 도운 게 아니었다!

첫째는 낙정을 통해 빙해를 건너고자 함이요, 둘째는 아금의 신분을 조사하면서 그 김에 낙정의 내력을 파악하고자 함이었다. 그는 아금이 현공대륙에서 동오국으로 팔려 온 후, 열 번 넘는 거래를 거치면서 진짜 신분이 감춰진 채 동오국의 노예가 되었다가 다시 삼도 암시장으로 팔려 온 사실을 일찌감치 파악했다. 하지만 아금이 어떻게 현공대륙에서 동오국으로 팔려 왔는지, 현공대륙에서 아금의 본가는 어디인지 알아내지 못했다.

뜻밖에도 현공대륙에 도착해서 한번 알아보니 짐승 부리는 기술의 유래와 흑삼림의 존재를 바로 알 수 있었다. 직접 흑삼림에 가서 확인해 보지 않았지만, 그는 흑족의 조상이 분명 흑삼림에서 왔다고 단정할 수 있었다. 그리고 아금의 호랑이 지배 능력은 과거 흑삼림의 통제자였던 능陵씨 집안에서 비롯된 게 분명했다!

그래서 아금이 현공대륙에 남아 있지 않고 운공대륙으로 팔려 온 것이었다. 운공대륙과 현공대륙은 줄곧 각각 독립적인 세계였고, 소식 전하기가 아주 어려웠다. 현공대륙에서 누구나 다 아는 일도 운공대륙에서는 엄청난 비밀이 되었다.

영승은 아금이 이미 흑삼림 사람을 만난 것을 몰랐기에 서둘러 모든 소식을 아금에게 전하고 싶었다. 하지만 안타깝게도 현공대륙에 처음 온 그는 모든 환경이 낯설어 빙해의 다른 쪽으로 소식을 전할 방법을 도저히 찾을 수 없었다.

현공대륙에 전해지는 말에 따르면, 빙해에 신조神鳥인 봉황이 나타난 적이 있는데, 오직 봉황만이 빙해를 건널 수 있다고 했다. 서신을 보낼 때 쓰는 매나 비둘기로는 불가능하며, 충분한 능력을 가진 사람이 아니면 빙해를 건널 수 없었다.

빙해는 아주 특별한 곳이었다. 운공대륙과 현공대륙 사이에 존재하기는 하나, 기온이며 지세 모두 남북 양안보다 훨씬 낮았다. 빙해 구역 안으로는 눈과 비가 내린 적이 없었고 늘 날씨가 맑았다.

광활하게 뻗어 나가며 끝없이 펼쳐진 빙해 빙판은 마치 지극히 매끄러운 큰 거울처럼, 하늘에 펼쳐지는 모든 색을 선명하게 비출 수 있었다. 이 빙해 빙판은 일반 빙판보다 훨씬 미끄러웠고, 무엇보다도 그 온도가 일반 빙판보다 아주 많이 낮았다. 평범한 말과 마차는 말할 것도 없고, 썰매 개조차 이곳을 지날 수 없었다.

빙해를 건너려면 반드시 금안설오金眼雪獒라고 불리는 개가 썰매를 끌어야 했다. 그렇지 않으면 결국 진퇴양난이 되어 얼음 위에서 죽음을 맞는 수밖에 없었다. 빙해가 수천 년간 존재하면서 그동안 함부로 빙해에 뛰어들었다가 빙판 위에서 동사해 버린 무지한 자들도 있었는데, 그 시체들은 낮은 온도에서 영구 보존되었다.

금안설오는 빙해 기슭에 사는 기이한 짐승으로, 성격이 이상해서 강압적으로 대해야 말을 듣고 부드럽게 나오면 말을 듣지 않았다. 잘해 주면 업신여기고 확 물어 버리지만, 강압적으로 대하며 굴복시키면 순순히 썰매를 몰며 가장 짧은 시간 안에 빙해를 건너게 해 주었다.

금안설오를 굴복시키는 유일한 방법은 결투였다. 물론 뛰어난 무예 고수는 손을 쓸 필요도 없이 기슭 쪽으로 서기만 해도 금안설오가 순순히 굴복하며 발을 핥았다. 한진 같은 사람이 이런 경우였다. 용비야와 한운석 같은 무공 수준이면 어떤 상황이 될지는 알 수 없었다. 두 사람은 내내 빙해에 한번 와 보고 싶었지만 계속 시간을 낼 수 없었다. 고칠소의 경우, 그는 기슭에 올 때마다 몇몇 금안설오와 아주 심한 싸움을 벌였다. 고칠소가 요 몇 년간 운공대륙과 현공대륙 사이를 너무 자주 오가다 보니, 많은 금안설오가 그를 알아보았다. 그가 종종 기슭에 서서 뒤돌아보면, 그 뒤로 개들이 잔뜩 몰려온 모습을 볼 수 있었다.

하지만 영승은 낙정과 함께 빙해에 왔기 때문에 금안설오와 겨룰 기회가 없었다.

그는 낙정의 큰 비밀을 발견했다. 낙정은 무공을 할 줄 모르는데, 금안설오가 모두 그를 두려워하며 굴복했다. 낙정은 십여 명의 일행을 데리고 보름 만에 순조롭게 빙해 북쪽 기슭 현공대륙에 도착했다.

영승은 처음에는 너무 궁금했지만, 흑삼림의 존재를 알게 된 후 낙정이 흑삼림에서 온 사람일 가능성이 크다고 추측했다. 아금도 낙정이 직접 흑삼림에서 데리고 나왔을 가능성이 아주 컸다!

영승은 낙정이 흑삼림으로 돌아갈 줄 알았다. 그런데 낙정은 돌아가지 않았을 뿐 아니라, 유북상인협회를 데리고 현공대륙에서 각종 장사를 시작했다.

영승은 낙정을 도와 동오국에서 탈출한 공이 있어 전보다 더 낙정의 신임을 받았다. 거기에 현공대륙에 온 후 그는 낙정이 큰 장사를 벌여 많은 돈을 벌 수 있게 도왔기 때문에, 이제 유북상인협회에서 영승의 지위는 낙정의 수양딸인 낙락과 어깨를 나란히 할 뿐 아니라, 심지어 곧 추월할 것 같았다.

영승은 낙정의 환심을 사면서도 비밀리에 흑삼림에 대해 알아보는 것을 잊지 않았다. 하지만 유감스럽게도 흑삼림은 누구나 들어갈 수 있는 곳이 아니었고, 흑삼림 사정도 모든 사람이 알 수 있는 것은 아니었다. 현공대륙에서 몇 년간 힘들게 일했음에도 그는 여전히 많은 내막을 알아내지 못했다.

이날 오후는 햇살이 아주 따스했다. 날이 어두워지자 눈이 많이 쏟아졌다.

영승은 홀로 처소 안에서 술을 데우고 있었다. 어떻게 한 것인지 그가 데운 술의 향기가 방 안을 가득 채워, 주량이 약한 사람이 안에 오래 있으면 술에 취해 쓰러질 것 같았다.

그는 여전히 오래전 운공상인협회에 있을 때처럼 늘 흑의 경장 차림에 간단하고 말끔한 복장을 했지, 쓸데없이 많은 장식을 하지 않았다.

남들이 보지 않을 때 그는 안대를 빼 놓았다. 자세히 보지 않으면 그가 눈을 다쳤는지 알 수 없었고, 그의 한쪽 눈이 먼 것은 더 알아챌 수 없었다.

화로 옆에 앉아 데운 술 한 국자를 떠서 향을 맡으니 그의 입가에 차갑고도 매혹적인 호가 그려졌다. 이 술은 그가 포획한 사냥감 같아서 마음대로 맛볼 수 있었다.

엄동설한의 눈 내리는 밤, 머나먼 이국땅에서 홀로 술을 부어 마시면서 고독하지 않다고 하면 믿을 사람이 없겠지만, 나름대로 한적함을 누리고 있다고 한다면 믿을 수 있으리라.

술에 관해 영승이 가장 아쉬워하는 점은 바로 마셔도 취하지 않는다는 것이었다. 기분 때문에 술을 마시기도 하지만, 술은 무엇보다 취하려고 마시는 것이었다. 특히 술이 센 사람은 더 그랬다.

술이 아주 진해졌을 무렵, 술을 뜨는 영승의 손이 갑자기 멈칫했다. 그는 일어나 창가에 몸을 붙이고 틈 사이로 밖을 봤다. 그림자 하나가 안채인 정방正房 창가에서 사라지는 모습이 보였다.

침입자?

그가 머무는 이 원락은 사합원 구조였다. 그는 서상방西廂房, 낙락은 동상방東廂房, 그리고 낙정은 정방에 머물렀다. 무공을 할 줄 모르는 낙정은 현공대륙에 온 이후 고수들을 기르며 곁에서 지키게 했다.

이 원락은 경비가 아주 삼엄하기 때문에 한밤중에 들어올 수 있는 사람이라면 무공이 아주 뛰어난 실력자가 틀림없었다. 외부 시위들에게 들키지는 않았지만, 오히려 그가 알아채고 말았다.

영승은 뭔가 생각난 듯 바로 밖으로 나가 소리 없이 그 뒤를 쫓아 낙정의 방에 잠입했다. 그 흑의인은 칼을 들고 곤히 자고 있는 낙정에게 다가가고 있었다.

그가 소리를 내려는 순간, 누가 뒤에서 그의 등에 비수를 겨누었다. 이제 보니 진정한 고수는 뒤에 있었다!

등 뒤에 있는 사람이 입을 열기도 전에 영승이 먼저 소리 냈다.

"낙락, 한 걸음 더 앞으로 가면, 너는 이 방에서 나가지 못할 것이다."

앞쪽 흑의인이 바로 뒤를 돌아보더니 그제야 영승이 들어온 사실을 발견하고는 복면을 벗었다. 정말 낙락이었다!

그녀는 놀라긴 했지만 여전히 침착함을 유지했다. 그리고 입가에 사악한 미소를 띠면서 낮은 목소리로 영승 뒤에 있는 사람에게 말했다.

"금錦, 네 칼이 빠를까, 아니면 저자의 입이 빠를까?"

뒤에 있는 사람의 대답이 없자 낙락이 또 말했다.

"저자의 입이 빨라도, 저자는 반드시 죽을 거야."

낙락이 볼 때 영승이 할 수 있는 유일한 일은 시위를 불러오는 것뿐이었다.

그런데 영승이 이렇게 말할 줄이야.

"네 의부가 죽고 내가 죽으면, 너는 그 보물들을 어디에 숨겨 났는지 영원히 알 수 없다. 무량대산無量大山의 보물 창고에는 은자 열 냥뿐이다."

얼마 전 낙정은 노예 매매에서부터 지금까지 모은 모든 재산을 비밀 장소에 숨겨 두고 영승과 낙락 두 사람에게 알려 주었다. 그리고 두 사람이 혼인하여 유북상인협회를 이어받으면 그 재산을 두 사람에게 주겠다고 약속했다.

그때부터 낙락은 낙정을 죽일 마음을 먹었다. 그녀는 원래 낙정이 사 온 노예였는데, 그가 곁에 데리고 살다가 수양딸로 삼은 것이었다. 그녀는 자주 말끝마다 평생 시집가지 않겠다고, 의부를 가장 사랑한다고 떠들어 댔지만, 사실 그녀가 가장 사랑한 것은 낙정의 재산이었다.

영승의 말에 낙락은 침착할 수 없었다.

"날 속이려 들지 마라! 내가 보물 숨긴 곳을 모르면, 너는 더 알 수 없다!"

영승은 경멸의 미소를 지었다. 분명 붙들려 있으면서도 오히려 높은 곳에서 내려다보는 듯했고, 전혀 궁지에 빠진 것 같지 않았다.

그가 낮게 말했다.

"왼쪽 서랍장 세 번째 서랍의 비밀 공간에 열쇠 하나가 있다."

낙락은 깜짝 놀랐다. 그녀는 낙정의 방 안에 있는 물건을 일찌감치 다 파악해 놓았지만, 세 번째 서랍에 비밀 공간이 있는 줄은 몰랐다!

"네 의부의 베개 아래에도 열쇠 하나가 있지."

영승이 또 말했다.

낙락은 확실히 냉정함을 잃었다. 영승은 계속 말을 이어 갔다.

"내게도 하나가 있다."

영승의 말을 따라 낙락의 시선이 서랍장에서 침상으로 갔다가 다시 영승의 몸으로 계속 움직였다.

"서랍장에 있는 그 열쇠는 널 위한 것이다. 세 열쇠를 같이 써야만 보물 창고 자물쇠를 열 수 있다."

영승이 또 말했다.

돈에 눈이 먼 낙락은 잠시 망설였다가 서랍장 쪽으로 가서 과감하게 서랍을 열었다.

그런데 여는 순간, 정면에서 화살 하나가 날아왔다.

낙락은 순간 멍해졌다.

영승 뒤에 있던 사람도 뜻밖이었는지 바로 쫓아가 놀란 소리로 외쳤다.

"정아珵兒, 조심해!"

거의 동시에 화살이 낙락의 팔을 관통했고, 금이라고 불리던 여자가 낙락 곁으로 스치듯 다가가 그 팔을 붙들었다. 침상에 있던 낙정이 깜짝 놀라 일어났고, 문밖에 있던 시위들도 소리를 듣고 달려왔다. 영승은 제자리에서 꼼짝도 하지 않은 채 서늘한 미소만 짓고 있었다.

금은 바로 결단을 내려 낙락을 데리고 창문으로 도망쳤고,

곧 밖에 있는 시위들과 싸움을 벌였다.

낙정은 충격받은 표정으로 영승을 바라보았다.

"어……, 어찌 된 일이냐?"

영승이 말했다.

"의부님, 낙락이 배반하여 의부님을 암살하려 했습니다."

낙정은 놀라서 말도 나오지 않았다. 그가 침상에서 나와 밖으로 쫓아 나왔을 때는 이미 금이 포위망을 뚫고 낙락을 데리고 도망친 뒤였다.

뒤따라 나온 영승이 낙정 뒤에 서서 담담하게 말했다.

"의부님, 이런 배신자는 절대 살려 두면 안 됩니다!"

영승편 **그녀를 찾다**

의부?

이 호칭에 낙정은 냉소를 금치 못했고, 웃다가 결국 눈시울이 젖어 들었다.

결국 친자식도 아니었다!

그는 낙락을 친딸처럼 대했다. 유북상인협회를 넘겨주려 했을 뿐 아니라, 아승처럼 좋은 사위와 맺어 주려 했었다. 그런데 낙락이 그의 목숨을 앗아 가려 했다니!

낙정은 한참 동안 냉소를 지은 후에야 고개를 돌려 영승을 바라보며 물었다.

"아승, 너는 언제 날 배신할 생각이냐?"

지난 2, 3년 동안 그는 줄곧 낙락과 영승 사이를 엮으며 늘 아승에게 이렇게 말했다.

'너도 부인을 따라서 날 의부라고 불러라. 남처럼 서먹하게 낙 주인님이라고 부르지 말고. 앞으로 너와 낙락 사이에 아이가 생기면 내 유북상인협회를 너희에게 넘겨주고 아이를 봐 주마!'

아승은 혼사에는 동의하지 않았지만 일찌감치 낙락을 따라 그를 의부라고 불렀다. 아승이 혼사에 대해 어떻게 생각하는 것인지 그는 내내 종잡을 수가 없었다.

사실 그는 아승보다 줄곧 낙락을 더 믿어 왔다!

그는 유북상인협회의 대권을 아승이 아닌 낙락에게 줄 생각이었다. 그저 혼사를 통해 낙락 옆에 아승을 붙잡아 놓고, 아승의 발을 묶을 생각일 뿐이었다. 어쨌든 아승의 장사 실력은 낙락보다 훨씬 뛰어났기 때문이다.

오늘 밤에 벌어진 모든 상황, 방금 그가 침상에서 깜짝 놀라 일어났을 때 본 광경 때문에 그는 완전히 절망에 빠졌다!

낙정의 질문에 영승은 아주 침착하게 말했다.

"의부님, 제가 배신할 생각이었다면, 의부님은 이미 죽었습니다."

그것이 사실이긴 하지만, 낙정은 아직도 믿지 않는 듯했다.

영승이 한마디 덧붙였다.

"유북상인협회도 진작 제게 넘어왔을 것입니다."

그 말을 하자 낙정은 믿을 수 있었다.

요 몇 년간 유북상인협회의 큰 사업은 모두 아승이 일궈 낸 것이었다. 아승이 그가 숨겨 둔 재산을 차지할 수는 없어도, 유북상인협회를 차지하기란 아주 쉬웠다.

영승은 자신이 낙락을 속인 내용까지 포함하여 방금 벌어진 상황을 상세하게 설명했다. 낙정은 듣는 내내 말이 없었다.

한참 후에야 낙락을 쫓아갔던 시위들이 돌아왔다.

"낙 주인님, 아가씨 옆에 있던 자의 무공이 너무도 뛰어나서 두 사람 모두…… 달아났습니다!"

낙정이 갑자기 뒤돌아 문을 주먹으로 치며 말했다.

"낙락, 네가 모질게 나왔으니, 이 아비가 의롭지 않다고 원망 마라!"

영승이 말했다.

"의부님, 당장 그녀의 돈줄을 막으십시오. 멀리 도망가지 못할 겁니다."

"그래!"

낙정은 방에 들어와서 열쇠 하나를 꺼내 들고 말했다.

"그 보물들은 아직 무량대산에 숨겨 두었지. 하지만 자물쇠는 이미 바꿔 놓았다. 이 열쇠를 네게 먼저 주마. 낙락을 잡아오면, 그녀의 열쇠는 네 것이다."

영승은 열쇠를 가져가지 않고 담담하게 말했다.

"급할 것 없습니다. 열쇠는 의부님이 잘 보관하고 계십시오. 제가 낙락을 잡아 오면, 그때 같이 주십시오."

"좋다! 의부가 너를 잘못 본 게 아니길 바란다."

낙정은 말을 마친 후 방 안으로 들어가더니 쾅 소리를 내며 거칠게 문을 닫았다.

영승은 낙정의 눈가에 비친 눈물을 보았다. 하지만 낙정이 뒤돌아서 방에 들어가 버리자 영승의 입가에는 비웃음만 걸려 있을 뿐, 동정의 기색은 전혀 없었다.

낙정은 노예상이자 사람을 납치하여 팔아먹는 인간이었다. 그가 낙락에게 배신당한 게 뭐 어떻단 말인가?

그날 밤, 영승은 세 가지 일을 했다.

첫째, 유북상인협회를 배신한 낙락에게 높은 현상금을 건다고 발표했다.

둘째, 유북상인협회 내 낙락의 패거리를 모조리 가두었다. 유북상인협회에서 높은 지위를 가진 사람일지라도 전혀 사정을 봐주지 않았다.

그렇게 잡아넣은 사람이 열 명은 넘었다. 영승은 그들을 심문하지 않았다. 그저 핑계를 대고 잡아넣은 것뿐이었다. 그는 유북상인협회에 있는 낙락의 패거리를 싹 다 없애고 자신의 심복들로 바꿀 필요가 있었다.

셋째, 한 여자를 심문했다. 바로 사추였다.

영승이 유북상인협회에 들어간 첫해 섣달그믐 밤에, 낙정은 그에게 여자 노예 사추를 선물했다. 낙정의 이름으로 선물했지만, 실제로는 낙락의 사람이었다.

영승은 지금까지도 사추를 곁에 놔두고 적당히 분위기를 맞춰 주며, 자주 낙락에게 거짓 소식을 알렸다.

영승이 사추의 방에 들어갔을 때, 깊이 잠들어 있던 사추가 바로 놀라서 깼다. 놀라긴 했지만 금세 정신을 차렸다.

"승 주인님, 왜 이리 늦게 오셨어요?"

그녀는 영승에게 추파를 던지며 맨발로 침상에서 내려왔다. 얇은 치맛자락 아래로 매력적인 몸매가 언뜻언뜻 보이는 것이 아주 매혹적이었다.

영승은 요 몇 년 동안 사추의 유혹을 많이 받았다. 그는 낙락이 여자를 아주 잘 고른다는 사실을 인정할 수밖에 없었다. 그 역시 낙락이 이 미인을 선물해 준 것에 줄곧 고마워하고 있었다. 사추를 이용하여 낙정 곁에서 시중드는 마馬 집사를 구슬릴 수 있었기 때문이었다.

사추는 술이 아주 셌지만, 영승에게는 훨씬 못 미쳤다. 그래서 늘 술을 마신 후 나누었던 운우지정은 매번 영승 본인이 아닌 마 집사가 대신 나선 것이었다. 이 사실을 사추는 지금까지도 모르고 있었다. 낙락은 더더욱 그 사실을 알지 못했다.

사추가 그에게로 들러붙었다.

"주인님, 소인이 보고 싶었나요?"

그녀는 손을 내밀어 영승의 가슴을 쓰다듬으면서 옷자락 안으로 파고들려 했다. 그런데 영승이 갑자기 그녀의 목을 조르면서 밀쳐 내는 게 아닌가.

순간 멍해진 사추는 자신이 악몽을 꾸고 있는 줄 알았다.

영승은 그녀의 목을 조르며 그녀를 벽까지 밀어붙인 후에야 손을 놓고 차갑게 말했다.

"내가 묻는 대로 대답해라. 사실대로 말하지 않으면…… 죽느니만 못한 삶을 살게 해 주겠다!"

사추는 마침내 자신의 정체가 탄로 났음을 깨달았다. 도망치고 싶었지만, 영승의 우람한 체구가 앞을 가로막고 있어 도망칠 길이 없었다.

영승은 비수를 꺼내 사추의 얼굴에 갖다 댄 후, 질문을 시작하기도 전에 사추의 얼굴 가죽을 벗겨 냈다. 사추는 고통스러운 비명을 지르기 시작했다. 영승의 비수가 다시 그녀의 얼굴에 닿았을 때, 그녀는 비명을 뚝 그쳤다.

"마……, 말할게요! 뭐든지 다 말할게요."

영승은 사추를 심문한 지 반 시진도 안 되어 밖으로 나왔다. 그는 낮은 목소리로 시종에게 분부했다.

"시신을 치워라. 아, 그리고 마 집사에게 전해라. 낙 대소저를 붙잡고 나면, 그에게 더 좋은 것으로 찾아 주겠다고 말이다."

날이 밝자 영승은 밖으로 나갔다.

모두 그가 낙락을 추격하러 갔다는 것만 알 뿐 그가 어떻게, 그리고 어디로 추격하려는 것인지 아는 사람은 없었다.

낙락과 '금'이라고 불리던 여자 살수는 멀리 가지 못했다. 그들은 유북상인협회 옆집에 몸을 숨기고 있었다. 가장 위험한 곳이 가장 안전한 곳은 아니지만, 적어도 잠시는 안전할 수 있었다.

낙락이 화살에 맞아 팔에 상처가 났다며 의원을 찾아가겠다고 시끄럽게 굴자, 금은 뒤에서 그녀를 때려 한 방에 기절시켰다. 그리고는 단순하지만 거칠게 화살을 뽑아낸 후 금창약을 바르고 싸맸다.

이때쯤 낙락이 막 의식을 회복했다. 그녀는 잘 싸매진 자신의 팔을 봤다가 다시 옆에서 눈을 감고 정신을 가라앉히고 있는 금을 봤다. 한참을 멍하니 있던 그녀는 마침내 자신이 어떻게 정신을 잃었는지 떠올렸다.

그녀는 조용히 다가가 금의 귓가에 대고 갑자기 포효를 질렀다.

"호금好錦, 감히 나를 몰래 공격해! 죽고 싶어?"

호금은 귀청이 떨어지는 줄 알았다. 하지만 그녀는 아주 침착하게 자리를 옮겨 낙락과 거리를 둔 후 눈을 뜨고 낙락을 바라보며 차갑게 말했다.

"네 상처를 치료해 준 거야. 치료비 백 냥은 낙정을 죽이는 값과 같이 주도록 해."

그녀의 이름은 호금이며, 가족을 떠나 전문 살수가 된 후 첫 거래에서 현공대륙에 처음 온 낙락을 만났다.

낙락은 아주 비싼 가격을 제시하며 호금을 자신의 개인 살수로 고용하려 했지만, 호금은 거절했다. 그러자 낙락은 빚을 지고 갚지 않기 시작했다.

낙락의 말에 따르면, 세상에 채무 관계보다 더 확실한 관계는 없었다. 그녀가 호금에게 돈을 빚지면, 호금은 영원히 그녀와 관계를 정리할 수 없었다.

자신의 '빚지는 성의'를 보이기 위해, 낙락은 먼저 나서서 자신의 출신을 호금에게 말해 주었다. 늘 사람 사귀는 데 서투르고 사귀는 것을 좋아하지도 않는 호금도 머리가 어떻게 되었던 것인지, 낙락이 자기 출신을 한 시진 동안 털어놓자, 낙락에게 자신의 출신을 알려 주었다.

그리하여 두 사람 간에 서로를 속속들이 아는 우정은 낙락이 빚을 지고 또 지면서 더욱 견고해졌다.

"치료비 백 냥!"

낙락은 믿을 수 없다는 표정이 되었다.

"호금, 너, 너, 너…… 못된 것만 배웠구나!"

호금은 확실히 못된 것을 배웠다. 아무리 세상 물정 모르는 사람도 낙락과 함께 다니면 못된 짓을 배우기 쉬웠다.

낙락이 호금에게 처음 사람 죽이는 일을 시켰을 때 호금이 불렀던 열 냥은 같은 수준의 살수들에 비하면 천 배는 싼값이었다. 그런데 어제 낙락이 호금을 불러 사람을 죽여 달라 하자, 호금은 돈이 아니라 조건을 걸었다. 그녀는 낙락에게 해마다 십만 냥을 달라고 요구했다.

호금은 아주 진지하게 대답했다.

"정아, 난 너한테 배운 거야."

낙락은 눈을 흘기고는 일어나면서 탄식했다.

"백 냥이면 백 냥이지. 뭐, 어쨌든 난 네게 진 빚을 영원히 갚을 수 없을 테니까. 이렇게 될 줄 알았으면, 애초에 네게 진 빚을 다 갚았을 거야."

그녀는 원래 낙정을 암살한 후 아승에게 덮어씌울 생각이었다. 계획이 실패해 버린 지금, 그녀는 낙정이 자신의 모든 돈줄을 다 끊어 버릴 것을 잘 알고 있었다.

호금은 낙락의 낙담한 모습을 보며 위로해 주려 했다. 하지만 낙락은 금세 기운을 되찾고 말했다.

"괜찮아. 오늘부터 나는 다시는 낙락이 아니야!"

낙락은 낙정이 지어 준 이름이고, 그녀의 진짜 이름은 정아였다. 게다가 현공대륙에서 아주 존귀한 성씨를 갖고 있었다. 이 모든 사실은 그녀가 낙정의 서재에 있던 자료에서 몰래 알아낸 것이었다.

그녀는 집에 돌아가거나 부모님을 만나고 싶다는 생각을 한

적은 없었다. 그저 자유롭게 돌아다니며 자신이 좋아하는 일을 하고 싶을 뿐이었다. 그것은 바로 돈 버는 일이었다.

그녀는 계획을 아주 잘 세워 두었다. 낙정을 죽이고 아승에게 덮어씌우면, 낙정의 재산을 손에 넣을 뿐 아니라 유북상인 협회를 독차지할 수 있었다. 하지만 안타깝게도 이제는 모든 것이 수포가 되어 버렸다.

그녀는 호금을 돌아보며 지극히 진지하게 말했다.

"금, 내가 새 인생을 얻고, 새사람이 된 기념으로 우리 사이 빚을 청산하는 게 어때?"

최근 몇 년 동안 정아가 진 빚은 억 냥이 넘었다. 이런 말을 다른 사람이 들었다면 노발대발할 게 틀림없었다. 하지만 호금은 아주 태연하게 말했다.

"정아, 네게는 아직 낙소요樂逍遙가 남아 있어. 네가 빚을 갚지 않으면, 낙소요에 있는 명기를 죽여 버릴 거야."

낙소요는 낙락이 남몰래 개업한 기루였고, 낙소요의 명기는 바로 정아 본인이었다. 이 일을 호금은 아주 잘 알고 있었다.

정아는 표정이 굳어졌다가 한참 후에야 웃는 얼굴을 끄집어내며 말했다.

"방금 농담한 거야. 진짜로 생각하지 마. 빚을 졌으면 갚는 게 당연한 도리지! 자, 낙소요로 가자. 내가 날 팔아서 네 돈을 갚을게."

이날 밤, 호금은 정아를 데리고 안전하게 낙소요로 숨어들었다.

사실 정아의 말은 언제나 진실이 삼 할이요 거짓이 칠 할이었다. 하지만 호금이 그녀에게 하는 모진 말들은 모두 거짓이었다.

정아는 낙소요에 돌아온 후 명기와의 하룻밤을 사려는 수많은 사람을 다 거들떠보지 않았고, 호금 역시 다시는 그녀에게 빚을 갚으라고 재촉하지 않았다.

보름을 공들인 끝에 거물 하나를 문 정아가 흥분하여 호금에게 말했다.

"금, 아승 그 멍청이가 지금까지도 날 찾아내지 못해서, 내가 먼저 찾기로 했어. 이번에는 네가 나설 필요 없으니 옆에서 쉬고 있어."

옆에서 쉬고 있으라고? 그 말은 아무리 들어도 뭔가 아주 찜찜했다!

호금의 얼굴이 어두워지자, 정아가 얼른 말을 바꿨다.

"아니, 아니, 옆에서 구경하란 이야기야, 구경!"

유북상인협회 본부는 현공대륙 남부 지역에서 가장 큰 성인 평양성平陽城에 있었고, 낙소요는 평양성 북쪽의 작은 성인 낙하성落霞城에 있었다.

낙소요는 이 성보다 훨씬 유명했기 때문에, 낙하성에 오는 사람은 대부분 낙소요에 오는 것이었다. 시간이 오래 흐르면서 이죄 없는 낙하성에 '화성花城'이라는 별명이 붙었고, 낙하성에 오는 남자는 대부분 화류계에서 놀기 위해 온 사람으로 여겨졌다.

이 모든 것은 정아 덕분이었다. 여자 고르는 안목은 남자보다 여자가 훨씬 뛰어나다는 것을 정아는 아주 제대로 증명해 냈다. 낙소요의 아가씨들은 하나도 빠짐없이 그녀가 직접 뽑았다.

낙소요에서 가장 성공적인 부분은 이 기루의 한 명기였다. 이 명기는 지금까지 늘 가면을 쓴 채 한 번도 얼굴을 보인 적이 없었다. 그런데도 수많은 남자가 그녀 때문에 미치고, 그녀를 위해 돈을 쏟아붓게 만들었다.

다른 이유가 아니라, 이 명기의 춤 솜씨가 너무나 뛰어나기 때문이었다. 얼굴을 볼 필요도 없이 춤사위 한 번이면 얼굴 따지는 남자의 마음을 사로잡을 수 있었다.

이날 밤, 낙소요는 '한 번의 인연'이라는 이름으로 경매 연회를 열어, 기루 명기의 진짜 얼굴을 경매에 부쳤다. 낙찰된 사람은 명기의 진짜 얼굴을 볼 수 있었다.

낙소요의 원형 대청에는 사람들이 가득했다. 앞쪽 자리 열 줄은 표 한 장 구하기도 힘들었고, 뒤쪽에 서서 보는 자리도 돈을 줘야 했다. 명기의 얼굴에 대한 경매가 시작되기도 전에, 정아는 벌써 큰돈을 벌었다.

한바탕 춤과 노래 공연이 이어진 후 가기와 무희가 모두 흩어졌다. 높은 무대가 텅 비자, 시끌벅적하게 떠들썩거리던 장내도 바로 조용해졌다. 다들 긴장과 흥분에 사로잡혀 명기가 나타나길 기다렸다.

과연 잠시 후, 아름다운 자태의 여자가 보였다. 그녀는 대들보 꼭대기에 걸린 기다란 비단을 손에 쥔 채 천천히 날아 내려왔다.

분홍빛 비단 치마를 입은 그녀는 아름답고 요염한 몸매를 자랑했다. 얼굴에 나비 모양의 가면을 써서 눈과 코를 가렸기 때문에 그녀의 앵두 같은 작은 입술만 볼 수 있었다.

우아한 분위기를 풍기면서도 앵두처럼 작고 붉은 입술을 살짝 깨무는 모습은 너무도 매혹적이었다. 장내에 있는 남자들은 그 모습을 보고 당장에라도 달려들어 가까이서 그 아름다움과 향내를 느끼고 싶었다.

그녀가 무대에 내려서자 장내가 온통 떠들썩해지기 시작했다. 여기저기서 휘파람 소리가 들리고, 심지어 많은 남자가 큰 목소리로 대놓고 마음을 고백하기도 했다.

기루에 온 이상, 숨어 있으려는 남자는 없었다. 그 자리에 있는 거의 모든 남자가 본색을 드러냈는데, 맨 앞줄에 있는 한 공자만은 명기를 한 번 보기만 할 뿐 계속 술만 마셨다. 그는 여자가 아니라 술 때문에 온 것 같았다. 당연히 그는 영승이었다.

명기는 말없이 그저 하얀 팔을 살짝 들어 옆에 있는 악사들이 연주하게 했다. 악기 소리가 울려 퍼지자 장내는 어느새 조용해졌고, 명기는 경쾌한 동작으로 춤추기 시작했다.

꺾일 듯이 하늘거리는 허리와 함께 소맷자락이 저 멀리 나부꼈다. 붉은 그림자가 공중에 휘날리며, 보랏빛 장미보다 아름다운 자태가 펼쳐졌다.

모든 사람이 그 모습에 푹 빠졌고, 고요한 장내에 영승의 술 따르는 소리만 들렸다. 술잔을 비운 그가 무심하게 고개를 들었을 때, 마침 명기도 고개를 돌리면서 두 눈동자가 마주쳤다. 스치듯 짧은 순간이었지만, 명기는 당황하며 시선을 피했고, 영승도 그녀의 춤추는 자태에 끌리지 않는 듯 곧 시선을 돌렸다.

한바탕 춤사위가 끝나자 장내는 또다시 떠들썩해졌으나, 영승만은 조용히 앉아 있었다. 경매가 시작되고, 여기저기서 가격을 올리기 시작했으나 그는 시종일관 말이 없었다.

경매가 한참 진행되다가, 마지막에 영승 바로 뒤에서 우람한 사내가 일어나 큰 소리로 외쳤다.

"오천만!"

순간 장내는 정적에 휩싸였고, 더 가격을 부르는 사람이 없었다.

늙은 기녀가 웃음 가득한 얼굴이 되어 무대 위로 올라와 물었다.

"이 어르신께서 오천만 냥을 부르셨습니다. 더 부르실 분 계십니까?"

오천만 냥이 적은 금액이 아닌 것은 둘째 치고, 이 우람한 체구를 가진 사나이의 정체가 많은 사람을 두려움에 떨게 했다.

이곳 현공대륙에서는 돈으로 모든 일을 해결할 수 없고 뛰어난 실력이 있어야 했다. 많은 상인이 강력한 힘을 등에 업고 있었고, 그렇지 않으면 아무리 돈 많고 큰 사업을 해도 제대로 자리 잡을 수 없었다.

이 우람한 체격의 사내는 다름 아닌 랑종 한 대소저 수하의 세 대장군 중 한 명인 파도巴圖였다. 그가 일어나자 그 자리에 가격을 더 부를 수 있는 사람들도 다들 몸을 사렸다.

그리하여 명기의 '한 번의 인연'은 오천만 냥이라는 비싼 가격에 파도에게 낙찰되었다.

명기는 당연히 먼저 돌아갔고, 파도는 술을 몇 잔 마시고 구레나룻을 반듯하게 정리한 후 안내하는 시녀와 함께 올라갔다. 장내 사람들 모두 아쉬워하는 가운데 떠나는 자도 있고 남아서 즐기는 자도 있었다. 영승은 위로 올라가 방 하나를 잡은 후, 여자는 부르지 않고 술만 시켰다.

이때 정아는 방 안에서 기다리고 있었다. 늙은 기녀가 황급히 와서 말했다.

"주인님, 아가씨들이 파도를 막고 있으니, 빨리 움직이셔야 합니다! 승 공자가 2층 천자 2호 방에 혼자 들어갔습니다."

정아는 아주 기뻐했다. 그녀는 일부러 영승에게 자신이 낙소요에 숨어서 명기의 시녀로 있다는 소식을 흘렸다. 과연 영승은 직접 찾아왔다. 그녀는 방금 무대에서 내내 그에게 주의를 기울였는데, 그는 술을 마시면서 무대 아래에 가면 쓴 시녀들을 살펴보고 있었다.

이 녀석은 절대 생각지 못하리라. 그녀 자신이 바로 그 유명한 낙소요의 대표 명기라는 것을!

늙은 기녀가 나간 후 정아는 황급히 호금을 불러내 진지하게 말했다.

"승패는 한순간에 결정돼. 너 진짜로 구경만 하고 날 상관하지 않으면 안 돼, 꼭 날 지켜 줘야 해."

"안 가고 있다가는 파도가 오고 말 거야!"

호금이 아주 작은 목소리로 말했다.

정아는 즐겁게 문을 나섰다. 영승을 죽인 후 천천히 낙정을 상대해 주리라!

영승은 방 안에서 기다리다가 늦어지는 술을 더는 기다릴 수 없어 사람을 부르려 했다. 그런데 이때 문이 열렸다.

그는 퍽 의외였다. 들어온 사람은 술 올리는 시녀가 아닌 명기였다.

"공자, 원하신 설녀홍雪女紅이 왔습니다."

가면 아래에서 정아는 아주 보기 좋은 웃음을 지었다. 그녀는 음성변조술을 써서 목소리가 아주 간드러졌고, 평소 입심 좋고 거침없는 말투와 달랐다.

영승은 살짝 멍해졌다.

그는 이미 사추에게 캐물어서 낙소요의 속사정을 알아냈다. 낙소요의 많은 아가씨는 사추와 같은 노예고, 평소 남몰래 왕래하고 있었다.

영승은 당연히 낙소요의 명기가 낙락 본인인 것도 알았다! 그래서 낙락이 낙소요에 숨어들어 시녀로 지낸다는 이야기를 들었을 때, 그는 즉시 낙락이 퍼뜨린 소식이라고 단정했다. 낙락은 그를 유인하여 독 안에 든 쥐처럼 잡으려는 것이었다.

그가 낙락이 낙소요에 있는 것을 알고도 계속 손쓰지 않은 것은, 낙소요 사업이 마음에 들었기 때문이었다. 그는 낙소요를 어떻게 궁지로 몰아넣은 후 낙락을 천천히 처리할지 계획 중이었다. 그런데 낙락이 가만히 숨어 있지 않고, 뜻밖에 먼저 나서서 그를 끌어들일 줄이야.

그는 왔고, 이 경매에 속임수가 있는 것도 알았다. 하지만 랑종의 파도가 나타날 줄은 정말 생각지 못했다. 파도가 낙락에게 홀려 '한 번의 인연'을 낙찰받을 줄은 더 생각지 못했다.

그는 아직도 파도의 출현이 뜻밖의 사태인 것인지, 아니면 낙락이 진작에 준비해 둔 것인지 가늠이 되지 않았다.

그는 당연히 파도를 찾아갈 리 없었다. 어쨌든 이자는 랑종한 대소저의 사람이었고, 실력이 보통이 아니었다. 그가 오늘 살수 세 명을 데려왔지만, 이 사람을 대적할 수 있을지는 미지수였다. 게다가 낙락 때문에 랑종에게 미움을 사면, 유북상인 협회도 골치 아파졌다.

그는 이미 포기했다. 잠시 앉아 있다가 상황을 봐서 파도와 낙락이 대체 무슨 관계인지 알아볼 생각이었다.

그런데 낙락이 이런 때에 그를 찾아올 줄은 생각도 못 했다. 지금 그녀는 파도의 시중을 들고 있어야 했다.

영승은 뭔가 깨달은 듯 갑자기 하하 소리를 내며 크게 웃기 시작했다.

정아는 답답하고 좀 불안하긴 했지만, 그래도 마음을 가라앉히고 물었다.

"공자, 왜 웃으십니까. 소인이 직접 술을 가져왔는데, 설마 공자 마음에 들지 않으십니까?"

그녀는 이미 다 계획해 두었다. 지금쯤 파도가 그녀의 방에서 사람을 찾지 못해 늙은 기녀가 파도를 이곳으로 데려올 것이다. 그녀가 잠시 후 영승에게 달려들어 안기면, 파도가 당연히 오해하여 영승을 가만두지 않을 것이다. 그녀가 장담하건대, 파도의 불같은 성격을 생각하면 영승은 죽을 게 틀림없었다.

정아가 가까이 와서 앉으려는데, 영승이 갑자기 그녀를 잡아당겨 품 안에 가두었다.

그가 물었다.

"이봐, 방을 잘못 찾아왔다. 난 오천만 냥을 낼 능력이 없어. 방금 낙찰한 사람은 내가 아니다."

여기까지 말하자 정아는 갈수록 뭔가 이상하다는 생각이 들었다.

하지만 영승이 또 이렇게 말했다.

"아니면 이렇게 하지. 네 시녀 몇 명을 불러오면 내가 널 놔주겠다. 어떠냐?"

정아는 속으로 기뻐했고, 이 멍청이가 과연 그녀를 찾으러 왔다며 몰래 비웃었다.

그녀가 말했다.

"공자께서 절 놔주지 않으시는데, 제가 어떻게 가서 시녀들을 불러옵니까?"

영승이 말했다.

"기왕 방을 잘못 찾았으니, 잠시 나와 함께 있는 것도 괜찮지."

그는 말하면서 큰 손을 정아의 허벅지 안으로 집어넣었다.

정아는 눈을 가늘게 뜨며 속으로 생각했다. 과연 사추가 말한 대로군. 이 인간은 여자에게 관심 없어 보이지만, 실은 아주 호색한이었어.

그녀는 일부러 두려워하는 척하며 부드럽게 말했다.

"공자, 이러지 마시어요……. 그만!"

영승은 아랑곳하지 않고 큰 손으로 그녀의 다리를 조금씩 쓰다듬었다. 정아는 밀어내면서 동시에 몰래 기뻐하고 있었다. 아승이 적극적으로 나서면 더 좋았다. 잠시 후 파도가 보면 그녀가 예상한 것보다 더 분노할 게 틀림없었다.

파도가 분노할수록 아승은 더 빨리 죽을 터였다!

그런데 영승이 갑자기 그녀의 종아리에서 잘 숨겨 둔 비수를 꺼낼 줄이야.

그는 비수를 위로 쳐들더니, 그녀의 나비 모양 가면을 깨뜨렸다!

맙소사!

정아는 그제야 깨달았다. 이제 보니 이 인간이 무공을 할 줄 아는구나. 게다가 그 실력도 상당했다.

"낙락, 네 의부가 널 보고 싶어 하신다. 가자."

정아가 아직 정신을 차리지도 못한 사이 영승은 그녀를 한 방에 기절시켰다. 문밖에 잠복해 있던 호금이 인기척을 듣고, 파도가 아직 오지 않은 것도 상관치 않고 바로 문을 부수고 들어갔다.

그런데 그녀를 기다리고 있는 것은 세 명의 살수였다. 아승은 기절한 정아를 안은 채 뒤편 깨진 창문으로 나가 버렸다.

호금은 문안에 있던 살수 세 명의 실력이 그녀보다 낮지 않음을 알아챘다. 그녀는 서슴없이 뒤돌아 도망쳐 이 세 명의 살수를 피한 후, 다른 방향을 통해 아승을 쫓아갔다. 세 명의 살수도 만만한 상대가 아니었기에 바로 그녀를 쫓아갔다.

사람들이 모두 사라진 후에야 파도가 도착했다. 그가 방 안에 들어왔을 때는 사람 그림자도 보이지 않았다.

"어디 갔느냐!"

그가 늙은 기녀를 향해 고함을 질렀다.

늙은 기녀는 멍해졌다. 주인님은? 아승은?

파도가 갑자기 늙은 기녀의 멱살을 틀어쥐고 노성을 내질렀다.

"감히 날 속여! 사람을 내놓아라, 그렇지 않으면 이 어르신이 낙소요를 다 불태워 버리겠다!"

늙은 기녀는 물론 진상을 털어놓을 수 없었다. 하지만 기루를 다 뒤져도 정 주인을 찾을 수 없었다.

그리하여 늙은 기녀와 낙소요는 모두 함께 비극을 맞았다.

호금은 세 명의 살수에게 붙들려 아예 아승을 쫓아갈 수 없었다. 아승이 정아를 유북상인협회에 데려왔을 때는 이미 다음 날 밤이었다.

정아는 깨어나서 제일 먼저 침상 곁을 지키고 있는 아승을 발견했다. 그녀는 주변을 둘러보고는 자신이 유북상인협회의 규방에 있음을 발견했다.

당황스러워 죽을 지경이었지만, 그녀는 억지로 웃음을 보이며 말했다.

"아승, 이미 날 의부에게 넘겼을 줄 알았는데. 왜, 아쉬운가?"

낙락은 낙정과 오랜 세월 함께 지냈기에 유북상인협회에 있
는 그 누구보다 낙정의 성질을 잘 알았다. 물론 영승보다도 더
잘 알았다.

자신이 일단 낙정 손에 들어가면 그가 절대 쉽게 죽이지 않
을 것을 알고 있었다!

어쨌든 그녀는 낙정의 친딸은 아니었다.

그녀는 안절부절못하면서도 자신이 왜 이리 억지로 버티며
웃는지 알 수 없었다. 어쩌면 이 남자 앞에서 약한 모습을 보이
고 싶지 않기 때문일지도 몰랐다.

그가 유북상인협회에 들어와 낙정의 눈에 들기 시작하면서
그녀는 그와 맞섰다. 그리고 낙정이 그녀를 그에게 시집보내려
한 순간부터 그녀는 그와 정식으로 싸우기 시작했다.

그녀는 여자였지만 지금껏 어떤 남자에게도 진 적이 없었다.
유북상인협회는 온통 남자들뿐이라 그녀와 혼인하고 싶어 하
는 사람은 많았지만, 모두 그녀에게 처절하게 짓밟혔다. 오직
눈앞에 있는 이 남자만, 그녀에게 짓밟히지 않았을 뿐 아니라
오히려 그녀를 몇 번이나 짓밟았다.

이번에도 그가 그녀를 제대로 밟아 준 셈이었다. 그녀는 자
신의 패배를 인정했다. 하지만 패배한 게 뭐 어떻단 말인가. 그

녀는 이 남자가 자신을 비웃게 놔둘 수 없었다!

"아쉬우면 날 부인으로 삼아. 같이 낙정을 죽이고, 그자의 재산을 나누자, 어때?"

정아가 웃으면서 물었다.

영승이 말했다.

"네가 깨어난 후 네 의부를 만나러 가는 게 더 재미있을 것 같다."

그 말은 정아에게 사형을 선고한 것과 같았다. 그녀는 완전히 두려움에 휩싸여 침상에서 딱딱하게 굳어진 채 전혀 움직이지 못했다.

영승이 일어나 시위를 부른 후 차갑게 분부했다.

"저 여자를 묶어서 주인의 원락으로 보내라."

그가 입구까지 걸어갔다가 다시 돌아보았다.

그 순간, 내내 정신이 또렷하던 정아는 순간 아승이 후회하는 것 같은, 자신을 한 번 봐줄 것 같은 착각이 들었다.

그런데 영승은 그저 이렇게 차갑게 말했다.

"그렇지, 말해 주는 걸 잊었군. 낙소요는 파도가 불태웠다. 네 그 살수는 여러 사람에게 둘러싸여 공격을 받았으니, 오지 못할 것이다."

영승은 말을 마친 후 망설이지 않고 뒤돌아 가 버렸다. 정아는 어안이 벙벙해졌고, 온몸에 힘이 다 빠졌다.

시위가 정아를 낙정의 방문 앞으로 데려갔을 때, 그녀는 아승이 문 옆에 서서 아주 특이한 모양의 열쇠 두 개를 손에 들고 갖고 노는 것을 보았다.

힘이 다 빠져 있던 그녀는 이 모습을 보자 분노가 치밀어 올랐고 온몸의 힘이 다 돌아왔다. 아승에게 달려들어 물어뜯고 싶은 마음이 간절했다.

젠장!

정말 밉살스러웠다!

시위가 그녀를 바닥에 내동댕이쳤고, 잠시 후 마침내 낙정이 밖으로 나왔다.

정아는 고개를 숙인 채 감히 그를 보지 못했다. 그녀는 이럴 때 얌전히 있어야지, 그렇지 않으면 더 처참하게 죽는다는 것을 알고 있었다.

낙정은 그날 밤과 마찬가지로 깊은 침묵에 빠졌다. 다만 그날 밤과 다른 점이라면, 그의 눈동자에 눈물은 더 이상 맺혀 있지 않았다.

그는 오만하게 정아를 내려다보며 차갑게 물었다.

"어째서냐?"

정아는 침묵을 지켰다.

"낙락, 이 늙은이가 네게 충분히 잘해 주지 않았느냐? 네가 원하는 것은 이 늙은이가 다 줄 수 있는데, 왜 이런 짓을 벌였느냐!"

낙정이 노한 목소리로 말했다.

정아는 여전히 말이 없었다.

낙정이 갑자기 다가가더니 발로 그녀의 어깨를 거칠게 차 버리면서 무릎 꿇고 있던 그녀를 그대로 바닥에 쓰러뜨렸다.

"배은망덕한 것, 그 오랜 세월 동안 차라리 개를 키울 것을!"

마침내 그가 정아를 격분시켰다. 그녀는 고개를 들고 한 자한 자 또박또박 말했다.

"낙정, 유괴한 아이를 입양한 것은 은혜가 아니라 가식이라고 하는 것이다!"

낙정은 깜짝 놀랐다.

"낙락, 네가······."

"난 낙락이 아니야! 난 정아야!"

정아가 분노에 찬 목소리로 말했다.

"난 당신의 모든 노예 매매 계약서를 다 보았어!"

정아를 바라보던 낙정의 눈동자에 잔인한 눈빛이 드러났다. 그는 한참 동안 침묵하다가 결국 말을 내뱉었다.

"그렇다면 너는 죽어야 한다!"

순간 영승이 복잡한 눈빛을 번뜩이며 입을 떼려 했다. 그런데 낙정이 이렇게 말했다.

"마 집사, 네게 맡기마!"

정아는 갑자기 질겁했고, 순식간에 식은땀이 줄줄 흘러내려 등을 적셨다.

마 집사는 유북상인협회에서 유명한 호색한이었다. 그의 손에 떨어진 여자 사형수는 모두 능욕을 당했다.

안 돼······.

정아는 무의식적으로 영승을 바라봤다. 그 보기 좋은 봉안에 두려움과 애원의 눈빛이 가득했다.

그랬다.

그녀는 그에게 가장 승복하기 싫었지만, 지금 이 순간 그녀는 그에게 애원하고 있었다. 소리 없이 조용히, 그에게 애원하는 수밖에 없었다.

영승이 그녀와 눈을 마주친 것은 찰나에 불과했다. 그는 무정하게 시선을 돌렸다.

정아의 눈시울이 바로 붉어졌다. 무슨 이유에서인지 갑자기 두려움은 사라지고 괴로움이 밀려왔다. 무언가 가슴을 꽉 누르고 있는 듯, 숨쉬기 힘들 정도로 괴로웠다.

달갑지 않은 것 같으면서도 마치…… 낙담한 것 같기도 했다.

마 집사는 기뻐서 어쩔 줄을 몰랐다. 낙정의 기분을 우려하지 않았다면 웃음이 터져 나왔을 게 분명했다.

그는 낙 대소저를 손에 넣을 날이 올 줄은 꿈에도 몰랐다! 정말 꿈에서도 웃음이 나올 일이었다!

"주인님, 안심하십시오. 주인님을 배신한 자는 죽느니만 못하게 만들어 주겠습니다!"

마 집사는 성큼성큼 앞으로 나와 정아를 어깨에 들쳐 메서 데려갔다. 정아는 고개를 들고 뒤돌아서 방 안으로 들어가는 낙정을 보았고, 따라 들어가는 아승도 보았다.

그녀는 지금껏 운 적이 없었다. 연극이라 해도 눈물을 흘리지 않았다. 그런데 문안으로 사라지는 아승의 뒷모습을 보는데, 닭똥 같은 눈물이 그녀의 눈에서 소리 없이 흘러내렸다…….

영승은 낙정 방에 한참 동안 있은 후에야 밖으로 나왔다.

그는 느린 걸음으로 낙정의 원락에서 나왔다. 하지만 원락 대문을 나서자마자 마 집사의 처소로 급하게 달려갔다.

쾅 소리와 함께 그가 마 집사의 집 문을 걷어찼다.

이불을 둘둘 둘러싼 정아가 극도로 겁에 질린 작은 야수처럼 침상 안에 웅크리고 있는 모습이 보였다. 마 집사는 속옷 바지 하나만 입은 채 침상 앞에 서 있는데, 온몸에 긁힌 상처가 가득해 성한 데 없이 피가 줄줄 흘러내렸다.

영승은 멍해졌다…….

영승이 들어온 것을 본 마 집사 역시 멍해졌다.

영승은 바로 결단을 내리고 들어가 문을 닫았다. 그 모습을 본 마 집사는 더욱 미심쩍었다.

"승 주인님, 무슨…… 일이 있으십니까?"

영승이 말했다.

"보아하니 길들이기 힘든 들고양이인가 보군!"

마 집사는 똑똑한 사람이었다. 마 집사는 영승의 말을 듣자마자 대충 그 뜻을 알아차렸다. 그는 얼른 옷을 입고 웃으며 말했다.

"승 주인님, 너무 맹렬하여 소인은 길들일 수 없으니 주인님께서 나서시지요."

영승이 입을 열기도 전에 마 집사가 또 말했다.

"안심하십시오. 내일 날이 밝기 전에 죽이기만 하면, 주인어른은 아무것도 모르실 겁니다."

영승은 마 집사에게 대충 열쇠 하나를 던져 주며 낮게 말했다.

"유북상인협회의 은자 절반은 네 것이다."

이 과분한 대우에 깜짝 놀란 마 집사는 순간 뭐라고 말해야 좋을지 몰랐다. 그는 거의 뺏다시피 열쇠를 가져갔다.

이 모습에 영승은 자신의 판단이 옳았음을 알았다. 마 집사를 철저히 매수하려면 많은 돈을 써야지, 그렇지 않으면 절대 안전하지 않았다.

마 집사는 재빨리 옷을 입은 후 밖으로 나갔다. 정아는 방금 거래를 직접 보고서도 여전히 꼼짝도 하지 않고 몸을 웅크린 채 공포에 질린 표정을 짓고 있었다.

그런 그녀의 모습을 본 영승은 참지 못하고 비웃기 시작했다.

"얼마나 대담한가 했더니 겨우 이 정도였군."

정아는 여전히 말없이 두려운 표정으로 그를 바라봤다.

영승은 몸을 숙이며 가까이 다가갔다. 그가 그녀에게 아금의 문서를 보았는지 물으려는 순간, 정아가 갑자기 손을 뻗어 확 할퀴면서 그의 손등에 상처를 냈다.

예상치 못한 상황에 뒤로 물러난 영승이 갑자기 매서운 목소리로 말했다.

"이제 연기는 충분히 한 것 같은데? 죽고 싶지 않으면 내려와라!"

정아는 움직이지 않고 증오심 가득한 얼굴로 영승을 주시했다. 그 눈빛이 화살이었다면, 영승은 만신창이가 되었을 것이었다.

"마지막으로 기회를 주겠다. 내려와서 제대로 말하지 않으면, 당장 마씨 성을 가진 놈을 불러오겠다."

영승의 인내심은 한계가 있었다. 여자가 그를 할퀸 것은 처음이었다.

'마' 자가 나오자 정아는 깜짝 놀랐다.

그녀는 영승을 주시하면서 조심스레 자리를 옮겼고, 침상 끝에 이른 후에야 발을 쭉 내밀었다. 하얀 맨발 위로 드러난 복사뼈가 아주 아름다웠다.

영승은 흘끔 본 후 바로 시선을 돌렸다. 정아가 침상에서 내려온 후에야 돌아본 그는 깜짝 놀라고 말았다.

그제야 그는 정아가 벗은 몸임을 발견했다. 웅크리고 있을 때는 작은 이불로도 몸을 다 덮을 수 있었지만, 일어났을 때는 몸통만 덮을 수 있을 뿐 길게 뻗은 다리와 균형 잡힌 하얀 팔은 모두 실오라기 하나 걸치지 않은 상태 그대로 드러났다.

영승은 옆쪽을 보고 나서야 그곳에 찢겨 있는 옷을 발견했다. 시선이 옷더미 위에 머무르자, 그는 자신도 모르게 눈살을 찌푸렸다.

갑자기 정아가 욕을 퍼부었다.

"아승, 이 바보 멍청이! 자신 있으면 날 죽여. 그러고도 네가 남자냐? 이렇게 날 모욕해? 날 죽이든 능지처참하든 원망하지 않았을 거다, 내가 졌으니까! 하지만 이렇게 날 모욕하다니, 정말 경멸스럽구나!"

영승이 고개를 돌렸을 때 정아의 얼굴은 이미 눈물범벅이었다.

그는 멍하니 있다가 갑자기 뒤돌아 나가 버렸다.

정아는 감히 나갈 수 없어 기다릴 수밖에 없었다. 그녀는 한참 앉아 있다가 방 안을 샅샅이 뒤져 마 집사 옷을 찾아낸 후 갈아입었다.

그녀는 침상에 앉아서 영승을 기다렸다.

점차 냉정을 되찾자 그녀는 절로 그런 생각이 들었다. 영승이 한발 늦게 왔다면, 그 결과가 어떠했을까?

잠시 후 영승이 물건 한 꾸러미를 들고 돌아와 정아의 발아래로 던졌다.

정아가 그를 흘끔 보고는 물었다.

"무엇이냐?"

영승은 말이 없었다. 정아는 발로 차서 안에 든 물건을 봤다가 하마터면 소리를 지를 뻔했다.

그것은……, 그것은…… 바로 마 집사의 머리였다!

영승은 고개를 숙인 채 깊이 침묵하다가 담담하게 말했다.

"늦게 와서 미안했다. 넌 떠나거라."

정아는 벌떡 일어나 영승을 보았다가 다시 바닥에 있는 머리통을 보았다. 갑자기 상황을 깨달은 그녀가 놀라 소리쳤다.

"잠깐! 너, 너……, 너……."

"가라! 이제 서로 계산은 끝났다."

영승이 차갑게 말했다.

그런데 정아가 그의 앞으로 달려들더니 그를 밀치며 큰 소리로 말했다.

"나는 깨끗해! 나는 그런 일이 없……. 난 깨끗하다고! 너, 너, 너……., 내 말 이해했어?"

그녀는 어떻게 설명해야 좋을지 몰랐다. 이 인간이 혹시 그녀가 정말 마 집사에게 무슨 일을 당했다고 오해해서, 마 집사의 머리를 베어 그녀에게 사과하는 것일까?

영승은 확실히 오해했다.

그는 정아를 죽일 마음은 있었지만, 한 여자를 이렇게 능욕할 뜻은 없었다.

낙정이 일하는 방식을 그는 인정할 수 없었다. 그는 서둘러 마 집사 손에서 정아를 구해 낸 후, 이를 가지고 그녀를 위협하여 아금의 출신을 알아내려 했다. 그녀가 자신의 출신을 봤다면, 아금의 것도 봤을 게 틀림없었다.

그는 마 집사가 이렇게 빨리 움직일 줄은 몰랐다!

확실히 방금 정아가 능욕당했다고 오해했을 때, 그는 당혹스러웠다. 그리고 지금 정아를 바라보면서 그는 마침내 자신이 충동적이었음을 깨달았다. 사실 마 집사를 죽여 버리면 그는 아주 곤란해졌다.

정아는 믿을 수 없다는 듯 영승을 바라보다가 나직이 말했다.

"아승, 세상에, 네가 좋은 사람이었을 줄이야!"

영승은 정신을 차리고 긴 한숨을 내쉬었다. 더 설명하기도 귀찮아진 그는 차갑게 말했다.

"한 가지만 묻겠다."

정아는 웃었다. 눈물이 다 마르지도 않았지만, 아주 환하게 웃으며 말했다.

"날 풀어 준다고 약속하면, 대답해 줄게."

정아는 처음에는 아승이 양심 때문에 자신을 구하러 온 줄 알았지, 부탁할 일이 있을 줄은 몰랐다.

사실 아승이 구해 준 후 그녀는 좀 죄책감이 들었었는데, 아승이 물어볼 게 있다고 하니 마음이 훨씬 가벼워졌다. 이 인간이 부탁을 했으니 그녀는 당연히 자신의 이익을 최대한 챙겨야 했다.

"내가 원하는 답만 내놓으면, 당연히 풀어 줄 것이다."

영승이 시원스럽게 말했다.

"무슨 질문인지, 우선 들어나 보자."

정아가 웃으며 말했다.

"낙정의 그 비밀문서들을 모두 보았느냐?"

영승이 진지하게 물었다.

정아는 의미심장하게 그를 한 번 보더니 갑자기 놀란 목소리로 말했다.

"세상에! 아승, 이제 보니 너는 그 비밀문서를 노리고 왔구나! 설마…… 너도 낙정이 팔아넘겼던 건 아니겠지?"

"내 질문에 대답해라."

영승이 불쾌해하며 말했다.

"그래, 다 봤어."

정아는 사실대로 대답했다.

"다 기억하느냐?"

영승이 또 물었다.

정아는 말없이 웃기만 했다.

낙정이 직접 관리하는 그 노예 비밀문서는 모두 기밀이었고, 사고 팔린 사람들의 내력은 모두 어마어마했다. 그녀는 당연히 다 기억하고 있었다.

"왜 웃느냐?"

영승이 차갑게 물었다.

정아는 한쪽에 있는 사람 머리를 흘끔 보더니, 갑자기 진지하게 말했다.

"아승, 내 질문에 솔직하게 대답해 줄래?"

"말해라."

영승의 인내심은 거의 바닥나기 직전이었다.

정아가 가까이 다가와 까치발을 들어 그의 귓가에 대고 작게 속삭였다.

"아승, 정말 날 좋아하게 된 건 아니지? 마 집사를 죽였으니, 넌 절대 낙정 옆에서 계속 있을 수 없어."

영승은 멍해졌다가 곧 냉소를 지으며 말했다.

"쓸데없는 생각이다."

정아는 달갑지 않은 듯 또 말했다.

"낙정에게는 총 다섯 개의 비밀문서가 있어. 나 외에 나머지 네 개 중 그 어떤 것이 공개돼도 낙정은 참혹하게 죽게 될 거야. 네가 마 집사를 죽이고도 그자를 속일 수 있을 것 같아?"

그것이 낙정이 이렇게 빨리 그녀를 죽이고 싶어 한 이유인 듯했다. 그렇지 않았다면 낙정 성격에 적어도 마 집사에게 그녀를 한동안 괴롭힌 후에 죽이라고 일렀을 것이었다. 그녀의 생각이 틀리지 않는다면, 내일 낙정은 마 집사에게 직접 그녀의 시체를 갖고 오라고 할 게 틀림없었다.

정아는 영승이 충격을 받을 줄 알았지만, 영승은 그렇지 않았다. 그는 여전히 차갑고 엄숙한 모습으로 물었다.

"네 이름이 정아냐? 성은 무엇이냐? 네 본가는 어디냐?"

그는 아금이 흑삼림에서 왔다는 것을 일찌감치 알고 있었기 때문에, 낙정이 가진 비밀문서가 단순하지 않을 거라고 이미 짐작하고 있었다. 마 집사를 죽인 것은 골치 아픈 일이었지만, 그렇다고 정아의 말처럼 그렇게 심각한 것은 아니었다. 요 몇 년간 그는 유북상인협회에서 헛되이 시간을 보내지 않았다!

정아는 영승의 질문을 피하면서 다시 물었다.

"결과가 정말 두렵지 않아?"

"내 질문에 대답하지 않을 것이냐?"

영승이 무거운 목소리로 물었다.

"내 질문에 먼저 대답해."

정아가 전혀 진지하지 않은 태도로 웃으며 말했다.

그런데 영승이 갑자기 비수를 꺼내더니 그녀의 얼굴에 칼날을 들이대며 차갑게 말했다.

"죽든지, 아니면 내게 대답해라!"

"날 죽일 거였으면 왜 구했어?"

정아는 두렵지 않았다.

영승은 코웃음을 쳤다.

"보아하니 네가 오해한 것 같군. 내가 마 집사에게서 널 구해 주고, 넌 내 질문에 대답하는 것이 하나의 거래인 셈이다. 내가 널 죽이고 말고는 다른 거래지. 이 두 가지는 별개란 소리다, 알 겠느냐?"

정아는 그제야 영승의 뜻을 이해하고는 노한 목소리로 물 었다.

"무엇 때문에 날 죽이려는 거지?"

"왜, 너만 내 목숨을 거둬도 되고, 나는 너를 죽일 수 없는 것이냐?"

영승이 차갑게 말했다.

생사를 장사처럼 이야기하면서 원인과 조건을 따질 수 있는 사람은 이 두 사람뿐이리라.

"네가 내 좋은 일을 망쳤으니 널 죽이는 게 당연하지!"

정아는 씩씩거리며 말했다.

"네가 들어오지 않으면 낙정은 지금쯤 대진의 감옥에 있을 거야! 나도 그자를 따라 현공대륙에 올 필요가 없었어. 난 이곳 이 싫다고!"

영승이 말이 없는 것을 보고 정아가 또 말했다.

"난 세 살 때부터 노예 신세가 되었고, 지금까지 20년 넘게 낙정을 따라다녔어. 곧 그를 죽일 수 있었는데, 너는 왜 이곳에 들어왔어? 뭣 때문에 유북상인협회를 뺏어 간 거야? 낙정의 금고에 있는 돈 중 내가 공공연하게 나서서 벌어다 준 게 얼마나 많은지 알기나 해?"

정아가 씩씩거리며 영승을 바라보았다. 이 많은 말을 할 생각은 아니었다. 호금 앞에서도 하지 않았을 말이었다.

낙정이 동오국에서 그 큰 세력을 가질 수 있었던 것은, 그녀가 수많은 손해와 억울함을 감수해 가며 동오국 왕족의 비위를 맞췄기 때문이었다.

여자는 언제나 남자보다 흥정에 더 적합했다. 장사할 때 여자에게서 작은 이득을 차지하려는 남자가 많지만, 결국에는 여자에게 큰 이익을 뺏기기 때문이었다.

낙정이 어떤 사람인가. 그녀가 진짜 실력이 없었다면 낙정의 총애를 받을 수 있었겠는가?

낙정이 장사를 위해 그녀를 동오국 왕에게 시집보내려 했고, 그녀를 동오국 노예 귀족에게도 시집보내려 했던 사실을 아는 사람은 없었다. 그녀는 많은 대가를 치르며 거래를 성사시키고 자신을 보호했다. 그녀의 진짜 실력을 본 낙정은 자기 뒤를 이을 후계자가 없음을 깨닫고 점차 그녀를 친딸처럼 아끼고 보호했다.

어쩌면 낙정은 나이가 들어 과거 일을 잊었을지도 몰랐다. 하지만 그녀는 자라면서 더 많이 알게 되었고, 미움도 더 깊어졌다.

그녀는 불쌍한 사람이 되고 싶지 않았다. 차라리 용서받지 못할 정도로 악한 사람이 되고, 배은망덕하게 의부를 죽인 죄명을 쓸지언정, 동정은 받고 싶지 않았다.

그녀도 자신이 왜 갑자기 영승에게 진심을 털어놓는지 알지 못했다. 영승이 여전히 말없이 그녀를 주시하고 있자, 그녀는 부끄러움에 화가 치밀었다.

"날 왜 보는 거야? 보지 마!"

그녀는 다른 사람의 동정, 특히 그녀의 적수인 그의 동정이 싫었다.

그런데 영승은 동정하지 않고 도리어 경멸하듯 그녀를 훑어본 후 대답했다.

"능력이 그 근거다. 네가 낙정과 무슨 은원이 있는지는 나와 상관없다. 네가 능력이 없으면 순순히 패배를 인정해라. 마지막으로 묻겠다. 죽고 싶으냐, 아니면 내 질문에 대답하겠느냐?"

정아는 눈을 가늘게 뜨며 망설임 없이 대답했다.

"죽겠어!"

그녀는 믿지 않았다. 영승처럼 장사에 뛰어난 자가, 이 협상은 시작할 때부터 그의 패배라는 것을 모른다고?

그가 답을 알고 싶다면 그녀의 말을 들어야 했다. 그녀가 죽으면 누가 그의 질문에 대답한단 말인가.

턱을 높이 쳐들고 고개를 젖힌 그녀는 죽음을 두려워하지 않는 듯한 모습이었다.

그녀는 영승보다 훨씬 키가 작아서, 아무리 턱을 높이 쳐들어도 여전히 영승이 위에서 내려다보게 되었다.

영승은 업신여기듯 바라보며 경멸 섞인 코웃음을 치고는 말했다.

"정아, 내가 너 아니면 물을 곳이 없을 것 같으냐? 마 집사도 죽였는데 큰 골칫거리는 두렵지 않다. 네가 대답하지 않으면 낙정에게 물어보면 그만이다."

정아는 멍해졌다. 이 인간, 무슨 뜻이지?

불안하긴 했지만, 그녀는 그래도 당당하고 죽음을 두려워하지 않는 모습을 유지한 채 계속 눈을 감고 고개를 쳐들고 있었다.

그런데 영승의 가벼운 한숨 소리가 들렸다.

"원래는 좀 시간이 흐르고 나서 낙정의 내력도 알아낸 다음 손을 쓰려 했건만, 지금도 뭐 상관없다. 일찍 죽이든 나중에 죽이든 큰 차이는 없지."

그 말에 정아는 바로 눈을 번쩍 뜨고 놀란 목소리로 말했다.

"낙정을 죽일 방법이 있어?"

영승은 대답 없이 비수를 움켜쥐고 정아를 찌르려 했다.

"앗…… 살려 줘!"

정아는 깜짝 놀라 비명을 질렀다.

영승의 비수는 거의 그녀의 귓가를 스치고 지나가 귀 바로 옆에 박혔다. 그녀는 조금도 다치지 않았다.

정아는 너무 놀란 나머지 눈을 감은 채 쉴 새 없이 비명을 질렀다. 영승은 어쩔 수 없이 그녀의 입을 막고는 무거운 목소리로 말했다.

"그만해라. 네가 얼마나 죽는 것을 두려워하는지 알았다."

정아는 슬그머니 눈을 뜨고 그의 냉혹한 얼굴을 바라보았다. 쥐구멍에라도 들어가서 숨고 싶은 심정이었다. 정말 창피해서 죽을 것 같았다.

영승은 그녀의 입에서 손을 뗀 후 간단하게 물었다.

"비밀문서에 흑삼림 사람이 있었느냐?"

"너!"

정아는 충격을 금치 못했다.

"너, 너, 네가 능과였다니!"

"정말 능씨 집안이냐?"

영승도 놀랐다. 그는 흑삼림의 능씨 집안이 유일하게 호랑이를 다스릴 수 있다고 들었다. 하지만 그것은 근거 없는 풍문일 뿐이었다. 아금의 출신에 관해서는 확실한 정보가 아니면 그는 쉽게 믿지 않았다.

"20여 년 전, 흑삼림의 주인인 능씨 집안이 하나뿐인 아들을 잃어버렸는데, 바로 낙정이 직접 납치해 간 것이었어."

정아가 진지하게 말했다.

영승은 속으로 한없이 개탄했다. 어쩐지 삼도 암시장에서 처음 아금을 만났을 때 보통 녀석이 아니라는 생각이 들더라니. 그냥 보통이 아닌 정도가 아니라 아주 대단한 녀석이었을 줄이야!

"낙정은 대체 어떤 신분을 가진 자냐?"

영승이 또 물었다.

정아는 어깨를 으쓱하며 말했다.

"나도 몰라."

"네 신분은 또 무엇이냐?"

영승이 다시 물었다.

정아가 웃으며 말했다.

"별 시답잖은 신분이지. 안 그러면 내가 너희 손에 떨어졌겠어?"

"시답잖은 신분인데 낙정이 너를 곁에 두었다고?"

영승이 다시 물었다.

"난 어렸을 때 순진하고 귀여워서, 보는 사람마다 다 나를 예뻐했어. 날 보는 사람은 누구든 데리고 가서 딸로 삼고 싶어 했지."

정아는 전혀 부끄러워하지 않고 이렇게 대답했다.

영승이 말했다.

"우리 둘 사이의 계산은 끝났다. 꺼져도 좋다."

정아가 진지하게 말했다.

"진짜 날 죽이고 싶지 않아?"

"난 여자는 죽이지 않는다. 당장 꺼져라!"

영승이 차갑게 말했다.

정아는 가지 않았을 뿐 아니라 그의 손까지 잡으며 아주 잘 보이고 싶은 얼굴로 말했다.

"어떻게 낙정을 죽일 생각이야? 내가 도울게."

영승이 손을 뿌리쳤다.

"필요 없다."

"그럼 내가 남아서 네 사업 관리를 도와주면 어때?"

정아가 계속 물었다.

"안 꺼질 테냐?"

영승이 고개를 돌려 차가운 눈빛으로 노려봤다.

정아는 단념하지 않고 계속 들러붙었다.

"난 뭐든지 할 수 있어. 손님 접대부터 주방 일에 밤일까지 할 수 있어."

영승은 뜻밖에도 고개를 끄덕였다.

"좋다. 한 달에 열 냥 주지. 만일 아이를 낳으면 열 냥을 더 주겠다. 원한다면 남아라."

그 말에 정아는 바로 손을 놓더니, 영승에게 눈길 한 번 주지 않고 바로 뒤돌아 떠났다!

그녀가 문을 나서려는데 영승이 불러 세웠다.

"오른쪽 창문으로 나가면 누가 널 받아 줄 거다. 되도록 멀리 꺼져라."

정아는 창문으로 뛰쳐나가기 전, 일부러 고개를 돌려 그를 바라보며 또박또박 말했다.

"쫌생이!"

누군가 정아를 낙하성으로 보내 주었다. 곧 호금을 에워쌌던 살수들도 흩어지면서 호금에게 정아가 낙하성에 있다고 알려 주었다.

호금이 정아를 찾아냈을 때, 정아는 남장을 하고 낙소요 맞은편 기루에 서서 이미 폐허가 되어 버린 자신의 피땀을 보고 있었다.

"괜찮은 거야?"

호금은 오자마자 관심을 갖고 물었다.

정아가 돌아보며 한 첫마디는 이것이었다.

"금, 넌 날 제대로 지키지 못했어. 이 빚은 어떻게 계산할 거야?"

호금이 멍해져서 아직 대답하지 못하고 있는데 정아가 또 말했다.

"오랫동안 벗으로 지낸 정을 생각해서 이렇게 하자. 이 빚은 전에 내가 졌던 빚으로 상쇄하자. 우리 두 사람 사이의 계산은 끝난 거야."

호금은 정아가 폐허가 된 낙소요를 보면 괴로워할 줄 알고 걱정했는데, 이렇게 계산할 수 있는 그녀를 보니 안심이 되어 말했다.

"정신 차려, 널 경호하는 비용은 받지도 않았어. 널 지킬 의무가 없었다고."

결국 정아는 낙심하여 얼굴을 축 늘어뜨리고 말했다.

"금, 낙소요가 없어졌어. 난 빈털터리야."

호금이 말했다.

"네가 안다는 비밀문서를 팔아. 하나만 팔아도 평생은 먹고 살걸."

"안 돼. 그 비밀문서가 밖으로 새 나가면, 아승과 유북상인협회 사람 모두 죽어!"

정아는 아주 진지했고, 심지어 엄숙하기까지 했다.

호금은 호기심이 발동했다.

"넌 내내 아승을 죽이고 싶어 하지 않았어?"

영승편 **비굴**

정아는 한참을 생각한 후에야 호금에게 대답했다.

"지금은 죽이고 싶지 않아!"

호금은 믿을 수 없다는 듯 그녀를 바라보았다. 그녀는 사악하게 웃더니 바로 유북상인협회에서 벌어진 일을 호금에게 말해 주었다.

"지금 웃음이 나와? 그자가 늦게 갔으면 네 인생은 끝났어."

호금은 아주 진지하게 말했다.

"그자가 늦게 왔다면, 난 혈서 하나 남기고 그 방에서 머리 박고 죽었을 거야."

정아가 말했다.

"혈서에는 뭐라고 쓰고?"

호금이 궁금해하며 물었다.

정아는 진작 이 문제를 생각해 놓은 듯 말했다.

"그자에게 내 시신을 묻어 달라고, 안 그러면 귀신이 되어서라도 들러붙어 있을 거라고 써야지. 그러면 평생 날 잊지 못할거야."

호금은 눈썹을 치키며 그녀를 바라보았다. 또 이 녀석의 악독함을 한층 더 깊이 알게 되었다.

"너 정말 집에 돌아가서 가족을 만나지 않을 거야?"

호금의 태도는 아주 근엄했다.

하지만 정아는 대수롭지 않게 말했다.

"돌아가도 내가 있을 곳은 없어. 게다가 나와 아승과의 계산은 아직 끝나지 않았어."

처음 낙정이 유괴하려던 대상은 그녀가 아니라 천부적 재능이 뛰어난 그녀의 언니였다. 그런데 어쩌다 일이 잘못되어 그녀를 납치하고 말았다. 이런 정보들은 낙정의 문서에 아주 상세히 기록되어 있었다.

그녀는 낙정이 분명 어딘가에 써먹으려고 그런 기록들을 남겨 두었다고 생각했다. 하지만 어떤 용도인지는 알지 못했다.

현공대륙은 힘이 최고인 세상이었다. 큰 집안에서는 적서의 구분조차 중요하지 않았다. 중요한 것은 타고난 재능이었다. 그녀와 같은 폐물은 돌아가 봤자 스스로 망신만 자초할 뿐이었다.

그녀는 자신이 어느 집안 출신인지 알지만, 그 집안에 관한 어떤 것도 알아본 적이 없었다. 그녀는 일찌감치 가족을 만나지 않기로 결심을 굳혔다.

"두 사람 사이 계산은 끝났잖아? 돌아가서 죽음을 자초하고 싶은 거야? 그자는 낙정에게 맞설 능력도 가졌는데, 네가 그자를 위협이나 할 수 있겠어?"

호금이 물었다.

"상관없어. 유북상인협회의 재정에는 내 몫도 반드시 있어야 해."

정아는 눈동자를 이리저리 천천히 굴렸다. 또 무슨 못된 생각을 하고 있는 것인지 알 수 없었다.

그녀는 아승이 이제 낙정에게 맞설 것을 알았다. 무슨 일이 있어도 그녀가 꼭 끼어들어야 했다. 그렇지 않으면 앞으로 정말 그와 유북상인협회의 돈을 나눌 이유가 없어졌다.

이날 밤, 정아는 고심하느라 몸을 뒤척이며 잠을 자지 못했다. 다음 날 아침 일찍 그녀는 호금을 끌고 함께 평양성으로 돌아갔다.

영승은 확실히 가만있지 않았다. 정아가 평양성으로 간 그날 저녁, 그는 바로 움직였다.

마 집사는 이미 죽었다. 낙정은 다음 날 아침 마 집사를 만나겠다고 했는데, 시체를 보면 아무리 위장해도 속일 수 없었다. 영승은 아예 그날 밤 낙정에게 손을 썼다.

그는 낙정과 중요하게 할 이야기가 있다는 핑계를 대며 낙정 방에서 깊은 밤이 될 때까지 머물렀다. 그의 비수가 낙정의 심장을 찔렀을 때 옆에서 지켜보던 낙정의 호위병들은 앞으로 나서기도 전에 다 피살되었다.

사실 이것은 정아에게 고마워할 일이었다. 정아가 도망쳐서 낙정이 정아 쫓는 일을 그에게 맡기지 않았다면, 그는 절대 그렇게 빨리 직접 전문 살수를 만날 기회가 없었을 것이다.

그는 마 집사에게 줬던 열쇠를 낙정이 고용한 살수단의 웅비 熊飛에게 주며, 웅비와 계약을 맺었다. 웅비가 그를 도와 낙정을 죽여 준다면 유북상인협회의 이인자가 될 수 있었고, 유북상인협회의 사업을 보호함과 동시에 유북상인협회 재산 절반을 누릴 수 있었다. 그 어떤 고용주도 줄 수 없는 엄청난 유혹이었고, 웅비는 바로 허락했다.

장사꾼인 영승은 절대 손해 보는 장사를 하지 않았다. 그가 웅비에게 재산 절반을 넘겨준 것은 절대 낙정을 죽이기 위해서라는 간단한 이유 때문이 아니었다.

현공대륙에서 여러 해를 보내면서, 그는 이곳에서 입지를 다지려면 반드시 무력적 보호가 있어야 함을 알고 있었다. 그가 웅비와 협력하는 것은 미래를 위한 전초 작업이었다.

어쩌면 웅비의 살수단이 최고의 선택은 아닐지도 몰랐다. 하지만 최소한 현재 그가 접할 수 있는 무력 세력 중에서는 그들이 최고의 선택이었다.

낙정이 죽은 다음 날, 영승은 유북상인협회 전체에 낙정이 병으로 사망했다고 선포했다. 똑똑한 사람은 어찌 된 일인지 당연히 알아챌 테고, 똑똑하지 못한 자는 당연히 이의를 제기할 것이었다.

이런 상황에서 영승이 펼친 수단은 모든 사람을 깜짝 놀라게 했다.

알다시피 그는 정아를 찾는다는 핑계로 정아 패거리를 제거했다. 유북상인협회의 3분의 2가 다 그의 사람이었고, 나머지 3분의 1은 낙정의 심복이었다.

이 3분의 1 정도 되는 심복 중 똑똑하게 항복한 사람을 제외하면, 나머지 시대의 흐름을 읽지 못하는 사람도 열 명 남짓이었다.

영승은 뜻밖에도 하루 만에 이 열 명 넘는 사람이 유북상인협회에 들어온 후 지금까지 행한 모든 횡령 증거를 공개했다.

이 한 수로 인해 이 열 명 남짓한 사람은 한 푼도 챙기지 못했을 뿐 아니라 횡령한 돈을 채워 넣은 후에야 떠날 수 있었다. 당장 채울 수 없으면 계속 유북상인협회를 위해 돈을 벌어 채울 수밖에 없었다. 이 방법으로 열 명 넘는 반대자를 처리했을 뿐 아니라 다른 사람에게 아주 크게 경종을 울렸다.

지금껏 유북상인협회 사람은 모두 영승이 대단하다는 것을 알고 많이 존경해 왔다. 하지만 이 일이 있은 후, 다들 그에 대해 존경만이 아니라 경외심도 갖게 되었다.

고작 사흘 만에 유북상인협회의 주인이 바뀌었다. 하지만 외부인이 보기에는 정말 아무 일도 일어나지 않은 것처럼 아주 평온했다.

정아는 평양성에 도착한 후에야 낙정이 병으로 죽었다는 소식을 들었다. 그녀는 굳게 닫힌 유북상인협회의 대문을 바라보며 멍해졌다!

한참 후에야 그녀가 나직하게 말했다.

"그 녀석, 행동이…… 너무 빠르잖아!"

호금이 어두운 곳에서 걸어 나오더니, 지극히 진지한 어조로 충고했다.

"정아, 그 남자를 건드리지 마."

정아가 대답했다.

"그자를 건드리지 않으면 내 온몸이 불편해!"

전에는 이런 느낌이 그렇게 강렬하지 않았다. 하지만 이제 아승이 이토록 깊이 숨어 있는 것을 알게 되자, 그녀는 갈수록 더 그를 도발하고 건드리고 싶었다.

왜 이렇게 된 것일까? 정아도 설명하기 힘들었다.

그녀는 호금을 돌아보며 물었다.

"금, 지금 내가 죽음을 자초하는 것일까?"

호금은 무표정한 얼굴로 간단하게 대답했다.

"비굴한 거지."

정아는 조금도 화내지 않고 아주 진지한 표정으로 고개를 끄덕였다.

"아주 맞는 말이야!"

말을 마친 후 그녀는 갑자기 조용해졌고, 내내 완고하던 표정도 부드러워졌다. 한참 후 그녀가 다시 입을 열었다.

"금, 전에 이런 말을 들은 적이 있어."

"음?"

정아가 자신의 말을 인정해 주는 경우는 많지 않았기에 호금은 퍽 궁금했다. 그런데 정아는 뜻밖에도 이렇게 말했다.

"누군가를 좋아하는 것은 비굴한 일이래."

호금은 입가를 실룩거리며 어떻게 대답해야 할지 몰랐다. 정이며 사랑 같은 것에 대해 그녀는 전혀 알지 못했다.

그녀는 한참 동안 정아를 바라본 후에야 아주 심각한 질문을 던졌다.

"정아, 재산을 얻지 못해서 사람을 얻으려는 거야?"

정아는 잠시 생각했다가 헤헤거리며 웃기 시작했다.

"난 좋은 시절을 다 유북상인협회에 바쳤어. 사람도 재산도 다 놓칠 수는 없잖아? 호금, 날 데리고 몰래 들어가 줘. 내가 목적을 달성하면, 네게 돈을 갚을 수 있어."

호금은 아예 정아를 들여보낼 수 없었다. 영승이 유북상인협회를 맡은 후 제일 먼저 한 일이 웅비에게 최고급 살수를 데려오게 해서 유북상인협회 본부를 지키고, 웅비 본인은 그의 신변을 지키게 한 것이기 때문이었다.

호금은 도망쳐 나왔고, 정아는 내동댕이쳐졌다. 대문 앞에 내던져진 그녀는 너무 아파서 허리도 제대로 펴지 못했다.

이때, 영승은 마지막으로 낙정의 방 안을 뒤지고 있었다.

그는 이미 정아가 말한 그 비밀문서를 찾아냈지만 문서는 네 개뿐, 정아의 문서는 이미 사라지고 없었다. 그는 그날 밤, 정아가 잠입하여 낙정을 죽이려고 했을 때 먼저 자신의 문서를 가져간 것이라고 생각했다.

다른 네 개의 문서 중 하나는 확실히 아금의 것이었다. 영승은 아금의 문서를 몸에 숨기고 나머지 세 개는 전부 없애 버렸다.

다른 이유는 없었다. 그저 그가 건드릴 수 없는 세력이기 때문이었다. 그 문서가 일단 밖으로 새 나가면, 유북상인협회와 그는 현공대륙에서 하룻밤 만에 사라질 것이었다. 아금의 문서는 바쁜 일을 다 처리한 후, 완전히 신뢰할 수 있는 사람을 찾아서 빙해를 넘어 북려로 보낼 생각이었다.

마지막으로 수색해도 영승은 여전히 낙정의 출신에 관한 어떤 정보도 찾아내지 못했다. 예전에 그는 낙정이 원래 가족과 연락이 되어서 자신이 조사해 볼 수 있기를 바랐었다. 하지만 이제는 도리어 낙정이 원래 가족과의 왕래를 완전히 끊었으면 하고 바랐다. 낙정 집안사람이 찾아오면 그가 곤란해졌다.

바람은 바람일 뿐, 영승은 위험을 무릅쓰는 사람이 아니었다. 그는 이미 유북상인협회를 세력가에게 넘기고 자신은 빠져나와 누구도 '아승'이라는 사람을 찾아내지 못하게 할 방법을 고민하기 시작했다.

어쨌든 그가 처음 유북상인협회에 들어온 것도 돈이 목적이 아니라 아금의 출신을 알아내기 위해서였다. 이제 진상이 밝혀졌으니, 그도 그 많은 자질구레한 일을 더는 신경 쓰고 싶지 않았다.

현공대륙은 곳곳에 양조장이 가득했고, 그 어디에도 용비야의 끄나풀은 없으니 그는 마음대로 다닐 수 있었다. 요 몇 년간 그는 줄곧 유북상인협회가 주조업에 손대지 못하게 했는데, 이역시 자신의 퇴로를 남겨 두기 위해서였다. 그는 어디에 양조장을 열 것인지도 이미 다 찾아 놓았다.

영승이 문밖으로 나오자 웅비가 와서 말했다.

"아승, 입구에 누가 와 있는지 아십니까."

"누구지?"

영승은 전혀 종잡을 수 없었다.

"정아, 전에 그 낙 대소저입니다."

웅비가 진지하게 말했다.

"들어오지 못하게 해라."

영승이 차갑게 분부했다.

그런데 반 시진 후 영승이 자려는데 정아가 안으로 들어와 그의 방문 앞까지 왔다.

그녀는 힘껏 문을 두드리며 말했다.

"아승, 문 열어! 한 가지 물어볼 게 있어. 우리 아이를 어떻게 할 거야! 네가 원하지 않는다면 지금 가서 아이를 떼 버리겠어."

그랬다. 정아는 대문에서 큰 소리로 영승을 향해 아이를 어떻게 할 거냐고 물었던 것이었다.

문 안쪽에 있던 경비병부터 보이지 않게 숨어 있던 경비병까지 모두 깜짝 놀랐다.

어쨌든 오랫동안 낙정은 계속 두 사람을 엮었고, 두 사람은 평소 적잖이 입씨름을 벌였다. 모두 두 사람이 실제로 어떤 관계인지는 알지 못했다.

누군가는 두 사람이 겉으로만 평화로울 뿐 사적으로는 죽기 살기로 싸울 것이라 했고, 누군가는 두 사람이 겉으로는 평온해 보이지만 개인적으로 아주 뜨거운 사이일 것이라고 했다. 또 누구는 아승은 혼인하고 싶은데 낙락이 시집가기 싫어해서 두 사람이 원수지간이 되었다고 했고, 심지어 어떤 사람은 낙락이 제 발로 찾아가서 일찌감치 아승의 사람이 되었다고도 했다……. 어쨌든 이런저런 말들이 난무했다.

옹비의 살수들도 진실을 알지 못했다. 그들은 아승이 마 집사의 손에서 정아를 구해 냈다는 것만 알 뿐이었다. 어찌 됐든 아승은 정아에게 그래도 의리가 있었다.

그리하여 정아가 자신이 임신했다고 하자, 다들 아승과 정아가 예전에 잘 지내다가 헤어졌는데, 정아가 이제 막다른 길에 이르자 아이를 갖고 위협하는 것이라고 생각했다.

어쨌든 아승의 혈육과 관련된 일이니 누가 감히 함부로 할 수 있겠는가? 그저 정아가 들어오게 놔둘 수밖에 없었다.

영승은 정아의 그 말도 안 되는 헛소리를 듣고 머리가 아파졌다. 그는 관자놀이를 누르면서 문을 열었다.

문이 열리자 정아는 잠잠해졌고, 주변에 구경하던 사람들은 모두 모습을 감췄다.

정아가 그를 향해 비위를 맞추려는 미소를 지었지만, 영승은 그녀를 방 안으로 확 잡아당기고는 쾅 소리를 내며 문을 닫아 버렸다.

영승편 **처리**

문이 쾅, 하고 닫힌 후 정아의 가슴이 쿵쿵 뛰었다.

분노한 아승을 마주하면서 그녀가 무섭지 않다면 거짓말이었다. 하지만 그런데도 그녀는 참지 못하고 그를 몇 번이고 더 바라보았다.

전에는 늘 이 인간이 한쪽 눈이 먼 장님이라고만 생각했는데, 지금은 왜 보면 볼수록 잘생긴 것 같지?

화내는 모습은 평소보다 갑절은 더 멋지고 잘생겨 보였다.

설마 그가 안대를 쓰고 있지 않기 때문일까?

정아는 일부러 당황한 척하며 물었다.

"너, 문 닫고 뭘 하려는 거야?"

"아이는?"

영승이 반문했다.

정아가 헤헤거리며 웃기 시작했다.

"내가……."

설명을 다 하기도 전에 영승이 말을 잘라먹었다.

"이미 생겨 버렸다면 없애야지."

정아는 그의 뜻을 이해하지 못하고 멍하니 있었다. 그런데 그가 문을 열더니 밖을 향해 외쳤다.

"여봐라, 여자 의원을 데려와라!"

정아는 마침내 위험해졌음을 깨닫고 뒤돌아 도망치려 했다. 하지만 영승이 다시 문을 닫고 거대한 체구를 문에 기댄 채 막아 버렸다.

"내가 그냥 농담한 거야. 중요한 일이 있어서 이야기하러 왔어! 진짜야! 아승, 그래도 이렇게 오래 알고 지낸 사이인데, 나한테 기회를 좀 줘."

정아는 영승의 어두운 얼굴을 볼수록 더욱 당황스러웠고, 계속 말하다가 제 발이 저려 더는 말을 이어 가지 못했다.

영승은 그녀를 주시하며 말이 없었다.

그녀는 고개를 숙이고 풀 죽은 목소리로 말했다.

"갈게, 지금 가면 되잖아. 그럼 됐지?"

"안 된다."

영승이 차갑게 말했다.

정아는 갑자기 고개를 들고 쳐다봤다.

"영원히 널 찾지 않을게, 그럼 됐지?"

"안 된다."

영승이 또 말했다.

"그럼 대체 어쩌자는 거야?"

정아가 큰 소리로 물었다.

"아이를 없애고 나면 갈 수 있다."

영승이 차갑게 말했다.

"애도 없는데 어떻게 없애라는 거야?"

정아는 거의 울 지경이 되었다.

"상관없다."

영승은 꿈쩍도 하지 않았다. 오늘 이 여자에게 아주 인상 깊은 교훈을 남겨 주지 않으면, 이 여자는 또 찾아올 게 분명했다.

이때 문을 두드리는 소리가 들렸다.

"승 주인님, 의원이 왔습니다."

영승이 말했다.

"의원에게 아이가 크니 약을 쓰지 말고 다른 방법을 생각하라고 말해라."

밖에 있던 사람들 모두 어안이 벙벙했다.

아이가 크다고?

정아의 배는 전혀 크지 않았는데! 어찌 된 일이지?

불려 온 여 의원은 아주 진지한 얼굴이 되어 말했다.

"승 주인님, 아이가 크고 약을 쓰지 않는다면, 외부 힘을 써야 해서 제가 도구를 가져와야 합니다."

"그래."

영승이 담담하게 답했다.

하지만 정아의 얼굴은 완전히 새카매졌다. 그녀는 '외부 힘'이 얼마나 잔인할지 상상도 할 수 없었다. 그녀는 죽은 듯이 영승을 바라보며 조각상이 된 듯 꿈쩍도 하지 않았다.

시간이 조금씩 흘러가고 있었다.

잠시 후, 문 두드리는 소리가 다시 들렸다. 의원이 말했다.

"승 주인님, 다 준비되었습니다. 들어가도 되겠습니까?"

영승이 뒤돌아 문을 열려는 순간, 생각지 못한 일이 벌어졌다. 정아가 갑자기 달려들어 그대로 영승의 몸을 덮치더니, 두 손으로 그의 목을 안고 두 발로 그의 허리를 감은 후 주저하지 않고 영승의 입술에 입을 맞추기 시작한 것이었다.

영승은 굳어 버렸다.

난생처음 이런 부드러움과 닿아 본 그는 그저 여자의 촉촉한 입술은 말도 안 되게 부드럽다고만 느낄 뿐이었다!

사실 정아도 입을 맞춰 본 적은 없었다. 그녀는 모든 것을 다 내걸고 온 힘을 다해 힘껏 입을 맞췄고, 혼란한 틈을 타서 영승의 입술 안으로 파고들기까지 했다.

영승은 마침내 정신을 차리고 갑자기 힘을 주어 그녀를 밀어냈다. 본능적으로 반응하느라 그는 자신이 얼마나 힘을 많이 줬는지 알지 못했고, 그가 밀어낸 순간 정아는 저 멀리 날아가 버렸다. 정아는 벽에 부딪힌 후 넘어졌고, 바닥에 엎어진 채 움직이지 않았다.

확실히 초조해지기 시작한 영승은 입술을 닦으며 그녀에게 걸어갔다. 그는 그녀를 발로 차며 차가운 목소리로 말했다.

"일어나라! 계속 연극을 하면 너를 개밥으로 던져 버리겠다!"

정아는 움직이지 않았다.

몇 번 더 발로 차도 움직이지 않자, 영승은 그제야 뭔가 잘못됐음을 깨달았다. 그는 황급히 몸을 웅크려 정아의 머리를 들어 올렸다. 그제야 그녀가 혼절했고, 이마가 깨져 온통 피가 흐르고 있음을 발견했다.

영승은 화가 난 게 분명했다. 그가 긴 한숨을 내쉬며 손을 놔

버리자, 쿵 소리와 함께 정아의 머리가 또 바닥에 부딪혔다.

"죽음을 자초하는군!"

영승은 이 말만 남기고 성큼성큼 밖으로 나갔다.

그가 나오자 구경하던 사람들은 또 모두 몸을 숨겼고, 여자 의원과 하인 한 명만 문 앞에 서 있었다.

"들어가서 처리해라."

영승은 노한 목소리로 말한 후 가 버렸다.

여자 의원과 하인은 분노에 가득 찬 그의 모습을 보고 기겁했고, 그가 떠난 것을 본 후에야 여자 의원은 반 박자 늦게 반응하며 고개를 끄덕였다.

"예, 예!"

하인은 승 주인이 자신보고 들어가서 정아를 처리하라고 한 줄 알았는데, 여자 의원의 이 반응을 보고는 자신이 오해했다고 생각했다. 그래서 그는 여자 의원에게 이렇게 말했다.

"어서 들어가라. 불편한 상황이니 난 들어가지 않겠다."

급하게 안으로 들어간 여자 의원은 문을 닫고 나서야 정아가 바닥에 기절해 있고 이마에서는 계속 피가 흐르고 있는 것을 발견했다.

이게…….

방금 무슨 일이 있었던 거지?

그녀는 많은 것을 신경 쓸 겨를이 없었다. 얼른 그쪽으로 다가가 제일 먼저 정아의 상처를 지혈하고 치료했다.

피를 멎게 한 후 그녀는 정아의 평평한 배를 흘긋 쳐다봤다.

이 여자는 임신하지 않은 게 분명했다.

"이런……."

그녀는 더 영문을 알 수 없었다.

진맥해 보니 정아는 임신하지 않은 게 확실했다! 그런데 승 주인은 왜 아이가 크다며 떼라고 했을까?

방금 그 말, '들어가서 처리해라'는 또 무슨 뜻일까?

여자 의원은 확실히 이해가 가지 않았다. 그녀는 아주 힘들게 애를 써 가며 겨우 정아를 침상에 올려놓았다.

한참을 생각한 후 여자 의원은 밖으로 나왔다. 그녀는 자신을 데려온 그 하인을 불러 진지하게 말했다.

"승 주인께 일을 처리했다고 전해 주세요."

하인은 정아의 임신에 대해 전혀 알지 못했기에, 이 말을 듣고는 모르면서도 아는 척하며 진료비를 주었다.

"처리했다면 됐다, 됐어."

여자 의원은 하인이 캐묻지 않아 정말 다행이라고 생각했다. 그렇지 않았다면 그녀도 어떻게 설명해야 좋을지 몰랐다. 그녀는 승 주인이 오기 전에 진료비를 받아서 가고 싶었다.

그리하여 정아의 임신은 이렇게 사실이 되었고, 하인들 사이에 소문이 났다. 그리고 정아는 영승의 침상에서 계속 잠들어 있었다.

영승은 밤늦게까지 바쁘게 일하다가 돌아왔다. 그는 방에 들어오자마자 자기 침상에서 쿨쿨 자고 있는 정아를 발견하고는 자신이 잘못 들어왔다고 착각할 뻔했다.

하인에게 이 여자를 처리하라고 하지 않았던가? 왜 아직도 여기 있지?

그가 하인을 불러 화를 내려는데 바로 이때, 정아가 갑자기 중얼거리며 잠꼬대를 하기 시작했다.

"마셔요! 자, 자, 가득 채워요! 하하⋯⋯. 넷째 도령, 이 거래만 성사되면 오늘 이 상에 올린 술은 제가 다 사겠습니다! 이러면 될까요? 하하⋯⋯, 겨우 열 단지인걸요. 여섯째 도령, 그 물건들만 받아 주시면, 제가 한 단지 더 추가하지요. 취하게 되면 여러분 마음대로 하셔도 됩니다."

그녀가 한참 동안 늘어놓은 잠꼬대는 모두 술과 관련된 것이었고, 다 장사를 위한 술자리에서 하는 말이었다.

영승은 조용히 듣고 있다가 자신도 모르게 옆에 앉았다.

"자, 마셔요! 취할 때까지 마시는 겁니다!"

정아가 갑자기 크게 소리쳤다.

영승은 입꼬리를 당겼다. 뭔가 하고 싶은 게 있으나 망설이고 있는 듯했다.

"마셔요, 안 마셔요? 당신, 거기 당신!"

정아가 또 소리쳤다. 이제는 이불 밖에까지 손을 내밀고, 손에 잔을 쥔 것처럼 들어 올렸다.

영승은 마침내 참지 못하고 대답했다.

"마신다."

정아는 여전히 손을 든 채 큰 소리로 물었다.

"얼마나?"

영승의 입가에 자신도 모르게 엷은 미소가 피어올랐다. 그가 물었다.

"얼마나 마시고 싶으냐?"

뜻밖에도 정아가 갑자기 눈을 번쩍 뜨며 일어나 앉더니, 아주 흥분해서 말했다.

"아승, 날 용서해 준 거야?"

그 순간, 영승은 멍해졌다.

그는 어린 시절 영락도 잠꼬대를 했던 것을 기억했다. 그 소리에 시끄러워 깨어난 그는 영락에게 몇 마디 대꾸해 주었다. 하지만 다음 날 아침 영락에게 물어보면 영락은 전혀 기억하지 못했다. 그래서 방금 참지 못하고 정아의 말에 대꾸해준 것이었다.

그런데…… 이 여자는 연극을 하고 있었다니!

그랬다. 정아는 연극을 하고 있었다.

그녀는 일찌감치 깨어났지만 나가지 않고 침상에서 꾸물거리며 영승이 돌아오길 기다렸다. 방금 문 열리는 소리가 들리자 그녀는 생각할 것도 없이 자는 척했다.

그가 침상 곁으로 다가오는 소리는 들었는데, 그 이후에 다른 기척이 없었다. 잠깐 조용한 것이었음에도 그녀는 아주 불편했다. 눈을 감은 상태에서도 그가 자신을 주시해서 보고 있는 게 느껴졌다.

그녀는 이런 고통을 견딜 수 없었다. 뭐라도 하지 않으면 들통날 것 같았다. 하지만 잠든 척하고 있을 때 뭘 할 수 있단 말인가? 그때 떠오른 것이 잠꼬대였다.

계속 말을 하다 보니 더는 이어 가기 힘들어졌다. 아예 몽유병에 걸린 것처럼 일어날까 망설이던 참에, 아승이 흥미를 보이며 그녀와 대화할 줄이야.

이 인간은 그녀를 쫓아내지 않았고, 그녀의 잠꼬대를 그렇게 오래 들어 준 데다가 심지어 그녀의 말에 대꾸까지 해 주었다. 이 모습에 정아는 흥분해서 더는 연극을 이어 갈 수 없었다.

"아승, 네가 그렇게 모질지 않을 줄 알았어! 넌 내 상처도 치료해 주고, 날 이곳에 재워 주고, 또 내 말에 대꾸도 해 줬어. 헤헤……, 우리 화해한 거지?"

정아는 아주 뻔뻔하게 웃으며 말했다.

영승은 그녀의 이마에 난 상처를 흘긋 보고는 더 설명하기도 귀찮아서 말했다.

"그래, 화해했으니 넌 꺼져도 좋다."

"그럼 넌 날 책임지지 않을 거야?"

정아가 진지하게 물었다.

"내가 왜 널 책임져야 하지?"

영승은 이해할 수 없다는 표정이었다. 그는 평생 이렇게 낯짝 두꺼운 여자는 정말 본 적이 없었다!

"우리 입을 맞췄잖아!"

정아가 대답했다.

영승은 절로 눈살을 찌푸렸다. 오랫동안 이 여자와 싸워 왔지만, 그녀가 이렇게 함부로 구는 여자인 줄은 처음 깨달았다.

그는 가차 없이 대답했다.

"그건 네가 억지로 한 것이지! 난 인정하지 않는다."

"억지로라도 입맞춤은 입맞춤이지……."

정아는 아주 억울하다는 듯이 말했다.

영승은 기가 막혀서 얼굴이 퍼렇게 질렸다. 정아는 그제야 얼른 말을 바꾸며 진지하게 말했다.

"지금 유북상인협회 사람들은 모두 내가 네 여자인 줄 알아. 네가 날 책임지지 않으면 난 앞으로 어떻게 살아? 누구에게 시집갈 수 있겠어?"

영승이 갑자기 몸을 숙이며 가까이 다가왔다. 사실 정아는 무서웠지만 억지로 버티며 움직이지 않고 그가 가까이 다가오게 놔두었다.

영승이 말했다.

"유북상인협회 사람들은 사추가 내 여자인 것도 알았지. 그 여자가 어떻게 죽었는지 아느냐?"

정아는 마침내 뒤로 물러섰다. 그녀는 반드시 이 남자와 거리를 두어야지, 그렇지 않으면 냉정하게 말할 수 없었다. 영승이 낙소요에서 그녀가 명기인 것을 알아봤을 때, 그녀는 사추가 배신했음을 알았다.

정아가 어떻게 대답해야 할지 모르고 있는 이때, 영승이 또 물었다.

"네가 사추와 무엇이 다르냐?"

"내가 그 여자보다 예뻐!"

정아가 바로 대답했다.

영승의 시선이 가차 없이 정아의 가슴으로 향했고, 그는 코웃음을 쳤다.

정아는 자신도 모르게 두 손으로 가슴을 가리며 욕을 퍼부으려 했다. 하지만 그의 경멸하는 웃음을 보자 과감하게 손을 내렸다. 귀뿌리가 홧홧해졌지만 그래도 가슴을 쭉 펴고 그가 쳐다보게 놔두었다!

영승은 흘끗 보기만 했을 뿐 전혀 관심이 없었다.

정아는 자신의 몸매가 사추만큼 좋지 못함을 알고 있었다. 그녀는 잠시 생각했다가 아주 진지하게 말했다.

"아승, 내가 너에게 사추보다 더 좋은 여자를 찾아 줄 수 있어! 네가 만족하게 해 줄게!"

그녀의 진지하기 그지없는 표정 앞에서 영승은 정말…… 할 말이 없었다.

영승편 **끝장이야**

정아는 상황이 나쁘지 않은 것을 보고 얼른 말을 덧붙였다.

"아승, 난 네게 돈을 벌게 해 줄 수 있고, 여자를 골라 줄 수도 있어. 무엇보다도 난 유북상인협회를 가장 잘 알아. 내가 돌아가게 해 줘. 열 냥만 받으라고 해도 적다고 뭐라 하지 않을게."

그녀는 다 생각을 해 두었다. 유북상인협회에 돌아갈 수만 있다면, 그녀는 아무 거래에서나 많은 돈을 챙길 수 있었다.

영승은 원래 말을 하고 싶지 않았지만, 그녀가 이렇게 말하는 것을 들으니 정말 참을 수가 없었다.

"네가 돈을 벌 수 있다고? 지난 몇 년간 너는 유북상인협회에서 횡령한 돈을 모두 낙소요에 쏟아부었지? 넌 돈을 벌 수 있지. 유북상인협회 돈을 가져가서 딴 주머니를 가득 채울 수 있으니!"

그렇게 말한 영승은 이내 정아가 최근 몇 년 동안 어떻게 큰 사업 여러 개를 이용해 돈을 긁어모았는지 그 과정을 상세하게 나열해 주었다. 그리고 마지막에는 정아에게 더 좋은 방법 몇 가지도 알려 주었다.

"이렇게 한다면 아주 완벽할 것이다. 하지만 애석하게도……."

영승은 말하면서 그녀의 머리를 가볍게 툭 쳤다.

"애석하게도 여기서는 불가능하다."

너무도 치욕적이었지만, 정아는 완전히 승복했다.

아승이 고작 사흘 만에 유북상인협회의 진정한 주인이 된 것만으로도 그녀는 이미 탄복했다. 게다가 방금 아승의 말을 듣고 나니 그녀는 그를 더욱 우러러보게 되었다.

그녀는 한참 조용히 있다가 진지하게 말했다.

"아승, 널 스승으로 모실래!"

그 말을 듣는 순간, 영승은 마침내 완전히 무너져 내리며 노성을 질렀다.

"안 꺼질 테냐!"

몸도 다치고 모욕도 받았건만, 이 여자의 낯짝은 얼마나 두껍고 마음은 또 뭐로 만들어진 거야? 어찌 이리도 염치없이 구는지, 상처받지 않는 걸까?

정아는 이 남자를 물고 늘어지기로 마음을 굳혔다. 그녀는 드러누워 이불을 잡아당기며 말했다.

"피곤해, 꺼질 수가 없어."

"얼마를 원하느냐? 가격을 불러라."

영승이 차갑게 말했다.

"내가 남아 있게 해 줘. 돈을 탐내지 않을게. 매달 열 냥도 필요 없어. 먹고 사는 것만 보장해 주면 돼."

정아가 말했다.

그 순간 영승은 유북상인협회의 영패를 그녀에게 던져 줄 뻔했다. 사실 그를 제외하면 확실히 그녀가 유북상인협회를 가장 잘 다스릴 사람이긴 했다.

그러나 영승은 그렇게 하지 않았다. 전에도 그녀를 죽이지 않은 그가 이제 와서 어찌 불구덩이로 밀어 넣을 수 있겠는가?

유북상인협회를 가장 잘 다스릴 수 있는 사람이 유북상인협회를 지킬 수 있는 것은 아니었다. 그는 강력한 무력 배경을 갖고 있으면서도 장사에 능한 사람을 찾아 유북상인협회를 맡겨야 했다. 그렇지 않으면, 낙정의 집안 세력이 복수하러 찾아왔을 때 누구도 버틸 수 없었다.

영승은 자리에 앉으며 아주 길게 탄식했다.

정아는 그를 보면서 자신도 모르게 일어나 앉았다. 정말이지 이렇게 조용하고 진지한 모습의 아승은 그녀를 아주 두렵게 했다. 차라리 자신을 향해 소리 지르고 사납게 구는 게 나았다. 아승이 눈을 들어 자신을 바라보자, 그녀는 바로 고개를 숙였다.

영승은 열쇠 두 개를 꺼내 담담하게 말했다.

"이것은 무량대산의 그 보물 창고 열쇠다. 총 세 개인데 하나는 웅비에게 있다. 웅비는 낙정을 죽인 공이 있어 그의 몫을 챙겨 주어야 한다. 나머지는 전부 네 것이다."

정아가 가장 원하던 것이 바로 이 열쇠였다. 하지만 그녀는 받지 않고 경계하며 물었다.

"조건은?"

영승이 한 자 한 자 또박또박 말했다.

"다시는 유북상인협회를 노리지 말고 당장 꺼지는 것이다!"

정아가 거절했다.

"싫어!"

영승은 뜻밖이었다.

"돈을 원하는 게 아니었느냐? 유북상인협회가 3년을 써도 그렇게 많은 돈을 벌 수 없다는 것은 네가 잘 알 텐데!"

"난 널 원해!"

정아는 조금도 주저하지 않고 대답했다.

"돈은 필요 없어, 난 널 원해!"

영승은 순간 멍해졌다가 곧 아주 큰 소리로 웃기 시작했다. 마치 엄청나게 웃긴 이야기를 들은 듯했다.

그런데 이 말은 그에게 있어 정말로 엄청나게 웃긴 이야기였다. 정아가 얼마나 재물을 탐내는지는 그가 누구보다 잘 알고 있었다. 그런 그녀가 돈이 아니라 그를 원한다고?

그는 몸을 숙여 두 팔로 침상을 받치며 그녀 앞으로 가까이 다가갔다.

"정아, 이제 그만해라. 10년을 주어도 난 네게 더 많은 돈을 벌어 줄 수 없다!"

그는 그녀의 얼굴을 툭툭 치며 냉소를 지었다.

"정신 차려라!"

그가 전혀 세게 치지 않아서 그녀의 얼굴은 아프지 않았다. 그런데 어째서인지 마음이 너무너무 아팠다. 마치 그가 한 번 칠 때마다 그녀의 마음이 욱신거리는 것 같았다.

괴로워…….

하지만 그녀는 여전히 무시하고 웃으며 말했다.

"상관없어. 어쨌든 난 널 원한다니까?"

마침내 최후의 인내심까지 바닥난 영승은 그녀를 안아 들고 성큼성큼 문을 나섰다. 지름길을 지나 후문에 이르자, 그는 전혀 여자라고 봐주는 일 없이 그녀를 내던져 버리고는 쾅 소리를 내며 문을 닫았다!

"웅비!"

그가 노한 목소리로 소리쳤다.

웅비가 급하게 달려왔다.

"승 주인, 무슨 일입니까. 왜 그리 화를 내십니까?"

그가 차갑게 말했다.

"명령을 전해라. 누구든 다시 정아를 들여보내는 자는 그녀와 함께 꺼져 버리라고!"

문밖에서 호금은 정아를 부축하다가 그녀 이마의 상처를 보고 다급하게 물었다.

"저자가 널 다치게 했어?"

정아는 어깨를 으쓱하며 말했다.

"아니, 내가 자초한 거야."

호금은 그제야 정아의 기분이 괜찮아 보이는 것을 발견했다. 그녀가 수상쩍어하며 물었다.

"어떻게 된 거야?"

정아는 풉 하고 웃음을 터뜨렸다.

"금, 저 사람 정말 날 죽일 생각이 없었어!"

그녀가 그를 화나게 했는데도 그는 살의를 드러내지 않았다. 그녀는 정말 너무 뜻밖이었다.

정아는 여전히 영문을 알지 못하는 호금을 끌고 갔다.

"우리, 주변에 있을 곳을 찾아보자. 그 사람이 나오지 않을 리 없어!"

정아는 교활하게 웃었다.

정아는 정말 근처에 머물렀다. 자신은 유북상인협회의 대문을 주시하고, 호금에게는 후문을 지키게 했다.

멀쩡한 살수가 이런 처지로 전락해 버렸지만 호금은 전혀 속상해하지 않았다. 그냥 지루해 죽을 것 같았다.

이틀 동안 아승은 밖으로 나오지 않았다. 그런데 유북상인협회로 누군가가 찾아왔다. 바로 파도였다!

정아는 대문 앞에 서 있는 파도를 보자마자 치 떨리게 화를 냈고, 달려들어 물어뜯고 싶은 마음이 간절했다.

호금은 아주 태연하게 말했다.

"저자가 낙소요를 태우긴 했지만, 일의 원흉은 아승이었어."

정아가 골이 난 채 말했다.

"유북상인협회는 작년에 랑종과 많은 거래를 했어. 하지만 책임자는 파도가 아니었단 말이야. 저자가 뭘 하려고 온 거지?"

호금은 자신에게 물어도 소용없다는 듯 어깨를 으쓱했고, 정아도 더 말하지 않았다.

두 사람은 그저 기다릴 수밖에 없었다.

파도는 들어간 지 한참 후에야 밖으로 나왔고, 아주 좋지 못한 안색으로 떠났다.

"금, 안 좋은 예감이 들어."

정아가 낮은 목소리로 말했다.

호금은 순간 복잡한 눈빛을 반짝이더니 역시 낮게 말했다.

"불길한 예감이 들었다면 우리 철수하자."

정아는 그녀를 한 번 노려본 후 더 말하지 않았다.

그날 오후, 정아의 불길한 예감은 적중했다. 파도가 또 찾아왔는데, 그가 마차에서 내린 후 마차 안에서 한 중년 부인을 끌어내린 것이었다.

그 사람은 다름 아닌 낙소요의 늙은 기녀였다!

정아는 창문 아래 주저앉아 중얼거리듯 말했다.

"금, 난 끝장이야."

그녀는 파도가 늙은 기녀를 죽인 줄 알았지, 늙은 기녀를 데려갔을 줄은 생각도 못 했다. 늙은 기녀를 데리고 찾아왔으니, 저 늙은 기녀가 그녀를 배신한 게 틀림없었다!

호금은 낙담한 정아를 돌아보며 유감스럽다는 듯 말했다.

"네 밑에는 어떻게 주인을 배신하는 자들뿐이야?"

정아는 호금보다 더 유감스러운 어조로 말했다.

"아승이 나에게 현상금을 걸었을 때, 모든 사람이 내가 돈이 없는 걸 알았어. 사람이면 누구나 날 배신하겠지!"

호금이 차갑게 말했다.

"그러니까 나는 지금까지 사람이 아니었다는 소리야?"

정아는 웃고 싶었지만 웃음이 나오지 않았다. 사태의 심각성을 아주 잘 알기 때문이었다. 파도의 배후는 랑종이었고, 랑종을 건드릴 수 있는 사람은 아주 드물었다.

작년 유북상인협회와 랑종의 몇 차례 거래는 아승이 맡았지만, 그녀도 상황을 알고 있었다. 지금 랑종을 맡고 있는 한 대소저 한향은 자기편을 심하게 감싸고 자기 이치만 내세우는 사람이었다.

아승이 랑종과 진행한 몇 차례 거래는 돈을 벌기 위해서가 아니라 친분을 위해서였다. 랑종은 현공대륙 남쪽에서 가장 강한 세력이었다. 낙정은 아승에게 랑종과 친분만 잘 맺을 수 있다면 유북상인협회가 현공대륙 남쪽에서 수월하게 장사할 수 있고, 누구도 감히 장사를 망칠 수 없을 것이라고 말했었다.

하지만 그녀가 알기로 한 대소저는 야심이 커서, 줄곧 유북상인협회의 동업자가 되고 싶어 했다. 낙정은 거절했고, 아승도 거절했다. 다른 이유가 아니라 한향이 유북상인협회에 발을 들이면 결국 낙정과 아승은 발언권을 잃고 종으로 전락할 것이기 때문이었다.

정아는 잠시 조용해졌다가 갑자기 벌떡 일어났다.

"가 봐야겠어!"

호금이 얼른 그녀를 붙잡았다.

"죽고 싶어서 그래? 네가 그렇게 파도를 농락했는데 그자가 널 가만두겠어?"

"자기가 한 일은 자기가 책임져야지! 아승과 유북상인협회를 끌어들일 수는 없어!"

정아가 진지하게 말했다.

"그 인간은 능력이 대단하니, 어쩌면 널 도와줄 수 있을지도 몰라.”

호금이 위로하며 말했다.

“파도는 손가락 하나로 그 사람을 눌러 죽일 수도 있어. 금, 너도 알잖아. 이곳에서는 무공이 진짜 능력이야.”

정아가 담담하게 말했다.

“그럼 넌 더 가면 안 되지. 아승 그 인간이 자기 목숨을 바쳐 가면서 널 보호하겠어?”

호금이 진지하게 물었다.

“너 자신은 멍청하지 않으면서 왜 그 사람을 그렇게 어리석 게 생각해?”

정아는 씩씩거리며 입을 삐죽이 내민 후 다시 창가 쪽으로 가서 기다렸다!

정아는 밤까지 기다린 후에야 밖으로 나오는 파도를 볼 수 있었다. 늙은 기녀는 따라 나오지 않았다. 상황을 모르는 정아 는 뛰어 들어가 자초지종을 묻고 싶은 충동이 일었다. 하지만 안타깝게도 몇 번이나 시도했지만 모두 호위병에게 막혀서 돌 아왔다.

그녀가 마지막으로 시도했을 때, 갑자기 뒷문이 열렸다. 뜻 밖에도 아승이 직접 문을 열었다.

그녀는 쏜살같이 그에게 달려가서 물었다.

“파도가 널 왜 찾아왔어?”

영승은 말없이 차갑게 그녀를 바라보기만 했다.

정아가 또 물었다.

"그자가 널 위협했어?"

영승이 여전히 말이 없자 정아는 뒤돌아 가 버렸다.

그제야 영승이 입을 뗐다.

"어디 가느냐?"

"그자에게 가는 거야! 내가 저지른 일이니 내가 직접 수습하겠어."

정아가 대답했다.

그런데 영승이 이렇게 말할 줄이야.

"정아, 뭐가 그리 급하지?"

정아는 이해되지 않는다는 표정으로 돌아보았다.

"파도는 이미 그 늙은 기녀를 죽였다. 그자는 공을 자랑하러 서둘러 주인에게 간 것이다. 내가 내일 한 대소저와 협력에 관해 이야기하기로 했거든."

영승이 여기까지 말한 순간, 정아가 말을 자르며 진지하게 물었다.

"아승, 날 감싸 주고 있는 거야?"

영승이 웃으며 말했다.

"잘 알 텐데. 낙정의 배후 세력은 약하지 않다. 낙정을 죽였으니, 랑종과 협력하는 수밖에 없다."

"너……."

정아는 얼이 빠졌다.

"일찌감치 계획해 둔 일이었다. 네가 파도를 건드려 줘서 고마웠다. 그렇지 않았다면 내가 한 말을 번복할 기회를 찾지 못했을 것이다. 어쨌든 나는 전에 한 대소저를 거절한 적이 있으니까."

영승이 차갑게 말했다.

정아는 아승을 바라보며, 처음으로 무섭고 낯설다고 느꼈다. 처음으로 자신이 이 남자를 너무 몰랐다는 사실을 발견했다.

하지만 그렇다고 해도 그녀는 여전히 그가 기꺼이 사냥개 노릇을 하려는 자라고 믿지 않았고, 그에게 고충이 있다고 믿었다.

"내가 근처에 있는 걸 알면서 왜 날 넘기지 않았지?"

그녀가 고집스레 물었다.

아승의 대답은 그녀를 거의 절망에 빠뜨렸다.

영승은 정아에게 이렇게 말했다.

"내일 이후 파도는 우리 유북상인협회 호위병 수장이다. 네가 정말 그 정도로 대담하다면 얼마든지 다시 와서 문을 두드려라."

그는 말을 마친 후 뒤돌아 안으로 들어갔다. 이번에는 문을 세게 닫지 않고 아주 느긋하게 닫았다.

제자리에 멍하니 선 정아는 마음이 아주 답답했다. 문득 상관없는 제삼자가 된 느낌이었다. 그녀는 지금까지 이 판이 아승과 자신의 것이라고 생각해 왔다.

그런데 지금 이 순간 그녀는 철저히 깨달았다. 지금 이 판은 아승과 한향의 것이요, 아승은 그녀를 이 판에서 완전히 내쫓아 버렸다.

그녀는 줄곧 그가 자신을 정말 죽이고 싶지 않고, 죽이지 못한다고 생각했다. 그런데 이제 보니 그는 그저 그녀를 죽일 가치가 없다고 생각한 것뿐이었다.

호금이 한쪽에서 걸어 나왔다. 방금 아승의 말은 그녀도 아주 뜻밖이었다.

"정아, 돌아가자."

그녀가 진지하게 말했다.

정아가 이를 갈며 말했다.

"안 가!"

유북상인협회라는 판이 영승과 한향의 것인들 뭐 어떻단 말인가? 그녀는 마찬가지로 훼방을 놓을 생각이었다!

"저 남자가 종노릇할 사람이라니, 난 안 믿어!"

정아가 차갑게 말했다.

다음 날 오후, 정아는 과연 멀리서 한향이 오는 것을 발견했다. 그녀는 한향을 본 적이 없었지만, 한눈에 저 화려한 마차가 랑종의 것임을 알아챌 수 있었다.

한향이 마차에서 내렸을 때, 정아가 바로 물었다.

"금, 내가 예뻐, 저 여자가 예뻐?"

"네가 예뻐."

호금의 말은 거짓이 아니었다. 한향의 외모는 정말 평범했다. 옷이 날개라고 하던가. 화려한 옷과 정교한 화장, 아름다운 장신구로 치장하지 않았다면, 그녀가 무리 가운데 섰을 때 두 번 돌아볼 사람은 없을 듯했다.

호금이 한마디 덧붙였다.

"타고난 재능이 훌륭하잖아. 그건 인정하지."

"좋은 팔자를 타고난 것뿐이잖아. 저 여자보다 재능이 훌륭한 사람이 얼마나 많은데, 하필 저 여자가 랑종의 종주와 만나다니."

정아는 달갑지 않은 듯 말했다.

한향이 랑종 종주의 친딸이 아닌 양녀인 것은 현공대륙 사람

누구나 아는 사실이었다.

"어찌 됐든 저 여자의 재능은 너보다 훌륭해!"

호금은 늘 아주 객관적이었다. 정아의 재능이 부족하지 않았다면, 정아는 출신으로 한향을 이길 수 있었다.

"금, 날 좀 위로해 주면 안 돼?"

정아가 화를 냈다.

하지만 호금은 또 맞는 말을 늘어놓았다.

"정아, 너 이렇게 말끝마다 신경 쓰는 걸 보니, 설마 아승과 한향 사이에…… 뭐가 있는 건 아니겠지?"

"없어!"

정아가 중얼거렸다.

"아승도 눈이 멀었지. 의지할 데를 찾으려면 제대로 찾아야 할 거 아냐? 뭣 하러 양녀 출신을 찾아! 멍청이!"

호금은 들으면 들을수록 정아의 말에서 질투가 더 많이 느껴졌다. 그녀는 검을 안고 한쪽에 서서 아무 말도 하지 않았다.

두 사람은 밥 먹는 것도 잊고 내내 지키고 있었다.

밤이 되자 마침내 한향이 나왔고, 영승이 직접 배웅했다. 영승은 랑종의 속사정을 다 파악했고, 한향이 랑종 종주인 한진의 친딸이 아닌 것도 알고 있었다.

유감스럽게도 그는 당시 줄곧 북려에서 싸우느라 한운석이 백언청에게 납치되어 독종 금지로 갔다는 것만 알았을 뿐, 독종 금지에 한진이 나타난 사실은 몰랐다. 한진과 한운석의 관계에 대해서는 더더욱 몰랐다.

전쟁 후 그는 북려를 떠났고, 다시는 옛 지인 그 누구와도 연락하지 않았다. 한진의 일, 그리고 10년의 약속에 관해 그는 아무것도 몰랐다.

대문까지 배웅을 나왔으니 이치대로라면 손님은 의례적으로 '나오지 마십시오'라는 말을 하기 마련이었다. 하지만 한향은 그런 말은 않고 계단 아래로 내려가기만 했다. 영승은 그 속셈을 다 알면서도 배웅하러 내려갔다.

그런데 한향이 갑자기 발을 삐끗하면서 황급히 그의 팔을 붙드는 게 아닌가.

"어머!"

순간 영승은 냉소 어린 눈빛을 번뜩이더니 바로 그녀를 안아 들고는 성큼성큼 마차 쪽으로 걸어갔고, 직접 마차 안으로 태워 주었다.

그 모습을 본 정아는 그래도 침착했다. 어쨌든 연극 같은 것이야 그녀도 적잖이 해 보았다.

그런데 이럴 수가, 마차로 들어간 아승은 한참이 지나도록 나오지 않았다.

보면 볼수록 정아는 호흡이 점점 빨라졌고, 낮은 소리로 욕을 퍼부었다.

"진짜 종노릇할 셈이야?"

마차 안, 영승은 진작 나오려 했으나 한향이 굳이 그를 막으며 끝내지 못한 이야기를 시작했다.

"한 대소저, 이왕 피곤하지 않으시다면 따로 장소를 잡고 천천히 이야기를 나누시겠습니까?"

영승이 물었다.

"그럴 필요 없어요. 여기서 하죠. 그 물건들을 어떻게 팔 생각이죠?"

한향은 말하면서 나른하게 높은 베개에 기댄 채, 영승을 자세히 살펴보기 시작했다. 그녀는 비록 스물서너 살에 아직 시집도 가지 않았지만, 지금까지 무수히 많은 남자를 만나 보았고, 집에도 적잖은 남총을 데리고 있었다.

몇 년 전 그녀가 현공대륙의 신귀방에 오른 후, 아버지가 점차 랑종의 일을 그녀에게 맡기기 시작했다. 아버지가 은퇴하면서는 그녀가 점점 랑종의 대권을 장악하게 되었다.

뛰어난 무공 실력에 권세까지 손에 쥔 그녀는 자연스레 많은 남자에게 호감을 받았다. 하지만 안타깝게도 그녀 마음에 든 남자는 랑종의 데릴사위 자리를 거절했고, 그녀 눈에 차지 않는 남자는 그저 심심할 때 불러서 놀 뿐, 곁에 오래 데리고 있을 수 없었다.

최근 몇 년 동안 갑자기 현공대륙 남쪽 지역에 등장하여 큰 상인협회로 성장한 유북상인협회를 그녀는 당연히 주시하고 있었다. 그런데 작년에 유북상인협회가 랑종에 몇 차례 물건을 팔면서, 그녀는 유북상인협회에 아승이라는 능력자가 있다는 것을 알게 되었다.

이 남자는 무공 실력은 보통이지만, 장사에 아주 능통했다.

사업은 전쟁과 같아서 대단한 실력이 없으면 확실히 자리 잡을 수 없고, 모략이 부족하면 오래갈 수 없었다. 그녀가 가장 원하고, 가장 필요한 사람이 바로 이런 남자가 아니던가?

만약 이 남자가 그녀 곁에 남아 랑종의 일 처리를 도와줄 수 있다면, 그녀는 안심하고 무예를 연마할 수 있었다. 1년 남짓한 시간이 더 지나면 이제 10년의 약속 기한이 되었다. 그 싸움에서 그녀는 한운석을 이겨야 할 뿐 아니라, 기회를 틈타 엄청난 일을 꾸미려 했다.

한향은 영승의 말을 들으면서 영승의 어깨에 손을 걸쳤다.

영승의 눈동자에 음험한 빛이 스쳤지만 그는 여전히 말이 없었다. 그런데 한향의 손이 그의 어깨를 타고 쭉 내려오더니 그의 손을 잡으려 할 줄이야.

영승은 티 나지 않게 피하면서 작별을 고하려 했다. 한데 밖에서 갑자기 정아가 욕하는 소리가 들리는 게 아닌가.

"아승, 나와! 사람을 농락하고 버리는 짐승 같으니! 오늘 나에게 확실히 말해 주지 않으면, 널 가만두지 않겠어! 나와!"

이건…….

또 무슨 수작이지?

영승은 황급히 마차에서 내렸고, 한향도 따라 나왔다. 정아가 노발대발하며 달려오는 게 보였지만, 안타깝게도 그들 앞에 오기도 전에 한향의 호위병들에게 가로막혔다.

한향은 궁금했지만 아주 차분하게 웃으며 물었다.

"아승, 저 여자는 누구죠?"

영승이 옆에 서 있는 파도를 흘끔 쳐다본 후 입을 떼려는데, 정아가 자신의 신분을 폭로했다.

"나는 정아다. 낙소요의 명기요, 낙정의 수양딸 낙락이다!"

파도가 바로 노성을 내질렀다.

"이제 보니 네가 바로 그년이구나! 목숨을 내놔라!"

정아는 피하지 않고 오히려 파도보다 더 사납게 굴었다.

"거기 서!"

파도는 압도된 것처럼 우뚝 걸음을 멈췄지만 곧 정신을 차렸다.

"네년이 감히 이 몸에게 그딴 식으로 말해? 이 몸이 오늘 너를 죽이지 않으면 성을 갈겠다!"

"기다려라! 이승에게 한 가지만 묻겠다. 묻고 나면 네가 하고 싶은 대로 해라!"

정아가 씩씩대며 말했다.

영승의 미간이 찌푸려졌다. 하지만 한향 앞에서는 쓸데없는 말을 할 수 없었다. 그는 정말 정아가 무슨 수작을 부리려는 것인지 몰라서 그저 상황을 지켜볼 수밖에 없었다.

그런데 정아가 그를 돌아보며 진지하게 물었다.

"이승, 아직 날 좋아해?"

영승은 화가 나서 죽을 지경이었다. 갈수록 정아가 뭘 하려는 건지 알 수 없었다. 그가 반문했다.

"정아, 내가 너를 좋아한 적이 없을 텐데?"

정아는 갑자기 눈시울을 붉히더니 파도를 돌아보며 말했다.

"그래, 내가 너를 농락했다. 내게 남은 건 목숨밖에 없다! 덤벼라."

영승은 자신도 모르게 오른손을 움켜쥐었다. 그제야 정아가 진심이었음을 깨달았다.

겨우 며칠이나 지났다고, 그 똑똑하던 여자가 왜 멍청해졌지? 이 여자는 멍청해진 것일까, 아니면 미친 것일까?

정말 죽고 싶단 말인가?

파도에게 잡히면 마 집사에게 잡힌 것보다 더 비참한 꼴이 된다는 것을 모른단 말인가?

파도가 음탕하게 웃기 시작했다.

"어린 것이 배짱이 대단하구나. 과연 유북상인협회의 이인자라 할 만하군. 흐흐, 아까워서 널 어찌 죽일 수 있겠느냐? 이 몸이 아주 제대로 아껴 주마!"

파도가 한 걸음씩 가까이 다가오는데도 정아는 움직이지 않고 필사적으로 영승을 쳐다봤다.

사실 그녀는 조금도 미치지 않았다. 그녀는 도박을 걸고 있었다.

영승이 그녀를 보호할 것인지, 영승의 마음을 놓고 도박 중이었다.

그녀는 이미 만반의 준비를 해 두었다. 낙정의 비밀문서에서 빼낸 증거물을 가지고 지원군을 요청해 두었다.

그녀는 비록 폐물이나, 어쨌든 상관上官 집안의 딸이었다. 자기 집안사람이 밖에서 괴롭힘을 당하게 놔둘 집안은 없었다.

그것은 너무도 망신스러운 일이었다.

현공대륙 남부 지역에서 상관 집안의 세력과 지위는 랑종에 비교해도 전혀 손색이 없었다. 더 대단하다고 할 수는 없지만, 적어도 대등한 수준이었다.

아승과 한향 사이에 무슨 수작이 오갔든 간에, 파도 일은 자신이 저질렀으니 누구도 끌어들이지 않고 직접 처리할 생각이었다.

그녀는 다만 그 김에…… 눈앞에 있는 이 남자의 마음이 얼마나 완강한지 시험해 보려 했다.

파도가 한 걸음씩 정아에게 다가가는 것을 보면서, 영승은 결국 모질게 마음먹을 수 없었다. 어쩌면 처음 그가 마 집사에게서 그녀를 구한 순간부터, 다시는 모질게 굴 수 없는 운명이었을지도 몰랐다.

이 요망한 여자는 말도 전혀 듣지 않고 착실하지도 않았으며, 지금껏 인의도덕 같은 말도 입에 담은 적이 없었다. 하지만 그녀는 정말 조금도 나쁘지 않았다.

그 오랜 세월 동안 유북상인협회에 있으면서 그녀가 유괴된 아이들을 얼마나 많이 구해 냈는지 그는 잘 알고 있었다. 그녀는 자신만의 규칙이 있었다. 열세 살 이하의 어린아이는 무슨 일이 있어도 반드시 구해야 했다! 이미 팔려 나갔어도, 어떻게든 방법을 생각하여 구해 낸 후 집으로 돌려보냈다.

좋은 사람들 사이에서 좋은 사람이 되기는 쉬웠다. 그것은 자신이 원하느냐 원하지 않느냐의 문제였다. 하지만 나쁜 사람들 사이에서 좋은 사람이 되는 것이 얼마나 어려운지 영승은 직접 경험해 보았다.

영승이 입을 떼려는 순간, 갑자기 한향이 입을 열어 차갑고 오만한 목소리로 말했다.

"파도, 물러가라!"

파도는 참기 힘들 정도로 안달이 났지만 한마디도 하지 못하고 순순히 물러났다.

정아에게 다가간 한향은 오만한 눈빛으로 자세히, 그리고 천천히 그녀를 위아래로 훑었다. 이렇게 사람을 훑어보는 것 자체가 이미 아주 무례한 일이었으나, 한향은 일부러 아주아주 천천히 훑어보았다. 아무 말도 할 필요가 없었다. 그 눈빛에는 이미 경멸의 기색이 가득했다.

정아는 낙정의 양녀였지만, 어려서부터 지금까지 누가 이렇게 훑어본 적은 없었다. 그녀는 언짢아하며 말했다.

"보긴 뭘 봐, 미인 본 적 없어?"

한향은 그제야 시선을 거두고 가볍게 웃었다.

"확실히 예쁘게 생겼구나. 어쩐지 낙소요를 그렇게 잘 관리하더라니. 게다가 본 소저가 기르는 개 한 마리까지 꼬드겨 냈지."

파도는 고개를 숙인 채 마치 자신을 욕하는 소리를 듣지 못한 듯 아주 공손하게 있었다.

정아는 이렇게 각종 괴상한 방법으로 욕하는 사람, 특히 그런 여자를 가장 싫어했다. 이런 여자는 가장 가식적이고 음흉하며, 조금도 소탈하고 떳떳하지 못했다.

정아는 대범하게 단도직입적으로 말했다.

"한 대소저, 당신이 파도를 배부르게 먹이지 않았으니 훔쳐 먹으러 나오는 게 당연하지. 난 저자를 먹여 준 적이 없어. 헤헤, 엄청 먹어 대나 보지?"

그 말에 파도는 다리에 힘이 풀렸다.

갑자기 한향이 손을 번쩍 들어 정아를 내리치려 했다. 영승도 막지 못할 정도로 빠른 속도였다.

영승편 **배후**

영승은 한향을 막지 못했지만, 위기일발의 순간에 한향의 손이 멈췄다. 더 정확하게 말하자면 멀리서 날아온 돌이 그녀의 손을 가로막았다.

한향이 손을 거두고 보니, 돌에 맞은 팔목에 상처가 나서 피가 흐르고 있었다.

"누구냐! 나와라! 능력이 있으면 본 소저와 떳떳하게 겨루면 될 것을 기습이라니, 이게 뭐 하는 짓이냐?"

그녀는 바로 돌이 날아온 쪽을 바라봤다. 그녀를 기습할 수 있는 자라면 배짱이 보통이 아니었다!

곧 맞은편 지붕 위에서 우람한 체구의 남자가 날아왔다. 위로 쭉 뻗어 올라간 눈썹에 반짝이는 눈빛이 아주 잘생긴 남자였다. 흰 비단으로 된 화려한 옷차림은 단순하지만 소박하지 않았고, 화려한 장식으로 많이 치장하지 않아도 온몸에서 풍기는 존귀한 기운 때문에 딱 봐도 한눈에 보통 사람이 아님을 알 수 있었다.

"상관택上官澤!"

한향은 너무 놀랐다. 자신을 습격한 사람이 상관씨네 적출인 첫째 도령, 현공대륙 신귀방에서 그녀 바로 위에 있는 상관택일 줄은 생각도 못 했다.

한향은 제일 먼저 이런 생각이 들었다. 설마 이 인간도 유북 상인협회가 마음에 들었나?

한 걸음 한 걸음 다가오는 상관택의 기세는 그야말로 엄청났다. 한향도 그와 마찬가지로 몸에서 강자 특유의 기개를 풍겼지만, 그의 키는 한향보다 머리 하나는 더 컸다.

그는 한향 앞에 섰을 때 위아래로 훑어볼 필요도 없었다. 차가운 눈빛으로 무시하듯 한향을 보는 것만으로도 충분히 한향을 업신여길 수 있었다.

그가 말했다.

"한 대소저, 쓸데없는 생각이오. 본 도령은 내게 패전한 상대는 공격하지 않소. 기습 같은 짓은 더더욱 하지 않지. 본 도령은 그저 당신이……."

그는 말하면서 천천히 옆에 있는 정아에게로 시선을 옮겼다. 그런 후에야 계속 말을 이었다.

"당신이 본 도령이 원하는 사람을 건드리는 것을 허락할 수 없을 뿐이오. 털끝 하나도 허락할 수 없소!"

정아는 멍하니 눈앞에 있는 남자를 바라보다가 심장 박동이 자신도 모르게 빨라졌다.

우와!

이런 친오라버니가 있는 줄 왜 몰랐을까!

이렇게 거침없이 나서는 모습은 정말 그녀의 마음에 쏙 들었다.

저렇게 말하는 것을 보니 그는 그녀를 돕기만 하고 인정할 생각은 없는 듯했다.

하지만 정아는 이미 만족했다. 자신이 살았고, 파도의 노리 개로 전락할 일은 없음을 알았다.

평양성은 남부에서 가장 큰 성으로, 랑종과 상관 집안 모두 이곳에 있었다. 그녀는 호금에게 증거물을 가져가 도움을 요청 하게 했다. 원래부터 상관 집안사람이 쉽게 사람들 앞에서 그 녀를 인정하리라는 헛된 희망은 품지 않았다. 그저 목숨만 부 지하길 바랐을 뿐이었다.

그녀는 원래 아승 쪽을 돌아볼 생각도 했지만, 결국에는 그 러지 않았다. 상관택이 주시하는 가운데 그녀는 고개를 숙였다.

그녀는 도박에서 졌다.

그녀는 줄곧 아승이 입을 열기를 기다렸다. 그러나 안타깝게 도 그런 일은 없었다. 이제 보니 아승은 그녀를 죽이지 못한 게 아니라 죽일 가치가 없다고 생각한 것뿐이었다.

그녀는 지금껏 고집스럽게 아승이 자신을 보호하기 위해 한 향을 상대한다고 생각했다. 이제 보니 쓸데없는 생각이었다.

그녀는 철저히 침묵했다.

영승도 침묵했다. 그는 상관 집안의 누구도 알지 못했지만, 상관 집안의 존재는 알았고, 눈앞에 있는 이 도령에 대해서도 들어 본 적이 있었다.

상관 가주의 무공은 랑종 종주보다 약하지만, 상관택의 무공 은 한향보다 뛰어났다. 신귀방에서 한 단계 차이가 난다는 것은 한향이 상관택과 직접 겨룬 후 상관택에게 패했다는 뜻이었다.

저자가 정아를 구하러 왔어?

정아가 자신이 원하는 사람이라고?

정아, 저 요물의 능력이 정말 대단했다. 그는 한향 수하의 대장군을 유혹한 것만도 이미 아주 대단하다고 생각했다.

그런데 상관택까지 유혹해 냈다고? 그녀는 대체 어떤 여자일까. 무슨 짓을 한 것일까?

차갑게 정아를 바라보는 영승의 눈빛에 분노가 서려 있었다.

한향도 속으로는 분노하고 있었다. 안 그래도 정아에게 욕먹고 속이 부글부글 끓는 와중에 상관택에게도 모욕을 받을 줄은 생각도 못 했다.

'패전'이라는 말은 그녀에게 있어 그야말로 악몽이었다! 신귀방 순위전 이후 이 악몽은 내내 그녀를 따라다녔다.

"당신 사람? 후후, 택 도령의 취향이 언제 변한 것이죠? 이런 지조 없는 여자도 마음에 들어 하나요?"

한향이 냉소를 지으며 말했다.

상관택은 냉소 짓는 모습마저 아주 귀티가 흘러넘쳤다. 그가 웃으며 말했다.

"당신보다 아름답게 생기면 본 도령은 다 마음에 든다오."

"당신!"

한향은 마침내 참지 못하고 성을 냈다.

상관택이 눈썹을 치키고 쳐다봤다. 분명 한번 싸워 보겠냐고 그녀에게 묻는 모습이었다.

한향은 아무리 마음에 들지 않아도 충동적으로 그와 싸움을 벌일 수는 없었다. 자신이 패배할 것을 알기 때문이었다.

"당신 사람이라면 빨리 데려가세요. 본 소저의 눈에 거슬리지 않게요."

그녀가 차갑게 말했다.

상관택도 그녀와 더 얽히고 싶지 않았다. 그는 정아의 손을 잡고 아무 말 없이 뒤돌아 가 버렸다.

영승은 차갑게 바라보았지만, 정아는 돌아보지 않았다.

영승의 이런 반응을 보고는 한향이 참지 못하고 노한 목소리로 물었다.

"왜, 정신이 나가기라도 했나요? 저 여자가 무슨 배짱으로 감히 뛰쳐나왔나 했는데, 이제 보니 상관 집안을 물주로 물었군요!"

영승은 그제야 정신을 차리고는 가볍게 웃으며 말했다.

"저 계집의 능력이 대단하군요."

"남자를 유혹하는 게 당신 눈에는 능력으로 보이나요?"

한향이 경멸하듯 물었다. 자신이 방금 마차에서 영승을 어떻게 유혹했는지는 완전히 잊고 있었다.

"그렇습니다. 아니라면 어떻게 파도를 유혹하고, 낙소요를 그렇게 잘 관리할 수 있었겠습니까?"

영승이 진지하게 말했다.

"한 대소저, 저 여자를 유북상인협회에 남겨 두지 않은 것은 정말 큰 손해입니다. 한 대소저께서 저 여자를 돌아오게 할 방법을 생각해 보는 것은 어떻습니까?"

한향은 할 수 없는 일이었지만, 그녀가 인정할 리 없었다.

그녀는 여전히 오만한 태도로 말했다.

"마음이 이곳을 떠났는데, 돌아와 봤자 골치 아픈 일만 늘어날 뿐이에요. 아승, 안심해요. 당신이 우리 랑종과 손을 잡으면, 남부 지역에서 상관 집안도 감히 유북상인협회를 괴롭힐 수 없을 거예요."

"한 대소저가 그리 말씀해 주시니 저도 안심입니다. 제가 사람을 시켜 장부 항목을 잘 정리한 뒤 이틀 후에 보내 드리겠습니다."

영승이 진지하게 말했다.

마침내 기분이 좀 나아진 한향은 영승을 향해 야릇하게 웃으며 말했다.

"당신이 직접 보내 주세요. 기다리고 있을게요."

"그러겠습니다."

영승이 아주 시원스럽게 대답했다.

한향을 보낸 후 영승의 얼굴은 완전히 어두워졌다. 그는 처소로 돌아온 즉시 심복들을 부른 후 그들에게 원래 계획대로 가장 빠르게 유북상인협회가 보유한 은자를 다 쓸어 가게 했다.

파도가 그를 찾아왔을 때 그는 이미 다 계획을 세워 두었다. 최대한 대충 둘러대면서 시간을 끌어 유북상인협회에서 가져갈 수 있는 은자는 다 챙겼고, 챙기지 못한 것은 모두 형제들에게 나눠 주었다.

그는 한향에게 껍데기만 남은 유북상인협회를 넘겨줌과 동시에 한향에게 낙정을 죽인 죄를 덮어씌울 생각이었다. 그는 사흘 안에 모든 재물을 다 털어 버리고, 조용히 떠나 자취를 감출 계획이었다.

어쨌든 아승이라는 신분 자체가 원래 거짓이었고, 신분을 숨길 방법이야 많았다. 만약 낙정의 배후 세력이 찾아오면, 한향은 유북상인협회의 새 주인으로서 당연히 입이 백 개라도 할 말이 없었다.

모든 것이 그의 계획대로 진행되고 있는데, 빌어먹을 정아가 뜻하지 않게 중간에 튀어나왔다. 만약 상관택이 갑자기 나타나지 않았다면, 그는 어쩔 수 없이 그녀를 구해야 했고, 그의 계획도 실패했을 것이다.

일을 다 시킨 후에야 영승은 깊은 한숨을 내쉬었다.

옆에서 지켜보던 웅비가 참지 못하고 말했다.

"승 주인님, 정아 능력이 실로 대단합니다. 상관씨네 큰 도령까지 꼬드기다니요. 큰 도령이 나중에 주인님을 번거롭게 하지 않도록 조심하십시오."

"상대할 수는 없어도 피할 수는 있지."

영승이 차갑게 말했다.

웅비가 또 말했다.

"승 주인님, 이게 좀 이상합니다. 상관씨네 도령까지 꼬드긴 정아가 어찌 그리 뻔뻔하게 주인님에게 매달렸을까요? 설마…… 흐흐, 정아가 정말 주인님을 좋아하는 걸까요?"

영승이 고개를 돌려 싸늘한 눈빛을 쏘자, 웅비의 웃는 표정이 굳어졌고 감히 더 웃지 못했다.

영승은 담담하게 말했다.

"상관택을 건진 것도 잘된 일이다. 파도는 그 여자를 귀찮게 할 수 없고, 나도 좀 편히 있을 수 있을 테니까."

영승은 그렇게 바쁜 일을 처리하러 갔다. 얼마나 바쁘게 움직였는지, 원래는 사흘이나 지나야 끝낼 수 있는 일을 그는 이틀 만에 끝냈다.

이틀 후 새벽, 유북상인협회의 모든 것은 예전 그대로였지만, 영승의 심복들은 이미 어젯밤에 그가 다 내보낸 뒤였다. 영승은 하인 복장을 하고 구레나룻을 붙인 후 여비까지 챙겨서 유북상인협회의 후문으로 나갔다.

원래는 북쪽으로 올라갈 생각이었다. 그런데 어째서인지 그는 자신도 모르게 상관부 후문으로 와서 밤새 그곳을 지켰다.

동이 트기도 전에 하인들이 후문에서 나왔다. 영승은 우두머리 하녀 같은 할멈이 나온 것을 보고는 그 뒤를 쭉 따라가다 인적 드문 곳에 이르러 그녀를 막았다.

"할멈, 물어볼 게 있다. 이 은표를 받아라."

영승은 말하면서 할멈의 손에 은표를 쥐여 주었다.

푼돈이었다면 이 할멈의 마음을 움직일 수 없었겠지만, 천냥이나 되는 은표는 할멈의 마음을 움직였다.

그녀는 좌우를 살핀 후 낮게 물었다.

"무슨 일입니까?"

"며칠 전, 택 도령이 여자를 데리고 돌아오지 않았느냐?"

영승이 낮게 물었다.

"여자 한 명을 데리고 오셨지요. 하지만 내내 방 안에 갇혀 있어 어떤 사람인지 아무도 모릅니다."

할멈이 사실대로 대답했다.

"방에 가둬 놓고 뭘 하는 거지?"

영승이 또 물었다.

할멈이 머뭇거리자 그는 은표 한 장을 또 꺼냈다. 이 큰 금액에 할멈은 깜짝 놀라 감히 속일 수가 없었다.

"이 늙은이가 아는 것도 이 정도뿐입니다."

"상관 가주는 이 일을 아느냐?"

영승이 또 물었다.

이런 큰 집안은 아주 엄격했다. 귀한 집안 공자가 밖에서 여자를 얼마나 많이 거느리는지 추궁할 사람은 없지만, 집으로 데려올 여자라면 반드시 가족의 동의를 얻어야 했다.

"가주님은 폐관 수련 중이십니다. 소인은 택 도령 처소에서 일하는 자가 아니라서 정말 알 수가 없습니다."

할멈이 진지하게 말했다.

영승은 어쩔 수 없이 비켜서서 할멈을 보내 줄 수밖에 없었다. 그는 한쪽 벽에 기댄 채 고개를 숙이고 생각에 잠겼다.

정아는 대체 어떻게 상관택을 유혹한 거지?

어떻게 상관택이 상관 가주를 속이고 그녀를 집으로 데려오게 할 수 있었을까?

상관택이 정말 정아가 마음에 들었거나, 아니면 상관택이 정아에게 뭔가 꿍꿍이가 있는 것이리라.

영승이 자기 생각에 깊이 잠겨 있을 때, 갑자기 그의 앞으로 날카로운 검이 날아들었다. 영승이 고개를 홱 뒤로 젖히자, 검 끝이 그의 목으로 내려왔다.

그가 차가운 눈빛으로 바라보니 뜻밖에도 상대는 내내 정아와 함께 다니던 여자 살수였다.

검이 그의 급소까지 다가왔지만, 영승은 여전히 침착함을 유지하며 음성변조술을 써서 물었다.

"여협, 우리 사이에는 아무 원한도 없는데, 나를 죽이겠다면 이유라도 알려 주시오."

"승 주인, 정아에 관한 일을 알고 싶다면 내게 물으면 된다. 난 열 냥만 받겠다. 은표까지는 필요도 없다."

호금이 담담하게 말했다.

호금은 그냥 심심해서 밖으로 나와 주변을 돌아다니다가, 뜻하지 않게 상관부의 할멈을 미행하는 자를 발견했다. 뒤따라온 그녀는 그자가 할멈에게 묻는 몇 마디 말을 듣고는 영승이 변장한 것임을 알아챘다.

영승은 변명하지 않고 대범하게 열 냥을 꺼내 호금에게 던졌다. 그가 물었다.

"상관택이 왜 정아를 도왔지? 두 사람은 무슨 관계냐?"

호금은 눈동자에 서린 웃음기를 감추며 아주 진지하게 거짓말을 했다.

"상관택도 전에 낙소요의 단골손님이었다. 정아는 파도 일로 너와 유북상인협회를 연루시키고 싶지 않아서, 상관택에게 몸을 맡기고 평생 노예가 되어 시중을 들기로 했다."

영승편 **비명**

호금의 설명을 들은 영승의 반응은 별로 크지 않았다. 그는 '음'이라는 말 한마디만 하고 뒤돌아 가 버렸다.

호금은 의심스러운 표정이 되었다. 설마 이 인간이 정아를 상관하지 않는 걸까?

그녀는 황급히 쫓아가서 물었다.

"승 주인, 너…… 정아를 상관하지 않는 거냐?"

"자신이 저지른 일을 스스로 수습할 능력이 있는데, 내가 무슨 능력으로 상관할 수 있단 말이냐?"

영승이 반문했다.

호금은 반박하고 싶었지만 한참을 생각해도 반박할 이유를 찾을 수 없었다.

영승이 또 물었다.

"상관택을 유혹할 능력이 있으면서 왜 일찍 나서지 않았지? 정말 내가 좋아서 한향과 붙어 있는다고 생각한 건가?"

그 말을 듣자니 호금은 뭔가 이상하다는 생각이 들었다. 그녀는 영승을 따라 걸어가면서 대체 어디가 이상한 것인지 고민했다.

그런데 계속 걸어가다가 영승이 갑자기 우뚝 멈춰 서는 바람에 호금은 하마터면 부딪힐 뻔했다. 다행히 재빨리 알아챈 호금은 깜짝 놀라서 바로 뒤로 물러섰다.

뒤돌아보는 영승의 얼굴에는 경멸의 표정이 가득했다. 이 여자는 살수면서 경계심이 너무 없는 것 아닌가?

영승은 호금이 경계심이 아주 강하다는 것을 몰랐다. 다만 정아를 만난 후 정아 때문에 경계심이 많이 약해졌고, 정아와 상관없는 일에는 경계심이 쭉 아래로 내려갔다.

영승이 한참 동안 서 있자, 호금은 그제야 두 사람이 이미 상관부 후문에서 길을 돌아 정문에 와 있음을 발견했다.

이때 영승은 고개를 뒤로 젖히고 대문의 편액을 보고 있었다.

"승 주인, 너…… 뭘 하려는 거냐?"

호금이 궁금해하며 물었다.

영승은 대답해 주지 않고 성큼성큼 계단을 올라가서 쾅쾅 소리를 내며 세게 문을 두드렸다. 잠시 후 하인이 나와서 문을 열었다. 호금은 상황이 심상치 않음을 알아채고 얼른 사라졌다.

영승의 평범한 차림새를 본 하인은 언짢은 말투로 물었다.

"누구요? 이곳이 어딘지나 아시오? 감히 어디서 문을 두드리는 거요?"

영승이 말했다.

"택 도령에게 유북상인협회의 아승이 뵙기를 청한다고 전해라."

"당신이 유북상인협회의 승 주인이라고? 하하하……."

하인이 다 웃기도 전에 영승은 아까 할멈에게 건넸던 은표로 그의 입을 막았다.

"가라!"

은표를 받아 든 하인은 깜짝 놀랐다.

"잠시만 기다리십시오!"

하인이 상관택을 찾아갔을 때, 상관택은 정아를 가둔 방 안에 있었다.

"택 도련님, 스스로 유북상인협회 승 주인이라고 말하는 자가 문 앞에서 뵙기를 청하고 있습니다."

하인이 진지하게 말했다.

잠시 조용하더니 갑자기 누가 방문을 확 걷어찼다. 튀어나온 사람은 상관택이 아닌 정아였다.

"그 사람이 왔다고? 뭘 하러 왔는지 말하더냐?"

정아는 아주 흥분했다.

상관택이 뒤따라 나왔다. 오랫동안 헤어져 있었던 친누이동생을 바라보는 그의 눈은 사랑스러워하는 눈빛으로 가득했다. 정말이지 이 누이동생은 돌아가신 어머니와 너무너무 닮았다!

누이동생을 잃어버린 후, 부모님은 줄곧 찾는 것을 포기하지 않았다. 하지만 안타깝게도 10여 년간 현공대륙 전체를 다 뒤져 보았지만, 어떤 단서도 찾아내지 못했다.

그는 누이동생이 먼저 찾아올 줄은 정말 생각도 못 했다. 그 당시 몸에 지니고 있던 장신구와 그녀의 얼굴이 아니었다면, 그는 정말 이 모든 사실을 믿을 수 없었을 것이다.

정아는 비록 태어나자마자 폐물로 판명되었지만, 가족들은 그 사실을 전혀 상관하지 않고 그녀를 사랑했다. 무력으로 살아가는 이 세계에서도 그녀는 여전히 부모와 형제의 지극한 사랑을 받았다. 그는 아버지가 폐관 수련을 마친 후 정아를 만나면 어떤 반응을 보이실지 상상도 되지 않았다.

아버지의 폐관 수련이 끝나기 전에 그는 잠시 이 사실을 숨기고 정아를 이곳에 놔둘 수밖에 없었다. 어쨌든 이것은 집안의 큰일이었고, 정아의 이전 신분도 상관 집안의 명예에 영향을 줄 수 있었다. 그래서 그는 정아를 한향에게서 구해 낼 때 정아를 자신이 원하는 사람이라고만 했을 뿐, 다른 설명은 하지 않았다.

상관택이 정아를 데려오는 동안 정아는 온통 아승 생각으로 괴로워하느라 아무것도 신경 쓸 틈이 없었다. 상관부에 도착한 후에야 그녀는 두려워지기 시작했다.

현공대륙에 오기 전부터 그녀는 이곳이 강한 무력을 가져야 목소리를 높일 수 있는 곳임을 알고 있었다. 그리고 실제로 온 후에 그 사실을 더 깊이 체감했다. 그녀는 폐물인 자신이 상관 집안처럼 대단한 곳에서 얼마나 비웃음과 업신여김을 당할지 상상이 되지 않았다.

하지만 모든 것은 그녀의 상상과 전혀 달랐다. 이 원락에 들어온 후, 아주 건방지고 오만해 보였던 상관택은 뜻밖에 그녀를 꽉 안아 주며 울먹거렸다.

그 순간, 그녀도 울 뻔했다. 진작 자신이 아버지와 오라버니의 사랑을 듬뿍 받는 사람인 줄 알았다면 빨리 돌아왔을 텐데!

정아는 조급해하며 하인에게 각종 질문을 퍼부었으나, 하인은 다 대답해 줄 수 없었다.

"그자는 그저 택 도련님을 뵙겠다고만 했습니다."

하인이 사실대로 대답했다.

"만나지 않겠다! 다시 찾아오면 다리를 부러뜨리겠다고 경고하거라!"

상관택이 차갑게 말했다.

정아는 바로 쏘아보며 말했다.

"그러기만 해 봐요!"

상관택은 멍해졌다. 그는 정아와 아승이 어떤 관계인지 전혀 몰랐다. 그저 아승이 한향과 결탁한 듯했고, 유북상인협회가 랑종에게 넘어갈 것이라는 사실만 알 뿐이었다.

"오라버니, 들어오라고 해요."

정아가 애원했다.

"그자가 무엇 하러 온 것이냐?"

상관택은 이해가 되지 않았다.

"나도 몰라요. 어쨌든……, 어쨌든 왔으니까 들여보내 줘요!"

정아는 심장이 쿵쾅쿵쾅 뛰었다. 마치 가슴속에 사슴이 뛰어다니는 것 같았다. 호금이 무슨 좋은 일을 해 주었는지 그녀는 몰랐다. 아승이 정말 자신을 상관하지 않는 줄 알고 절망하고 있었는데, 이렇게 와 줄 줄이야.

"한향은 쉬운 상대가 아니다. 그 여자와 결탁한 자라면, 최대한 멀리하는 게 좋다."

상관택이 진지한 얼굴로 말했지만, 정아는 그보다 더 진지했다.

"오라버니, 나도 쉬운 상대는 아니에요. 아승은 나보다 더 지독하고요. 이런 우리 두 사람이 함께한다면 오라버니는 마음 푹 놓으실 수 있을 거예요."

상관택은 할 말을 잃었다. 그는 속으로 앞으로 이 누이동생을 주의하며 지켜야겠다고 생각했다.

상관 집안의 가풍과 가르침은 아주 엄격했다. 특히나 딸은 더 엄하게 가르쳤다. 그녀의 이런 성격이라면, 날마다 꼬투리 잡히기 딱 좋지 않은가?

"들어오라고 해라!"

정아가 와서 상관택의 손을 잡아끌기까지 하니, 그는 허락할 수밖에 없었다.

잠시 후, 영승이 하인의 안내를 받고 원락 안으로 들어왔다. 상관택은 돌탁자 옆에 앉아 있었고, 정아는 방 안에 숨어서 창문 틈을 통해 밖을 훔쳐보고 있었다.

정아는 긴장하고 있었다. 그날, 오라버니가 그렇게 말했으니 저 인간이 오해했을 게 분명했다. 그녀는 속으로 조용히 중얼 거리고 있었다.

"날 데려가라, 날 데려가라, 날 데려가라……."

상관택은 아주 오만했고, 확실히 오만하게 굴 만한 밑천도 있었다. 그는 앉은 자세에서 꼼짝도 하지 않고 눈썹을 치키며 영승을 쳐다봤다.

그러나 영승도 전혀 비굴하지 않았고, 허리를 꼿꼿이 세운 채 아주 당당했다. 그가 상관택 앞에 섰을 때, 그 기세는 상관택 못지않았다.

그가 말했다.

"택 도령, 이 몸은 오늘 도령과 거래 이야기를 하러 왔는데, 관심이 있으실지 모르겠습니다."

여기까지 들었을 때 정아의 마음이 뒤틀렸다.

상관택은 영승에게 앉으라고 권하지도 않고 도리어 자신이 일어나며 물었다.

"무슨 거래냐?"

"랑종과 관련된 거래입니다."

영승이 대답했다.

그 말에 상관택은 흥미가 생겼고, 정아의 마음은 점차 밑바닥으로 가라앉았다. 알고 보니 그녀와 상관없는 일이었다.

영승이 말했다.

"유북상인협회는 이미 빈 껍데기에 불과하고, 한향은 골칫거리를 수습할 수밖에 없습니다. 만약 괜찮으시다면 이 몸이 상인협회 하나를 새로 만들어 상관 집안을 위해 전심전력으로 일하겠습니다. 1년 후에는 랑종의 그 누구도 경매장에서 상관 집안이 마음에 들어 하는 물건을 뺏어 갈 수 없을 거라고 장담합니다!"

그 말에 상관택은 마침내 영승이 보통내기가 아님을 깨닫고 그를 제대로 쳐다봤다.

랑종은 상관 집안보다 훨씬 부유했다. 그래서 요 몇 년간 많은 단약 경매에서 랑종은 상관 집안이 마음에 들어 하는 것들을 뺏어 갔다. 이 분노를 그와 아버지는 오랫동안 참아 왔다.

그런데 이 인간이 입을 열자마자 상관 집안의 정곡을 찌를 줄은 정말 생각도 못 했다.

"내가 무슨 근거로 너를 믿겠느냐?"

상관택이 물었다.

"현공대륙에서의 유북상인협회 사업을 제가 이루어 냈다는 사실과 제 손에 있는 이 두 개의 보물 창고 열쇠가 그 근거입니다."

영승이 진지하게 대답했다.

상관택이 웃으며 말했다.

"너는 오늘 한향을 농락했으니, 다음에는 나를 농락하겠지!"

"택 도령이 이 몸을 믿지 못하시겠다면, 매신계를 써서 노예가 되겠습니다."

영승이 아주 차분하게 말했다.

방 안에 있던 정아가 눈을 휘둥그레 떴다. 아승이 왜 이러는 것인지 이해가 되지 않았다. 그녀는 곰곰이 생각하기 시작했다. 저 인간이 무슨 음모를 꾸미고 있는 것은 아니겠지?

상관택이라고 왜 그런 생각이 들지 않겠는가. 그가 냉소를 지으며 말했다.

"이렇게 많은 이야기를 늘어놓았는데, 원하는 조건이 무엇이냐?"

영승이 상관택을 똑바로 바라보며 담담하게 말했다.

"정아를 놔주십시오."

그 순간 세상이 멈춘 듯했다.

적어도 정아의 세상은 정말 멈춰 버렸다.

그러나 멈춘 것도 잠시, 그녀는 갑자기 비명을 지르기 시작했다.

"꺄아아악……."

비명과 함께 문 열리는 소리가 나면서 그녀가 튀어나와 바로 영승에게 달려들었다. 얼마나 세게 달려들었는지, 영승이 큰 키에 우람한 체구를 가지지 않았다면 달려든 그녀 때문에 바닥에 엎어졌을지도 몰랐다.

그녀는 억지로 그에게 입을 맞췄던 그때처럼, 그의 몸에 달려들어 두 팔로 그의 목을 안고 두 발로 그의 몸을 감싸더니, 그의 어깨에 얼굴을 묻고 끊임없이 소리를 질렀다.

영승은 얼떨떨해졌다.

상관택도 마찬가지였다. 하지만 똑똑한 상관택은 곧 어찌 된 일인지 깨달았다.

그는 어쩔 도리도 없고 우습기도 했다. 그가 입을 떼려는데, 정아가 뒤로 손을 빼서 그를 향해 힘껏 흔들며 얼른 나가라고 손짓했다.

상관택이 어쩔 수 있겠는가. 그저 나갈 수밖에.

"소리를 다 질렀느냐? 내려와라!"

영승이 차갑게 말했다.

정아는 고개를 들어 그를 바라보며 말없이 웃었다.

306

영승이 그녀를 떼어 내려 하자, 그녀는 바로 그를 꼭 껴안으며 죽어도 손을 놓지 않았다.

"그만!"

영승은 정말 화가 났다.

"너······."

정아가 말을 다 하지도 못했는데, 영승이 정말 힘을 써서 그녀를 바닥에 떨어뜨린 후 물었다.

"대체 어찌 된 일이냐?"

정아는 바닥에 엎어진 채 언짢게 말했다.

"날 일으켜 주면 말해 주지!"

영승은 주저하지 않고 뒤돌아 가 버렸다. 정아는 그제야 억지를 부리지 않고, 재빨리 일어나 쫓아가서는 뒤에서 그를 안았다.

"넌 좀······."

영승이 그녀의 손을 떼어 내려는데 그녀가 이렇게 말했다.

"넌 날 좋아해! 자신을 팔아서라도 날 구하려고 하잖아. 일은 내가 저질렀는데, 넌 그래도 날 도와서 수습해 줬어. 넌 날 좋아해, 틀림없이!"

"쓸데없는 생각이다."

영승은 서슴지 않고 부인했다.

"그럼 왜 온 거야?"

정아가 또 물었다.

"상관 집안과 랑종을 비교했을 때, 난 전자가 더 낫다고 생각했다. 겸사겸사 널 구해 준 것이지."

영승은 정말 닥치는 대로 핑계를 댔다.

"그것도 날 좋아하는 거야. 아니면 왜 하는 김에 다른 조건을 제시하지 않았어?"

정아가 웃으며 물었다.

영승은 잠시 침묵하다가 말했다.

"내가 상관 집안에 있을 때 널 보고 싶지 않기 때문이지."

정아는 더 기쁘게 웃으며 원락 밖을 향해 고함을 질렀다.

"오라버니……, 오라버니, 오세요! 빨리 오세요! 이 녀석은 매신계를 쓰겠다고 오라버니와 약속했어요. 남아 일언 중천금 이라 했어요, 발뺌하게 두면 안 돼요!"

오라버니?

영승은 천천히 고개를 돌렸다. 뒤에서 자신을 안고 있는 정아를 곁눈질로 바라보는 그의 안색이 점점 창백해졌다.

영승편 손잡기

상관택이 되돌아왔을 때, 영승은 자신이 어떤 함정에 빠졌는지 깨달았다.

그가 낮게 물었다.

"정아, 날 속였구나."

"내가 뭘 속였어?"

정아는 억울했다.

"너의 그 살수는 네가 어쩔 수 없이 노예가 되었다고 했다!"

그랬다. 지금 영승은 전혀 침착하지 않았다.

"그래서 날 구하러 온 거야?"

정아가 헤헤 웃으며 물었다.

말문이 막힌 영승은 침묵했다.

정아는 여전히 그를 놔주려 하지 않았다. 마치 손을 놓는 순간 이 인간이 달아날까 무서워하는 듯했다.

상관택은 정아가 이렇게 적극적으로 달려드는 모습을 차마 보고 있을 수가 없었다. 하지만 그는 정아와 이 아승이라고 불리는 녀석 사이에 대체 무슨 일이 있었는지 알지 못했다. 이 녀석은 자신을 팔아 정아를 구하려 했으니, 적어도 마음은 있다는 소리였다.

그는 문 안쪽에 서서 가까이 다가가지 않고 담담하게 말했다.

"아승, 협력 일은 그렇게 정하도록 하지. 매신계는 내 누이 동생과 쓰도록 해라."

영승은 대답하지 않았다. 늑대 굴에 깊이 들어온 이상 아무리 논쟁해 봤자 소용없었다. 그는 깊은 침묵에 빠졌다.

상관택이 떠난 후에야 그는 무거운 목소리로 정아에게 말했다.

"이제 소란은 다 피웠느냐?"

그의 목소리가 너무너무 무서워서, 정아는 정말 좀 겁이 났다. 그녀는 풀 죽은 모습으로 손을 풀고는 그의 뒤에 서서 어찌할 바를 몰라 했다.

"대체 어찌 된 일이냐?"

영승이 물었다.

정아는 한숨을 푹 내쉬었다.

"안에 들어가서 이야기해."

방에 들어온 후 영승은 짙은 술 냄새를 맡았다. 정아는 그제야 술을 데우고 있던 것을 떠올렸다.

그녀는 황급히 탁자 쪽으로 달려갔다. 주전자에 든 술이 다 타지 않은 것을 확인하자, 그녀는 그제야 한숨을 돌렸다.

"다행이다. 오라버니가 찾아 준 3백 년 된 설조雪雕인데."

영승은 흘끔 보기만 할 뿐 말이 없었다.

그는 술을 좋아하긴 하지만 술이란 것은 그에게 아무 영향도 주지 못했다. 자기 술에 취하지 않았고, 다른 사람의 술도 탐내지 않았다.

정아는 아주 정성스럽게 술 한 잔을 따라 주었다.

"맛 좀 봐, 네 입맛에 딱 맞을 거야."

영승은 잔을 받지 않고 차갑게 말했다.

"대체 어찌 된 일인지 말하지 않을 것이냐."

"우선 술을 마시면 말해 줄게."

정아가 사악하게 웃었다. 그녀의 수단을 잘 아는 영승은 말할 것도 없고, 그녀를 잘 모르는 사람까지도 이 사악한 웃음을 보았다면, 그녀가 술에 무슨 농간을 부렸다고 짐작할 것이다.

"말해라!"

영승의 인내심이 거의 한계에 다다랐다.

"내가 술에 약이라도 탔을까 봐 무서워?"

정아가 놀리듯 물었다.

"그래."

영승은 망설임 없이 고개를 끄덕였다.

"이봐, 날 어떻게 생각한 거야?"

정아는 좀 화가 났다.

"아니란 말이냐?"

영승이 다시 물었다.

그 말이 떨어지자마자 정아가 손에 든 술을 영승의 얼굴에 끼얹었더니 지극히 진지하게 말했다.

"아승, 잘 들어. 나 상관정아는 확실히 사내들 속에서 자랐어! 하지만 난 아주 깨끗하고 순결해. 네가 날 어떻게 보든 상관없지만, 날 그런 여자로 생각해서는 안 돼!"

영승은 제자리에 멍하니 서서 술이 뺨을 타고 천천히 흘러내리게 내버려 두었다. 그의 길고 긴 속눈썹에는 술 방울이 가득 맺혀 눈앞이 흐릿했다.

이 장면, 이 순간은 그렇게 익숙하면서도 또 그렇게 아득했다. 분명 겨우 몇 년 전에 있었던 일인데, 마치 전생에 일어난 일처럼 아득히 멀게 느껴졌다.

심지어 그는 아주 선명하게 기억했다. 몇 년 전 그 술은 차가웠지만, 오늘 이 술은 따뜻했다. 몇 년 전 그 분노에 찬 얼굴이 지금 눈앞에서 분노하고 있는 조그만 얼굴과 겹쳐지는 듯했다.

그는 무의식적으로 눈을 깜빡이며 제대로 보려 했다. 눈을 깜빡거리자 속눈썹에 맺힌 술 방울이 떨어지면서, 눈앞에 있는 이 얼굴이 선명하게 보였다.

말갛고 아름다운 얼굴. 뜻밖에도…… 분노는 없고 웃음뿐이었다.

정아는 웃고 있었다.

원래 정아는 화가 가득 차올랐지만, 아승이 바보처럼 멍하니 있는 모습을 보자 그만 참지 못하고 웃음을 터뜨렸다. 이 사납고 얼음장처럼 차가운 남자가 그녀에게 위협을 받는 날이 올 줄은 생각도 못 했다.

그녀는 손수건을 건네며 말했다.

"미안, 고의였어."

그랬다. 그녀는 '고의였어'라고 말했다.

"너는!"

영승은 정말 이 여자를 어떻게 해야 할지 몰랐다.

그는 그녀의 손수건을 받지 않고 소매를 당겨 얼굴에 묻은 술을 닦아 냈다. 화가 난 것인지 아니면 답답한 것인지, 그것도 아니면 어쩔 도리가 없어서인지, 그는 자신도 모르게 길고 긴 한숨을 내쉬었다.

"좋아. 네가 이 술을 마신 셈 치고, 어떻게 된 건지 말해 주지."

정아는 자리에 앉아 진지하게 진상을 말해 주었다.

이야기를 들으면서도 영승은 정말 믿어지지 않았다. 그가 정신을 차리기도 전에 정아가 그의 앞에 지필묵을 내밀었다.

"써, 오라버니가 날 놔주겠다고 약속했으니 매신계는 내게 써 줘."

영승은 코웃음을 쳤다. 그가 이 계약서를 쓴다면, 그것은 그의 평생 가장 손해 보는 장사였다.

그가 일어났다.

"네가 무사하니 난 가겠다. 아주 멀리 떨어져서 다시는 만나지 말자."

다급해진 정아가 그의 오른손을 붙잡더니 붓을 밀어 넣으며 경고했다.

"네가 스스로 약속한 거야! 안 쓰면 이 상관부 대문을 못 나갈 줄 알아!"

"소란 피우지 마라."

영승이 담담하게 말했다.

"안 써도 괜찮아. 나랑 살아."

정아가 또 말했다.

"그럴 수 없다! 다시는 날 귀찮게 하지 마라."

영승은 한 자 한 자 진지하게 말했다.

"넌 분명 나한테 관심이 있는데, 왜 인정하지 않는 거야?"

정아는 정말 초조해졌다. 그의 눈에 서린 냉담함이 그녀를 두렵게 했다.

"네가 불쌍했던 것뿐이다."

영승은 붓을 내려놓고 정아를 피해 나가려 했다. 정아는 그의 오른손을 잡지 못하자 조급한 마음에 그의 왼손을 붙잡고 손가락을 얽으며 꽉 움켜쥐었다.

영승은 살짝 굳어졌지만 오른손을 붙들렸을 때처럼 뿌리치지 않고 매섭게 말했다.

"놔라!"

"안 놔!"

정아가 통명스럽게 말했다.

"대체 어떻게 해야 날 놔주겠느냐?"

영승은 살면서 이렇게 갑갑했던 적도, 한 여자에게 시달린 적도 없었다.

정아가 코를 훌쩍였다. 분명 애타는 마음에 울 것 같았지만, 여전히 제멋대로인 모습으로 말했다.

"날 좋아한다고 말해. 네가 말하면 보내 줄게."

영승은 침묵했다.

정아는 아주 기뻐하며 다급하게 말했다.

"평생 말 안 해도 돼. 하지만 대신 평생 남아 있어야 해."

영승은 정말 이 여자에게 두 손 두 발 다 들었다.

"왜 그렇게까지 하느냐?"

"좋아하니까!"

정아가 아주 태연하게 대답했다.

그녀는 대답하면서 자신도 모르게 얽은 손을 더 꽉 쥐었다. 그런데 이때, 그녀는 문득 영승의 손이 뭔가 이상하다는 것을 발견했다.

그녀가 얼른 놓고 그의 손을 잡아당겨 자세히 살펴보다가 놀란 목소리로 말했다.

"네 손……."

그녀는 처음에 그가 저항하느라 일부러 손바닥을 딱딱하게 만든 줄 알았다. 그런데 더 꽉 얽어맨 순간, 그녀는 뭔가 이상함을 감지했다. 그가 손바닥을 일부러 딱딱하게 만든 게 아니라 원래 그런 것이었다.

"손이 왜 이래?"

정아가 초조하게 물었다.

"한향이 이랬어?"

영승은 말이 없었다. 이 손은…….

팔은 서진 재건의 대업을 위해 못 쓰게 되었고, 손바닥에는 서진 공주의 물건을 숨기고 있었다. 이제 서진은 없고 대진만 남았으며, 서진 공주는 없고 대진의 황후만 남았지만, 그는 이미 이 손이 익숙해졌다. 정아가 말하지 않았다면 그는…… 다

잊었을 것이다.

기억은 일부러 떠올리는 것이었다.

익숙해지면 오히려 잊어버렸다.

영승은 자기 세상에 깊이 빠져 있는데, 정아는 도리어 미친 듯이 안달하며 영승을 붙잡고 계속 물었다.

"말해, 한향이 널 다치게 했어? 또 어디가 아픈데? 말하라고!"

그녀는 그를 붙들고 위아래로 살피기 시작했다.

"제발 말 좀 해, 어딜 또 다쳤어? 강요하지 않을 테니까, 말 좀 하면 안 돼?"

영승의 입에서 대답이 나오지 않자 정아는 그를 놓고 문밖으로 성큼성큼 걸어갔다.

"오라버니……, 오라버니……, 한향을 죽여 줘요!"

"정아!"

영승이 다급하게 불러 세웠다.

정아가 돌아보자 영승은 심장이 쥐어뜯기는 것 같았다. 늘 헤헤거리며 인정머리 없이 가시 돋친 말만 하던 정아의, 눈물 범벅이 된 얼굴을 보았기 때문이었다.

"난……, 난 괜찮다. 한향이 다치게 한 게 아니다."

그는 지금 자기 목소리가 아주 많이 부드러워진 것도 알아차리지 못했다.

정아가 급히 되돌아와서 진지하게 물었다.

"그럼 네 손은 어떻게 된 거야?"

그녀를 바라보던 영승 역시 진지하게 말했다.

"정아, 난 눈만 먼 게 아니라 손도 불구다. 내 어디가 좋으냐?"

"네가 날 이겨서 좋아."

정아가 나오는 대로 대답했다. 어쩌면 이건 이유가 아닐지도 몰랐다. 그녀도 왜 좋아하게 됐는지 알지 못했다.

영승은 쓴웃음을 금치 못했다.

"널 이길 수 있는 사람은 많다."

"하지만 내가 만난 사람은 너인걸!"

정아는 고집스럽게 대답했다.

"내가 누구인지조차 모르는 네가 감히 날 좋아한다는 것이냐?"

영승이 또 물었다.

"네가 누구라서 좋아한 것도 아닌걸."

정아가 대답했다.

영승은 평소 그녀와 입씨름을 자주 벌였다. 그렇게 오랜 세월 말다툼을 해도 진 적 없던 그가, 지금은 계속 말문이 막혀 대답하지 못했다.

"네가 누군지 말해 줘!"

정아가 물었다.

영승은 도리어 망설이지 않고 자기 신분을 털어놓았다. 정아가 깜짝 놀라서 말했다.

"네가 바로 북려의 그 대장군이었구나! 영씨 집안의 주인!"

그녀의 이 반응에 영승은 자신도 모르게 웃음이 나왔다.

"지금 알았으니 늦지 않았다."

하지만 정아는 돌연 그의 손을 때렸다.

"영승, 대진의 장군 중에서 내가 가장 숭배한 사람이 너야! 북려에 가서 한 번도 패전한 적이 없었잖아. 어떻게 한 거야? 넌 왜 이기고 나서 그냥 떠나 버렸어? 난 줄곧 네가 북려왕이 되어 동오족까지 공격해서 낙정을 죽이길 바라고 있었다고."

영승은 눈썹을 치키고 그녀를 바라봤다. 그녀가 전쟁에 관심을 가질 줄은 몰랐다.

"네 손은 전쟁터에서 다친 거야?"

정아가 진지하게 물었다.

"그런 셈이지."

영승이 담담하게 대답했다.

정아가 또 그의 손을 잡아당겼다. 영승은 빼고 싶었지만, 그녀가 꽉 잡고 놔주지 않았다.

정아는 이해가 되지 않았다.

"어떻게 다친 거야? 왜 손바닥을 움직일 수 없지?"

순간 영승은 복잡한 눈빛을 띠며 담담하게 말했다.

"손을 놔주면 말해 주마."

정아는 정말 손을 놔주었다. 영승은 비수를 꺼내서 그대로 손바닥을 갈라 상처를 낸 뒤 금침 하나를 빼냈다.

정아는 입을 틀어막으며 기겁했다.

"이 침은…… 어디서 난 거야?"

"주인의 것이다."

영승이 사실대로 대답했다.

"대진의 황후 한운석?"

정아는 또 뜻밖이었다.

"왜 그걸 손바닥에 숨겼어? 팔은 불구가 되었어도 자포자기하듯 이렇게 괴롭히면 안 되잖아? 이 금침이 아주 귀한 거야?"

"이 금침은……."

영승이 말하고 있는데 정아가 손수건을 꺼내 상처를 싸맸다. 그녀는 그의 손가락을 튕겨 주고 손바닥도 매만졌다.

영승이 뒷말을 하기도 전에 정아가 말을 잘랐다.

"침을 빼내고 나니 손바닥을 움직일 수 있는 것 같아!"

"그래, 움직일 수 있다. 힘이 없을 뿐이지."

영승이 대답했다.

정아는 얼른 그의 손을 잡고 열 손가락을 깍지 꼈다.

"힘이 없어도 괜찮아. 내 손을 잡을 수 있기만 하면 돼."

그녀는 자기 멋대로 손을 꽉 얽어맨 후 물었다.

"방금 이 금침이 어디서 났다고?"

영승은 꼭 깍지 낀 손을 보고 있었다. 무슨 생각을 하는지 그는 한참 동안 말이 없었다.

사실 정아는 마음이 조마조마했다. 그가 또 그녀의 손을 뿌리치고 떠날까 봐 너무 두려웠다. 그래서 그녀 역시 침묵했다.

영승이 무슨 생각을 했는지는 모르지만, 그는 천천히 깍지 낀 손을 들어 입술에 갖다 대고는 정아의 손등에 입을 맞췄다.

그가 말했다.

"정아, 내가 남겠다. 단, 한 가지 조건이 있다."

정아는 기뻐 어쩔 줄을 몰랐다. 입맞춤을 받은 손을 바라보

며 거의 심취한 듯, 그녀는 조건이 무엇인지 묻지도 않고 대답
했다.

"승낙할게!"

영승은 도저히 그녀에게 눈을 흘기지 않을 수 없었다. 그가
말했다.

"내 신분을 잊어라. 난 아승일 뿐이다."

정아는 아주 시원스럽게 승낙했다.

"네 과거에 나는 함께하지 못했으니 당연히 잊을 수 있어!"

"아승, 아승, 아승······."

정아는 아승을 바라보며, 즐겁게 쉬지 않고 그의 이름을 불렀다. 영승은 곧 그녀의 손을 놔주었다.

정아는 얼른 종이와 붓을 건네며 그를 향해 웃었다.

"남을 것이다."

영승은 아주 진지하게 강조했다.

"장사꾼에게는 장사꾼의 규칙이 있는 법, 말로 하는 건 소용없어. 증서를 남겨야지."

정아도 진지했다.

"그렇게 날 믿지 못하느냐?"

영승이 물었다.

"겨우 그 정도 성의밖에 없어?"

정아도 반문했다.

영승은 진심으로 그녀와 한마디도 논쟁하고 싶지 않았다. 그는 붓을 받아 들고 시원스럽게 정아의 노예가 되겠다는 매신계를 써 내려갔다.

정아가 말하기도 전에 그가 서탁에서 인주를 찾아내 지장을 찍었다. 정아는 한 자 한 자 다 확인한 후, 조금도 망설이지 않고 자기 손가락을 깨물어 피로 지장을 찍었다.

"좋아. 아승, 오늘부터 너는 살아도 나 상관정아의 사람이요, 죽어도 나 상관정아의 귀신이야! 내가 반드시 잘해 줄게!"

정아가 웃으며 말했다.

영승은 거들떠보지 않았다. 정아는 핏자국으로 가득한 금침을 가져와서 조심스럽게 깨끗이 닦았다. 영승은 가만히 그 모습을 지켜보았다.

정아가 깨끗하게 닦은 후 그가 금침을 가져가려 했지만, 그녀가 허락하지 않았다.

"이 물건을 네가 내게 준 사랑의 징표로 생각할게."

영승은 눈에 복잡한 눈빛을 떠올리더니, 담담하게 말했다.

"돌려 다오. 다른 것을 주겠다."

"싫어!"

정아는 영승이 뺏어 갈까 봐 두려운 듯 금침을 꽉 움켜쥐었다.

"영족을 제외하면 적족의 영씨 집안이 서진 황족에게 가장 충성스럽다고 들었어. 이건 분명 네게 가장 중요한 물건이겠지? 헤헤, 난 네게 가장 중요한 물건을 원해!"

정아는 말하면서 금침을 옷깃 가슴 쪽에 가로로 꽂아 영승이 감히 건드리지 못하게 했다. 영승은 더는 강요하지 않았다.

"하고 싶은 대로 해라."

정아가 농담처럼 말했다.

"이걸 가보로 삼자. 만일 나중에 우리 아기가 현공대륙에서 살 수 없게 되면, 이 증거물을 갖고 한운석을 찾아가게 하는 거야. 그럼 어떻게든 밥은 먹고 살 수 있겠지."

영승은 지극히 업신여기는 눈빛으로 정아를 바라보았다. 하지만 결국 정아에게서 그 금침을 되돌려받지 않았다. 그는 이미 이곳에서 정체를 숨기고 살기로 결심을 굳혔다. 혹 수십 년, 심지어 수백 년이 지나면, 이 금침 덕분에 후손들이 적족 영씨 집안의 뿌리를 찾을 수 있을지도 몰랐다.

정아는 영승의 매신계를 잘 챙긴 후 바로 달려가서 상관택에게 아승이 그녀의 남자라며, 전에 두 사람은 그저 싸운 것뿐이라고 말했다. 상관 집안이 그녀를 딸로 인정하고 싶다면, 반드시 아승이라는 사위를 인정해야 한다고 했다.

안 그래도 아승이 마음에 들었던 상관택은 누이동생에게서 '내 남자'라는 말까지 들으니 고개를 끄덕일 수밖에 없었다.

하지만 그는 진지하게 말했다.

"정아, 아버지께서 폐관 수련을 마치고 나오시면 네 신분은 우선 집안사람들에게 공개될 거다. 친척 어른들은 아승을 인정하지 않을지도 모른다……."

그는 잠시 망설이다가 직접적으로 말했다.

"상관 집안의 딸은 자신보다 낮은 신분의 사람에게 시집간 일이 없었다."

정아는 화가 나서 하마터면 영승의 신분을 밝힐 뻔했다. 그녀는 다시 생각해 본 후 이렇게만 대답했다.

"좋아요, 아버지께서 나오실 때까지 기다렸다가 내가 직접 아버지께 말씀드리겠어요."

정아가 어찌 아버지가 폐관 수련을 마치고 나오기까지 기다릴 수 있겠는가?

가만히 앉아 죽기를 기다리고, 다른 사람의 선택을 기다리는 것은 그녀답지 않았다. 상관택의 처소에서 나왔을 때부터 그녀는 이미 계책을 생각해 두었다.

상관택은 거처를 준비하던 중 아버지가 나오시기 전까지는 정아와 아승을 우선 다른 곳에 머무르게 하여 불필요한 오해를 막아야겠다고 생각했다. 어쨌든 그가 여자를 데리고 돌아온 일을 집안사람은 다 알고 있었다.

이틀 후, 상관택은 직접 비밀리에 정아와 아승을 상관부에서 내보냈다. 길을 빙 돌아서 한향 사람을 피한 후, 그는 두 사람을 상관부 옆 골목에 있는 한 작은 사합원으로 보냈다.

상관택이 가기 전, 정아가 참지 못하고 물었다.

"오라버니, 한향이 쳐들어오면 어쩌죠?"

영승이 유북상인협회를 떠난 다음 날, 누군가 한향에게 장부를 가져다줌과 동시에 또 다른 누군가가 한향이 정식으로 유북상인협회를 인수했다는 소식을 퍼뜨렸다.

원래 한향은 그저 영승과 협력하려 한 것뿐이었으나, 장부를 확인하고 퍼진 소식을 들은 후에야 자신이 아승이라는 남자를 얼마나 얕보았는지 깨달았다. 그리고 자신이 속았다는 것도 알아차렸다. 요 며칠 동안 그녀는 물론 사방팔방으로 아승을 찾고 있었다.

"안심해라. 상관 집안 세력 범위 내에서는 그 여자가 감히 어쩌지 못한다. 네 신분이 공개되기 전까지 두 사람은 되도록 밖에 나가지 말고 남쪽으로도 가지 말거라. 남쪽은 그 여자 세력권이다."

상관택이 진지하게 말했다.

정아는 아주 진지하게 고개를 끄덕였다.

"상대할 수 없으면 우선 숨어 있어야죠."

상관택을 배웅한 후, 정아는 영승과 은거 생활을 시작했다. 설사 외출할 수 없다 해도 영승은 가만히 빈둥거리지 않았다. 그는 술 빚는 법을 연구하기 시작했고, 온종일 방 안에 틀어박혀 지냈다.

하루만 못 나가도 괴로워하는 정아가 뜻밖에도 아주 차분했다. 그녀는 날마다 영승 옆에서 시간에 맞춰 하루 세끼 식사를 독촉하는 일 외에 나머지 시간은 아주 조용하게 지냈다.

이런 상태가 사흘간 지속되자 영승은 마음이 오싹해졌다. 그는 술 빚는 쌀을 삶다 말고 먼저 그녀에게 물었다.

"할 일을 찾지 않는 것이냐?"

"이렇게 네 옆에 있잖아?"

정아가 웃으며 말했다.

"다른 일을 찾을 생각은 없느냐?"

영승이 또 물었다.

"있어."

정아가 대답했다.

"뭘 할 생각이냐?"

영승이 궁금해했다.

그러자 정아의 귀뿌리가 붉어졌다.

"비밀이야."

주방 불빛이 그리 좋지 못해서, 영승은 정아의 얼굴이 부끄러움에 붉어지는 것을 알아채지 못했다. 그는 그저 조금 불안한 마음에 계속해서 물었다.

"그럼 여기 틀어박혀서 뭘 하고 있느냐? 가서 하지 않고."

정아가 대답했다.

"좀만 기다려 봐. 난…… 아직 준비가 안 됐어."

그녀의 오라버니가 그녀에게 상관 집안 딸은 자신보다 신분이 낮은 사람에게 시집간 일이 없다고 말한 후, 그녀는 줄곧 이 일을 준비하고 있었다.

영승은 점점 더 의심스러웠지만, 더 묻지 않고 계속 소매를 걷어붙인 채 아궁이 앞에서 불을 지폈다.

정아는 그의 뒷모습을 바라보며 속으로 이런 생각이 절로 들었다. 그때는 왜 이 남자가 눈이 멀어서 싫다고 했을까? 불 지피고 밥 짓는 모습조차 이렇게 멋있는데. 이럴 줄 알았으면 그때 순순히 낙정 말을 듣고 이 남자에게 시집갈걸. 그랬다면 지금 이렇게 골치 아픈 일이 많이 생기지 않았을 텐데.

영승이 술 단지를 단단히 봉하여 지하실에 보관하고 나니 이미 한밤중이었다. 그는 목욕한 후에 방에서 술을 마시기 시작했다.

언제부터 생긴 습관인지 그는 자기 전이면 늘 천천히 술 한

잔을 음미했다. 그는 나른하게 침상 위에 기대앉은 채 술잔을 만지작거리며 생각에 잠겼다.

어쩔 수 없이 남게 되었다 할지라도, 그는 여전히 한적하고 평안하게 지냈다.

이때 문 두드리는 소리가 들렸다.

원락에 있는 하인들은 온 지 얼마 되지도 않아서 이렇게 늦은 시간에 절대 문을 두드릴 리 없었다. 영승은 물을 필요도 없이 정아인 것을 알았다.

그는 문을 열지 않고 묻기만 했다.

"무슨 일이냐?"

"중요한 일이야. 얼른 문 열어."

정아가 진지하게 말했다.

"무슨 중요한 일이길래 지금 꼭 말해야 하느냐?"

영승이 또 물었다.

"지금 말하는 게 아니라 지금 해야 해! 난 준비가 다 됐어. 반드시 지금 해야 해."

정아가 대답했다.

영승은 그녀가 오늘 오후 주방에서 한 말이 떠올라 궁금하면서도 뭔가 이상한 느낌이 들었다. 하지만 결국에는 문을 열어 주었다.

문이 열린 순간······.

정아가 가슴까지 오는 분홍빛 긴치마를 입고, 아름다운 쇄골을 드러내고 있었다. 얇은 적삼을 걸쳐 하얀 어깨와 아름다운 등이 보일 듯 말 듯 했다. 엷게 화장까지 해서 평소 남자처럼 하고 다니는 모습보다 더 아름답고 온순해 보였다.

유감스럽게도 그녀가 웃는 순간 속셈이 훤히 드러났다. 너무 음흉하게 웃었기 때문이었다.

영승의 시선이 그녀의 가슴 쪽으로 향했다. 그녀의 가슴에는 커다란 나비매듭이 묶여 있었는데, 귀엽고 아름다운 매듭 아래 매혹적인 깊은 골이 숨겨져 있었다.

영승의 시선을 따라 자신을 내려다본 그녀의 얼굴에 음흉한 웃음이 더 짙어졌다. 그렇게 오랫동안 준비를 했더니, 이 옷차림이 역시 그의 마음에 들었구나.

"아승, 난……."

그녀가 입을 떼는데 영승이 바로 문을 닫으려 했다. 영승은 이제 곧 서른 살이었다. 열예닐곱 살 된 철없는 소년이 아니었고, 바보는 더더욱 아니었다.

여자가 이렇게 단장하고 한밤중에 찾아와 문을 두드렸다면, 무슨 일이겠는가? 그는 오후에 주방에서 했던 대화를 떠올리며 자신의 어리석음에 욕을 퍼붓고 싶었다.

정아가 바로 그를 가로막더니 재빨리 영승의 손을 피해 방으로 들어왔다. 그녀는 말없이 음흉하게 웃기만 했는데, 웃음이 멈추지가 않았다.

"부끄러움을 모르느냐?"

영승이 대놓고 물었다.

"넌 이제 내 사람이잖아. 어차피 아버지가 폐관 수련을 끝내고 나오시면 넌 나와 혼인해야 해."

정아가 중얼거리며 말했다.

"지금 혼인했느냐?"

영승이 인내심을 갖고 물었다.

"결국 할 거잖아."

정아가 또 말했다.

"지금, 혼인했느냐?"

영승이 다시 물었다.

정아는 잠시 침묵했다가 겨우 중얼거리듯 말했다.

"아직……."

영승은 한 걸음 물러선 후 문을 가리키며 명령했다.

"돌아가서 잠이나 자라!"

정아는 고개를 숙인 채 순순히 걸어갔다. 하지만 영승 곁을 지나는 순간 갑자기 몸을 돌려 영승을 껴안더니, 아주 뻔뻔한 건달처럼 그에게 말했다.

"아승, 우리 아이부터 갖자."

영승은 자신이 왜 지금까지 이 여자 때문에 화가 나서 죽지 않았는지 이해가 되지 않았다. 죽지는 않았지만, 이미 화가 나서 말도 하기 싫은 지경이 되었다.

그는 심지어 이 여자를 다시 살펴보지 않을 수 없었다. 대체 얼마나 함부로 굴 것이며, 얼마나 뻔뻔한 여자인지 자세히 살펴야 했다.

영승은 정아가 안고 있게 내버려 둔 채 움직이지 않고 말도 하지 않았다.

정아는 그의 눈에 서린 혐오의 눈빛을 알아차리지 못했고, 그가 반항하지 않자 묵인한 것으로 오해했다. 그녀는 속으로 기뻐하며, 단호한 눈빛을 띠고는 과감하게 그의 옷고름을 풀었다.

그런데 이때 영승이 말했다.

"정아, 그렇게 남자가 필요하면 나가서 찾아봐라, 날 구역질 나게 하지 말고. 알겠느냐? 부탁이다."

순간, 정아는 동작을 멈췄다.

남자가 필요하냐고?

그녀는 아이가 필요했다!

그녀는 다 계획해 두었다. 아버지가 폐관 수련을 하는 반년 동안 아승과 돌이킬 수 없는 상황을 만들 생각이었다. 그때 가서 부른 배를 안고 아버지 앞에 나타나면, 아버지는 어찌 됐든 그녀를 아승에게 시집보내야 하고 집안의 친척 어른들도 인정할 수밖에 없었다.

게다가 그들은 집안의 체면을 생각해서 그녀의 혼전 임신도 숨겨야 했다. 그때가 되면 대외적으로 아승이 상관 집안의 사위이고, 그녀와 아승은 이미 혼인한 관계라고 발표할 게 틀림없었다.

이것이 아승을 보호할 수 있는 가장 간단하고 직접적인 방법이었다.

그녀는 집안 어른들 체면도 개의치 않았고, 진짜 혼인을 하든 안 하든 상관없었다. 아승의 매신계가 그녀 손에 있는 한,

그는 그녀의 것이었다. 다른 모든 것은 다 형식에 불과했다.

아승의 분노한 모습과 모욕적인 언사에 정아가 화나지 않았다면 거짓말이었다. 어려서부터 그녀는 아주 삐뚤어진 성격을 갖고 있어서, 오해를 받을수록 더 해명하기 싫어하고 못된 짓을 하려 들었다.

"아승!"

그녀가 고함쳤다.

영승이 차가운 눈빛으로 바라보자 그녀는 바로 가슴 쪽의 나비매듭을 잡아당겼고, 순식간에 치마 전체가 풀어졌다.

아름다운 그녀의 몸이…… 다 드러났다!

영승은 보았다……. 전부 다 보았다.

그는 무의식적으로 눈을 돌렸으나, 정아가 달려들어 그를 와락 안았다.

그는 고개를 돌린 채 움직이지 않았다.

정아가 감히 할 수 있는 행동은 사실 여기까지였다. 그녀는 그저 그를 꽉 안고 있을…… 뿐이었다.

시간은 흘러가고 있었지만, 영승은 조금도 움직이지 않았다.

그렇게 반 시진이 흘렀고, 정아는 추워서 바들바들 떨었다. 하지만 영승은 여전히 움직이지 않았고, 그녀를 밀어내지도, 그렇다고 안지도 않았다.

정아는 이 남자가 그녀 스스로 손 놓고 나가길 바라는 것 같다는 생각이 들었다. 마침내 낯 두껍고 뻔뻔한 그녀도 치욕스러움을 느꼈다.

얼굴이 붉어졌고, 눈도 붉어졌다.

처음으로 자신이 조금의 매력도 없는 여자임을 깨달았다. 이 정도까지 나왔는데, 이 인간은 여색에 전혀 동요되지 않았다.

혹시, 정말 그녀를 하나도 안 좋아하는 걸까?

혹시, 강요받았기 때문에 남게 된 걸까?

혹시, 정말 그녀 혼자 일방적으로 좋아하는 것일까?

정아는 천천히 손을 떼며 영승의 따스한 품에서 물러섰다. 그녀는 고개를 숙인 채, 조용히 치마를 잡아당겨 나비매듭을 꼭 맸다.

"미안, 방해해서."

그녀는 감히 그를 볼 수도 없어 소리 없이 뒤돌아 밖으로 나갔다. 그녀의 자그마한 뒷모습은 마치 온 세상에게 버림받고 쫓겨난 듯 낙심에 빠져 있었다.

그런데 그녀가 한 발을 문밖에 내디딘 순간, 영승이 쫓아와서 그녀의 허리를 홱 감싸더니 곧 그녀를 옆으로 안아 올렸다.

정아는 멍해진 채, 영승의 웃음기 하나 없는 냉담한 얼굴을 볼 뿐이었다.

그녀를 안고 성큼성큼 방 안으로 들어온 그는 조금도 아껴 주지 않는 듯이 침상 위로 그녀를 내던진 후 그 위로 올라가 자기 몸 아래로 그녀를 가두었다.

그의 어두운 눈빛을 바라보는 정아의 심장이 콩닥콩닥 미친 듯이 뛰었다. 그녀는 심장이 튀어나올까 무섭기라도 한 듯, 본능적으로 손을 뻗어 가슴을 가렸다.

하지만 그녀가 손으로 가리자마자 영승이 바로 그녀의 손을 치우고 단숨에 그녀 가슴에 있는 나비매듭을 풀어 버렸다.

"아……, 아승……."

정아는 두려워졌다. 머릿속에 제일 먼저 든 생각은 이것이었다. 분명 풀어 버린 것은 똑같은데, 왜 자신이 푼 것과 그가 푸는 것이 이리도 다를까?

그저 자신의 온몸이 바들바들 떨고 있는 것만 같았다.

그가 그녀의 옷섶을 내려다보자, 그녀는 자신도 모르게 숨을 죽였다. 심장이 멎을 것만 같았다.

"아승, 너……, 너……."

그녀는 뭐라고 말하거나 질문을 해야 할 것 같았다. 하지만 뭐라고 해야 좋을지 몰랐다.

그런데 영승이 입을 뗐다.

"상관정아, 넌 이미 나를 방해했다!"

그는 말을 마친 후 단호한 눈빛을 번뜩이더니 망설임 없이 머리를 파묻었다. 완전히 제멋대로 굴었고, 심지어 아주 거칠게 달려들었다. 마치 복수하며 벌을 내리는 듯했다.

처음에는 몸이 딱딱하게 굳어 있던 정아가 잠시 후 소리를 지르기 시작했다. 믿을 수 없었고, 믿어지지 않았다.

영승이 그저 입만 맞췄을 뿐인데, 그녀는 이미 견딜 수가 없었다. 그녀가 얼마나 감격했는지 멈추지 않고 소리를 질러서, 영승은 어쩔 수 없이 손을 뻗어 그녀의 입을 막아야 했다.

그녀의 옷이 다 벗겨지자, 뜻밖에도 그녀가 떨기 시작했다. 그 떠는 모습에 영승도 어쩔 수 없이 멈춰서 그녀를 바라볼 수밖에 없었다.

영승의 의심스러워하는 눈빛과 마주치자 그녀는 얼른 고개를 돌리고 감히 그와 시선을 맞추지 못했다. 얼굴 전체가 타는 듯이 붉어졌다.

영승은 한 마리 표범처럼 자신의 사냥감 위에서 내려다보며 자세히 살펴보았다. 이때서야 그는 자신의 사냥감이 겉으로만 강한 척하고 실제로는 약하기 그지없는, 엄청난 겁쟁이라는 사실을 발견했다!

그가 참지 못하고 물었다.

"상관정아, 대체 무슨 배짱으로 날 건드린 것이냐?"

정아는 고개를 돌린 채로 눈동자만 몰래 굴려 그를 바라봤다. 부끄러움과 원망, 달갑지 않음과 두려움도 있었지만, 그 속에는 일말의 도발도 섞여 있었다.

그야말로 사람을 못 견디게 하는 요물이었다.

영승은 결국 참지 못하고 웃음을 터뜨렸다. 이번에는 머리만 파묻은 게 아니라 몸을 바짝 붙였다…….

소유란, 받아들이고 인정한다는 뜻일까?

정아가 또다시 비명을 질렀을 때, 영승의 마음은 답을 얻은 듯했다.

"영승, 이 나쁜 놈! 이 나쁜 자식, 놔…….'

정아는 아파서 까무러칠 것 같았다.

영승은 그녀의 귓가에 다가가 낮게 속삭였다.

"상관정아, 나 영승의 여자가 되기란 쉽지 않다. 네 스스로 자초한 것이니 후회하지 마라."

그의 목소리는 차가웠고, 움직임은 지독했다. 그런데 이상하게도, 그가 거칠게 달려들수록 정아는 점차 아프지 않았고 도리어 점점 기쁘고 만족스러웠다.

정아는 한숨을 돌리면서 그가 선사하는 희열 속에서 매혹적인 미소를 피워 내며 말했다.

"아승, 드디어 내 남자가 되었구나!"

모든 것이 끝난 후에도 정아는 여전히 영승을 놔주지 않았다. 그를 보내 주지 않으며 그의 몸 위에 엎드린 채 매달렸다. 두 손을 베개 삼아 드러누운 영승은 넋이 나간 듯이 위쪽을 바라보고 있어 무슨 생각을 하는지 알 수 없었다.

"아승, 내가 이렇게 뻔뻔하다고 해서 왜 너도 같이 이렇게 뻔뻔하게 구는 거야?"

정아가 나른하게 물었다.

영승은 대답하지 않았다.

그녀가 그의 얼굴을 붙잡고 말했다.

"듣고 있어?"

"네가 말하지 않는다고 널 벙어리라고 생각할 사람은 없다."

영승이 차갑게 말했다.

"나한테 좀 다정하게 굴면 죽기라도 해?"

정아가 반문했다.

"그래."

영승은 아주 확실하게 대답했다.

화가 난 정아는 머리를 파묻고 그의 가슴을 깨물었다. 영승이 밀어내려 하자 그녀가 바로 발버둥 치며 그의 몸 위에서 뭉그적댔다.

영승은 자신이 이 여자에게 갈수록 인내심이 없어진다는 사실을 모르고 있었다. 그가 말했다.

"한 번 더 움직였다간 봐라!"

정아는 정말 움직이지 않았다. 하지만, 영승이 움직였다.

그는 홱 몸을 뒤집어 정아를 침상에 엎어뜨렸다. 정아는 즐겁게 까르르 웃으며 그의 목에 팔을 감고는 적극적으로 받아 주었다. 그녀가 말했다.

"아승, 네가 다정하지 않아도 난 괜찮아."

영승은 여전히 다정하지 않았다. 하지만 정아는 개의치 않았다. 그녀는 멋대로 고함을 질렀고, 심지어 그를 욕하며 깨물기까지 했다.

두 사람은 잠자리에서조차 서로 좋은 말로 다정하게 대하지 못했다. 하지만 함께할 수만 있다면 된 것 아닌가?

그날 밤 이후, 모든 것은 예전 그대로였다.

영승은 여전히 술을 빚느라 바쁘게 지내며 정아를 별로 상대해 주지 않았다. 정아는 여전히 그의 옆에 있으면서, 속으로 양조장 개업에 대해 고민하기 시작했다.

밤이 되면 정아는 무슨 일이 있어도 영승의 품에 기대 자려고 했다. 처음에는 영승이 세 번이나 침상에 버려 두고 갔지만, 세 번이 지나자 영승은 그녀가 하고 싶은 대로 하게 내버려 두었다.

자기 전 그녀는 가만있지 못했다. 늘 여기저기를 만지작거리며, 영승을 못살게 굴지 않으면 잠들지 못하는 것처럼 굴었다. 어떤 때는 영승이 그 괴롭힘을 견디지 못하고 그녀를 바로 처리해 버렸다. 어떤 때 영승은 그녀가 못살게 굴도록 놔두며 상대해 주지 않았다. 하지만 한밤중에 깨어서 그녀를 품에 끌어 안고는, 참지 못하고 그녀를 괴롭히며 깨어나게 만들었다.

두 사람은 사합원에서 그렇게 시끌벅적하면서도 사랑 가득 한 시간을 보냈다.

상관 가주가 폐관 수련을 마치고 나왔을 때는 정아가 이미 임신한 지 세 달이 되었을 무렵이었다. 그녀는 영승을 데리고 아버지 앞으로 가서 그를 이렇게 소개했다.

"제 지아비예요. 우린 몇 년 전에 이미 혼인했어요."

그제야 영승은 그녀의 당시 '뻔뻔함'의 의도를 깨달았다.

그는 말은 하지 않았지만 그녀의 손을 꽉 움켜쥐었다. 왼손 에 힘은 별로 없어도 한 여자의 손을 꽉 움켜쥐는 것은 할 수 있었다.

유북상인협회에서 정아와 아승에 관해 떠돌던 소문은 적지 않았다. 상관 가주가 조사해 보고 정아의 친척 어른들도 조사 해 보았으나, 안타깝게도 누구도 명확한 소식을 알아내지 못했 다. 딸의 배가 이미 불러 오고 있었기에 상관 집안은 딸을 인정 하면서 이 사위도 함께 인정하는 수밖에 없었다.

상관 집안이 공개적으로 딸과 사위를 인정했다는 소식이 한 향의 귀에 들어갔다. 한향은 분노가 치밀어 올라 하마터면 자 기 수하 사람을 죽일 뻔했다.

집안 세력으로 따지자면 상관 집안과 랑종은 크게 차이 나지 않았다. 그녀는 아무리 화나도 감히 상관정아와 영승을 공격할 수는 없었다. 개인 실력으로 보면 그녀는 상관택보다 못했을 뿐 아니라 상관 가주와 상관 집안의 다른 어른들만 못했다. 그녀는 참는 수밖에 없었다.

"주인님, 아니면 종주님이 돌아오셨을 때, 종주님께 이 분풀이를 해 달라고 하심이 어떨지요?"

파도가 낮은 목소리로 의견을 냈다.

그 이야기를 안 꺼내는 게 나았을 텐데, 일단 이 이야기가 나오자 한향은 속에 불평불만이 가득해졌다. 아버지의 무공은 상관 가주보다 훨씬 뛰어났고, 아버지가 원하시면 당연히 그녀의 분풀이를 도와줄 수 있었다.

하지만 아버지가 모든 욕망과 감정이 없는 것처럼 냉담한 성격이라는 것은 그녀가 가장 잘 알았다. 이 일을 아버지가 아시면, 아버지는 그저 듣고 넘길 뿐 그녀를 돕거나 상관하지 않을 게 분명했다.

몇 년 전에는 그래도 아버지가 랑종으로 돌아왔지만, 최근 몇 년 동안 아버지는 대부분 운공대륙에 머물렀다. 그녀는 아버지가 폐관 수련에 들어간다는 것만 알 뿐 어디서 폐관 수련을 하는지는 몰랐다.

그녀는 아버지가 폐관 수련에 들어간 게 아니라 한운석에게 무공을 가르치러 갔을까 봐 가장 걱정이었다! 10년의 약속 기한이 가까워졌기 때문이었다.

한운석은 아버지의 친딸이었다. 그녀는 아버지가 편애하지 않을 거라고 믿지 않았다.

10년의 약속은 한향이 유북상인협회에 대한 은원을 잊게 하기에 충분했다. 그녀는 파도에게 말했다.

"우선 그들은 놔두자. 나중에 상관택까지 한꺼번에 처리하겠다!"

"예, 예! 주인님은 절대 그놈들을 그냥 놔두실 수 없지요."

파도가 비열한 눈빛을 번뜩였다. 그는 줄곧 정아를 생각하고 있었다!

"랑종 내부 일은 너희에게 맡기마. 난 서쪽에 한번 다녀오겠다."

한향이 진지하게 말했다.

그녀는 오래 생각한 끝에 결국 외부 도움을 구하기로 결정했다. 그녀는 지고 싶지 않았고, 질 수도 없었다.

아버지가 친딸을 인정한 것은 그녀를 버린 것과 같았다. 반드시 의지할 뒷배를 찾아야 했다. 그리고 이 뒷배는 그녀의 승리를 보장해야 할 뿐 아니라, 그녀를 대신해 아버지를 막아 줄 수 있어야 했다.

"주인님, 혹시…… 혁赫씨 집안에 가시는 것입니까?"

파도가 조심스레 물었다.

한향은 바로 눈을 부릅뜨고 노려봤고, 파도는 입을 막고 고개를 숙이며 다시는 입을 떼지 못했다.

"이 일은 너만 알고 있다. 새 나가게 되면……."

한향이 이어질 독한 말을 뱉기도 전에 파도가 무릎을 꿇었다.

"주인님, 안심하십시오. 소인, 절대 누설하지 않겠습니다.

소인이 아무리 간이 크고 대담해도 감히 누설할 수 없습니다!"

한향은 거칠게 그를 걷어찬 후에야 분이 풀린 듯 소매를 획 떨치며 가 버렸고, 그날 바로 북쪽으로 출발했다.

현공대륙 서쪽에서 가장 큰 집안은 혁씨 집안일 것이다. 혁 가주의 실력은 아버지와 막상막하였다. 지난번 고수 순위전에서 혁 가주는 종주에게 일 초만 패했을 뿐이었다. 게다가 그날 혁 가주는 병이 나서 최상의 기량을 발휘하지 못했다는 소문이 있었다. 지금까지 두 사람은 다시 겨룬 적이 없어서, 누구 실력이 더 한 수 위인지는 알 수가 없었다.

요 몇 년 동안 그녀가 점점 랑종의 대권을 차지하게 되자, 혁 가주는 비밀리에 두 번이나 사람을 보내 그녀를 포섭하려 했다. 그녀를 통해 아버지를 설득하여, 두 집안이 힘을 합쳐 빙해를 차지하고 싶었던 것이다.

그녀는 지금까지 이 일을 아버지에게 말하지 않고 줄곧 마음속에 숨기고 있었다.

빙해 자체에서는 얻을 이익이 없었다. 빙해를 차지하려는 사람은 당연히 운공대륙을 노리는 것이었다. 이 때문에 한향은 더더욱 이 일을 아버지에게 알리지 않았고, 심지어 랑종의 다른 사람들에게도 숨겼다.

운공대륙의 여주인은 바로 그녀와 자리싸움을 벌여야 하는 언니였!

한향은 갔다가 세 달이 지난 후에야 랑종으로 돌아왔다. 파도조차 그녀가 가서 무슨 일을 했는지 몰랐지만, 그녀는 더 이상 영승과 정아를 귀찮게 만들지 않고 돌아온 후 바로 폐관 수련을 시작했다.

다음 해에 정아는 영승에게 토실토실한 아들을 낳아 주었다. 아들은 무예 재능이 아주 훌륭해서 상관 가주에게 많은 사랑을 받았고, 외숙인 상관택에게는 더 많이 사랑받았다.

외할아버지와 외숙 모두 앞다투어 이름을 지어 주고 싶어 했으나, 정아가 허락하지 않으며 반드시 아버지인 영승이 직접 이름을 지어야 한다고 고집했다. 영승은 '원遠'이라는 외자 이름을 지어 주었다. 정아가 그 안에 담긴 뜻을 물었지만 영승은 말하지 않았다.

영승은 웅비와 점점 가까워지면서 마침내 그를 믿게 되었고, 웅비가 직접 가서 아금에게 익명의 서신을 전하게 했다. 그 서신에서는 아금의 출신만 언급했을 뿐, 자신의 행적은 전혀 드러내지 않았다.

상관 집안의 보호를 받으며 그와 정아는 양조장부터 시작하여 함께 '현공상인협회'를 세웠다. 두 사람이 다른 쪽에서는 맞지 않을지 몰라도, 장사에서는 아주 장단이 잘 맞아서 사업 규모는 갈수록 커졌다.

10년의 약속 **떠나다**

한진과 한운석이 약속한 10년까지 이제 반년밖에 남지 않았다.

당시 한진과 한운석은 풍명산 아래 결계에서, 10년 후 한운석이 독종 금지로 돌아가 본래 뿌리를 찾기로 약조를 맺었다. 동시에 한향과 결투한 뒤 이긴 사람이 떠날지 남을지 선택할 수 있었다. 구체적으로 말하자면, 한운석이 지면 평생 결계 안에 남아 결계술을 배워 무덤을 지켜야 했다. 한향이 진다면 무덤을 지키는 자는 한향이었다.

한진은 명확하게 종주 이야기를 하지 않았지만 더 생각할 것도 없이 다 알 수 있었다. 진 사람은 영원히 결계에서 무덤을 지키니 당연히 랑종의 대권과 상관이 없고, 설사 종주라는 이름을 갖고 있어도 실권은 없었다.

이 결투를 위해 한운석은 연 공주를 낳은 후 마음을 가다듬고 무예를 익히기 시작했다. 한진이 편애하지 않았다면 불가능한 일이었다.

어쨌든 친딸이었다. 하물며 그는 사위인 용비야가 아주 마음에 들었다. 요 몇 년간 한진은 정식으로 한운석에게 뭔가를 가르치지는 않았지만 매년 봄, 차 장원에서 다 같이 모일 때마다 한담을 나누는 와중에 한운석에게 많은 것을 일깨워 주었다.

한운석은 몸 안에 숨겨진 봉황력을 전부 발현시킨 후, 현공대륙의 무학 체계에 따라 진기를 수련하기 시작했다.

현공대륙의 무학 체계에서 힘과 기는 상호 보완해 가며 동시에 수련하는 것이었다. 힘과 기 모두 각각 구품으로 나누어지며, 각 품계는 다시 초급, 중급, 고급 세 단계로 나뉘었다. 힘과 기가 동일한 품계에 도달해야만 한 품계를 완성했다고 볼 수 있었다.

현재 한운석의 봉황력은 이미 칠품에 도달해서 아주 높은 품계인 셈이었고, 현공대륙에서도 절정 고수에 해당했다. 하지만 그녀의 진기는 이제 막 오품 초급 단계에 도달했다. 이렇게 되면 그녀는 오품 초급 단계의 고수일 뿐이었다.

이 품계는 한향과 동일하지만, 제대로 비교하면 '힘'의 측면에서 한운석이 이길 가능성이 컸다. 한향이 수련한 진무력眞武力은 이제 육품에 올랐기 때문이었다.

육품과 칠품은 고작 일품 차이밖에 안 나는 것처럼 보이지만, 그 사이의 실력 차는 상상할 수 없을 정도였고, 평생을 다써도 한 품계를 완성하지 못하는 사람이 많았다.

용비야는 서정력을 완전히 통제한 후 구품이 되었다. 요 몇 년 동안 용비야는 정무에 바쁘면서도 한운석과 함께 수련하여, 이제 그의 진기는 오품 고급 단계가 되었다. 이 품계면 현공대륙에서 신귀방의 모든 고수를 아주 쉽게 압도할 수 있었다. 몇 년 더 지난 후에 그가 고수 순위전에 참가하면 순위를 차지할 게 틀림없었다.

아직 반년이 남아 있었다. 한운석은 이미 폐관 수련에 들어갔고, 용비야는 내내 도성을 지키며 떠나지 않을 생각이었다.

이미 초여름에 접어들어 또 예아가 독종 금지로 가서 폐관 수련을 할 때가 되었다. 예아는 세 살 때부터 매년 여름 독종 금지로 가서 폐관 수련을 통해 무예를 익혔다. 올해가 벌써 7년째였다.

처음에는 용비야와 한운석이 직접 그를 한진에게 데려다주었다. 하지만 2년 정도 데려다준 후, 용비야는 더는 데려다주지 않았다. 자신만 안 간 게 아니라 한운석도 못 가게 하고, 오직 서동림만 데려다주게 했다.

그런데 작년부터 예아는 서동림도 오지 말라고 하며 도성에서 독종 금지까지 혼자 이동했다. 시종들도 데려가지 않고 은자만 챙겨서, 아주 순조롭게 그곳으로 갔다.

올해 열 살이 된 예아는 더더욱 누구도 데려다주지 못하게 했다.

예아는 이미 품위 있는 소년의 자태를 풍겼다. 재기가 넘치고 지극히 존귀하여, 무리 가운데 대충 서도 주변 사람이 모두 빛을 잃고 흐릿하게 보였다.

물론 그의 미간에 드러난 기개와 깊은 눈빛도 갈수록 아버지를 닮아 갔다. 나이가 어리지만 감정을 내색하지 않아 사람들은 그 속을 종잡을 수 없어서 감히 놀리거나 속일 수 없었다.

그가 어서방에 서서 공손하게 읍을 했다.

"소자, 이제 출발합니다. 부황께서는 염려치 마시옵소서."

상주문 더미를 절반 정도 살핀 용비야는 눈썹을 올리며 아들을 한 번 보더니 담담하게 대답했다.

"그래."

예아는 일어나 부황을 한 번 슬쩍 보았다. 살짝 낙담한 듯했지만, 그래도 뒤돌아 밖으로 나갔다.

예아는 짐을 다 챙긴 후 서쪽 궁문으로 향했다. 그런데 궁문에 도착하자 아주 익숙한 우람한 형체가 문 옆에 서서 그를 기다리고 있었다.

어쨌든 아직 열 살짜리 어린아이였다. 예아는 바로 나는 듯이 달려갔다.

"부황!"

돌아선 용비야가 두 팔을 벌리기도 전에 예아가 그에게 달려들어 껴안았다.

그는 어쩔 수 없다는 듯 웃었다. 원래는 정말 궁문 입구까지 배웅할 생각이 아니었는데, 어째서인지 또 오고야 말았다.

다행히 한운석이 폐관 수련 중이었기에 망정이지, 아니었다면 그의 마음이 약하다고 놀렸을 게 분명했다.

부자 두 사람 모두 말수가 적었다. 예아는 한참 동안 안은 후에 부황을 놔주었다. 좀 전에 어서방에서 공손하게 인사를 올리던 모습과 달리 평범한 집 아이가 부모에게 작별 인사를 하듯 말했다.

"아버지, 갈게요. 아버지와 모후, 그리고 연아가 보고 싶을 거예요."

용비야는 사랑 가득한 손길로 그의 머리를 쓰다듬었다. 이런 사랑을 받을 때면 예아의 얼굴에서 어른스럽고 듬직한 표정은 다 사라졌다. 예아는 고개를 들고 아버지를 향해 실눈이 되도록 활짝 웃었다.

그가 말했다.

"아버지, 아버지도 날 보고 싶어 할 거라는 거 알아요."

용비야는 말없이 웃으며 아들의 손을 잡고 궁문을 나섰다. 예아는 더 말하지 않고 조용히 그를 따라 걸었다. 크고 작은 두 사람의 모습이 높이 솟은 궁문 아래에서 천천히 멀어졌다. 마치 끝없이 길고 긴 길을 걷고 있는 듯했다. 부황이 천천히 걷자 예아도 걸음을 늦췄다.

용비야와 한운석이 직접 그를 독종 금지로 데려다주지 않으면서부터, 매년 두 사람은 그의 손을 잡고 궁문 입구에서 성문 입구까지 배웅했다.

가는 내내 말은 없었으나, 커다란 손이 작은 손을 아주 꽉 움켜쥐었다.

부자 두 사람은 한 시진 반이 걸려서 겨우 내성의 입구에 도착했다. 성안에 많은 권세 높은 귀족들이 그 모습을 보고 알아서 길을 비켜 주었다. 그들은 태자 전하가 어디로 가는지 몰랐다. 그저 밖에 나가서 경험을 쌓는다고만 생각했다.

성문에 이르자 용비야는 과감하게 손을 놨다.

"조심히 가거라."

그가 진지하게 말했다.

"예."

예아가 고개를 끄덕였다.

그가 가려는데, 부황이 생각지 못한 말을 꺼냈다.

"네 누이동생을 잘 보살펴라."

네에……?

예아는 가슴이 철렁하며 깜짝 놀랐다.

연아와 영자는 얼마 전 자신들을 황궁에서 데리고 나가 의성을 구경시켜 달라며 내내 그를 괴롭혔다. 그는 당연히 거절했다. 하지만 연아와 영자가 몰래 따라올 결심을 굳힌 것을, 그는 알고 있었다.

그는 영자가 연아보다는 머리가 좋으니 자신과 같은 날 떠나지는 않을 것이라 생각했다. 그런데 영자도 안심할 수 없는 상대였을 줄이야.

두 사람은 내일 갈 수도 있었다. 아니면 어제 먼저 출발할 수도 있었다! 그와 시간을 어긋나게 하면, 최소한 부황이 발견했어도 그를 탓할 리는 없었다.

예아는 늘 부황 앞에서는 감히 거짓을 말할 수 없었다.

"부황, 누이동생이 모후가 폐관 수련에 들어가신 후 자신과 영자 모두 지루해 죽겠다며, 출궁시켜 주지 않으면 답답해서 병이 날 것이라 했습니다."

용비야의 입가에 엷은 미소가 스쳤지만, 그는 그래도 근엄하게 말했다.

"가는 동안 네가 책임지고 잘 지켜보거라. 무슨 일이 생기면 너에게 책임을 묻겠다! 의성에 도착한 후에는 네가 상관할 필요 없다."

예아의 세상이 어두컴컴해졌다.

그는 얼른 다가가 부황을 붙들며 낮은 목소리로 말했다.

"부황, 영자에게 연아를 데리고 남쪽으로 가라고 하시지요. 강남이 얼마나 재미있는 곳입니까!"

연아가 그와 동행하려는 것을 부황이 아셨으니, 몰래 얼마나 많은 시위를 붙이셨을까? 또 얼마나 많은 사람이 의성을 지키고 있을까! 시위는 물론이요, 궁녀와 태감, 할멈들까지 다 있을 게 분명했다.

가는 내내 귀찮아 죽을 텐데! 게다가 비밀스러운 일을 하고 싶어도 할 수 없었다.

예아의 말을 들은 용비야가 즐거워하며 말했다.

"차라리 네가 직접 말하지 그러느냐?"

용비야가 딸을 설득할 수 있었다면, 진작 출궁하지 말고 궁에 남아 그와 함께 있자고 설득했을 것이다. 딸은 이제 더는 두세 살짜리 어린아이가 아니었다. 벌써 여덟 살이 다 되어 갔다.

더구나 두세 살이었을 때도 구슬리기 쉽지 않은 딸이었다. 지금이야 어떻겠는가?

용비야는 지금껏 조정을 내팽개치고 저 멀리 떠나고 싶었던 적은 없었다. 하지만 딸이 출궁하려고 할 때마다 조정을 버려두고 한운석과 딸을 데리고 곳곳을 다니고 싶은 마음이 간절했다. 가는 동안, 딸이 자라서 다른 사람에게 속지 않도록 많은 것을 가르칠 수도 있을 터였다.

이런 부모의 마음은 아무리 높은 제위에 앉은 용비야라 해도 마찬가지였다.

누이동생을 설득하는 이야기가 나오자 예아도 정말 어쩔 도리가 없었고, 부황에게서 동병상련의 마음을 느꼈다.

그가 말했다.

"아닙니다. 제가 잘 지켜보겠습니다."

예아가 이렇게 말해 주니 용비야는 안심이 되었다. 그가 아무리 많은 시위를 붙여도, 그들은 연아를 진짜로 막을 수 없었다. 오라버니인 예아가 화를 내야만 연아는 겁을 냈다.

고북월의 아이에게는 더 기대가 없었다. 그 아이는 고북월의 성품과 아주 똑같아서, 자기 사람 앞에서는 조금도 성질을 부리지 않았다.

예아를 배웅한 후 용비야는 궁으로 돌아왔다. 오는 동안 그는 고북월의 일을 생각했다. 고북월이 떠난 지 2년 반이 되었다.

고북월이 한운석은 속일 수 있어도 그는 속일 수 없었다. 지난 2년 반 동안 고북월은 직접 대진의 의관을 방문하지 않았고, 행방이 묘연했다.

정기적으로 의사에 보내는 서신은 모두 그가 직접 보낸 것이 아니었다. 그가 각 성 대의관에 심어 둔 심복이 그의 이름으로 보낸 것이었다.

다른 사람이 이런 일을 벌였다면, 그것은 군주를 기만하는 일이었다! 하지만 고북월이라면, 용비야는 그저 걱정만 될 뿐이었다.

그는 고북월을 너무 잘 알았다. 고북월이 이렇게 하는 데는 틀림없이 그래야 하는 이유가 있었다. 대진은 그의 것이건만, 그는 자신의 세력권에서 고북월을 찾아내지 못했다.

예아가 외성 성문에 이르자 연아와 영자가 나타났다.

예아는 무림인 복장이었다. 여덟 살쯤 된 연아는 남장을 하고 있었는데 고우면서도 앳된 모습이 부잣집 도련님 같았다. 이제 곧 열한 살이 되는 영자는 가장 소박한 차림을 하고 있어 어린 하인 같았다.

영자가 마차를 몰고 예아 곁으로 달려와 따스하게 웃었다.

"태자 전하, 타시지요."

예아가 돌아보니 마차 지붕에 짐이 잔뜩 실려 있었고, 좌우에도 짐이 몇 개씩 달려 있었다.

예아가 차갑게 물었다.

"헌원연, 이사라도 가느냐?"

연아가 바로 가리개를 들어 올리고 웃으며 말했다.

"오라버니, 타세요. 우리 상의 좀 해요!"

예아가 경계하기 시작했다.

"관심 없다. 넌 천천히 놀아라, 난 먼저 간다."

그녀가 상의할 일이라면 좋은 일이 아닐 게 분명했다.

예아는 채찍을 휘둘러 말을 몰면서 황급히 도망쳤다.

하지만 안타깝게도 잠시 후 영자가 연아를 데리고 그를 따라

잡았다. 영자는 말 앞을 가로막지 않고 연아를 그의 말 등 위에 앉혔다.

연아는 오라버니를 꽉 안고는 웃으며 말했다.

"오라버니, 수련하러 가지 말아요. 우리와 같이 영 오라버니의 아버지를 찾으러 가요!"

예아는 깜짝 놀랐다.

"태부님을?"

예아는 아주 뜻밖이었다. 연아와 영자는 그에게 붙어 있으려고 온 게 아니라 태부를 찾아가려는 것이었다.

연아는 오라버니 등을 잡은 채 몸을 옆으로 기울이며 그를 쳐다봤다.

"우리와 함께 가요, 네?"

예아는 바로 말을 멈추고 진지하게 물었다.

"그게 사실이냐?"

"내가 언제 속인 적 있어요? 헤헤, 갈 거예요, 안 갈 거예요?"

실눈이 되도록 헤헤거리며 웃는 연아의 얼굴에 보조개가 활짝 피었다. 악의 없어 보이는 그 모습에 사람들은 그녀의 장난기와 검은 속내를 아주 쉽게 간과했다.

예아도 찬란하게 밝은 미소로 화답하며 아주 기쁘게 대답했다.

"잘됐다!"

연아는 그의 이 반응을 보고 기뻐하며 바로 영자에게 눈짓했다. 그런데 이럴 수가, 예아는 웃으며 이렇게 말하는 게 아닌가.

"잘됐다, 너희 둘이 가거라!"

연아의 표정이 굳어졌다. 예아는 그녀를 말 위에서 업은 후 영자 앞에 데려다주었다.

그는 영자의 머리를 쓰다듬으며 진지하게 당부했다.

"자, 내 누이동생을 네게 맡기마. 잘 다녀오너라!"

그는 분명 영자와 나이 차가 별로 나지 않았다. 키도 영자와 비슷했고 더 크지도 않았다. 그런데도 마치 큰형님처럼 영자의 머리를 쓰다듬으며 진지하게 당부했다. 결정적으로 영자는 미소까지 보이며 본능적으로 고개를 끄덕였다.

탁!

연아가 바로 까치발을 딛고 손을 뻗어 영자의 머리를 쳤다. 세게 때린 것처럼 보였지만 실은 아주 살살 친 것이었다.

"고개는 왜 끄덕여요!"

영자는 그제야 정신을 차리고 머리를 긁적였다. 그는 말없이 한 발 뒤로 물러섰다.

과연 연아와 예아는 그와는 더 말하지 않고 남매 둘이서 이야기하기 시작했다.

"오라버니, 정말 안 갈 거예요? 안 가면 후회할 텐데, 한 번 더 기회를 줄게요. 갈래요, 말래요?"

연아가 아주 음흉하게 웃으며 말했다.

"안 간다!"

예아는 아주 확고하게 말했다. 그는 이미 다 계획해 두었다. 수련을 마친 후 돌아올 때, 그는 핑계를 대며 궁으로 먼저 돌아가지 않고 남쪽으로 태부를 찾아갈 생각이었다.

출궁 전에 그는 이미 의사 쪽에 태부의 행방을 물어보았다. 이번 여름에 태부는 남쪽에 머물고 계실 것이었다. 그는 정신 사납게 연아와 다닐 생각이 없었다. 그녀와 동행하면 사흘이 못 되어 그 떠드는 소리에 귀가 아플 것이었다.

"좋아요, 좋아!"

연아는 두 손을 허리에 대고 애어른처럼 말했다.

"안 간다면 됐어요. 나와 영 오라버니 둘이서 가겠어요!"

예아는 가볍게 말 위로 올라탔다. 두 사람이 떠나는 것을 보고 나서 다시 갈 생각이었다. 그런데 두 사람은 마차에 탄 후 그의 뒤에서 멈춘 채 그 자리에서 움직이지 않았다.

연아는 마차 안에서 두 손에 든 과자를 베어 물고 있었다. 꼬맹이는 어디서 튀어나온 것인지, 연아 어깨에 앉아 역시나 달콤한 간식을 들고서 아주 맛있게 갉아 먹고 있었다. 영자는 밖에 앉아 말고삐를 쥐고 있었다.

셋 모두 예아를 바라보고 있으니 예아는 소름이 돋는 것 같았다. 예전 경험을 생각해 보면, 이건 절대 좋은 징조가 아니었다. 연아가 또 그에게 함정을 파 놓은 게 분명했다.

"너희들…… 안 가고 뭘 하느냐?"

그가 떠보듯 물었다.

"전하, 먼저 가시지요."

영자가 말했다.

예아의 눈에 의심쩍은 눈빛이 스쳤다. 그는 삼십육계 줄행랑이 최상책이라는 생각에 손을 휘저으며 고개를 끄덕이고는 그대로 가 버렸다.

말발굽 소리를 내며 질주하던 그는 꽤 달린 후에야 뒤돌아보았다. 연아 일행은 정말 그를 따라오지 않았다. 그는 그래도 안심이 되지 않고, 계속 뭔가 이상하다는 느낌이 들었다. 하지만 그는 멈추지 않고 계속 앞으로 달려갔다.

부황은 연아가 남에게 속을까 걱정하시지만, 그는 그렇지 않았다. 연아가 다른 사람을 속이지나 않으면 다행이었다. 영자와 비밀 시위가 함께 있으니 그도 안심이었다.

그렇게 예아는 온종일 길을 재촉했고, 밤이 되자 커다란 나무에 말을 매어 두고 휴식을 취했다. 그가 건량을 꺼내려 하는데, 멀지 않은 곳에서 갑자기 고기 냄새가 났다.

누가 근처에 있나?

예아는 고기 굽는 냄새를 따라갔다. 그런데 가까운 풀숲에서 연아와 영자가 앉아 고기를 구워 먹고 있는 게 아닌가.

연아는 고기를 냠냠 먹고 있었고, 영자는 닭 다리를 떼어 주며 뜨거우니 조심하라고 말했다.

"맛있어!"

연아는 한 입 베어 문 후 영자에게 건넸다.

"영 오라버니, 정말 맛있어요, 먹어 봐요!"

"공주께서 드십시오. 아직 많이 있습니다."

영자가 웃으며 말했다. 예아 앞에서 그는 다정한 동생 같았지만, 연아 앞에서는 오히려 상냥한 이웃집 오라버니 같았다.

그는 말하면서 또 다른 닭 다리를 떼더니 예아 쪽으로 와서 갖다 주며 큰 소리로 말했다.

"전하, 배고프시지요, 어서 오십시오!"

들켜 버린 예아는 입을 삐죽이며 성큼성큼 걸어왔다.

이 두 녀석이 자신을 쉽게 놔주지 않을 줄 알았다. 그는 말없이 책상다리를 하고 앉아 닭 다리를 받아서 크게 한 입 베어 물었다. 그런데 한 입 베어 물자마자 그는 깜짝 놀랐다.

"영자, 언제 고기 굽는 법을 배웠느냐?"

"이모부님께 배웠습니다."

영자가 대답했다.

이모부란 아금을 말했다. 예아와 연아는 아금을 이모부라고 불렀기 때문에 영자도 따라서 그렇게 불렀다.

해마다 아금과 목령아는 시간을 내어 도성에 와서 며칠 머물렀다. 아금은 북려 지역 상황을 보고하러 왔고, 목령아는 언니를 찾아와 아이들과 함께 놀았다.

그 말을 듣자 연아가 혼잣말처럼 중얼거렸다.

"작은 령아를 못 본 지 오래됐네."

"올해 겨울에 볼 수 있을 겁니다."

영자가 웃으며 말했다.

아금과 목령아의 딸 이름은 금령이라서, 다들 목령아는 큰 령아라고 부르고 금령을 작은 령아라고 불렀다.

작은 령아는 이제 겨우 다섯 살이라 아이들 중 제일 어렸다. 그녀는 모두의 귀염둥이라고 할 수 있었다!

분명 어머니처럼 어리숙하면서도 아버지의 영리함을 이어받아, 어리숙한 돈벌레가 되었다! 다른 일에는 늘 어리숙하지만, 돈과 관련된 일만 닥치면 바로 영리해졌고 아주 쩨쩨하게 굴기까지 했다. 아버지가 아금이라고 불리기 때문인지는 몰라도, 그녀는 유독 금에 각별한 애정을 보였다. 그녀 손에 있는 금은 그녀의 아버지 외에는 누구도 뺏어 갈 수 없었다.

한 번은 목령아가 그녀를 데리고 궁에 놀러 왔을 때, 한운석이 농담하며 물었다.

'너는 작은 령아니까, 네 부모님께 작은 금을 하나 낳아 달라고 하는 게 어떠냐?'

그 당시 작은 령아는 겨우 세 살이었다. 그녀는 아주 진지하게 고개를 끄덕였다.

'좋아요!'

그리하여 집에 돌아간 후 그녀는 바로 아버지에게 작은 금을 낳아 달라고 했다. 상황을 몰랐던 아금은 작은 금덩이 하나를 그녀에게 건네주었다.

그 이후 그녀는 돈이 갖고 싶으면 이렇게 말했다.

'아버지, 아버지, 작은 금을 낳아 주세요.'

이 이야기를 들은 한운석은 웃다가 뒤로 넘어갈 뻔했다.

연아는 작은 령아를 아주 귀여워해서, 친여동생처럼 아끼고 보호했다.

당문의 대소저 당홍두는 이제 열두 살이었다. 작은 령아 못지않게 돈을 밝히는 그녀였지만, 역시 작은 령아를 아주 귀여워했다. 작은 령아가 금을 좋아한다는 것을 안 후, 당홍두는 매번 만날 때마다 몰래 금덩이를 찔러주곤 했다.

작은 령아 이야기가 나오자 연아는 딴생각에 빠졌다.

예아는 배불리 먹은 후, 옆에서 천막 치는 영자를 보고 진지하게 물었다.

"영자, 두 사람은 네 아버지를 찾아간다고 하지 않았느냐?"

영자는 예아보다 더 진지하게 고개를 끄덕였다.

"예!"

"난 지금 진지하게 말하는 것이다."

예아가 화를 냈다.

영자는 여전히 진지하게 말했다.

"전하, 저와 공주는 확실히 제 아버지를 찾아가려 합니다."

예아의 표정은 어두워졌지만, 옆에 있던 연아는 오히려 하하 소리 내 크게 웃었다.

"그래요, 우리는 태부님을 찾아갈 거예요!"

예아는 두 사람을 상대하고 싶지 않아 천막 쪽으로 가서 앉았다.

영자가 설명하려는데 연아가 눈빛으로 가로막으며 말하지 못하게 했다. 영자는 말하지 않고 슬그머니 미소를 지었다. 이런 음흉한 모습까지도 그는 그렇게 온화했다.

연아가 얼른 다가가서 달콤한 목소리로 불렀다.

"오라버니."

예아는 흘끔 쳐다보고는 말이 없었다.

연아는 그의 옆에 앉아 팔짱을 끼며 어깨에 기댔다.

"오라버니, 내가 비밀 하나를 알려 줄까요?"

예아는 말이 없었다.

"알려 줄까요!"

연아가 음흉한 미소를 띠며 말했다.

예아가 그녀를 흘겨보며 말했다.

"싫다. 절대 내게 말하지 말고 참아라!"

연아는 즉시 팔을 풀더니, 눈을 동그랗게 뜨고 그를 바라봤다.

신이 난 예아는 천천히 입을 벌려 그녀에게 악의 없는 웃음을 지어 보였다.

"잘 참고 있어라, 내게 말하지 말고!"

연아는 정말 말하지 않았다. 그녀는 두 손으로 입을 막고는 옆에 가서 앉았다. 동그라미를 그리는 건지 뭘 하는지는 알 수 없었다. 그녀는 대단한 인내심을 발휘하며 다시 이 이야기를 꺼내지 않았다.

그렇게 예아는 숨어 있는 비밀 시위를 불러내 야경 서는 일을 당부한 후 영자, 연아와 함께 천막에 들어가 잠들었다.

예아가 한가운데, 영자가 그의 오른쪽, 연아는 그의 왼쪽에서 잤다.

연아는 처음에는 오라버니에게 등 돌린 채 꼼짝도 하지 않아서 그녀가 잠들었는지 아닌지 아무도 알 수 없었다. 한밤중이 되었을 때, 마침내 그녀가 천천히 몸을 돌려 예아 곁으로 다가가 그를 밀며 말했다.

"오라버니……, 오라버니, 말해 줄게요. 말하게 해 줘요. 오라버니, 일어나 봐요. 좋은 소식을 알려 줄게요. 내가 항복할게요, 일어나 봐요. 말할 게 있어요……."

그녀는 내내 참았고, 자신이 해낼 수 있을 줄 알았다! 그런데 밤새 참아 보았지만 역시 참을 수 없었고, 말하지 못하니 온몸이 괴로웠다.

"오라버니, 일어나요!"

그녀가 힘껏 잡아당기자, 잠기운에 몽롱한 예아가 말했다.

"시끄럽게 굴지 말고 자라!"

"꼭 말해야겠어요! 일어나요!"

연아가 계속 잡아당겼다.

예아는 죽을 만큼 피곤해서 진작 그 일을 잊고 있었다. 그는 그녀를 밀어냈다.

"시끄럽게 굴지 말고 자라!"

연아는 계속 그를 밀고 잡아당겼다.

"오라버니, 말해 줄게요……. 꼭 말해야 해요."

같은 말이 끊임없이 반복됐다.

마침내 괴롭힘을 견디지 못한 예아가 바닥에서 벌떡 일어났다.

"헌원연, 널 발로 차서 내보낼 수도 있다! 시끄러워 죽겠다!"

연아가 말했다.

"걷어차고 싶어도 내 말을 다 들은 후에 해요. 좋은 소식을 말해 줄게요. 말하게 해 줘요."

예아는 고개를 푹 떨구며 말했다.

"네가 이겼다. 말해라."

연아가 말했다.

"오라버니, 태부님은 남쪽에 있지 않아요. 태부님은 의성 근처 무애산에 있어요. 민 이모가 영 오라버니에게 서신을 써서 두 분을 찾아오라고 했어요."

연아는 말을 마친 후에야 크게 한숨을 돌리며 중얼거리듯 말했다.

"드디어 편해졌네."

하지만 예아는 단숨에 정신이 번쩍 들었다. 그는 영자를 돌아보며 말했다.

"영자, 사실이냐?"

영자는 자고 있지 않았다. 시끄러워서 깬 것이 아니라, 내내 자지 않고 아버지와 어머니를 그리워하고 있었다.

그가 돌아보며 따스한 미소를 내보였다.

"예! 아버지와 어머니를 찾아갈 것입니다."

"무애산에서 뭘 하시는 거지? 그곳은 황량한 산인데."

예아는 궁금해서 견딜 수 없었다.

그는 매년 여름 독종 금지에 갔기 때문에 의성 근처를 아주 잘 알았다.

"저도 모릅니다. 어머니께서 말씀하시지 않으셨어요."

영자는 일어나서 낮은 목소리로 말했다.

"전하, 이 일은 공주와 전하께만 말씀드린 것입니다. 절대 남에게 말씀하시면 안 됩니다! 어머니께서는 다른 사람에게 알리지 말고 저 혼자만 오라고 하셨습니다."

영자의 말을 듣자 예아는 뭔가 이상한 느낌이 들었다. 그는 영자와 연아를 가까이 오게 한 후 함께 의논했다.

그가 진지하게 말했다.

"태부님은 의사에 거짓 행적을 알리셨다. 어째서지?"

영자는 고개를 가로저었다.

"아버지께서 그렇게 하신 데는 분명 이유가 있을 것입니다."

연아는 그를 흘기며 말했다.

"말도 안 돼."

사실 영자도 이미 뭔가 이상함을 느꼈다. 하지만 부모님을 만나면 알게 될 것이라는 생각에 쓸데없는 생각을 하지 않았다.

어머니는 아주 분명하게 비밀을 누설해서는 안 된다고 말씀하셨다. 그런데 유감스럽게도 하필 그날 서신을 받았을 때 연 공주와 마주치는 바람에 연 공주에게 들켜 버렸다.

어쩔 수 없이 그는 연 공주에게 말해 주고 비밀을 지켜 달라고 하는 수밖에 없었다. 연 공주는 뭔가 이상하다는 생각에 바로 부모님께 알리려 했다.

결국 그는 그녀를 데리고 출궁하여 함께 무애산에 가겠다고 약속한 후에야 그녀를 막을 수 있었다.

연 공주를 데리고 출궁하면 수많은 비밀 시위가 따라올 게 틀림없었다. 영자도 어쩔 도리가 없어 태자 전하를 찾은 것이었다. 그는 태자만이 저 비밀 시위들을 따돌릴 방법이 있다는 것을 알고 있었다.

"영자, 네 부모님에게 무슨 큰일이 생긴 것은 아니냐?"

예아가 진지하게 물었다.

영자는 대답이 없었지만 그 맑고 온화한 눈동자가 적잖이 어두워졌다.

"오라버니, 이 일을 부황과 모후에게 숨겨서는 안 되겠죠…….

아무리 엄청난 일이라도 부황은 다 해결하실 수 있어요!"

부황을 숭배하는 연아의 마음은 타고난 듯했다.

예아와 영자는 동시에 연아를 바라보며, 동의하듯 고개를 끄덕였다. 용비야는 모든 아이의 마음속에 못 하는 게 없는 수호신 같은 존재였다. 이 나라를 지키고, 그들 모두를 지켰다.

"지금 부황께 말씀드리러 가요!"

연아가 다급하게 말했다.

그런데 예아가 말렸다.

"바보 같으니, 영자가 욕먹게 만들 셈이냐? 우선 먼저 가서 살펴본 후에 말씀드리자. 어쩌면 태부님과 민 이모는 그곳에 쉬러 가신 것일 뿐, 별일 없을지도 모른다."

예아의 이 말은 영자를 위로하기 위함이었다.

세 아이는 한참 동안 몸을 뒤척이다가 겨우 잠이 들었다. 다음 날 아침이 되자 영자가 바로 일어났다.

그는 전하와 공주를 차마 깨우지 못하고 혼자서 천막 입구에 앉아 있었다. 그런데 전하와 늦잠꾸러기 연 공주까지 모두 일찍 일어났다.

세 아이는 밤낮으로 길을 재촉했고, 예아가 외할아버지와 약속한 시간이 되기 전에 의성에 도착했다.

예아는 하룻밤만큼의 시간 동안 비밀 시위를 따돌렸고, 세 사람은 몰래 무애산으로 향했다.

영자는 어머니가 알려 준 작은 원락 입구에 왔을 때, 텅 빈 원락과 굳게 닫힌 문을 보고 자신도 모르게 걸음을 멈췄다.

"가요!"

연아가 그의 손을 잡고 성큼성큼 원락으로 들어갔다.

영자는 한 번 돌아본 후 나직이 말했다.

"전하, 공주……. 우리가 잘못 찾아온 것은 아닐까요?"

이 원락은 주변에 들풀이 무성하게 자라서, 딱 봐도 오랫동안 관리하지 않은 곳이었다.

어머니는 정원 가꾸는 것을 가장 좋아하셨다. 어머니가 계신 곳이라면 정원에 꽃이 만발하고 깔끔하게 정돈되어 있을 게 분명했다. 이런 모습일 리 없었다.

문이 밖에서 잠긴 것을 보면 확실히 사람은 없었다. 그런데 문 옆에 돌로 된 커다란 목욕통 두 개가 놓여 있었다.

하나는 수많은 이끼와 덩굴 식물이 무성하게 자라 있었고, 다른 하나는 정리를 해 두어 안에 든 것 없이 아주 깨끗했다.

안 그래도 공기 중에 약재 냄새가 감돌고 있었는데, 이 커다란 목욕통에 가까워지자 약재 향이 더욱 짙어졌다. 예아는 몸을 숙여 냄새를 맡은 후 진지하게 물었다.

"영자, 이것은 약욕에 쓰이는 것이냐?"

영자는 얼른 다가와 열심히 냄새를 맡은 후 바로 고개를 끄덕였다.

"분명 아버지께서 사용하신 것입니다. 이 냄새를 기억하고 있어요!"

영자는 어려서부터 영술뿐 아니라 의술도 배워서 약재 냄새에 민감했다. 게다가 전에 아버지가 자주 약욕을 했기 때문에 이 냄새를 더 잘 기억했다.

"그럼 잘못 온 건 아니네. 두 분은 어디 계시지?"

연아가 궁금해하며 사방을 살폈다.

말하는 도중 예아가 먼저 경계하며 문밖을 바라보았고, 영자도 바로 그를 따라 살폈다. 뒤늦게 깨달은 연아가 돌아보니 멀리서 오고 있는 두 사람이 보였다.

이 두 사람은 당연히 고북월과 진민이었다!

여전히 눈처럼 하얀 옷을 입은 고북월은 옥처럼 온화한 모습 그대로였다. 다만 안색이 훨씬, 아주 많이 창백해져 있었다. 진민은 언뜻 보면 예전 그대로 같았으나, 눈에는 초췌한 빛이 가득했다. 지난 2년간의 고생과 어찌할 수 없었던 무력감이 이 초췌함에 가득 담겨 있었다.

"아버지, 어머니!"

영자가 흥분해서 달려갔다. 너무 감격한 나머지 자신이 영술을 할 줄 아는 것도 잊고 두 발로 달려갔다.

지난 2년여간 어머니는 자주 그에게 서신을 보내 두 사람이 어디 있는지, 무슨 일이 있었는지 알려 주었고, 그의 상황도 물었다.

예전에 영주성에 있을 때, 그는 늘 어머니가 아버지에게 보내는 서신 아랫부분에 아버지에게 할 말을 써서 보냈었다. 그리고 지난 2년여 동안, 아버지는 늘 어머니가 그에게 보내는 서신 아랫부분에 몇 마디를 적어 보냈다. 이 모든 서신을 그는 보물처럼 간직하고 있었다!

그는 자신이 친자식이 아닌 것을 내내 기억하고 있었다. 그래서 부모님을 향한 그리움 외에도 은혜에 감사하는 마음을 깊이 간직하고 있었다.

그는 이 두 사람을 너무너무 사랑했다. 영자는 어머니 품으로 달려가 그녀를 꽉 안았다.

겨우 열 살 남짓한 어린아이가 얼마나 독립적일 수 있겠는가? 부모와 그렇게 오랫동안 헤어져 있었으니, 아무리 철이 들었어도 떨어지는 눈물을 참을 수 없었다.

열 살이 아니라 나이 든 어른이라도 부모님 앞에서는 순식간에 어린아이로 변하기 마련이었다.

진민은 이 아이를 자신이 낳은 자식으로 생각했고, 심지어 입양한 사실조차 잊고 있었다. 그녀는 영자를 품에 안은 채 말없이 눈시울을 붉혔다.

2년여 동안 그녀는 영자가 외로울까, 그리움에 빠져 있을까, 공연히 근심할까 걱정되어 열흘에 한 번씩 서신을 보냈다. 우선 각 지역 의관에 서신을 보낸 후, 다시 사람을 시켜 궁으로 전달했다. 이렇게까지 힘들게 애쓴 것은 혼자라고 느끼지 않게 하기 위해서였다.

다행히도 받아 본 서신 내용은 모두 좋은 소식이었다. 영자는 전하, 공주와 아주 잘 지내고 있었다. 그녀에게 재미있는 이야기를 많이 들려주었는데, 서신마다 가장 많이 등장하는 이름은 연 공주였다.

고북월은 원락에 있는 두 어린 주인을 흘끔 보고는 참지 못하고 눈살을 찌푸렸다. 그러나 전혀 내색하지 않고 영자를 살며시 안아 머리를 쓰다듬으며 말했다.

"신아, 여기까지 오느라 피곤하느냐?"

영자는 그제야 어머니 품에서 고개를 들었다. 두 눈에서 눈물이 흐르는 와중에도 따스한 미소를 지어 보이며 손을 뻗어 아버지를 껴안았다.

"피곤하지 않아요, 헤헤!"

고북월의 사랑 가득한 눈빛이 더 따스해졌다. 그는 영자를 자세히 살펴보기 시작했다.

"많이 컸구나. 그래도 아버지가 안아 줄 수는 있겠구나."

그는 영자를 안아 올리더니 웃으며 영자의 눈물을 닦아 주었다. 영자는 부끄러워하며 얼른 고개를 숙이고 눈물을 훔쳤다. 고북월은 말없이 웃으며 큰 손으로 영자의 등을 가볍게 토닥여 주었다.

사실 부자간에는 말이 많지 않았다. 용비야와 예아가 그랬고, 고북월과 영자가 그랬다. 말은 많지 않으나, 한 번의 토닥임과 한 번의 포옹이면 모든 말을 다 이길 수 있었다.

진민은 예아와 연아를 발견하고는 깜짝 놀랐다. 영자에게 물어보려 하는데 영자가 먼저 고백했다.

"어머니, 어머니 서신을 연 공주께 들켰어요. 태자 전하와 연 공주만 두 분이 이곳에 계신 것을 알고, 다른 사람들은 몰라요."

진민이 고북월을 바라봤다. 고북월은 그저 그녀를 향해 고개만 저을 뿐 아무 말도 하지 않았다. 하지만 진민은 그의 뜻을 대략 이해했다.

오랜 시간을 함께 보내면서 두 사람은 점차 말하지 않아도 통하게 되었다. 이것은 또 다른 방식의 친밀함이라 할 수 있을까?

"이미 오셨으면 됐다."

고북월이 담담하게 말했다.

영자는 그래도 마음이 놓이지 않아 어머니에게 물어보는 눈빛을 보냈다. 어머니가 그를 향해 웃어 주자, 그제야 그는 안심이 되었다.

"영자, 내려오너라!"

고북월이 영자를 안고 있는 모습을 보는 것은 아주 행복했지만, 진민은 얼른 영자를 고북월의 품에서 떼어 냈다. 그녀는 조금의 힘도 아까웠다. 그는…… 쓸 수 있는 힘이 얼마 남지 않았다.

진민이 영자를 내려 주고 영자의 왼손을 잡았고, 고북월은 웃으며 영자의 오른손을 잡았다. 영자는 오른쪽으로 고개를 돌려 아버지를 봤다가 다시 왼쪽에 있는 어머니를 돌아보고는 기쁨에 겨워 웃음을 터트렸다. 그는 늘 소리 없이 따스한 미소를 지을 뿐, 이처럼 소리 내서 웃는 경우는 아주 드물었다.

산길은 너무 어둡고 달빛은 희미해서 그는 아버지의 안색을 제대로 보지 못했다. 지금 이 순간, 그는 속으로 태자 전하와 연 공주가 함께 온 것을 아버지와 어머니가 그리 개의치 않으시는 것 같고, 두 분 모두 좋아 보이시니 분명 큰일이 일어난 것은 아닐 거라고 생각했다.

엄청난 큰일이 있다고 해도, 아버지와 어머니가 함께 계시면 별일 아니었다.

그렇게 영자는 부모님의 손을 잡고 산길을 따라 천천히 원락으로 걸어왔다. 예아와 연아는 원락 입구에 서서 그 모습을 지켜보았다.

"오라버니, 쓸데없는 생각이었어요. 태부님과 민 이모 모두 괜찮으시네요!"

연아가 웃으며 말했다.

예아는 말없이 그저 남몰래 한숨을 돌렸다. 오는 동안 그는 정말 많이 걱정했었다.

예아가 나가려고 하는데 연아가 얼른 말리며 낮은 소리로 명령했다.

"멈춰요! 영 오라버니가 모처럼 부모님과 함께 있는데 왜 방해하려는 거예요? 우린 민 이모에게 한 끼만 얻어먹고 떠나요."

예아는 의심스러운 눈빛으로 쳐다보며 말했다.

"분명 네가 따라와서 방해한 것일 텐데? 네가 오지 않았다면, 내가 왔을까?"

연아는 뒤돌아서서 진지하게 말했다.

"난 영 오라버니가 걱정돼서 그랬죠. 이젠 괜찮아요. 아니면 오라버니 먼저 떠날래요?"

예아는 헛웃음을 지었다.

"꿈도 크구나!"

그가 먼저 떠나면, 이 녀석은 돌아가지 않을 게 틀림없었다.

예아는 말 많은 여자를 싫어했지만, 이렇게 말 많은 누이동생이 생기니 자신도 모르게 그녀를 따라 말이 많아지기 시작했다.

남매가 입씨름을 하는 중에 고북월 가족이 들어왔다.

"전하, 연 공주."

고북월이 읍을 하려는데 예아와 연아가 동시에 달려들었다.

"태부님, 보고 싶었습니다!"

"태부님, 보고 싶었어요!"

예아가 빠르게 움직여서 먼저 고북월에게 달려들어 그를 꽉 안았다. 그보다 늦어 버린 연아는 멈추지 못하고 쾅 소리를 내며 예아의 등에 부딪혔다. 심지어 팔도 거둘 겨를 없이 그대로 부딪히는 바람에 예아를 안고 말았다.

예아가 돌아보며 말했다.

"황매皇妹(황실에서 여동생을 부르는 말), 뭐 하는 거야?"

연아는 화나서 그를 확 깨물어 버리고 싶었지만 그러지 않았다. 대신 얼른 손을 놓고 돌아서 태부 등 뒤로 가더니 태부의 다리를 껴안았다.

진민과 영자는 옆에서 아주 즐거워했고, 고북월도 참지 못하고 웃음을 터뜨렸다.

"태부님, 왜 영 오라버니에게 이곳으로 찾아오라고 하셨어요? 태부님, 태부님과 민 이모는 왜 여기 계세요? 남쪽에 계시지 않았어요? 태부님, 민 이모가 왜 영 오라버니에게 두 분의 행적을 아무에게도 말하지 말라고 한 거예요? 태부님, 두 분……헤헤, 혹시 남에게 말할 수 없는 비밀이 있는 거 아니에요? 저한테 말씀해 주세요, 절대 남들에게 말 안 할게요! 부황의 이름을 걸고 맹세해요!"

연아가 끝없이 질문을 퍼붓자 예아가 참지 못하고 그녀에게 툴툴댔다.

"남에게 말할 수 없는 비밀을 너에게 말하겠느냐?"

연아는 그제야 정신을 차리고는 씩씩거리며 그를 발로 찼다.

연아의 질문은 당연히 영자도 궁금하던 부분이었다. 그는 고개를 들어 어머니에게 물어보는 눈빛을 보냈다.

"그래그래, 지금은 밤이 늦었으니 우선 안으로 들어가자꾸나."

고북월이 담담하게 말했다.

안에 들어오자마자 세 아이는 약속이라도 한 듯 탁자를 둘러싸고 앉아 학생처럼 두 손을 포개 탁자 위에 올렸다. 고북월이 너무도 그리워했던 광경이었다. 몇 년 전 궁에 있을 때, 세 아이는 매일 오전 늘 이렇게 둘러앉아 그가 들려주는 이야기에 귀를 기울였다.

그가 들려줄 이야기가 무엇이 있겠는가. 다 역사에 관한 이야기였다. 그는 운공대륙의 수백 년에 걸친 역사를 이야기처럼 알아듣기 쉽게 아이들에게 들려주었다.

예아는 늘 이 일은 왜 그렇고 저 일은 왜 그런 것이냐고 질문했다. 연아는 이 사람은 어떤 사람이고 저 사람은 어떤 사람인지에 관심을 보였다. 영자는 늘 침묵하고 있다가 예아와 연아의 질문이 끝나면 그제야 몇 가지 질문을 더 물어보았다.

고북월은 지금 이 순간 이 세 아이가 기다리는 것은 이야기가 아니라 그의 대답임을 알고 있었다.

진민은 줄곧 영자를 오게 하고 싶어 했지만, 고북월은 거절했다. 하지만 이제는 영자도 와야 했다. 그가 직접 영자에게 영술의 정수를 가르쳐야 했다.

예아와 연아도 올 줄은 생각도 못 했다. 이미 와 버렸으니, 일은 더 숨길 수 없게 되었다.

모두 그가 직접 가르친 아이들이었다. 어떤 성격인지, 무슨 생각을 하는지 그는 아주 잘 알고 있었다. 그의 병세를 숨기면 아이들의 익심만 불러올 뿐이었다.

고북월이 앉자 세 아이가 일제히 그를 바라보았다. 등불 아래에 오자 영자는 바로 그의 안색이 창백함을 알아챘다.

"아버지, 어디 안 좋으세요?"

평온해졌던 영자의 마음이 다시 불안해지기 시작했다.

"그래, 아버지가 병이 났단다."

고북월이 담담하게 말했다.

"태부님!"

연아가 놀라서 소리쳤다.

병이 났는데도 모두 알지 못하게 하다니, 그렇다면…….

예아는 소리 내지 않았지만 미간은 단숨에 일그러졌다. 일이 그들 생각처럼 그리 단순치 않음을 깨달았다.

영자는 황급히 아버지의 손을 잡고 진맥했다. 하지만 안타깝게도 그는 아무것도 알아챌 수 없었다. 그는 바로 옆에 서 있는 어머니를 바라봤다.

진민은 이 아이들을 어떻게 대해야 할지 몰랐고, 고북월이 어떤 생각인지는 더 몰랐다. 그녀는 그저 침묵할 수밖에 없었다.

영자가 다시 아버지를 돌아보았다. 여전히 물어보는 눈빛이었지만, 그 속에는 조심스러움과 불안함이 서려 있었다.

고북월은 영자의 머리를 쓰다듬으며 엷은 미소를 지었다.

"걱정 마라. 병세가 좀 심각하여 안정이 필요한 것뿐이란다."

"그러니까 아버지는 이미 이곳에 오래 계셨군요. 그렇죠?"

영자가 물었다.

고북월의 판단이 옳았다. 그는 이 아이의 눈을 속일 수 없었다. 당시 이 아이를 입양할 때만 해도 그의 천부적 재능이 마음에 들었을 뿐이었는데, 이렇게 똑똑하고 속 깊은 아이일 줄은 생각도 못 했었다. 어쩌면 타고난 것일 수도 있고, 어쩌면 그 몇 년간 진민이 가르친 덕분일지도 몰랐다.

고북월은 인정했다.

"그래, 줄곧 이곳에 있었다."

"태부님, 2년 넘게 내내 요양 중이셨다고요?"

연아는 참지 못하고 입을 열었다.

고북월이 대답하기도 전에 영자의 눈에 갑자기 소리 없이 눈물이 차올랐다. 그는 얼른 눈물을 훔쳐 냈지만 또 눈물이 터져 나왔다.

영주에 있던 시절이 떠올랐다. 그때부터 아버지는 줄곧 약욕을 해 왔고, 나중에 도성에 와서도 자주 약욕을 하셨다. 어머니는 늘 그에게 몸조리하시는 것뿐이라고 하셨지, 병이 난 것은 아니라고 했었다. 그런데 지금……

어쩜 그렇게도 어리석었을까! 어째서 이상한 점을 알아채지 못했을까!

다 떠나서 아버지의 의술 실력으로도 이렇게 오랫동안 고치지 못했다니, 그는 너무 두려워졌다.

영자는 울고 싶지 않았다. 하지만 눈물이 말을 듣지 않고 제

멋대로 자꾸만 흘러내렸다. 그는 소리 없이 몇 번이고 닦아 냈
지만 어쩔 수가 없었다.

다급해진 고북월이 얼른 영자를 안았다. 그리고 이때 연아가
으앙 소리를 내며 큰 소리로 울기 시작했다. 예아는 바로 그녀
를 안으며 입을 막았다.

"태부님, 대체 어떻게 된 일입니까. 말씀해 주세요."

예아는 목멘 소리로 말했지만, 그래도 냉정함을 유지했다.

고북월은 영자의 눈물을 닦아 주면서 위로했다.

"병이 좀 심각하고 오래가는 것일 뿐이다. 안심해라, 큰일이
나진 않을 것이다."

그 말에 연아가 오라버니의 손을 떼어 내고는 울면서 물었다.

"그럼 왜 다른 사람들에게 알리지 못하게 했어요, 왜 거짓말
을 하셨어요? 흑흑……. 태부님, 거짓말쟁이, 모두를 속였어요!"

영자도 고개를 들고 목멘 소리로 말했다.

"아버지, 속이셨어요."

고북월은 정말 어찌할 바를 몰랐지만, 그는 여전히 침착하게
말했다.

"연아, 반년이 지나면 네 모후와 한진 외할아버지가 한 10년
의 약속 기한이 된단다. 그것은 아주 치열하고도 중요한 싸움이
될 것이다. 네 모후가 패하면, 독종 금지 결계에 남아 무덤을 지
켜야 해. 하지만 이기면 대진의 북쪽 국경 지역은 적어도 수십
년간 걱정 없이 지낼 수 있단다!"

한진은 이미 용비야에게 대진의 북쪽 국경을 20년간 안전하

게 보호해 주겠다고 약속했다. 하지만 고북월과 용비야, 한운석이 볼 때 한진의 보호에 의지하는 것은 임시방편일 뿐이었다. 오직 스스로 강해지는 것만이 답이었다.

어쨌든 한진은 오랫동안 폐관 수련에 들어가 있으면서 랑종 일에 전혀 관여하지 않았고, 랑종의 대소저는 만만한 상대가 아니었다!

반년 전 용비야와 한운석은 직접 빙해와 현공대륙으로 가 남부 지역에서 여러 소식을 들었다. 고칠소도 요 몇 년간 자주 오가며 많은 정보를 가져왔다.

반년 후의 결전은 아주 치열한 격전이 될 게 틀림없었다!

태부의 이 말을 들은 세 아이는 모두 조용해졌지만 막막하기도 했다. 이들은 이 일과 10년의 약속이 무슨 상관인지 알 수 없었다.

고북월은 영자의 눈가에 맺힌 눈물을 부드럽게 닦아 주며 진지하게 말했다.

"영자, 아버지의 병은 아주 위중하여 지금까지도 치료 방법을 찾지 못했다. 오늘 아버지가 이 일을 너희에게 다 알려 주었으니, 다들 반년간 비밀을 지켜 주겠느냐?"

영자는 또 눈물이 솟구쳐 올랐다. 조금 전보다 더 심했다. 연아도 소리 없이 울었고, 내내 침착하던 예아도 참지 못하고 코를 훌쩍였다.

그렇게 오랫동안 병을 앓았는데 지금까지도 고칠 방법이 없다니, 이것이 무슨 뜻이겠는가?

이들은 아직 어렸지만 상황을 다 이해했다.

아이들의 눈물을 보는 고북월의 마음은 칼로 에는 듯했다.

이 일을 가장 숨겨야 하는 대상은 바로 이 아이들이었다. 연아와 예아가 올 줄 알았다면, 차라리 비밀리에 자신이 도성에 다녀오는 편이 나았다.

아픈 마음을 꾹 누르며 고북월이 진지하게 말했다.

"황후마마의 10년의 약속은 아주 중요하단다. 폐하는 나랏일로 바쁘시고 매일 온갖 정무를 처리하셔야 하지. 그러니 이 일은 우리만의 작은 비밀로 하는 게 어떠냐? 반년 후 10년의 약속 기한이 지난 뒤에 말해 줄 수 있겠느냐?"

그 말을 듣자 아이들은 고북월이 왜 숨기려 했는지 깨달았다. 하지만 진민은 너무도 울고 싶어 고개를 돌렸다.

반년?

고북월의 목숨은 이제 반년도 채 남지 않았다!

10년의 약속이 끝나면 폐하와 황후마마는 고 태부를 만날 수 없었다. 이 세상에 더는 고북월이라는 사람이 존재하지 않았다!

지난 2년여 동안 두 사람은 줄곧 노력해 왔다. 하지만 그의 예언은 마치 자신에게 건 저주처럼 하나같이 정확하게 들어맞았다. 그는 시간조차 아주 정확하게 예상했다.

고북월, 또 속이고 있군요! 아이들까지 속이다니!

하지만 난 사실을 밝힐 수 없어요.

밝히는 게 무슨 소용이 있을까? 폐하와 황후마마가 이 사실을 안다고 해도 그게 무슨 소용인가? 그가 자신을 살릴 수 없는

데, 누가 할 수 있을까?

10년의 약속을 방해하지 않기 위해서라니, 정말 훌륭한 이유였다!

고북월은 영자의 손을 잡고 손가락을 걸었다.

"반년 후에 네가 아버지 대신 폐하와 황후마마께 이 일을 말씀드려 주겠느냐?"

진민은 자신이 버틸 수 있을 줄 알았다. 그녀는 이미 아주 오랫동안 눈시울을 붉히지 않았다.

하지만 그 말을 듣는 순간, 그녀의 눈가가 붉어졌다. 바로 그 '대신'이라는 말 때문에!

영자는 그 '대신'이라는 말에 숨겨진 의미를 몰랐다. 반년 후면 그의 아버지는 생을 다해 직접 이 거짓말을 밝히고 비밀을 털어놓을 수 없기에 '대신'이라는 말을 썼다는 것을, 그는 몰랐다.

영자는 망설였다.

"아버지, 무슨 병이에요? 반년 후에는 치료 방법을 찾으실 수 있나요? 만약 낫지 않으면, 아버지는……, 아버지는 어떻게 되시나요?"

그가 겁을 내며 물었다.

"괴병이다. 네 어머니가 계속 방법을 찾고 있으니 안심하거라. 낫지 않으면 매일 약욕을 하는 수밖에 없단다."

고북월은 영자에게 더 물을 여지를 주지 않고 진지하게 말했다.

"아버지와 약속해 주겠느냐?"

"정말이에요?"

영자가 진지하게 물었다.

고북월은 담담하게 웃으며 말했다.

"네가 믿지 못하겠다면 관두자꾸나."

영자가 어찌 아버지의 위협을 견뎌 낼 수 있겠는가. 그는 얼른 손가락을 걸며 말했다.

"믿어요!"

고북월은 영자와 손가락을 건 후 예아와 연아에게 손을 내밀었다.

"전하, 공주, 반년의 약속을 하시겠습니까?"

영자도 약속했는데 그들이 안 할 수 있겠는가?

태부를 도와 부황과 모후를 속인다는 생각을 하자 남매는 마음이 떨렸다. 사소한 일로 속이는 것이야 자주 해 보았지만, 이런 엄청난 일을…….

고북월은 이 남매의 마음을 꿰뚫어 본 듯 말했다.

"반년 후에 폐하께서 죄를 물으시면 이 태부가 감당하겠습니다."

예아와 연아는 서로 눈빛을 교환한 후 손을 내밀었다.

그 모습을 보면서 진민은 정말 어쩔 도리가 없었고, 마음이 아팠다. 하지만 또 고북월의 계책에 탄복할 수밖에 없었다.

만약 그가 자신의 병이 가볍다고 하거나 다른 이유를 댔다면, 아이들은 믿지 않았을 게 분명했다. 스스로 병세가 위중하고 심지어 고칠 수 없다는 이야기까지 해 버렸으니, 아이들은 그의 병세를 의심할 여지조차 없었다.

"예아, 무예 수련을 위해 온 것이겠구나?"

고북월이 진지하게 물었다.

"아직 며칠 시간이 남아 있습니다."

예아가 사실대로 대답했다.

"영자는 남아서 나와 수련해야 한다. 연아, 너는……."

고북월의 말이 끝나기도 전에 연아가 말했다.

"전 남아 있을 수 없어요. 부황의 비밀 시위가 찾아올 테니까요. 전……, 전 오라버니와 함께 풍명산으로 갈게요."

평상시였다면 예아는 틀림없이 거절했을 것이었다. 이 누이동생은 시끄러울 뿐 아니라 무예 재능도 평범했다. 예전에 함께 천산에 검술을 배우러 갔을 때 그와 장로들은 그녀 때문에 짜증 나서 죽을 뻔했다. 못 배우는 것은 둘째 치고 각종 쓸데없는 말을 늘어놨기 때문이었다.

하지만 지금 상황에서 예아는 일말의 망설임 없이 허락했다.

"그래, 넌 나와 함께 가자!"

그런 후에 진민은 아이들에게 간식을 차려 주었다.

영자는 남았고, 예아는 날이 밝으면 비밀 시위가 자신들을 찾지 못할까 봐 밤새 길을 달려 연아를 데리고 의성으로 돌아가기로 했다.

그들이 떠나기 전, 연아는 꼬맹이 생각이 났다. 한참 찾은 후에야 꼬맹이가 지붕 위에서 그들을 바라보고 있었음을 발견했다.

"꼬맹아, 갈 거야?"

연아가 크게 소리쳤다.

꼬맹이는 그녀의 뜻을 알아차리고는 고개를 저으며 가려 하지 않았다.

"그럼 너도 태부님 옆에 남아 있어."

연아는 가려다가 다시 고개를 돌리며 한마디 덧붙였다.

"태부님은 편찮으시니까 귀찮게 하면 안 돼!"

꼬맹이는 알아듣지 못했지만, 작은 주인들이 하는 말이라면 알아듣지 못해도 다 고개를 끄덕였다.

연아와 예아를 보낸 후 고북월은 진민, 영자와 함께 한 침상에서 잠이 들었다. 진민이 안쪽, 영자가 가운데, 고북월은 침상 가장 바깥쪽에 누웠다.

철든 아이인 영자는 부모님께 하고 싶은 말이 아주 많아도 아버지가 너무 피곤하실까 걱정되어 말하지 못했다. 그는 누워서 아버지와 어머니의 손을 잡은 채 자신도 모르는 사이에 잠이 들었다.

영자가 잠든 후 고북월이 일어났다. 그리고 내내 곁을 지키고 있던 꼬맹이가 바로 그의 어깨 위로 뛰어올랐다.

꼬맹이는 진작에 공자가 이상함을 눈치챘다. 게다가 좀 전에 이 원락에 가까이 오자마자 녀석은 약재 냄새를 맡았다. 그 커다란 목욕통에 뛰어들어 자세히 냄새를 맡기도 했다.

꼬맹이는 공자의 몸이 좋지 못한 것을 당연히 알았고, 공자가 내내 약욕을 하고 있었다는 사실도 알고 있었다. 하지만 이번에는 뭔가 이상했다. 그 목욕통의 냄새를 맡아 보니, 공자는 아주 오랫동안 약욕을 해 온 게 틀림없었다.

공자, 무슨 일이에요?

오랫동안 꼬맹이를 만나지 못했던 고북월은 참지 못하고 손을 뻗어 꼬맹이의 턱을 긁어 주었다.

꼬맹이는 그의 길고 가는 손가락에 딱 붙어서 꼬물거렸다. 마음도 눈빛도 온통 비통하기 그지없었지만, 아무 말도 할 수 없었다.

꼬맹이는 앞으로 누가 자신에게 들러붙고 막아서든 상관치 않고, 언제나 공자 곁을 지키겠다고 속으로 결심했다.

고북월이 나온 후 진민도 따라 나왔다.

"약욕을 할 시간입니다. 더 늦어지면……."

진민의 말이 끝나기도 전에 고북월이 입을 틀어막으며 숨죽이고 기침을 하기 시작했다. 곧 선혈이 그의 손가락 틈으로 흘러나왔다.

"어서요! 약탕은 제가 다 데워 놨습니다!"

진민이 다급하게 말했다.

고북월이 아이들 앞에서 그렇게 오래 버텼으니, 이미 한계에 이른 셈이었다.

고북월은 말이 없었다. 사실 그는 말이 없는 게 아니라 입을 뗄 수 없는 것이었다. 그는 또다시 소리 죽여 기침했고, 선혈이 그의 손바닥을 가득 채웠다.

꼬맹이는 더 깜짝 놀라서 다급하게 방방 뛰며 찍찍 소리를 질렀다.

진민이 꼬맹이를 홱 들어 올리며 낮게 경고했다.

"소리 지르지 마. 영자가 깰 수도 있어!"

의동과 작약은 식량과 살림살이를 구하러 산에서 내려갔고, 내일이나 되어야 돌아왔다. 지금은 진민을 도와줄 사람이 없었다.

그녀는 고북월을 목욕통까지 부축했지만 어찌해야 할지 몰랐다.

고북월은 숨을 고른 후 직접 통 안으로 들어갔고, 또 기침하기 시작했다. 그는 영자가 깰까 봐 한 손으로 내내 입을 막은 채 다른 한 손으로 주방 쪽을 가리켰다.

진민은 그제야 정신을 차리고는 황급히 주방 쪽으로 뛰어갔다. 약탕은 그녀가 시시때때로 데우고 있어서 떠 오기만 하면 되었다.

진민이 달려가는 모습을 보고 꼬맹이가 목욕통 가장자리로 뛰어올랐다. 꼬맹이는 왔다 갔다 하며 움직였다. 공자의 이런 모습을 보고 있으니 눈물이 터질 것 같았다.

꼬맹이는 도움이 못 되었다!

곧 진민이 약탕을 담은 큰 통을 들고 왔다. 그토록 가냘프고 손목도 너무나 가는 그녀가 커다란 통에 약탕을 받아서 한 걸음씩 이쪽을 향해 걸어오고 있었다.

그 모습을 본 꼬맹이는 망설임 없이 쪼르르 달려가 물통 아래로 들어갔다. 그러고는 물통을 받치며 진민의 부담을 덜어 주었다. 꼬맹이가 도와준 덕분에 진민은 얼른 약탕을 목욕통 쪽에 갖다 놓을 수 있었다.

약욕을 하려면 당연히 옷을 벗어야 했다. 하지만 고북월은 목욕통 가장자리에 엎드린 채 쉴 새 없이 숨죽여 기침하느라 스스로 옷을 벗을 기력이 없었다.

진민은 순간 눈빛이 복잡해졌지만 더 생각하지 않고 몸을 숙이며 낮은 목소리로 말했다.

"고북월, 실례할게요!"

언제부터인지 그녀는 다른 호칭을 쓰지 않고 그를 고북월이라고만 부르기 시작했다.

고북월, 고북월, 고북월!

성과 이름을 다 붙여서 그를 부르는 말투에는 자신도 모르게 노기가 섞여 있었다. 그녀 자신도 무엇 때문에 화가 나는 것인지 알지 못했다.

진민의 '실례하겠다'는 이 말을 고북월이 들었는지는 알 수 없었다. 이 말은 그가 전에 자주 했던 말이었다.

진민은 담담해 보였지만, 결국 심호흡을 한 번 한 후에야 손을 움직일 수 있었다.

그녀는 고북월의 옷고름을 풀고 그의 겉옷을 벗겨 주었다. 그 모습에 목욕통 가장자리에서 미친 듯이 뛰어다니던 꼬맹이가 얼어붙었다.

진민은 곧 고북월의 속적삼도 벗겼다.

"찍……."

꼬맹이가 소리 내기 시작했다. 결코 크지 않은 소리였다. 이 '찍' 소리로 무슨 말을 하고 싶은 것인지는 알 수 없었다.

고북월의 상의를 벗긴 후, 진민은 귀뿌리까지 빨개졌다. 하지만 그녀는 지체하지 않고 엎드려 고북월의 허리띠를 풀었다.

꼬맹이는 목욕통 안쪽을 들여다보고는 온몸의 하얀 털을 모조리 곤두세웠다. 바짝 성질이 났다!

하지만 성질만 냈을 뿐 아무 행동도 하지 않았다.

다른 사람이 공자에게 이런 무례를 범했다면 당장 달려들어 물어 죽였을 것이었다. 그러나 진민은 지금 공자를 구하려는 것이었다!

지금 이 순간 꼬맹이의 심정은 아주…… 복잡했다!

고북월의 바지를 벗기다가 진민의 손가락이 무심결에 그의 다리를 스쳤다. 그녀는 당황하며 바로 피했고, 그도 몸이 굳어졌다.

하지만 금세 두 사람은 아무 일도 없었던 것처럼 굴었다.

진민은 고북월의 속바지만 남겨 놓았다. 고북월은 힘이 다 빠져 그녀가 하는 대로 내버려 두었다. 말은 하지 않았지만 그래도 그녀에게 협조했다.

진민은 일어나면서 또 낮게 말했다.

"정말 실례했습니다. 미안해요."

고북월은 숨죽여 기침하느라 대답할 수 없었다.

대답할 수 있었다면, 그는 뭐라고 대답했을까? 누구도 알 수 없는 일이었다…….

진민은 그를 더 쳐다볼 수 없었지만 꼬맹이는 넋을 잃고 바라보았다. 방금 아래로 처졌던 하얀 털이 다시 하나하나 곤두서기 시작했다.

하지만 꼬맹이는 곧 진민에게 붙들려 약탕 가져오는 일을 도왔다. 꼬맹이의 도움을 받으며 진민은 금세 목욕통 안에 약탕을 가득 채웠다.

고북월은 아직도 기침을 하고 있었다. 꼬맹이가 초조해하며 그녀를 긁어 댔지만, 그녀도 속수무책이었다. 그저 고북월의 기침이 점차 가라앉을 때까지 기다리는 수밖에 없었다. 그녀는 꼬맹이와 함께 옆에 앉아서 기다리며 지킬 뿐이었다.

얼마나 오랫동안 밤낮으로 이렇게 옆에서 고북월의 창백한 얼굴을 멍하니 바라보았던가?

견디기 힘든 나날들이었다.

하지만 가장 슬픈 일은 바로 이 견디기 힘든 나날들마저 사라질까 봐 매일 전전긍긍하며 걱정해야 한다는 것이었다.

진민과 꼬맹이가 한참 동안 지키고 있은 후에야 고북월의 기침이 점차 잦아들었다. 그 모습을 보고 나서야 진민은 마침내 한숨을 돌렸다.

꼬맹이는 고개를 돌려 진민을 바라보았다. 한참을 보던 꼬맹이가 진민의 품에 뛰어들어 가만히 몸을 비볐다. 마치 진민을 위로하는 듯했다.

꼬맹이를 살며시 어루만지는 진민 역시 꼬맹이를 위로하고 있었다. 그녀는 꼬맹이를 목욕통 위에 앉혀 놓고 당부했다.

"지키고 있어!"

대충 그 뜻을 짐작한 꼬맹이가 아주 진지하게 고개를 끄덕였다.

진민이 뜨거운 물을 떠 왔을 때 고북월은 이미 거의 회복된 상태였다. 다만 온몸에 힘이 없어 목욕통에 기대지 않으면 앉아 있을 수 없었다.

그는 눈을 감고 정신을 가다듬던 중이었는데, 진민이 오자 그제야 눈을 뜨며 담담하게 말했다.

"고생하셨습니다."

"별말씀을요."

진민의 목소리 역시 담담했다.

고북월은 더 말하지 않았다. 방금 옷을 다 벗겨 준 일은 일어난 적이 없었던 것 같았다.

"손을 내미세요."

진민이 말했다.

고북월이 영문을 몰라 하자 진민이 말했다.

"손과 얼굴이 피범벅이 되었습니다. 약탕을 더럽히면 안돼요."

고북월은 순순히 손을 내밀었다. 진민은 작은 목소리로 '실례할게요'라고 하며 대범하게 그의 손을 잡고 핏자국을 닦아 냈다.

예전에는 이런 일들을 대부분 의동이 했었다. 진민이 이렇게 시중을 드는 것은 처음이었다.

고북월은 아주 잠잠하게 그 모습을 바라보았다.

진민은 그의 손끝만 살짝 잡고 핏자국을 깨끗이 닦아 낸 후 바로 손을 놓았다. 그녀는 뜨거운 수건을 깨끗한 것으로 바꾼 후 말했다.

"얼굴도 닦아야 해요."

이번에는 그녀가 직접 하지 않고 뜨거운 수건을 고북월에게 건넸다. 고북월은 여전히 말없이 수건을 받아 들고 직접 얼굴을 닦았다.

모든 일을 마친 후 진민은 안으로 들어가 영자를 살폈다. 영자가 여전히 잘 자고 있는 것을 확인한 후에야 그녀는 밖으로 나왔다.

그녀는 여전히 예전처럼 입구에 앉아서 고북월을 지키고 있었다.

반년의 약속이라는 거짓말에 대해 그녀는 더 언급하지 않았고 고북월은 더더욱 말하지 않았다. 이것도 말없이 통하는 것이라 할 수 있을까.

꼬맹이는 너무 괴로웠다. 당장에라도 도성으로 달려가 운석 엄마와 용 아빠에게 이 일을 알리고 싶은 마음이 간절했다. 하지만 꼬맹이는 공자가 일부러 이 일을 숨기고 있다는 사실을 알아채지 못할 정도로 멍청하지는 않았다.

조금 전에는 공자가 아이들과 손가락을 걸며 무슨 약속을 하는지 알지 못했다. 지금 생각해 보니 공자가 아이들에게 비밀을 지켜 달라고 한 게 분명했다.

꼬맹이는 생각하면 할수록 눈가가 촉촉이 젖어 들었다. 녀석은 높은 목욕통 위에서 뛰어 내려와 목욕통 바닥에 기댄 채 비통에 잠겨 있었다.

이제 날이 밝아 왔다. 예아와 연아도 의성으로 돌아갔다.

대진에 의사가 세워진 후, 의성은 더 이상 예전 의성이 아니었다. 이곳은 평범한 성으로 바뀌었다. 의학원도 순수한 의학원으로 바뀌어서, 의약계에 과도하게 개입하지 않고 오로지 제자를 가르치며 의원을 양성했다.

고칠소의 거처는 아직 남아 있었지만 독종 금지는 산에 독약초가 가득하여 지금까지 봉쇄되어 있었다. 고칠소의 그 작은 원락은 예아가 매번 수련하러 올 때마다 잠시 머무는 곳이 되었다.

이 작은 원락에 도착했을 때 연아는 이미 오라버니의 등에서 깊이 잠들어 있었다. 예아는 안으로 들어가려다가 뭔가 이상함을 감지했다.

과연 그가 문을 열기도 전에 안에 있는 사람이 문을 열어젖혔다. 그 사람은 다름 아닌 그와 연아의 의부인 고칠소였다!

고칠소는 예아를 보러 온 것이었는데, 연아까지 만나게 될 줄은 몰랐다. 그는 처음에는 멍했다가 곧 길고 좁은 눈을 천천히 가늘게 뜨며 아주 만족스러운 웃음을 지었다.

"오, 이번 여정이 헛되지 않았군!"

예아도 뜻밖이었다.

"의부님, 이곳에 어쩐 일이십니까?"

"연아는 왜 온 거야?"

고칠소가 말하면서 예아의 품에서 연아를 안아 들었다. 연아는 지금 나쁜 사람이 데려가도 모를 정도로 깊이 잠들어 있었다.

어쩔 수 없었다. 그녀는 오라버니를 너무 믿었다.

고칠소는 연아를 안은 채 보면 볼수록 마음에 들어 했다.

"우리 딸, 갈수록 어머니를 닮아서, 갈수록 어여뻐지는군."

예아는 입을 삐죽이며 속으로 생각했다. 의부님은 모후를 칭찬하는 것일까, 아니면 누이동생을 칭찬하는 것일까?

고칠소는 안으로 들어오면서 물었다.

"어젯밤에 무슨 못된 짓을 하러 갔길래 아침이 되어서야 온 거야?"

"이제 막 의성에 도착했습니다."

예아는 이 말을 하자마자 바로 후회했다. 밤새 달려오느라 피곤하고 지친 탓에 실수를 범하고 말았다.

고칠소는 연아를 침상에 누이며 이불을 잘 덮어 준 후 고개를 돌렸다. 그는 예아를 살펴보고는 꾸짖었다.

"어린 나이에 배울 것이 없어 거짓말을 배워?"

안 그래도 마음이 켕겼던 예아는 그 말을 듣자 당황했다. 다른 일이라면 그도 두렵지 않았다. 하지만 이것은 그들과 태부 사이에 맺은 반년의 약속과 관련된 일이었다!

어쩌지?

그는 필사적으로 머리를 굴려 보았지만, 적당히 둘러댈 만한 핑곗거리가 떠오르지 않았다.

고칠소는 가까이 다가와서 일부러 예아 앞으로 몸을 숙여 실눈이 되도록 웃으며 말했다.

"의부님께 말해 봐. 너희들 뭘 하러 갔던 거야? 영자는? 연아를 따라오지 않았어?"

어쩌지?

예아는 한 걸음 뒤로 물러섰다. 입꼬리를 잡아당겨 보았지만 말이 나오지 않았다.

왜 하필 지금 의부와 마주친 걸까?

다른 사람도 아니고, 왜 하필 의부와 마주쳤지?

지금 이 순간, 예아는 시끄럽게 떠드는 연아의 목소리가 너무도 그리웠다. 연아가 깨어나서 그를 도와 의부의 질문에 대답해 주길 간절히 바랐다.

하지만 연아는 벌러덩 드러누워 쿨쿨 잠을 자고 있었다.

늙지 않아도 세상 다 산 것처럼 눈치 빠른 고칠소가 악의 없는 웃음을 지으며 말했다.

"쯧쯧, 분명 무슨 일이 있구나!"

연아가 잠이 많다는 것은 모두가 아는 사실이고, 시끄럽게 해서 연아를 깨우면 무슨 결과가 일어나는지도 모두가 알고 있었다.

하지만 예아는 뭐든 해야 했다. 그는 의부의 질문에 대답하지 않고, 그 옆을 쏜살같이 지나 침상을 덮친 뒤 단번에 연아를 끌어당겼다. 잠에 깊이 빠진 연아는 오라버니가 잡아끌건 말건 깨어날 줄 몰랐다.

예아는 별수 없이 그녀를 놓고 고래고래 소리쳤다.

"헌원연! 불이야!"

"꺄악……!"

연아가 발딱 일어나 앉아 졸음이 그득한 눈을 뜨고 놀란 소리로 물었다.

"불났어?"

"깼구나."

예아가 눈을 가늘게 뜨며 말했다.

그 즉시 연아가 얼굴을 일그러뜨리며 와락 주먹을 휘둘렀다. 다행히 예아는 선견지명이 있어서 재빨리 피했다.

연아는 침상에서 내려가 쫓으려다가 비로소 옆에 서서 지켜보는 의부를 발견했다.

그녀는 침상 옆에 굳었고, 잠에서 완전히 깨어났다.

의부는 단순히 의부일 뿐 아니라 그녀에겐 비밀 사부이기도 했다! 조 할멈이 수없이 가르쳤던 '삼관'은 모두 이 의부 입에서 나온 말이었다. 그녀도 작년에야 알았다.

물론, 그녀가 가장 좋아하는 것은 의부가 가르쳐 준 '삼관'이 아니라 매년 운공대륙 각지에서 조달해 온 달콤한 간식이었다.

"연아, 의부가 보고 싶었니?"

고칠소가 싱긋 웃으며 물었다.

"당연하죠! 보고 싶어 죽을 뻔했어요!"

연아는 히죽 웃으면서 대답한 뒤 곧바로 물었다.

"헤헤, 이번에는 맛있는 거 뭐 사 오셨어요? 맞춰 볼래요."

옆에 선 예아는 말을 하지 않고 가짜 웃음만 짓고 있었다.

고칠소는 양손을 펼쳐 보였다.

"네가 여기 있는 줄 모르고 아무것도 안 가져왔어. 뭐 먹고 싶어? 의부가 당장 가서 구해 올게."

이 말을 듣자마자 연아는 이상함을 깨달았다. 의부는 우연히 그들을 만난 것이지, 일부러 찾아온 것이 아니었다. 그럼, 언제 왔을까?

그녀는 심장이 철렁해서 천천히 오라버니를 돌아보았다. 예아는 아직도 웃고 있었다. 그는 연아가 충분히 대응할 수 있으리라 굳게 믿었다.

오라버니의 반응을 본 연아는 더욱더 확신했다. 속임수구나!

그녀는 눈동자를 떼구르르 굴리며 다시 웃었다. 웃음 덕에 휘어진 눈이 무척 예뻤다.

"그러니까 나는…… 성 남쪽에 터줏대감으로 불리는 만두점에서 파는 탕원湯圓(찹쌀을 둥글게 빚어 만든 전통 음식으로 원소와 비슷함)이 먹고 싶어요!"

이 말이 나오는 순간 예아는 할 말을 잃고 손으로 머리를 짚었다.

만두점에 탕원이 어디 있어? 게다가 성 남쪽 터줏대감 가게는 한 군데뿐인데, 만두점이 아니라 국숫집이라고! 의성에서 터줏대감 가게로 불리는 만두점은 성 북쪽에 있단 말이야!

고칠소는 큰 소리로 웃음을 터트렸다.

"좋아! 기다려. 의부가 당장 가서 사 올 테니!"

고칠소는 말을 마치자마자 사라졌다.

예아와 연아는 서로를 바라보았다. 고칠소가 정말 사라진 것을 확인하자 연아가 황급히 다가와 소리 낮춰 물었다.

"어떻게 된 거예요? 어쩌자고 날 속여요?"

"널 업고 왔더니 의부가 벌써 방에서 기다리고 계셨어. 어딜 다녀왔냐, 영자는 어디 갔나 물으셨지. 내가 말실수해서 들통나고 말았어!"

예아가 초조하게 말했다.

"무슨 실수를 했는데요?"

연아도 초조해했다.

"막 의성에 도착했다고 했는데 의부님이 안 믿으셨어."

예아의 대답이었다.

방에 놓인 짐만 봐도 그들이 일찌감치 도착했다는 것은 증명하고도 남았다.

"바보!"

연아는 오라버니를 흘겨보고는 급히 물었다.

"이제 어쩌죠?"

"퇴각이다. 비밀 시위더러 막으라고 해야지."

예아는 진지하게 말했다. 부황의 비밀 시위는 늘 의부를 막는 일을 좋아했다.

연아도 다른 방법이 없어 고개만 끄덕였다.

이렇게 해서 두 남매는 짐을 메고 살그머니 문을 나섰다. 그런데 웬걸, 두 사람이 문지방을 넘기 무섭게 머리 위에서 가벼운 기침 소리가 들려왔다.

예아는 주위에 숨은 비밀 시위를 불러낼 여유도 없이 연아를 잡고 냅다 달아났다. 돌아보지 않아도 의부가 지붕 위에 있다는 걸 알 수 있었다.

예아는 수년간 무학을 익혔고 기초도 튼튼한 편이지만, 아직은 초급이기 때문에 고칠소와 비교하면 아무래도 무공이 약했다. 연아는 고작 어설프게 흉내만 낼 뿐이어서 더욱더 말할 필요가 없었다. 천산의 노인들이 용비야의 체면을 깎지 않으려고 여태 연아를 폐물이라고 판단 내리지 않았던 것뿐이었다.

고칠소는 몇 번 훌쩍 몸을 날려 남매 앞에 내려서서 가로막았다. 그는 여전히 히죽거리고 있었다.

"연아야, 만두점의 탕원 먹어야지? 어딜 가?"

연아는 민망한 일굴로 웃었고 예아는 그대로 고개를 숙였다.

고칠소는 속고도 여전히 히죽거리다가, 두 아이가 대답이 없자 다가가서 한 손에 한 명씩 붙잡았다.

"가자, 만두점 탕원 먹으러!"

고칠소는 정말로 연아와 예아를 데리고 터줏대감이라 일컫는 국숫집으로 가서 한 사람당 대표 국수를 한 그릇씩 시키고, 연아에게는 제일 좋아하는 수란도 특별히 하나 추가해 주었다.

두 아이는 확실히 배가 고팠고 이 집 국수도 워낙 맛있었지만, 도저히 무슨 맛인지 느낄 수가 없었다.

국수를 다 먹고 나자 고칠소가 물었다.

"피곤하니?"

예아는 솔직하게 고개를 끄덕였다. 하룻밤을 꼬박 새웠는데 어떻게 안 피곤할까? 가슴이 조마조마하지만 않았다면 벌써 꾸벅꾸벅 졸았을 터였다. 연아는 하품까지 했다.

"그럼 돌아가서 자자."

고칠소가 싱긋 웃으며 말했다.

연아와 예아는 눈짓을 주고받았다. 아무리 생각해도 의부가 무시무시한 방법을 남겨 두고 있을 것 같아 더욱더 마음이 켕겼다.

의학원에 돌아간 후에도 고칠소는 아무것도 하지 않았다. 아이들을 그렇게 좋아하는 그가 어떻게 자백하라고 몰아붙일 수 있을까?

그는 연아를 푹 자게 한 뒤 예아의 침상 머리맡에 앉아 예아를 뚫어지게 응시했다.

제아무리 졸리다 한들, 이렇게 싱글싱글 웃는 의부를 보자 예아는 졸음이 싹 달아나고 말았다.

결국, 그가 견디지 못하고 말했다.

"의부님, 용서해 주십시오."

"뭘 용서해?"

고칠소는 모른 척했다.

예아는 하는 수 없이 일어나 앉았다.

"정말 말할 수 없습니다. 말하지 않겠다고 약속했으니까요!"

"누구에게?"

고칠소가 물었다.

"말할 수 없습니다. 의부님, 남아 일언 중천금이라 했습니다. 저는 신의를 저버릴 수 없습니다!"

예아는 진지했다.

고칠소는 고개를 갸웃했다. 꼭 비밀을 알아야 하는 건 아니지만 행여 그 일에 무슨 속임수가 있을까 걱정스러웠다.

고칠소가 의아해하고 있을 때, 갑자기 방문이 벌컥 열리고 연아가 억울한 얼굴을 하고 들어왔다. 예아와 고칠소 둘 다 무슨 일인지 몰라 하는데, 연아가 흑흑 울면서 외쳤다.

"의부님, 말할래요! 말씀드리겠어요! 태부님 일이에요. 아무에게도 말하지 않겠다고 태부님께 약속했다고요!"

연아는 침상에서 이리저리 뒤척이며, 의부가 대체 얼마나 무시무시한 수법을 쓰려는지에 대해 갖가지로 추측하고 걱정했다. 그래서 분명히 죽을 만큼 피곤한데도 잠이 오지 않았다.

그녀에게는 그야말로 시련이었고, 너무나 고통스러웠다! 말하지 않는 동안에는 심장에 바위를 얹은 것처럼 도저히 편치 않았다!

하지만 태부와 관계된 일이라고만 말할 뿐, 어떤 일인지는 때려 죽여도 말하지 않을 생각이었다.

그리고 그 순간, 예아는 완전히 무너지고 말았다.

고칠소는 복잡한 눈빛을 지었지만 뜻밖에도 캐묻지 않았다.

"약속했다니 나도 안 물을게. 우리 편에게는 어려서부터 신의를 지켜야 해."

"그럼 적에게는요?"

연아가 물었다.

"적에게 신의는 무슨 신의야! 수단과 방법 가리지 않고 뭐든 해야지. 알겠어?"

고칠소가 되물었다.

연아는 즉시 고개를 끄덕이며, 무척 일리 있는 말이라고 생각했다.

고칠소가 다가가 연아의 머리를 두드리며 나지막이 말했다.

"옛날에 네 아버지도 날 몇 번이나 속였다고!"

연아는 이해가 되지 않았지만, 고칠소는 얼른 자러 가라며 재촉했다. 그녀는 다소 의심스러워하며 오라버니를 바라보았다.

의부님이 정말 안 물으시려나? 느낌이 이상했다. 예아도 의아함을 감출 수 없었지만, 일단 믿어 보는 수밖에 달리 방법이 없었다.

그래서 몹시 지친 두 아이는 그대로 잠이 들었다. 고칠소는 그곳을 떠난 뒤 의학원을 온통 뒤졌지만 고북월을 발견하지 못했다. 그는 조금도 망설이지 않고 즉시 무애산으로 향했다.

지난날 의성에 있었던 사람이나 일이라면, 무엇도 그의 눈을 벗어나지 못했다. 의성에 대해 그는 모두 알고 있었다.

비록 고북월이 영족의 후예라는 것은 확실히 몰랐지만, 고북월의 할아버지가 일정 기간 종종 무애산을 찾았다는 것은 알고 있었다.

두 아이가 의성에 나타났는데 영자는 따라오지 않았고, 아이들의 비밀 역시 고북월과 관련이 있었다. 그로 보아 고북월은 틀림없이 의성에 없고 의성 부근에 있을 터였다. 무애산에 있을 가능성이 아주 컸다.

무애산은 큰 산이었다. 고칠소는 한동안 산을 뒤진 끝에 마침내 폭포 근처에서 작은 원락을 발견했다. 그때 고북월은 영자의 교육을 마친 뒤 약욕을 준비하는 중이었다.

고칠소가 원락 가까이 접근하자마자 꼬맹이가 알아차렸다. 고북월은 고개를 돌리다가 낯익은 빨간 옷을 보고 놀라 얼어붙었다.

고칠소!

고칠소는 뜰로 들어섰다. 약재 냄새에 누구보다 민감한 그는 곧 이상한 것을 눈치챘다. 고북월이 약재를 대량 사용했다는 것을 거의 확신할 수 있었다. 그것도 매일!

뜰을 둘러본 그의 시선이 문가에 있는 커다란 목욕통에 이르렀다. 눈썹이 찌푸려졌다.

고북월은 복잡한 눈빛이 되었다. 속일 수 없다는 것은 그도 속으로 분명히 알 수 있었다.

고칠소는 한 발 한 발 다가와 눈을 찡그리고 고북월을 보다가 한참 만에야 입을 열었다.

"샌님, 너…… 어떻게 된 거야?"

고북월은 말이 없었다. 그때 방에서 나오던 진민과 영자도 고칠소를 보고 제자리에 우뚝 멈춰 섰다.

정적이 흐르는 가운데 고칠소가 느닷없이 고북월을 향해 으르렁댔다.

"대체 어떻게 된 거냐니까?"

진민과 영자 모두 깜짝 놀랐다. 하지만 영자가 곧 쪼르르 달려가 힘껏 고칠소를 밀어냈다. 영자는 말은 없었지만 주먹을 불끈 쥐고 고칠소를 노려보았다.

그 누구도 아버지에게 이처럼 흉악하게 구는 건 허락할 수 없었다. 그 누구도! 아버지는 병중이었다!

고칠소는 영자에겐 신경 쓰지 않고 여전히 노성을 질렀다.

"목숨이 얼마나 남은 거야? 어떻게……, 어떻게 나까지 속여!"

고칠소가 누군가? 그는 약귀였다!

사용한 약의 분량만 봐도 병세가 얼마나 위중한지, 병이 어디까지 진행되었는지 판단할 수 있었다. 이 정도 양이면 1년은 고사하고 반년도 버티지 못할 가능성이 컸다!

근 2년간 그는 내내 이 샌님 의원이 대진의 곳곳을 오가며 백성들을 위해 의관을 짓고 있는 줄만 알고 있었다. 그런데 병이 나서 이 꼴이 되어 있을 줄이야!

고칠소는 화가 나서 이성을 잃을 지경이었다. 그는 주먹으로 옆에 있는 벽을 때리며 냉소했다.

"나까지 속여? 나까지!"

그해, 그가 후영의 뒷산에서 죽음을 향해 한 걸음 한 걸음 다가가고 있을 때 종일 곁에 있어 준 이가 이 샌님 의원이었고, 그가 고통을 견딜 수 없어 할 때 안아 주고 위로해 준 것도 이 샌님 의원이었다.

그때 고북월은 내내 그의 귀에 대고 이 말을 반복했다.

'소칠, 자네가 죽으면 독누이는 어쩌려는가?'

고북월이 아니었다면, 고북월이 했던 그 말이 아니었다면, 당시 고칠소 스스로 제 목숨을 끊지 않았을 것이라고는 장담할 수 없었다.

"고북월, 네가 죽으면 독누이는 어떡하라고?"

고칠소가 따져 물었다.

그 말이 나오자 진민은 더욱더 놀랐다. 어쩐지 알 것 같았다. 아니, 정확히 말하면 비밀을 발견한 것 같았다! 그녀는 무의식적으로 입을 가렸다.

그런데…….

진민이 충격에 빠진 사이 고북월은 더없이 평온하게 말했다.

"소칠, 독누이에겐 폐하가 계시니 난 안심일세."

그 순간, 진민은 고칠소의 입에서 나온 '어떡하라고'와 고북월의 입에서 나온 '안심일세'란 말이 대체 무슨 뜻인지 분간할 수가 없었다. 영족의 수호를 말하는 걸까, 아니면⋯⋯.

그렇지만 고칠소가 다시 따져 물었다.

"네가 죽으면 대진의 의사는 어떡해?"

고북월은 여전히 평온했다.

"대진의 의사는 이미 내가 필요 없네. 떠난 지 2년이 넘었지."

"그럼 나는 어떡해?"

고칠소가 노성을 터트렸다.

고북월은 당황해서 순간적으로 뭐라고 해야 좋을지 몰랐다.

고칠소가 다시 물었다.

"진민과 고남신은 어떡해?"

고북월은 역시 대답할 말이 없었다.

고칠소는 쓴웃음을 지으며, 아무 말도 하지 않고 돌아서서 걸어갔다.

고북월이 쫓아갔으나 고칠소가 워낙 빨리 달려가는 바람에 지금 고북월의 체력으로는 따라잡을 수가 없었다.

진민과 영자가 황급히 따라갔다. 진민은 고북월을 만류했고 영자는 고칠소를 뒤쫓았다.

고칠소가 잇달아 던진 '어떡해'라는 물음이 진민으로선 이해가 가지 않았지만 생각해 보고 싶지도 않았다. 그저 고북월이 무사하기만을 바랐다. 설사 고북월 스스로 포기한다 해도 그녀는 포기할 수 없었다!

고북월은 분명 모르고 있겠지만, 그녀는 이미 그가 준 작은 금빛 칼을 폭포 아래 심연 속에 던져 버렸다.

"더 뛰면 안 돼요!"

진민이 매섭게 외쳤다.

고북월의 안색은 너무나도 나빴다. 그가 큰 소리로 말했다.

"영자, 칠 아저씨를 붙잡아라!"

영자는 죽을힘을 다해 고칠소의 손을 붙잡고 진지하게 말했다.

"칠 아저씨, 아버지가 가시면 안 된대요. 아버지를 흥분하게 만들지 마세요!"

고칠소는 화가 치밀어 영자를 뿌리치며 소리소리 질렀다.

"너희 아빠가 다 죽어 가잖아! 반년도 못 살 거라고!"

이 말에 영자는 넋이 나갔다.

성큼성큼 걸어간 고칠소의 모습은 얼마 안 있어 숲속으로 사라졌다.

영자는 느릿느릿 고개를 돌려 어머니의 부축을 받는 아버지를 바라보았다. 조금씩 조금씩 눈이 빨개지고, 눈물이 뚝뚝 떨어지고, 시야가 흐릿해져 부모의 모습을 볼 수 없게 되었다. 하늘이 어두컴컴하고 세상이 무너져 내렸다.

"아버지!"

울음이 터졌다. 그는 큰 소리로 엉엉 울었다.

"아버지, 거짓말쟁이! 거짓말쟁이……."

진민이 종종걸음으로 달려와 영자를 안으려 했지만, 영자가 그녀를 밀어냈다. 그는 바깥으로 달아나지 않고 앞으로 달려와 아버지에게 와락 안겨 큰 소리로 엉엉 울었다.

"거짓말쟁이, 반년 동안 숨겨 달란 말은 거짓말이었잖아요! 아버지, 전 아버지를 대신할 수 없어요. 영원히 대신하고 싶지 않아요……. 하고 싶지 않단 말이에요……."

약속도, '대신'이라는 말도, 어쩜 이렇게 잔인할까?

고북월은 어리디어린 아이를 내려다보며 결국 눈물을 흘렸다.

보름 후, 고칠소가 무애산에 돌아왔다. 한운석과 용비야도 왔고, 당리와 영정, 목령아와 아금, 의성의 심 부원장까지 모두 왔다. 예아도 한진을 찾아가지 않고 연아와 함께 돌아왔다.

평소 텅텅 비었던 뜰이 단숨에 사람으로 가득 찼다. 하지만 사람이 많아도 여전히 떠들썩하지는 않았다. 모두가 몹시 조용했다.

이곳에 와서야 알 수 있었다. 그들이 안다고 해서 애초에 고북월의 병에 아무 도움이 되지 않는다는 것을. 고북월도 치료하지 못하는데 그들이 무슨 도움이 될까?

그저 함께 있어 주는 것뿐이었다.

유일하게 할 수 있는 것, 유일하게 따스하게 해 줄 수 있는 것은 함께 있어 주는 것뿐이었다.

그렇지만 함께 있어 주는 것은 실질적으로 작별이나 다름없었다. 긴 시간에 걸친 작별이나 마찬가지였다. 그 시간이 아무리 길어도 결국엔 작별해야 했다.

한운석은 화가 나는 건지 슬픈 건지, 꼬박 하루 동안 고북월을 응시하며 한마디도 하지 않았다.

홀로 뜰 바깥에 앉은 용비야 역시 고북월에게 한마디도 묻지 않았다.

목령아는 눈물을 뚝뚝 흘리며 진민이 준 약방문을 살폈지만, 몇 번을 봐도 어떻게 고쳐야 할지 알 수가 없었다. 약방문은 그야말로 완벽했지만, 애석하게도 기침을 억제하기만 할 뿐 병을 치료할 수는 없었다.

고칠소는 오는 길에 호명단을 잔뜩 가져왔으나 고북월의 병에는 약탕만큼도 효과를 발휘하지 못했다.

고북월은 오후부터 약욕을 시작했다. 진민을 뺀 여자들은 모두 자리를 피했다. 고북월은 그들에게 산에서 내려가라고 권했지만 아무도 가지 않고 뜰 바깥에서 가부좌를 틀고 앉았다. 그리고 용비야, 고칠소, 당리, 아금, 심결명은 고북월을 둘러싸고 앉아서 지켰다.

이 광경에 고북월은 웃을 수도 울 수도 없었다. 가슴이 답답했지만 한편으로는…… 속이 따뜻해지기도 했다!

용비야의 이런 침묵에, 결국 그가 참다못해 입을 열었다.

"전하……."

'전하'라고 부르자 용비야와 예아가 동시에 고개를 돌렸다. 이 모습을 본 고북월은 그제야 자신이 호칭을 잘못 썼다는 것을 알았다.

예아는 어리둥절한 표정이었지만 용비야는 기가 막힌 듯 가볍게 웃음을 지었다. 고북월이 자신을 불렀다는 것을 그는 알고 있었다.

전하라는 호칭에는 지난날의 많고도 많은 추억과 믿음이 담겨 있었다. 고북월은 필시 그 지난날을 그리워하는 게 분명했다.

죽을 때가 된 사람은 모두 그리움을 품게 되는 걸까?

용비야는 참았던 숨을 내쉬며 가까이 다가갔지만 말은 하지 않고 고북월이 말하기를 기다렸다.

그렇지만 고북월은 한참 동안 입을 다물고 그를 쳐다보다가 마침내 말을 꺼냈다.

"전하, 죄송합니다. 소신은 전하 곁에 오래 있을 수 없습니다. 의사 쪽은 소신이 이미……."

말이 끝나지도 않았는데 용비야가 그만하라는 듯이 손을 들었다.

"고북월, 나는 네 유언을 들으러 온 것이 아니다!"

말을 마친 용비야가 성큼성큼 밖으로 나가자 당리도 재빨리 쫓아갔다. 평소에 말이 많은 당리지만 지금은 그 역시 어떻게 말을 꺼내야 할지 알 수가 없었다. 이를 본 예아와 고칠소도 따라 나갔다.

뜰 안에는 진민 외에 심결명과 아금만 남았다.

심결명은 나이가 많이 들었다. 그는 멀찌감치 앉아 고북월을 바라보며 남몰래 눈물을 닦았다. 어쩌면, 지금 이 순간 고북월은 원장 어른이 아니라 그저…… 아이일 뿐인지도 몰랐다. 비운의 아이.

덕분에 아금 혼자 고북월 앞에 앉아 있게 되었다. 사실 그와 고북월은 전혀 잘 아는 사이가 아니지만, 그래도 소식을 듣자마자 왔다.

잠깐 망설이던 그가 담담하게 말했다.

"고 태부, 북려에 있을 때 영승이 자주 태부 이야기를 했소. 그는 틀림없이 이 일을 모르고 있을 거요. 그러니 나를 영승이라고 생각하시오. 내가 곁에 있겠소."

고북월은 눈썹을 찡그렸다. 본래는 괴롭지 않았는데, 이 말을 듣자 온화하던 두 눈동자에 차츰차츰 슬픔이 차올랐다.

그가 말했다.

"좋습니다. 대신 감사를 전해 주십시오."

첫날은 그렇게 침묵 속에 지나갔다.

진민은 뜰 안팎에 가득한 사람들을 보면서 처음으로 깨달았다. 이제 보니 사람이 많은 곳도 똑같이 쓸쓸할 수 있었다.

밤이었지만 잠드는 사람은 없었다.

그렇지만 이튿날 새벽, 한운석이 성큼성큼 안으로 들어왔다. 고북월은 아직 약욕 중이었지만 그녀는 꺼리지 않고 직접 그의 앞으로 다가와 진지한 목소리로 말했다.

"고북월, 당신을 치료할 방법을 찾기 전까지 당신과는 말하지 않겠어요!"

"황후마마, 10년의 약속을 잊지 마십시오! 앞으로 반년 남았습니다. 소신에게 시간 낭비하시면 안 됩니다."

고북월이 이처럼 사나운 말투로 한운석에게 말한 것은 처음이었다.

"10년의 약속?"

한운석은 냉소했다.

"당신 목숨보다 중요하진 않아요!"

한운석은 방으로 들어가 곧장 진민과 목령아, 고칠소, 심결명을 찾았다.

"진민, 우리가 어떻게 도울 수 있는지 뭐든 말해요. 그에게 숨이 붙어 있는 한, 누구든 감히 포기하면 내가 베어 버리겠어요!"

용비야와 고북월이 합심해서 그녀를 속인 적이 있고, 용비야와 고칠소, 고북월 역시 합심해서 그녀를 속인 적이 있었다. 그리고 이제는 고북월이 모두를 속였다.

저 남자들은 어쩜 하나같이 거짓말쟁이일까?

한운석은 정말 화가 나 미칠 것 같았다!

진민은 곧 고개를 끄덕였다.

"좋아요! 포기하는 사람은 베어 버리세요!"

그처럼 오랜 시간이 지났건만, 결국 그녀도 혼자는 아니었다. 결국엔 그녀가 버틸 수 있도록, 성과가 없으리라는 것을 뻔히 알지만 그래도 이를 악물고 포기하지 않도록 곁에 있어 주는 사람이 있었다.

목령아와 다른 이들도 고개를 끄덕였다. 목령아가 진지하게 말했다.

"언니, 증상을 억제하는 것과 병의 원인을 치료하는 것은 통하는 데가 있어. 난 믿어. 분명히 내 힘으로 이 약방문을 파악할 수 있을 거야!"

고칠소는 그녀를 흘끗 바라보았지만 나서지 않았다. 사실 그도 어제 약방문을 본 뒤 대강 짐작하고 있었다. 설령 목령아가 약방문을 완전히 파악해 내더라도 도움이 될 수는 없었다.

지금 그의 머릿속에는 오로지 한 가지 생각뿐이었다. 고북월의 병이 돌이킬 수 없게 되기 전에 차라리 고북월을 독고인으로 만들어 버리자고. 하지만 애석하게도 지금은 독고인을 만드는 약을 구할 수가 없었다.

한운석은 진민을 붙잡고 병세를 꼼꼼히 물었다. 그녀는 자신이 가진 현대 의학 지식을 이용해 고북월의 병을 진단할 수 있기를 몹시도 바랐다. 적어도 명확한 진단이 있어야만 치료 방향을 찾을 수 있었다.

그렇지만 진민에게 한참 동안 듣고도 병세를 진단할 수가 없었다. 그의 병은 폐결핵과도 비슷하고 천식과도 비슷했지만 완전히 똑같지는 않았다.

알면 알수록 구할 방도가 없었다. 하지만 누구도 말하려 하지 않았고, 누구도 절망하려 하지 않았다. 시간은 그렇게 흘러

갔다. 하루, 이틀, 사흘…….

그러던 어느 날, 진민과 한운석이 의서에 머리를 파묻고, 목령아와 심결명이 약재에 머리를 파묻고 있을 때 고칠소가 불쑥 말을 꺼냈다.

"차라리 죽었다 치고 뭐라도 해 보는 게 어때? 목령아, 호명단을 만들어 보자! 치료하지 못하면 목숨만이라도 지켜야지!"

이 말에 모두가 놀라 고개를 번쩍 들었다.

치료하지 못해도 목숨만은 지키자.

그런…….

치명적인 병인데, 병을 치료하지 못하면 무슨 수로 목숨을 지킬까?

병을 치료하는 것과 목숨을 지키는 것은 같은 의미였다. 표현이 다를 뿐.

한운석은 고민했다. 아무래도 익숙하게 들리는 말이었다. 그녀가 막 입을 열려는데 진민이 놀란 소리로 외쳤다.

"맞아요! 치료하지 못하면 목숨만이라도 지켜야죠!"

말을 마친 그녀가 옆에 있는 책장으로 달려가 마구 의서를 뒤지기 시작했다.

모두 호기심 어린 눈으로 그녀를 바라보았지만, 고칠소는 신경 쓰지 않고 목령아에게 말했다.

"호명단을 만들어. 끌 수 있는 데까지 끌어야 해."

호명단은 위급한 순간에 빈사 상태에 빠졌을 때 쓰는 약으로, 개중에서 가장 특별한 것은 속명단이었다. 몸을 버티게 해서 억지로 병증에 대항하도록 도와주는 환약이라고 할 수 있는데, 기껏해야 하루 이틀밖에 버틸 수 없었다. 게다가 약효가 사라지면 환자가 더욱 고통스럽게 죽을 수도 있었다. 일반적으로는 환자 스스로 원하지 않는 한 의원이 먼저 그런 약을 사용하는 일은 절대 없었다.

목령아는 고개를 저었다.

"고 태부가 힘들어질 거예요."

이성을 잃은 고칠소가 그래도 하라고 소리치려는데, 갑자기 진민이 외쳤다.

"찾았어요! 찾았어!"

사람들이 돌아보니 진민이 침구술에 관한 의서 한 권을 들고 있었다.

"진민, 그건 뭐예요?"

한운석이 초조하게 물었다.

"병을 치료할 수 없으면 목숨만이라도 지키자고요. 방법이 있어요, 있다고요!"

진민은 흥분해서 두서없이 떠들었다.

그 오랜 세월이 흐른 뒤 마침내 그녀는 지난날 영주성에서 불꽃놀이를 볼 때처럼 기쁜 웃음을 지었다.

진민은 의서를 가지고 다가와 흥분한 목소리로 말했다.

"이 의서는 제가 의성의 객잔에서 사람들을 치료할 때 어떤 노인이 주신 거예요! 여기 적힌 침법은 무척 괴상하고, 의학 이론도 보통의 이론과는 달라요! 우리는 병증에 따라 약을 쓰지만, 여기서는 체질을 향상하는 방법을 통해 몸이 알아서 병증에 대항하도록 만드는 법을 연구해 놓았어요."

그곳에 있는 사람들은 모두 의술을 알기 때문에 진민의 말을 듣기만 해도 뭔지 알 수 있었다.

방금 고칠소가 말한 것처럼, 설령 병을 치료할 수 없다 해도 목숨을 지켜 내는 방법이었다! 지금껏 모두 막다른 곳에 몰려 병증에 맞는 약을 쓰는 법만 찾아다니느라 다른 관점에서 생각하는 것을 놓치고 있었던 것이다. 무학적인 관점에서 볼 때, 체질을 향상함으로써 병증에 대항할 수 있었다.

비록 병을 치료할 수는 없지만, 적어도 몸이 병증에 대항할 힘을 주어 목숨을 잃지 않도록 할 수는 있었다.

현공대륙에는 '힘'과 '기'를 절정까지 수련하면 모든 상해와 질병을 이겨 낼 수 있어 불사의 몸이 된다는 전설이 전해지고 있었다.

지금껏 누구도 '힘'과 '기'를 절정까지 수련한 적이 없지만,

기의 수련을 통해 여러 가지 질병과 외상을 이겨 낸 사람도 적지 않았다.

"그러니까, 고 태부더러 진기를 수련하게 하면 희망이 있는 거예요?"

목령아가 놀라고 기뻐하며 물었다.

고칠소가 턱을 매만지며 진지하게 말했다.

"지금 저 몸으로는 수련할 수가 없어. 게다가 시간이 충분하지 않을지도 몰라."

갑자기 한운석이 문밖으로 달려가 용비야 일행을 불러들여 희소식을 들려주었다.

이 말을 들은 고북월은 처음에는 당황했다가 곧 쓴웃음을 지었다. 성공 여부를 떠나 확실히 써 볼 만한 방법이요, 길이었다.

전에는 왜 이 생각을 못 했을까? 어쩌자고 약으로 병을 치료할 생각만 했을까?

용비야의 눈동자 위로 복잡한 빛이 스쳐 갔다. 그는 고북월에게 진지하게 말했다.

"시험해 보자. 진기를 전해 주마."

"폐하, 10년의 약속이……."

고북월의 말이 끝나기도 전에 한운석이 끼어들어 웃으며 말했다.

"10년의 약속은 나와 한향 일이에요. 여자들 일에 다 큰 남자가 끼어서 뭐 하게요?"

이 말이 떨어지자 모두가 웃음을 지었다.

용비야는 여자들 일에 끼어드는 걸 좋아할 사람이 아니었다. 한운석이 유일한 예외였지만, 한운석 역시 그런 예외를 싫어했다.

10년의 약속에서, 용비야는 당연히 끼어들지 않고 지켜볼 터였다. 고북월도 할 말이 없어 웃음을 지었다.

그렇지만 진민이 말했다.

"폐하, 북월의 몸이 너무 약해서 과도한 진기를 견뎌 내지 못할까 두렵습니다. 이 일은 반드시 신중해야 합니다."

진민의 걱정이 옳았다. 용비야는 고개를 끄덕였다. 그가 입을 열려는데 예아가 말했다.

"부황, 제가 외할아버지를 청해 오겠습니다. 어쩌면 방법이 있을지도 모릅니다!"

예아는 본래라면 풍명산에 가야 했지만, 태부의 일로 외할아버지에게 휴가를 내고 왔다.

한진의 진기는 용비야보다 훨씬 강했다. 최소한 그가 있으면 사고가 생기더라도 만회할 기회가 있을 테니, 보호막이 하나 더 생기는 셈이었다.

이튿날, 용비야와 한운석은 직접 예아를 데리고 풍명산으로 한진을 청하러 갔다.

사실 용비야와 한운석이 가지 않고 예아가 한마디만 해도 한진을 산에서 나오게 할 수 있었다. 사람과 사람 사이에는 마음이 통하는 것이 정말 중요할 때가 많았다.

한진은 딸인 한운석과는 통할 만한 게 별로 없었으나, 오히려 외손자인 예아와는 특히 잘 통해서 예아를 몹시 예뻐했다. 평소 다른 사람이 열 번 물으면 열 번도 대답하지 않는 그지만, 예아라면 묻는 대로 대답해 주었다.

벌써 10년이 흘러 한운석의 몸에도 여자다운 매력이 차곡차곡 쌓여 전보다 존귀하고 우아해졌고, 용비야도 예전보다 더욱 묵직하고 성숙해져서 깊이 가라앉은 눈빛에 남성미가 가득했다.

그리고 한진은 겉으로는 별로 늙지 않아 보였다. 어쩌면 맑고 욕심 없는 마음 덕분인지도 모르고, 또 어쩌면 심후한 진기 덕분인지도 몰랐다. 그 준수하고 차가운 용모와 잘 단련된 몸, 느긋하고 태연하면서도 묵직하고 힘 있는 발걸음을 보면, 정말이지 그 나이를 짐작할 수가 없었다.

한운석과 용비야는 손을 잡고 앞에서 걷고, 한진이 예아의 손을 잡고 뒤를 따르는 장면은 세상에서 가장 고요하고 귀티 넘치는 광경이었다.

한진이 나타난 것을 보자 원락에서 기다리던 모두가 안심했다.

일의 자초지종에 대해서는 용비야가 이미 한진에게 똑똑히 설명해 주었다. 비록 모두가 한진을 기다리고 있었지만 한진은 안으로 들어온 후에도 사람들을 싹 무시하고 곧장 방 안으로 들어갔다.

강자에게는 강자다운 오만한 밑천이 있었다. 모두 그의 성질을 알았고 그 신분과 세력에 존경을 표했다.

용비야는 진지한 목소리로 고북월에게 말했다.

"나와 선배님이 힘을 합쳐 진기로 너를 보호할 것이다. 선배님이 주도하고 나는 보좌한다. 이는 생사를 건 도박이다. 만약 네가 진기를 버티고 네 것으로 할 수 있다면 목숨은 지킬 수 있다. 그렇지 못하면 반년 남은 목숨도 사라진다."

그 말에 사람들은 깜짝 놀랐다. 영자는 참지 못하고 어머니 품속으로 달려들었고, 진민은 저도 모르게 입술을 꼭 깨물었다. 심장이 쿵쿵 미친 듯이 뛰었다.

"잘 생각해 보고 들어오너라."

말을 마친 용비야는 한진을 따라 방 안으로 들어갔다.

고북월은 일찌감치 이런 결과를 예상하고 있었다. 어떤 방법이라 해도 백이면 백 목숨을 보장할 수는 없었다.

그는 진민과 영자에게 걸어가 영자의 머리를 가만히 쓰다듬으면서 소리 낮춰 말했다.

"아버지를 기다려 다오. 알겠지?"

영자는 안간힘을 써서 눈시울에 맺힌 눈물을 꼭 참으며 고개를 들고 큰 소리로 대답했다.

"네!"

고북월은 고개를 들어 진민을 바라보며 따스하게 웃었다.

"저를 기다려 주시겠습니까?"

그 순간, 진민은 그가 사람들 앞에서 연기하는 건지, 아니면 진심으로 그녀가 기다려 주기를 원하는지 구분할 수 없었다. 또 아내로서 기다려 달라는 건지, 아니면 진 의원으로서 기다려 달라는지도 구분할 수 없었다.

어쨌든 진민은 기뻤다. 어떤 신분이건, 적어도 그는 그녀에게 기다릴 기회를 주었으니까.

그녀는 대답했다.

"좋아요. 기다릴게요."

고북월이 방문 안으로 발을 들여놓는 순간, 참다못한 고칠소가 말했다.

"샌님, 기다릴게!"

"태부, 저희도 기다리겠습니다!"

예아와 연아도 이구동성으로 외쳤다.

"태부, 령아도 기다릴 거예요!"

목령아도 꿋꿋하게 웃었다.

"북월, 난 당신을 믿어요."

한운석은 진지하게 말했다.

아금은 일부러 일어섰다.

"고 태부, 영승이 기다릴 겁니다."

꼬맹이는 상황을 잘 몰랐지만, 모두가 공자를 구하러 온 것은 알았다. 녀석은 다급히 공자의 어깨로 뛰어올라 앞발로 공자의 얼굴을 껴안고서, 공자에게 힘을 줄 수 있기를 바라며 살살 쓰다듬었다.

고북월은 그런 사람들과 꼬맹이를 보면서 문득 집이 생긴 기분이 들었다. 조그마한 뜰도 너는 썰렁하지 않은 것 같았다.

그는 고개를 끄덕이고 큰 걸음으로 방에 들어갔다.

이어진 것은 기다림의 나날이었다. 작은 원락이라 방이 하나밖에 없어서 모두 풍찬노숙해야 했다. 세 아이는 주방에서 잠시 묵었다.

당홍두와 작은 령아는 오지 않았다. 목령아는 작은 령아를 당문에 데려다 놓고 당 부인에게 부탁했다.

모두가 그렇게 기다린 지 수일이 지났다.

한결같이 사람들과 말을 하지 않던 아금이 먼저 한운석에게 소소옥의 근황을 물었다. 어쨌거나 호랑이 감옥에서 다 함께 생사의 관문을 넘었던 사이였다. 벌써 10년이 지났으니 소소옥도 어른이 되었을 터였다.

소소옥은 그동안에도 한진을 따라서 운공대륙에 오는 일이 없었고, 빙해가 가로막고 있어서 한운석 역시 계속 서신 연락을 이어 갈 방법이 없었다. 3년 전, 한진은 소소옥을 현공대륙 북부로 보내 경험을 쌓게 했고, 그로부터 지금까지 한운석도 확실한 소식을 듣지 못했다.

경험을 쌓는 것은 현공대륙 아이들에게 있어 아주 중요한 일로, 어른이 된다는 상징이자 독립의 상징이었다. 살아서 돌아올 수 있는 아이만이 친족의 인정을 얻고 가족의 돌봄을 받을 수 있었다.

한운석의 대답을 다 들은 아금이 쌀쌀한 목소리로 한마디

했다.

"소소옥 같은 성질과 수단이면 틀림없이 살아 돌아올 겁니다."

목령아가 끼어들었다.

"언니, 소옥이가 일찍 한진 선배님께 무학을 배웠다면 언니가 한향과 시합하지 않아도 되었을지 몰라."

주인을 보호하고 잘못을 감싸려는 성격이나 악독한 행동으로 보아, 소소옥에게 실력이 있었다면 정말로 미리 한향을 없애 버렸을 수도 있었다.

한운석은 오래전에 소소옥에게 서신을 받았는데, 그 서신에서 소소옥은 한향이 심보가 고약하다는 것을 일러 주었다. 게다가 한운석도 비록 한향을 만난 적은 없지만, 최근 몇 년간의 조사를 통해 기본적으로 어떤 사람인지 판단을 내릴 수 있었다.

10년의 약속에서, 한향이 무슨 수작을 부릴지 두렵지는 않았다. 어쨌거나 종주인 한진이 그곳에 있을 테니까!

며칠의 기다림 속에, 아금이 소소옥 이야기를 꺼내자 비로소 사람들도 한동안 그 이야기를 나누었다. 그 외에는 모두 침묵하고 긴장했다.

숲속의 맑은 공기마저 무겁게 가라앉았다. 마치 영원히 흩어지지 않을 안개가 낀 것 같았다.

문 하나 너머에서는 생사를 예측할 수 없었다.

열흘째 되는 날 밤, 갑자기 방 안에서 고북월의 참혹한 외침이 들려왔다.

모두 잠에서 깨어나 거의 동시에 몸을 일으켜 문가로 달려갔다. 제일 먼저 달려간 진민이 하마터면 문을 열고 들어갈 뻔했지만, 한운석이 그 손을 잡았다.

"진민, 안 돼요."

이런 순간에 가장 꺼려야 하는 것이 바로 방해였다.

진민은 냉정함을 되찾고 말없이 옆으로 물러섰다. 그런데 뜻밖에도 곧바로 고북월의 고통에 찬 외침이 이어졌다.

비록 병약하지만, 그는 연약하지도 않았고 특히 투정 부리는 사람도 아니었다!

어려서부터 지금까지 내내 병으로 인해 고통받아 왔지만 그가 비명 지르는 것을 들은 사람이 있었던가? 근 2년간 곁에 있었던 진민도 그가 수차례 병이 발작해 괴로워하는 것을 봤지만, 소리 지르는 건 들은 적이 없었다!

지금 그는 대체 어떤 고통을 겪고 있을까?

진민은 심장이 쥐어뜯기는 것 같았고, 다른 사람들도 심장이 죄어들었다. 한운석조차 하마터면 문 안으로 뛰어들 뻔했다.

이번에는 고칠소가 그녀를 막았다. 한운석은 이렇게나 엄숙한 고칠소를 본 적이 없었다.

"독누이, 안 돼!"

오직 기다림뿐이었다.

얼마나 지났을까. 고북월의 고통스러운 비명도 점차 가라앉았다.

그렇지만 사람들은 차분해질 수가 없었다.

고북월은 대체 어떻게 됐을까?

방 안은 한결같던 고요함을 되찾았고, 뜰 전체가 무서우리만치 조용해졌다. 하늘에 뜬 외로운 달이 뜰을 비췄지만 사람들의 마음마저 밝게 비추진 못했다.

기다림으로 또 하룻밤이 지났다.

이튿날 새벽, 모두가 지쳐 있을 때였다. '끼익' 하고 문 열리는 소리가 새벽녘의 고요함을 깨뜨렸다.

한진이 걸어 나왔다. 순간 모두가 우르르 달려가 제각기 물어 댔다.

"고북월은 어때요?"

"태부는 무사해요?"

"괜찮은 겁니까?"

"상황은 어떤가요?"

에워싸여 갈 곳이 없어진 한진이 눈썹을 찡그리며 사람들을 둘러보더니, 무표정한 얼굴로 한마디 했다.

"최선을 다했다."

순간, 모두가 멍해졌다.

하지만 한진이 다시 말했다.

"누가 진민이냐?"

진민은 거의 무너질 뻔하다가 그 말을 듣고 돌아보았다.

"접니다."

"성공과 실패는 앞으로 반년에 달려 있다. 반드시 매일 침술을 써서 체내에 있는 진기가 순조롭게 움직이게 해야 한다. 그래야 주화입마 되지 않는다."

그 말이 떨어지자 사람들은 겨우 안심했다.

한진은 무표정한 얼굴과 차분한 말투로 그렇게 두 마디 했다.

사람들에게 첫마디는 지옥이요, 두 번째 마디는 천당이었다.

비록 아직 결론을 내릴 수는 없지만, 지금 이 결과라면 희망이 있었다. 치료할 방법이 생긴 셈이었다.

진민은 온몸을 덜덜 떨고 이까지 딱딱 부딪치다가 한참 만에야 겨우 고개를 끄덕이고 물었다.

"제, 제가……, 제가 지금 들어가 봐도 되나요?"

한진은 별말 없이 고개만 끄덕였다.

진민이 즉시 방으로 뛰어들었고, 사람들도 따라 들어갔다. 모두 고북월에게만 신경을 쏟느라 한진의 안색이 몹시 나쁘다는 것은 알아차리지 못했다.

고북월을 구하기 위해 한진은 어마어마한 진기를 소비했다. 방 안에 있는 용비야도 마찬가지였다. 장인과 사위 둘 다 진기 소모가 심해서, 중상을 입을 정도는 아니지만 1년 안에 회복될 수는 없는 처지였다.

한운석은 참여하지 않았기 망정이지, 그렇지 않았다면 10년의 약속에서 틀림없이 패했을 터였다.

사람들은 방에 들어간 다음에야 고북월이 침상 위에 혼절해 있고 용비야는 창백한 얼굴로 그 옆에 앉아 눈을 감고 수양 중인 것을 볼 수 있었다.

진민은 허둥지둥 다가가 고북월을 살폈고, 한운석은 용비야 옆으로 가서 그 손을 잡았다. 마음이 몹시 아팠다.

"비야, 괜찮아요?"

용비야가 눈을 뜨고 바라보며 태연하게 말했다.

"괜찮다."

"폐하, 이 사람은 언제 깨어나는지요?"

진민은 다급했다.

"지금 몸속에 진기가 넘쳐흐르고 있으니 서둘러 침을 놓아야 한다. 지난번 그 의서에 적힌 침법을 써서 주화입마 되는 것을 막아라."

용비야가 진지하게 말했다.

침술은 진민의 강점이었다. 그 의서에 적힌 침법이라면 책을 얻었을 때부터 익혔으나 지금껏 쓸 기회가 없었던 것뿐이었다.

"알겠습니다!"

그녀는 진지하게 고개를 끄덕였다. 긴장된 와중에도 며칠간 암담했던 눈동자가 차츰차츰 빛을 발했다.

모두 관심은 깊었지만 알아서 자리를 피해 주었고, 목령아와 심 부원장만 남아 진민을 도왔다. 영자는 아버지를 껴안고 싶었지만 감히 방해하지 못하고 옆에 서서 지켜보았다. 그의 어깨에 올라앉은 꼬맹이 역시 무척 얌전했다.

한운석이 용비야를 부축해 나오자 사람들은 그제야 용비야가 과하게 진기를 소모했다는 것을 알았다.

"용비야, 너…… 버틸 수 있지?"

고칠소가 물었다.

용비야가 시선을 들어 그를 바라보며 대답했다.

"죽지 않는다."

이 말이 떨어지자 서로를 마주 보던 두 사람은 뜻밖에도 약속한 것처럼 웃음을 터트렸다. 고칠소는 껄껄 웃었고 용비야는 입꼬리를 올리며 가볍게 웃었다.

한운석만 두 사람이 왜 웃는지 알 뿐, 다른 사람들은 어리둥절했다. 이런 마당에 웃음이 나올까?

용비야는 한쪽에 가서 앉은 뒤에야 한진이 보이지 않는 것을 깨달았다. 그가 묻자 사람들도 한진이 없다는 것을 알아차렸다.

"부황, 외조부께서는 떠나겠다고 하셨습니다. 올여름에는 제게 무공을 가르쳐 줄 수 없으니 내년까지 기다리라는 말씀도 있으셨습니다."

예아가 진지하게 말했다.

용비야는 의외였다. 한진이 자신보다 훨씬 더 진기를 많이 소모했다는 것은 짐작했지만, 예아에게 무공을 가르치지 못할 만큼 심각한 줄은 예상하지 못했다. 보아하니 폐관 수련을 할 모양이었다.

어쨌거나 사람들의 심장을 짓누르던 돌은 결국 사라졌다.

이튿날, 고북월이 정신을 차렸다. 기색이 예전보다 훨씬 좋아졌고, 비록 여전히 기침하고 피를 토했지만 전처럼 끊임없이 계속 콜록거리지는 않았다.

고북월은 한진과 용비야가 어떤 대가를 치렀는지 누구보다 잘 알기에 직접 한진을 찾아가려고 했지만 용비야가 웃으며 말했다.

"다 나은 후에!"

고북월도 웃었다.

"하긴, 그것도 좋겠지요."

옆에서 여전히 온화하게 웃는 고북월의 얼굴을 본 사람들은 모두 전염되어 저도 모르게 웃음을 지었다.

웃기는 웃어도, 모두 앞으로 반년간 고북월이 편히 지낼 수 없다는 것은 알고 있었다. 언제든 주화입마 될 위험이 있어서 반드시 진민이 시시각각으로 곁을 지켜야 했다. 조금이라도 착오가 생기면 모든 노력이 물거품이 될 터였다.

아무도 그 일을 언급하지 않았다. 모두 고북월이 벌써 다 나은 것처럼 얼굴에 웃음을 띠고 있었다.

용비야와 한운석만 떠났고 다른 사람들은 남았다.

용비야는 처리해야 할 조정 일이 산더미여서 빨리 돌아가지 않으면 대신들이 소란을 피울 터였다. 한운석도 시간을 아껴가며 폐관 수련해서 10년의 약속을 위해 전력을 다해야 했다.

그 밖의 사람들은 물론 연아와 예아조차 떠나지 않고 남아서 영자와 함께해 주었다. 고칠소가 제일 심했다. 그는 폭포 옆에 작은 오두막을 짓겠다며 목재를 준비했다.

고북월은 도저히 막을 수가 없었다. 진민도 오히려 그에게 권했다.

"모두가 남아 있는 것도 좋아요. 만에 하나 내가 대응하지 못할 수도 있잖아요. 나 혼자 한시도 놓치지 않고 당신을 지켜볼 수는 없어요."

고북월은 사람을 설득하는 솜씨가 일류였다. 결국 그는 당리와 영정, 목령아와 아금, 심 부원장을 설득해 돌려보냈지만, 고칠소에게는 한마디도 하지 않았다. 고칠소를 달래려 했다간 틀림없이 욕을 한 바가지 들어 먹으리라는 것을 알고 있어서였다. 이렇게 해서 마지막까지 남은 이는 고칠소와 예아, 연아, 그리고 꼬맹이였다.

고칠소는 며칠을 투자해 고북월의 원락 가까이에 오두막 두 채를 지었다. 그리고 진민을 도와 고북월을 지키는 한편, 예아와 연아를 보살폈다.

진민은 아버지를 방해하면 안 된다는 이유로 영자를 예아와 함께 지내게 했다. 그녀와 고북월은 같은 방을 썼다. 밤이 찾아와 고북월이 침상에서 잠들면 그녀는 야경을 서는 하녀처럼 옆에 놓인 긴 의자에서 잠을 청했다. 그리고 고북월 쪽에 아주 조금이라도 움직임이 있으면 이내 깨곤 했다. 심지어 몇 번이나 제풀에 놀라 이유 없이 깨기도 했다.

작약이 두 번 세 번 권했다.

"아가씨, 그러다가 지쳐 죽어요."

약 심부름하는 동자마저 여주인이 안되어 보였다.

"부인, 저와 작약이 번갈아 가며 지킬게요. 무슨 일이라도 생기면 부를 테니 마음 편히 주무세요."

진민은 그들을 무시했다. 고북월이 언제 발작할지 확신할 수도 없는데 행여 너무 깊이 잠들었다가 때를 놓쳐 큰 화를 불러일으킬까 봐 두려웠다.

그날도 방 안에는 진민과 고북월만 남았다.

진민은 옆에서 의서를 읽었다. 책상 옆에는 언제든지 쓸 수 있도록 금침 한 벌이 놓여 있었다. 고북월은 차 탁자 쪽에 앉아 한참 동안 그녀를 바라보다가 결국 다가왔다.

그는 가만히 탄식했다.

"진민, 조금 쉬십시오."

벌써 한 달이 넘었다. 그녀가 얼마나 고생하는지 그도 뻔히 보고 있었다. 더욱이 그 고생은 한 달에 그치지 않을 터였다.

진민은 미소로 대응했다.

"괜찮아요. 피곤하지 않아요."

고북월은 어쩔 수가 없었다. 하지만 한 달이 지난 뒤 또 권유했다.

"진민, 조금 쉬십시오."

진민도 역시 똑같이 대답했다.

"괜찮아요. 난 피곤하지 않아요."

그렇지만 고북월은 그녀의 눈을 들여다보며 진지하게 말했다.

"내 부탁이라 생각하십시오."

진민은 가슴이 철렁했다. 그녀는 대답 없이 그의 시선을 피했지만, 그날 밤에는 동자더러 지키게 하고 바깥에 있는 긴 의자에서 잤다.

그 후에야 진민은 고칠소, 작약 등과 번갈아 가며 야경을 서게 되었다. 당번이 아닌 날 밤 진민이 마음 편히 잠드는지 아닌지는, 오직 그녀 자신만 알고 있었다.

날은 그렇게 흘러갔다. 보기에는 평온한 나날 같지만, 매번 고북월의 몸속에 있는 진기가 요동칠 때마다 생사를 건 전쟁이 벌어졌다.

사실은 영자 역시 편히 밤잠을 이루지 못했으나 차마 아무에게도 말할 수 없었다. 그러나 예아는 알아차렸다.

예아와 연아는 한바탕 상의한 뒤, 연아는 낮에 온갖 농간을 부려 영자를 몹시 피곤하게 만들었고 예아는 시시때때로 영자를 데리고 연공했다.

낮에 기력을 다 쓰고 지치니 자연히 밤이 되면 쉽게 잠들었다. 어쨌거나 아이는 어른만큼 꿋꿋하게 버틸 수가 없었다.

하루 또 하루가 지났다. 반년이란 시간은 절대 길지 않았다.

때가 되자 한운석이 폐관을 끝내고 나왔고, 한진 역시 폐관을 끝냈다.

한향은 운공대륙이 한운석의 기반이라는 이유로 독종 금지에서 결투하기를 거부하고, 결투 장소를 운공대륙과 현공대륙 중간인 빙해로 바꾸자고 했다.

한진은 한향의 요구를 들어주었다. 한운석은 폐관을 끝낸 뒤 용비야와 함께 빙해로 달려갔다. 한진 역시 독종 금지에서 빙해로 갔다.

고칠소와 고북월도 소식을 들었다. 고칠소가 뭐라고 말하기도 전에 고북월이 말했다.

"소칠, 자네는 가 보게. 아이들은 남기고."

고칠소도 당연히 가고 싶었다. 언제 어디서든, 독누이가 얼마나 강해졌든, 얼마나 높은 자리에 있든, 심지어 독누이 곁에 보살피는 사람이 누가 있든, 그는 언제까지나 마음을 놓을 수 없었다.

하지만 고북월의 치유가 보름 앞으로 다가와 있었다. 보름 동안 무슨 문제라도 생기면 신선이 와도 구할 수 없었다. 고칠소는 몹시 난처했다.

하지만 고북월이 또 말했다.

"소칠, 나 대신 간다고 생각하게. 가서 너무 경솔하게 응하지 말고 신중함을 최우선으로 하라고 황후마마를 일깨워 드리게."

대신이라는 말에는 실로 많은 것이 담겨 있었다.

그중 얼마나 이해했는지는 모르지만, 고칠소는 고개를 끄덕였다.

"알았어. 몸조심해!"

본래는 예아와 연아에게 숨길 생각이었지만, 예아는 벌써 비밀 시위를 닦달해서 소식을 알아내 고칠소가 떠나기도 전에 누이동생을 데리고 먼저 산에서 내려갔다.

고칠소는 별수 없이 서둘러 쫓아가 그들 남매와 함께 떠났다.

고칠소뿐만 아니라 당리와 영정, 목령아와 아금도 동시에 빙해로 달려갔다.

안타깝지만, 빙해 북쪽에 있는 영승은 이 일을 전혀 몰랐다. 그와 정아는 종일 현공상인협회 장사로 바빴고, 영원은 호금을 의모 삼아 온종일 함께 지낸 탓에 성격도 그들 부부가 아니라 호금을 쏙 닮게 되었다. 그 아이를 본 사람들은 그가 현공상인 협회의 후계자인 줄 몰라보고 어린 살수로만 여겼다.

고칠소와 예아, 연아가 떠난 뒤, 고북월의 작은 원락은 아주 조용해졌다. 진민은 여느 때와 똑같이 그를 지켰고, 동무인 예아 와 연아가 없어진 영자도 어머니 곁에서 함께 아버지를 지켰다.

고북월은 매일 산꼭대기에 올라가 멀리 북쪽을 바라보았다. 물론 진민과 영자도 따라갔다.

영자가 말했다.

"아버지, 황후마마께서 이기실까요?"

고북월은 빙그레 웃었다.

"그럴 것이다. 그분은 한 번도 자신 없는 싸움을 하지 않으셨 으니까."

진민은 그를 바라보았다. 머릿속에서 그날 고칠소가 했던 말 들이 절로 떠올랐지만, 재빨리 머리를 흔들어 생각을 떨쳐 냈다.

그걸 생각한들 무슨 소용이 있을까?

그녀가 무슨 생각을 하든 그의 마음은 여전했다. 그녀로선 그 속을 헤아릴 수도, 들어가 볼 수도 없었다.

그녀가 유일하게 기대하는 것은 바로 그가 남은 10여 일을 무사히 버텨 이번 재앙을 넘기는 것이었다.

그렇게 된다면 설령 그를 떠난다 해도 안심할 수 있었다!

10여 일은 눈 깜짝할 사이에 지나갔다. 10년 약속의 결전은 빙해에서 치러졌다.

그날, 한운석이 빙해 옆에 서서 저 멀리에서 썰매를 타고 다가오는 한향을 바라보고 있을 때였다. 무애산 쪽에서는 고북월의 몸속에 있던 진기가 갑자기 기승을 부렸다. 상황이 몹시 급박했다.

진민이 분명히 침을 놓았는데도 몸속의 진기를 억누를 수 없었다. 진민은 당황했다. 한 번도 이런 적이 없었다!

옆에 있던 영자와 작약도 도움이 되지 못해 그저 발만 동동 굴렀다.

고북월은 엎드린 채 양손으로 침상 가장자리를 꽉 틀어쥐어 날뛰는 진기를 억지로 눌렀다.

반년 동안 진기가 몸속을 제멋대로 휘저어 놓을 때도, 매번 그 위험을 버텨 낼 때도, 그는 추태를 보인 적이 없었다. 심지어 나중에는 그가 말하지 않으면 아무도 그가 발작한 것을 알아차리지 못할 정도였다.

그런데 이번에는 완전히 달랐다. 이번에는 발작하자마자 몸속의 진기가 자신을 집어삼킬 것 같은 느낌을 받았고 완전히 통제력을 잃었다.

지금, 그의 등과 사지의 큰 혈 자리에는 모두 침이 꽂혀 있었다. 진민은 반복해서 몇 번이나 살폈지만, 침법은 틀린 데가 없었다.

"왜 이러지?"

그녀는 자신의 안색이 얼마나 창백해져 있는지조차 몰랐다.

"고북월, 말해 줘요. 왜 이러는 거예요?"

이유를 찾을 수가 없었다. 매번 그가 발작하면 곧바로 침을 놓았고, 보통 침을 놓으면 좋아지곤 했다.

그녀도 그가 강력한 자제력을 지니고 있다는 것을 알고 있었다. 정말 억제하지 못할 정도가 아니라면 이렇게 침상을 틀어 줄 리 없었다.

지독한 고통을 참고 있는 고북월을 보자 그녀는 계속 관찰해야 할지 큰맘 먹고 침법을 바꿔야 할지 판단이 서지 않았다.

근 반년 동안, 그녀는 그에게 침을 놓는 일 외에 의서에 적힌 이 특별한 침법을 개량하기도 했다.

작약에게 무예를 익힌 사람을 찾아오게 해서 시험해 보았는데, 기본적으로는 개량한 후의 침법이 본래 침법보다 내공을 억제하는 데 더 효과가 좋았다.

그렇지만 고북월의 몸속에서 날뛰는 것은 내공이 아니라 특수한 진기였다. 차마 고북월에게 실험해 개량한 후의 침법이 진기를 잠재우는 효과가 있는지도 알아낼 수도 없었다.

이제 어떻게 해야 할까?

기다릴까, 아니면 도박을 해 볼까?

고북월도 상황을 확실히 몰라서 진민의 말에 대답할 수가 없었다.

영자는 옆에서 소리 없이 눈물을 닦았다. 울고 싶지만, 부모에게 방해가 될까 봐 차마 울음소리를 낼 수가 없었다. 이처럼 다정한 아이가 근 반년 동안 눈물을 얼마나 흘렸을까? 작약과 동자도 초조했지만 감히 방해하지 못했다.

갑자기 고북월이 손을 놓고 바닥에 굴러떨어지더니 바짝 몸을 웅크렸다.

비록 소리를 내진 않았지만 분명히 견디기 힘든 모양새였다.

그가 굴러떨어지는 바람에 몸에 꽂혔던 금침도 따라 떨어졌다. 작약과 동자가 허둥지둥 달려와 고북월의 몸을 뒤집었는데, 그 순간 모두 놀라 멍해졌다.

고북월의 얼굴과 목에 힘줄이 시퍼렇게 도드라져 있었다. 마치 어떤 힘이 목을 쥐어짜는 것 같아서 언제든 그 힘을 이기지 못해 터질 것만 같았다.

진민은 마음 모질게 먹고 결단을 내렸다.

"어서! 어서 부축해서 침상에 눕혀!"

그녀는 필사적이었다. 이는 고북월에게 마지막 순간일 터였다. 지체할 시간도 없고, 후회할 기회는 더욱더 없었다!

성공도 영겁이요, 실패 역시 영겁이었다.

기다리고, 천명을 따르는 것은 좋은 선택이 아니었다!

그녀로선 침법을 바꾸는 선택밖에 없었다!

그녀는 코를 훌쩍인 뒤 진지하게 말했다.

"작약, 다른 금침 한 벌을 가져와!"

그녀는 재빨리 고북월의 몸에 박힌 침을 모두 **빼내고**, 동자와 영자를 시켜 고북월의 몸을 쭉 펴게 했다.

고북월은 진민이 뭘 하려는지 몰랐다. 그저 그녀가 포기하지 않았다는 것만 알 뿐이었다.

그랬다!

그녀는 포기하지 않았다.

설사 그가 포기하더라도 그녀는 포기할 리 없었다.

그는 이를 악물고 오장육부를 마구 때려 대는 진기를 꾹 참으면서, 똑같이 양손으로 침상 양쪽을 꽉 틀어쥐었다! 참아야 했다!

진민은 본래 동자와 영자더러 고북월을 꽉 묶으라고 할 참이었지만, 이런 그를 보자 갑자기 마음이 아팠다. 울고 싶을 만큼 아팠다!

그가 누구보다도 잘 참는 사람인 걸 어쩌자고 잊고 있었을까!

작약이 금침을 가져오자 진민이 말했다.

"작약, 영자를 데리고 나가. 아무도 들어오지 못하게 해!"

"어머니!"

영자가 기둥을 와락 끌어안았다.

"안 가요!"

"엄마한테 방해가 되니 나가 있어!"

진민이 차갑게 말했다.

영자를 처음 만났을 때부터 지금까지, 이렇게 엄하고 사납게 대한 적은 한 번도 없었다. 이번에는 너무나도 사나웠다! 사납게 하지 않으면 영자가 생사를 결정짓는 잔인함을 직접 마주해야 했다!

이 세상 그 어떤 것이 생사보다 더 잔인할까?

영자는 입을 삐죽이 내민 채 고개를 숙이고 묵묵히 밖으로 나갔다. 그 고독하고 낙담한 조그마한 뒷모습에 진민도 가슴이 찢어지는 것 같았다.

"작약, 영자를 잘 지켜!"

말을 마친 그녀는 더는 영자를 보지 않고, 고북월에게 주의를 돌렸다. 그리고 그때 고북월은 침상에 엎드린 채 멀어지는 영자의 뒷모습을 바라보고 있었다.

영자가 문가에 이르자 작약과 동자도 따라 나갔다.

영자는 잠깐 서 있다가 참지 못하고 고개를 돌렸다. 하지만 돌아보는 순간, 작약이 방문을 닫았다.

"도련님, 겁내지 마세요. 분명히……."

작약이 위로하려고 했지만 영자가 갑자기 원락 밖으로 달려 나갔다. 그는 멀리멀리 달려가다 폭포가에 이르러서야 멈췄다.

작약과 동자도 허겁지겁 쫓아왔다. 작약은 아무래도 같은 어린아이끼리 마음이 통할 것으로 생각해서 동자를 보내 위로하려고 했다. 그런데 웬걸, 동자가 채 가까이 가기도 전에 영자가 와 하고 울음을 터트렸다.

폭포 소리가 커서 가까이 있는 작약과 동자는 영자의 울음소리를 똑똑히 들었지만, 방 안에 있는 고북월과 진민은 전혀 들을 수 없었다.

그때 진민은 이미 큰맘 먹고 침을 놓기 시작했다. 사느냐 죽느냐, 누구도 결과를 예측할 수 없었다.

그리고 그때, 빙해 쪽에서는 한향이 빙해 남쪽 기슭에 도착했다.

빙해의 남쪽 기슭은 운공대륙의 최북단으로, 해안선이 끝없이 이어져 있었다. 가장 높은 곳은 빙해 수면에서 일 장 정도 솟아 있고, 가장 낮은 곳은 빙해 수면에서 고작 사람 키 반만큼 솟아 있었다.

넓디넓은 빙해는 그 끝이 보이지 않을 정도였다. 기슭 쪽의 기온은 빙해만큼 춥지 않았지만 아무래도 어느 정도 영향을 받았다.

여름이 다 되었는데도 이곳 기슭에 서면 한겨울 같았다. 특히 빙해 쪽에서 찬 바람이 불어올 때면 뼛속까지 시리는 느낌이었다.

현공대륙 쪽의 해안은 운공대륙 쪽보다 배나 높았다. 현공대륙 지세 역시 운공대륙보다 한 층이나 높았다.

지금 한향은 썰매에서 내려 한운석 일행 쪽으로 걸어오는 중이었다. 한향은 일부러 빨간 전투복을 입었는데, 늘씬한 몸매와 어우러져 자못 늠름해 보이는 데다 깨끗한 얼음판 위에서 몹시 눈에 띄었다.

한운석 역시 치마 대신 바지 차림이었다. 존귀한 보랏빛 바지가 신분을 완연히 드러냈다.

한향은 혼자 왔지만, 한운석 뒤에는 한 무리가 서 있었다. 한운석 쪽이 세력이 크다고 해야 할지, 아니면 한향이 담력이 크다고 해야 할지 모를 일이었다.

이 광경에 대해 반드시 덧붙여야 할 것은, 한향 홀로 한운석 일행을 향해 한 걸음 한 걸음 다가올 때 사방팔방에 금안설오가 잔뜩 모습을 드러내고 있다는 사실이었다.

금안설오는 먼저 사람을 건드린 적이 없었는데, 이번에는 단체로 소굴에서 나온 형세였다. 모두 도무지 이해할 수가 없었다. 한향이 오지 않았다면 틀림없이 한바탕 토론을 벌였을 것이다. 비록 속으로는 의아해하면서도 지금은 쓸데없이 토론할 여유가 없었다.

고칠소의 눈동자가 좌우로 움직였다. 그는 금안설오가 자신을 노리고 왔다는 것을 분명히 알고 있었다. 하지만 걱정은 하지 않았다.

저런 짐승들이 감히 소란을 피우면 절대로 용서하지 않을 테니까! 반드시 용비야를 내보낼 테니까! 용비야가 놈들 앞에서 나서면, 기장을 드러낼 것도 없이 저 얼음장 같은 얼굴만으로도 놈들이 놀라 꽁무니를 빼게 만들기 충분했다!

어쨌거나 용비야가 있고 한운석이 있고 한진도 있었다. 세 사람 중 누구라도 얼마든지 설오를 굴복시킬 수 있었다. 그래서 설오는 비록 고칠소에게 불만이 많았지만, 시종일관 주위를 에워싸기만 할 뿐 감히 접근하지 못했고, 특히 덤벼들지도 못했다.

고칠소는 한동안 관찰한 뒤 태연하게 사람들을 따라 한향 쪽을 바라보았다. 그제야 한향이 자신과 똑같은 빨간 옷을 입은 것을 알아차렸다.

"저런, 색을 좀 아는군!"

그가 웃으며 말했다.

"아마도 예쁘장한 아가씨일 거야!"

"칠 오라버니, 언제까지나 오라버니가 제일 예뻐요!"

목령아가 재빨리 말했다.

아금은 아무 표정이 없었다. 그는 목령아가 '예쁘다'는 말로 자신이 아닌 다른 남자를 칭찬하는 건 전혀 아무렇지 않았다. 특히 고칠소라면.

고칠소는 입을 실룩였다. 목령아의 이런 '칭찬'에 대꾸하기도 귀찮았다. 그가 별생각 없이 속삭였다.

"독누이, 저 여자가 우리 지반에서 싸우기 싫다 했으면서 왜 빙해 위에서 안 싸운대?"

"빙해 위에서 싸우면 힘이 많이 들잖아!"

한운석이 눈을 흘겼다.

빙해는 너무 추워서, 그 위에서 싸우면 빙해 밖에서 싸우는 것보다 훨씬 기력을 많이 써야 해 더욱 힘들었다.

"쌍방 모두 힘이 드니까 차이도 없잖아."

고칠소가 또 말했다.

"차이가 없는데 뭐 하러 추운 데 가서 사서 고생해?"

참다못한 당리가 끼어들었다.

그때쯤 한향이 거의 다가왔다. 사람들은 그제야 그녀의 얼굴을 똑똑히 볼 수 있었다. 고칠소가 입을 열었다.

"한 선배님, 저 여자가 한향이라고요? 딴 사람이 온 거겠죠?"

"아니다."

한진이 차갑게 대답했다.

고칠소는 당황했지만, 곧 괴상야릇한 소리로 킥킥 웃음을 터트렸다. 비록 다른 이들은 웃지 않았지만, 그가 왜 웃는지는 알 수 있었다.

한향이 멀리 있을 때는 몸매와 늠름해 보이는 전투복만 보고 대단한 미녀이리라 생각했다. 그런데 실제로 한향의 외모는 칭찬할 만하지 못했다.

당리가 나불거렸다.

"소칠, 진작 알았으면 너랑 내기할 걸 그랬어."

한운석이 그들을 돌아보며 차분하게 말했다.

"남의 험담은 뭐 하러 해?"

이 한마디에 당리와 고칠소 모두 조용해졌다.

한향은 걸음을 멈추고, 먼저 한진을 향해 무릎을 굽혀 예를 올렸다.

"아버지, 오랜만에 뵙습니다. 잘 지내셨습니까?"

한진은 고개를 끄덕였지만 말은 하지 않았다. 그는 한운석 뒤에서 걸어 나와 옆으로 물러서서 중립을 표했다.

한향의 시선이 한운석에게 떨어졌고, 그 즉시 표정이 오만해졌다.

"이분이 대진의 황후이신가?"

한향이 쉬운 상대가 아니라는 것을 아는 한운석도 예의 차리지 않고 눈썹을 치키며 한향보다 더 오만한 태도로 말했다.

"그래, 본 궁이다."

한향의 눈동자에 가소로움이 스쳤다. 그녀는 한운석 옆을 돌아보다가 신처럼 존귀하고 냉엄한 용비야를 발견했다.

그 순간, 그녀는 분명하게 당황했다. 이 남자가 바로 대진의 황제 헌원야라는 것을 대번에 알 수 있었다.

이 남자는 그녀가 상상한 것보다 더 매력적이었다.

그녀는 한운석은 아예 보지도 않고 용비야만 뚫어지게 응시했다. 용비야는 혐오스러워서 이내 얼어붙은 듯 냉랭한 시선으로 한향을 바라보았다. 그 바람에 한향은 놀라 영혼이 산산이 부서지는 기분이었다.

그녀는 그제야 시선을 거두고 한운석에게 차갑게 말했다.

"듣자니 아직 뿌리를 인정하지 않았다던데, 그럼 언니란 말은 잠시 넣어 둬도 되겠지?"

한운석도 그녀와 쓸데없는 이야기를 나누고 싶지 않아서 한진을 돌아보며 차분하게 물었다.

"결투 규칙이 있나요?"

한진이 대답하기도 전에 한향이 말했다.

"당연하지. 독술은 쓸 수 없다!"

한향이 끼어들었지만 한진은 개의치 않았다.

한향을 편애해서가 아니라 본래 성격이 그랬다. 그는 남들이 감정이 없다고 느낄 만큼 냉랭한 사람이었다.

그는 딱 한 마디만 했다.

"무력만 겨루되 상처를 입으면 멈춘다."

한운석도 독술을 쓸 생각이 없었기에 고개를 끄덕이며 곧바로 대답했다.

"좋아요."

언제부터 한진을 선배님이라고 부르지 않게 되었는지는 그녀 자신도 몰랐다. 물론 아직 정식으로 아버지라고 부르지도 않았다. 그래서 지금은 호칭이 없는 상태였다.

"예, 아버지!"

한향은 '아버지'라는 말을 강조했다. 마치 이렇게 부름으로써 아직 뿌리를 인정하지 않은 한운석과 자신을 구분하려는 것 같았다.

뭔가를 뽐낼수록 실제로는 그것을 필요로 하고 부족하게 느낀다는 의미였다. 한운석이 독종 금지에서 한진을 거절하고 랑종을 거부한 적이 있다는 것을 알면, 한향은 어떤 기분일까?

지난 세월 동안 한운석은 한향 같은 사람을 너무너무 많이 만났다. 그래서 시간을 낭비해 가며 말을 섞고 싶지도 않았다.

그녀는 성큼성큼 옆으로 걸어가 싸울 준비를 했다. 이를 본 한향도 반대쪽으로 걸어갔다. 두 사람 중 한 명은 한진의 왼쪽에, 한 명은 한진의 오른쪽에 섰고, 대략 쉰 걸음쯤 떨어져 있었다.

한운석은 한진이 말한 '상처를 입으면 멈춘다'는 말을 곱씹고 있었다.

실로 미묘한 말이었다. 상대방을 상처 입히되 자신은 상처 입어서는 안 되는 것이었다. 일반적으로 생사를 걸고 겨루는 싸움이나 누군가 쓰러질 때까지 싸우는 방식보다 더 어려웠다.

그래도 한운석은 이런 놀이 규칙이 좋았다. 그녀는 한향을 바라보며 천천히 쇄검보검鎖劍寶劍을 꺼냈다.

진기는 속에 숨겨진 것으로, 힘을 돕는 용도였다. 힘이야말로 바깥으로 드러나는 것으로, 숙달된 무기를 통해 초식을 펼치게 해 주었다.

한향이 쓰는 무기도 검이었다. 한운석이 검을 꺼내는 것을 보자 그녀 역시 보검을 뽑았다. 한운석은 그게 무슨 검인지 알아보지 못했지만 필시 보통 검은 아니란 것을 알 수 있었다.

두 사람이 검을 뽑았으니 이제 곧 시합이 시작될 터였다.

그런데 뜻밖에도 한향이 문득 용비야와 다른 일행 쪽을 몇 번 보더니 이상한 웃음을 지어 보였다.

"대진 황후, 조력자를 저렇게 많이 데려왔으니 차라리 판돈을 좀 더 올리지 그래? 아니면 구경하는 사람들이 재미가 없잖아?"

한운석은 한진을 바라보았다. 한진이 동요하지 않는 것으로 보아 그런 일에는 간섭하지 않을 모양이었다.

잘된 일이었다. 한진이 간섭하지 않으면 마음 놓고 혼내 줄 수 있었다!

그녀가 물었다.

"뭘 판돈으로 올릴 생각이지?"

뜻밖에도 한향은 이렇게 대답했다.

"……남자!"

이 말에 용비야의 두 눈이 차가워졌다. 오늘 앞서 약속한 시합이 없었다면 진작 저 여자를 죽여 버렸을 것이다.

예아의 칠채천동은 일찌감치 한향의 품계를 꿰뚫어 보고 있었다. 한향의 진무력은 육품이고 진기는 오품 초급이었다. 용비야는 비록 몸이 회복되지 않았지만, 구품 서정력에 오품 고급 진기를 가졌으니 한향을 죽이는 것쯤 식은 죽 먹기였다!

한운석의 진기는 한향과 똑같은 오품 초급이지만, 봉황력이 칠품이니 한향보다 족히 일품이 높았다. 두 사람은 똑같이 오품 초급 고수지만, 실제로는 한운석의 실력이 한향보다 높았다. 한향의 실력을 알아본 예아는 이미 이 결투의 승부를 판가름하고 있었다!

한운석이 미처 대답하기도 전에 용비야가 말했다.

"운석, 속전속결해라!"

거의 명령에 가까운 말투였다.

"좋아요!"

한운석은 용비야의 혐오를 알아차렸다.

그렇지만 한향은 웃으며 말을 계속했다.

"어머, 실행할 용기도 없으면서 방금은 어쩌자고 그러겠다고 했지? 자매가 처음 만나는 자린데, 이랬다저랬다 하며 동생의 마음을 상하게 할 거야?"

한운석의 눈에 복잡한 빛이 떠올랐다. 어렴풋이 이상한 기분이 들었다.

이 여자는 단순히 시합 때문에 온 것이 아니라 다른 목적이 있는 것 같았다. 고작 몇 마디만 온통 적의와 도발이 가득했다. 뭘 하려는 것일까?

"나는 남자를 판돈으로 삼은 적이 없다. 하물며 네겐 내 눈에 들 만한 남자가 없어."

한운석이 차갑게 말했다.

이 말에 한향은 말문이 막혔다. 그녀도 자신이 용비야보다 더 마음을 움직일 만한 남자를 찾아내지 못할 것을 인정할 수밖에 없었다.

한운석은 냉소를 지으며 말했다.

"판돈을 올릴 수야 있겠지. 차 한 잔 마실 시간을 줄 테니 내 눈에 들 만한 판돈이 있는지 잘 찾아보도록 해라. 그럴 수 없다면 쓸데없이 입 놀리지 말고."

한진이 간섭하지 않는다면, 저 여자가 저토록 호기를 부리는 데 싸우기 전에 모욕을 자초하는 게 뭔지 따끔하게 가르쳐 주는 것도 나쁘지 않았다.

"검!"

한향이 즉시 대답했다.

"네가 지면 쇄검을 놓고 가라. 만약 내가 지면 내⋯⋯."

한운석이 기다렸다는 듯이 말을 끊었다.

"아, 내 쇄검을 알아보는군! 미안하지만 난 네 검에 흥미가 없다!"

"똑똑히 봐. 이건 청염보검青焰寶劍이야!"

한향이 오만하게 말했다.

사실은 한운석도 그 이름을 들어 본 적 있었다. 확실히 보검은 보검이었지만 인정하고 싶지 않았다.

"들어 본 적 없다."

이 말에 뒤에 있던 사람들은 하마터면 웃음을 터트릴 뻔했다.

한향이 '쇄검'이라는 말을 꺼낸 순간, 이 말싸움에서 패배할 운명이었다.

한향의 눈에 분노가 서렸다. 그녀는 일부러 한운석을 도발해 화를 내게 만들 생각이었다. 그런데 고작 몇 마디 만에 자신이 화나 죽을 지경이 될 줄이야!

냉정해지라고 자신을 위로하는 것밖에는 달리 도리가 없었다. 어쨌든 간에 반드시 한운석을 격노하게 만들어야 했다. 그것이 이번 승부의 관건이었다.

그녀는 잠시 생각하다가 거들먹거리며 말했다.

"한운석, 진 사람이 이긴 사람에게 세 번 머리를 조아리는 건 어떠냐?"

한운석은 곧 한진을 바라보았다. 한향이 아버지인 한진 앞에

서 머리를 조아리는 조건을 걸다니, 정말 가소로웠다. 애석하게
도 한진은 그래도 반응이 없었다.

그는 두 사람이 어떻게 싸우든 관심 없었다. 그가 원하는 건
결과뿐이었다.

"머리를 조아릴 것도 없다. 진 사람은 이긴 사람에게 **뺨**을 한
대 맞는 것이 어떠냐?"

한운석도 차갑게 물었다.

머리를 조아린다고 해서 잔인하게 굴 수는 없지만, **뺨**을 때
린다면 반드시 잔인하게 해 줄 수 있었다! 조금 전 한향이 용비
야를 보던 눈빛만으로도 몹시 저 **뺨**을 갈겨 주고 싶었다.

"좋아!"

한향은 망설임 없이 승낙했다. 그녀는 속으로 한운석이 제법
용기가 있다고 생각했다.

뒤늦게 아버지를 만나고, 뒤늦게 진기 수련을 시작한 사람이
어려서부터 진기를 수련해 온 자신과 겨룰 용기가 있다니.

그녀는 한운석의 저력을 몰랐지만, 자신의 저력에는 크게 자
신을 갖고 있었다.

"그럼 시작하지!"

말을 마친 한운석이 느닷없이 허공으로 몸을 날리더니 검을
들고 한향을 기습했다!

뜻밖에도 한향은 응전하지 않고 물러서는 방식으로 한운석
의 기습을 피했다.

이 첫 번째 수가 한운석을 의아하게 만들었다.

저 여자가 무슨 음모를 꾸미는 거지?

한운석이 다시 서너 번 공격했지만, 한향은 계속 피하기만 했고 심지어 멀찌감치 물러설 뿐 공격하지 않았다.

시합에는 시간제한이 없었다. 설마 한향은 지구전을 펼쳐 한운석을 지치게 한 다음 공격하려는 걸까?

용비야는 속전속결하라고 했고 한운석 역시 그러고 싶었다! 게다가 속전속결할 실력도 있었다!

"황후마마, 참 사나우시군!"

한향이 웃으며 말했다.

"걱정하지 마라. 사나운 건 한 번뿐이다."

한운석도 가볍게 웃음을 지었다. 이번 초식으로 반드시 한향을 처리해야 했다!

그녀는 양손으로 쇄검을 높이 쳐들고 봉황력을 남김없이 끌어 올렸다. 가진 힘 전부가 진기의 재촉을 받아 모두 쇄검으로 흘러들었다.

순간, 쇄검보검이 눈부시도록 빛을 발했다. 그 검광 속에 봉황의 허상이 나타나 그 힘이 얼마나 강력한지 알 수 있었다.

모두가 넋을 놓고 그 광경을 바라보았다!

용비야도 한운석이 저처럼 강력한 힘을 폭발시키는 모습은 처음이었다. 한진은 눈썹을 잔뜩 찌푸리며 가만히 혼잣말했다.

"봉황력은 과연 다르군!"

모두가 한운석을 응시하느라 용비야 옆에 선 연아의 상태가 이상한 것은 아무도 눈치채지 못했다.

검광 속에 나타난 봉황의 허상을 뚫어지게 바라보는 연아는 꼭 귀신에 홀린 것처럼 완전히 넋이 나간 표정이었다. 그녀의 조그마한 손이 주먹을 쥐었다. 마치 어떤 힘이 그 속으로 조금씩 조금씩 모여드는 것 같아서 그 힘을 견디다 못해 손이 바르르 떨렸다.

저건…….

한향은 눈을 휘둥그레 떴다. 한순간 머릿속이 텅 비었다. 용비야가 서정력을 지니고 있다는 것은 똑똑히 알고 있지만, 한운석이 봉황력을 지닌 줄은 전혀 생각지 못한 일이었다!

봉황력 자체는 일반적인 힘보다 훨씬 존귀했고, 일반적인 힘에는 없는 제왕의 패기를 지니고 있었다! 게다가 지금 이 순간 한운석이 터트려 낸 힘으로 보아 저 힘이 도달한 품계는 한향 자신이 가진 진무력보다 훨씬 높았다!

한향은 달아날 수도 없었다!

할 수…… 없었다!

한운석이 힘차게 찍어 내리는 보검을 보면서, 한향은 별안간 깨달은 듯 몸을 돌려 달아나려고 했다. 그녀는 달아나면서 큰 소리로 외쳤다.

"싫어! 아버지, 살려 주세요! 혁씨 집안이 음모를 꾸미고 있어요! 아버지, 제발……."

한향의 목소리가 워낙 커서 모두가 똑똑히 들었다.

하지만 아무도 반응하지 않았고, 한향이 무슨 말을 하는지도 몰랐다.

한운석과 용비야, 고칠소 세 사람만 혁씨 집안을 알고 있었다! 혁씨는 현공대륙 서부의 명문으로, 그 가주 혁소천赫蕭天은 지난번 현공대륙 고수 순위전에서 겨우 일 초 차이로 한진에게 패했다. 당시 혁소천이 병을 앓는 통에 졌다는 소문이 있었다. 바꿔 말하면, 정상적으로 능력을 발휘했더라면 한진을 꺾는 것은 물론이고 현공대륙 고수 3위 안에 들어갔을 가능성도 있었다!

혁씨 집안이 음모를 꾸몄다고?

한운석과 한향의 10년 약속이 혁씨 집안과 무슨 관계가 있을까? 혁씨 집안이 무슨 음모를 꾸몄을까?

아무도 알 수가 없었다. 게다가 이 짧은 시간 동안 곰곰이 생각할 수도 없었다.

한운석은 망설일 시간조차 없었다. 그녀는 과감하게 일단 한향을 살려 주기로 했다. 이야기를 똑똑히 들어 보고 거짓말이라면 그때 다시 혼내 줘도 늦지 않았다.

지금은 검을 거둬도 봉황력은 거둘 수가 없었다. 억지로 힘을 거뒀다간 그 모든 힘을 되레 자신이 감당해야 했다. 지금은 가능한 한 한향의 피해를 줄이는 수밖에 없었다.

그녀는 재빨리 내리찍던 보검을 멈추는 동시에 억지로 검 끝을 옆으로 돌렸다. 거의 동시에 옆에서 한진이 휙 날아들더니 봉황력의 범위 안으로 뛰어들어 한향을 구했다.

콰르릉!

경천동지할 굉음이 터지면서 봉황력이 곧바로 아래로 떨어져 해안가와 빙해를 내리찍었다. 해안 전체가 폭발한 것처럼 와르르 무너지고 돌멩이가 튀어 올라 하늘을 뒤덮었다.

모두 이 엄청난 힘에 놀라 우르르 물러났다. 용비야는 연아를 보호했고 고칠소는 예아를 보호했다. 당리와 영정, 아금과 목령아도 따라서 물러났다.

모두 멀찌감치 피한 뒤에 보니, 봉황력이 때린 해안가에 크고 깊은 구덩이가 생겨나 빙해 아래쪽 석 자에 이르는 얼음까지 볼 수 있었다.

이처럼 강력한 힘은 당연히 자주 쓰이지 않았다. 한운석이 이렇게 큰 힘을 끌어낸 까닭도 한향을 깔아뭉개고 그 목숨을 앗기 위해서는 아니었다. 되레 한향이 빠져나가지 못하게 해서 이 힘의 범위 안에 가둔 뒤 상처를 입게 하려던 것뿐이었다.

한진은 한향을 내려놓고 차갑게 물었다.

"혁씨가 이번 일과 무슨 관계가 있느냐?"

모두 걱정이 앞섰지만 호기심도 일어, 한향의 대답을 기다렸다.

용비야가 그제야 연아의 이상을 눈치채고 물으려는 순간, 뜻밖에도 고칠소가 갑작스레 소리를 질렀다.

"저것 봐! 얼음이 깨졌어!"

10년의 약속 **얼음이 깨지고 눈이 녹아**

얼음이 깨졌다!

사람들이 소리 나는 쪽을 돌아보니 놀랍게도 무너진 해안가 구덩이 안에 보이던 얼음이 서서히 갈라지고 있었다. 쿵, 쩍 하는 소리가 조그맣게 시작되었다가 점점 커졌고, 얼음 위의 균열도 겉에서 안으로 퍼져 나갔다.

모두가 당황했다.

빙해의 얼음은 천 년이 넘게 지속되었고, 얼음이 깨진 현상은 들어 본 적이 없었다. 한때 수많은 이들이 갖가지 방법을 동원해 얼음을 뚫으려고 시도했지만 소용이 없었다!

현공대륙 역사에도 빙해를 넘어 전투를 벌인 고수가 적지 않았고 강력한 힘으로 빙해 표면을 두드리곤 했지만, 이 거대한 얼음은 털끝 하나 상한 적이 없었다!

오늘은…… 어떻게 된 걸까?

한운석의 봉황력은 아직 십품에 이르지도 않은 데다, 한운석이 방금 쓴 봉황력도 전부 빙판을 때린 것이 아니라 절반은 해안에 있는 돌벽을 내리쳤다.

설마, 봉황력과 빙해 사이에 무슨…… 비밀이 있는 걸까?

"한향, 어떻게 된 것이냐?"

느닷없이 한진이 무섭게 물었다.

모두가 놀란 상태였고 한향도 마찬가지였다. 한진이 이렇게 무서운 목소리를 낸 것을 들어 본 사람도 없었고, 이렇게 분노한 모습을 본 사람은 더더욱 없었다.

그의 분노에는 무자비한 살기가 묻어 있었다!

"아버지……, 저, 저도 몰라요. 전……."

한향은 뭐라고 설명해야 할지 모른다기보다 감히 설명할 수가 없었다.

방금 한운석의 봉황력을 본 순간, 그녀는 단순히 혁씨 집안에 의심이 들었을 뿐이었다. 그런데 얼음이 갈라지자 이제 혁소천이 대진의 북쪽을 무너뜨릴 뿐 아니라 그녀 자신마저 순장시키려 했다는 것을 깨달았다.

혁소천은 진심으로 그녀와 협력하려던 것이 아니라 그녀를 이용하려던 것이었다!

반년 전, 혁소천을 찾아갔을 때 그녀는 자신이 반드시 한운석을 이길 것이며, 랑종은 반드시 혁씨 집안과 손잡겠다고 약속했다. 그 조건은 혁소천이 빙해에 와서 용비야를 막고 한진이 마음을 바꿀 때를 대비해 달라는 것이었다. 만약 한진이 마음을 바꾸면, 빙해 남쪽에서 한진을 죽여 랑종의 누구도 그 일을 모르게 할 생각이었다.

그런데 혁소천이 일찍부터 운공대륙 대진을 칠 야심을 깊이 숨기고 있었을 줄이야!

혁소천은 대진을 너무나도 잘 알고 있었고, 특히 용비야와 한운석을 아주 명확하게 조사해 알고 있었다.

혁소천은 그녀더러 한운석을 도발해 빙해 남쪽 기슭을 무너뜨리게 만들라고 했다.

그녀는 혁소천이 왜 빙해 남쪽 기슭을 무너뜨리려는지 여태 몰랐다. 알다시피 빙해는 진짜 바다가 아니라 거대하고 두툼한 얼음덩어리였다. 설령 해안가 언덕이 무너진다 해도 운공대륙 북쪽에 영향을 미치지 않았다. 그녀는 장장 열흘간 끈질기게 캐물은 끝에 혁소천의 입에서 빙해의 얼음을 녹일 방법이 있다는 것을 들었다.

혁소천은 그 틈에 용비야와 한운석을 죽여 대진의 군주를 없애고, 빙해의 얼음물로 북려의 초원을 전부 집어삼켜 나라를 위기에 빠뜨릴 생각이었다! 그리고 혁씨가 운공대륙의 주인이 될 생각이었다!

현공대륙 북쪽에는 고수가 즐비했고, 남쪽은 랑종과 상관씨 집안이 점거하고 있었다. 서쪽에 치우친 혁씨 집안은 줄곧 북쪽의 여러 집안으로부터 압박을 받아 애초에 북쪽으로는 세력을 확장할 수가 없었다. 그래서 혁씨 집안은 요 몇 년간 남쪽으로 주의를 돌렸고, 계속해서 랑종과 손잡고 상관씨 집안을 쫓아내려고 했다.

한향은 혁소천이 노리는 것이 현공대륙 서부와 남부까지라고만 생각했지, 그 야심이 이렇게 클 줄은 짐작도 하지 못했다! 그자는 운공대륙에 눈독 들이고 있었다!

무엇보다 이해가 가지 않았던 것은, 혁소천이 무슨 수로 빙해를 움직일 힘을 구하느냐는 것이었다.

그녀가 두 번 세 번 물었지만 혁소천은 비밀을 흘리지 않고, 오로지 한운석을 흥분시켜 빙해 기슭을 무너뜨리게 한 뒤 한운석을 죽이라고만 했다. 자신이 운공대륙의 주인이 되면 틀림없이 그녀의 몫도 챙겨 주겠다는 말도 했다!

너무나도 크나큰 유혹이었다!

한운석을 죽이는 것은 본래부터 그녀의 계획이었고, 한운석을 화나게 만들어 기슭을 무너뜨리게 하는 것쯤이야 싸우는 도중에 쉽사리 해결할 수 있었다.

그녀는 거의 생각도 해 보지 않고 승낙했다. 혁소천도 그녀를 따라 빙해까지 와서 내내 빙해 저 먼 곳에서 기다리는 중이었다.

그녀는 한운석의 봉황력을 본 순간, 뭔가 잘못되었음을 깨달았다. 처음에는 혁소천이 한운석의 실력을 미리 알고 있었고, 일부러 자신에게 숨겼으리라 의심했다. 그런데 지금, 해안가의 언덕에 자리한 얼음이 균열을 일으키자 철저하게 확신했다.

혁소천은 악독하게도 한향을 이용해 봉황력을 끌어내게 한 뒤 그녀를 한운석 손에 죽게 할 생각이었다!

"말해라!"

한진이 사납게 외쳤다.

"아버지, 저……, 전……."

한향도 당황해 어쩔 줄 몰랐다. 일이 이렇게 커졌는데 무슨 용기로 자신이 혁소천과 결탁했다는 말을 할 수 있을까? 하지만 말하지 않으면 방금 '혁씨 집안이 음모를 꾸미고 있다'고 외쳤던 것을 설명할 길이 없었다.

옆에서는 얼음이 점점 더 빠르게 갈라지고 있었다. 마치 거대한 거울에 흠집이 나서 그곳에서부터 사방팔방으로 쩍쩍 균열이 가는 것 같았다. 균열은 갈수록 빨리 퍼져 나가 막을 수도 없는 형세가 되었다.

한향이 우물거리는 사이 쿵, 쩍 하는 소리는 점점 커지고 점점 급박해졌다.

모두 약속이나 한 것처럼 자연스레 빙해 너머를 돌아보았다. 아득히 펼쳐진 빙판은 온통 이리저리 균열이 가 있었다. 그 빽빽한 금이 보는 사람을 두렵게 만들었다! 얼음이 깨지면서 해안선 역시 서서히 붕괴하기 시작했다.

주위로 몰려들었던 금안설오는 울부짖으면서 사방으로 달아났다.

"빙해가 녹는 거야? 물에 잠길까?"

고칠소가 중얼거렸다.

그 말이 사람들을 일깨웠다!

빙해의 얼음이 녹은 물이 해안가로 넘칠지는 확실치 않지만, 빙해 위에는 천 년 가까이 적설이 쌓여 거의 산을 이루고 있었다. 적설로 된 산들은 그 수를 헤아릴 수 없었다. 산이 녹으면 틀림없이 빙해의 수위가 크게 높아질 게 분명했다!

지금은 해안가 언덕이 푹 파인 데다 해안선마저 갈라지는 얼음을 따라 무너지고 있었다. 빙해가 정말 모두 녹으면 빙해의 물은 반드시 남쪽 기슭에 있는 북려 지역 초원으로 밀려들 것이다!

적어도 북려 설산 북쪽의 대초원은 널따란 바다로 변하고 말 터였다! 그 초원과 동오국의 초원에는 십만이 넘는 목축민이 살고 있었고, 주둔한 군대도 꽤 많았다!

사태가 심각했다!

비록 이해가 가지 않는 곳이 많긴 하지만, 사람들은 한향이 말한 '혁씨 집안의 음모'를 대강 알아차렸다.

용비야는 연아의 이상에 대해 자세히 물어볼 여유가 없어져 그저 두려워서 그런다고만 짐작했다. 그는 과감하게 연아를 고칠소에게 맡기면서 차갑게 말했다.

"연아와 예아를 데리고 떠나라!"

그런 다음 아금을 돌아보았다.

"철수다! 가서 목축민들에게 설산 남쪽으로 철수하라고 알려라! 가능한 한 빨리!"

아금은 망설이지 않고 고개를 끄덕였다.

"명을 받들겠습니다!"

아금은 호랑이를 부릴 수 있고, 독호랑이 대백은 아주 특별했다. 하지만 대백도 현공대륙의 무력 앞에서는 아무것도 아니었다. 진정으로 현공대륙 무력에 맞설 수 있는 것은 흑삼림에 있는 진기한 짐승들이었다!

목령아는 도저히 떠나고 싶지 않았지만, 남아 있어도 도움이 되지 못했다. 그녀는 감히 말을 붙이지 못한 채 언니와 형부를 한 번 본 뒤 과감하게 아금을 따라 사라졌다.

당리가 아직도 멍청하게 있자 영정이 그 발을 꽉 밟았다.

"가서 도와! 뭘 멍청하게 있어!"

당리가 멍한 얼굴로 중얼거렸다.

"누……, 누굴 도와?"

"아금을 도와야지! 어서!"

영정은 몹시 초조했다. 만에 하나 빙해의 물이 정말 북려 초원을 덮친다면 그야말로 끔찍한 재난이었다!

당리도 당연히 자신이 남아 봤자 큰 도움이 못 된다는 것을 알고 있었다. 그가 해야 할 일은 아금을 돕는 것이었다. 하지만 넓디넓은 빙해가 끊임없이 갈라지고 '쩍쩍' 소리가 점점 커지자 마음속 깊은 곳에서 말로 형용할 수 없는 공포가 솟아올랐다.

그는 영정을 바라보며 더듬더듬 물었다.

"그럼 형이랑 형수는…… 어떡해?"

이 질문에 영정도 말문이 막혔다.

격전을 피할 수 없다는 것은 바보라도 알 수 있었다! 한향이 말한 혁씨 집안사람들은 필시 주위에 잠복해 있을 것이다!

빙해의 붕괴를 유도할 능력을 갖췄으니 얼마나 대단한 인물일까! 어쩌면 한진조차 상대가 되지 않을지도 몰랐다! 게다가 한진과 용비야는 고북월을 구하기 위해 어마어마한 진기를 썼고, 아직 완전히 회복되지 않은 상태였다!

영정은 뭐라고 대답해야 할지 몰랐다. 그때 용비야가 그들을 돌아보며 차갑게 말했다.

"당리, 아직도 안 가고 뭘 하느냐!"

"형, 난 안……."

당리가 '안 가겠다'고 말하려는 것을 용비야가 도중에 잘랐다.

"당장 가라. 가서 아금을 도와! 아금은 남쪽으로 가고, 너는 서쪽으로 가라. 동오의 초원으로!"

용비야는 그렇게 말하며 영패 하나를 던졌다.

"이 영패가 곧 나다. 어서 가!"

당리는 이를 악물고는 그제야 영정을 데리고 몸을 날려 말에 올라 달려갔다.

고칠소는 한쪽 팔로 연아를 안고, 다른 손으로는 예아를 잡은 채 아직 가지 않고 있었다. 용비야가 차갑게 노려보자 고칠소도 아무 말 없이 돌아서서 떠났다.

혼란스러운 와중이라 그 역시 연아의 이상을 눈치채지 못했다. 예아는 달리면서도 뒤를 돌아보았다. 떠나고 싶은 마음은 하나도 없지만 부황이 쫓아낼까 봐 의부를 따라 떠나는 척할 수밖에 없었다.

한향은 아직도 우물거리고 있었다.

한진이 움직이려는데, 뜻밖에도 한운석이 와락 달려들더니 호되게 뺨을 후려갈겨 한향을 그대로 바닥에 메다꽂았다.

"대체 어떻게 된 거냐? 당장 말하지 못해? 혁씨 집안사람은 어디 있지? 그들이 무슨 짓을 하려는 거냐?"

예상치 못한 공격에 얼굴이 거의 돌아갈 뻔한 한향은 단숨에 노기가 치솟았다. 하지만 한운석이 바짝 다가오자 그 기에 소스라치게 놀랐다.

그녀는 허겁지겁 일어나 옆에 있는 한진의 발치에 털썩 엎드렸다.

"아버지, 저도 협박을 받았던 거예요! 혁소천은 저더러 언니를 흥분시켜 빙해 남쪽 기슭을 무너뜨리게 하라고 했어요. 저……, 저도 그들이 뭘 하려는지 몰라요. 정말 몰라요! 그들은……, 그들은 이 빙해에 있어요! 아버지, 아버지가…… 가셔서 한번 물어보세요. 어서요! 전 협박을 받아서 그런 거지 정말 아무것도 몰라요!"

한진이 캐물으려는데 한향이 황급히 말을 이었다.

"네, 맞아요, 그들은 빙해 한가운데 있어요. 틀림없이 거기서 뭔가 하고 있을 거예요! 어서 가서 막으세요!"

눈썹을 잔뜩 찌푸린 한진은 범접할 수 없는 신과 같은 냉혹함을 드러냈다. 아마도 그의 평생에 가장 진지한 순간일 터였다.

빙해의 얼음이 깨지고 눈이 녹아 물이 범람하는 것은 그저 예견된 결과일 뿐이었다. 알다시피 빙해는 지금까지 신비한 땅이었고 설명할 수 없는 수수께끼로 가득했다.

빙해가 녹았을 때 그 어떤 결과가 벌어질지는 아무도 몰랐다! 운공대륙과 현공대륙, 양 대륙에 어떤 재앙이 일어날까?

한진은 두말없이 빙해 안쪽으로 날아갔다. 한향에게 따져 물어도 소용없었다. 혁소천을 만나야만 어떻게 된 일인지 알 수 있었다.

한진이 떠나는 것을 보자 용비야와 한운석도 한향을 심문할 여유가 없어 재빨리 따라갔다. 혁씨 집안사람이 뭘 하고 있든, 지금 가장 긴박하고 중요한 일은 바로 그들을 막는 것이었다! 만약 혁소천 혼자라면 그들의 힘으로 그의 음모를 막을 수 있었다!

비록 한진과 용비야가 아직 회복되지 않았지만, 두 사람이 힘을 합치고 한운석까지 가세하면 세 명의 힘이었다. 설사 싸워 이기지는 못해도 최소한 막아서 시간을 끌 수는 있었다.

한진 등 세 사람이 사라지자 한향은 그제야 주춤주춤 일어났다. 놀라고 당황한 마음은 아직도 가시지 않았다.

그녀가 잠시 망설이다가 쫓아가려는데, 옆에서 누군가 그녀를 불러 세웠다.

"한 대소저, 잠깐만!"

한향이 돌아보니 백의의 여자가 걸어오고 있었다.

백의가 눈보다 희어 제법 선녀 같은 분위기를 풍겼지만, 애석하게도 얼굴에 가면을 써서 본모습을 볼 수가 없었다. 눈이 날카로운 한향은 여자의 턱이 온통 주름으로 덮여 있다는 것을 곧바로 알아차렸다.

그녀는 의아했다. 보기엔 별로 늙어 보이지 않는데 어째서 턱이 주름투성이일까? 어째서 가면을 썼을까? 설마 남들 앞에 얼굴을 드러낼 수 없는 걸까?

눈앞의 여자를 본 한향은 잔뜩 경계했다. 아무래도 이 중요한 순간에 이곳에 나타난 사람이면 절대 보통 인물이 아닐 터였다.

"난 너를 모른다. 넌 누구냐?"

한향이 물었다.

"내가 누구냐고? 그건 중요하지 않아."

백의 여자가 쿡쿡 웃으며 말했다.

"중요한 것은 내가 용비야와 한운석의 모든 것을 알고 있다는 사실이지."

한향은 잠시 생각하다가 말했다.

"넌, 너는……."

"난 혁 가주가 가장 아끼는 여자야."

백의 여자는 분명히 가면을 썼는데도, 웃으면서 손을 들어 얼굴을 가리면서 교묘하게 한향이 볼 수 없게 했다.

한향이 그래도 알아듣지 못하자 백의 여자가 다시 말했다.

"몇 년 전, 내가 천산에서 쫓겨났을 때 혁 가주가 천산 기슭에서 날 구했어. 난 그 은혜에 보답하기 위해 내가 가진 모든 것, 내가 아는 모든 것을 쏟아부었지."

천산?

한향은 마침내 이 여자의 신분을 알아차리고 찬 숨을 들이켰다. 혁소천이 그렇게 깊이 숨겼을 줄이야! 그가 그렇게 일찍부터 운공대륙을 노리고 있었을 줄은 몰랐다. 특히 용비야와 한운석의 모든 것을 너무나도 잘 아는 이런 사람을 숨겨 놓았을 줄은 꿈에도 몰랐다!

어쩐지!

어쩐지 한운석이 봉황력을 지녔다는 비밀까지 알고 있더라니!

요 몇 년간 그녀도 한운석에 관한 정보를 적잖이 알아보았지만, 알아낼 수 있는 것에는 한계가 있었다.

"어쩌려는 거냐?"

한향이 물었다.

"나 말이야?"

여자는 기분이 무척 좋은지 또 웃었다.

"난 그저 네가 가엾어 보여서 길을 알려 주러 온 거야."

한향의 눈동자에 차가움이 번뜩였다. 그녀는 자신이 진퇴양난에 처했다는 것을 똑똑히 알고 있었다. 혁소천이 그런 계획을 세운 이상 필시 그녀와 협력할 마음은 없을 것이고, 한진 쪽에는 더더욱 변명할 말이 없었다.

"그 어린것들을…… 잡아!"

백의 여자가 나지막이 말했다.

"혁 가주께서 틀림없이 기뻐하실 거야. 그분이 기뻐하시면 당연히 네게도 좋겠지."

한향이 눈을 반짝 빛냈다. 그제야 아직 갈 수 있는 길이 남았다는 것을 알 수 있었다!

한진의 성격으로는 그녀를 남겨 두지 않을 터였다. 게다가 이번 싸움에서 한진과 용비야 일행에게 반드시 승산이 있다고 할 수도 없었다. 그러니 가장 영리한 선택은 바로 몸을 굽히고 혁소천에게 빌붙는 것이었다.

"왜 날 돕는 거지?"

한향이 물었다.

백의 여자의 웃음이 뚝 그쳤다. 그녀는 잠시 침묵하다가 비로소 차갑게 대꾸했다.

"널 돕는 게 아니야. 나 자신을 돕는 거지. ……복수하기 위해서!"

마지막 말을 하는 순간, 백의 여자는 이를 갈았다. 그 말을 마친 뒤 그녀는 다시는 한향을 신경 쓰지 않고 몸을 돌려 썰매 위로 날아오르더니 빙해 안쪽으로 들어갔다.

한향은 뭔가를 깨달은 듯 차갑게 웃더니 남쪽으로 달려갔다.

그때 고칠소는 이미 예아와 연아를 데리고 작은 산 위로 달아나 있었다. 고칠소와 예아 모두 연아가 목석같이 무뚝뚝해져 있는 것을 깨달았다. 예아는 꽉 쥔 연아의 주먹을 풀려고 해 봤지만 아무리 해도 소용이 없었다.

"착한 동생아, 오라버니를 놀라게 하지 마, 응?"

예아는 단 한 번도 이토록 겁먹은 적이 없었다. 그는 본래 의부더러 연아를 데리고 가게 한 다음 돌아가서 아버지를 도울 참이었다.

그런데 지금은 아무것도 생각할 수 없었다.

"말 좀 해 봐! 연아, 말 좀 하라니까! 무슨 말이든 오라버니
가 다 들을게. 어서 말 좀 해!"

예아는 고칠소를 바라보며 목멘 소리로 물었다.

"의부님, 연아가……, 연아가 왜 이럴까요?"

고칠소는 차분해 보였지만, 사실은 예아보다 더 초조해하고
있었다. 그 역시 온 힘을 다해 연아의 주먹을 펴 보려고 했지만
이 아이는 어디서 그런 힘이 났는지, 도저히 풀 수 없을 만큼
단단히 주먹을 쥐고 있었다.

별안간, 예아가 놀란 소리로 말했다.

"의부님, 느껴져요……."

그는 거기서 말을 멈추고 꽉 쥔 연아의 주먹을 보면서 미적
거렸다.

"뭐가?"

고칠소가 다급히 물었다.

"어떤 힘이 느껴져요. 아주 강력한 힘, 어머니와…… 무척
닮은 힘이에요!"

예아는 불가사의한 표정을 짓고 있었다.

고칠소는 당황했다가 곧 놀라 외쳤다.

"진짜 백조조봉百鳥朝鳳(수많은 새가 봉황을 향해 날아듦)은 아니
겠지!"

연아가 태어났을 때 마치 연아의 출생을 맞이하듯 수많은 새

가 모여드는 기이한 현상이 나타났었다. 때가 겨울이라 남쪽으로 이동하던 집제비가 많아서, 연아는 현원연이라는 이름을 얻었다.

용비야와 한진은 한운석이 가진 봉황력과 관계된 일이라고 여겼는데, 지금 보니 한운석이 가진 봉황력 때문이라기보다 오히려 연아가 가지고 태어난 봉황력 때문인 것 같았다!

봉황력은 노력한다고 수련할 수 있는 힘이 아니라 태어날 때부터 몸속에 잠재해 있는 힘이었다. 바꿔 말하면, 한운석도 봉황력이 태어날 때부터 있었지만 그녀가 태어날 때는 새가 모여드는 현상이 나타나지 않았고 도리어 목심이 난산으로 죽었다.

그건 무엇 때문일까?

지금까지 모두 목심의 난산을 인위적인 것으로 여겨 왔다. 하지만 백언청의 진상이 훤히 드러난 후에는 목심의 난산이 사고였다고 믿게 되었다.

똑같은 봉황력을 가졌는데 목심은 어째서 난산했을까? 한운석이 연아를 낳을 때는 어째서 기이한 현상이 일어났을까?

틀림없이 무슨 이유가 있었다!

고칠소는 깊이 생각해 볼 겨를이 없었다. 지금 연아의 상태가 어떤 건지는 그도 도무지 알 수가 없으니, 방법이라곤 여기서 기다리는 것뿐이었다. 만에 하나 연아에게 문제가 생기더라도 최소한 용비야 일행이 늦지 않게 돌아와 처리할 수는 있었다.

솔직히 말하면 그도 약간 걱정스러웠다.

연아는 아직 어리고 무예를 익히지도 못했는데, 만에 하나 봉황력이 터져 나오면 무슨 수로 견뎌 낼까?

고칠소와 예아가 그렇게 초조해하고 있을 때 한향이 그들을 찾아냈다. 조금 전에는 용비야에게만 주의를 쏟았지만, 지금 다시 고칠소를 꼼꼼히 살펴본 한향은 이 남자가 질투 날 만큼 곱게 생겼다는 것을 깨달았다.

그녀가 나타나자 고칠소와 예아 모두 긴장했다. 그녀의 실력이 얼마나 강한지, 예아는 똑똑히 볼 수 있었다.

"의부님, 영자가 있었으면 좋았을 텐데요."

예아는 나지막이 말하면서 연아 앞으로 나서 동생을 보호했다.

"알면서도 안 가고 뭐 해? 네 동생을 데리고 빙해로 가. 내가 여기서 시간을 끌 테니까."

고칠소는 그렇게 말하면서 역시 예아 앞으로 나서 두 아이를 보호했다.

한향이 혼자서 이곳까지 찾아온 것을 보면, 독누이 일행은 이미 혁씨 집안사람과 싸움을 벌여 빠져나올 수 없는 게 틀림없었다. 한향이 온 이상 두 아이를 쉽게 놔줄 리 없었다.

그들이 계속 남쪽으로 달아나면 얼마 못 가 한향에게 잡히고 말 터였다. 그러니 북쪽이 위험하다는 것을, 독누이 일행을 방해하리라는 것을 알면서도 북쪽으로 달아날 수밖에 없었다.

어쩔 수 없는 일이었다.

"의부님, 함께 달아나요."

비록 내키진 않았지만, 예아도 '달아난다'는 단어를 썼다.

470

그 순간, 그는 정말이지 영자가 너무너무 그리웠다. 영자가 있다면 연아를 데리고 달아날 수는 있었을 텐데.

"예아, 너도 이제 철이 들어야지. 쓸데없는 말 말고 가!"

고칠소가 가라앉은 소리로 말했다.

예아는 이를 악물고는, 나무토막 같은 연아를 껴안고 북쪽으로 달아났다.

이를 본 한향이 뒤쫓으려 하자 고칠소가 즉시 몸을 날려 한향을 등지고 길을 막았다.

"보기 좋게 생긴 네 얼굴을 봐서 한 번만 기회를 주겠다. 비켜! 안 그랬다간 내가 봐줄 거라곤 기대하지 마라!"

한향이 오만하게 말했다.

고칠소가 흘낏 돌아보며 웃자 매력이 철철 넘쳤다. 솔직히 말하면 그 웃음에 한향의 마음도 사르르 녹아내릴 지경이었다. 한향은 진정한 색녀여서 잘생긴 남자를 보면 늘 자기 것으로 만들고 싶어 했다. 그렇지 않았다면 남총을 기르는 취미 따위도 없었을 것이다.

"한 대소저께서 이처럼 아름다우시니, 몇 번 더 볼 수 있다면야 좀 죽으면 어때?"

고칠소가 장난스레 말했다.

한향은 고칠소가 일부러 이러는 것을 알면서도 이런 유혹적인 칭찬에 대항할 수가 없었다. 그녀는 냉소를 터트리다가 입을 열었다.

"꺼질 테냐, 말 테냐? 꺼지지 않으면 죽음이다!"

고칠소는 한 발 한 발 다가서며 지독히도 사악하고 유혹적인 웃음을 지어 보였다.

"이런 말이 있지. 모란꽃 밑에서 죽으면 귀신도 풍류가 넘친다고 말이야. 한 대소저께서 어차피 날 죽일 생각이라면, 차라리 날 풍류 귀신으로 만들어 줘. 어때?"

한향은 얼굴을 굳힐 생각이었지만, 이 말을 듣자 참지 못하고 웃음을 지었다. 그녀는 웃으면서 곁눈질로 오른쪽을 훑어보았다. 아직 아이들의 모습이 보이자 안심이 되었다.

그녀는 고칠소를 시험해 보기로 했다.

"본 소저의 휘하로 투신할 생각이라면 본 소저를 대신해 한 가지를 해내라. 어떠냐?"

고칠소는 남몰래 눈을 반짝이며 계속해서 한 발 한 발 다가갔다.

"무슨 일인데?"

"날 대신해서 대진 공주를 죽이고 태자를 잡아."

한향은 그렇게 말하면서 고칠소의 눈을 들여다보았다. 고칠소의 눈동자에서 분노는 찾아볼 수 없었다. 오직 웃음기뿐이었다.

그런데 웬걸, 그녀에게 바짝 다가선 고칠소가 별안간 손을 휙 휘두르더니 즉각 뒤로 물러나 두 아이를 쫓아갔다.

한향도 아직 경계심은 남아 있어서 숨을 멈추고 물러섰다. 고칠소가 독을 썼을까 봐 두려워서였다. 그런데 뜻밖에도 그녀가 옆으로 내려서기 무섭게 땅에서 가시덩굴이 쑥쑥 자라나 모조리 그녀를 휘감았다. 그녀는 단숨에 단단히 묶이고 말았다.

솔직히 말해 한향의 예상에서 완전히 어긋난 일이었다.

그녀는 당황했고, 그 틈에 고칠소는 예아와 연아를 따라잡아 그들과 함께 빙해 쪽으로 달려갔다.

한향은 곧 정신을 차리고 가시덩굴을 뗐다. 그런데 몸을 빼내기 무섭게 땅에서 또 가시덩굴이 자라나 다시 한번 그녀를 포위했다.

사실 고칠소에게는 혈등 씨앗이 많이 남아 있지 않았다. 하지만 얼마나 많이 썼는지 한향은 한참 동안 혈등에 붙잡혀 있어야 했고, 고칠소는 아이들을 데리고 순조롭게 빙해 기슭에 도착할 수 있었다. 그렇지만 그곳에 도착한 뒤에야 금안설오가 전부 달아나 버렸다는 것을 깨달았다. 얼음판은 이리저리 갈라지고 빽빽하게 균열이 가서 깊이 모를 계곡을 드러내고 있었다.

"예아, 뛰자!"

"의부님, 죽기 살기예요!"

고칠소와 예아가 동시에 외쳤다. 고칠소는 그저 독누이 일행이 너무 멀리 가지 않았기를 기도할 뿐이었다.

빙해를 가로지를 생각이 아니라면 설오가 꼭 필요하지는 않았다. 예아는 진기로 자신의 몸을 따듯하게 할 수 있었으나, 고칠소와 연아는 그저 버틸 수밖에 없었다.

고개를 돌려 보니 한향이 벌써 쫓아오고 있었다. 고칠소는 과감하게 겉옷을 벗어 연아를 돌돌 만 다음 품에 안았다.

"가자, 예아!"

고칠소는 아이들을 데리고 빙해 위에 생긴 계곡을 계속 건너 북쪽으로 달아났다. 한향도 놓치지 않으려고 바짝 쫓아왔고 점점 가까워졌다.

그리고 바로 그때, 한진과 한운석, 용비야의 상황도 썩 좋지 않았다! 그들은 이미 포위되어 있었다.

이건 거대한 음모였다!

혁씨 집안만의 음모가 아니라 현공대륙 세 집안이 꾸민 음모였다!

한향조차 세력을 잘못 파악했다. 혁씨 집안은 홀로 운공대륙을 제패할 야심을 품은 게 아니었다. 그들은 현공대륙 북쪽의 기祁씨 집안 및 현공대륙 동쪽의 소蘇씨 집안과 손을 잡고 나섰다!

바꿔 말하면 현공대륙 동쪽, 서쪽, 북쪽의 삼대 집안은 진작부터 운공대륙을 노리고 있었고, 남쪽의 랑종과 상관씨 집안만 내내 아무것도 몰랐던 것뿐이었다.

혁 가주 혁소천이 왔고, 기 가주 기연결祁連訣이 왔고, 소 가주 소제성蘇齊成도 왔다.

지금 그들은 한진과 용비야, 한운석을 포위하고 있었다.

혁소천 한 사람뿐인 줄 알았는데 뜻밖에도 이렇게 무시무시한 음모가 있을 줄이야!

세 가주의 나이는 한진보다 훨씬 많았다. 하나같이 백발이 성성했으나 여전히 원기 왕성하고 위엄이 넘쳤다. 이를 본 한운석과 용비야는 눈빛을 교환했다. 사태가 몹시 나쁘다는 것을 그들도 알 수 있었다.

혁씨, 기씨, 소씨 세 집안에다 현공대륙 남부의 상관씨 집안까지 더해 현공대륙 사대 가문이라 불렸다. 현공대륙 남부의 랑종은 비록 상관씨 집안과 어깨를 나란히 하는 세력이지만, 사대 가문 중 하나로 간주하지는 않았다. 지금껏 랑종은 드러내며 움직이지 않았고, 속세의 일에 거의 나서지 않다시피 했기 때문이었다. 최근 들어 한향이 한진을 대신해 랑종을 다스리게 되면서, 랑종도 비로소 남쪽 각 성시의 일에 빈번히 얼굴을 내놓게 되었다.

사실 혁소천은 일찍이 상관 가주와 비밀리에 회동해 상관씨 집안이 운공대륙에 마음이 있는지 떠보았다. 상관씨 집안에 그럴 마음이 있다면, 사대 가문이 힘을 합쳐 운공대륙을 나눠 갖는 것쯤 손바닥 뒤집기처럼 쉬웠다.

하지만 애석하게도 상관 가주는 운공대륙에 관심이 없었다.

그래서 혁 가주는 한향에게 손을 내밀었다.

한향은 한진과는 비교도 될 수 없는 실력이라, 세 가주의 눈에는 자연히 단순한 바둑돌에 불과했다. 게다가 그들 세 사람에게는 운공대륙 외에 다른 비밀도 있었다. 크나큰 비밀이었다!

이는 바로 빙해의 비밀로, 세 사람이 10여 년의 시간을 투자해 알아낸 것이었다. 비밀은 당연히 아는 사람이 적을수록 좋았고, 그들이 볼 때 한향은 그 비밀을 알 자격이 없었다.

지금, 빙해에서는 얼음 붕괴가 계속되고 있었다. 아득히 넓은 빙해 위에 서 있으니 대지가 산산이 무너지고 부서지는 느낌이 들 정도였다. 하지만 지금으로선 누구도 그 무시무시한 느낌에 신경 쓸 마음이 없었다.

한진, 한운석, 용비야 세 사람은 세 가주에게 포위된 상태였다. 한진과 용비야가 아직 회복되지 않은 것은 둘째 치고, 설사 그들이 고북월 일로 진기를 소모하지 않았다 한들 세 가주의 포위 공격 앞에서는 전혀 승산이 없었다.

알다시피 용비야와 한운석은 애초에 세 가주의 적수가 아니었다. 용비야와 한운석은 10년 정도 진기를 수련했고, 지금 그들의 실력은 신진 고수 순위에서 상위 5위권에 드는 정도일 뿐이었다. 반면 세 가주는 현공대륙 초절정 고수로, 모두 현공대륙 고수 순위 10위권에 드는 이들이었다!

한진은 현공대륙 고수 순위 5위에 꼽히고, 혁소천은 6위, 소제성은 7위였다. 그리고 기연결은 4위로 그 실력은 상상조차 할 수 없었다!

기연결이 한진을 잡아 두기만 하면, 혁소천이나 소제성 중 누구 한 명만 있어도 쉽사리 한운석과 용비야를 사지에 떨어뜨릴 수 있었다.

힘으로 싸워서는 안 된다는 것은 분명했다!

한운석과 용비야는 등을 맞댔고, 한진은 그들 오른쪽에 서 있었다. 세 사람은 세 가주를 마주한 채 경계를 높였다.

"세 집안이 힘을 합쳤으니 우리를 죽이려 했다면 벌써 손을 썼지, 이렇게 복잡한 계획을 꾸밀 필요가 없었을 거예요."

한운석이 나지막이 말했다.

"틀림없이 빙해를 녹이는 일과 봉황력이 관련되어 있을 것이다."

용비야도 소리 낮춰 말했다.

한진이 어떻게 생각하는지는 몰라도, 적어도 용비야와 한운석의 추측은 같았다.

힘으로 맞서 싸울 수 없다면 머리를 쓸 수밖에 없었다.

한운석은 차갑게 말했다.

"현공대륙 사대 가문 가주의 위명을 익히 들었는데, 후후, 오늘 이렇게 만나 보니 이토록 염치없는 자들이었을 줄이야. 힘으로 약자를 누르고 몰래 기습이나 하며 부끄러운 줄도 모르는 늙은 짐승들이라니!"

이렇게까지 말했는데도 세 가주 모두 꼼짝하지 않는 것을 보면, 뭔가를 기다리느라 서두르지 않는 것 같았다.

그들은 뭘 기다리고 있을까?

이런 모욕을 참아 내면서까지 뭘 기다리는 걸까?

한운석이 의아해하는 와중에 용비야가 나지막이 말했다.

"우리를 포위하려는 것이 아닌 것 같다. 오히려……."

바로 그때 한진이 느닷없이 검을 뽑았다.

"죽어라!"

뜻밖에도 세 가주가 일제히 뒤로 물러났다. 그들은 여전히 움직일 기미가 없었고, 여전히 한운석 일행을 지켜보기만 했다.

이상했다…….

"저들이 뭘 기다리는 거죠? 얼음이 녹는 것과 관계가 있는 게 분명해요!"

한운석은 확신했다.

그런데 그 말을 하기 무섭게 발밑에 있던 빙판에서 갑자기 이상한 움직임이 느껴졌다. 세 사람은 즉시 허공으로 몸을 날렸다. 그리고 그들이 떠오르는 순간, 밟고 있던 조그마한 빙판이 통째로 가라앉았다.

산산이 조각난 빙판 위에 거대한 굴이 뚫렸다. 바닥이 보이지 않을 만큼 깊은데, 그 안에서 서늘한 광채 한 줄기가 흘러나오는 게 보였다.

굴이 생긴 후로 빙해 전체가 흔들리기 시작해 마치 대지진이 난 것 같았다. 흔들림은 점점 더 격해져 본래도 조각조각 깨졌던 얼음이 마구 뒤흔들리며 큰 부분이 함몰하고 녹아내렸다.

바로 그때, 세 가주가 허공을 가르며 날아왔다. 세 사람은 번개처럼 빠르게 날아와 힘을 합쳐서 비할 데 없이 강력한 힘으로 얼음 굴을 두드렸다!

얼음 굴은 몹시도 깊어서, 저런 힘으로 때리면 어떤 반향이 일어날지는 아무도 알 수 없었다.

"빙해가 녹는 데 무슨 비밀이 있는 게 분명해요! 저들은 빙해가 녹아내리는 것을 가속하고 있는 거예요! 틀림없어요!"

한운석이 놀라 외쳤다.

저들이 무력으로 한운석과 용비야를 죽이고, 운공대륙을 빼앗고자 한다면 이렇게까지 할 필요도 없었다. 그들의 진짜 목적은 빙해를 녹이는 것이었다!

운공대륙 북부를 물에 잠기게 하는 것은 그저 작은 목적에 불과했고, 그 뒤에는 필시 아무도 모르는 커다란 비밀이 숨겨져 있을 터였다!

틀림없었다!

"저들을 막자!"

용비야와 한진이 입을 모아 외쳤다.

그런데 바로 그때, 놀랍게도 거대한 얼음 굴에서 더할 나위 없이 강렬하고 차가운 빛이 폭발했다. 한기가 훅 끼치는 동시에 몹시도 눈부신 빛이 터져 나왔다.

그 차가운 빛 속에서 손바닥만 한 공 모양 얼음 결정이 서서히 굴 위로 떠올랐다. 이 얼음 결정은 빙해와 마찬가지로 이리저리 금이 간 상태였고, 결정이 쩍쩍 갈라짐에 따라 그 한가운데에서부터 거대한 힘이 흘러나오고 있었다.

"바로 저것이군!"

용비야가 차갑게 말했다.

비록 무슨 일인지 알 수는 없지만 하나는 확신할 수 있었다. 빙해가 녹은 것이 저 얼음 결정과 관계있으며, 세 가주의 진짜 목적도 힘으로 가득한 저 얼음 결정이 틀림없었다!

봉황력은 저 얼음 결정을 깨운 열쇠일 가능성이 컸고, 방금 세 가주는 힘을 합쳐 깨어난 얼음 결정을 끌어낸 것이었다.

용비야의 추측이 옳았다!

세 가주가 힘을 합쳐 알아낸 빙해의 비밀은 바로 봉황력과 관계가 있었다!

봉황력이란 봉황 신의 힘으로, 봉황이 욕화중생하는 힘이었다. 그 힘은 지화나 천화보다 훨씬 뜨겁고 강렬했다. 천지에서 가장 뜨겁다는 그 힘이 있어야만 천 년 동안 깊이 잠든 빙해의 현빙玄冰을 깨울 수 있었다.

빙해가 천 년 넘게 얼어붙어 각종 기이한 현상을 만들어 낸 것은 다름 아니라 아래에 깊숙이 잠들어 있는 천년현빙千年玄冰 한 알 때문이었다.

현빙을 깨우기만 하면, 빙해는 붕괴하고 녹게 되어 있었다. 그리고 현빙을 부수면 빙해도 파괴되고, 현빙 속에 담긴 힘이 흘러나와 사람의 몸에 흡수되는 것이었다.

짧은 순간, 세 가주는 다시 한번 힘을 합쳐 현빙을 에워싸고 공격을 퍼부었다!

얼음 결정은 세 사람의 힘을 그대로 받아 더욱더 심하게 금이 갔고, 이에 따라 빙해 전체도 거대한 타격을 입은 듯이 무시무시하게 무너져 내리기 시작했다.

"저들이 얼음 결정을 깨뜨리려고 해요! 빙해를 무너뜨리려는 거예요!"

한운석이 놀란 소리로 말했다.

"얼음 결정을 보호해라!"

한진이 큰 소리로 외쳤다.

한진은 검을 들고 기연결에게 쇄도했다. 한운석과 용비야는 힘을 합쳐 용비야가 앞에, 한운석이 뒤에 서서 혁소천을 공격했다!

고수 순위 제4위인 기연결은 몹시 오만해서, 한진을 안중에도 두지 않았다. 그의 시선은 여전히 얼음 굴을 향해 있었고, 한 손의 힘만으로 검을 들고 한진을 상대했다.

한진의 진기는 기연결보다 꼬박 일품이나 낮은 데다 이미 진기를 많이 소비해, 기연결이 검을 휘둘러 막자 그대로 밖으로 튕겨 나고 말았다. 빙판 위로 떨어진 한진은 장장 한 자 깊이만큼 푹 꺼진 후 새빨간 피를 토했다.

한운석과 용비야 쪽 상황도 아주 좋지 않았다. 용비야는 앞에서 엄호하고 한운석이 뒤에서 독술을 썼다. 하지만 현공대륙 고수 순위에 올라 있는 고수 앞에서 독술은 애초에 큰 힘을 발휘하지 못했다.

그녀가 독침을 쓰자마자 혁소천에게 발각되었다. 혁소천은 피하지도 않고 몸에서 진기를 폭발시켜 한운석이 쏜 독침을 모조리 되돌려 보냈다.

한운석은 독 저장 공간을 가동해 독침을 회수할 수밖에 없었다. 그렇지 않으면 되레 용비야가 독침에 당하기 때문이었다.

삼 초가 지나자 용비야가 공격에 맞아 빙판 위로 떨어졌다. 한운석은 감히 남아 싸우지 못하고 황급히 그를 쫓아가 부축해 일으켰다.

삼 초!

오품 고급 고수인 용비야가 칠품 초급 고수인 혁소천을 상대로 삼 초나 견뎌 냈다. 이 사실이 현공대륙에 알려지면 필시 기적으로 일컬어질 터였다! 현공대륙 유사 이래 한 번도 없었던 일이었다. 오품 고수는 고사하고, 육품 고수라 해도 혁소천의 삼 초를 받아 내기란 불가능했다!

그렇지만 지금은 아무도 기적에 신경 쓸 겨를이 없었다. 지금 중요한 것은 강약과 승패, 그리고 목적이었다!

"젠장!"

용비야는 입가에 흐른 피를 닦으며 포기하지 않고 다시 덤비려고 했다. 바로 그때, 세 가주가 또다시 힘을 합쳐 얼음 결정에 새로운 공격을 가할 준비를 했다!

세상에!

얼음 결정은 거의 깨지려 하고 있어서, 또 타격을 받으면 틀림없이 철저히 망가지고 말 터였다! 그렇게 되면 빙해 전체가 녹아내릴 것이고, 그 결과는 상상할 수도 없었다!

용비야와 한운석은 약속이나 한 듯 망설이지 않고 얼음 결정을 향해 몸을 날렸다. 저들을 막을 수 없으니 얼음 결정 대신 그 공격을 받는 수밖에 없었다!

한진의 속도가 한운석과 용비야보다 빨랐다!

세 가주가 쏟아 낸 힘이 얼음 결정을 때리려는 순간, 한진의 몸이 결정 앞에 내려섰다. 그는 얼음 결정이 쏟아 내는 무시무시한 한기를 받으면서 세 방향에서 덮쳐드는 힘을 그대로 맞았다!

순간, 새빨간 피가 한진의 입에서 터져 나왔고, 적중당한 한진의 몸은 곧장 얼음 굴 옆으로 쓰러졌다. 자칫했더라면 굴 안으로 떨어졌을 터였다.

그가 얼마나 심각한 상처를 입었는지는 아무도 몰랐다. 바닥에 엎드린 그의 몸에서 주르르 선혈이 흘러나와 빙판을 빨갛게 물들였다.

"장인어른!"

"아버지!"

용비야와 한운석이 동시에 외쳤다. 이 순간에, 어쩌면 그 어느 때보다 마음속에서부터 우러나온 호칭인지도 몰랐다.

10년간, 그는 매년 봄이면 천향 차원 남산 허리에서 함께 차를 음미했고, 매년 여름이면 풍명산 독종 금지에서 예아에게 무예를 가르쳤다. 매년 연말이면 용비야가 사람을 보내 풍명산 비밀 동굴에 새해 선물을 갖다 놓았고, 매년 정월 초하루면 용비야와 한운석, 두 아이 모두 그에게 홍포를 받았다.

당자진도 감히 할 수 없는 일이었다. 그는 용비야에게 홍포를 보낼 자격이 없었다.

용비야는 자신이 몇 살 때부터 집안 어른들에게 홍포를 받지 못했는지조차 기억나지 않을 지경이었다.

아무리 성정이 냉담하고 아무리 무력이 강력해도, 그 10년 동안, 10년의 약속을 건어 내고 나면 그들에게 있어 한진은 이미 가족이었다!

10년의 약속 **다짐**

"아버지!"

한운석은 빙판에 꿇어앉아 한진을 억지로 일으켰다.

"아버지, 괜찮으세요? 괜찮으신 거예요?"

한진의 안색은 창백했고 온몸은 피투성이였다. 하지만 지금은 그런 것에 신경 쓸 겨를이 없었다. 그는 눈물이 그렁그렁한 한운석을 보며 눈썹을 찌푸렸다.

그리고 여느 때처럼 차가운 말투로 한운석을 꾸짖었다.

"그 나이에 울긴 왜 우느냐?"

한운석은 아직 냉정한 편이었지만, 이 말을 듣자 도저히 참을 수가 없어 눈물을 쏟았다.

이 차디찬 꾸지람이 이토록 다정할 줄이야!

용비야는 옆에 서서 한진의 몸에서 피가 끊임없이 배어 나와 옷을 흠뻑 적시는 것을 바라보았다. 그는 알고 있었다. 한진은 죽을 가능성이 아주 크다는 것을!

방금 그 세 줄기 힘은 아마도 세 가주가 전력을 쏟아부은 것일 터였다. 얼음 결정조차 맞으면 산산조각이 날 힘인데 하물며 사람인들 괜찮을까?

그리고 바로 그때, 세 가주 또한 검을 뽑아 들었고, 한운석과 용비야는 주위에서 강력한 힘과 진기가 모여드는 것을 느낄 수 있었다. 한진 역시 느낄 수 있었다. 조금 전 한진을 때린 힘보다 훨씬 더 무시무시했다.

저 힘으로 얼음 결정을 때리면 빙해는 필시 광활한 바다로 변할 테고, 북려의 초원은 필시 물에 잠길 터였다!

"막을 수 없어도 막아야 한다!"

용비야가 차갑게 말하고 달려들려는 순간, 한진이 그를 붙잡고 나지막이 말했다.

"빙해는 너희에게 맡기마. 나 대신 소옥이에게 전하거라. 기다리지 말라고!"

말을 마친 한진은 중상을 입은 몸을 끌고 날아올라 또다시 차가운 광채 속에 있는 얼음 결정 앞을 막아섰다.

그때 기연결이 마침내 차가운 목소리로 말했다.

"한진, 가서 연공이나 열심히 해라. 네가 제법 인재라는 것을 참작해 한 번은 봐주지. 당장 꺼져라!"

한진은 기연결보다 훨씬 젊었지만, 똑같은 높이로 날아올라 그를 주시하자 더 연장자 같은 위엄과 풍모가 흘렀다.

그가 차갑게 말했다.

"너희들이 무엇을 하려는지는 상관하지 않겠다. 하지만 우리 랑종 10년의 약속을 망친 대가는 반드시 치러야 한다!"

"대가? 하하하, 한진, 고작 네 힘으로 기 대형과 싸우려는 것이냐?"

옆에 있던 혁소천이 껄껄 웃음을 터트렸다.

한진은 신경 쓰지 않고 양손을 한데 얽어 몹시 기괴하고도 괴상한 손짓을 취했다. 세 가주를 포함해서 아무도 그가 뭘 하려는지 알 수가 없었다.

그렇지만 한진의 양손으로 그가 가진 모든 힘이 차츰차츰 모여드는 것은 볼 수 있었고, 그가 전력을 쏟아부었다는 것도 알아볼 수 있었다.

기연결은 오만하게 한진을 바라보았다. 마치 분수를 모르는 패배자를 보는 듯한 눈길이었다. 혁소천은 분장한 배우가 펼치는 공연을 기다리는 사람처럼 조롱기가 가득한 얼굴로 냉소를 흘렸다. 소제성은 아예 한진을 무시하고, 얼음 결정에만 마음을 쏟고 있었다.

"아버지……, 뭘 하시려는 거죠?"

한운석은 '소소옥에게 기다리지 말라고 전하라'는 그의 말뜻을 생각해 볼 틈도 없었다.

눈을 잔뜩 찌푸렸던 용비야가 뭔가 알아차린 것처럼 놀란 목소리로 말했다.

"장인어른, 안 됩니다……."

하지만 막을 틈이 없었다. 바로 그 순간, 한진의 몸에서 강력한 힘이 폭발해 주위를 뒤덮었다. 기연결은 이상을 알아차리고 재빨리 돌아서서 달아났다.

혁소천과 소제성은 미처 반응하지 못해, 그대로 한진과 함께 어디론가 사라져 버렸다!

결계였다!

한진이 쓴 것은 결계, 그것도 죽음의 결계였다!

결계술은 랑종의 비술이었다. 결계 하나하나는 각기 독립되고 폐쇄된 환상 세계 같은 것이었다.

결계를 펼친 자보다 힘이 약한 자는 자연히 그 속에 갇히며, 떠나려면 펼친 자의 도움을 받아 결계를 깨뜨려야만 했다. 다만, 결계를 펼친 자보다 힘이 강한 자는 쉽사리 결계의 환상 속에 빠지지 않을뿐더러 일단 결계 속에 숨은 펼친 자를 죽이기만 하면 결계를 깨뜨릴 수 있었다.

따라서 결계로 자신보다 강한 사람을 가두고자 하면 방법은 한 가지뿐이었다. 바로 자결이었다!

결계를 펼친 자가 일단 결계 속에서 자결하면, 그 결계는 죽음의 결계가 되어 영원히 아무도 깨뜨릴 수 없었다. 갇힌 자도 그 속에서 늙어 죽는 길뿐이었다.

혁소천과 소제성은 그곳에 갇혔고, 실의에 빠져 빙판 한쪽에 내려선 기연결은 안색이 몹시 창백했다! 그는 기씨 집안의 주인이자 현공대륙 제4위의 고수였다! 얼마나 영광스럽고 존귀한 인생이었던가!

그런데 방금은 줄행랑을 쳤고, 요행히 빨리 달아난 덕분에 살아난 것이었다. 한 걸음만 늦었어도 영원히 결계에 갇혀 죽은 것이나 다름없이 되었을 터였다! 아마도 그의 평생 가장 낭패한 순간이었을 것이다.

세 사람은 그렇게 어디론가 사라졌다.

빙해의 지진은 아직 계속되고 있었다. 얼음이 깨지고 눈이 녹아 벌써 빙판 전체가 물 위에 둥둥 떠 있었다. 물이 생기자 얼음이 녹는 속도는 점점 더 빨라졌다.

한운석과 용비야의 두 발도 얼음물에 잠겼다. 그들은 하늘을 올려다보았다. 저 위에 결계가 있다는 것을 뻔히 아는데도, 아무것도 볼 수가 없었다.

어쩌면 혁소천과 소제성은 그저 보이지 않는 것뿐이겠지만, 한진은…… 죽었다. 사람이 저렇게 사라지다니. 마치 이곳에 나타나지 않은 것처럼.

아버지의 꾸지람이 아직도 귓가에 선한데, 한운석의 마음은 말로 표현하기 어려울 만큼 아팠다. 그렇지만 슬퍼하고 있을 시간이 많지 않았다.

빙판의 흔들림이 더욱 격해져 똑바로 서 있을 수도 없을 지경이었다. 마치 땅 전체가 무너질 것 같았다. 그와 동시에 빙해 위로 물기둥이 하나둘 솟아오르기 시작했다. 물기둥은 점점 수를 늘려 가며 사방에 **빽빽**하게 들어찼다!

기연결은 어느새 높이 몸을 솟구친 뒤 곧바로 얼음 결정을 향해 날아갔다. 용비야와 한운석이 달려가 얼음 결정 앞을 가로막고 기연결과 대치했다.

기연결은 냉소를 금치 못했다.

"겨우 너희 둘만으로?"

"북방의 초원과 십만의 목축민도 있다!"

용비야가 차갑게 대꾸했다.

기연결은 콧방귀를 뀌었다.

"죽고 싶다니 소원을 들어주마!"

용비야는 검을 들고 한운석 앞에 서서 보호했고 한운석은 뒤로 물러났다. 그 오랫동안 서로 손잡고 지내 왔으니 지금 이 순간에도 서로가 뭘 하려는지 길게 설명할 필요가 없었다. 서로에게 용서를 빌 필요도 없었다.

지금 이 순간 그들이 원하는 것, 그들이 하고자 하는 것은 사실 똑같았다.

용비야는 나지막하게 말할 뿐이었다.

"운석, 내가 반드시 버티며 돕겠다! 부디 조심해라!"

한운석도 이렇게 말할 뿐이었다.

"당신을 믿어요."

두 사람이 굳게 잡았던 손이 풀리자, 용비야는 즉시 검을 들고 기연결의 정면으로 달려들었고 한운석은 몸을 돌려 독 저장 공간에 있던 만독지수를 전부 꺼내 앞에 있는 얼음 결정에 쏟아부었다.

독이 얼음 결정을 오염시키면 그녀가 결정을 거둬들일 수 있었다!

기연결이 독 저장 공간에 있는 물건을 어떻게 할 수 있다곤 믿지 않았다!

기연결도 한운석이 이렇게 할 줄은 몰랐기에 놀라서 멈칫했다. 심지어 어디선가 나타난 저 물이 만독지수인지도 몰랐다.

그저 한운석이 얼음 결정을 빼앗으려 한다고만 생각했다. 그가 검을 높이 쳐들어 길을 가로막은 용비야를 향해 내리쳤다.

강력한 힘이 머리로 떨어지자 용비야는 양손으로 간장검을 잡고 막아 내면서, 구품 서정력을 전부 쏟아 내 정면으로 맞섰다.

기연결조차 눈이 휘둥그레졌다. 용비야의 서정력이 이토록 심후할 줄은 생각지 못한 일이었다. 바로 그 순간, 기연결은 다소 안심했다. 용비야가 현공대륙에서 태어나지 않았다는 사실에 대한 안심이었다. 그렇지 않았다면 용비야는 필시 현공대륙에서 가장 젊은 고수가 되었을 것이다.

용비야는 기연결의 공격에 대항했지만, 그러는 동안 입가에선 피가 줄줄 흘렀다. 그는 자신이 언제까지 버틸 수 있는지 몰랐다. 지금 그를 버티게 하는 것은 그의 실력이 아니라 신념이었다.

그 신념은 곧 한운석과 한 다짐이며, 반드시 해내야 했다!

그는 평소 다짐을 좋아하지 않았다. 하고 싶은 것이 있다면 그냥 했지, 쓸데없이 말하는 것을 좋아하지 않았다. 지금까지 한운석에게도 많은 것을 다짐하지 않았다.

그렇지만 오늘 이 다짐은, 무슨 일이 있어도 반드시 해내야 했다!

그녀를 위해 가능한 한 시간을 벌어 주고, 그녀에게 완벽한 상황을 마련해 주도록 노력해야 했다.

"네 이놈, 얼마나 버티는지 보자!"

기연결은 인정하고 싶지 않았지만, 내심 깊은 곳에서는 이미 이 젊은이에게 감탄했고, 이 젊은이가 마음에 들었다. 물론, 인정한다 해도 봐줄 수는 없었다.

얼음 결정 속에 든 현빙의 힘을 얻기 위해, 운공대륙이라는 비옥한 땅을 얻기 위해, 그는 정말이지 오래오래 준비해 왔다.

현공대륙 상위 세 명의 고수들은 벌써 은거한 지 오래고, 혁소천과 소제성은 결계에 갇혔으니 이 세상에 더는 그와 싸우려는 사람이 없었다!

그는 다시 한번 검을 높이 쳐들었다가 최대의 힘을 폭발시키며 힘차게 용비야를 내리쳤다!

용비야는 새빨간 피를 한 움큼 토했다. 조금 전 한진이 그랬듯 온몸에서 피가 배어 나와 느릿느릿 옷자락을 적셨다.

그 순간, 용비야는 자신도 한진과 똑같이…… 죽으리란 것을 알았다!

그는 이를 악물었다. 세 번째로 검을 쳐드는 기연결을 보면서도 그는 달아나려 하지 않고 그저 몸을 돌렸다. 몸을 돌리자마자 남아 있던 힘이 모조리 터져 나와 거대한 힘의 테를 이루어 계속해서 기연결의 공격을 막아 냈다.

그가 돌아선 것은 단지 보고 싶어서였다…….

그의 여자를, 그의 왕비를, 그의 황후를, 그의…… 한운석을!
그저 한 번 더 보고 싶어서였다…….

한운석은 용비야가 돌아서서 자신을 보고 있다는 것도 모른 채, 해독시스템을 가동해 독소 상태를 살피는 데 몰두하고 있었다.

지금 만독지수는 얼음 결정의 한기에 얼어붙어 그 주위에 응고되어 있었고, 독소가 조금씩 조금씩 안으로 퍼지며 얼음 결정에 접근하고 있었다.

한운석은 기다렸다. 얼음 결정에 독소가 닿기만 하면 독 저장 공간으로 결정을 흡수할 수 있었다!

이제 조금만 있으면!

그녀는 차마 고개를 돌릴 수가 없었다. 등 뒤에서 강력한 힘이 만들어 낸 기류가 출렁이는 것을 분명하게 느낄 수 있었기 때문이다.

겁이 났다. 돌아보면 그대로 무너질까 봐, 독소가 퍼지는 상황을 감지할 수 없게 될까 봐.

그녀는 눈앞의 얼음 결정을 지켜보는 한편, 혼잣말을 중얼거렸다.

"용비야, 반드시 버텨야 해요! 약속했잖아요. 이번에는 거짓말하는 거 허락 못 해요…… . 절대로 날 속여선 안 된다고요!"

용비야, 당신이 몇 번이나 날 속였다 해도, 이번만큼은 절대로, 절대로 다시는 날 속이면 안 돼!

안 돼…… .

한운석은 결국 참을 수가 없었다. 피비린내를 맡았기 때문이었다. 너무나, 너무나도 짙은 피비린내였다.

그녀는 고개를 홱 돌렸다. 그 순간 충격에 몸이 굳었고, 눈물이 둑이 터진 듯 쏟아져 내렸다.

그제야 용비야가 진작 돌아서 있었다는 것을 알 수 있었다!

지금 이 순간, 그는 그녀를 바라보고 있었다. 저 깊은 눈동자는 어쩜 저렇게도 애절하고, 저렇게도 사랑이 넘치고, 저렇게도 헤어지기 아쉬워하는지!

그는 온몸이 피였다. 새빨간 피가 이미 그의 옷을 완전히 적시고 아래로 뚝뚝 떨어지고 있었다. 그의 아래에 있는 빙판도 이미 새빨갰다.

"용비야, 안 돼……. 날 속이면 안 돼!"

한운석도 무너졌다…….

바로 그때, 오장육부가 갈기갈기 찢어지는 듯한 예아의 울음소리가 들려왔다.

"아버지, 아버지……!"

용비야와 한운석 모두 예아가 돌아올 줄은 몰랐다.

두 사람이 일제히 돌아보자, 예아뿐만 아니라 고칠소와 연아도 와 있었고, 멀지 않은 곳에 있는 한향도 보였다.

생각해 보지 않아도 알 수 있었다. 그들은 한향에게 쫓겨 여기까지 온 것이었다.

사실 용비야는 힘이 별로 남아 있지 않았고, 의식도 희미해지고 있었다. 하지만 눈앞의 조그마한 두 아이를 보자 눈동자에 떠오른 아쉬움과 안타까움이 영원히 흩어지지 않을 것처럼 짙어졌다.

무슨 일이 있어도 쓰러질 수 없었다. 그럴 수는 없었다!

"아버지! 아버지, 왜 그러세요? 흑흑…… 괜찮으신 거예요?"

별안간 예아가 고칠소의 손을 뿌리치고 용비야 쪽으로 날아왔다. 분명히 열 살이나 되었는데 꼭 세 살짜리 어린애처럼 울고 있었다.

"오지 마라!"

용비야와 한운석이 동시에 놀란 목소리로 외쳤다. 고칠소도 막고 싶었지만 막을 수가 없었다.

"예아, 가면 안 돼!"

고칠소는 쫓아가고 싶었지만 연아가 넋을 잃었고 한향이 곧 도착할 터라 감히 함부로 움직일 수가 없었다. 그저 연아를 보호하며 지켜볼 따름이었다.

기연결은 예아는 안중에도 없었다. 그는 검을 든 손을 멈추지 않고 네 번째로 온 힘을 다해 용비야를 향해 내리쳤다.

돌아서서 기연결의 검을 본 용비야가 기겁하며 외쳤다.

"예아, 물러나라! 말 들어!"

"아버지, 집에 어려움이 생기면 아들이 함께 막고, 나라에 어려움이 생기면 후계자가 함께 감당하는 거예요!"

열 살 난 예아의 목소리는 아직 앳되었지만, 이 말을 할 때는 힘차고 기개가 넘쳤다! 용비야의 아들이라는 신분에도, 대진 태자라는 칭호에도 부끄럽지 않은 태도였다.

그는 아버지 옆에 내려서서 나란히 서기보다는, 아버지 앞에 내려서서 양팔을 쭉 벌려 가진 진기를 모두 터트리며 아버지를 보호했다.

기연결의 검이 힘차게 떨어져 내렸다. 그 광경을 뻔히 봐야 하는 고칠소는 하마터면 연아를 놓고 달려가 예아 대신 그 검을 막을 뻔했다.

용비야가 무의식적으로 예아를 끌어안으려 했지만, 뜻밖에도 한운석의 속도가 훨씬 빨랐다. 한운석은 부자 두 사람 앞으로 나는 듯이 짓쳐 와 기연결의 검을 등진 채 예아를 품에 와락 안았다.

이렇게 해서, 용비야는 두 눈 빤히 뜨고 기연결의 강력한 검기가 아내와 아들의 머리 위로 떨어져 내리는 것을 보아야 했다!

그가 가장 깊이 사랑하는 아내이자, 가장 아끼는 아들이었다!

이 생에 하늘이 그에게 준 유일한 따스함이었다!

어떻게 그의 눈앞에서 이대로 파괴할 수 있단 말인가?

하늘이 또다시 그를 괴롭히려 한다면, 하늘을 짓밟아 없애고 말리라!

"그럴 순 없다!"

쩌렁쩌렁한 외침과 함께 용비야는 어디서 그런 힘이 났는지 몸을 숙여 한운석과 예아를 끌어안았다. 피투성이 몸에서는 그 무엇보다도 강력한 힘이 터져 나왔다. 얼마나 강한 힘인지 기연 결의 검은 그대로 튕겨 났고 심지어 기연결 자신도 반탄력을 받아 바닥에 나동그라졌다.

그 힘은 다름 아닌 서정력이었다!

"십품의 신력神力?"

기연결이 부르짖었다.

"십품……, 진짜 십품이다! 서정력은 십품의 신력이었구나!"

진기는 구품까지 있고 힘 역시 구품까지 있었다!

사람들이 수련하는 진기는 모두 같지만, 수련하는 힘은 모두가 달랐다. 힘에는 수천수만 가지 종류가 있었다. 랑종의 진무력이나 한운석의 봉황력, 용비야의 서정력 같은 것이었다.

무인의 품계는 진기를 기준으로 하며, 진기의 품계에 따라 그 등급의 고수가 되었다. 힘은 보좌하는 역할일 뿐이었다. 힘의 품계는 늘 그랬듯 별로 중요하지 않았다.

하지만 현공대륙에는 항상 그런 소문이 돌았다. 어떤 힘은 하늘을 거스르는 존재로, '신력'이라고 칭송받는다는 소문이었다. 그런 힘은 다른 힘과는 달라서, 십품까지 수련할 수 있었다!

일단 십품을 채우면, 그 힘은 진기의 전 품계를 누르고 지존이 된다고 했다. 설령 구품 진기를 가진 사람이라도 그 적수가 될 수 없었다.

용비야는 한운석과 예아를 보호하면서 천천히 땅으로 내려섰다. 기연결은 허둥지둥 일어나 무의식적으로 몇 걸음이나 물러났다. 얼굴 위로 숨길 수 없는 공포가 드러났다.

용비야가 수련한 서정력이 놀랍게도 십품 신력인 데다 용비야는 분명히 방금 십품으로 승급했다. 그야말로 하늘이 뒤집힐 기적이요, 사람들이 공포를 느낄 만한 기적이었다.

그 힘은 현공대륙에서 지존이었다!

앞서 이미 용비야에게 감탄했던 기연결이지만, 지금은 젊디젊은 용비야를 보며 오직 공포, 공포만 느꼈다.

승급에는 일정한 조정 시간이 필요했다. 적어도 용비야는, 구품에서 십품으로 승급할 때 더욱더 시간 들여 조정하고 적응해야 했다.

기연결의 눈동자에 잔인한 살기가 떠올랐다. 무슨 일이 있어도 이 기회를 놓칠 수는 없었다.

얼음 결정은 포기할 수 있고, 운공대륙도 포기할 수 있었다.

하지만, 용비야는…… 반드시 죽여야 했다!

용비야도 서정력이 십품으로 승급할 줄은 몰랐고, 서정력이 전설에 나오는 신력에 속할 줄은 더더욱 생각지 못했다.

그는 나지막하게 한운석에게 말했다.

"예아 일행을 데리고 가거라, 어서! 내가 막겠다!"

그가 막을 수 있을까?

그는 최소한 하루쯤 조정 시간이 필요하다는 것을 똑똑히 알고 있었다. 그렇지만 한운석이든 예아든, 혹은 고칠소든, 그에게 하루를 벌어다 줄 방도가 없었다.

혼자 버티는 수밖에 없었다!

그때 만독지수의 독이 얼음 결정으로 스며들었다. 한운석은 독 저장 공간을 가동해 망설임 없이 거의 깨져 가는 얼음 결정을 공간 속으로 집어넣었다.

얼음 결정의 힘이 지나치게 강력한 탓인지, 머리가 묵직해지는 것을 느꼈고 현기증도 났다. 그래도 억지로 버텼다.

무슨 일이 있어도 지금은 혼절할 수 없었다!

"예아, 동생을 데리고 가. 부탁할게!"

한운석은 예아를 고칠소에게 밀어냈다.

그렇지만 용비야가 곧 그녀까지 예아에게로 밀어냈다.

"용비야, 난……."

한운석이 말을 하기도 전에 용비야가 잘랐다.

"운석, 나 대신……, 대신 아이들을 데려가 다오. 해 주겠지?"

이렇게 묻다니, 이건 부탁일까?

한운석은 정말이지 대답하고 싶지 않았다.

그는 방금 맨몸으로 기연결의 검을 세 번이나 맞아 이미 중상을 입은 상태였다. 제아무리 서정력이 승급했다 해도 당장 기연결을 막아 낼 수는 없었다!

남더라도 앞서 그랬듯 억지로 버티는 수밖에 없었고, 그대로…… 죽는 길밖에 없었다!

"속이는 게 아니다! 가거라!"

용비야가 재촉했다.

한운석은 분명히 울고 싶었지만 도리어 웃음이 났다. 쓴웃음을 멈출 수가 없어서 오장육부가 아플 정도로 웃었다.

이번에는 그를 믿었다! 그가 속이지 않으리라 믿었다!

물론 그가 버틸 수 있다고도 믿었다. 분명히 목숨을 걸고 버티면서 그들이 달아날 시간을 벌어 주리라.

하지만 그들이 무사히 달아난 뒤에 그는 어떻게 될까? 약속을 이행할 때까지 버티고 난 뒤에는? 그런 다음 자신을 지킬 수 있을까? 돌아올 수 있을까?

한운석은 웃고 또 웃다가 눈물을 흘렸다.

가장 이성적인 방법은 떠나는 것임을, 아이들을 데리고 떠나는 것임을 분명히 알고 있었다. 적어도……, 적어도 아이들을 지켜야 했다.

그렇지만 그럴 수가 없었다. 도저히 그럴 수 없었다!

"어머니, 안 가요! 전 안 가요! 아버지, 가기 싫어요! 안 간다고요! 안 가요!"

예아가 사력을 다해 어머니의 손을 뿌리치고 달려가려 했지만, 애석하게도 어머니가 그를 단단히 붙들었다.

고칠소는 연아를 안고 이미 한운석 뒤에 와 있었다. 그가 취할 가장 이성적인 행동은 한운석을 데려가는 것이지만, 지금 이 순간은 그럴 수가 없었다. 그렇게 모진 마음을 먹을 수가 없었다!

옆에서 기연결이 웃음을 터트렸다.

"하하하, 참으로 정이 깊은 부부요, 부자로구나! 오늘 이 늙은이가 너희 가족 모두의 소원을 이뤄 주마!"

기연결이 검을 휘두르자 용비야는 한운석 일행을 모른 척하고 돌아섰다. 그는 이를 악물어 다친 몸에서 느껴지는 고통을 참으며, 허리를 꼿꼿이 펴고 간장검을 높이 들었다.

한운석이 떠나리라는 것을 알고 있었다. 예아와 연아를 위해서, 대진을 위해서, 그녀는 갈 수밖에 없었다. 가야만 했다.

용비야는 곧 기연결과 싸움에 들어갔다. 다쳐서 그 모양이 되었는데도 그는 기연결의 삼 초를 정면에서 막아 냈다.

한운석은 갈 수밖에 없었다. 가지 않으면, 용비야가 목숨을 내걸고 지켜 낸 세상을 볼 낯이 없었다!

그녀는 갈 수밖에 없었고, 그를…… 포기할 수밖에 없었다.

눈물로 시야가 뿌예졌다. 그 순간, 그녀는 비로소 알아차렸다. 이제 보니 '죽음'은 가장 절망적인 것이 아니었다. 가장 절망적인 것은 죽음조차 따라갈 수 없는 것이었다.

그녀가 큰 소리로 외쳤다.

"용비야, 당신이 돌아오기를 기다릴 거예요!"

한운석은 마음 굳게 먹고, 계속 발버둥 치는 예아를 안고 돌아서서 고칠소와 함께 떠났다. 그런데 뜻밖에도 고칠소가 연아를 그녀 품에 밀어 넣더니 용비야를 향해 몸을 날렸다.

"소칠! 안 돼!"

한운석은 비명을 질렀지만, 고칠소는 이미 용비야 곁에 내려선 뒤였다. 그와 동시에 기연결의 주위에서 가시덩굴이 마구 자라나기 시작했다. 얼마 안 있어 가시덩굴은 기연결을 완전히 포위했다.

그렇지만 기연결은 약간의 힘만 써서 가시덩굴을 모조리 끊어 버렸다. 용비야가 그때를 틈타 검을 휘둘렀고, 고칠소는 옆에서 기연결을 향해 날아가며 기습을 시도했다.

"어머니, 제발, 제발 아버지를 돕게 해 주세요! 어머니!"

예아는 엉엉 울었다.

한운석은 난도질당하는 듯한 고통을 참고서 연아를 안은 채획 몸을 돌렸다. 등 뒤에서 얼마나 처절한 싸움이 벌어지는지 피비린내가 점점 더 짙어졌다.

그녀는 두 아이를 데리고 계속 남쪽 연안을 향해 달렸다. 자신마저 울음을 터트릴까 봐 입술을 꼭 다문 채였다. 울음이 터지는 순간 완전히 무너져서 달아날 수도 없게 될까 봐 두려웠다.

줄곧 자신이 강하다고 생각해 왔는데, 이번에야말로 '어머니는 강하다'는 말이 뭔지 진정으로 알게 되었다.

어머니는 강하다. 이는 애초에 힘이 강하다는 뜻이 아니라 자신을 모질게 몰아붙일 수 있다는 뜻이었다!

한운석이 예아와 연아를 데리고 얼마쯤 갔을 때 한향이 그들 앞에 내려섰다.

한향은 가식적으로 입을 가리고 호호호 웃었다.

"듣자니 운공대륙 대진은 황제와 황후가 정이 깊어서 절대 떨어지지 않고, 오랜 세월에 걸친 동서진의 은원까지 풀었다던데? 그런데 어려움이 닥치자 각자 달아날 줄 누가 알았을까!"

"떠나더라도 너는 갈기갈기 찢어 죽이고 말겠다!"

한운석의 눈동자에 무시무시한 잔혹함이 떠올랐다.

한향은 곧 웃음을 거두고 냉소했다.

"한운석, 아이를 둘이나 데리고 감히 잘난 척을 해? 하하하, 귀띔해 주지 않았다고 원망하지나 말고 아이를 잃어버리지 않게 잘 지켜봐! 만에 하나 내가 무고한 사람을 해치더라도 절대로 내 탓은 하지 말고."

한운석은 예아의 손을 놓으며 나지막이 말했다.

"동생을 잘 보살피고, 눈을 가리렴!"

예아도 어머니 몸에서 흘러나오는 잔혹한 기운에 깜짝 놀라 감히 별말 하지 못하고 시킨 대로 했다. 그는 연아를 품에 꼭 안고 연아의 눈을 가렸지만, 자신은 눈을 감지 않았다.

한운석은 한향과 쓸데없는 말은 한마디도 하지 않고 대뜸 검을 뽑아 사납게 짓쳐 갔다. 한향은 입가에 냉소를 떠올리면서 한운석을 피한 뒤 옆에 있는 예아와 연아를 기습했다.

그런데 웬걸, 한운석은 그녀를 막지 않고 도리어 싸늘한 눈으로 그녀가 옆을 지나쳐 가며 예아에게 검을 찌르는 것을 바라보았다.

검이 바로 눈앞까지 왔는데도 예아는 움직이지 않았고, 두려움 없는 눈으로 지켜보기만 했다. 어머니를 깊이 믿고 있기 때문이었다.

과연 한향의 검이 예아에게서 한 걸음 떨어진 곳에 이르렀을 때, 한향은 움직임을 멈췄다.

한운석의 독침이 한향의 등을 찔렀다. 한향은 눈치를 챘지만 피하기엔 이미 늦었고 떨쳐 내기에도 늦은 후였다.

한운석의 독침은 세 가주를 어찌하진 못했지만, 한향은 상대하고도 남았다! 그녀도 진기로 한향을 죽일 수 있지만, 독술이 가장 빠르고 가장 잔인했다!

움직임을 멈춘 한향은 검을 든 자신의 손에 서서히 주름이 펴져 나가는 것을 보았다. 그녀는 소스라치게 놀라 검을 떨어뜨리고 말았다. 그제야 자신의 두 손, 두 팔, 심지어 얼굴 피부까지도 온통 주름이 잡힌 것을 알 수 있었다.

한운석은 아이들 뒤로 날아가 그들을 안으면서 예아의 눈을 가렸다. 바로 그 순간, 한향의 두 발이 불붙은 초처럼 점점 녹아내리기 시작했다.

"꺄악……!"

한향이 비명을 지르며, 고개 숙여 자신의 발을 바라보았다. 지금 이 순간 그녀의 발은 피와 살을 구분할 수 없는 피떡이 되어 있었다!

이를 본 한향은 더욱더 크게 소리 질렀다.

"꺄악……! 아아악…… 악……!"

한운석은 그녀를 내버려 둔 채 연아를 안고 예아의 손을 잡고서 단호하게 떠나갔다.

등 뒤의 싸움은 몹시도 격렬해서, 한운석도 진기와 힘이 곧장 맞부딪치는 것을 느꼈고 짙은 피비린내도 맡았다.

그녀는 눈물을 흘리면서 돌아보지 않고 억지로 앞으로 나아갔다. 똑똑히 알고 있었다. 고개를 돌리기만 하면 다시는 모진 마음을 먹을 수 없다는 것을. 다시는 이 아이들을 보호할 수 없다는 것을.

한운석은 경공을 펼치며 계속 앞으로 달려갔다.

그리고 한향은 하반신이 거의 녹아내려 제자리에서 움직일 수가 없었다. 그녀는 미친 사람처럼 찢어진 소리로 비명을 질러 댔다.

하지만 상대해 주는 사람은 없었다.

한운석의 독은 그녀의 하반신만 녹였을 뿐, 상반신과 얼굴은 늙기만 했지 무사했다. 그녀는 비명을 지르고 또 지르다가 별안간 소리를 뚝 그쳤다. 놀람과 두려움의 표정이 얼굴 위에 얼어붙었고, 다시는 움직이지 못했다.

아파서 죽었을지도 모르고, 놀라 죽었을지도 몰랐다. 아니면 독으로 죽었을지도 몰랐다. 어쨌든 평온한 죽음은 아니었다!

얼음이 깨지고 눈이 녹는 것은 계속되었다. 용비야와 고칠소, 기연결의 격전도 계속되었다. 한운석과 아이들의 도주 역시 계속되었다.

그때였다!

기연결의 진기에 호되게 맞은 고칠소가 붕 날아와 놀랍게도 한운석 일행 앞에 힘차게 나가떨어졌다.

온몸이 상처투성이에 한 군데도 무사한 곳이 없고 입에서는 끊임없이 피가 흘러나오고 있었다.

"의부님!"

예아가 큰 소리로 울었다.

한운석도 우뚝 걸음을 멈추고 무의식적으로 뒤를 돌아보았다. 뒤쪽 멀지 않은 곳에서 용비야가 기연결의 검에 어깨를 찔리는 모습이 보였다.

한운석은 손을 놓았다.

그녀는 생각조차 해 보지 않고 무의식적으로 예아의 손을 놓은 뒤 돌아서서 용비야에게 날아갔다.

바로 그때, 갑자기 연아가 중얼중얼 혼잣말을 시작했다. 뭐라고 하는지는 아무도 정확히 듣지 못했다. 연아는 천천히 몸을 돌렸다. 여전히 목석같은 표정이었으나 내내 꽉 쥐고 있던 손을 서서히 폈다.

그녀는 중얼중얼하다가 등 뒤에서 일어나는 피비린내 나는 장면을 본 것처럼 느닷없이 눈을 동그랗게 뜨며 조용해졌다. 그렇지만 다음 순간, 왁 하고 큰 소리로 울음을 터트렸다.

"아버지……, 어머니!"

눈 깜짝할 사이, 심후하기 짝이 없는 힘 한 줄기가 연아의 몸에서 폭발했다. 그리고 거의 동시에 거대한 봉황이 날개를 활짝 편 허상이 하늘을 꽉 채우듯이 나타났다.

"봉황력!"

예아의 말이 끝나기 무섭게 그 힘이 거칠게 퍼져 나갔다. 힘은 주변의 모든 것을 휩쓸었다. 멀리 있는 한운석과 용비야까지 포함해서.

빙해 위에 남은 얼음이 이리저리 날아오르고, 하나둘씩 하늘 높이 솟구치던 물기둥도 더욱더 격렬하게 휘날리며 차례차례 그 힘에 이끌려 거대한 소용돌이가 되었다. 얼음과 물의 소용돌이였다.

그 대소용돌이는 끊임없이 높이높이 치솟았고, 동시에 끊임없이 휘몰아 내려와 얼음 바닥 부분에 닿았다.

모든 물, 모든 얼음, 그리고 모든 사람이 그 안으로 휘말려 들어갔다. 요행은 없었다.

거대한 봉황의 허상이 그 소용돌이 위로 나타났다가 사라졌다가 했다.

빙해 주변에는 새가 극히 적었으나, 지금은 셀 수 없이 많은 새가 사방팔방에서 날아들었다. 평범한 새도 있고, 현공대륙의 진기한 날짐승들도 꽤 있었다. 새들은 거대한 소용돌이 주변을 맴돌며 울부짖었다.

백조조봉!

연아가 태어났을 때 일어났던 기현상이 다시 일어난 것이었다! 하지만 애석하게도 아무도 이를 보지 못했다. 거대한 소용돌이에 휘말린 사람들은 생사를 예측할 수가 없었다!

용비야, 한운석, 기연결, 고칠소, 예아와 연아. 그들 모두 소용돌이 중심에 있었다. 소용돌이 안에는 이름 모를 두 힘이 있

508

었다. 하나는 그들을 위로 밀어 올리려 했고 다른 하나는 그들을 아래로 잡아당기려 했다.

중심에 있는 사람들은 그 두 힘에 이쪽저쪽으로 이끌리며 시달려야만 했다. 이대로 가다간 몸이 두 쪽 날 게 분명했다.

제 몸도 지킬 수 없는 기연결은 용비야 일행과 맞싸울 여력이 없어, 온 힘을 다해 몸을 가누면서 아래로 내려서려고 했다. 소용돌이 중심의 힘은 너무나도 끔찍해서, 빠져나갈 수가 없었다. 그저 가능한 한 아래쪽이나 위쪽, 둘 중 한 방향으로 달아나는 것뿐이었다.

한운석과 용비야는 기연결 아래쪽에 있었다. 용비야는 이미 힘이 별로 남아 있지 않았고, 한운석은 필사적으로 자신을 지탱하는 한편 용비야를 붙잡았다.

그녀는 소용돌이 아래쪽 힘이 자꾸만 자신을 끌어당기는 것을 느꼈다. 다른 사람들은 아니고, 그녀 혼자만 잡아당기는 것 같았다. 마치 그녀를 집어삼키려는 것처럼!

어쩌면 아래로 떨어지는 것이 이대로 두 힘에 시달리는 것보다 안전할지도 몰랐지만, 그녀는 떨어지고 싶지 않았다! 용비야와 고칠소가 여기 있고, 예아와 연아도 여기 있는데 어떻게 갈 수 있을까?

기연결이 아래로 내려올 것 같아서 용비야와 한운석이 어쩔 바를 모르고 있을 때, 기연결 위쪽에 있던 고칠소가 갑자기 가시덩굴 한 줄기를 던져 기연결의 허리를 휘감았다!

예아는 한 손으로 고칠소의 손을 잡고, 다른 손으로는 연아를 붙잡고 있었다.

지금 연아는 가장 높은 곳에 있었다. 그녀도 한운석처럼 낯선 힘에 끌려가고 있었다. 다른 것이라면, 한운석은 아래로 끌려가는데 그녀는 위로 끌려간다는 것이었다.

고칠소에게 붙잡힌 기연결은 즉시 고칠소의 가시덩굴을 잡아채 끊어 버리려 했다. 하지만 가시덩굴에서 또 다른 줄기가 자라나 용비야에게로 뻗어 갔다. 소용돌이에 휘말려 아래위로 잡아당기는 두 힘에 제압당한 상태에서는 누구도 움직일 수가 없었다. 기연결이 제아무리 강해도 지금 이 순간 몸을 움직이기란 몹시도 힘든 일이었다.

자연적으로 자라나는 가시덩굴의 힘을 빌리지 않으면, 기연결을 붙잡는 건 그야말로 불가능한 일이었다!

용비야와 고칠소는 가시덩굴로 아래위에서 기연결을 제압했고, 그 후 용비야가 큰 소리로 외쳤다.

"소칠, 위로!"

본래부터 온 힘을 다하고 있던 고칠소는 이 말을 듣자마자 힘을 풀었다. 그와 동시에 용비야와 한운석도 힘을 탁 풀었다.

그들이 손을 떼는 순간 고칠소와 예아, 연아는 위로 끌어당기는 힘에 끌려 올라갔고, 한운석과 용비야는 아래로 끌어당기는 힘에 끌려 내려갔다. 눈 깜짝하는 순간에 불과했지만, 아래위 두 힘이 팽팽하게 맞서며 양쪽으로 잡아당기자 기연결의 몸은 조각조각 찢어져 형태를 알아볼 수 없이 흩어져 버렸다.

고칠소는 예아를 잡고, 예아는 연아를 잡은 채 갈수록 더 높이 날아올랐다. 고칠소는 점점 이상하다고 생각했다. 연아는 어떤 힘에 끌려가는 것처럼 계속해서 위로 올라가고 있었다.

"예아, 연아를 꽉 잡아. 어떻게든 뚫고 나가야 해!"

그가 큰 소리로 말했다.

더는 위로 올라갈 수 없으니 어떻게든 소용돌이를 뚫고 나가야 했다. 중심에서 멀리 떨어지면 떨어질수록 당기는 힘도 줄어들 터였다. 분명히 방법이 있었다.

예아가 말하려는데, 뜻밖에도 주위에 기이한 광경이 펼쳐졌다. 마치 신기루처럼 그들 주위로 성시가 하나둘 모습을 드러냈다.

"현공대륙의 진양성晉陽城이야!"

고칠소가 놀라 외쳤다.

"의부님……, 어떻게……, 어떻게 이럴 수가 있죠?"

예아는 까무러치게 놀랐다.

고칠소도 어리둥절해서 대체 어떻게 된 노릇인지 설명할 수가 없었다. 이건 환상일까?

마치 잠든 것처럼 눈을 감은 연아는 조용하고 앳되고 순수하고 깨끗했다. 예아는 이내 누이동생이 이상한 것을 깨닫고 잡은 손에 힘을 주어 그녀를 품으로 끌어당기려고 했다. 하지만 그럴 수가 없었다.

심지어 또 하나의 힘이 연아를 잡아당겨 그에게서 연아를 빼앗으려는 것 같았다.

그는 울음을 터트렸다.

"의부님, 연아를 잡고 있을 수가 없어요. 놓칠 것 같아요! 어떡해요?"

"버텨!"

사실 고칠소 자신도 힘이 별로 없어서, 그저 예아를 놓치지 않겠다는 마음뿐이었다. 그는 심호흡한 후 재빨리 가시덩굴 씨앗 하나를 꺼내 제 살 속에 심었다. 곧 가시덩굴이 그의 팔에서 무럭무럭 자라나 예아를 휘감은 뒤 연아 쪽으로 뻗어 나가 연아 역시 휘감았다.

"예아, 내가 버틸게. 넌 우릴 데리고 빠져나갈 방법을 생각해!"

고칠소는 말하는 것조차 힘겨웠다.

그런데 뜻밖의 일이 벌어졌다. 예아가 움직이기도 전에 연아를 잡아당기는 힘이 갑자기 더욱 강해졌다. 방금 소용돌이 중심에 있을 때 받은 힘보다 몇 배는 더 강한 힘이었다.

순간, 가시덩굴이 퍽 하고 끊어졌다. 예아는 무의식적으로 연아의 손을 움켜잡았지만, 도저히 버틸 수가 없었다.

연아의 조그만 손은 조금씩 조금씩 미끄러지듯 빠져나갔고, 예아가 아무리 힘을 줘도 잡을 수가 없었다.

예아는 엉엉 울음을 터트렸다.

"연아, 정신 차려! 깨어나서 오라버니를 봐! 연아, 자지 마! 아버지와 어머니가 우릴 기다리고 있단 말이야. 정신 차려, 응? 연아, 오라버니가 맹세할게……. 다시는 널 귀찮아하지 않겠다고 맹세할게. 제발 정신 차려, 깨어나서 말 좀 해! 오라버닌 네가 떠드는 게 좋아. 그러니 말 좀 해! 대체 어떻게 된 거야? 연아, 영자가 왔어. 그러니까 어서 깨어나. 영 오라버니가 왔어…….”

예아는 엉엉 울면서도 자꾸자꾸 누이동생을 불렀다. 연아는
그래도 깨어나지 않았다.

그녀의 손가락이 주르르 미끄러져 완전히 예아의 손에서 벗
어났다. 그녀는 그렇게 날아가 주변에 떠오른 환상 속으로 들
어갔다. 그녀가 사라지자 현공대륙의 환상은 마치 충격을 받은
것처럼 모조리 사라졌다.

“연아!”

예아는 무너져 내릴 것처럼 울부짖었다.

“연아!”

고칠소도 소리소리 지르며 필사적으로 예아를 잡아당겼다.
예아까지 잃어버릴까 두려웠다.

별안간, 소용돌이의 힘이 확 줄어들었고 고칠소와 예아는 밖
으로 날아가 저 멀리 나가떨어졌다.

그때 빙해 아래쪽으로는 아직도 소용돌이의 힘이 사라지지
않았고 끊임없이 커지기만 했다.

용비야와 한운석은 설명할 수 없을 만큼 깊디깊은 얼음 굴
속으로 떨어져, 지금은 어느 연못 옆에 쓰러져 있었다.

연못 속에는 기괴한 풍경이 나타나 있었다. 현대식 도시, 높
디높은 빌딩, 꼬리에 꼬리를 무는 자동차들. 이 모든 것이 용비
야에게는 몹시도 낯설었지만, 한운석에게는 몹시도 익숙했다.

어째서 이런 풍경이 나타났을까? 어째서 그녀는 아직도 잡

아당기는 힘을 느낄까? 그 힘은 계속해서 그녀를 연못 속으로 잡아당기고 있었다.

그녀가 가진 봉황력이 얼음 결정을 깨웠다면, 설마하니 연아가 가진 봉황력은 빙해를 깨뜨리고…… 시공을 넘어가는 통로를 연 것일까?

빙해의 진짜 비밀은, 가장 큰 비밀은 얼음 결정의 힘이 아니라 바로 시공을 넘나드는 통로였던 걸까?

용비야는 한운석의 손을 꼭 잡았다. 당연히 그도 자꾸만 한운석을 아래로 끌어당기는 힘을 느낄 수 있었다. 그렇지만 그에게는 힘이 별로 없었다.

"저곳은 어디냐? 네가 아는 곳이냐?"

용비야의 허약해진 목소리에는 분명하게 두려움이 묻어 있었다.

용비야가 지금 느끼는 두려움은 한운석도 더할 나위 없이 익숙했다. 지난날 그에게 자신이 진짜 한씨 집안 소저가 아니라는 것을 알렸을 때도, 그는 이처럼 두려워했다.

그가 나중에 그 두려움을 어떻게 떨쳐 냈는지, 그녀는 몰랐다. 어쩌면 떨쳐 낸 게 아니라 그녀가 볼 수 없도록 마음속 깊이 숨겼을 뿐인지도 몰랐다.

그리고 지금 더는 숨길 수 없는 그 두려움이 그의 목소리에, 그의 얼굴에, 그의 눈빛에 드러났다.

한운석은 정말이지 이렇게 대답하고 싶었다.

'나도 몰라요.'

하지만 그의 두려움이 이미 말해 주고 있었다. 그는 이미 어떻게 된 일인지 짐작했고, 저곳이 어디인지도 짐작했다는 것을.

"야, 저긴⋯⋯."

한운석은 목이 메어 한참 만에야 다시 입을 열 수 있었다.

"저긴 3천 년 후의 세상이에요."

용비야가 부드러운 눈길로 한운석을 바라보았다. 한마디도 하지 않았지만 그녀를 잡은 손에 조금씩 힘을 주어 더욱더 힘껏 그녀를 붙잡았다.

그의 창백한 얼굴과 피에 젖은 온몸을 보자, 한운석은 마음이 아파 자꾸 눈물이 흘렀다. 그녀 역시 아무 말도 하지 못한 채 힘주어 그를 붙잡았다.

애석하게도 지금 두 사람의 힘은, 저 깊은 연못 속에서 끌이 당기는 힘 앞에서는 하루살이가 나무를 흔들듯 미약하기 그지없었다.

한운석은 조금씩 끌려 들어갔고, 어느덧 발이 연못 속 깊이 잠겼다. 그녀는 온 힘을 끌어모아 안간힘을 쓰고 또 썼다.

그렇지만 하필이면 그때 현기증이 밀어닥쳤다. 익숙하면서도 낯선 느낌이었다. 독 저장 공간에 들어간 얼음 결정이 마구 날뛰는 통에 통제할 수가 없었다. 현기증이 점점 강해지면서 그녀는 힘을 잃고 용비야를 붙잡을 수 없게 되었다.

"비야……, 꽉 잡아요……. 날 잡아요!"

그녀는 혼잣말을 하고 또 했다. 의식이 몽롱해지기 시작했다.

비야, 꽉 잡아 줘…….

비야, 놓지 마……. 절대로 놓지 마!

그녀도 무슨 일이 벌어지는 건지 몰랐다. 혼절한 걸까? 아니면 꿈속에 빠진 걸까?

온 세상이 어두컴컴해진 것인지, 아니면 자신이 볼 수 없게 된 것인지 분간이 서지 않았다. 어쨌든 눈앞이 캄캄했다.

그렇지만, 유독 자신의 손은 볼 수 있었다. 누군가 그녀의 손을 잡고 어둠 속을 끊임없이 걸어가고 있었다. 그녀는 그 손을 따라서 위를 계속 바라보았지만 그 사람의 얼굴을 볼 수 없었다. 몇 번이나, 몇 번이나 꿈에 나타났던 장면이었다.

그때마다 그녀는 그 사람의 얼굴을 볼 수 없었다.

그는…… 누구일까?

용비야일까?

온몸에 힘이 없고 차츰차츰 아래로 떨어지는 기분이 들었다. 마치 심연 속으로 떨어지는 것처럼, 또 다른 세상에 떨어지는 것처럼.

"비야, 살려 줘요! 비야, 놓지 말아요. 놓으면 안 돼요! 부탁이에요……. 손을 놓지 말아요……. 당신을 떠나기 싫어요……, 싫어요……."

그녀가 울음을 터트리는 순간, 그 사람이 다른 쪽 손을 내밀며 말했다.

"자, 꽉 잡아라."

이 목소리는…….

바로 용비야의 목소리였다!

그였다!

끝없이 반복되던 꿈속에서, 내내 그녀의 손을 잡아 준 사람은 바로 용비야였다.

그의 다른 쪽 손도 그녀를 붙잡았다. 그녀가 그 손을 바라보니 손아귀에 깊이 찍힌 잇자국이 보였다!

그녀가 그에게 남겨 준 표식이었다.

그는 말했다. 모반은 전생의 연인이 깨물어 남긴 잇자국이라고.

용비야였다. 틀림없었다!

그렇지만 어째서 저 잇자국을 보면 볼수록 이상한 기분이 들까?

저건 잇자국일까, 모반일까?

"비야, 이거 잇자국이에요……, 아니면 모반이에요?"

그녀는 중얼중얼 물으면서 무의식적으로 고개를 들었다. 바로 그 순간, 주위의 어둠이 환한 빛에 모조리 쫓겨났다. 갑작스럽게 닥쳐온 강렬한 빛에 그녀는 눈을 뜰 수가 없었다.

귓가에 번잡한 소리가 들려오기 시작했다. 바쁜 발걸음 소리, 다급한 벨 소리, 환자와 의사가 다투는 소리, 대기표 번호 부르는 소리, 그리고 수술실에서 기계가 작동하는 소리.

너무나도 익숙하지만 너무나도 오랜만에 듣는 소리였다!

그녀는 깜짝 놀랐다.

설마, 돌아온 걸까?

아니야…….

그녀는 무의식적으로 눈을 떠서 아래를 내려다보았다. 그 순간, 그녀는 마침내 자신의 손을 잡은 사람을 볼 수 있었다.

이 사람은…….

셔츠에 긴 바지, 잘 다듬어진 몸매, 단정한 머리 길이, 표현하기 어려울 만큼 잘생긴 이목구비. 특히 깊고 칠흑같이 까만 눈동자는 매혹적이면서도 신비로웠다. 누구든 소원하게 느끼게 만드는 냉담함이지만, 불나방처럼 다치는 것도 아랑곳하지 않고 뛰어들게 만드는 매력이 있었다. 한번 빠지면 영원토록 그 속에 푹 잠겨 제힘으로는 결코 빠져나갈 수 없게 만드는 매력이었다.

한운석은 이보다 더 익숙할 수 없는 눈동자를 보자 마치 그를 처음 만났을 때로 돌아온 것 같았다. 그녀는 울음을 터트렸다. 엉엉 울었다.

이게 첫 만남인지, 아니면 재회인지 판단이 서지 않았다.

대체 어떻게 된 거야?

꿈인가?

운공대륙에서의 세월이 모두 한바탕 꿈이었던 거야?

아니면, 지금 이 순간 눈앞에 있는 모든 것이 꿈인 거야?

그는 그가 아니었지만 그를 닮았고, 꿈은 꿈이 아니었지만 꿈 같았다……. 아무리 생각해도 알 수가 없었고, 그런 것까지 생각하고 싶지도 않았다. 그저 그가 아직 있는지 알고 싶을 뿐이었다.

"비야, 당신이에요? 용비야……, 당신이에요? 당신인 거예요?"

그녀는 울었다. 그런데 갑자기 그가 웃음을 터트렸다.

"운석, 3천 년 동안 너를 찾았다. 그런데 새치기할 특전도 안 주는 거야? 네가…… 너무 보고 싶었다."

그녀는 놀라 얼어붙었다.

설마, 그가 바로 능운 그룹 이사, 병원장이 데려와 순번 무시하고 먼저 해독하라고 했던…… 용 선생?

그녀는 그런 것까지 신경 쓰고 싶지 않았다. 그저 용비야를 원할 뿐이었다!

"당신은 누구죠? 당신은 대체 누구예요? 당신이 용비야예
요……? 맞아요?"

그녀는 큰 소리로 울었다. 우느라 시야가 흐릿해져 앞에 있
는 사람이 보이지 않았다.

그녀는 초조하게 눈물을 닦았지만, 다시는 앞에 있는 사람을
볼 수가 없었다! 모든 빛이 물러나고 모든 소리가 사라졌다. 주
위는 다시 본래의 어둠과 죽음 같은 적막 속으로 되돌아갔다.

그녀는 멍하니 자신의 손을 바라보았고, 그제야…… 자신이
손을 놓았다는 것을 인지했다. 그 역시 손을 놓고 있었다.

"비야……, 용비야, 돌아와요! 당신 어디 있어요? 돌아와요!
돌아와 줘요……. 날 버리지 말아요! 버리지 마……."

그녀는 울부짖고, 어둠 속에서 마구 헤매며 그를 찾아다녔
다.

갑자기!

그녀가 걸음을 멈추고 고개를 숙였다. 놀랍게도 두 다리가
얼어붙어 있었다.

이건…….

"운석, 정신 차려! 울지 마라……. 내가 있다. 운석, 난 계속
여기 있었다. 정신 차려……."

용비야의 목소리가 아주 가까이에서 들려왔다. 바로 눈앞에
있는 것 같았다.

정신이 혼미해진 채 꿈속에 빠진 한운석이 번쩍 눈을 떴다.
그제야 용비야가 눈앞에 있는 것이 보였다. 그녀와 용비야는

여전히 얼음 굴 바닥에 있었다.

방금 일어난 모든 것은 전부 꿈이었다!

병원도 없고, 능운 그룹도 없고, 용 선생도 없었다……. 아무 것도 없었다!

눈앞에는 오직 용비야뿐이었다.

용비야는 아직도 그녀의 두 손을 힘껏 잡고 있었다. 손아귀의 흉터는 진짜 깨문 흔적이었고 모반이 아니었다.

"운석, 어떻게…… 된 거냐? 네 다리가……."

용비야의 얼굴이 공포에 질렸다.

한운석은 그제야 고개를 돌렸다가 두 다리가 정말로 얼어붙은 것을 발견했다. 게다가 계속해서 한기가 서서히 위로 올라오며 그녀를 통째로 얼려 버릴 기세였다.

두 다리가 얼어붙은 뒤, 그녀를 아래로 잡아당기는 힘도 사라진 것 같았다.

"설마, 얼음 결정의 힘일까요?"

한운석이 놀란 목소리로 말했다.

"얼음 결정을 꺼내라! 어서!"

용비야가 다급히 말했다.

한운석은 얼음 결정을 독 저장 공간에서 내보내려 했지만, 그제야 결정이 이미 박살 났다는 것을 알았다.

그랬다. 연아가 봉황력을 폭발시켰을 때, 얼음 결정은 이미 산산조각이 났고 빙해도 무너진 것이었다. 한운석이 소환해 낸 것은 얼음 결정의 조각뿐이었다.

얼음 결정이 한운석의 몸에서 떠나자마자 한운석의 몸을 얼렸던 얼음도 와장창 깨어졌고, 잡아당기는 힘이 다시 나타났다. 그 순간, 그녀의 몸이 쑥 미끄러져 몸이 반이나 연못에 잠겼다.

그녀와 용비야 둘 다 몹시 뜻밖인 얼굴로 서로를 바라보았다. 용비야는 황급히 그녀를 붙잡았지만, 애초에 잡을 수도 없었다. 한운석은 계속 아래로 떨어졌다. 게다가 주위의 얼음까지 녹기 시작해서 금세 물이 흘러들어 왔다. 얼음 굴마저 녹아내릴 것 같은 기세였다.

한운석은 별수 없이 다시 얼음 결정 조각을 독 저장 공간에 넣었다. 얼음 결정 조각이 들어가자 곧 몸 태반이 꽁꽁 얼었고, 잡아당기던 힘은 순식간에 사라졌다.

모든 것이 정지했다.

그녀와 용비야는 믿을 수 없어 하며 서로를 바라보았다.

빙해의 비밀은, 얼음 결정의 비밀은 대체 뭘까? 그 모든 것은 봉황력과 무슨 관계가 있을까?

"내 봉황력은 이 얼음 결정을 깨우고, 연아의 봉황력은 빙해와 얼음 결정을 망가뜨리는 걸까요?"

한운석이 중얼거리듯 물었다.

"연아의 봉황력은 틀림없이 십품이고 내 서정력과 필적할 것이다."

용비야는 확신했다. 그 정도 힘이면 그도 알아볼 수 있었다.

그들의 주위에는 온통 깨진 얼음 조각이 흩어져 있었으나 아직 녹지 않은 채였다. 빙해가 무너졌으니 이곳도 본래라면 망망대해로 변했어야 했다.

혹시 얼음 결정 조각이 한운석의 독 저장 공간에 갇혀 있어서 빙해가 완전히 녹아내리지 않았던 걸까?

방금 얼음 결정 조각을 꺼냈을 때 주위의 모든 것이 녹아내리기 시작하던 것을 생각하자, 한운석도 대강 어떻게 된 일인지 짐작했다.

봉황력은 얼음 결정을 깨뜨릴 수 있고, 얼음 결정이 깨진 뒤 폭발시킨 힘은 빙해를 무너뜨려 시공을 넘나드는 통로를 열 수 있었다. 그녀가 얼음 결정을 독 저장 공간에 넣으면, 실제로는 얼음 결정이 계속해서 밖으로 뿜어내는 힘도 독 저장 공간에 갇히는 셈이었다.

세 가주가 얼음 결정의 힘을 빼앗으려던 것은 틀림없이 그 강력한 힘이 탐나서였을 뿐, 그 힘의 진짜 비밀은 몰랐던 게 분명했다. 이제 그녀가 몸으로 직접 그 힘을 견디며 그 힘이 바깥으로 흘러 나가지 않도록 막아야 했다. 그 대가는 바로 얼어붙는 것이었다.

한운석은 이해했고, 용비야도 알아차렸다.

하지만 애석하게도 너무 늦었다.

한기가 어느새 한운석의 심장에 이르렀고, 계속해서 위로 퍼지고 있었다. 그녀의 얼굴과 입술이 너무나 창백해서 용비야로 선 겁이 날 정도였다.

어쨌든 잃어버리기는 마찬가지였다!

눈으로 빤히 보면서도 도울 힘이 없었다!

용비야는 점점 얼어붙는 아내를 보면서 마침내 눈시울을 적셨다. 그가 물었다.

"운석, 북월이 있었다면 어떤 선택을 했을까? 나보다 더 잔인했을까?"

한운석을 지키고 빙해와 북려 초원의 목축민 십만여 명을 포기할 것인가?

아니면 한운석을 포기하고 박살 난 빙해를 지킬 것인가?

또 선택의 순간이 왔다! 용비야가 긴말하지 않아도 한운석은 그의 어려움을 이해했다.

지난날 삼도 암시장에서 영정을 구하러 갈지 말지 망설이고 있을 때, 부득불 잔인한 선택을 해야 했을 때, 고북월은 그에게 이렇게 말했다.

'전하, 이는 잔인함이 아니라 선택의 문제입니다. 선택에는 옳고 그름만 있을 뿐 인자함과 잔인함의 구분은 없습니다.'

무엇이 옳고 무엇이 그른가?

천하를 지키고 만민을 지키고 처자식을 버리는 것이 옳은가?

고북월이라면, 그는 어떤 선택을 할까?

얼음은 이미 한운석의 목과 팔까지 퍼지고 있었다. 그녀는 용비야를 바라보며 계속 눈물을 흘렸다.

"전하……, 전하……."

그를 전하라고 부르지 않은 지가 정말 정말 오래였다. '전하'라는 말에 얼마나 많은 추억이 담겨 있던가?

전하, 만약 그럴 수만 있다면. 운석은 영원히 당신을 전하라고 부르고 싶어요. 영원히 당신의 진왕비이고 싶어요. 동진도 없고, 서진도 없고, 대진도 없는 곳에서.

하지만 애석하게도 우리 둘 다 마음대로 할 수 없는 몸이죠.

"전하, 운석인…… 전하와 헤어지기가 싫어요."

운석, 가지 않고 뭘 하느냐

용비야는 칼로 심장을 난도질당하는 것 같았다. 연못 속의 낯선 허상으로 흘낏 시선을 던진 그는 모진 마음을 먹고 한운석을 밀어냈다!

"한운석, 가라! 네 세상으로 돌아가!"

어쩌면, 본래의 세상으로 돌아가면 모든 것이 다 괜찮아질지도 몰랐다. 그녀도 무사할지 몰랐다!

그녀가 와서 운공대륙의 역사가 바뀌었다. 그녀가 가면, 운공대륙에 그녀라는 사람이 없어지면, 일어났던 모든 일이 사라질 수도 있었다!

모든 것이 괜찮아질 테고, 그녀도 무사할 터였다!

그는 차라리 그녀를 떠나보낼망정, 돌려보낼망정 그녀가 이렇게 얼어붙은 채 이곳에서 죽는 것은 원치 않았다!

"가!"

용비야는 있는 힘껏 한운석을 밀었지만, 도저히 힘이 없어 그녀를 움직일 수 없었다.

"한운석, 가라! 늦지 않게 어서 가!"

한운석은 뜻밖의 사태에 멍하니 그를 바라보았다. 어쩔 줄 몰라서 그저 눈물만 뚝뚝 흘렸다.

시간이 없었다!

용비야는 힘들어도 잔인하게 해야만 했다!

옳고 그름 따위는 신경 쓰고 싶지 않았다. 잔인함이든 인자함이든 상관없었다. 그저 이 여자가 살기를 바랄 뿐.

어디에 살고 있든, 그저 살기를 바랄 뿐이었다!

조금 전만 해도 필사적으로 그녀를 잡아당겼지만, 지금은 심장을 도려내는 아픔을 참으며 과감하게 그녀의 손을 놓았다.

그는 목멘 소리로 말했다.

"한운석, 어서 가지 않고 뭘 하느냐?"

한운석, 어서 가지 않고 뭘 하느냐……. 어서 오지 않고 뭘 하느냐.

오래전, 태후궁에서. 그는 피 묻은 하얀 비단을 바쳐 그들이 실질적인 부부임을 증명한 뒤 돌아서서 걸어갔다. 그녀는 태후에게 붙잡히고 비빈들에게 둘러싸여 마치 버림받은 사람처럼 그의 뒷모습을 바라보면서 어찌해야 할 바를 몰랐다.

그런데 문가에 이른 그가 갑자기 그녀를 돌아보며 말했었다.

'한운석, 어서 오지 않고 뭘 하느냐?'

그때가 그녀에게 처음으로 그 말을 했을 때였다.

그 후, 그녀는 그를 따라 운공대륙 곳곳을 다녔고, 무슨 일이 생기든 그녀가 뒤에 있으면 그는 결코 훌쩍 가 버리지 않았다.

두 마음 사이가 아직 백 걸음 떨어져 있었을 때도, 두 사람 사이가 단 열 걸음만 떨어져도 그는 반드시 돌아보며 그녀에게 손을 내밀며 이렇게 묻곤 했다.

'한운석, 어서 오지 않고 뭘 하느냐?'

그렇지만 이번에는, 그녀에게 손을 내밀지 않았다. 도리어 그녀의 손을 놓고 쫓아 보내려 했다.

한운석, 어서 가지 않고 뭘 하느냐?

왜 가라는 거야?

한운석은 눈물이 비 오듯 흘렀다. 팔이 꽁꽁 얼어붙었어도, 그녀는 여전히 억지로 고개를 들고 그를 바라보았다.

그녀가 한 자 한 자 진지한 목소리로 말했다.

"평온한 세월에는 임과 함께 속삭이고…… 천하가 어지러우면 임과 함께 싸우고…… 바쁜 날이 가시면 임과 함께 늙으리……. 전하, 운석인 안 가요. 죽어도…… 안 가요!"

그 말이 떨어지는 순간 얼음이 그녀의 얼굴로 올라와 순식간에 얼굴과 눈물을 얼렸다. 팔 쪽의 얼음도 빠르게 손바닥으로 퍼져 나갔다.

"운석!"

용비야의 얼굴에는 어느덧 맑은 눈물 두 줄기가 흘러내리고 있었다. 그는 황급히 손을 뻗어 그녀의 손을 잡고 열 손가락을 얽었다. 조금이나마, 아주 조금이나마 온기를 남겨 주려는 부질없는 희망을 품고서.

하지만 얼음은 계속해서 퍼져 나가 순식간에 한운석의 손을 집어삼키고, 심지어 용비야의 손에까지 퍼져 나갔다.

용비야는 얼음이 손을 따라 자신의 팔로 올라오는 것을 멍하니 바라보다가 놀랍게도 큰 소리로 하하하 웃음을 터뜨렸다.

"살아서는 헤어지지 않고 죽어서는 버리지 않겠다……. 헤어지지도, 버리지도 않겠다!"

얼음은 급속도로 퍼져 나가 얼마 안 있어 용비야마저 꽁꽁 얼렸다. 부부 두 사람은 그렇게 열 손가락을 깍지 낀 자세로 한 덩이 얼음이 되었다.

그들이 얼어붙은 뒤 한운석을 끌어당기던 연못도 차츰차츰 얼어붙었고, 환상도 모조리 사라졌다. 얼음 굴 밖에서는 빙해 전체가 조각조각 깨지고 흩어져 있었으나 그 깨진 조각들이 서서히 서로 모이고 합쳐졌다. 마치 본래 모습을 되찾으려는 것처럼.

그랬다. 모든 것이 원래대로 돌아가고 있었다!

고칠소는 아직도 예아를 데리고 빙판 위에서 연아와 한운석 일행을 찾아다니고 있었다. 얼음이 다시 본래 모습으로 돌아가는 것을 보자, 고칠소는 과감하게 예아를 데리고 빙해를 벗어났다!

얼마 지나지 않아 넓디넓은 빙해는 본래 모습으로 되돌아갔다. 다만 거대한 얼음 굴만은 메워지지 않고 그대로였다.

깊이를 알 수 없는 얼음 굴은 마치 빙해의 심장 같았다. 도려 내진 심장 같았다. 한운석과 용비야는 그 속에서 얼음이 되었고, 얼음 결정도 한운석과 함께 그곳에 갇혔다.

고칠소와 예아는 기슭에서 한참 동안 기다리다가, 빙해에 달리 큰 움직임이 없는 것을 보자 비로소 다시 내려가 계속 사람들을 찾아다녔다.

그들은 연아를 찾지는 못했지만 얼음 굴은 찾아냈다.

"연아, 아버지, 어머니! 그 아래에 계세요?"

예아가 큰 소리로 불렀다.

"용비야, 독누이! 아래에 있어?"

고칠소도 따라서 외쳤다.

하지만 안타깝게도 대답하는 것은 메아리뿐이었다.

"예아, 여길 지키고 있어. 내가 내려가 볼 테니!"

고칠소가 진지하게 말했다.

예아는 고개를 끄덕였지만, 고칠소가 안으로 뛰어들자마자 곧바로 따라 내려가 고칠소에게 막을 기회조차 주지 않았다.

두 사람은 한참 동안 아래로 떨어진 끝에 마침내 바닥에 도착했다. 얼음 굴은 바닥도 얼음이었다. 바닥 전체가 얼어붙어 있었다.

고칠소와 예아는 처음에는 얼어붙은 용비야와 한운석을 알아보지 못했지만, 연못이 있던 위치에 가까이 가자 알아차렸다.

"아버지! 어머니!"

예아가 큰 소리로 부르면서 우르르 달려가, 그대로 빙판 위에 미끄러지며 얼어붙은 아버지의 몸에 부딪혔다.

그는 아픔도 아랑곳하지 않고 눈앞에 있는 아버지를 바라보았다. 한참 동안 넋이 나가 있던 그는 비로소 고칠소를 돌아보며 입을 벙긋했다. 울고 싶은데 울음이 나오지 않는 것 같았고, 목소리마저 목에 꽉 막혀 있었다.

"아버지……."

고칠소는 지금 보고 있는 것을 도저히 믿을 수가 없었다. 그는 빙판 위에 꿇어앉아 연못에 빠진 한운석과 온몸이 피투성이가 된 용비야를 바라보았다. 영혼이 쏙 빠져나간 것처럼 눈동자마저 텅 비어 다시는 평소의 그 아름다운 웃음을 찾아볼 수가 없을 것만 같았다.

한참 동안 침묵이 이어진 끝에 마침내 예아가 통곡을 터트렸다.

"아버지……, 어머니……."

고칠소는 넋을 놓고 바라보며 위로하지도 않았다.

자기 자신도 위로할 수 없으면서 무슨 수로 예아를 위로할 수 있을까?

그는 힘껏 몸을 부딪치고 힘차게 때려 대며 한운석을 얼린 얼음을 깨뜨려 보려 했지만, 뭘 해도 소용이 없었다. 이 얼음은 빙해의 얼음처럼 무엇으로도 깨뜨릴 수 없었다!

"봉황력!"

갑자기 고칠소가 소리쳤다.

"맞아, 봉황력! 봉황력이면 얼음을 깨뜨릴 수 있어!"

예아도 정신이 들었다.

"연아……, 연아를 찾아야 해요!"

예아와 고칠소는 미친 사람처럼 부근에 있던 설오를 찾아내 사방을 뒤졌다. 하지만 빙해를 한 바퀴 돌며 샅샅이 살펴보아도 연아를 발견할 수가 없었다. 결국, 그들은 낙심한 채 얼음굴로 돌아갔다.

"의부님, 혹시 아버지와 어머니는 벌써……."

예아는 차마 뒷말을 잇지 못했지만, 고칠소가 사납기 그지없이 소리소리 질렀다.

"그럴 리 없어! 그럴 수 없다고! 빙해가 왜 원래대로 돌아왔지? 분명히 이유가 있을 거야! 분명히!"

예아는 다시는 입을 열지 않았다. 그는 천천히 몸을 숙여 빙판에 몸을 붙인 채 아버지를 안았다. 오래 있지도 않았는데 추워서 몸이 떨렸다.

몸을 보호해 줄 진기가 없는 고칠소는 예아보다 더 추웠다. 하지만, 그는 여전히 예아를 억지로 안아 일으켜 품에 안고 온기를 나눠 주면서 말했다.

"예아, 착하지, 말 들어. 의부를 너무 놀라게 하지 마. 너까지 잃을 수는 없어."

예아는 정말 착하게 꼼짝도 하지 않았지만, 눈물은 계속해서 흘렀다. 고칠소도 쉬지 않고 그 눈물을 닦아 주었다.

두 사람 다 아무 말이 없었다. 둘 다 어떻게 해야 좋을지 몰랐지만 떠나야 한다는 생각도 하지 않았다.

밤이 깊어지자 갑자기 예아가 고칠소의 손을 뿌리치며 놀란 소리로 말했다.

"의부님, 아버지와 어머니는 돌아가시지 않았어요! 두 분의 진기를 느낄 수 있어요, 느낄 수 있다고요!"

예아는 어머니에게로 달려가 있는 힘껏 얼음을 두드리며 목이 터지도록 불렀다.

"어머니! 들리세요? 저 예아예요! 어머니!"

그는 늘 갖고 다니는 비수를 뽑아 힘껏 얼음을 내리찍었다. 빙판을 깨뜨리고 싶었지만, 아무리 힘주어 찍어도 빙판에는 상처 하나 나지 않았다.

"아버지! 어머니! 두 분이 살아 계신 거 알아요! 틀림없이 아직 살아 계실 거예요!"

고칠소는 도저히 믿을 수가 없었지만, 흥분해서 예아를 붙잡고 진지하게 물었다.

"정말이야?"

"정말이에요! 정말이라고요!"

예아는 놀라고 기뻐하며, 흥분해 울면서 외쳤다.

"아버지, 어머니는 돌아가시지 않았어요! 살아 계시다고요! 두 분의 진기를 느낄 수 있어요. 폐관하신 것처럼 진기를 한데 모아 놓으셨어요."

고칠소는 뜻밖의 기쁨에 어쩔 줄 몰랐다.

"저……, 정말……, 정말이지?"

용비야와 한운석이 얼어붙은 다음에도 목숨을 잃지 않았다고? 그러니까, 두 사람이 폐관 수련법을 이용해 추위와 굶주림에 맞서며 구조를 기다리고 있다고?

"의부님, 연아를 찾으러 가요! 어서요!"

"봉황력은 이곳 얼음을 녹일 수 있으니 연아만 찾으면 두 분을 구할 수 있어요!"

예아는 흥분해서 두서없이 외쳐 댔고, 고칠소도 흥분하긴 마찬가지였다. 두 사람은 즉시 얼음 굴을 떠났지만, 굴 위로 날아올랐을 때 고칠소는 이상한 것을 깨달았다.

그는 빙판 위에 내려서서 경계 어린 소리로 말했다.

"예아, 독이야!"

"어디에요?"

예아도 독술을 알지만 고칠소만큼 예민하지는 못했다.

"발아래…….'"

고칠소가 중얼거렸다.

예아가 알아차리기도 전에 고칠소가 그를 와락 안아 빙해 남쪽 기슭을 향해 달려갔다. 고칠소는 설명하지 않았지만, 예아도 이내 얼음 굴에서부터 독소가 퍼지고 있다는 것을 깨달았다. 독소는 빙해 전체를 뒤덮을 기세였다!

예아는 차마 상처를 입은 의부에게 안겨 있을 수가 없어서 재빨리 내려와 제 발로 달렸다.

두 사람은 온 힘을 다한 끝에 비로소 기슭에 도착해 빙해에서 벗어났다. 그들은 숨을 헐떡이면서 까맣게 변한 빙판을 바라보다가 한참 동안 서로를 보았다.

그런 다음 예아가 먼저 입을 열었다.

"어떻게 이런……. 어……, 어머니가 하신 걸까요?"

고칠소는 대답할 길이 없었다. 어째서 빙해가 갑자기 본래 모습으로 돌아왔을까? 어째서 빙해가 독 빙해로 변했을까? 연아는 어디로 갔을까? 용비야와 한운석은 대체 무슨 일을 당했을까?

사태가 너무 갑작스럽고 또 너무 기괴해서, 생각해 봐도 알 수가 없었다.

그가 아는 것은 단지 자신이 빙해의 독을 풀 수 없다는 것이었다. 이 독은 만독지수였다.

설마 그 얼음 결정이 독에 오염되어 한운석의 독 저장 공간에 흡수되었기 때문에 빙해 전체가 따라서 독이 된 걸까?

만독지수는 해약이 없어서, 고칠소도 어쩔 도리가 없었다.

"어떻게 이럴 수가?"

예아도 방법이 없었다.

고칠소는 한참 망설이다가 다급하게 말했다.

"꼬맹이를 찾자! 꼬맹이는 만독지수를 겁내지 않아."

고칠소는 잠깐 생각하더니 예아를 붙잡고 진지하게 말했다.

"예아, 명심해. 네 아버지와 어머니는 아직 살아 있어. 넌 반드시 버텨 내야 해. 태부를 찾아가서 천천히 의논하자!"

예아도 진지하게 고개를 끄덕였다.

"예!"

아버지와 어머니가 아직 살아 계시기만 한다면 그도 두렵지 않았다!

진민, 울지 마시오

지금 고칠소는 연아가 더 걱정이었다.

살았을까, 죽었을까?

어째서 소용돌이 안에 현공대륙의 환상이 나타났을까? 연아를 데려간 신비한 힘은 무엇일까? 혹시 그 힘이 연아를 현공대륙으로 데려갔을까?

고칠소는 깊이 생각할 용기가 나지 않았다. 그는 목소리마저 약간 떨며 말했다.

"대영채로 돌아가자. 곧바로 고북월에게 서신을 보낼게!"

그는 정말 두려웠다. 하지만 예아 앞에서는 반드시 그 공포와 절망을 숨겨야 했다.

그가 쓰러지면 예아가 무슨 수로 버틸까?

고칠소가 떠나려는데 예아가 붙잡았다.

"의부님, 다치셨잖아요."

고칠소는 무의식적으로 계속 피가 흐르는 팔을 뒤로 감췄다. 그는 이제 불사의 몸이 아니었다. 생살과 피로 혈등을 먹이는 것은 몸을 크게 해치는 일이었다.

예아는 옷자락을 찢어 고칠소의 상처를 조심조심 싸맸다. 고작 열 살인데 싸매는 동작은 순서가 정확했고 거침없어서 솜씨가 아버지 못지않고, 또 어머니처럼 전문적이었다.

어른과 아이 둘 다 마음속으로는 걱정스럽고 당황스러웠다.

그들은 긴말하지 않고 황급히 대영채로 달려갔다.

대영채에는 아금 일행도 있었다. 아금은 이미 매를 통해 긴급 철수 명령을 발송한 후였고, 지금은 인력 파견도 완료했다.

당리와 영정은 직접 기병 한 갈래를 이끌고 목축민들에게 달아나라고 알리러 갈 준비를 하고 있었다. 아금과 목령아는 동오로 달려갈 준비 중이었다.

매로 전하는 소식이 그들보다 훨씬 빠르지만, 이처럼 위급한 상황에서는 반드시 책임자가 몇몇 대규모 성시를 지켜야 했다. 그렇지 않으면, 목축민들이 겁을 먹는 순간 초원 전체가 혼란에 빠질 수 있었다!

설산 이북 초원뿐만 아니라 설산 이남의 초원도 마찬가지였다. 심지어 혼란이 북려에도 파급되고 대진까지 이를 수도 있었다! 그래서 아금은 급서에 빙해가 무너지려 한다고 설명하지 않고, 역병이 발생했으니 최대한 빨리 사람들을 철수시키라고만 했다.

아금 일행이 떠나려고 할 때 고칠소와 예아가 도착했다.

상처투성이에 피범벅이 된 고칠소의 몸과 피 묻은 예아의 얼굴을 본 사람들은 깜짝 놀랐다.

목령아는 말 등에서 굴러떨어지다시피 하며 내려와 예아에게 달려갔다. 참을 수가 없어 울음이 터졌다.

그녀가 예아의 얼굴에 묻은 핏자국을 닦아 주며 물었다.

"너희 동생은? 아버지와 어머니는? 무슨 일이 있었어?"

당리도 고칠소 앞으로 달려갔다. 말이 목구멍까지 나왔지만 목이 메어 도저히 입을 열 수가 없었다. 결국, 영정이 대신 말했다.

"대체 어떻게 된 건가요?"

고칠소는 사람들을 둘러보더니, 두말없이 막사로 들어가 서신을 썼다.

당리와 아금이 황급히 쫓아 들어갔고, 영정과 목령아는 예아 곁을 지키며 초조하게 캐물었다.

빙해가 독 빙해로 바뀌었고, 한운석과 용비야가 빙해 아래에서 얼음이 되었고, 연아는 행방불명되었다는 것을 듣고 나자, 목령아가 제일 먼저 와 하고 울음을 터트렸다. 당리는 몸을 날려 말에 뛰어오르더니 곧바로 빙해를 향해 달려갔다.

고칠소는 서신을 보낸 뒤 완전히 넋이 나갔다. 무슨 생각을 하는지 몰라도 그는 의자에 털썩 주저앉아 멍청하게 있었다.

"대백!"

별안간 목령아가 외쳤다.

"맞아! 대백은 가능해!"

대백은 군역사가 기른 독시 짐승으로, 여러 극독에 면역력이 있어 중독되지 않았다.

목령아가 다급하게 말했다.

"칠 오라버니, 대백은 빙해를 건널 수 있어요. 대백은 할 수 있다고요!"

고칠소는 고개를 들고 천천히 말했다.

"빙해에 퍼진 독은 만독지수야. 지금은 얼음 전체가 만독지빙이 되었지. 꼬맹이 말고는 아무도 들어갈 수 없어!"

기다리는 방법뿐이었다.

무애산 쪽에서는 진민이 이틀 밤낮 분투하며 고북월을 구하기 위해 사신과 싸우고 있었다. 마침내 끼익 소리와 함께 문이 열렸다.

영자와 작약, 시동이 벌떡 일어났지만 감히 누구도 달려가 묻지 못했다.

이틀간 대체 무슨 일을 겪었는지, 진민은 말할 수 없이 초췌했다. 문 앞으로 걸어 나온 그녀는 섬돌 위에 앉아 고개를 숙였다. 표정은 볼 수 없었지만 그 힘 빠진 모습만 보고도 영자 일행은 더럭 겁이 났다.

영자는 방 안을 들여다보았다. 병풍으로 가려져 안을 볼 수 없었고 아버지도 볼 수 없었다.

아버지는 대체 어떻게 되셨을까?

살아 계실까, 아니면······.

어머니의 저런 모습을 보자 영자는 차마 들어가지 못한 채 저도 모르게 주춤주춤 뒤로 물러났다. 감히 울 수도 없어서 입을 꾹 다물었다.

애가 탄 작약이 허둥지둥 다가가 진민 곁에 앉으며 말했다.

"아가씨······, 아가씨, 어떻게······."

작약의 질문이 나오기도 전에 진민이 고개를 들고 그녀를 바라보았다. 이제는 눈시울만 빨간 게 아니라 얼굴이 온통 눈물투성이였다.

"작약, 난 정말……, 정말 그 사람과 못 헤어지겠어."

"아가씨, 우……, 우시는군요. 아가씨가 울다니……. 으흐흐흑……."

작약은 참지 못하고 울음을 터트렸다.

그랬다.

진민은 울었다.

10년…….

10년을 참아 왔고, 10년을 숨겨 왔다.

하지만 오늘, 그녀는 결국 눈물을 흘렸고, 울었다.

그녀는 온 힘을 다했다. 어젯밤에 그녀는 고북월을 도와 진기를 가라앉혔다. 하지만 반 시진도 못 되어 그 진기는 다시 고북월의 몸속에서 날뛰기 시작했고, 그녀로선 억누를 수가 없었다. 어떻게 억눌러야 할지도 몰랐다.

고북월은 혼절했다. 지금까지도 혼절해 있었다.

그녀가 어젯밤부터 지금까지 내내 곁을 지켰지만 고북월은 깨어나지 않았다.

설사 진기를 억누르지 못했다 해도 깨어나긴 해야 했다!

진민은 자신이 무엇을 잘못했는지도 알 수가 없었다. 그녀는 생각할 용기가 나지 않았고, 심지어 그가 숨 쉬는지 확인할 용기조차 나지 않았다. 그녀는 도박에서 졌다는 사실을 받아들일 수 없었다. 도박하기로 결심한 순간, 패배할 준비를 했는데도.

그녀는 무릎에 머리를 묻고 흑흑 울기 시작했다. 작약도 따라 울었고, 옆에 서 있던 영자와 동자도 따라 울었다.

서글픈 울음이 원락 전체를, 무애산 전체를 처량하게 물들였다.

그런데, 얼마 지나지 않아 영자와 동자가 울음을 그쳤다. 그리고 또 얼마 지나지 않아서 작약도 울음을 그쳤다.

그들은 믿을 수 없는 눈으로 방문 쪽을 보고 있었다.

고북월…….

고북월이 문가에 서 있었다!

영자는 믿을 수 없어 눈을 비비고 다시 자세히 보았다. 정말 아버지가 문가에 서 있었다.

너무도 창백하고, 너무도 허약하지만, 또 너무도 온화한 저 모습.

아버지였다. 틀림없었다!

아버지가…… 무사하셨어?!

모두 놀라 어쩔 줄 몰랐다. 오직 진민만이 아직도 무릎에 머리를 묻고 울고 있었다. 마치 10년간 참았던 모든 것이, 억눌러 왔던 모든 것이, 고통스러웠던 모든 것이 울음으로 터져 나오는 것 같았다.

고북월은 한 걸음 한 걸음 다가왔고, 눈썹을 차츰차츰 찌푸렸다. 그는 진민 뒤에 서서 흐느끼는 그녀의 울음소리를 들었다. 생전 처음…… 가슴이 너무나도 아팠다. 칼로 마구 베어 내는 것처럼 아팠다!

그는 진민의 곁에 앉았지만 진민은 설움에 깊이 잠겨 영원히 깨어나지 못하는 것처럼 주변의 움직임을 알아차리지 못했다.

"진민……."

고북월이 가슴 아픈 목소리로 불렀다.

진민은 그래도 알아차리지 못했다.

그런 그녀를 보는 고북월은 무력하고 가슴이 아팠다. 심지어 어떻게 해야 좋을지도 몰랐다. 그는 오래오래 그녀를 바라보다가 결국 가만히 한숨을 쉬고는 팔을 뻗어 그녀를 품에 안았다.

"진민, 울지 마시오. 나는 아직 무사하오."

그가 담담하게 말했다.

진민의 몸이 딱딱하게 굳었다. 그녀는 품에서 빠져나와 고개를 들고 싶었지만, 차마 꼼짝할 수가 없었다. 행여 조금이라도 움직이면 이 아름다운 꿈이 깨질까 봐 겁이 났다.

울음소리도 낼 수 없었다. 하지만 눈물은 그칠 줄 모르고 계속 흘러내려 금세 고북월의 가슴을 축축하게 적셨다.

"진민, 울지 마시오……. 울지 마오, 응?"

고북월은 초조했다. 정말로 초조했다.

작약을 바라보니, 작약은 울면서도 웃고 있었다. 그녀는 고북월에게 대답하지 않고 일어나 자리를 비켰다.

10년이었다!

태부가 처음으로 아가씨를 품에 안았다. 다른 이유가 있어서가 아니라, 단지 아가씨가 우는 것이 마음 아파서.

10년이었다.

드디어 '실례하겠습니다'라는 말을 듣지 않아도 되었고, 마침내 연기하지 않아도 되었다.

작약은 분명히 웃고 싶었지만 한쪽에 서서 울기만 했다.

고북월은 완전히 당황했다. 계속 이렇게 울다간 진민의 눈이 상할지도 몰랐다.

"진민, 이렇게 부탁하오. 울지 마시오, 응? 모두 내 잘못이오. 날 탓하고, 날 욕하되 울지는 마시오. 그래 주겠소?"

누군가를 이렇게 달래 본 적은 단 한 번도 없었다. 주인을 대할 때도 이렇게 달랜 적은 없었다.

"진민, 말 좀 해 보시오. 응?"

그렇지만 진민은 꿈쩍도 하지 않았다.

그는 별수 없이 그녀의 턱을 잡아 억지로 들어 올렸다.

진민은 고북월을 보는 순간 정신을 차렸다. 그렇지만 정말 완전히 정신이 든 것은 아니었다. 더는 울지 않았지만, 멍한 눈으로 그를 응시했다.

고북월은 속으로 안도의 숨을 내쉬면서 부드럽게 말했다.

"나는 무사하오. 당신의 침법은 틀리지 않았소. 진기는 크게 요동친 다음 알아서 가라앉았고, 나는 버텨 냈소."

"꿈인가요?"

진민이 중얼중얼 물었다.

고북월은 당황했지만 곧 어쩔 수 없다는 듯한 표정으로 웃었다. 그가 대답하려는데, 진민이 그의 뺨을 살짝 만졌다.

고북월이 약간 굳었다. 그렇지만 진민의 손길은 더없이 부드럽고 따스했다.

촉감이 너무나도 진짜 같았다. 그의 얼굴은 그의 다른 모든 것과 똑같이 차가웠다.

진민은 알았다. 이건 꿈이 아니라 진짜였다!

그녀는 그를 한참 바라보다가 비로소 중얼거리며 말했다.

"당신은 무사했군요. 그럼 난……, 난 떠나야 해요."

고북월은 그 일을 잊고 있었던 듯 멈칫했다. 그런데 웬걸, 진민이 갑자기 그의 목을 와락 휘감고 몸을 덮치더니 그의 입술에 입을 맞췄다.

고북월은 뜻밖이었다. 심지어 두렵고 당황하기까지 했다. 하지만 그녀를 밀어내지는 않았다. 그저 약간 몸을 굳힌 채로 꼼짝하지 않고, 그녀가 자신의 입술 위를 마구 왔다 갔다 하도록, 심지어는…… 입 속으로 쳐들어와 자신을 옭아매도록 내버려두었다.

진민은 서툴렀지만 격렬하게 입 맞추었다. 눈물투성이지만 비할 데 없이 마음을 휘저어 놓을 정도로 입 맞추었다. 애간장이 끊어지면서도 기꺼이 자발적으로 입 맞추었다…….

고북월은 내내 딱딱하게 굳어 있었지만, 어느 정도 시간이 흐르자 마침내 손을 움직였다. 그의 한 손이 진민의 허리를 살머시 껴안았고 다른 손은 느릿느릿 진민의 뒷머리를 받쳤다.

그는 조심스럽게 고개를 살짝 옆으로 틀었다. 마치 편안한 각도를 찾으려는 것처럼.

그가 살짝 움직이자 진민은 즉시 알아차렸다. 그녀는 급작스레 동작을 멈추고 그를 바라보았다. 심장이 콩콩 미친 듯이 뛰었다.

자신이 이렇게 충동적인 짓을 할 줄은 생각지도 못했다. 게다가 그가……, 그가…… 반응할 줄은 더더욱 몰랐다!

세상에나, 내가 뭘 한 거람?

그녀는 놀라고 당황한 채 눈앞에 있는 남자를, 그녀의 마음속에서는 하늘에서 온 사람처럼 성스러운 남자를 바라보았다. 한순간 뭘 어떻게 해야 좋을지 알 수가 없었다.

그도 그녀를 바라보았다. 부드러운 눈동자 속에서는 어떤 감정도 읽을 수 없었다. 약간의 무력감만 빼고.

그가 가까이 접근해 가볍게 그녀의 입술을 단단히 삼켰다. 어색해하는 듯, 또 탐색하는 듯, 너무나도 조심스럽고 너무나도 부드럽게 입맞춤했다.

그의 성격과 똑같이, 입맞춤은 끈끈하고도 섬세했다.

이런 남자가 정말 늑대로 변하는 순간이 있을까?

결국, 고북월이 입맞춤을 끝냈을 때 진민은 완전히 통제력을 잃었고, 힘마저 모조리 잃었다. 그녀는 힘없이 고북월의 품속에 늘어졌다. 이대로 죽는다 해도 그저 만족스럽기만 했다.

고북월이 상냥하게 그녀의 눈가에 흐른 눈물을 닦아 주며 담담하게 말했다.

"진민, 남아 주겠소?"

진민은 과분한 사랑에 몹시 놀라 믿을 수 없는 눈으로 그를 바라보았다.

그렇지만 뜻밖의 기쁨 속에서도 이 질문만은 하고 싶었다.

"어째서죠?"

적어도…… 이유는 필요했다!

하늘이 무너지면 태부가 떠받친다

진민에게는 이유가 필요했다.

고북월은 한참 또 한참 생각한 끝에 차분하게 말했다.

"내가…… 당신이 끓인 장수면이 먹고 싶으니까."

이게…… 무슨 이유야?

이것도 고백이라고 봐도 될까?

연인? 아니면 가족?

진민은 웃어야 할지 울어야 할지 알 수가 없었다. 하지만 방금의 입맞춤으로도 그녀에겐 이미 충분했다. 연인이든 가족이든, 아무튼 모두 그의 사람이니까.

그녀는 목멘 소리로 말했다.

"고북월, 난…… 매년 당신에게 장수면을 끓여 주고 싶어요."

이것 역시 그녀의 고백이라 볼 수 있을까?

그런 건 중요하지 않았다. 진민은 고북월을 꽉 껴안고 그의 품에 머리를 묻었다. 마치 꿈인지 생시인지 한 번 더 확인해 보려는 것처럼.

줄곧 부모를 보고 있던 영자는 두 사람이 입맞춤하는 것을 목격하고 얼굴이 새빨개졌지만, 그래도 계속 바라보았다. 평소였다면 틀림없이 눈을 가렸을 텐데, 이번에는 바보 같은 웃음을 짓고서 계속 바라보았다. 눈물에 젖은 웃음이었다.

어머니가 아버지 품에서 벗어나자, 영자는 나는 듯 달려가 단숨에 아버지 품에 파고들어 아버지 옷에 눈물 콧물을 마구 비벼 댔다. 아이에게 무엇보다 커다란 위로는 말이 아니라 포옹이었다. 단단한 포옹이 아이에게 내가, 부모가 여기 있다는 사실을 알려 주었다. 고북월은 영자를 단단히 안고 부드럽게 등을 쓰다듬으며 아무 말도 하지 않았다.

그리고 그때, 하마터면 울다 기절할 뻔했던 꼬맹이도 와락 달려들어 온 힘을 다해 공자의 품 안으로 기어들었다.

진민은 고북월의 맥을 꼼꼼히 짚어 보고, 정말로 그의 몸속에 있는 진기가 막힘없이 흐르고 차분히 가라앉았음을 확인했다. 그가 진기를 수련하고 장악할 수 있다면, 이 진기를 잘 다스릴 수 있다면 필시 무공이 크게 정진할 터였다. 알다시피 이 진기는 한진과 용비야가 준 것이라, 누구나 갖고 싶다고 해서 얻을 수 있는 게 아니었다.

그날 밤, 영자가 고집을 피운 덕에 고북월과 진민은 같은 침상에 누웠다. 영자는 그들 가운데 누워 두 사람의 손을 잡았다. 아무리 해도 잠이 오지 않았다.

진민이 가장 안쪽에 누웠고 영자가 가운데, 고북월은 가장 바깥에 누웠다. 꼬맹이는 영자 옆에 끼어들어 녀석의 공자에게 딱 붙었다. 고북월도, 진민도 내빼지 않았다. 한밤중이 되어 마침내 영자가 잠들자 두 사람은 그제야 서로를 바라보고 미소 지었다.

진민이 일어나려고 하자 고북월이 태연하게 말했다.

"자요. 그간 피곤했을 텐데."

진민은 정말 피곤했다!

그간이 아니라 몇 년 동안 마음 편히 잠든 적이 손에 꼽을 정도였다.

"당신이나 자요. 당신은 아직 휴식이 필요해요. 난 작약과 같이 바깥을 지킬 테니 무슨 일 있으면 불러요."

아무래도 그녀는 쉽게 만족하는 여자였다. 어쩌면, 그의 곁에 있는 것이 무엇보다 쉽게 그녀를 만족시킬 수 있는 것일지도 몰랐다. 그러나 그가 남아 달라 말하고 입맞춤까지 했다손 쳐도, 그녀는 아직도 장기간에 걸친 두 사람의 습관을 함부로 깨뜨릴 수가 없었다.

지친 그녀의 모습을 보는 고북월의 눈 속에 안타까움이 스쳤다. 그가 부드럽게 말했다.

"안심하고 자시오. 내가 지키겠소."

진민은 그래도 눕지 않고 고집스럽게 일어나려 했다. 결국 고북월이 짤막한 한마디로 그녀를 고분고분 조용히 영자 옆에 누워 있게 했다.

고북월이 한 말은 이랬다.

"말 들으시오."

그날, 고북월은 꼬맹이를, 영자를, 그리고 진민을 지키며 조용히 밤을 보냈다.

이튿날 이른 아침, 고북월은 서신 한 통을 써서 매에 날려 보냈다. 당연히 한운석의 10년 약속이 마음에 걸려서였다. 이틀 전에 빙해의 결전이 시작되었는데, 아직 상황이 어떤지 알지 못했다.

고북월은 서신만 보낸 것이 아니었다. 아침 식사가 끝나자 그는 진민더러 영자를 데리고 도성으로 돌아가라고 한 뒤 자신은 빙해로 가겠다고 했다.

고북월이 얼마나 염려하는지 진민은 눈으로 똑똑히 보았고, 속으로는 몹시 마음 아파했다. 위중하던 병이 이제 막 나았는데, 천리 먼 빙해까지 달려가야 하니 어떻게 마음이 안 아플까?

그렇지만 그녀는 만류하지 않았다.

영족은 목숨으로 황족을 수호해야 하는데 그 정도 염려는 대수로울 것도 없었다.

그녀는 자신이 이 남자를 얼마나 아는지 몰랐지만, 그의 마음에 한운석이 있고, 용비야가 있고, 대진 황족 전체, 나아가 대진 전체가 있다는 것은 알았다.

그의 마음은 너무도 컸다. 그녀가 어쩔 수 없을 정도로, 감히 전부를 소유하겠다는 지나친 바람을 품을 수 없을 정도로 컸다. 그녀는 그저 그의 마음속에 그녀 자신이 있기를, 영자가 있기를, 그리고 그 자신을 위한 자리가 있기를 바랄 뿐이었다.

"아버지, 저도 가겠어요!"

영자가 폴짝폴짝 뛰며 기뻐했다. 태자와 연 공주를 못 본 지 오래여서 정말 보고 싶었다. 특히 연 공주를 보고 싶었다. 그간 아버지의 병세에 온 정신을 쏟고 있지만 않았더라면, 옆에서 귀찮게 구는 연아가 없다는 사실에 어색해했을 게 틀림없었다.

고북월이 망설이는 사이 작약이 바삐 걸어왔다.

"태부, 서신이 왔습니다. 북려 쪽에서 보낸 거예요."

"승전보가 분명해요!"

영자가 기뻐하며 말했다. 영자의 마음속에서 폐하나 황후마마나 모두 영원토록 패배할 리 없는 인물이었다.

서신을 펼쳐 본 고북월은 금세 얼굴이 하얘졌고, 몇 발짝이나 뒷걸음질 치다 하마터면 넘어질 뻔했다. 얇디얇은 종이가 떨리는 그의 손을 따라 바들바들 흔들렸다.

진민은 깜짝 놀랐다. 고북월처럼 침착하고 평온한 사람을 이토록 놀라게 할 정도라면, 대체 얼마나 나쁜 소식이어야 할까?

그녀가 다급히 물었다.

"큰일이라도 생겼어요?"

냅다 서신을 빼앗아 읽어 본 영자가 놀라서 서신을 힘껏 내동댕이쳤다.

"가짜예요! 아버지, 이건 틀림없이 가짜예요!"

서신에는 빙해의 결투에 변고가 생겨 폐하와 황후마마는 빙해 아래쪽에 얼어붙었고, 빙해는 독 빙해가 되었으며 연 공주는 여태 생사불명, 행방불명이라고 적혀 있었다.

서신을 다 읽은 진민 역시 안색이 변했다.

"어……, 어떻게 이런 일이?"

그녀는 입을 가렸다. 무슨 말을 해야 할지 몰랐다.

너무……, 너무 큰일이었다!

고북월은 옆에 있는 탁자를 붙잡고서야 겨우 몸을 가누었다. 진민은 그가 심호흡하는 것을 똑똑히 보았고, 그의 눈동자에 숨길 수 없는 비통함이 떠오른 것도 똑똑히 보았다!

그는 멍하니 먼 곳을 바라보았지만 오랫동안 넋을 놓고 있지는 않았다. 그는 고개를 돌려 무슨 일이 일어났는지도 모르는 꼬맹이를 향해 버럭 외쳤다.

"꼬맹아, 가자! 어서!"

나른하게 늘어져 있던 꼬맹이는 비할 데 없이 심각한 공자의 목소리에 발딱 일어나 공자의 어깨로 뛰어올랐다.

고북월은 그렇게 떠나갔다. 남기는 말조차 없었고, 진민과 영자로선 쫓아가기도 불가능했다.

"어머니, 전 아버지를 따라갈게요. 먼저 도성으로 돌아가세요!"

영자가 진지하게 말했다.

"몸조심하렴! 어서 가 봐!"

진민도 급히 대답했다.

영자는 곧 산을 내려가 아버지를 바짝 쫓아갔다. 비록 아버지를 따라잡을 수는 없었지만 뒤처질 정도도 아니었다.

확실히 너무 초조해서 이성을 잃었던 고북월은, 하루가 지난 다음에야 영자가 내내 뒤쫓아 오고 있다는 것을 알아차렸다. 그는 멈춰서 영자를 기다렸고 잠시 쉰 뒤 곧 다시 출발했다.

고북월이 영자와 꼬맹이를 데리고 빙해 기슭에 도착했을 때는 이미 열흘이 넘은 후였다. 예아와 고칠소 일행도 열흘 넘게 빙해 기슭을 지키고 있었다. 약간 기운을 차린 아금을 빼면 모두가 깊이 절망에 빠져 있었다.

아금은 심복들을 보내 비밀리에 빙해 남쪽 연안은 물론 가까운 초원까지 뒤져 연 공주의 행방을 조사하게 했다. 애석하게도 열흘이 넘도록 연 공주의 소식은 없었다.

비밀리에 조사한 것도 당연히 아금의 생각이었다. 황후마마와 랑종 대소저의 10년 약속과 빙해 결투에 대해 아는 사람은 극소수였다. 황후마마와 폐하가 빙해 밑에 얼어붙었다는 것을 아는 사람도 그들 몇 사람뿐이었다.

절대로 새어 나가서는 안 되는 일이었다. 새어 나갔다간 대진 전체가 혼란에 빠질 터였다! 누가 뭐래도 태자는 겨우 열 살이었다!

때는 마침 해 질 녘이었다. 지는 해의 여광이 거무스름한 빙해 위로 흩뿌려져 빙해 전체를 유난히 흉측하고 무섭게 비추었다.

예아, 고칠소, 영정, 당리, 목령아, 아금은 모두 빙해 기슭에 웅크려 앉아 있었다. 아무 소리도 없었다. 기다린다고 해도 좋고, 곁에 있어 준다고 해도 좋았다. 무엇이든 간에 그들은 연아를 그리워하고, 용비야와 한운석을 그리워했다.

어쩌면, 지금까지도 그들은 고집을 부리며 눈앞에 펼쳐진 사실을 믿지 않으려 하는 건지도 몰랐다.

갑자기, 등 뒤에서 고북월의 목소리가 들렸다.

"예아!"

예아가 제일 먼저 돌아보았고, 다른 이들도 차례차례 돌아보았다. 고북월이 뒤에 서 있었고, 영자와 꼬맹이도 그의 곁에 있었다.

예아는 이미 울음을 그친 지 며칠째였지만, 태부를 보자마자 또 참지 못해 울음을 터트렸다.

그는 나는 듯이 달려갔다. 고북월이 막 몸을 숙이자 그가 고북월의 품으로 와락 뛰어들었다.

"태부님!"

예아에게 태부는 남달랐다. 다른 사람들과도 달랐고, 심지어 고칠소와도 달랐다.

세상을 통틀어 아버지를 빼면 그에게 안전한 느낌을 줄 수 있는 사람은, 그가 의지할 수 있는 사람은 태부였다!

그 때문에 한운석도 질투하며 예아에게 묻곤 했다.

'아무래도 네 마음속에서는 모후도 태부만 못하지?'

예아의 대답은 이랬다.

'어머니는 여자니까 저는 어머니를 보호해야지, 의지할 수는 없어요. 태부님은 아버지와 마찬가지예요. 태부님이 계시면 하늘이 무너져도 두렵지 않아요.'

예아는 고북월 품에 뛰어들어 엉엉 울었다. 그간 그렇게도 눈물을 많이 흘렸지만, 이렇게 소리 내 운 적은 처음이었다.

태부의 품속에서는 참을 수가 없었다.

태부의 품에 안기자 마치 그 어떤 곳보다도 안전한, 아버지의 품으로 돌아간 것 같았다.

고칠소와 다른 이들이 에워싸며 예아를 달래려 했고, 꼬맹이도 예아를 위로하려고 그 등을 살살 쓰다듬었다. 그렇지만 고북월은 그들에게 아무 말 하지 말고 모두 비켜 달라는 눈짓을 했다.

그는 예아를 번쩍 안아 빠른 속도로 저 멀리 날아가 커다란 바위 위에 앉았다. 그는 예아를 달래지 않았다. 그저 품에 꼭 안고 부드럽게 말할 뿐이었다.

"애야, 울고 싶으면 울어라……. 태부가 여기 있다. 하늘이 무너져도 태부가 너 대신 떠받칠 것이다."

예아는 계속 울었다. 마치 며칠간 누적된 압박과 비통함을 모두 울음으로 쏟아 내는 것 같았다. 결국, 울다 지친 그는 깊이 잠들었다.

그날 밤 고북월은 그렇게 예아를 안고서 예아가 마음 편히 잠들게 해 주었다. 고칠소가 겉옷을 벗어 예아를 덮어 준 뒤 비로소 고북월 옆에 앉았다. 당리, 영정, 목령아, 아금도 와서 고북월과 예아를 둘러싸고 앉았다.

"영자는?"

고북월의 목소리도 약간 잠겨 있었다.

"연아를 찾겠다며 꼬맹이와 함께 빙해를 뒤지고 있소. 막을 수가 없었소."

아금이 말했다.

고북월도 별말 없었다. 영자와 꼬맹이라면 그도 안심이었다.

고칠소는 고북월에게 사건 전체를 상세히 설명했고, 아금도

10여 일간의 수색 상황을 알려 주었다. 고북월은 귀 기울여 들었다. 들으면 들을수록 눈썹이 점점 더 찡그려졌다.

지독하게 슬프고 비통한 감정에 휩싸인 모두와는 달리 고북월은 실로 너무나 냉정했다. 무애산에서 이 소식을 들었을 때 어쩔 줄 모르는 표정을 지었던 것을 빼면, 그는 지금까지 내내 침착했고 이성적이기까지 했다.

고칠소는 사건의 경위를 설명한 뒤 더는 말하지 않고 옆에 앉아 곁눈으로 고북월을 살폈다. 도무지 알 수가 없었다. 고북월의 심장은 뭐로 만들었기에 저렇게 냉정할까? 어떻게 사람들더러 침착하라고 권하며, 사람들과 상황을 분석할 수 있는 걸까?

고북월은 말했다. 빙해는 독 빙해가 되었고, 만독지수는 해독할 수 없으니 최소한 현공대륙과 운공대륙은 영원히 격리되어 영원히 왕래할 수 없게 되었다고. 독 빙해는 운공대륙 북쪽 경계에서 가장 안전한 담장으로 간주할 수 있다고.

그는 말했다. 폐하와 황후마마가 얼음이 된 일과 연 공주가 실종된 일은 무슨 일이 있어도 새어 나가선 안 된다고. 태자의 황위 계승 건을 최대한 빨리 남몰래 준비해야 한다고.

그는 말했다. 폐하와 황후마마는 아직 살아 계시니 모두 기운을 차리고 대진을 굳게 지키며 그들이 얼음을 깨고 돌아오기를 기다려야 한다고.

그는, 그는 정말로 이성적이었다.

그렇지만 이튿날 아침, 꼬맹이가 그를 데리고 얼음 굴로 들어갔을 때, 마침내 그도 냉정함을 잃었다……

그는 그녀만 있어 주면 돼

꼬맹이와 영자는 꼬박 하루 동안 빙판 위를 뒤졌지만 연아의 종적을 찾지 못했다. 영자는 하마터면 빙해 기슭에 올라 현공 대륙까지 찾으러 갈 뻔했다.

그렇지만 결국에는 참았다. 아버지는 분명히 연아를 포기하지 않을 테니, 이럴 때 아버지에게 귀찮은 짐을 안겨 주고 싶지 않았다.

그와 꼬맹이가 돌아왔을 때 예아도 이미 깨어나 있었다. 눈물 자국은 마르지 않았지만, 전보다는 훨씬 강해 보였다.

꼬맹이는 거대한 설랑으로 변해 예아에게 다가가 그 앞에 엎드리고, 마치 위로하듯 머리를 예아의 두 발에 살살 문질렀다.

예아는 설랑의 머리를 쓰다듬어 준 뒤 곧바로 그 등에 올라탔다. 고북월도 뒤따랐다. 고칠소와 당리 일행도 가고 싶었지만, 고북월과 다투지 않고 조용히 기다렸다.

설랑은 고북월과 예아를 태우고 새까매진 빙판을 지나 빙해 중심으로 달려갔다. 어젯밤, 녀석은 영자를 데리고 그 얼음 굴을 찾아냈다. 녀석이 그 속에서 한참 동안 슬피 울부짖었다는 사실은 오직 영자만 알았다.

얼음 굴로 들어가자 고북월은 제일 먼저 바닥의 얼음이 하얗다는 것을 발견했다. 빙해의 얼음은 몹시 두꺼워서 독에 감염

된 부분은 빙판 아래 석 자 정도에 불과했다. 비록 석 자뿐이지만, 현공대륙의 그 어떤 사람이든 막아 내기 충분했다.

"태부님, 아버지와 어머니는 이쪽에 계세요."

예아가 잠긴 목소리로 말했다.

고북월이 돌아보자 예아와 설랑이 커다란 얼음덩어리 위에 엎드려 얼음을 끌어안고 있었다.

고북월은 빠른 걸음으로 다가가 자세히 들여다보았다. 비록 확실히 보이진 않지만, 얼어붙은 겉면 너머로 한운석과 용비야의 얼굴, 서로 단단히 깍지 낀 두 사람의 손이 어렴풋이 보였다.

가슴이 철렁 내려앉아, 그는 서둘러 고개를 돌렸다.

오래오래 시간이 흘렀지만 그는 말이 없었다. 그저 고개를 들고서 있는 힘껏 눈을 크게 뜰 뿐이었다.

그는 꽤 오랫동안 조용히 있었다. 예아가 겁먹은 소리로 '태부님' 하고 불렀을 때야 비로소 고개를 돌렸는데, 그때는 여느 때처럼 온화하고 차분한 표정이었다.

그는 몸을 숙여 예아를 빙판에서 일으킨 뒤 부드럽게 말했다.

"몸이 얼 수도 있으니 이러지 말아라. 아버지와 어머니도 마음 아파하실 것이다. 말을 들으렴, 두 분이 아직 살아 계시다는 건 너도 알 것이다."

예아는 진지하게 고개를 끄덕였다. 이곳에 내려오기만 하면 아버지와 어머니의 진기를 느꼈기에, 두 분이 정말 진기 수련 중이라고 확신할 수 있었다.

바로 그때, 별안간 설랑이 나지막이 울음을 짓더니 몸을 일으켰다.

고북월과 예아가 바라보자 설랑은 삽시간에 어디론가 모습을 감추었다.

고북월과 예아는 당황했지만, 곧 예아가 놀라고 기쁜 소리로 외쳤다.

"어머니! 분명히 어머니가 꼬맹이를 데려가신 거예요! 분명해요! 어머니는 저희가 온 것도 아시고, 꼬맹이가 온 것도 아세요!"

예아는 흥분해서 울음까지 터트리며 얼음을 힘차게 두드렸다.

"어머니, 저희가 온 걸 아시는 거죠? 그렇죠? 아시는 거예요! 어머니와 아버지 다 무사하실 거예요, 그렇죠? 어머니, 대답 좀 해 주세요! 한 번만요! 제발 부탁이에요!"

그 말이 끝나기 무섭게 다시 설랑이 불쑥 나타났다. 독 저장 공간에서 풀려난 게 분명했다.

예아는 더없이 기뻐 고북월을 붙잡고 울었다 웃었다 하면서 흥분해서 어쩔 줄 몰랐다.

"태부님, 어머니께서 제가 하는 말을 듣고 대답하셨어요! 정말 대답하셨다고요!"

설랑은 고북월과 예아에게 운석 엄마가 죽지 않았다는 것을, 운석 엄마가 그들을 느낄 수 있다는 것을 알려 주려는 듯, 열심히 얼음을 문질렀다.

고북월이 몸을 숙여 커다란 손을 얼음 위에 살짝 올렸다. 바로 용비야와 한운석의 깍지 낀 손 위였다.

그는 진지하게 말했다.

"폐하, 황후마마. 소신은 죽음의 문 앞에서 돌아왔습니다. 소신은 반드시 대진을 지키고 태자를 보필하고 공주를 찾아, 두 분이 얼음을 깨고 돌아오시기를 기다릴 것입니다. 그리고……피맺힌, 복수를, 하겠습니다!"

고북월은 마지막 세 단어를 특히 매섭게 내뱉었다. 언제나 온화하던 눈동자에도 놀랄 만큼 모진 빛이 서렸다.

그는 한운석이 독이 퍼진 빙판을 독 저장 공간으로 흡수할 힘이 없는지, 아니면 그럴 마음이 없는지 확실히 알지 못했다. 하지만 독이 퍼진 빙판이 대진을 지키고 복수할 시간을 벌어 줄 최고의 보증품이라는 것은 확실했다.

현공대륙의 누구도 운공대륙을 침범할 수 없으나, 그들은 꼬맹이의 도움을 받아 현공대륙에 잠입할 수 있었다.

사대 가문 중 세 곳의 가주가 운공대륙을 공격하려 했던 사실을 알렸든 아니든, 지금은 빙해에 이토록 큰 변고가 벌어졌으니 틀림없이 현공대륙 사람들도 이곳을 주목할 터였다. 독 빙해는 그들을 도와 현공대륙의 성가신 움직임을 모두 막아 줄 수 있었다.

어쩌면, 한운석 스스로 봉황력을 십품까지 수련해 얼음을 깨고 나올 수 있을지도 몰랐다.

아니면, 그들로선 연아를 기다리는 방법뿐이었다.

얼음 결정의 비밀과 소용돌이의 비밀이 도대체 무엇인지는, 한운석과 용비야가 얼음을 깨고 나와 봐야 알 수 있을 것이다.

어찌 되었건 두 사람은 아직 살아 있었고, 운공대륙 북쪽 변경을 지킬 수도 있었다. 덕분에 고북월과 예아는 뒷걱정이 없었다.

고북월과 예아가 떠난 후 고칠소, 당리 등이 차례차례 설랑을 타고 얼음 굴로 와서 한운석과 용비야를 보았다. 모두가 그 모습을 보고 눈시울을 붉히며 떠났다.

몇몇 사람은 눈동자에 슬픔을 떠올렸지만, 또 몇몇 사람은 그 슬픔을 영원히 가슴속에 숨겼다. 고북월은 얼음 굴에서 한동안 침묵한 것 외에는 여전히 냉정하고 이성적이고 과감하고 결단력도 있었다.

그는 그 자리에서 꼬맹이더러 고칠소를 데리고 빙해를 건너 현공대륙으로 가서 연아를 찾아보게 했다.

빙해에도 없고 남쪽 기슭에도 없으니 연아는 북쪽 기슭에 있을 가능성이 컸다. 소용돌이 안에 진양성의 환상이 나타난 데는 틀림없이 그만한 이유가 있을 터였다.

고칠소도 요 몇 년간 현공대륙에서 헛살았던 것은 아니어서, 약재 사업도 점점 번창하고 있었다. 그는 현공대륙을 잘 알뿐더러 연줄도 제법 있었다. 그에게 이 일을 맡기는 것이 더할 나위 없이 적당했다.

"당장 가게! 될 수 있는 대로 빨리 소소옥을 찾아야 한다는 것을 명심하게. 랑종이 다른 사람 손에 들어가선 안 되네."

고북월이 진지하게 말했다.

한향은 죽었고, 한진의 결계는 이미 죽음의 결계가 되었을 터였다. 랑종에 주인이 없어졌고 소소옥은 한진에게 유일하게 인정받은 제자니, 자연히 랑종 종주 자리를 차지할 자격이 있었다. 더욱이 그 아이의 하는 양이나 심성을 보면, 랑종을 손에 넣기가 불가능한 것도 아니었다.

어쨌거나 랑종은 반드시 지켜 내야 했다. 랑종은 그들이 현공대륙에 마련한 가장 근간이 되는 무력 방어막이었다.

고칠소는 잠시 망설이다가 고북월 곁에 다가서며 소리 죽여 물었다.

"영승을 찾아가 도움을 청할까 하는데, 어때? 영승더러 연아를 찾을 수 있게 도와주고, 세 집안을 막아 달라고 하는 거야."

사실 고북월도 진작 영승이 현공대륙에 있으리라 짐작하고 있었다.

당시 영승은 '영낙'이라는 가명으로 용비야에게 낙정이 소금을 밀수할 계획임을 귀띔해 주었는데, 이는 영승이 동오국에 숨어 있으며 더욱이 낙정 일행과 한 무리가 되었다는 뜻이었다. 그 후 낙정이 현공대륙으로 달아나고 아금이 동오국을 얻자, 용비야는 사람을 보내 동오국을 샅샅이 뒤져 가며 영승의 행방을 찾았다. 그때 용비야와 고북월 두 사람은 영승이 낙정을 따라 현공대륙으로 갔다고 추측했다.

고북월이 고개를 끄덕이려는데 고칠소가 또다시 소리 죽여 말했다.

"영승은 상관씨 집안 적녀를 아내로 맞아 현공상인협회를 세워 재물이고 권력이고 어마어마하게 키웠어. 게다가 상관씨는 현공대륙 남부 세력이니 영승에게 부탁하면 잘 처리할 수 있어."

이 말에 고북월은 깜짝 놀랐다.

"사실인가?"

"물론이지! 소소옥을 찾아 랑종을 손에 넣고 상관씨와 연합하면, 최소한 현공대륙 남쪽은 우리 터전이야!"

고칠소의 말투는 모진 결심으로 가득했다.

이 생에서 그는 의성과의 원한을 제외하고는, 한 번도 뭔가를 얻거나 빼앗을 생각을 한 적이 없었다. 그런데 이제는 현공대륙 전체를 손에 넣어 독누이와 용비야의 복수를 하고, 예아와 연아의 복수를 하고 싶어 죽을 지경이었다!

그는 현공대륙에서 오래 지낸 만큼 멀리서 영승을 몇 번이나 목격했다. 그저 내내 모른 척하며 용비야에게 알리지 않았고, 찾아가 방해하지도 않았던 것뿐이었다.

"영승……."

고북월은 가만히 중얼거리다가 한참 만에야 진지하게 말했다.

"그에게 나 대신 말을 전해 주게……. 술은, 그와 전하를 위해서 내가 계속 준비해 놓고 있었다고."

용비야와 영승의 술 내기 약속 역시 고북월만 알고 있었다. 아금이 동오국을 얻은 후 용비야가 고북월에게 알려 준 덕분이었다. 한운석조차 그 일을 몰랐다.

영승이 술을 좋아하는 것을 잘 아는 고칠소는 깊이 생각지 않고 고개를 끄덕였다.

"좋아, 반드시 전할게!"

그 옆에서는 영자가 주먹을 꽉 쥐고 서 있었다. 칠 아저씨가 떠나려는 것을 보자 그는 결국 용기를 내 큰 소리로 말했다.

"아버지, 저도 칠 아저씨와 함께 연아를 찾으러 가고 싶어요. 그래도 될까요?"

고북월이 대답하기도 전에 고칠소가 영자를 잡아당겼다.

"당연히 되지!"

'남신, 그것이 네 소임이자 영족의 소임이다.'

고북월은 이 말을 속으로 했을 뿐 영자에게는 말하지 않았다. 그는 고개를 끄덕이며 부드럽게 말했다.

"칠 아저씨 말씀 잘 듣고, 소란을 피우지는 말아라."

영자는 몹시 기뻐하며 예아 앞으로 달려갔다.

"전하, 반드시 전력을 다하겠습니다. 전하께서는 몸조심하십시오!"

예아는 말없이 힘껏 영자를 끌어안은 다음 곧 놓아주었다.

고칠소와 영자가 떠난 후, 고북월도 예아와 다른 이들을 데리고 떠났다. 떠나기 전, 사람들은 약속이라도 한 듯 빙해 쪽을 돌아보았다. 모두 차마 발길이 떨어지지 않았다.

목령아가 목멘 소리로 말했다.

"형부가 언니 곁에 있으니 모두 안심해요. 두 사람은 외롭지 않아요."

당리는 코를 훌쩍였지만, 그래도 꿋꿋하게 웃음소리를 냈다.

"가자! 우리가 지키고 있어 봤자 소용없어. 형이 어떤 사람인지 다들 알잖아. 우리가 죽을 때까지 지켜도 고마워하지 않을걸. 형은 형수님만 함께 있으면 돼."

단단히 얽혀 있던 열 손가락을 떠올리는 고북월의 마음은 실로 감개무량했다. 그는 나지막한 소리로 품에 안은 예아에게 말했다.

"가자꾸나. 태부가 함께해 주마."

도성으로 돌아온 뒤, 고북월이 제일 먼저 한 일은 한운석의 호부를 찾아내 군기대신의 권한을 손에 넣는 것이었다. 동시에 용비야의 성지를 위조해 호부 상서를 완전히 믿을 수 있는 심복으로 대체했다.

용비야와 한운석은 10년의 약속 때문에 자리를 비운다는 사실을 조정 누구에게도 알리지 않았다. 대신 폐관 수련이라는 핑계로 심복인 대신 몇 명에게 조정 일을 맡겼다. 고북월 역시 그 핑계를 계속 이용했다. 그리고 조정에 심복을 넉넉히 배치하고 정변에 대응할 자신이 충분히 선 다음에야 비로소 용비야의 이름으로 성지를 공표했다.

대강의 내용은 용비야가 한운석을 데리고 산속에 은거할 것이며, 황위는 태자 헌원예에게 넘기고 태부 고북월을 섭정왕으로 봉해 태자가 열여섯 살이 될 때까지 나라를 다스리는 일을 보좌하게 한다는 것이었다!

이 성지가 발표되자 대진 전체가 들썩였다. 문무백관은 며칠 밤낮 동안 현룡 대전에서 무릎 꿇고 앉아 용비야에게 만나 달라고 청했다. 고북월은 그들을 막지 않고 하고 싶은 대로 하도록 내버려 두었다. 물론 용비야와 한운석에게 사고가 생겨 부득이 태자에게 황위를 물려주게 되었다고 의심하는 사람도 적지 않았다. 심지어 고북월이 반정했다고 의심하는 사람도 있었다. 이런 뜬소문에 대해서는, 고북월도 신경 쓰지 않았다.

그는 대진의 군권을 단단히 틀어쥐고 대진의 국고를 손에 넣어, 진작부터 반란과 모반에 대항하기 위한 갖가지 준비를 잘해 놓고 있었다.

입으로 이러니저러니 싸워 봤자 모두 낭비였다.

믿을 사람은 자연히 믿을 것이고, 믿지 않을 사람은 아무리 설명해도 믿지 않을 터였다. 그는 믿지 않는 사람에게 쓸데없는 이야기는 하지 않고, 충분한 뱃심과 힘으로 억눌러 굴복시켰다.

그동안 고북월이 용비야를 보좌해 온 일은 헛수고가 아니었다. 그동안 고북월이 대진에 전심전력을 다한 일 또한 헛수고는 아니었다. 덕분에 이번 황위 교체 도중에 조정에 반대하는 자도 있었지만, 따르는 자가 더 많았다.

짧디짧은 반년간, 고북월은 온화한 태도에 모질고 과감한 수법으로 섭정왕의 지위를 든든히 했다. 그가 든든하게 서 있어야만 예아의 황위도 탄탄했다.

반대자들, 입만 열면 용비야를 만나야겠다고 외쳐 대는 대신들이 정말 용비야를 만나고 싶어 그랬을까? 아니면…… 단순히 용비야를 만나겠다는 핑계로 모반하려던 것일까?

1부 대단원

이번 변혁에서 고북월은 남몰래 사람을 보내 용비야와 한운석이 산수를 유람한다는 소문을 여기저기 퍼트렸다.

예를 들면 누군가 어디에서 용비야 부부를 보았다느니, 누군가 어디에서 한운석에게 해독 치료를 받고 병이 나았다느니 하는 소문이었다.

소문은 참 무서운 것이었다. 그 자체가 사실 여부를 뒤바꿔 놓을 뿐 아니라 사람의 입으로 점점 더 퍼져 나가게 할 수도 있었다. 고북월이 소식을 퍼트리자 백성들 사이에서는 용비야와 한운석에 대한 서로 다른 각종 유형의 소문이 생겨나기 시작했다.

시간이 오래되면서 대부분 사람은 정말로 용비야와 한운석이 대진의 어딘가에서 지낸다고 생각하게 되었다.

어떤 의미에서 이 소문은 조정에서 준동하는 몇몇 사람들을 겁먹게 하는 효과를 발휘했다고 할 수 있었다. 용비야와 한운석이 아직 무사하다는 소식에, 그자들도 자연스레 꺼리게 되어 감히 함부로 날뛰지 못했다.

반년이 조금 넘도록 고칠소와 영자는 몇 차례나 현공대륙과 운공대륙을 왕래했으나 끝내 연아의 소식을 가져오지 못했다.

하지만 고칠소는 이미 영승과 연락이 닿았고, 영승에게 모든 이야기를 해 주었다. 소소옥도 찾았다. 아직 경험을 쌓고 있던 소소옥은 그 소식을 들은 후 곧바로 랑종으로 달려와 결투라는 방식으로 한향 휘하 대장 몇몇을 죽였고, 나아가 한진의 유일한 영패를 꺼내며 사부를 대신해 잠시 랑종을 맡겠다고 선포했다.

연아의 일은 비록 반년간 성과가 없었지만 영승과 소소옥 둘 다 포기하지 않고 여전히 남몰래 조사를 이어 갔다.

고북월은 대진의 시국을 안정시킨 후 몸소 현공대륙을 찾아 고칠소, 영승, 소소옥과 밀담을 나누었다. 네 사람의 밀담은 하루 밤낮 동안 이어졌다.

다시 반년 후, 고남신, 금령, 당홍두 세 아이가 이름을 바꾼 채 비밀리에 현공대륙으로 보내졌다. 그들이 현공대륙 어디로 갔는지, 가서 뭘 하는지는 모두 기밀이었다.

정아와 상관씨 집안, 상관택은 모두 영승의 신분을 알고 있었다. 남들의 이목을 가리고자 영승의 아들 영원은 상관씨 성을 따라 상관영원으로 불리며 집안에 남아 무예를 익혔다.

영승은 아무래도 경계를 놓지 못해 상관 가주에게도 빙해의 진실을 알려 주지 않았고, 다른 핑계를 대며 얼음이 되어 연공하는 것에 관해 물었다. 상관 가주는 명확한 답을 내놓았다. 현공대륙 북부 설족 사람들은 모두 얼음 연공 방식으로 진기를 수련한다는 것이었다. 진기가 추위를 막는 과정이 일종의 수련이었다.

이 일을 알고 난 영승은 흥분해서 밤새 잠을 이루지 못했다. 얼음 연공이라는 것이 있다면 예아의 느낌이 옳았다는 뜻이었다. 용비야와 한운석은 목숨을 잃지 않았을뿐더러 이를 기회로 연공 중이었다.

예아는 여전히 대진의 황궁에 남아 조정 일을 배우는 한편 열심히 무예를 갈고닦으며, 좀처럼 게으름을 피우지 않았다.

고북월은 커다란 계획을 준비했다. 복수의 계획이자 현공대륙을 정복하는 계획이요, 예아를 도우면서 용비야와 한운석도 돕는 계획이었다.

고남신 일행을 현공대륙으로 보낸 뒤 예아는 빙해 남쪽에 서서 큰 소리로 외쳤다.

"우리 헌원 황족이 언젠가 현공대륙을 평정할 것이다!"

계획이 완성되자 남은 것은 기다림과 노력의 시간이었다.

날이 하루하루 흘렀다. 비록 줄곧 연아의 소식은 없었지만, 연아가 이미 죽었다고 믿는 사람은 아무도 없었다.

영자의 말에 따르면, 살아 있다면 끝까지 찾아내고 죽었다면 시신이라도 찾아올 생각이라고 했다.

수색은 끝나지 않고 계속되었다.

고칠소와 꼬맹이는 양쪽 소통의 열쇠였다. 고북월과 예아의 소식, 당리와 영정, 아금과 목령아의 소식은 모두 고칠소를 통해 아이들에게 전달되었고, 아이들 소식도 고칠소를 통해 운공대륙에 전해졌다.

1년간 빙해가 조용하자 금안설오도 차례차례 돌아왔으나 감히 빙해에 들어가지는 못했다. 녀석들도 빙해의 시꺼먼 얼음에 독이 있다는 것을 알아차렸다.

녀석들은 고칠소를 보자 역시 그를 포위했지만, 고칠소 뒤에 크고 용맹한 설랑이 떡 버티고 있는 것을 보자 전부 굴복했고, 나아가 고칠소에게도 굴복했다.

고칠소가 기슭에 앉자 금안설오 한 무리가 그를 에워싸서 보호했다. 덕분에 적어도 그의 고독한 그림자는 별로 낙담해 보이지 않았다.

고칠소는 꼬맹이와 함께 얼음 굴에 들어가 용비야와 한운석 곁에 있어 주는 시간이 더 많아졌다. 종종 두 사람 곁에서 하룻밤을 꼬박 보내며 아이들의 근황과 고북월의 계획, 현공대륙의 상황, 대진의 시국에 관해 이야기해 주기도 했다.

용비야와 한운석이 그와 꼬맹이가 찾아온 것을 느낄 수 있다는 건 알지만, 그가 하는 말을 들을 수 있는지 어떤지는 몰랐다. 그래서 그는 되풀이해서 말하고 또 말했다.

어느 날 그가 어떤 이야기를 다섯 번이나 했더니, 그의 옆에 엎드려 온기를 나눠 주던 설랑이 휙 사라졌다.

그는 당황했지만 곧 기뻐하며 외쳤다.

"독누이, 너야? 네가 꼬맹이를 데려갔지? 내 말을 들을 수 있구나, 맞지?"

그 말과 함께 설랑이 다시 쑥 나타났다.

고칠소는 이게 독누이의 대답이라는 것을 더욱더 확신했다. 그래서 또 말했다.

"독누이, 내 말을 들을 수 있으면 꼬맹이를 데려가 봐."

과연 말이 끝나기 무섭게 설랑이 다시 사라졌다. 고칠소는 독누이와 소통할 방법을 찾아내 뛸 듯이 기뻤다.

그래서 그는 계속해서 이것저것 물었고, 설랑은 끊임없이 나타났다 사라졌다 했다.

결국, 설랑이 불만스럽게 '우우' 짖자 한운석은 다시는 녀석을 독 저장 공간에 넣지 않았다.

설랑은 아직 완전히 회복되지 않아 장시간 설랑으로 변할 수는 있지만 아직 운석 엄마와 의사소통할 수는 없었다. 그렇다고 해도 녀석은 운석 엄마의 감정을 느낄 수 있었다.

운석 엄마는 분명히 고칠소가 너무 말이 많다고 짜증을 내는 건데, 고칠소는 제풀에 신이 나서 녀석까지 피곤하게 만들고 있었다…….

아우, 진짜! 같은 이야기를 다섯 번이나 하다니! 지금 용 아빠 기분이 어떨지!

설랑이 싫어하자 고칠소는 독누이가 피곤한 줄로만 알고 더는 묻지 않고 설랑을 안고서 만족스럽게 잠들었다.

그 이후로 고칠소에게는 약재 장사와 사신 노릇 외에 또 할 일이 생겼다. 바로 시시때때로 독누이와 소통하는 것이었다. 나중에는 예아와 고북월까지 데려왔다.

예아는 아예 얼음 굴 속에 들어가 살고 싶었지만, 어깨에 얹어진 짐이 너무 무거운 데다 차마 아버지와 어머니의 연공을 방해할 수 없어서 한두 달에 한 번만 다녀갔다.

고북월은 섭정왕 된 후로 태부 저택에서 나와 황궁에 들어가 살았다. 영자가 비밀리에 현공대륙으로 간 뒤 고북월 곁에는 진민만 남았다.

그 나날 동안 고북월은 종일토록 바쁘고 분주했다. 함께 사는 진민조차 그를 볼 기회는 손에 꼽을 만큼 적었다.

1년 후 연말이 되자 고북월도 마침내 며칠 틈이 났다. 그는 몸소 서신을 써서 당리와 영정, 아금, 목령아에게 황궁으로 와서 예아와 함께 연말을 보내자고 청했다.

당시, 사실 고북월은 영자와 심복 몇몇만 현공대륙에 보낼 생각이었지만, 당리 등이 먼저 나서서 당홍두와 작은 령아도 보내겠다고 하는 바람에 승낙할 수밖에 없었다.

연말이 오자 아이들이 그립지 않을 리 없었다. 하지만 당리 등 네 사람 중 누구도 아이들을 데려오자는 말을 꺼내지 않았다.

알다시피 아이들은 이름을 바꾸고 무예를 익히기 위해, 또 장래의 복수를 위해, 장래 예아를 따라 현공대륙을 정벌하기 위해 현공대륙에 간 것이었다. 그런데 어떻게 쉽사리 돌아오라고 할 수 있을까?

진민도 영자가 그리웠지만, 그들과 마찬가지로 영자를 만나겠다는 과도한 바람은 품지 않았다. 섣달 그믐날 밤, 진민이 몸소 주방에 가서 요리를 했고 당리 일행도 도착했다. 그런데 어쩐지 예아가 보이지 않았다.

결국 고북월은 예아의 방으로 가 그곳에서 서신 한 통을 발견했다. 예아는 어머니, 아버지와 함께 있겠다며 빙해로 갔고, 부모의 이름으로 모두에게 줄 홍포도 준비해 놓았다.

고북월은 가만히 탄식했다.

"그것도 좋겠지."

예아는 떠나고, 고북월 등 어른 여섯 명이 함께 연말을 보냈다. 연야반을 먹은 뒤 사람들은 한동안 한담을 나누다 각자 방으로 돌아갔다.

진민은 뜰에 앉아서 영자를 떠올렸다. 그 아이가 현공대륙에서 어떻게 지내고 있는지 궁금했다. 아직도 연아를 그리워하고 있을까? 아직도 남몰래 울고 있을까?

그녀는 한동안 앉아 있다가 일어나 방으로 돌아갔다. 그녀는 본채에서 살았고, 고북월은 대부분 현룡 대전 쪽 편전에 지내면서 이따금 밥 먹으러 오곤 했으나 밤을 지내고 간 적은 없었다.

고북월도 이미 간 줄 알았는데, 뜻밖에도 방에 들어서자 고북월이 걸어 나왔다.

"이 늦은 시간에 아직……."

그녀가 입을 여는데 갑자기 뒤에서 '펑' 하는 큰 소리가 들려왔다. 이건…….

무의식적으로 돌아보았더니, 칠흑 같은 밤하늘에 눈부신 불꽃이 퍼지는 게 보였다. 너무도 아름다웠다.

불꽃…….

그녀는 걸어 나가 하늘 가득 피어난 불꽃 아래에 서서 올려다보았다. 영주성에서의 아쉽고 잠 못 이루던 그날 밤으로 돌아간 것만 같았다. 그날 밤, 그녀는 자신이 그를 떠나기 아쉬워

한다는 것을 처음으로 깨달았다.

그녀는 고북월을 돌아보며 부드럽게 웃었다.

고북월도 웃으며 말했다.

"밥값이오. 받아 주시오."

진민은 웃어야 할지 울어야 할지 몰랐다. 이처럼 오랜 시간이 지났는데 그가 아직도 기억하고 있을 줄은 몰랐다. 그녀가 다가가 물었다.

"고북월, 난 밥값은 필요 없어요. 남아서 나와 함께 새해를 맞이해 줘요, 네?"

해의 마지막 밤을 혼자서 보내기엔 아쉬웠다. 그가 혼자서 편전에서 보내는 것도 보기 안타까웠다.

그녀의 방에는 바둑판이 있어서 함께 바둑을 둘 수도 있었다. 바둑 한 판이면 밤을 보내기 충분했다.

그녀가 그 말을 하려는 순간, 뜻밖에도 고북월이 대답했다.

"좋소. 함께 있겠소."

그녀는 무척 기뻐하며 바둑으로 무슨 내기를 할까 생각했다. 그런데 갑자기 고북월이 그녀를 번쩍 안아 몸을 돌려 방으로 들어갔다.

이건…….

"고북월, 당신……."

설마 그가 오해한 걸까? 그녀가 '밤을 함께 보내 달라'고 한 거로? ……심장이 쿵쿵 달음박질치기 시작했다.

분명히 해명할 수 있었지만, 그녀는 어쩐지 해명하고 싶지 않았다.

고북월은 확실히 진민의 뜻을 오해했다. 그는 진민을 침상에 내려놓고 옆에 앉아서 그녀를 바라보았다.

진민의 심장이 더욱 빨리 뛰고 얼굴은 새빨개졌다. 하지만 그래도 그녀는 결국 이렇게 물었다.

"고북월, 내가 요구하면 뭐든 들어주는 거예요?"

그녀가 말하지 않으면 그는 결코 먼저 나서지 않지만, 그녀가 말만 하면 그는 곧바로 그녀의 요구를 만족시켜 준다.

그런 걸까?

고북월은 대답하지 않고 입술로 그녀의 입술을 막았다. 그의 입술은 여전히 그처럼 부드러웠고, 그의 움직임 역시 입맞춤과 똑같이 부드러우면서도 서툴렀다. 분명히 어수룩해 보일 만큼 서투른데도 그의 손이 그녀의 가장 민감하고 자랑스러운 부분을 덮는 순간, 그녀는 견디지 못하고 온몸을 바르르 떨었고 몸을 웅크리기까지 했다.

정말 견딜 수가 없었다!

다름이 아니라…… 그이기 때문이었다! 고북월이기 때문이었다!

그이기 때문에 그녀는 철저히 빠져들었고, 그이기 때문에 그녀는 다시는 그 어떤 대답도 추궁하지 않았고, 그이기 때문에 그녀는 과정 내내 몸을 떨었다. 꿈을 꾸는 것처럼 믿을 수가 없었다.

고북월, 아아, 고북월.

당신에게 백 번을 사랑받는다 해도 난 여전히 긴장하고, 떨고, 믿지 못할 거예요. 설령, 설령 몸이 하나로 합쳐지더라도 여전히 당신에게 가까이 갈 수 없는 느낌을 받을 거예요.

그날 밤, 진민은 고북월의 품속에 웅크린 채 깊이깊이 잠들었고, 고북월도 처음부터 끝까지 그녀의 질문에 답하지 않았다.

그러나 그날 밤 이후 진민은 진정으로 고북월의 아내가 되었다. 이는 논쟁의 여지가 없는 사실이었다.

섣달 그믐날 밤, 누군가는 떠들썩하고, 누군가는 조용하고, 누군가는 따스하고, 누군가는 추웠다.

그리고 현공대륙 진양성 안 고씨 집안에서는 1년 전 물에 빠져 인사불성이었던 적녀 고비연孤飛燕이 갑작스레 깨어났다. 고비연은 고씨 집안 장손녀로, 남다른 재능을 지니고 태어나 어려서부터 집안 어른들의 사랑을 받았다. 고씨 집안은 기씨 집안과 대대로 사이가 좋았고, 그 때문에 고비연은 기씨 집안 장손인 기욱祁彧과 일찌감치 혼약이 되어 있었다.

1년 전, 고비연은 물에 빠졌고 구해진 뒤로 지금까지 인사불성이었다.

물에 빠진 일도 말하자면 다소 이상했다. 고비연은 본래 물질에 능숙했는데, 그날은 어찌 된 셈인지 물에 빠지자마자 쏙 가라앉았다. 하인이 구해 낸 다음, 옆에 있던 하녀가 보니 고비연이 입은 옷이 물에 빠지기 전과 달랐다. 그러나 옷이 달라졌다는 것은 아무도 믿지 않았고, 하녀도 일을 크게 만들까 봐 감히 다시는 말을 꺼내지 못한 채 자신이 잘못 봤겠거니 했다.

고비연이 정신을 차리지 못하자 고씨 집안은 곳곳에서 명의를 불러왔지만 소득이 없었다. 그렇게 1년이 지나자, 고씨 집안도 이제 손녀를 포기하고 시골로 보내기로 했다.

그런데 웬걸, 섣달 그믐날 밤, 놀랍게도 그녀가 깨어났다.

고비연. 고비연…….

그녀는, 누구일까?

섣달 그믐날 밤 특집 (상)

섣달 그믐날 밤.

집집이 폭죽을 터트려 평소와 달리 떠들썩했다.

대진 황궁에도 등불이 켜지고 색 띠가 걸렸고, 곳곳에 폭죽이 터졌다. 하지만 용비야 부부와 그 아들딸이 떠난 후 광활한 황궁은 고요하다 못해 썰렁했다.

다행히 고북월이 신경 써서 일찌감치 모든 준비를 해 두었다. 설사 예아가 떠나기 전에 아랫사람들에게 줘야 할 홍포를 준비했다 하더라도, 고북월 역시 용비야와 한운석 대신 몇 가지 일을 했다.

예를 들어, 용비야의 이름으로 조정 대신들과 변경의 장병들에게 상을 내리고 한운석의 이름으로 궁궐 하인들 및 도성의 고명 부인들에게 줄 홍포를 준비해 사람을 시켜 새해 첫날 보냈다.

또, 한운석 이름으로 남쪽에서 진상한 물건을 궁궐로 들이게 했다. 종이 공예로 만든 등롱이나 생화, 신식 불꽃놀이 폭죽 따위였다.

그 일 때문에 이날 밤은 황궁이 몹시도 떠들썩했고, 역시 그 일 때문에 궁궐의 하인들조차 태상황과 태후가 비밀리에 궁으로 돌아온 것으로 생각했으니, 하물며 궁 바깥사람들은 말할 것도 없었다.

때는 자시가 거의 되어, 곧 새해가 시작될 즈음이었다.

바깥에서는 폭죽 소리가 여기저기서 들려와 갈수록 떠들썩해졌다. 그렇지만 진민은 고북월 품에 폭 안겨 편안히 잠들어 있었다. 처음으로 사랑을 나누느라 지쳤을 수도 있고, 그의 품이 너무 따뜻해서일 수도 있었다. 폭죽 소리가 아무리 커도 그녀를 깨우지 못했다.

반면 고북월은 잠들지 않았다. 그는 한쪽 팔을 진민에게 팔베개로 내어 주고, 다른 팔로는 제 뒷머리를 받친 채 눈을 크게 뜨고 있었다. 무슨 생각을 하는지는 알 수 없었다.

그렇게 한참 또 한참 동안 조용히 있던 그가 가볍게 탄식했다.

"1년도 이 밤이 끝이건만 만 리 먼 곳 돌아올 줄 모르는구나."

본래는 차분하던 눈동자에 놀랍게도 눈물이 어렸다. 그가 몸을 일으키려는데 마침 진민이 뭐라고 종알거렸다. 잠꼬대를 하는지 무슨 말인지는 알아들을 수 없었다.

그가 돌아보자 진민이 움직였다. 그녀는 그의 옆에서 몇 번 꼼지락거리다가 팔을 뻗어 그를 안았다.

그는 다소 낯설었지만 이내 입가에 엷은 미소를 피어 올렸다. 어쩔 수 없음이 삼 푼, 사랑스러움이 칠 푼 담긴 웃음이었다.

그는 움직일 수 없었다. 움직이지도 않았다. 그저 조심조심 그녀의 얼굴 위로 흘러내린 머리카락을 쓸어 준 뒤 다시는 움직이려 하지 않았다.

그는 잠들지 못했다.

궁궐의 떠들썩한 소리를 들으며 잠을 이루지 못했다.

그때 궁궐에 묵던 당리와 영정 부부, 아금과 목령아 부부 역시 아직 잠이 들지 않았다.

당리와 영정은 문지방에 앉아 있었다. 영정은 당리가 손수 쑤어 온 팥죽을 꼭꼭 씹어 먹는 중이었다. 당리는 고개를 외로 꼬아 그녀가 먹는 모습을 바라보았는데, 입가에 떠오른 엷은 미소는 팥죽보다 더 달콤했다.

영정은 몇 숟갈 먹은 뒤 당리에게도 한 숟갈 내밀었다.

당리는 더욱 달콤하게 웃었다.

"부인, 많이 늘었구려."

영정은 무표정하게 물었다.

"무슨 소리야?"

당리가 웃으며 말했다.

"지아비가 고생한 것을 알고 위로해 줄 줄도 알고."

영정은 태연하게 대답했다.

"당당이 없어 누굴 먹여 줄 일이 없는 게 어색하니까, 별수 없이 당신을 먹일 수밖에 없잖아. 딸을 그리워하는 이 지어미 님의 마음을 위로할 양으로."

당리는 완전히 무시했다.

"우리 딸은 세 살 때부터 제 손으로 밥 먹었어. 누가 먹여 준 적 없다고. 영정, 딸이 없다고 뒤에서 비방하면 안 돼."

영정은 속으로 삐죽거렸다.

'죽 한 숟갈 먹는데 무슨 쓸데없는 말이 이렇게 많아!'

그녀는 불쾌하게 당리를 흘겨보고는 쌀쌀맞게 말했다.

"다 못 먹어서 그러는 것뿐이야. 먹을 거야, 말 거야?"

당리가 재빨리 내뱉었다.

"넌 식욕이 어마어마해서 분명 한 대접도 먹어 치울 수 있을 걸!"

이 말에 영정의 표정이 굳었다. 하지만 그녀는 곧 가식적인 웃음을 지어냈다.

"안 먹을 거면 관둬!"

이렇게 해서 벌써 당리의 입 앞까지 갔던 팥죽은 다시 영정에게 돌아갔고, 영정은 단번에 먹어 치웠다!

본래는 평온하고 달콤하던 장면이 삽시간에 바뀌었다. 영정은 더는 조금씩 꼭꼭 씹어 먹지 않고, 남은 팥죽을 아귀아귀 싹 먹어 치웠다. 당리는 맛보기는커녕 제대로 구경하지도 못했다.

다 먹은 영정이 당리의 손에 그릇과 숟가락을 툭 던졌다.

"씻고 자."

그녀는 나른하게 기지개를 켜고 방으로 들어갔다. 당리는 손에 놓인 그릇과 숟가락을 한참 보다가 혼잣말했다.

"씻고 자라고?"

'씻고 자'가 언제부터 그런 뜻이 됐지?

당리는 알아서 그릇을 하인에게 맡기고 방으로 돌아갔다. 영정은 아직 자지 않고 짐을 챙기고 있었다.

당리가 황급히 다가가 웃으며 물었다.

"정말 화났어?"

"아리, 우리도 빙해로 가자."

영정이 진지하게 말했다.

아무래도 딸이 보고 싶었다. 어쩌면 빙해에 가면 고칠소를 만나 딸의 근황을 물을 수 있을지도 몰랐다. 비록 당당과 아이들은 현공대륙으로 간 뒤 이름을 바꾸고 신분을 숨겼지만, 근 1년간 고칠소는 부모들이 안심할 수 있게끔 아이들 대신 몇 번 무사하다는 소식을 전해 주었다.

당리는 웃음을 거두고 차분하게 말했다.

"좋아, 섣달 그믐날은 놓쳤지만 원소절에는 소칠을 만날 수 있을 거야."

고칠소와 꼬맹이는 빙해 기슭에 남아 양쪽 대륙 사절 노릇을 했다. 그의 성격상 명절마다 용비야와 한운석을 귀찮게 하러 갈 것이 분명했다.

섣달 그믐날 밤에는 틀림없이 빙해에 있을 것이고, 원소절에도 틀림없이 빙해에 있을 것이다.

당리와 영정은 말하기 무섭게 떠났다. 그들도 고북월을 직접 만나 작별하지 않고 쪽지만 남겼다. 당리는 영자에게 줄 홍포를 남기며 진민이 대신 받아 두라는 글도 덧붙였다.

그렇지만 당리와 영정이 궁궐을 나온 지 얼마 지나지 않아 남녀가 싸우는 목소리가 들려왔다. 너무나 귀에 익은 목소리였다.

여자가 씩씩거리며 따졌다.

"조금 천천히 가면 죽어?"

남자의 말투는 차가웠다.

"네가 빨리 못 가 놓고 나더러 빠르다고?"

여자가 또 말했다.

"당신이 한 걸음 가면 난 세 걸음 가야 하잖아. 무슨 낯으로 나더러 느리대?"

남자가 말했다.

"네가 작은 탓인데 무슨 낯으로 내 다리가 긴 탓을 하지?"

여자는 화가 나서 거의 넘어갈 것 같아 한참 동안 말을 못 했다.

당리와 영정은 의아한 눈으로 서로를 바라본 뒤 황급히 말을 끌고 골목을 나갔다. 과연 앞쪽 멀지 않은 곳에 낯익은 뒷모습 두 개가 보였다.

목령아와 아금이 아니면 또 누굴까?

두 사람은 무시무시하게 말다툼하고 있었지만 아금은 여전히 목령아의 손을 꼭 잡고 놓지 않았다.

영정은 단단히 얽은 그들의 두 손을 바라보다가 참지 못하고 푸하하 웃음을 터트렸다.

알다시피 목령아는 확실히 키가 작은 편이고 아금은 키가 훌쩍 컸다. 아금이 성큼 한 발 걸으면 목령아는 정말로 세 걸음은 가야 따라잡을 수 있었다. 아금이 목령아의 손을 잡고 걸으니 목령아가 얼마나 고생스러웠을지 알 만했다.

등 뒤에서 나는 소리에 아금과 목령아가 동시에 고개를 돌렸다.

"어쩜, 두 사람도 떠나려는 거야?"

영정이 물었다.

"정 언니, 우린 빙해로 가려고 해. 언니네는?"

목령아가 다급히 대답했다.

예아와 함께 연말을 보낼 생각이 아니었다면 그녀와 아금은 일찌감치 빙해로 갔을 것이다. 그런데 그들이 남쪽으로 내려와 보니 예아는 이미 북쪽으로 가 버리고 없었다.

그녀는 작은 령아가 보고 싶었고, 언니와 형부가 보고 싶었다. 칠 오라버니와 꼬맹이도 보고 싶었다.

본래도 연야반을 먹은 다음 정 언니에게 같이 갈 거냐고 물어보려 했지만 아금이 막았다. 아금은 섣달 그믐날 밤에는 성에 온통 불꽃이 가득하니 함께 산책하고 불꽃을 구경하면서 성문까지 걸어 보자고 했다.

그때 그녀는 머리가 어떻게 된 게 틀림없었는지, 그 헛소리를 철석같이 믿었다. 두 사람의 키 차이를 볼 때 이 생에서는 즐겁게 산책할 수 없는 운명이었다!

"우리도 빙해로 갈 거야. 같이……."

영정의 말이 끝나지도 않았는데 당리가 끼어들었다.

"우리도 빙해로 갈 거야. 우리 먼저 갈게. 두 사람은…… 계속해, 계속! 하하하! 하긴…… 금 형은 확실히 다리가 길지."

새해 벽두에 싸움을 말리지 않으면 않았지, 계속 싸우라고 하는 사람은 당리 말고 아무도 없을 것이다.

이렇게 해서 당리는 말 한마디로 상황을 민망하게 만들었고,

아무도 말이 없었다. 당리는 그 틈에 재빨리 말 위로 뛰어올라 영정을 끌어 올려 앉힌 뒤 꼭 안았다.

"빙해에서 만나!"

당리는 채찍을 휘둘러 아내를 데리고 떠나갔다. 남겨진 아금과 목령아는 제자리에 서서 아무 말이 없었다.

"뭐 하는 거야?"

영정이 화내며 물었다.

지금 그녀가 가장 후회하는 일은, 필요할 때 당리의 저 입을 틀어막을 독약을 한운석에게 받아 놓지 못한 것이었다.

당리는 대답 없이 웃으면서 채찍을 몇 번 더 휘둘러 더욱 속도를 높였다.

"당리, 멈춰! 저 두 사람을 기다려야지!"

영정이 채찍을 붙잡았다.

하지만 당리는 고개를 숙이고 턱을 그녀의 쇄골 쪽에 걸치며 부드럽게 말했다.

"성문에서 기다리자. 영정, 나도 말 안 할 테니까 너도 하지 마. 알았지?"

영정은 당리가 뭘 하려는지 정말 알 수가 없었다. 하지만 그래도 그의 부드러운 목소리에 지고 말았다.

그의 수다는 언제나 진절머리가 났지만, 일단 부드러워졌을 때 그 나지막하고 매력 넘치는 목소리는 언제 들어도 질리지 않았다.

영정은 정말 아무 말 하지 않고 조용히 당리가 뒤에서 꼭 끌어안도록 놔두었다. 당리도 더는 채찍질하지 않고, 말이 불꽃 가득한 하늘 아래를 제멋대로 느릿느릿 걸어가게 했다.

결국, 영정은 주위에 시끌벅적하게 울리는 폭죽 소리에 집중했다. 무의식적으로 고개를 들어 보니 하늘 가득 불꽃이 터져 밤하늘에 눈부신 꽃이 피어나고 있었다.

그녀가 가만히 중얼거렸다.

"참 예쁘다."

당리는 불꽃을 보지 않았다. 그에게 아름다운 것은 불꽃이 아니라 시간이었다.

이 순간이 참 아름다웠다!

그때, 아금은 이미 목령아의 손을 놓은 후였다. 그가 차갑게 말했다.

"관두지. 앞으로는 너와 산책하지 않을 거다."

목령아는 억울해서 하마터면 울 뻔했다. 그런데 뜻밖에도 아금이 몸을 숙이더니 여전히 차가운 목소리로 말했다.

"다리가 길다고 자를 순 없으니 앞으로는 업고 다니지. 어때?"

목령아는 당황했지만 곧 와락 달려들어 아금의 등에 업힌 뒤 그의 목을 꽉 끌어안았다.

"좋아, 좋아! 후회하지 마! 후회하면 바보!"

아금은 눈을 흘긴 뒤 몸을 일으켰다. 본래는 말할 생각이 아니었지만, 목령아의 무게를 가늠하자 절로 말이 나왔다.

"말랐군. 내일부터 매끼 반 그릇씩 더 먹어라."

"내가 돼지인 줄 알아?"

목령아가 반문했다.

"돼지도 너보단 빠르지."

아금이 차갑게 대꾸했다.

"자꾸 그럴래?"

목령아는 또 화가 났다.

아금의 대답은 뜻밖이었다.

"그래!"

"대체 어쩌려는 거야?"

목령아는 더는 아금의 목을 끌어안지 않고…… 졸랐다!

아금이 말했다.

"어쩌려는 게 아니야. 너와 말다툼하는 게 좋은 거지."

목령아는 어리둥절했다. 하지만 곧 그를 힘껏 꼬집으며 말했다.

"실없긴!"

아금도 더는 말하지 않고 고개 숙인 채 걸었다. 하지만 소리 없이 입꼬리가 더없이 보기 좋은 호를 그리며 위로 휘어졌다.

한동안 조용히 있던 목령아가 고개를 들고 하늘 가득 반짝이는 불꽃을 보며 중얼거렸다.

"앞으로 나하고 말다툼할 땐 꼭 양보하겠다고 맹세해. 안 그러면 다신 말다툼하지 않을 테니까."

아금은 웃음이 터질 뻔했지만 꾹 참고 차갑게 대답했다.

"그러지. 그럼 앞으로 말다툼은 없는 거다."

"당신, 정말!"

목령아는 마침내 자기가 당한 것을 알아차렸다.

아금도 결국 참지 못하고 큰 소리로 폭소를 터트렸다.

섣달 그믐날 밤 특집 (하)

아금과 목령아는 성문 입구에서 당리와 영정을 만났고, 부부 두 쌍은 함께 북쪽으로 올라갔다.

예아는 며칠 동안 길을 재촉한 끝에 마침내 빙해 기슭에 도착했다.

섣달그믐 밤에는 달이 없었다.

빙해 기슭은 황량하고 추웠고 인적이 보이지 않았다.

마치 어둠의 세계처럼, 어느 쪽을 봐도 까맣기만 했다. 하늘과 땅이 전부 까맸다. 끝도 없이 까맸다. 까만 어둠, 그리고 정적. 끊임없이 불어 대는 북풍의 소리 외에는 아무 소리도 들을 수 없었다.

헌원예는 빙해 기슭에 우뚝한 소나무처럼 허리를 곧게 펴고 섰다. 나이는 겨우 열한 살이지만 동년배보다 키가 컸고, 연중 내내 무예를 연마한 덕분에 역시 동년배들보다 몸이 탄탄하고 건강했다.

그는 하얀색 비단 평복을 입고 허리에는 옥패를 달고 겉에는 화려한 보랏빛 여우 털 바람막이를 걸쳤다. 미간에 어린 냉정함과 오만함은 젊은 시절 용비야와 찍어 낸 듯 똑같았다.

그는 한 손을 등에 대고 다른 손으로 등롱을 들었다. 하늘과 땅을 뒤덮은 어둠 속에 그의 손에만 조그마한 빛이 반짝였다.

비록 작은 불빛이지만 아무리 바람이 몰아쳐도 꺼질 줄 몰랐다!

비록 빙해 한쪽 구석도 다 비추지 못하는 불빛이지만, 그의 깊고 새카만 눈동자를 비추어 가없는 앞길을 볼 수 있게 해 주었다.

고작 1년이었다.

오늘의 헌원예는 이제 더는 지난날의 헌원예가 아니었다.

2년, 3년…… 심지어 10년 후의 헌원예는 어떨까?

헌원예는 깊이 생각에 잠겼다. 그때, 앞쪽 어둠 속에서 빛 하나가 나타났다!

그는 그쪽을 내다보았다. 냉엄해 보이던 눈썹이 마침내 조금 부드러워졌다.

어쩌면 그는 부황보다 훨씬 행운아인지도 몰랐다. 부황의 얼음 같던 심장은 뒤늦게 모후가 나타나기 전까지 그 누구도 따스하게 해 주지 못했다.

그렇지만 그에게는 태부가 있고, 의부가 있고, 리 당숙과 금 이모부가 있었다. 그리고 부황이 남겨 준 모사들과 충신들, 모후가 남겨 준 적잖은 인맥도 있었다. 그의 마음은 늘 따뜻해질 수 있었고, 그의 길은 그다지 고독하지 않았다.

빛은 점점 가까워지고 점점 선명해졌다.

몸집 큰 설랑이 빨간 옷을 입은 남자를 태우고 질주해 왔다. 설랑 등에는 폭이 널찍한 의자가 놓여 있고 그 위에 모피가 겹겹이 쌓여 있었다. 의자 삼면에는 각각 커다란 빨간색 깃발 열

개가 꽂혀 있고 깃발 끝에는 새빨간 등롱이 달려 있었다.

설랑이 달려오자 바람을 맞은 빨간 깃발이 펄럭펄럭 휘날리고 등롱이 이리저리 흔들렸다. 실로 그 속에 푹 빠질 것 같은 광경이었다.

모르는 사람이 멀리서 봤다면 설랑을 괴수로 오인해도 이상하지 않았다!

하지만 헌원예는 설랑과 의부 고칠소를 한눈에 알아보았다. 며칠 동안 차갑게 얼어붙어 있던 얼굴에 참 오랜만에 자신도 모르게 웃음이 번졌다.

그가 큰 소리로 외쳤다.

"의부님! 꼬맹아!"

설랑을 타고 위엄을 과시하며 멋들어지게 다가오던 고칠소는 예아의 목소리를 듣자 즉시 편안하고 따스한 모피 의자에서 내려와 꼬맹이 등에 서서 그 귀를 잡아당겨 멈추게 했다.

애석하게도 평소 말 잘 듣던 꼬맹이는 어린 주인을 보자마자 고칠소는 안중에도 두지 않았다. 녀석은 고칠소의 명령을 듣지도 않았을뿐더러 힘껏 몸을 흔들어 하마터면 고칠소를 떨어뜨릴 뻔했다.

녀석이 질주하면 광기의 마차나 다름없었다. 녀석은 단숨에 어린 주인을 덮쳐 바닥에 넘어뜨렸고, 녀석의 등을 탔던 고칠소는 그대로 앞으로 날아가고 말았다.

헌원예는 와락 꼬맹이를 끌어안았고 둘은 눈 위를 데굴데굴 굴렀다. 고칠소에게는 아예 관심도 없었다.

고칠소가 눈 바닥을 구르자, 주변에 숨어 있던 금안설오가 우르르 달려와 사방팔방으로 에워쌌다.

1년이었다!

금안설오 무리는 꼬박 1년이나 고칠소를 포위 공격을 할 기회를 얻지 못했다. 다름 아니라 고칠소가 매번 설랑을 타고 와서 위세를 부렸기 때문이었다. 금안설오는 당연히 설랑에게 다가가지 못해서 고칠소가 예전처럼 빙해 양쪽 기슭을 자주 왕래하는 것을 뻔히 보면서도 어쩔 도리가 없었다.

이제 드디어 기회가 왔다.

고칠소는 주위를 한 번 둘러본 뒤 곧바로 일어나 비수를 뽑았다. 거의 동시에 금안설오가 모조리 달려들었고 순식간에 고칠소의 모습이 가려졌다.

1년 만에 벌어진 사람과 개 떼의 전투는 실로 격렬했다.

과정이 조금 오래 걸리긴 했지만, 결국 이번에도 고칠소의 승리였다. 그가 널브러진 금안설오 무리 속에서 몸을 일으켜 보니 예아와 꼬맹이는 기슭에 서서 재미나다는 듯한 눈길로 그를 보고 있었다.

그는 태연자약하게 옷과 머리카락을 정리한 다음 다가가서 억지로 예아와 꼬맹이 사이를 비집고 앉았다. 금안설오 무리와 싸웠는데도 털끝 하나 상하지 않았으니 고칠소의 무공이 정진했음은 말할 것도 없었다.

그가 물었다.

"예아, 배고파?"

헌원예가 대답했다.

"저는 개고기를 안 먹습니다."

고칠소는 꼬맹이를 와락 감싸며 또 물었다.

"늑대 고기는 먹어?"

예아가 대답하기도 전에 고칠소가 꼬맹이를 향해 으르렁댔다.

"한 번만 더 이 어르신을 패대기치면 죽여서 개 먹이로 줄 테야!"

예아는 몇 번이나 입을 실룩였지만, 갑자기 무슨 말을 해야 할지 알 수 없어졌다.

꼬맹이는 설랑으로 변하면 성격도 변해서, 더는 귀엽고 아둔한 바보 쥐가 아니라 엄숙하고 오만한 늑대였다!

녀석은 오만하게 고칠소를 돌아보며 가소로운 눈길을 던졌다. 임무만 아니라면 고칠소가 제 몸에 저 많은 깃발을 꽂고서 떵떵거리며 빙해에서 뽐내게 하지도 않았을 터였다.

"의부님, 저는 어머니, 아버지와 연말을 보내러 왔습니다."

헌원예가 진지하게 말했다.

이 말에 고칠소도 삽시간에 진지해졌다. 그는 좁고 긴 두 눈을 내리뜨고 담담하게 말했다.

"예아, 미안하다. 연아를 찾지 못했어."

"무소식이 희소식입니다."

헌원예도 담담하게 말했다.

누이동생이 행방불명일지언정 생사불명은 아니기를 바랐다.

"소용돌이 속에 진양성이 보였던 건 분명 이유가 있을 거야.

새해가 되면 진양성으로 가서 집마다 찾아볼게. 땅을 파헤치는 한이 있어도 찾아낼 거야!"

고칠소가 진지하게 말했다.

예아는 직접 가서 찾고 싶은 마음이 굴뚝같았지만, 그럴 수는 없었다. 그에게는 해야 할 일이 너무너무 많았다. 대진의 조정이 엉망진창은 아니지만, 모든 것을 태부에게 내던져 모반하고 찬탈하려 했다는 오명을 씌울 수는 없었다!

헌원예는 설랑 등으로 뛰어올라 빙해로 들어가려 했지만 고칠소가 붙잡아 의자 뒤에 놓아둔 상자에서 바람막이 하나를 꺼내 그에게 걸쳐 주었다.

"한겨울이라 빙해 안이 몹시 추워."

그가 진지하게 말했다.

"진기가 몸을 보호해 주니 추위는 겁나지 않습니다."

헌원예는 입고 왔던 바람막이마저 벗었다.

"의부님이 입으십시오. 어서요!"

"잔소리가 왜 이렇게 많아? 난 늘 왔다 갔다 하느라 익숙해졌어. 반쯤 간다고 얼어 죽지는 않는다고."

고칠소가 짜증스럽게 말했다.

"네 부모가 있었다면 아마 네다섯 겹 껴입혔을걸!"

거절하려던 예아도 의부의 무거운 얼굴을 보자 놔둘 수밖에 없었다. 어려서부터 지금까지 알고 지냈으니, 의부가 어떤 성격인지 그가 왜 모를까?

1년간 태부는 그가 어른이 되도록 가르쳤고 홀로 여러 가지를 짊어지도록 가르쳤다.

그렇지만 의부 옆에 오면 별안간 1년 전으로 돌아가 다시 어린아이가 된 기분이었다.

예아의 눈시울이 살짝 젖었다.

그는 두말없이 바람막이 두 개를 단단히 여미고 꼬맹이 등에 올라탔다. 고칠소는 그제야 만족해하며 몸을 날려 예아 옆에 앉고는 그를 품에 안았다.

그들은 빙해로 들어갔다.

예아는 의부가 정말 추위를 타지 않는 것을 알아차렸다. 1년 간 수차례 빙해를 왕복하면서 정말 익숙해진 모양이었다.

익숙해진다는 것은 두려운 일이 아니라 마음 아픈 일일 때도 종종 있었다.

"의부님."

예아가 나지막이 불렀다.

"왜?"

고칠소가 궁금한 목소리로 대답했다.

"의부님이 계셔서 참 좋습니다."

예아의 목소리는 무척 작았지만 고칠소는 똑똑히 들었다. 그가 웃음을 터트렸다.

"바보 같긴!"

날이 거의 밝을 때쯤에야 고칠소와 예아는 비로소 얼음 굴에 도착했다.

빙해는 모든 것을 꽁꽁 얼릴 수 있는 것 같았다. 시간까지도.

이곳의 모든 것은 변한 데가 없었다.

한운석의 몸은 얼어붙은 연못 속에 빠져 있고 용비야는 그 옆에 엎드려 있었다. 여전히 열 손가락을 깍지 끼고 서로를 응시하는 자세였다.

놀랍게도 영승이 먼저 와서 한쪽에 앉아 있었다. 예아가 다가오자 그는 즉시 일어나 읍을 했다.

"태자 전하."

대진에서 예아는 이미 소년 황제가 되었지만 그래도 모두의 마음속에 예아는 언제까지나 제국의 후계자요, 용비야는 언제까지나 제국의 주인이었다.

"승 아저씨, 예의 차리지 않으셔도 됩니다."

예아가 진지하게 말했다.

그는 부모 곁에 앉아 그들의 몸 위를 덮은 얼음을 가만히 쓸었다. 입을 열기도 전에 옆에 있던 꼬맹이가 갑자기 쓱 사라졌다.

틀림없이 한운석이 꼬맹이를 독 저장 공간에 넣은 것이었다. 그녀와 용비야는 사람들이 하는 말을 들을 수도 있었고, 예아가 왔다는 것도 알았다!

예아는 기뻐서 눈물을 쏟을 것 같았지만 꿋꿋하게 참았다. 그 역시 다른 사람들은 신경 쓰지 않고, 앉아서 부모님과 이야기를 시작했다.

이야기는 오래오래 이어졌다.

그는 대진의 시국을 이야기하고 현공대륙의 일을 이야기했다. 자신의 그리움을 이야기하고 모두가 그리워한다는 것도 이야기했다. 슬펐던 일, 기뻤던 일도 이야기했다. 결국 부모가 아는 일이든 모르는 일이든 가리지 않고 모두 이야기했다.

사실, 꼬맹이를 거칠 필요도 없었다.

그는 이야기를 털어놓으면서 아버지와 어머니의 진기가 강렬하게 변화하는 것을 느꼈다. 아버지와 어머니는 이런 방식으로 그에게 대답했다. 심지어 그는 아버지와 어머니의 진기가 1년 전보다 훨씬 심후해졌고 심지어 승급할 기미도 있다는 것을 알 수 있었다.

솔직히 말해 이는 그에게 큰 위로일 뿐 아니라 고무이기도 했다.

평소 말 한마디를 금처럼 귀중하게 여기던 예아가 수다쟁이가 되도록 놔둔 채, 고칠소는 영승 쪽으로 가서 앉았다.

고칠소는 일단 영승을 이곳에 데려다 놓은 뒤 다시 예아를 데리러 갔던 것이었다. 그는 오늘 밤 예아가 틀림없이 오리라는 것을 알고 있었다.

"어이, 돌아가서 부인 침상이나 데워 놓을 것이지, 뭐 하러 여기 와서 멍청하게 앉아 있어?"

고칠소가 의아한 목소리로 물었다.

용비야에게 미움 산 사람은 형제라는 원칙 아래에, 고칠소와 영승은 아주 사이가 좋았다.

"너도 여자를 구해 침상이나 데우지, 뭐 하러 여기 와 있느냐?"

영승이 반문했다.

고칠소는 웃음을 지었다.

"이 어르신은 독누이 말곤 필요 없어!"

영승이 눈썹을 찡그리며 물었다.

"뭐라고?"

고칠소는 큰 소리로 말하지 않고 오히려 소리를 죽였다.

"독누이 아니면 필요 없다고!"

영승은 의미심장한 눈으로 그를 흘낏 보더니 더는 말하지 않았다. 대신 폭죽 한 줌을 예아에게 던지며 큰 소리로 말했다.

"태자 전하, 부모님 귀를 좀 쉬게 해 주십시오. 전하의 의부께서 벌써 두 분이 성가셔 죽고 싶을 만큼 수다를 떨었습니다."

예아도 거의 이야기를 마칠 때쯤이었다. 그는 의부처럼 똑같은 이야기를 계속 반복하지 않았다.

그는 폭죽을 집어 들고, 의부가 특별히 만든 등롱에서 불을 꺼내 모든 폭죽에 불을 붙였다.

펑펑 소리와 함께 불꽃이 위로 솟구쳤다. 불꽃은 굴을 벗어나 빙해의 하늘에 눈부시고 화려한 색채를 뿌리며 빙해의 까만 어둠과 죽음 같은 적막을 깨뜨렸다.

영승과 고칠소 모두 일어났다. 불꽃이 너무나 아름다웠다.

용비야와 한운석은 불꽃을 볼 수가 없었지만, 섣달 그믐날 밤 예아의 목소리를 들은 것만으로도 만족했을 터였다.

바로 그때, 두 사람은 예아와 교류하느라 진기를 너무 많이 움직인 바람에 혼미해진 상태였다.

비록 얼어붙었지만, 그들은 전혀 한가하지 않았다. 온 세상에서 그들보다 더 얼음을 깨고 나가고 싶은 사람은 없었다. 진기를 움직여 찬 기운을 막고 몸을 보호하면서 수련까지 하는 것은 몹시도 힘이 들고 정신력도 많이 소모하는 일이었다. 따지고 보면 혼미해지는 것이 정상이었다.

혼미해질 때면 한운석은 늘 꿈을 꾸었다. 3천 년 후의 꿈이었고 꿈속에는 용비야가 있었다.

그리고 용비야 역시 같은 꿈을 꿨다. 다만 두 사람 다 상대방이 같은 꿈을 꾸는지 몰랐다.

설사 안다 해도, 어쩌면 이 꿈이 도대체 누구의 꿈인지 분간할 수 없었을지도 몰랐다.

똑똑히 분간한들 무슨 소용일까? 그들은 본래 내 것 네 것 나눌 필요가 없는 사이였다.

꿈속에서, 한운석은 다시 그 병원으로 돌아가 용 선생 앞에 서 있었다.

처음 이 꿈을 꿀 때처럼 긴장하고 두렵고 슬프지는 않았다. 지금 용 선생을 대하는 그녀의 마음은 오직 안타까움뿐이었다.

그녀가 말했다.

"용비야, 당신이 새치기하는 걸 허락할게요. 어느 생에서든, 당신이 얼마나 늦게 오든, 항상 허락할게요."

용비야는 웃었다.

"아니, 어느 생에서든 내가 널 위한 빈자리를 남겨 놓을 것이다. 예외는 필요 없다. 오로지 너만의 것이어야 한다."

열 손가락이 얽히고, 두 꿈이 교차했다.

어떤 이들은, 운명적으로 함께하게 되어 있어서 꿈마저도 함께 꿀 수 있었다.

〈천재소독비〉 외전에서 계속